U0136168

瑰異庸凡

—抗戰時期的一位民國報人(上)

哈庸凡著　哈曉斯輯

 博客思出版社

上　冊

下　　冊

題　記

　　宋人羅大經　《鶴林玉露》卷四言：「蓋天地之氣，騰降變易，不常其所，而物亦隨之……或昔庸凡而今瑰異，或昔瑰異而今庸凡，要皆難以一定言。」語似言物，實以物況人耳。人生百年，瑰異者幾，庸凡者何，固與其奮發抑或慵墮相關，然倘無賴以馳騁之舞臺，甚或墜於另冊而棄之不用，則欲求瑰異者，不啻南柯一夢也。

　　蓋人生在世，倘言取捨之道，親信用三字足矣。乃於家人可親，於朋友可信，於社會可用也。「人生天地間，忽如遠行客」，俯仰退進，花明柳暗。瑰異固可喜，庸凡亦可敬。王安石嘗謂「琴樽已寂寞，筆墨尚光輝」，有文如斯，夫復何求。

　　父親讀高中時，嘗以「庸凡」為筆名，及至終生未改。觀其一生，涉世紀風雲，歷城頭變幻。嘗藉如椽之筆蟾宮折桂，亦以文墨涉政罹禍半生。瑰異庸凡間或有之，揚眉俯首榮辱莫移。或謂命者運也，運者命也，誠哉斯言。

　　風雨天涯尋蹤跡，煙雲故紙索舊章。適值父親百年誕辰，謹集父親自傳並部分散佚著作於一冊，搜殘補闕，網羅遺佚；庶幾成卷，傳諸於世，以饗讀者並袍澤親友。是為記。

哈曉斯癸巳年夏識於京東沃言齋

哈庸凡先生於上世紀五十年代

✳ 前　言

　　哈庸凡（1914—2003），廣西桂林市人，回族。民國知名報人。親歷抗戰前後桂、皖、鄂、豫各主要報刊採訪編輯工作，歷任首席記者、採訪主任、副刊主編、總編輯、社長及雜誌主編等要職。以其抗戰前期在桂林積極從事文化救亡活動，涉足小說、戲劇、散文、新聞等諸多領域，集教員、記者及文學社團組織者、雜誌主編、演員、導演等多種角色於一身，功績卓著，被收入《抗戰時期桂林文化人名單》[1]。

　　1936年，廣西抗日救亡運動風起雲湧。時任桂林軍團婦女工讀學校國文教員的哈庸凡，在桂林發起組織「風雨社」和風雨劇團，創辦並主編《風雨月刊》（創刊號現藏廣西自治區圖書館），投身戲劇救亡運動，演出國防戲劇。係桂劇改革最早發起和參與者之一，1936年夏，曾將傳統桂劇《杏元和番》改編為富有抗敵意義的《雁門關》[2]。劇本在當時《桂林日報》新聞版逐日刊出，引發社會各界對於桂劇改良的關注與討論。其間受聘任《桂林日報》通訊員，在《桂林日報》發表小說《冬夜》、《賭徒》、《淚與血》、《他們這一夥》、《青面獸楊志》、《賣刀》、《到祖國去》等，以及反映桂林風土人情的多篇特寫和時事評論等，以其文筆俊逸稱譽文壇。1937年1月被選任《桂林日報》外勤記者，4月，《桂林日報》易名《廣西日報》，報社外勤記者重新改組，成為《廣西日報》初創時期首任也是唯一的外勤記者。擔任國民革命抗日救國軍第四集團軍（後改編為國民革命軍第五路軍）和廣西省政府、省黨部等機關要聞採訪任務，多次為第四集團軍（第五路軍）總司令兼廣西綏靖公署主任李宗仁等要人講演作現場速記。1937年4月以《廣西日報》特派記者身份專程赴衡陽，沿途採訪國民政府主席林森訪桂行程。其間先後採訪蒞桂的參謀總長程潛、中央監察委員褚民誼、考試院長戴季陶

[1]　見《桂林文化城概況》第348頁，廣西人民出版社1986年版。
[2]　見《中國戲曲誌·廣西卷》第16頁。

及李濟深、鄒魯等軍政要人，以及戲劇大家洪深和歐陽予倩等。

1937年7月，盧溝橋事變爆發後，積極參與和報導廣西各界抗日救亡運動，就抗戰局勢等重大問題，採訪國民革命軍第五路軍總司令兼廣西綏靖公署主任李宗仁。8月，代表《廣西日報》社當選廣西各界抗敵後援會理事，參與慰問、募捐、街頭宣傳等多項抗敵後援活動。任抗敵後援會宣傳部副總幹事，主編該會《克敵》雜誌。其間，兼任桂林縣抗日救國會候補理事、廣西三屆運動會新聞幹事、廣西全省籌賑會入場券勸銷團副主任等多項社會職務，曾與桂林軍團婦女工讀學校師生集體創作反映抗日救亡運動的街頭話劇《新難民曲》，並擔任導演，在桂林學校和街頭演出。

1938年6月，哈庸凡毅然投筆從戎，被派往駐防湖北廣濟前線的陸軍第八十四軍，同時兼《廣西日報》特派戰地記者。同年9月初，在武漢會戰中，哈庸凡隨八十四軍一八九師參加收復雙城驛戰鬥，血戰一晝夜，從日寇手中奪回戰略要地雙城驛。此役獲中方統帥部和國民政府軍事委員會委員長蔣介石傳令嘉獎。哈庸凡於戰場硝煙中採寫五千餘字戰地通訊《大戰雙城驛》，寄回桂林，在《克敵週刊》上連載，為此役留下難得的第一手史料。此後，哈庸凡隨一八九師轉戰鄂東北、豫南和皖西，先後參加武漢會戰、隨棗會戰、棗宜會戰及鄂北豫南諸戰役，歷任一八九師政治部上尉幹事、一一零七團少校政訓員、一八九師司令部少校秘書等。隨棗會戰期間，曾撰寫一八九師戰史《半年來淅河西岸之戰壕生活》等。

1941年初，經曾任《廣西日報》社社長、第五戰區政治部主任、時任安徽省民政廳長韋永成介紹，哈庸凡進入安徽省地方行政幹部訓練團(「皖幹團」)黨政班受訓，一個月後結業，留任「皖幹團」訓導處中校科長，主編「皖幹團」團刊《幹訓》半月刊。其間，在《抗戰》半月刊發表《國父論宣傳工作》、《國父論組織工作》、《如何健全基層幹部》等文稿，並在韋永成任社長的《中原》月刊發表諷喻官場時弊的史論《明末的陞官熱》等。

1943年初，哈庸凡由安徽輾轉鄂北老河口，任第五戰區光谷警

備司令部中校秘書。後任第五戰區《陣中日報》副刊《台兒莊》主編、第五戰區司令部長官上校參議兼《陣中日報》總編輯、社長。於軍旅倥傯顛簸流離之下，堅持陣中辦報，激勵前線將士。其間，主持過鄂北文藝座談會，醞釀成立五戰區文藝協會，因老河口淪陷而無果。

1945年9月，抗戰勝利後，《陣中日報》社隨五戰區長官部移駐河南漯河，易名《群力報》，後移駐鄭州，五戰區長官部易名鄭州綏靖公署。哈庸凡先後任鄭州綏靖公署軍簡三階參議兼《群力報》總經理、總編輯、社長等。其間，當選鄭州新聞記者公會理事，曾擔任鄭州新聞界豫災訪問團團長，率領鄭州各報社通訊社記者前往豫南黃泛區訪問，採寫通訊《潁災及其救濟工作》、《瀕於破產的許昌煙業》等，報導災區慘狀，呼籲社會救濟。因受劉峙（時任鄭州綏靖公署主任）部屬排擠，脫離《群力報》。此後自辦《華北日報》晚刊，革新報政，抨擊時弊，為民代言，風行一時。

1948年10月，哈庸凡取道徐州抵達安徽合肥，秘密加入中國民主同盟，參加地下活動，促使合肥實現和平解放。後在華東軍政大學結業，分配至皖北行署，其後在安徽省民政廳工作。上世紀五十年代後期，以所謂「歷史問題」蒙冤，七十年代末獲平反。後受聘擔任《江淮英烈傳》叢書和《安徽民政誌》主編。曾擔任民革中央孫中山研究學會理事、政協安徽省五屆委員會委員，第五屆、第六屆安徽省政協文史資料委員會委員等。晚年撰寫新編歷史京劇《徽班進京》、《恩仇記》、《指鹿為馬》等多部及其他文論作品。2003年11月22日因病在合肥逝世，享年九十歲。

哈庸凡抗戰文化經歷及相關考證文稿，近年來陸續在《人民政協報》、《湖北日報》、《合肥晚報》、《桂林日報》以及《江淮文史》、《文史春秋》、《廣西文獻》等報刊刊載，並先後收入《廣西抗日戰爭史料選編》、《中國文學史資料全編•歐陽予倩研究資料》、《襄陽抗戰記憶》、《抗戰文化名人在老河口》、《抗戰文化研究》、《抗戰憶事》等書。2016年春，首部全景式反映廣西各族軍民抗戰

的5集文獻紀錄片《冒著敵人的炮火前進——廣西抗戰紀事》輯錄盧溝橋事變爆發後，由哈庸凡擔任速記的李宗仁將軍演說稿，以及他於1938年9月採寫戰地通訊《大戰雙城驛》等相關史料。

哈庸凡與賽春英夫婦上世紀六十年代合影

上世紀三十年代的桂林城

我的自傳・憶舊

　　本章收錄哈庸凡先生上世紀五十年代撰寫的自傳及此後撰寫或口述的相關回憶文稿。作為抗戰初期即別離寡母，奔赴抗日前線的熱血青年，隨軍轉戰鄂豫皖抗擊日寇，在自傳中僅有寥寥數字，一筆帶過。甚至冒死在火線採寫戰地通訊，亦隻字未提。而其中風雲變幻，可寫和應寫的事件何止萬言。因而今天讀到的這些自傳材料，只是也只能是一段殘缺的、不完整的個人經歷。對個人和家庭固然是個殘缺，對時代和社會未嘗不是難以彌補的損失。

　　這份自傳撰寫時，哈庸凡先生不過四十歲出頭。因而這些原本已經殘缺的人生經歷，只能說是他前半生的不完整記錄。作為晚輩，我們很遺憾還不能完整地瞭解父親和母親的前半生，而他們的後半生卻深深印在我們的腦海裡。雖然還不曾寫成文字，但銘刻在記憶中的傳記，充溢著濃鬱醇厚的親情，因而彌足珍貴。

初，詔書下舉鉤黨，郡國所奏相連及者，多至百數，唯平原相史弼獨無所上。詔書前後迫切州郡，髡笞掾史，從事坐傳舍責曰：「詔書疾惡黨人，旨意懇惻。青州六郡，其五有黨，平原何治而得獨無？」弼曰：「先王疆理天下，畫界分境，水土異齊，風俗不同。它郡自有，平原自無，胡可相比！若承望上司，誣陷良善，淫刑濫罰，以逞非理，則平原之人，戶可為黨。相有死而已，所不能也！」從事大怒，即收郡僚職送獄，遂舉奏弼。會黨禁中解，弼以俸贖罪。所脫者甚眾。

——《資治通鑑》卷五六

晚年讀書筆記

自　傳

一、家庭情況

我是廣西省桂林市人，1914年5月19日生，家裡信奉伊斯蘭教。

我的曾祖父做過半輩子小販，晚年在桂林東門外開雜貨店，活家在桂林伏波門的買了一所房子。曾祖父生我祖父兄弟三人，我祖父居長，三叔祖父中年病故。我祖父和二叔祖父小時都當過學徒，曾祖父去世以後，店裡的生意便由我祖父和二叔祖父繼續經營。

我二叔祖父生了五個孩子，按家裡的排行，我稱他們為大伯、三叔、五叔、七叔、九叔；三叔祖父生了三個孩子，按家裡的排行，我稱他們為四叔、六叔、八叔；我祖父只生我父親一人，按家裡的排行是第二。我的伯叔們都是從小學做生意，我祖父看到一家兒女沒有一個讀上的，所以就決定將我父親送去上學。

我父親名叫哈東璋，字君達，他上學的時間在前清末年。據說本來打算走科舉考試，但是臨到應考那一年，清故府廢除科舉，開設學堂，這樣，我父考走科舉考試不成，便考進當時的廣西法政學堂，在法政學堂後上時結了婚。我母親名白時霞，小名林姑，是桂林南門大街伸宅系的桂南路八白金合老香店主白雨卿之長女。不久，我祖父去世，二叔祖父不善經營，在桂林東門外開的雜貨店歇業了，於是將店面、傢具及存貨頂給別人，三房各分一氶錢。由原來的共同生活轉為分房過伙。我父親在法政學堂畢業時，已是民國初年，畢業後被派到廣西南寧審判廳做法官，不到一年，因病回家休養，不久去世。那時，我才三歲，我的弟弟不到一歲。我母親因父親去

哈庸凡先生自傳手稿

✽ 我的自傳

✽ 灕江之濱的哈氏家族

我是廣西省桂林市人，1914年5月19日生，家裡信奉伊斯蘭教。

我的曾祖父做過半輩子小販，晚年在桂林東門外開雜貨店，後來在桂林伏波門內買了一所房子。曾祖父生我祖父兄弟三人，我祖父居長，三叔祖父中年病故。我祖父和二叔祖父小時都當過學徒，曾祖父去世以後，店裡的生意便由我祖父和二叔祖父繼續經營。

我二叔祖父生了五個孩子，按家裡的排行，我稱他們為大伯、三叔、五叔、七叔、九叔；三叔祖父生了三個孩子，按家裡的排行，我稱他們為四叔、六叔、八叔；我祖父只生我父親一人，按家裡的排行是第二。我的伯叔們都是從小學做生意，我祖父看到一家幾代沒有一個讀書的，所以就決定將我父親送去上學。

我父親名叫哈康瑋，號君達，他上學的時間在前清末年。據說本來打算應科舉考試，但是臨到應考那一年，清政府廢除科舉，開辦學堂。這樣，我父親應科舉考試不成，便考進當時的廣西法政學堂，在法政學堂讀書時結了婚。我母親名白綺霞，小名林姑，是桂林南門大街（即後來的桂南路）「白金合老店」店主白雨卿之長女。

不久，我祖父去世，二叔祖父不善經營，在桂林東門外開的雜貨店歇業了。於是將店面、傢俱及存貨頂給別人，三房各分一點錢，由原來的共同生活變為分房起夥。

我父親在法政學堂畢業時，已是民國初年。畢業後被派到廣西南寧審判廳做法官，不到一年，因病回家休養，未幾去世。那時，我才三歲，我的弟弟不到一歲。我母親因父親去世悲傷過度，對嬰孩失於撫養，就在父親去世的下一個月，我的弟弟也夭折了。從這時起，我們這一房就只剩下我祖母、母親和我三人。

頂店所分得的錢很有限，過不多久，三房的生活都感到困難。

二叔祖父主張把三房共住的在伏波門內的房子賣掉，三房均分，各謀各的生活。房子賣掉之後，我們一家三口便在桂林義倉街黃泥井巷租了一間房子居住。我祖母將賣房子分得的錢借給一家親戚使用，按月取些利息。此外，我祖母和母親還做些針線來貼補家用。

當我十一歲那年，我祖母因年老體衰，操勞過度，得了重病。為了醫治祖母的病，將過去賣房子借給別人的錢陸續取回使用。最後祖母的病還是醫治不好，剩下一點錢，辦了祖母的喪事之後就完了。那時，二叔祖父做攤販，大伯幫人做生意，三叔、五叔在碼頭上搬運貨物，七叔、八叔、九叔都做小販（這時四叔、六叔已去世），他們的生活也很困難，不能照顧我們。於是，我外祖父便將我母親和我接到他家居住，生活費由外祖父負擔，我上學的費用則由我母親做針線來供給。

當我十五歲那年，我外祖父因打官司病故。不久，他家的生意也關閉了。根據當時的境況，我們母子二人是安身不下去的。然而，究竟母弱子幼，生活問題無法解決。尤其在二舅母病故後，外祖母晚景淒涼，更需要我母親留在身邊，所以還是繼續住下去了。當時外祖母曾說，等我結婚時再搬出來建立家務。可是我在桂林一直沒有結婚，直到1938年我離開桂林時，我母親還是住在外祖母家裡。

在我離開桂林以前，二叔祖父、三叔、八叔先後去世，大伯閒居，五叔招贅，三叔祖母領著八叔遺下的一個女孩子在桂林西門外做竹子活。九叔、七叔和二叔祖母住在武昌。此外，還有幾門遠房家族，都住在

哈庸凡與賽春英夫婦1998年攝於北京大觀園

桂林西門外。有的宰牛，有的開館子，有的澆蠟燭，都是小商販。

我於1943年6月在湖北棗陽結婚，愛人名賽春英（後改為賽村因），家庭地主成分。本人學生出身，曾參加國民黨。抗戰時期在國民黨軍隊中做過政工隊員，也做過銀行職員和小學教員，解放後一直教書。我現在有九個孩子，較大的五個已經上學。

我結婚後不久，接到桂林朋友來信，說我母親因年老體弱，思子成疾，於1943年7月去世。現在，我除了一家十一口以外，再也沒有其他直系親屬了。

❋ 從私塾到高中
（1920—1932年）

我六歲時，家裡就請了老師來給我啟蒙，由老師給我取名為「哈榮光」。後來二叔祖父說「光」字犯了前輩的名諱，才改為「哈榮藩」。這個名字一直用到高中時代。在高中時，我寫文章對外投稿常用「庸凡」做筆名。以後離開學校，我就乾脆改為「哈庸凡」，一直用到現在。

七歲起正式上私塾，念了一年，轉到私立聖彼得小學，讀了幾個月，因分家遷居黃泥井，就近到西門內清真寺辦的私塾附讀。以後這個私塾的馬老師在西門外自辦一所私塾，我又轉到那裡去。到了九歲，我考入當時的廣西省立第二師範附屬小學三年級（當時二師校長是裴邦燾，附小主任是朱芳辰）。從此，一直在這裡讀到小學畢業。畢業時是1926年，我正十二歲。

在二師附小畢業之後，我考進了當時的廣西省立第三中學（當時的校長是黃公健）。初中的費用比小學多，我母親做針線的收入已不能維持，便開始變賣她的首飾來供給我讀書。後來，廣西省立第三中學與廣西省立第二師範合併成為廣西省立第三中學，分設初中、高中兩部[1]。1929年我在初中畢業時，因成績較好，學校准予免

---

[1]　據廣西省立桂林高級中學校覽載校史稱，民國十八年九月，奉省教育廳

考升入高中部（這時校長是何福同）。當時高中部分設普通科和師範科：師範科畢業後當小學教員，普通科畢業後則可繼續升學。

那時我一心想上大學，對家庭的經濟力量估計不足，所以一開始就志願進普通科。普通科比師範科不但學費高，而且書籍費也很貴。進入高中的第一個學期，我的書籍大部分都是自己抄寫的。第二學期以後，我常常寫點詩歌之類的稿子投給《桂林民國日報》副刊發表，所得稿酬用來買書。就這樣，在普通科讀了三個學期。

到了高中的第四個學期，因為母親的首飾已全部變賣完了，實在無力繳納學費，只得請求休學一個學期。休學期間，除了寫稿以外，經常到當時的廣西省立圖書館看書，我對文學的深入研究就從這時開始。在這個期間，我曾報名投考廣西航空學校，因體格不夠，未被錄取。

到了下一學期，一則感到繼續上大學有困難，二則見師範科的學費較少，所以復學的時候，便請求改入師範科。在師範科又讀了一年。由於母親原來有肺病，生產時又流血過多，而且歷年操勞過度，身體十分衰弱。在外祖母家寄居，又時常受到冷淡的待遇，我不願因自己上學而讓母親吃苦，所以決定找工作做，不再讀下去。從此我就結束了我

圖為廣西省立桂林高級中學（上世紀二三十年代曾名廣西省立第三中學）。始建於1905年9月23日（光緒三十一年農曆乙巳八月二十五日），初名「廣西桂林府中學堂」，是廣西最早官辦的學堂之一，校址為桂林文昌門副爺巷桂林府守備衙門所在（今文明路第一人民醫院處）。

令，省立第三中學校與省立第二師範校合組，以崇德街三中校舍為初級部，王城二師校舍為高級部。民國二十三年奉省政府令，省立第三高級中學改稱省立桂林高級中學。

的學校生活。這時是1932年，我正18歲。

我在小學開始是「國八班」，後來改為「勇級」；在初中是「初八班」；在高中起初是「普五班」，後來是「師七班」。當時在小學和高中跟我同學的，現在知道的有蘇鋐（參加革命後改名駱明，解放後任廣西省梧州區專員，廣西省人民政府秘書長）、陳鍾瑤（後來改名陳邁冬，解放後任山西大學教授，現在是民革中央團結委員）、傅善術（現在安徽省民政廳優撫處工作）等。蘇、陳的班級比我高，傅的班級比我低，在學校時我們都很熟悉。

✻ 發起創辦桂林「風雨社」
（1933—1937年）

我離開高中以後，曾經找過幾位舊日的老師，要求他們幫我介紹工作。但是結果都沒有解決問題。從那時起，我便開始過著失學兼失業的生活。每天除了讀書、寫稿之外，就是跟一些愛好文藝的朋友在一塊聊天。當時和我經常在一起的朋友有唐去非、朱平秋、黎建林等。1933年4月，廣西省立桂林中學軍訓大隊招考文書上士，我去報名投考，結果被錄取，派在該大隊的第一中隊當文書上士。經常的工作是抄寫名冊、報告、通告之類的文件，有時也油印講義，每月薪餉桂幣十五元。幹了大約三個月時間，中隊長因為要安插他的私人，曾經連續在好幾件事上故意跟我為難，意思是要我自動不幹。該中隊有兩個區隊長，平時跟我相處還好，他們也暗示要我自動辭職。我自己覺得工作幹得蠻好，沒有什麼差錯；而且丟掉這裡一時又找不到其他工作，所以還是幹下去。不想那個中隊長見我戀棧不走，就報告大隊部，說我「字跡拙劣」，將我免職。這是我在舊政權下第一次做工作的遭遇。從此以後，我又恢復了失業的生活。

1933年秋天，我由朋友介紹給當時設立在桂林的中醫研究所繕寫石印講義。這個工作是按字數計算工資，當時是每千字桂幣二角。由於是用油墨寫在藥紙上，所以寫得很慢，一天不過寫三千字

左右。而且工作也不經常，有時有，有時無。幾個月之後，這個研究所也停辦了。我的毛筆字本來寫得很勉強，但為了不使自己失業，我硬著頭皮去跟幾家石印店接洽，願意幫他們繕寫，可是石印店都不肯用。於是，我又閒下來。

這年年底，通過友人唐去非的介紹，認識了當時在桂林私立三民中學上學的昭平縣籍的陳某和葉某（他們的名字記不起了）。陳、葉告訴我，他們家鄉很缺小學教員，如果我願意幹，他們可以負責介紹（因為他們的家庭都是當地的地主，在地方上講得起話）。對於這個機會，我自然不肯放棄，當時願意同我一道去的，還有朱平秋。於是，在春節後不幾天，即1934年2月裡，我和朱平秋便跟著他們來到他們的家鄉——廣西省昭平縣樟木林。到了那裡，才知道他們家鄉只有一所小學，這所小學的教員在年前已經聘定了，都是當地的所謂紳士們介紹的，誰也不好辭退。在這種情況下，他們留我們住下來，答應幫我們向附近的學校設法。事實上，那時各地的學校都把持在當地的封建地主手裡，外人不容易插進去。住了大約兩個月，工作還是杳無消息。在那個偏僻的地方，寄食在別人家裡，成天陪他們打牌，實在無聊得很。後來我和朱平秋商量，決計返回桂林。路過平樂，朱平秋病了，我們典賣衣物作路費，於1934年5月回到桂林。這以後，我又在家閒起來。

在這個期間，我的思想上起了一些變化，一方面是從自己的生活境遇中體驗到人情世態的滋味，一方面又從當時的文學作品中接受了消極頹廢的影響。所以回到桂林之後，雖然還是跟過去一樣的讀書、寫稿，但在讀書寫稿之外，也跟朋友們一塊四處遊逛，追醺逐醉。然而母老家貧究竟是一個現實問題，雖則時常和朋友們借酒澆愁，但也不能不考慮到生活。所以從1934年夏天到1935年夏天這一年中間，我給汽車公司賣過票（按賣票多少取回扣），給已經交卸職務的事務主任謄寫過賬簿，給國文教員代改過作文本，也曾單獨或跟朋友合夥辦過幾個補習班，春節之前還賣過春聯和年畫。這些工作都不經常，收入也不固定，僅僅是避免親友們譏笑我讀書無

用而已。

1935年7月，我偶然遇見高中時代的同學莫京，他比我高幾班，師範科畢業，這時剛被任為陽朔縣碧蓮鄉中心學校校長，特地到桂林來聘請教員。當我說明我在高中休學後一連串的失意後，他立刻答應要我到陽朔教書。到了學校，我被分配教六年級的國文、歷史、地理，並兼六年級級任教員。每週除教學工作外，還負責輔導附近的國民學校，每月薪金桂幣二十元。這個工作我做得很愉快，也很努力。莫京一向欽佩教育家陶行知先生，在做法上有許多新的地方，因此，陽朔地方上的「紳士」和「學閥」們對他很不滿，暗中鼓動陽朔籍的教員跟莫京為難。而我又時常支持莫京的意見，於是，學校裡的陽朔籍教師便認為我是莫京的私人，將莫京和我當作攻擊的目標。這個學期結束，莫京辭職不幹，我也因此不得不回家。這以後，又過了半年左右的失業生活。

在1936年上半年這一段失業期間，我寫的文章比較多些。那時，廣西省立師範專科學校在桂林良豐成立，這個學校聘有好幾位進步的教授，如陳望道、馬哲民、鄧初民、施複亮、夏征農、楊騷諸先生，他們在學生中經常講授馬列主義理論。而這個學校的學生大都是我在中學時代的同學，因此我有機會時常從他們那裡讀到新奧的文藝理論，並由文藝理論進而讀了不少的社會科學書籍。這時，我的思想又起了一個變化，這個變化就是由消極頹廢一變而為激情狂熱。所以在這個期間寫的東西都是暴露當時的社會黑暗的，其中主要有《冬夜》、《賭徒》、《淚與血》、《他們這一夥》、《青面獸楊

1936年10月《南寧民國日報》刊出的抗日救亡漫畫

志》等。此外，還有些散文、短論之類的作品，都發表在當時的《桂林民國日報》[1]副刊上。這個《桂林民國日報》原來是由國民黨桂林縣黨部派來的周振綱主持，1936年下半年，廣西省立師範專科學校取得了這個報紙，由師專校長郭任吾兼任社長。當時該報有一個記者陸樹瑤[2]跟我很好，經過他的介紹，我到《桂林民國日報》當通訊員兼校對，白天採訪新聞，晚上校對稿樣，每月桂幣十五元。當時我寫的特寫比較多，大都以桂林社會各個側面為內容。瞭解這一段情況的，現有陳邇冬、傅善術等。

報社的通訊員在記者之下，地位不高，待遇不多，因此，我雖然幹著這個工作，但是並不把它當作長久的職業。1936年8月，我聽說「桂林軍團婦女工讀學校」需要教員。這個學校是當時駐防桂林的十九師和桂林區民團指揮部合辦的，參加學習的大部分是這兩個軍事單位的軍官的家屬，目的是使她們能從這裡提高文化，學會工藝。原名「桂林軍團眷屬工讀學校」，後改為「桂林軍團婦女工讀學校」。校長是十九師師長周祖晃兼，副校長是桂林區民團指揮官陳恩元兼。學校分小學及中學兩種班級，課程除與一般學校相同外，還增設縫紉、針織等工藝課。

當時在這個學校做教務主任的就是過去在《桂林民國日報》做總編輯的周振綱，我因為經常在報上寫稿，周振綱對我有一定的印象，所以就托周的同鄉謝應道介紹我到「桂林軍團婦女工讀學校」教書，周振綱同意了。於是，從1936年9月起，我就辭去了《桂林民國日報》通訊員的職務，專任這個學校的教員。擔任的課程是初中班國文、地理和植物，每月薪金桂幣四十元。這裡的工作並不重，而待遇又比較優厚，因此我有較好的條件和當時一般愛好文藝的朋友在一起搞業餘文藝活動。

[1] 按：此處《桂林民國日報》應為《桂林日報》，下同。

[2] 陸樹瑤，廣西灌陽人，廣西大學肄業，青年好學，雅擅詞章，1936年出版舊體詩集《埋春草》。抗戰爆發後參加廣西學生軍。

這一年，由於廣西省立師範專科學校和桂林中學中一些進步教師的影響，桂林的話劇運動正在興起，木刻藝術正在盛行，愛好文藝的青年也日益增多。在這種形勢的推動之下，我和陳邇冬、刁劍萍、程延淵、朱平秋等發起組織一個業餘的文藝團體，叫做「風雨社」。「風雨社」有兩個活動內容：一個是出版《風雨月刊》，由我擔任主編；一個是創辦「風雨劇團」，由陳邇冬、刁劍萍二人負責。參加「風雨社」

1936年9月桂林風雨社成立

的，除了當時桂林教育界中的一部分青年外，還有廣西省立師範專科學校、桂林中學、桂林女中部分愛好文藝的學生。「風雨社」存在的時間由1936年冬至1937年春，約五個月。在這個期間，風雨劇團先後演出了《風雨》、《壓迫》、《一個女人和一條狗》、《樑上君子》、《藝術神聖》[1]等話劇；《風雨月刊》一共出了四期，其中包括「紀念魯迅專輯」和「國防文學專輯」。1936年年底，廣西省政府由南寧遷回桂林，一方面是國民黨廣西省黨部要「風雨社」停止活動，另一方面也由於「風雨社」的經費發生困難，所以到1937年春，「風雨社」就無形的解散了。「風雨社」解散之後，我和陳邇冬、刁劍萍、程延淵等集資在桂林桂西路開了一所「紫金書店」。這個書店的特點是不賣學校用的課本和文具，專賣社會科學書籍和寫稿用的稿紙。這種做法，雖然適合某些青年讀者的口味，但是對於營業卻是一個損失。不到兩個月，由於刁劍萍到廣州販書蝕本，所以紫金書

23

---

[1] 按：《藝術神聖》或係話劇《打出象牙塔》之改名。該劇講的是一位鼓吹藝術至上的畫家，在日寇侵華的殘酷現實面前，打破了藝術神聖的夢想，奮起加入抗日陣營的故事。

店也只好關門。

辦「風雨社」的時候，我在「桂林軍團婦女工讀學校」工作；辦「紫金書店」的時候，我在《廣西日報》工作。現在瞭解這一段情況的，除了前面已提到的蘇鋐、陳邇冬、傅善術等同志以外，還有解放初期在前政務院擔任過秘書處長的洪雪邨同志。

✱ 進入《廣西日報》
（1937年1月—1938年6月）

1936年年底，廣西省政府遷回桂林[1]，《南寧民國日報》也由南寧搬到桂林，與《桂林民國日報》合併成為《廣西日報》，受國民黨廣西省黨部領導，是廣西當局的機關報。這個報紙的規模相當大，每天出版對開兩大張，光省市新聞就占兩版。那時在《廣西日報》做外勤記者的是原來《南寧民國日報》的記者，他對桂林的情況不熟，很多消息採訪不到，報社亟需招聘一個熟悉桂林情況而又具有一定的寫作能力的人做記者。

當時有一個廣西「民眾通訊社」，它比《南寧民國日報》搬到桂林的時間較早。這個通訊社的總編輯兼採訪主任林洵在到了桂林之後，從《桂林民國日報》的通訊稿中瞭解到我，他打算把我介紹到《廣西日報》當記者，同時要我給他的通訊社供給材料。於是，便托人來找我，把我介紹給當時的《廣西日報》社長胡訥生。

恰好不久以前，「桂林軍團婦女工讀學校」副校長陳恩元來校瞭解情況，見全校教師中只有我年紀最輕，而且又沒有結婚，他認為如果讓我繼續留在學校，可能要發生事

上世紀三十年代末期桂林街景

---

[1] 按：廣西省政府遷回桂林時間應為1936年10月。

故，所以就囑咐周振綱在寒假後不要再聘我做教師。

當年《廣西日報》
職員佩戴的徽章

這時，原來的工作既不可靠，而新的工作在我看來又比教書更適合我的興趣，也更便於發展。於是，從1937年起，我就脫離「桂林軍團婦女工讀學校」，到《廣西日報》[1]做外勤記者，每月薪金桂幣五十元。

那時我擔任採訪的範圍很廣，包括第四集團軍[2]總司令部、國民黨廣西省黨部、樂群社（廣西當局接待外賓的地方）、省會警察局、桂林縣政府等處，除了寫一般的新聞稿件外，先後訪問過中央派來廣西的褚民誼、程潛、戴季陶、何遂等，也訪問過那時到達桂林的進步劇作家洪深、歐陽予倩等，並曾與廣西民政廳長雷殷到湖南衡陽迎接國民政府主席林森。

抗戰以後，桂林人口增多，一份報紙不能滿足需要。於是，《廣西日報》又出版一份四開的第二次版（即晚刊），由我和另一記者吳家堯共同負責編輯。我在《廣西日報》工作，從1937年1月到1938年6月，整整一年半時間。這時，《廣西日報》社長是第五路軍總政訓處處長韋永成兼，總編輯是總政訓處科長蔣逸生兼。

瞭解我在《廣西日報》工作這段情況的，除前面已提到的陳邇冬、傅善術二人外，還有當時在總政訓處做少校處員兼《廣西日報》副刊編輯的李天敏，他現任安徽無為中學校長。

在《廣西日報》工作期間，我開始了第一次的戀愛生活。對方名江文英，是一個初中學生，曾在「桂林軍團婦女工讀學校」讀過書。在我離開該校以後，我們便由師生關係進而為戀愛關係。後來她的父母認為我家是回族，生活飲食不方便，不同意我們結婚。不久，我

---

[1] 按：這時應為《桂林日報》。1937年4月1日，《桂林日報》易名為《廣西日報》。

[2] 按：1937年4月1日改番號為國民革命軍第五路軍，仍由李宗仁白崇禧為總副司令。

也離開桂林，我們的關係從此中斷。

❀ 融入抗戰洪流

（1938年7月—1941年1月）

1938年春間，廣西當局組織學生軍北上抗日，學生軍中有不少是我的同學或朋友。接著，《廣西日報》也有少數工作人員被調往前方廣西部隊工作。那時，我一面看著同學故舊紛紛走上抗日前線，自己感到留在後方無聊；另一方面，也想趁著抗戰的機會，使自己由文化界走入官場。於是，我就向總編輯蔣逸生提出了調往前方工作的要求。當時，蔣逸生也有調到八十四軍政治部做副主任的消息，所以他很快地同意了我的意見，並且幫助我向韋永成請求。

這時，韋永成兼任十一集團軍和二十一集團軍總政訓處處長，前方廣西部隊的政工人員都由五路軍總政訓處委派。六月間，我接到派令，被派到八十四軍政治部做上尉科員，並受《廣西日報》聘為戰地特派記者。與我同時派往前方廣西部隊做政治工作的約二十人。出發之前，五路軍總政訓處主任秘書何德潤（參加革命後改名賀希明，現任廣東省副省長）在樂群社設宴為我們餞行。

1938年7月，我從桂林來到漢口，住在十一集團軍駐漢辦事處。這時，正當軍隊政工系統改行新編制，將軍的政治部縮小，師的政訓處擴大為政治部。由於編制變動，人事也要調整，所以我和一道出發的朋友就在漢口住下來等待（當時和我住在一起的有一個趙清心，他是我小學的同學，解放初期任上海市稅務局局長。這一段情況，他可以瞭解）。

在漢口期間，曾經會見了多年不見的九叔和七叔，並和他們在一起拍了一張相片。在漢口住了約半個月，人事調整的結果，我被派到八十四軍一八九師政治部做上尉科員。

廣西學生軍戰士

七月下旬，我由漢口搭廣西一個補充團的專輪到湖北浠水，由浠水徒步到廣濟一八九師駐地到職。師長是淩壓西，副師長是李寶璉（一九三九年五月隨棗戰役中李寶璉投敵，副師長由覃興繼任）。政治部主任起初是張文傑，不久換劉士隨。我被分配到第一科，第一科主管業務是民運，我的具體工作是和地方政府聯繫，組織擔架和民夫，其間一度被派到一八九師一一〇八團幫助搞宣傳工作。

九月間，參加武漢週邊戰的廣濟、黃梅戰役；十月，隨部隊由鄂東向鄂北推進。武漢失守前夕，一八九師由武勝關轉進到隨縣馬坪港、淅河一帶，我跟著政治部留守後方，由廣水南下至花園，向安陸、應城、京山一帶轉進，最後在鐘祥渡過漢水，經荊門、宜城到達襄陽。我和後方人員在襄陽住了幾天，打聽到師部的駐地後，才回到前線。這時是1938年12月，馬坪港、淅河已經失守，一八九師部隊撤至隨縣城郊設防。

1939年2月，一八九師一一〇七團政訓員羅俊調政治部當科長，政治部派我到一一〇七團代理政訓員，一一〇七團團長是王佐民（後改為王佐文）。三月，第五戰區長官部政治部正式任命我為少校政訓員。

這時，一八九師在隨縣的任務是一面防禦，一面整訓。一一〇七團辦了一個學兵隊，輪訓全團班幹。我和政治部派來的一個科員，就在學兵隊裡負責政治訓練——上政治課和參加小組討論。在這個期間，曾先

《廣西日報》當年刊出的廣西抗戰歌曲之一

後接待朝鮮義勇隊、廣西學生軍、鄂北各界前線慰問團等下來慰問或幫助工作，還幫助團部駐地附近的群眾恢復學校和組織抗敵後援會。

五月，日寇突破七姑廟一一七四師陣地，我跟著部隊由隨棗公路突圍北進，經河南鄧縣繞回湖北老河口，然後開赴棗陽整訓。在棗陽整訓期間，一八九師成立國民黨特別黨部，由師長淩壓西任特派員，政治部兼主任全無若任書記長；團裡成立團黨部，由團長王佐民任指導員，我為總幹事。我過去沒有參加過國民黨，這時才在全師官兵集體入黨宣誓大會上參加國民黨，填過入黨志願書，介紹人是淩壓西和全無若，沒有領到黨證，只領到一份臨時證明書。在整訓期間，我除了到各連上政治課以外，還主持了幾次紀念週和籌備了一次追悼隨棗戰役陣亡官兵的紀念大會。此外，每週出版一次油印的戰地簡報。

九月間，軍改行新編制，一八九師由四個團編成三個團，另配屬一個野戰補充團，我所在的一一〇七團，這時改番號為五六六團。

整訓期間，政治部的政工隊招收了一些棗陽的青年參加，其中有一個賽春芳（女），也是回族。由於宗教信仰相同，我經常到她家裡閒談，由此認識了她的姐姐賽春英，以後我們就通起信來，一直到1943年結婚。

1939年冬天，在棗陽整訓結束，我隨部隊開赴隨縣，接防唐王店一帶陣地。這時，當地有些商人經常到武漢淪陷區去販賣貨物，團長王佐民認為可以通過他們瞭解日寇的情況，於是便叫我從這些商人當中挑選幾個精幹的充當諜報員，利用到淪陷區販賣貨物的機會，搜集日寇的情報。此外，由於當時戰地物價高漲，我和團政訓室的工作人員也在部隊駐地附近的集鎮上做些平抑物價的工作。

1940年4月，政工系統又實行改組，擴大軍的政治部，將師的政治部改為政治督導員辦公室。改組的結果，將我調到八十四軍政

治部做少校科員。當時，我認為政訓員是一級主管，有一定的權力，而科員卻處處受人管束，所以不願意到軍政治部去。團長王佐民平時和我處得很好，他跟師長淩壓西的關係也很密切，他看出了我的意思，所以就向師長推薦我做師部的少校秘書。

正當我要到師部的前夕，即1940年5月，隨縣前線的日寇又發動一次夏季攻勢，我跟著部隊再一次突圍北進，由河南泌陽繞回老河口。到了老河口，我才到師部到職。這時，襄陽已失，日寇迫近老河口，一八九師擔任野戰任務，秘書工作無事可做，所以我就在後方留守。直到日寇撤退，襄陽恢復，我才隨後方留守處進到襄陽東津灣駐防。

東津灣距襄陽十五里，來往很便利，而秘書工作又很閒，所以我常到襄陽城裡去玩。通過以前在政治部當政工隊員的嚴桂珍（女）介紹，認識了一個女朋友，名叫任靜雯，她有時也到東津灣師部來看我。師參謀長莫萬春是個最好女色的人，他見任靜雯長得漂亮，就要我給他介紹，但是任靜雯不同意，並且從此再也不到師部來，只有我到襄陽，還可以上她家裡去。有一次，莫萬春也到襄陽，看見任靜雯和我在一塊走，他認為任靜雯不願意跟他相識乃是我在中間搞鬼，因此就對我不滿，在工作上給我為難，並時常在師長面前譭謗我。在這種情況下，加上師部秘書工作閒得無聊，所以我也想另找出路。

恰好這年秋天，十一集團軍總司令李品仙要到安徽繼任安徽省主席，李品仙要把十一集團軍八十四軍所屬的三個師（即一七三師、一七四師、一八九師）帶去，這是使我可以到大別山幹其他工作的一個機會。十月間，師部由襄陽東津灣出發，經鄂北、豫南，由駐馬店越過

圖為隨棗會戰中中國軍隊奔赴前線

京漢路到達固始，後移駐六安。

在六安駐防時，我寫信給當時在安徽省地方行政幹部訓練團工作的吳家堯聯繫，得到回信，我就向師長提出辭職。從此，我脫離了廣西部隊，這時是1941年1月。

我在師部任秘書期間，除草擬一般文稿外，主要是編寫了一本《一八九師戰史》。

現在瞭解我在一八九師的情況的，有一個張毓芳（女）。她是湖北棗陽人，當時在一八九師政治部做政工隊員，現在安徽懷遠縣任小學教員。

❀ 進出大別山
（1941年1月—1942年12月）

1941年1月底，我由六安到達立煌，在安徽省地方行政幹部訓練團找吳家堯瞭解一下安徽的情況後，便去見安徽省政府民政廳長韋永成，要求他為我安插工作，韋答應考慮。過了幾天，民政廳主任秘書胡思堯通知我，叫我到安徽省地方行政幹部訓練團受訓（黨政班）。那時這個班剛開辦，是第一期，參加受訓的大多是縣長，國民黨縣黨部書記長，省府科長或主任科員，專署秘書或科長，也有不是這一級的幹部而由有關單位保送的，我就是由民政廳保送的一個。

那時，安徽省地方行政幹部訓練團團主任是李品仙，教育長是劉真如，黨政班班主任是韋永成，主任指導員是過去一八九師政治部主任劉士隨，指導員有王貫之（他是安徽省地方行政幹部

抗戰時期的大別山立煌縣

訓練團的教務處長）、陶若存（他是安徽省地方行政幹部訓練團的教官兼代理訓導處長）等。訓練的課程有總理遺教、總裁言行、地方自治、鄉政建設、地方財政、地方建設、地方教育、人事管理、兵役管理等，教官都是由省府廳、處長及國民黨安徽省黨部委員、書記長等擔任。我在部隊時雖參加過國民黨，因未取得正式黨證，這時又集體參加國民黨和集體參加三青團，介紹人是國民黨安徽省黨部委員楊績蓀和書記長卓衡之（他二人那時兼任教官，參加的都是他二人介紹）。後來領到國民黨的黨證和三青團的袖章。受訓一個月結束，黨政班負責人見我具有一定的寫作能力，就將我分配在安徽省地方行政幹部訓練團訓導處做中校主任處員。當時和我一起受訓的，有殷乘興（他那時在省府保安處當科員，解放後先後在皖北行署教育處和安徽省文聯工作）、林一元（他那時是太湖縣長，現在廣東民革工作）。此外，王貫之也瞭解這段情況。王現在是安徽民革委員。

31

　1941年3月，我開始到安徽省地方行政幹部訓練團（以下簡稱「皖幹團」）工作，負責訓導處第一股，主管業務是政治訓練和編輯《幹訓》半月刊。後來處以下的股改為科，我仍任訓導處第一科中校科長。中間一度兼任「文書處理」這門課程的教官（即講授公文和應用文），並編過一本《文書處理》講義。

　那時凡在「皖幹團」受訓過的人，都稱為「幹訓生」。凡是幹訓生，都要參加幹訓生小組，我曾被選為「皖幹團」的幹訓生小組的小組長。

　在「皖幹團」工作是由1941年3月到1942年8月。在這個期間，我看到抗戰空氣日益低沉，貪汙腐化到處都是，心裡感到不滿，但又不敢公開反抗，於是便寫了一些轉彎抹角的、帶有諷刺性的文章，在當時的《皖報》和《中原》月刊上發表。其中主要有《從漢水到淮河》（寫後方青年的苦悶）、《明末的陞官熱》（寫明朝末年大小官僚不顧

「皖幹團」紀念章

國家存亡，千方百計追求升官發財的史實）、《國父論辛亥革命》（綜合孫中山先生晚年批判辛亥革命的言論，以說明中華民國是一塊空招牌）等。當時主編《中原》月刊的是姚雪垠（姚是河南鄧縣人，作家，解放後還常有文章在報刊上發表）。《明末的陞官熱》和《國父論辛亥革命》這兩篇都發表在《中原》月刊上。

抗戰時期大別山立煌縣出版的
《中原》雜誌，本期刊有哈庸凡
《明末的陞官熱》一文

我的學歷不過高中肄業，又不靠親戚朋友的援引，憑著自己的努力，居然在二十七歲就做到中校科長，有些過去和我同學而且上過大學的人，反而在我之下。由於這種「少年得志」的思想，便產生了目空一切的驕傲情緒。那時，訓導處除第一、第二兩科外，還領導下面各隊的主任指導員和指導員。對於這一班人，不論是廣西的或是安徽的，我一概都看不起，只有第四隊主任指導員吳家堯是過去在《廣西日報》的同事，學識能力和我差不多；第六隊主任指導員黃敬恕，對人很隨和，也有一定的學識基礎，所以我只和他們二人接近。當時訓導處系統下的工作人員把我們三人稱為「軸心三國」（即德國、意大利、日本三個軸心國家），我們也以這種孤立自傲。

在我們三人中，我在處內工作，跟各隊主任指導員和指導員的關係多，因而我和他們之間的矛盾也更加尖銳。平時，由於訓導處長全無若在工作上很支持我，他們奈何我不得。1942年7月，全無若調重慶中央訓練團受訓。於是，訓導處系統下的工作人員便乘機對我發起攻擊，藉口幹訓生小組印信封單據上的數字有錯誤，說我貪污幹訓生小組的經費。以第五隊主任指導員吳福萬為首，聯名寫報告到教育長黃紹耿處告我。黃紹耿是廣西人，那時剛到差不多久，

怕人說他祖護同鄉，正要借一件事來樹威，所以便以「人事不洽」為理由，將我和吳福萬同時免職。

現在瞭解這一段情況的，除前面已提到的李天敏、殷乘興外，還有徐太素（解放後在前安徽大學教書）、丁邦柱（解放後在安慶民盟）、陸文尉（又名陸洋，現在四川成都工作）等人。

在我未被免職以前，「皖幹團」聯絡指導處正在用全省幹訓生名義創辦「貞幹中學」，紀念兼團主任李品仙。貞幹中學的校長是「皖幹團」黨政班第二期學員李壽林，教導主任王樹聲和訓育組長汪與哲，都在「皖幹團」黨政班第一期和我同學。由於這種關係，他們便請我幫助搞招考工作。不久，我在「皖幹團」被免職，他們便要我到貞幹中學教書，擔任高中一個班的國文，初中三個班的歷史、地理，每月薪金約法幣一百元。在貞幹中學教書期間，由於我常給學生介紹課外書刊，又鼓勵他們課外寫作，並給他們細心批改，所以學生們對我很好。有一次，貞幹中學被火燒毀兩間教室，學校派學生晚上站崗巡夜，但學校負責人卻沒有一個去看看。我擔心學生晚上害怕，時常去看看他們，有時還給他們帶件衣服去。因此，不但我教的那幾個班學生跟我好，全校學生跟我都好。在這個期間，安徽省文化工作委員會曾約我幫助編一個週刊，由於銷路不廣，來稿不多，刊物辦得不出色，沒有幾期，我就放棄了。我在貞幹中學教書是由1942年8月到1942年11月，現在瞭解這一段情況的，除前面已提到的殷乘興、徐太素、陸文尉等外，還有李湘若同志，他現任安徽省司法廳廳長。

在我脫離「皖幹團」不久，訓導處系統下那班人又發起對吳家堯和黃敬恕的攻擊，結果，「皖幹團」將吳、黃調到第一隊當指導員。在吳、黃二人看來，由主任指導員調為指導員，雖然級別不動，但職務顯然降低，所以，吳、黃堅決不幹，脫離「皖幹團」，打算投奔其他地方。由於我和吳、黃感情一向很好，而且都是因為同一原因離開「皖幹團」，他們要到其他地方，我不好單獨留下來；同時，又風聞國民黨安徽省黨部對我以前寫的文章很注意，校長李壽林

33

見學生和我接近過密也隱隱不滿。由於這些原因，所以我決定和吳、黃一起離開大別山。

那時我們也知道有些同學和朋友已參加新四軍，一度也打算到路東去。但因缺乏聯繫，沒有把握，不敢「冒險」。後來聽說魯蘇豫皖邊區黨政分會湯恩伯那裡需要人，我們很天真地想，在廣西集團裡既不能發展，憑著我們的本領，到其他地方必能有一番作為。於是就決定到臨泉投效湯恩伯。

那時，我們三人的錢都不多，由我寫了一個報告給民政廳長韋永成，說因母親年老，要我回桂林，請他寫信給廣西省主席黃旭初為我介紹工作。幾天之後，我從民政廳拿到韋的介紹信，並領到他送給我的路費一百元。1942年12月初，我和吳、黃三人便從金寨向皖北出發。

❈ 鄂北主辦《陣中日報》
（1943年1月─1945年8月）

湯恩伯的魯蘇豫皖邊區黨政分會設立安徽臨泉。我們和湯本無任何關係，到了臨泉之後，由吳家堯找到一個姓周的（他原在「皖幹團」吳家堯那一隊受過訓，這時在魯蘇豫皖邊區黨政分會的一個訓練班當少校教官），托他設法介紹。過了十多天，沒有消息。我們考慮：周在湯集團中並不是重要人物，以少校職位介紹中校工作事實上也不可能，趁著還有路費，不如到了老河口再說（老河口是當時五戰區長官部所在地）。於是，我們便放棄了投湯的打算，經界首、漯河到達老河口。這時是1943年1月。

到了老河口，我們去找第五戰區長官部政治部副主任尹治。尹治也是廣西人，我們都認識。尹治介紹黃敬恕到湖北谷城仙人渡的鄂北青年訓導團當教官，吳家堯到湖北房縣軍校八分校入伍生第三團當教官。當時我一度也真想回桂林看看母親，但又想到出外數年，名不成，利不就，回去面子不好看，索性等地位爬得再高些再

說。那時我身上的錢還夠用，不願意離開老河口去幹教官之類的工作。所以在吳、黃走了之後，我仍然在老河口等待。

不久，長官部有一個上校參議鍾宇翔（鍾宇翔過去在一八九師政治部做過少校日文幹事，和我相處還好）把我介紹給光谷警備司令梁家齊，那時梁家齊正在收攬一些文人給他裝門面，他要我到警備司令部當秘書。

警備司令部的秘書按編制只是少校，但他仍同意保留我的中校級。這時，我由於在老河口閒住了一些時間，身上的錢已用得差不多，其他方面又沒有適當的工作，而我又不願回過頭去再找尹治。所以雖然掛中校招牌拿少校待遇，但是我也不得不幹。於是，1943年2月底，便開始到警備司令部工作。

警備司令部有參謀長，秘書工作不多，所以在1943年3月間，我便和鍾宇翔共同創辦一個八開小報，叫做《力行週刊》。我們打算辦出一個樣子來，再去找梁家齊在經濟上支持。但由於報紙一開始就對鄂北行署工作上的弊端發表了一些指責性的言論，跟地方關係搞得不好，梁家齊不願出面支持，而我們的資金又有限，出了六、七期就不能繼續下去。後來為了收回一部分資金，只好由鍾宇翔接洽，讓給國民黨光化縣黨部改辦《光化週報》，並且由我幫助編了兩期，直到《光化週報》找到了編輯我才脫身。

這年六月，我由老河口請假到棗陽結婚，婚後仍回老河口。

我在光谷警備司令部工作是從1943年2月到1945年2月，其中1943年3月至5月，我的主要力量是辦《力行週刊》；1944年年8月至1945年2月，我的主要力量是辦《陣中日報》（詳見下文），實際上我做光谷警備司令部的工作只是從1943年6月至1944年7月。

在這個期間，我主要做了以下一些工作：一是辦理老河口衛生委員會的事，這個委員會的主任委員是梁家齊，辦事機構設在警備司令部，我的具體工作是訂計畫、發通知、出佈告等；一是辦理光谷除奸防諜委員會的事，這個委員會的主任委員也是梁家齊，辦事機構也設在警備司令部，我的具體工作是擬計畫、發通知、會議記

錄等；一是辦理鄂北、豫南各界體育、衛生、畫展三大運動大會的事，這雖是臨時機構，但因為是梁家齊主辦，所以事情也拉到警備司令部來，我的具體工作是採訪大會消息，編輯大會專刊；一是整理警備司令部的材料，編了一本《三年來的光谷警備工作》。此外，因老河口販賣毒品的甚多，警備副司令周仲宣要我在當地商人中找一些人做稽查員，負責查報毒品和瞭解社會情況；冬防期間，警備司令部人手不夠，我也幫助查戶口。當時和我一起在警備司令部工作的，現在還提不出來。不過後來我在《陣中日報》認識的戴子騰，他還能大概瞭解當時的情況。戴子騰那時是《陣中日報》編輯，解放後在上海《勞動報》工作。

五戰區長官部有一個機關報，叫做《陣中日報》。1944年夏，馮澍被任為長官部政治部副主任，同時兼《陣中日報》社長，事前馮澍就多方物色「人才」，打算加強這個報紙的陣容。馮澍和鍾宇翔是同鄉，通過鍾的關係，我也認識馮澍，所以這時馮就約我去編副刊。在這以前，警備司令梁家齊對我那種只會寫作不會逢迎的書呆子作風已有不滿，但因都是廣西人，不好叫我離職，只在編制以外另設一個上校秘書，這樣一來，我在警備司令部更無事可做。一方面因為編報這個工作適合我的胃口，另一方面又想借編報這個工作在梁家齊面前抬高我的地位，所以我就答應到《陣中日報》幫編副刊。從1944年8月至1945年2月，我每天日間在警備司令部辦公，晚上到《陣中日報》發稿，每月由《陣中日報》支給法幣五十元作「車馬費」。

當時我將這個副刊整頓一下，將刊名改為《台兒莊》，並組織青年讀書、寫稿。那時，鄂北的襄陽、鄖陽兩地學生投稿最多，鄖陽的湖北第八高級中學的一部分學生並在校內成立「台兒莊讀書會」。後來這個讀書會在校內出壁報，用《虹》、《暴風雨》、《鋼鐵是怎樣煉成的》三本書名做報頭，引起鄖陽三青團的注意，由鄖陽專員王開化下令逮捕了主辦壁報的幾個學生。該校其他學生寫信來，我便將原信在副刊上發表，並加以評論，指責王開化任意逮捕

青年的非法行為。由於這個報是長官部的機關報，而被逮捕的學生又確無任何罪行，王開化無法，最後只得將他們釋放。由於這一件事，《陣中日報》副刊的威信大大提高。現在瞭解這一段情況的，除前面已提到的戴子騰以外，估計現在鄖陽、谷城、襄陽等地還可能有人知道。

1945年2月，五戰區司令長官李宗仁調漢中行營主任，劉峙來接五戰區司令長官，李要把全班人馬帶往漢中，劉又要把他的私人帶到老河口。在這個人事大變動的時候，馮澍因還要在政治部待一個時期，報紙不得不辦，於是，便要我擔任《陣中日報》的總編輯，並由他報請長官部委給我一個上校參議的名義，趁此機會，我就脫離了警備司令部。

我做《陣中日報》總編輯不久，日寇同時從鄂北、鄂中、豫南三個方面發動攻勢，老河口即將淪陷，我與報社人員沿漢水移到陝西白河。不久長官部退駐均縣草店，我與報社人員又回到草店來。《陣中日報》原來沒有印刷機，在老河口時報紙由前線出版社代印。後來前線出版社大部機器被李宗仁的私人運往漢中，留下的破舊機器丟在白河，不能修復使用。而那時正值盟國軍隊節節勝利，長官部一再催促出報，最後只好決定暫用石印出版。當時草店連石印店也沒有，所以在精簡人員之後，將報社遷到均縣，就近利用石印出報。這時，馮澍離職去漢中，《陣中日報》這個石印報誰也不要，於是，長官部政治部樂得順水人情，派我代理社長。不久，乾脆正式委任我做社長。我既然當了社長，就要另設一個總編輯，恰好這時軍校八分校入伍生第三團撤銷，我就請吳家堯來擔任總編輯。在均縣出版石印報，是從1945年6月至1945年8月。前面提到的戴子騰，就是和我由老河口到均縣的。他可以瞭解這一段情況。

不久，長官部政治部主任換了劉子清，副主任換了潘國屏。潘國屏一來就打算把《陣中日報》拿過去，不過，那時還沒有印刷機，他暫時還不想要，只是積極設法去搞軍校八分校印刷廠的機器。

❋ 從漯河到鄭州：主持《群力報》

（1945年9月—1947年12月）

　　1945年8月，日寇投降，《陣中日報》在均縣的石印報停刊，我和報社人員隨長官部進駐河南漯河。到了漯河，潘國屏一面接收了《漯河日報》的印刷機，一面又將軍校八分校的機器運來，兩下一湊，出鉛印四開報不成問題。這時政治部下令將《陣中日報》改名為《群力報》，由潘國屏兼任社長，政治部少將督察員蔣蘊青兼副社長及總編輯，我做副總編輯。當時我認為千辛萬苦，勞而無功，堅決不幹。政治部主任劉子清見我對報社原來的情況還熟悉，不讓我不幹，改派我為經理。又因我不長於會計，另設一個副經理。在我擔任《群力報》經理期間，曾為長官部翻印過「剿匪手本」五百冊。潘國屏兼社長目的在搞錢，業務一概不管；蔣蘊青雖然自稱辦報是內行，但動起筆來很吃力。一個多月以後，劉子清看出來真正熟悉辦報業務的還是我和吳家堯。因此，他除了提升吳家堯為副總編輯外，並叫我不管經理部的事務，抽出時間給報紙寫社論。一般都是他先講個大意，然後我來執筆。這個期間，我寫了不少的反動的社論，其中主要一篇是《正告中國共產黨》，大意是說抗戰勝利以後，人民亟待重整家園，國家亟待恢復元氣，共產黨應該和平建國，不應該挑動內戰。這完全是顛倒是非、混淆黑白的說法，實際上給國民黨反動派發動內戰做了掩護。

　　1945年12月，五戰區長官部移駐鄭州。政治部將《群力報》分為鄭州、漯河兩版，漯河版由蔣蘊青主持，鄭州版仍由潘國屏兼社長，我為副社長兼總編輯。《群力報》鄭州版於1946年1月創刊。2月，劉子清以政治部工作繁忙為理由，免去潘國屏的兼社長職務，派我為社長，吳家堯為總編輯。

　　後來，賽春英的妹妹賽春芳介紹她的一個同鄉兼同學雷天順來報社做事務員，我以為是小姨的介紹，不會有問題；而且我的力量一貫放在編輯工作方面，對事務方面很少過問。而經理見雷天順

是我的小姨介紹來的，也不大敢管他。日子久了，雷天順在外面又嫖又賭，拉下虧空，最後偷了一筆公款潛逃。

這件事發生以後，賽春芳立即回去找雷天順家裡賠款，但雷天順家裡亦無辦法，賽春芳只得仍回鄭州。途中遇見政治部一個姓漆的督察員，他問起雷天順偷款的事，賽春芳為了顧全自己的面子，假說雷天順家裡已經賠款。那個督察員回來向劉子清反映，從此引起劉子清對我的懷疑；又因我一貫不善於逢迎，除了劉子清本人以外，他身邊的親信人物我一概不接近，這也引起政治部中一些人的不滿。同時，《群力報》鄭州版那時正辦得有起色，蔣蘊青又想來爭取。由於這些原因，在1946年10月，劉子清下令將《群力報》鄭州版與漯河版合併，由蔣蘊青當社長，我當主筆。這分明是削弱我的職權，所以我堅決辭職不幹。

在我擔任《群力報》社長期間，曾參加鄭州新聞界記者公會，並被選為常務理事。這時，鄭州新聞記者公會組織「鄭州新聞界豫災訪問團」，到河南黃泛區訪問，我被推為訪問團的領隊。趁著這個機會，將《群力報》交給蔣蘊青，率領鄭州各報記者，到許昌、漯河、周口、淮陽等地訪問。在訪問黃泛區期間，我寫了好幾篇通訊，內容都是說黃泛區的災情是中國人民解放軍造成的。這種反動的報導，不僅誣衊了人民軍隊，而且給國民黨反動派企圖利用黃河復歸故道以阻止中國人民解放軍南下的陰謀找到了藉口。

1946年11月，我訪問黃泛區歸來，到政治部要求另派工作。當時劉子清要我到整編四十一師做上校秘書。本當不去，又無法找到其他工作，結果還是去了。那時整編四十一師駐在河南考城，我到職之後，連續在豫東一帶行軍。我因脫離部隊多年，身體已不勝軍中勞苦；更主要的是由到處受到

民國三十五年7月18日
《群力報》

「尊敬」的社長，降為事事受人管束的秘書，心中憤憤不平。因此當整編四十一師行軍到開封附近時，我就請假回鄭州，向政治部提出辭職。劉子清勸說再三，我堅決不幹。從此，他不派我做其他工作，我也不再找他。這時是1946年年底。我在整編四十一師政治部不到一月，編過一本向士兵進行宣傳的手冊。

1947年1月，中央通訊社鄭州特派員范世勤見我在家閒居，將我介紹給《生力日報》社長李誼誼。李誼誼是王仲廉部的少將參議，跟著王仲廉到河南新鄉，接收了日寇的印刷機，就在新鄉創辦《生力日報》。但因條件不夠，報紙辦得並不好，所以他托范世勤代找一個總編輯。當過社長再去幹總編輯，在我本來不能接受。不過那時劉子清的門路已經不通，我在鄭州又無其他關係可以找到工作。為了生活，只得忍氣吞聲去幹。本來說好每月按當時的上校待遇給我法幣一百七十萬元，可是後來李誼誼並不履行他的諾言，我向他提出質問，他反說我鼓動印刷廠工人罷工，因此我就和他決裂轉回鄭州，先後不到三個月。從《群力報》到《生力日報》這一段情況，除前面已提到的戴子騰瞭解外，還可以向趙青勃瞭解。趙青勃是當時鄭州《春秋日報》總編輯，在鄭州和我同住過一個時期，他現在鄭州市文聯工作。

回到鄭州以後，就開始過著離開家鄉後的失業生活。這時我已有三個孩子，愛人沒有工作，平時又無積蓄。而蔣管區的物價正不斷高漲，所以生活很感困難。那時吳家堯還在《群力報》做總編輯，有時他接濟我一點錢，我自己也給《大公報》寫寫稿，但稿費的收入畢竟有限。後來吳家堯代辦《和平日報》在河南的推銷工作，推銷人可以按報費取兩成作酬勞。為了生活，我就從吳家堯那裡分了一部分《和平日報》在鄭州附近的幾個地區代銷。當時我還打算利用推銷積累一筆資金，然後自己辦報，並且用《知由民報》的名義向鄭縣縣政府登記，已取得准予發行的登記證。但因推銷報紙的收入很不固定，有時因為某一地區的代銷人不可靠而吃倒賬。推銷開始的幾個月，我的收入還不錯，後來因為禹縣、郟縣兩處代銷人

虧款潛逃，連累我賠墊報費。所以登記了的《知由民報》始終未辦成。

推銷報紙由1947年5月至1947年11月。推銷的報紙有《和平日報》和《中國時報》，銷行的地區有許昌、漯河、禹縣、郟縣等地。在推銷報紙期間，我因催收報款，常到許昌、漯河、禹縣一帶。後來由於隴海、京漢兩路常常中斷，鄭州附近各縣紛紛解放，推銷報紙的工作才不得不結束。在我推銷報紙時期，為了工作上的便利，曾給《和平日報》寫過幾篇通訊，取得《和平日報》駐鄭州記者的名義（沒有薪金，按稿計酬）。此外，因中央通訊社總編輯陳博生和《和平日報》社長黃少穀要作為全國新聞界的候選人競選立法委員，我受范世勤和吳家堯的委託，投過他們的票。瞭解這一段情況的，有前面提到過的戴子騰和趙青勃。

1947年年底，范世勤介紹賽春英到鄭州「大同一校」教書，但我依然沒有工作。這時，推銷報紙已不可能，到其他地方又無路費，我惟一的打算就是自己辦報。

❈ 創辦《華北日報》晚刊

（1948年1月—9月）

那時鄭州有一家《華北日報》，負責人是李拐公。這家報紙辦得很壞，經常停刊。但它自己有印刷機、廠房、辦公地點，條件還可以利用。1948年2月，這個報紙又停刊了。通過《生力日報》編輯姜杏林的接洽，由我來接辦，按月給李拐公一定的租金。那時，我雖

1948年3月創辦《華北日報》晚刊

然一個錢都沒有，但為了解決生活問題，不得不冒險一試。

於是，便東挪西湊地借了一點錢來維持工友的生活。經過半個多月的準備，在1948年3月，開始以《華北日報》晚刊面目出版。我自任社長，並兼編輯、校對。起初因原來的《華北日報》招牌太壞，銷路並不好。三月中旬，鄭州發生一件軍官殺妻案。當時鄭州各報都採訪了這個消息，但鄭州綏靖主任公署新聞處以事關軍人名譽，不便發表，派人到各報勸告抽掉這段新聞。我當時根據新聞記者「有聞必錄」的理由，拒絕了他們的勸告，只把其中比較刺激的字句改得緩和些，仍然予以發表。不久，鄭州有一個在銀行工作多年的職員，因年老失業，生活困難，被迫自殺未遂，送往醫院急救。我得到這個消息，除發表新聞、短評，並派記者到醫院送款慰問以外，還在報上發起為他募集生活費，得到很多讀者的捐助。自從這兩件事以後，《華北日報》晚刊聲名大著，銷路激增。同時，我又指派記者多方搜集一些小官僚的貪汙事蹟在報上刊載。這一個做法，也很得到當時一般讀者的同情。

當然，在那個環境裡辦這樣的報，而又沒有強有力的人撐腰是非常危險的。所以在一般新聞裡，特別是在人民解放戰爭的新聞裡，還是儘量刊載混淆是非、誣衊人民的報導，這就是當時蔣管區辦報的秘訣：所謂「小罵大幫忙」、「打蒼蠅不打老虎」。同時國民黨反動派那時正在準備召開國民代表大會，高喊「新聞自由」，這也給了我一個鑽空子的機會。

此外，那年四月，李宗仁當選為副總統。我和李宗仁本無關係，但估計在這時向他祝賀，必然會有答覆。所以我就以同鄉晚輩的名義打了一個電報去祝賀，果然李有覆信來表示感謝。當時我把我的賀電和李的覆信都發表在報上。

哈庸凡賽春英夫婦在《華北日報》晚刊上祝賀友人喜結連理的告示

外人搞不清楚我和李的關係，所以對我不得不存在幾分顧慮。同時，由於我在鄭州新聞界搞了一二年，人事相當熟悉，當時鄭縣總工會和鄭縣商會的理事長和我都有交情，鄭縣總工會理事長陳耀龍並且借給我房子住，大家互相利用。因此，在那個環境裡辦那樣的報，不僅沒有碰到麻煩，反而月月賺錢。我辦《華北日報》晚刊是從1948年3月到1948年9月。瞭解這一段情況的，除前面已提到的戴子騰、趙青勃外，還有一個馬長風，馬當時是鄭州《群力報》記者，解放後在河南省文聯工作。

我向李拐公租借《華北日報》，原訂半年合同。後來李拐公見報紙銷路激增，有點眼紅，要提高租金。恰好這時鄭州警備司令換了陳遠湘。陳原是第五綏靖區政治部主任，我在《群力報》時認識他。他到了鄭州以後，就和我商議另辦一個《大同日報》，等《大同日報》出版，就放棄《華北日報》。正在籌備期間，因濟南解放，戰爭形勢變化，中央要縮短戰線，集中兵力，防守南京週邊，決定放棄隴海路徐州以西地區。九月底，鄭州軍政機關紛紛東遷，《大同日報》決定不辦了。我看情況不好，那時對共產黨的政策又不瞭解，不敢在鄭州留下來。

❋ 輾轉安徽參加民盟

（1948年10月—1949年11月）

十月初，《華北日報晚刊》決定停版，我帶著家屬來到徐州，想在徐州找工作。這時徐州剿總秘書長是劉子清。我過去曾抗拒他的委派，本來不好找他。不過那時既到徐州，進退兩難，所以最後還是找他要工作。劉子清雖兩次接見我，但對工作問題總不肯定。我在焦急之餘，想到徐州離蚌埠不遠，安徽還是廣西人的「天下」，且到蚌埠看看能否再回廣西集團工作。但1943年我在金寨負氣出走，現在失業回來找工作，怕別人笑話，於是就印了一盒名片，冒充是徐州剿總政務委員會的專員，假裝「騎著馬找馬」，面子上好看。十

月下旬，我帶著家屬來到蚌埠，遇見過去在「皖幹團」黨政班同時受訓的殷乘興，問起情況，才知道這時安徽省主席已換夏威，省府秘書長兼代理民政廳長是黃紹耿。如果沒有要人介紹，難以找到工作。這時聽說韋永成在南京做立法委員，我就由蚌埠到南京去找他，不想他已回桂林，我只得仍回蚌埠。

那時我身邊錢不多，恐怕坐吃山空，遂把所有的錢買成香油，避免因物價波動而影響幣值。我在南京時，聽說南京油價高，所以就從蚌埠運了二百斤油到南京去，由於運費太貴，得不償失，在浦口就賣掉了。這一次，又到南京找國防部新聞局的過去在五戰區政治部認識的朋友，托他們設法找工作，結果仍無著落。後來賽春英在蚌埠遇見她的同鄉馬大奇，馬當時是一個軍官，有事到上海，控制了一批車輛。賽春英便托他把購存的香油運往上海出售，以後馬大奇一直沒有消息（1952年我調懷遠工作，馬大奇也在懷遠鄉間小學教書。後被逮捕法辦）。我由徐州到蚌埠這一段情況，馬長風可以瞭解；由蚌埠到南京這一段情況，殷乘興可以瞭解；馬大奇運油到上海一事，懷遠小學教員孫芳榮、張毓芳可以瞭解。

眼看在蚌埠待下去沒有辦法，十一月下旬，我就和殷乘興同到合肥。通過殷的關係，認識了董光昇、鄭震、周蕪等。從他們當中，知道過去和我同在貞幹中學教書的李湘若已參加了民盟，正在合肥從事地下活動。

一天晚上，我見著李湘若，他把當時解放戰爭的形勢向我講了一番。這時，我才打破了對國民黨反動派的幻想，因而也參加了民盟。並由李湘若介紹我到合肥官亭區區長龔衡軍（龔已參加民盟）處，和皖西軍區三分區政委唐曉光同志見面，由唐曉光政委派三分區聯絡部部長蔣壽民到合肥城裡指導我們進行活動。後來李湘若準備到安慶爭取第一區專員全無若，因我和全無若熟悉，曾寫一封信交李帶去。同時，那時駐防六安的二三六師師長王佐文（即一八九師五六六團團長王佐民）和我是舊交，又決定我到六安爭取王佐文起義。到六安時正是晚上，第二天二三六師移防舒城，合肥

又叫我趕回來，所以只寫了一封信給王佐文，沒有和他見面。

當時合肥盟員相當多，而李湘若又去安慶未回。大家研究，成立「民盟皖北籌備處」，推我為主任。合肥解放前夕，按照三分區的佈置，在城裡印發標語，並準備歡迎解放軍。合肥解放後，幫助解放軍清查物資，並搜索了第八綏靖區留下的一部電臺和兩個報務員。瞭解這一段情況的，除唐曉光（解放後任安徽省商業廳長）、宋日昌（現任上海市副市長）二首長外，還有李湘若、童車五（現在安徽民盟）、龔兆慶（現在安慶民盟）、周景紹（現在安徽師範專科學校）、周介如（現在安徽省文化局）、董光昇（現在合肥業餘學校）、周燕（現在安徽師範學校）等同志。

合肥解放後，宋日昌主任見我生活困難，除由合肥市軍管會按月給我津貼外，並將賽春英介紹給合肥市人民政府分配做小學教師。那時，江南還未解放。宋主任打算派我過江再進行地下活動，他介紹我到當時駐防巢縣的四支隊。後來四支隊政委認為我的身份已經暴露，不宜再過江去，仍介紹我回合肥。

宋主任又打算介紹我做教育工作，我不願意，要求學習。於是，宋主任便介紹我去投考華野隨營幹校。1949年4月，正式入校學習。和我同時去華野隨營幹校學習的有殷乘興、董光昇、李平凡等，都是民盟盟員。在學習期間，為了爭取進步，我們覺得沒有必要再保留民盟盟員的身份。同時，過江以後，跟上海民盟組織聯繫不上，李湘若又不知消息，沒有適當的證明，因此，我們決定向組織上提出退出民盟。

1949年11月，學習結束，統一分配皖北工作。到了皖北行署，被分配在優撫局宣教股主編《皖北榮軍》。1950年5月，提升為教育幹事。8月，調皖北區復員委員會任助理秘書。1951年1月，調回優撫局秘書室任秘書。1952年9月，調安徽榮校教育科任副科長。1953年5月，調安徽省革命殘廢軍人第三速成中學任教導主任。我在合肥解放後至華野隨營幹校學習這一段情況，宋日昌副市長可以瞭解。

45

✲ 社會關係紀略

我在舊社會生活了卅餘年，社會關係不少。除前面「社會經歷」中已提到的以外，現將一些主要的社會關係交代如下：

哈秉良[1]——他是我的九叔。

幼年在家做小商販，後因虧折本錢，借了一筆路費，偷偷跑到廣州投入軍隊，以後入中央軍校第三（？）期炮科，畢業後一直在中央軍工作。1938年7月，我在漢口見到他，那時他是武漢衛戍總司令部炮兵指揮部少校參謀。1946年在鄭州和他通信，那時他在南京國防部當上校部員。1948年在合肥聽馬行蒼說，他在江西省保安司令部當上校參謀處長，並未通信。解放後情況不詳。只知道他是在南京結婚的，他的岳父是南京一個清真寺的阿訇，住在南京下關挹江門附近。

馬行蒼——他是我的表叔，是我祖父的妹妹的第三個兒子。

年紀和我差不多。小時在私塾同過學，也是我在少年時代經常來往的朋友之一。1937年他在桂林考入五路軍譯電人員訓練班，以後就在廣西部隊當譯電員。1938年7月，我由漢口到湖北廣濟一八九師政治部到職，在湖北浠水見著他，那時他是十一集團軍總部機要室的中尉譯電員。1948年12月在合肥又見著他，那時他是安徽省政府秘書處第三科（主管機要）的主任科員。合肥解放前，他隨安徽省政府撤到蕪湖。平時彼此不常通信，解放後情況不詳。

白鳳榮[2]——她是我的三姨。是我母親不同母的妹妹。

廣西省立女子師範學校畢業，畢業後就在這個師範學校的附屬小學教書。第一次國內革命戰爭時，她在桂林學生界中相當活

---

[1]　按：陸軍少將。抗戰期間曾在陸軍大學參謀班西北班第九期受訓。

[2]　按：1936年8月，白鳳榮曾與桂林穆斯林有識之士倡議辦學興教，在桂林西門外清真古寺和西巷清真寺內創設國民基礎學校兩所，並擔任兩校董事會董事。

躍，以後就消沉起來。我小時候在外祖父家，都是她帶我睡，並指導我複習功課。1938年我離開桂林時，她還在當小學教師。那時她已卅多歲，尚未結婚。我出外以後一直和她通信。1940年後沒有信來，情況不詳。

白洪波——原名白亦宋，是我的大舅父，我母親的叔伯兄弟。

曾在軍隊中做過副官之類的工作，後來回家做生意。抗戰發生後，他又參加軍隊，比我早離開桂林。1938年我到一八九師政治部工作，那時他也在一八九師一一〇八團第二營當中尉副官。1939年秋，一八九師在棗陽進行整編，他被編餘，送入軍官隊。臨走時我送給他十塊錢路費，以後不通書信，但從桂林來信中知道他已回家。

白鶴超——他也是我的舅父，我母親的遠房兄弟。

廣西陸軍講武堂畢業。一度做過廣西軍閥梁華堂的參謀長。梁華堂失敗後，一直在家閒居。抗戰前在五路軍總部副官處當上尉副官。1938年7月，我由桂林到漢口，經過湖南衡陽，那時他在五路軍總部駐衡陽辦事處做上尉副官。以後情況不詳。

唐去非——桂林人。

父親當律師，家裡很有錢。從小好結交朋友，對文學有一定修養。我在高中上學時認識他，那時他在桂山中學讀書。因他父親和我父親在廣西法政學堂同過學，所以我和他的交情很好。我在桂林失業期間，就經常住在他家裡，他是對我青年時期的思想有影響的一個人。他在桂山中學未畢業，因一次豪賭大輸，偷了他母親的一隻金鐲，到廣州考入私立知用中學。以後又脫離知用中學，考入中央軍校第十一期步科，1936年畢業，分配在桂林廣西省立桂林中學軍訓大隊當準尉區隊副，以後升為少尉。1938年我離開桂林時，他在那個軍訓大隊當中尉區隊長。我出來後一直和他通信，1942年我在金寨接到他的來信，那時他在雲南邊境駐防，是某團的少校團副。以後聯繫中斷，情況不詳。

朱平秋——桂林人，私立三民中學畢業。

幼年讀書甚多，長於舊體詩詞，新文學修養也很好。他也是唐去非的好友。我們經常在一起研究文學。他家裡很窮，也是和我一樣過了一段很長的失業生活。1935年，第四集團軍總部在南寧成立巡迴講演團，他在那裡當少尉團員。1936年這個團遷到桂林，改為國防藝術社，他仍在那裡工作。這時並和我一起發起組織「風雨社」。我離開桂林以後，沒有和他通過信，情況不詳。

王承祖——桂林人，破落的舊家子弟。

在桂山中學未畢業即休學，很長時期找不到工作。1936年和馬行蒼一同考入五路軍譯電人員訓練班。我離開桂林時，他在五路軍總部參謀處當少尉譯電員。以後經常通信，我母親去世的消息，就是他來信告訴我的。桂林被日寇佔領後，即無信來。情況不詳。

陳邇冬——原名陳鍾瑤，桂林人。

和我在小學、高中同學。高中休學後，也是和我一樣長時期找不到工作，後來考入廣西省立師範專科學校，不久又休學。我們平時常在一起研究文學，和我同時在《桂林民國日報》做過校對工作，以後又同我一起發起組織「風雨社」和創辦「紫金書店」。1938年初，他在五路軍總政訓處國防藝術社當中尉社員。我離開桂林後，沒有和他通信。1952年，從傅善術處瞭解，他在山西大學做教授，現在他是民革中央團結委員。

吳家堯——廣西北流縣人。

廣西省立師範專科學校畢業，畢業後即被分配在《廣西日報》當記者。同我相處很好，他向我學習文學，我向他學習社會科學，彼此都很尊重。他的個性很強，對人絕不阿諛。這種性格跟我很相似，因此我和他的關係更為親密。1938年上半年，他和我一同編輯《廣西日報》第二次版。我離開桂林不久，他也以《廣西日報》戰地記者的名義出發到鄂北。1938年年底和1939年年初，我在襄陽和隨縣兩次見到他。以後他就到大別山，在「皖幹團」當少校指導員，後來在「皖幹團」第四隊當中校主任指導員。在「皖幹團」工作期間，

他被調到重慶中央訓練團受訓。1942年12月，他和我與黃敬恕一道由金寨到老河口，他被介紹到湖北房縣軍校八分校入伍生第三團當中校教官。

1945年6月，入伍生第三團結束，我約他來均縣《陣中日報》當總編輯。以後先後在漯河《群力報》及鄭州《群力報》擔任副總編輯及總編輯。1946年10月，我賭氣脫離《群力報》，政治部主任劉子清為了籠絡他，加給他一個政治部上校督察員的名義，仍任《群力報》總編輯。1947年，他在擔任《群力報》總編輯職務之外，又兼辦《和平日報》在河南的推銷工作，收入很豐裕，這時他在鄭州第二次結婚。1948年10月，《群力報》由鄭州遷往徐州，劉子清又任他為徐州剿總政工處第二科（主管宣傳）上校科長，仍兼《群力報》總編輯。徐州解放後下落不明。

黃敬恕——廣西蒙山縣人，據說是廣州中山大學畢業。

抗戰以後，他在一七一師（廣西部隊）當少校政訓員。進入大別山以後，在「皖幹團」第六隊當中校主任指導員。我到「皖幹團」工作時才認識他。平日跟我和吳家堯性情相投，處得很好。1942年12月，我們三人一道離開金寨到老河口，他被介紹到湖北谷城仙人渡鄂北青年訓導團當中校教官。抗戰勝利後，他被編餘到軍官大隊。1946年末，他到鄭州來找我和吳家堯，因當時我已脫離《群力報》，無法給他安插工作，遂在我和吳家堯處閒住。1947年上半年，他幫助吳家堯在河南襄縣、新鄉等地推銷《和平日報》。1947年冬，吳家堯給他一筆資金，叫他到信陽販炭來鄭州賣。他到信陽之後，京漢路南段中斷，炭運不來。不久在漢口來過一封信，以後一直沒有消息。

殷乘興——安徽合肥人。

1942年2月，我在「皖幹團」黨政班受訓時認識他，那時他是安徽省政府保安處防空科的上尉科員，和我同編在一個班。因他在班裡年紀最小，又愛好寫作，所以我和他很接近。結業以後，他回保安處工作。不久，就到三青團安徽支團部籌備處編刊物。以後我介紹

他到「皖幹團」訓導處第一科當少校科員，主編「幹訓」月刊。我離開金寨到老河口以後，曾和他通過幾次信。抗戰勝利前，聽說他在十戰區長官部政治部當少校秘書。

1948年10月，我由徐州到蚌埠，那時他正擔任蚌埠市民教館館長，同時兼《大中國報》總編輯。不久，他和我一同到合肥參加民盟，並一同在合肥從事地下活動。解放後他和我一同到華野隨營幹校學習，因身體太差，中途退學。回合肥後，先後在皖北行署文教處及安徽文聯工作。在合肥時常見面，我調懷遠工作後未通過信，近況不詳。

賽春珊——湖北棗陽人，賽春英的哥哥。

父母死後，家境日漸困難。我生第一個孩子以後，他到老河口來探望過一次，以後即未見面。賽春英和他感情不好，很少通信，近況不詳。

賽春芳——湖北棗陽人，賽春英的妹妹。

1939年在棗陽參加一八九師政治部政工隊當隊員。一八九師離開棗陽，她也脫離政工隊。我和賽春英結婚時，她在襄陽湖北省立第五高級中學，以後轉學到鄖陽湖北省立第八高級中學。我在老河口及均縣時，她都來過，並住了一個時期。抗戰勝利後，隨我們一起到鄭州。我曾介紹她到群力出版社做會計工作。雷天順偷款潛逃以後，她回棗陽追款無著，以後一直不敢再來鄭州見我們。解放後據說她在北京，具體情況不詳。

韋永成——廣西臨桂縣人，莫斯科中山大學畢業，李宗仁的外甥，蔣介石的侄女婿。

先後做過五路軍總政訓處少將處長、十一集團軍和廿一集團軍總政訓處少將處長、五戰區長官部政治部中將主任、安徽省民政廳長、立法委員。1937年，他兼任《廣西日報》社長，這時我才認識他。我由《廣西日報》轉入部隊政工是他的介紹，由部隊秘書轉到「皖幹團」受訓，也是他的介紹。1942年我離開金寨時，他送給我一百元路費，並寫信給廣西省主席黃旭初為我安插工作。1944年我

在光谷警備司令部工作時，他因事去重慶，路過老河口，我去看過他一次。1948年11月，我到南京找他介紹工作，他已回桂林。此外並未見到他，平時也不給他寫信。

韋永成對我的印象，主要是見我有一定的寫作能力；我對韋永成，平時很少接近，因為怕別人說我靠後臺吃飯。只在十分必要的時候，我才去找他。

王佐民——後來改名王佐文，廣西貴縣人，廣西軍校高級班畢業。

抗戰以後，先後做過一八九師中校參謀處長、一一○七團中校代團長、五六六團上校團長、一八九師少將副師長、四十八軍少將參謀長、二三六師少將師長。我開始當政訓員，就在他那一個團。那時軍隊中軍事人員和政工人員常有爭執，工作搞不好。王佐民個性倔強，又比當時一般軍官有學識，所以他更看不起政工人員。我在下團以前，掌握了他的情況。下團以後，遇事和他商量，尊重他的意見，不擺出對立的樣子。他看不起當時一般政工人員油頭粉面的做派，而我的生活比較樸素，也能在火線上進出不怕。因此，他比較重視我，不但和我處得很好，而且還要求他的下級都和我好，讓我放手做工作。有時政訓室的經費不夠，他就從團裡拿錢來補助。1940年4月，他聽到我被調到八十四軍政治部當科員的消息後，非常不滿，並積極向師長淩壓西推薦我到師部當秘書，用這個辦法來抵抗軍政治部的調令。1941年1月，我脫離一八九師時，他還在五六六團當團長。以後我和他常通信，一直到我離開金寨到老河口，因感到自己發展不大，羞對故人，這才停止給他寫信。

1948年11月，我到合肥，聽說他在二三六師當師長，駐防六安。我曾寫過一封信給他，後來並到六安去，打算爭取他起義。根據我和他的關係，我相信縱然爭取不成，他也不會害我。但我到六安之後，他正好移防舒城，只給他寫了一封信，未得面談。1949年6月，我在三野軍政幹校學習時，還向組織上要求隨軍南下，爭取王佐民起義。後來組織上認為大軍南下之後，他這一個師不會跑得

了，只叫我把他的歷史、性格以及作戰的特點等寫下來，寄給前方部隊。此後他的情況不詳。

淩壓西——廣西容縣人。廣西講武堂和廣西軍校高級班畢業。

北伐時當過營長，抗戰前當團長兼副師長。抗戰以後，才當一八九師中將師長。後因在隨縣抗敵有功，被升為八十四軍副軍長，仍兼一八九師師長。他駐防隨縣時，曾積極組織當地的黃槍會參加抗戰。我在師部當秘書時，曾陪他到老河口五戰區長官部開過一次軍事會議。他雖是廣西部隊中較老的軍官，但因是行伍出身，又缺乏交際手腕，所以在我離開一八九師不久，他以副軍長的職務被調回廣西當師管區司令。1944年，我在老河口警備司令部工作時，他由廣西到老河口任五戰區兵站總監部中將副監。1945年，李宗仁調漢中行營主任，他跟到漢中，被任為安康警備司令。不久，安康警備司令部撤銷，他到漢中行營當中將參議。

抗戰勝利後，我在鄭州見著他，那時他正準備回廣西。以後聽說他在廣西當專員。因未通信，情況不詳。

全無若——廣西梧州人。

抗戰開始，任一七六師（廣西部隊）政訓處中校處長，後調八十四軍政治部上校主任。他讀過一些書，懂得一些理論，善於言談，喜歡和文人接近，大家認為他是當時一般政治部主任中比較開明的一個。我隨一八九師駐防隨縣時，曾到軍政治部駐地去看他，這是我第一次和他見面。1939年8月，他來兼任一八九師政治部主任，我和他的關係很不錯。

1940年4月，政工系統改組，他把我調到軍政治部當科員，我認為這是降低我的職權，抗不到職，從此就和他有了隔閡。1941年秋，我在「皖幹團」訓導處工作時，全無若來接任訓導處處長。當時我認為全無若一定會懷恨前事，跟我為難。但他到職以後，仍然跟過去在一八九師一樣，和我處得很好，並且讓我放手做事，從此我又恢復了對他的好感。1942年7月，全無若調重慶中央訓練團受訓，我被「皖幹團」免職。

1943年2月，全由重慶回安徽，路過老河口，我去看他，他對我離開「皖幹團」表示非常惋惜。後來聽說他當過六安、桐城等縣的縣長。1948年11月，我到合肥，聽說他在安徽省第一區（即安慶）當專員。那時合肥民盟盟員有很多人主張我利用舊關係，爭取當縣長，以便擴大活動地區。我就寫了一封信請他幫助。他答覆不久到合肥來面向省府推薦，但結果他一直沒有來。1948年底，李湘若準備到安慶爭取他，我寫了一封信給李湘若帶去。安慶解放後情況不明。

梁家齊——廣西臨桂人。廣西軍校一期畢業，是廣西部隊中有名的「少壯派」。

我在《廣西日報》做記者時見過他，那時他是五路軍總部軍務處上校副處長。但當時我跟他並不熟悉。1943年在老河口經鍾宇翔介紹才正式認識，那時他是五戰區長官部軍務處少將處長兼光谷警備司令，是當時五戰區長官部的「紅人」之一。

賽春英到光化縣銀行工作，就是我要求他介紹的。他喜歡別人奉承，而我偏不幹這一套。因此，我雖在警備司令部做秘書達兩年之久，但和他的關係還是很平淡。李宗仁調漢中行營主任後，他在行營當中將參議。抗戰勝利後，據說他在桂林市當市長。因無聯繫，情況不詳。

馮　澍——字春池，廣西蒙山縣人。

我在老河口經鍾宇翔介紹認識，那時他是五戰區長官部調查室上校主任，又兼三青團五戰區支團部書記，後調五戰區長官部政治部少將副主任兼《陣中日報》社長。因平時知道我過去辦過報，有一定的經驗，所以在他接辦《陣中日報》時，便極力找我幫忙。起初本來要我當總編輯，因我那時還在光谷警備司令部工作，恐怕影響他跟梁家齊的關係，所以後來才約我兼編副刊。1945年2月，李宗仁調漢中行營主任，五戰區的廣西人大都跟李到漢中，馮澍因暫時脫身不得，便要我留下來擔任總編輯，並且報請長官部委我一個上校參議的名義，用這個辦法來穩住我的心。

以後我才知道，在當時馮已決定要走，他是借我來擺脫《陣中日報》的負擔的。1945年6月，馮果然交代了政治部副主任的職務西入漢中。

抗戰勝利後，聽說他在華中剿總新聞處當副處長。因無聯繫，情況不詳。

劉子清——江西吉安人。中央軍校二期步科畢業。

抗戰期間，在張治中當軍委會政治部部長的時候，他是政治部第一廳中將廳長。1945年7月，調五戰區長官部政治部中將主任。劉到職以後，帶來了一批私人，其中就有自稱為辦報內行的蔣蘊青。

1945年9月，五戰區長官部進駐漯河，劉將《陣中日報》改為《群力報》，以潘國屏兼社長，蔣蘊青為副社長兼總編輯。這時，劉對我尚不瞭解，將我由社長改為副總編輯。我堅決不幹，劉才改派我當經理，另設一個懂業務的副經理。這不過給我一個虛職，免得我埋怨。同時利用我對報社原來情況較為熟悉，便於進行工作而已。《群力報》創刊以後，事實上暴露了蔣蘊青對辦報並無經驗，動筆更有困難。於是，劉便要我試寫社論，寫了幾篇以後，他很滿意。有一次，他對駐漯河投降日軍藤田進師團講話，叫我去當記錄，在整理他的講稿的時候，我參加了一些意見，這也使他很滿意。從此他對我改變了看法，而對潘、蔣卻相應地有了反感。

所以當1946年1月《群力報》遷移鄭州出版時，他除了在面子上仍然維持潘國屏兼社長的名義外，將我提升為副社長兼總編輯，並在會議上宣佈：《群力報》全部工作由我負責。1946年2月，因潘國屏對報社工作有些牽制，劉子清乾脆不讓潘國屏兼社長，把我提升為社長。這是劉子清對我最信任的時期。而我也覺得如果不把《群力報》辦好，就對不起他。所以雖然當時《群力報》經費十分困難，報社工作人員一再要我向政治部請求增加經費，但我只是勉勵大家努力幹下去，等報紙辦得更有起色的時候，才向劉子清開口。

當時我認為有了劉子清的信任，從此就一帆風順，沒有問題，而對劉子清周圍親信人物的力量估計不足；又由於我的個性孤傲，

一向以憑本事做事為光榮，對拉拉扯扯、搞關係的那種做法看不上眼，所以我和劉子清周圍的親信人物都不大接近。這些人物都是很久以來跟劉子清做事的，他們對劉有一定的影響。這時，他們一面對我的驕傲自大感到不滿，一面又認為報社有很多的油水可撈，所以常常打主意把報社弄過去。恰好雷天順偷款潛逃的事件發生，劉子清對我用私人管錢提出指責。而賽春芳謊說雷天順家裡已經賠款的事傳到劉子清耳中，更引起他對我的懷疑。同時，這時《群力報》已度過了危機，基礎日漸穩固。劉子清又瞭解吳家堯的能力跟我不相上下，於是在1946年10月，便將《群力報》鄭州版與漯河版合併，仍以蔣蘊青為社長，將我調為主筆。我氣憤不過，堅決不幹，要求另派工作。劉子清便調我到整編四十一師政治部當秘書，我去了不到一個月，就回來辭職不幹。從此，劉子清不再給我工作，我對劉子清的埋怨也更加深。

1948年10月，我來到徐州，那時劉子清在徐州剿總當秘書長，迫不得已，我去找他要求工作。他接見我兩次，不說是不給工作，只叫我等待機會。等了將近半個月，沒有著落，我估計他不過是一句應酬話，也不願再待下去。所以就決定到蚌埠來。從那時起，我和劉子清的關係就斷絕了。

蘇　鋐——現名駱明，廣西靈川縣人。他是我在小學和中學的同學。1952年我從傅善術的談話中知道他任廣西梧州區專員。後來又聽傅善術說他調到廣西省人民政府任秘書長。他瞭解我在讀書時期的情況。

洪雪邨——江西人。1936至1937年間，他在《廣西日報》做副刊編輯，我那時常給他編的副刊寫稿，和他是朋友關係。解放後在報上看到他任政務院秘書處處長。他所瞭解的就是我組織「風雨社」，搞「風雨劇團」以及我參加《廣西日報》工作這一段情況。

陳鍾瑤——現名陳邇冬，廣西桂林市人。他是我在小學和高中的同學。1952年我從傅善術的談話中知道他在山西大學當教授，去年從章敏的民革刊物中看到他擔任民革中央團結委員。他所瞭解

的情況，包括我在讀書時期，在《桂林民國日報》、在婦女工讀學校、在《廣西日報》以及組織「風雨社」、搞「風雨劇團」、辦「紫金書店」等幾個時期。

傅善術——廣西桂林（鄉下）人。他是我在小學和高中的同學。1952年皖南行署和皖北行署合併，他由皖南調來合肥，我才和他重新見面。他現在安徽省民政廳優撫處工作。他所瞭解的情況，包括在讀書時期，在《桂林民國日報》、在《廣西日報》以及組織「風雨社」、搞「風雨劇團」、辦「紫金書店」等幾個時期。

李天敏——廣東梅縣人。我在《廣西日報》當記者時，他是五路軍總政訓處少校處員兼編《廣西日報》副刊，後來我在「皖幹團」工作時，他是「皖幹團」第一隊上校指導員。我和他曾經兩度同事。從章敏談話中知道他現任無為中學校長。他所瞭解的就是我在《廣西日報》和「皖幹團」這兩個時期的情況。

戴子騰——徐州人。他曾擔任過《陣中日報》編輯、《群力報》編輯和副總編輯，和我是同事關係。1951年我在合肥遇到他的愛人申淑真下鄉參加土改，才知道他在上海《勞動報》當編輯。他所瞭解的是我在《陣中日報》、《群力報》、《生力日報》、《華北日報》這幾個時期的情況。

張毓芳——湖北棗陽縣人。1952年我調來懷遠工作，才知道她在懷遠鄉下任小學教員。1939年她參加189師政工隊任政工隊員，和我是同事關係。對我在189師工作的情況她能瞭解。

孫芳榮——懷遠人。上學期以前她是懷遠縣南崗小學教導主任，現在還在懷遠小學工作。她和我並無關係，她所瞭解的情況，只有1948年11月在蚌埠，賽春英托馬大奇運油到上海賣那一段。那時她和馬大奇正在談戀愛，並且是和馬大奇一塊走的。

何德潤——現名賀希明。我和他的弟弟何德璋是同學，和我算是朋友關係。解放後我從宋日昌主任談話中知道他任蘇北行署主任，後來在報上看到他任廣東省副省長。他所瞭解的就是我由《廣西日報》轉入部隊政工這一段的情況。他是廣西桂林市人。

趙青勃——天津人。從刊物上知道他現在鄭州文聯工作。1946至1948年我在鄭州時，和他是朋友關係。1947年並和他在一起住過一年。他所瞭解的情況是我在《群力報》、《生力日報》、《華北日報》以及推銷報紙、在整編41師政治部辭職不幹這幾個時期的情況。

陶若存——安徽舒城人。從4月16日《安徽日報》第一版政協安徽省第一屆委員會特邀委員增選名單中，知道他現在是政協安徽省第一屆委員會的特邀委員。我在「皖幹團」受訓時，他是我那個小組的指導員。後來我在「皖幹團」訓導處工作時，他是「皖幹團」訓導處代理處長，和我是同事關係。他所瞭解的是我在「皖幹團」受訓和在「皖幹團」工作的情況。

✱ 幾個主要時期的思想情況

我在少年時期，受母親的影響很深。

我母親出身於富商之家，幼年上過家塾，讀過書，講究三從四德，追求榮華富貴，是一個具有濃厚的封建意識的舊式婦女。我父親去世以後，我母親以廿四歲的青春守節撫孤，唯一的希望就是要我讀書成名，所以從小便教育我繼承父志，脫離勞動，做一個騎在別人頭上的人。

有兩件事我至今還記得很清楚：一件是母親時常問我：「你長大了吃筆墨飯（指做官）還是吃挑抬飯（指下力的工作）？」要是我回答「吃筆墨飯」，她就很高興，並在人前誇獎我。另一件是當我十多歲的時候，許多親族都勸我母親把我送去當學徒，我母親堅決不同意，一定要我走讀書這條路。

同時，我祖母和母親兩代孀居，只有我一人，平時嬌生慣養，不管家裡如何困難，總不讓我受委屈；另一方面，我外祖父年過五旬，尚無孫子，把我當作自己的孫子看待，一年中有半年時間在他家生活。所以我的家庭雖然貧窮，但我過的生活卻比較優裕。在這種教

育和這種環境的影響之下，我自幼便輕視勞動，看不起讀書以外的任何職業，總想通過讀書這條路，做一個「人上之人」。這種思想在初中和高中讀書時期繼續發展，而且由於年歲漸長，知識漸多，這種思想也更加牢固。這是我一個最基本的思想傾向。

祖母和母親雖然疼愛我，然而，到底由於家境貧苦，做針線的收入有限，除了維持我上學的費用以外，其他方面就「心有餘而力不足」。所以我在嬌生慣養的同時，也嘗盡了辛酸生活的滋味。

這裡我也還記得兩件事情：一件是母親做了一雙布鞋，塗上桐油，給我在下雨天穿。桐油的氣味很重，穿到學校，被有皮鞋的同學群起嘲笑，甚至把我的油鞋用竹竿挑起來給大家看。又一件是母親沒有錢給我買制服，只得買土布染上色自己縫製。手工縫的當然沒有機器縫的好看，穿到學校，也引起同學們哄堂大笑。

同時，由於生活困難，祖母和母親除了白天黑夜做針線以外，還常常當賣衣物，這給我的印象也很深。尤其是祖母去世以後，我和母親在外祖父家寄食，常常受到一些冷言冷語，逢年過節還要回到自己的家族中過幾天。這種被欺負、被侮辱的遭受，使我感到非常難過，也使我很早就對現實生活有了體驗。以後接觸了一些進步的文學作品和社會科學書籍，對舊社會的黑暗就更有進一步的認識。這是我又一個基本的思想傾向。

以上兩種思想傾向，經常互相鬥爭。當我處在比較順利的環境裡的時候，前一種思想傾向就占上風；當我處在不順利的環境裡的時候，後一種思想傾向又抬起頭來。然而，到底由於我的生活接近剝削階級，受剝削階級的影響最深，而且又極富於動搖性，所以在解放以前的半生歲月中，到底是前一種思想傾向戰勝了後一種思想傾向；但是也正因為後一種思想傾向有一定的生活基礎，它在我身上還未完全消滅，所以在全國解放前夕，我還有勇氣走向光明。

以下是我在解放前後幾個主要時期的思想演變情況：

我在高中休學以後，打破了進大學的夢想，也感到自己的抱負沒有實現的可能；又因長期找不到工作，常被親友譏笑；加上文學

作品的啟發，使我更進一步體會到舊社會的人情冷暖、世態炎涼的滋味。我感到生活在那樣惡劣的環境裡，希望是渺茫的，掙紮是困難的，由此形成一種消極頹廢的思想。在這一段期間，越是找不到工作，思想越苦悶；思想越是苦悶，就越是尋找刺激，所以吸煙、喝酒等行為，都是從這時開始的。

到桂林軍團婦女工讀學校教書以後，生活已趨於安定。在一種事業的狂熱的衝動之下，我想以郭沫若的「創造社」和茅盾的「文學研究會」為榜樣，發起組織業餘文藝團體「風雨社」，企圖從這裡給自己的文學事業打下基礎。但由於意志不夠堅強，經不起狂風驟雨，一遇到外面的壓力和內部的困難，便停止活動了。

到《廣西日報》工作，是我走上反動道路的開始，也是我工作得意的開始。本來我和《廣西日報》毫無關係，只是因為過去寫過幾篇通訊，居然有人找上門來，請我去當記者，這對我已經是一個意外的遭遇；而在當時《廣西日報》的六個記者中，只有我採訪的新聞多，寫的東西好，工作做得出色，得到《廣西日報》負責人的賞識。在這些十分得意的事實面前，我覺得自己的前途很遠大。我想，既然在新聞工作上已經成名，那就應該做進一步的打算，所以趁著抗日戰爭的機會，要求到前方部隊工作。

從離開桂林起，我的發展就步步順利，毫無阻礙。當時和我一起在《廣西日報》當記者的，到部隊工作都不過是中尉，而我一出來就是上尉；在一八九師工作不到八個月，就由上尉科員提升為少校團政訓員；後來八十四軍政治部調我去當科員，而結果我卻堅持自己的意見拒不到職，並且獲得了比科員更為「體面」的秘書的職位；到「皖幹團」受訓一個月，出來即被提升為中校主任處員（科長）。

從以上一連串的事實中，我認識到一個人只要真正有本事，肯賣力工作，一定會得到賞識，也一定會取得自己所希望的地位。由於這種認識，一方面加強了自我優越感，產生了越來越濃厚的驕傲自滿情緒；另一方面也增加了對國民黨廣西集團的好感，把個人的

利益和國民黨廣西集團的利益結合起來，使自己成為國民黨廣西集團的工具。不過這時我對抗戰還抱著很高的熱情，所以對於當時所見所聞的貪汙腐化、發國難財的現象，也存在著一定程度的不滿。雖然如此，但我對於國民黨還是抱著一種溫和的改良主義的態度，希望通過輿論，督促當局採取一些開明的措施。這就是我在「皖幹團」工作前後的另一種心情。

在「皖幹團」被免職，是我一個很大的挫折。這不僅打擊了我的自尊心，更主要的是失去了我的中校的職位。因此，雖然我在「貞幹中學」教書的待遇並不低於我在「皖幹團」工作的待遇，但是，我卻非常不甘心。不過在被免職以後，覺得不好去見韋永成，而在其他方面又找不到適當的職位，才不得不屈就教員。所以當吳家堯、黃敬恕和我商議一起出走的時候，立刻得到我的同意。在此以前，我們都對國民黨廣西集團有好感，而且也自認為是國民黨廣西集團這個系統的幹部。這時，由於我們三人對「皖幹團」教育長黃紹耿都非常氣憤，因而連帶對國民黨廣西集團也有不滿，認為國民黨廣西集團對幹部都是按班輩提升，我們的資歷太淺，不容易爬上去。要想一鳴驚人，只有脫離國民黨廣西集團，憑自己的本領，到外面做一番事業。由於這種想法，便引起了投奔湯恩伯集團的動機。雖然明知湯恩伯集團比廣西集團更為腐化惡劣，但為了個人的名位，也就不管是非黑白了。

在光谷警備司令部工作這一段時期，是我在反動集團最消沉的時期。一則因為跑來跑去，還是回到國民黨廣西集團，「好馬不吃回頭草」，覺得非常難堪；二則老河口比不上金寨，因為老河口只有軍事機關，而文人在軍事機關是吃不開的；金寨除了軍事機關以外，還有政權，發展面比老河口大；三則警備司令部的秘書是一個閒職，顯不出我的「能力」；而警備司令梁家齊對我又很冷淡，雖然保留我的中校的級別，實際上卻是領少校的待遇。因此，我在這段期間，情緒很消沉，思想很苦悶，幾次想離開老河口。結婚以後，負擔加重，不久又生了第一個孩子，所以一直拖延下來。這時的處境，

正像是啃雞骨頭，食之無味，丟了又捨不得。這是小資產階級知識份子在失意當中的一種彷徨的心情。

　　正是因為感到在警備司令部「英雄無用武之地」，所以一旦有機會來編輯《陣中日報》副刊，便企圖大顯身手，從這裡打開一條晉身之路。特別是在1945年2月以後，開始是以上校參議的名義做總編輯工作，不久升為代理社長，最後居然提為正式的社長。這一連串的事實，又使我感到躊躇滿志，揚揚得意。雖然在漯河《群力報》被任為經理，一度小受挫折，但不久就被提為副社長兼總編輯，又由副社長兼總編輯提為社長，成為鄭州綏靖主任公署（五戰區長官部進駐鄭州以後，改為鄭州綏靖主任公署）的「文化官」，這是我在反動道路上登峰造極的時期。與在國民黨廣西集團那個時期相比，顯然是現在的地位高，所以我覺得到底是脫離國民黨廣西集團有利，如果跟著國民黨廣西集團，以我這麼淺的資歷，至今不過是一個掛名的秘書、參議而已。現在脫離了國民黨廣西集團，憑著過去讀的幾本理論書籍，居然壓倒了政治部裡面所謂「第一流的人才」，成為當時在鄭州新聞界中的一個「尖子」。今後只要繼續努力，不愁爬不上去。由於這種想法，所以對政治部主任劉子清表示非常崇拜，認為他做事很「開明」，能「賞識」我的「才幹」。他對我既是這樣的「信任」，我就一定要把報紙辦好來「回答」他。正在盡心竭力替國民黨「效勞」的時候，不想劉子清突然變過臉來，把《群力報》拿過去。這件事使我感到非常委曲，也非常氣憤，所以對劉子清的好感一變而為惡感，並且賭氣把整編四十一師政治部秘書的職務辭掉。這時的思想不是不想做官，而是在官場中遇到波折以後的一種牢騷和憤慨。

　　我脫離官場之後，不願到安徽再投靠國民黨廣西集團；回廣西又覺得名利不就，無面見親戚朋友；想做生意又沒有本錢，而且自己又不懂做生意的門道，只有辦報還有一些經驗；而且鄭州地當京漢、隴海兩路的中心，發展的條件很大，我對當地情況又相當熟悉，報紙辦起來一定很有把握。同時，抗戰勝利以後，國民黨在全

國人民的壓力之下，不得不唱出「民主、自由」的高調，我當時也被這種「民主、自由」的高調迷惑，認為在這個時候，如果把一份報紙辦得出色，那就可以提高自己的社會地位，進一步發展自己的事業。由於存在著這種想法，所以在與劉子清的關係惡化以後，我仍然留在鄭州，後來到新鄉幫編《生力日報》以及在許昌、禹縣等地推銷《和平日報》，固然是為了維持生活，同時也是為了實現自己辦報的理想。

接辦《華北日報》是我實現理想的第一步。不過，開始也還是著眼於解決生活問題，等到《華北日報》晚刊銷路打開並且逐漸賺錢以後，我就產生了很大的野心。我想在鄭州把經濟基礎打穩，把報紙搬到上海出版，然後逐步在幾個重大的城市出分版；每一個分版，都附帶辦一個學校和電影院，把文化、教育、娛樂都集中在報社的管理之下，這樣一來，就將對社會發生巨大的影響，而自己的地位也必然會隨之提高。所以這時我完全是以做生意的手段來辦報，除了採用「小罵大幫忙」的辦法來樹立報紙的威信以外，還多方拉攏地方關係，擴大報紙的銷路。這時，我在表面上已脫離了官場，實際上起著比做官更加迷惑人民、更加麻醉人民的反動作用。思想則已經墮落到和蔣管區一般「報棍子」同樣的水平。

1948年10月，我離開鄭州，辦報的幻想已經破滅，只得又回過頭來找官做。過去我非常愛面子，講骨氣，遇事不肯低頭。現在為了找官做，只得忍氣吞聲，委屈自己的意志。所以雖然過去對劉子清不滿，但還是兩次去求見他；雖然過去覺得不好見韋永成，但還是到南京去找他；雖然過去不願在國民黨廣西集團工作，但結果還是跑到合肥安徽省政府的廣西集團中謀事。在處處都碰壁、處處都走不通以後，一方面感到自己為國民黨賣了許多氣力，最後連一官半職都弄不到手，非常氣憤；一方面又因一家五口、生活無著，第四個孩子又將臨產，心裡十分焦急。在這種情況下，見到了李湘若同志，知道國民黨大勢已去，不可挽回，這才決心參加民盟。這時我的思想還是著重在個人地位問題，所以從跟民盟同志接觸一直到參加

華野隨營幹校學習，我始終自認為是徐州剿總政務委員會上校專員，以為在國民黨時代的地位高，參加革命後也必然會得到重視。所以我那時參加革命，並不是出於對革命的認識，主要的還是為了個人打算。

在華野隨營幹校學習時，由於剛呼吸革命空氣，一切感到新鮮愉快。不到一月，領導上提升我為區隊副，又被選為中隊的革命軍人委員會主席，幫助中隊長和指導員領導全隊學習，所以工作十分熱情，積極性很高。在這種個人英雄主義的思想支配之下，認為個人的進步一定不成問題，所以積極要求退出民盟。

從優撫局一直到榮校，主要的思想情況可以分為兩個階段：開始認為自己在解放前讀過一些革命理論書籍，有一定的理論基礎；雖然在國民黨的官場上混過，但還不是國民黨的核心人物，在一定時期並且還有相當的進步傾向；解放前夕，又參加了民盟，做過地下工作，對合肥的解放有一定貢獻。根據這些條件，以為一定會得到領導上的重視，很快地進步起來。這是過高地估計了自己，又過急地估計了現實，所以在參加工作初期，存在著嚴重的自滿情緒和急躁情緒。過了一個時期，發現自己原來的估計錯誤，這時，又認為自己的年紀大，在舊社會工作時間長，政治歷史情況複雜，領導上不會信任。由於有了這種想法，便由自滿轉為自卑，由積極變為消極。尤其是1953年我由教育科副科長調為三校教導主任和1954年申請參加工會一年未得到解決這兩件事，給我的刺激很大。從此以後思想一直苦悶，對人對事，縮手縮腳，顧慮多，猜疑多，有些問題，自己有意見也不敢提出來，怕人不相信，怕人不尊重，怕人看不起。有時又在心裡和那些參加革命時間跟我差不多的人比，比學識，比能力，特別愛拿解放前接近革命和參加地下活動這兩點來和一些青年同志比，因而產生一種不服氣的思想。最近一年來，幾次想向組織提出入黨的申請，但終於因為包袱揹得太重，沒有勇氣。總之，自己不甘落後，但又不敢爭取進步，理論上懂得的東西，實際中貫徹不下去，這就是近年來我的主要思想情況。

63

✳ 我在抗戰前後的《廣西日報》

　　1936年10月，廣西抗戰救亡運動日益高漲。因省會南寧靠近北部灣，易受日寇海上侵襲，遂遷往桂林。與大多數省府機構一樣，《南寧民國日報》社也遷來桂林與《桂林日報》合併，改稱為《廣西日報》，至今已有65年。作為當年《廣西日報》的工作人員，那些年親歷的一些事仍歷歷在目，現擷其數則以饗讀者。

一、進入《廣西日報》

　　《南寧民國日報》社遷來桂林前，我先後在陽朔、桂林等地教書。在桂林時任教軍團婦女工讀學校高中部，學生多為軍官家屬。《桂林日報》社總編輯周振綱兼任該校教務主任，我那時經常在《桂林日報》上發稿。周打算在《桂林日報》上開一個地方專欄，專門談論桂林的地方文化、風景名勝、歷史名人、風味小吃及土特產等。由於我是土生土長的桂林人，周欲請我為專欄寫文章，我一口應允，於是周聘我為特約通訊員，這以後我在《桂林日報》上發稿量開始多起來。

　　《南寧民國日報》社長為胡訥生，時任省政府參議，江西人，南寧、桂林兩報合併成立《廣西日報》時，胡任社長[1]。兩報合併後不久，胡發現一個問題：以南寧人為主的報社採編人員由於說話口音不同，與桂林當地人交流有困難。南寧話時稱「白話」，與粵語相近，而桂林人說的是廣西「普通話」，於是胡打算聘請桂林當地的採編人員。他在翻閱《桂林日報》時，發現了我的一些文章，給我寫了一封言辭懇切的信，我在桂林軍團婦女工讀學校接到胡的來信。我那時才22歲，胡已40多歲，地位相差也懸殊，他卻在信中尊我為

---

[1]　按：廣西省政府遷桂後，《南寧民國日報》社社長胡訥生奉命率採編人員等接管《桂林日報》，胡訥生任新組建的《桂林日報》社社長。1937年3月，國民革命軍第四集團軍總政訓處長韋永成接替胡訥生兼任《桂林日報》社社長。同年4月1日起，《桂林日報》易名《廣西日報》出版發行。

「兄」，自謙為「弟」。儘管這是當時文人寫信的通行格式，但仍令我感動。面談以後，胡要我儘快來報社上班。從此，我辭去了教職，開始了新聞工作者的生涯。

二、深夜探「頭條」

進《廣西日報》社不久，我便被任為負責採訪四集團軍總部（當時廣西軍隊統編為國民革命第四集團軍）[1]、省府及省黨部的首席記者。一天夜晚已近11時半，我忙完一天工作正準備休息，突然，總編輯蔣逸生跑上三樓找我，總編輯越過版面編輯直接來找記者，事情一定不尋常。原來，總編輯看了明天的報紙清樣，覺得省市新聞版上沒有可以上得了頭條的新聞，就急忙找我趕寫一篇「頭條」。我當天的採訪任務已完成，所採訪到的新聞線索已寫成採訪稿交了出去。臨時接到這麼一個任務，已是深夜，時間又緊，一下子頭就懵了。

但總編輯交下的任務又不能不完成，只好硬著頭皮出門去尋。當時《廣西日報》社在榕湖路，距榕湖飯店不遠，飯店向來是政界要人們的會聚之地，憑著直覺，我逕直向榕湖飯店走去。在飯店院內看到了一輛五路軍總部的汽車，經詢問，車子接來的是五路軍174師師長王贊斌中將。王部駐百色，他在桂林出現，也許會有什麼新聞。於是我找到王的副官，要求晉見王師長，副官說王正在沖涼，待他結束後再說。當時政界人士對新聞界較為重視，儘管已是深夜，王師長還是願意接受採訪。採訪中得知，為了減輕軍費壓力，五路軍擬在軍中實行「兵工」計畫，即在軍中辦實業，把和平時期（當時抗戰尚未開始）的部分軍人變成工人。按照計畫，王部174師擬在百色經營幾座礦山。我意識到這是一條絕好的頭條新聞，抑制不住興奮，急急趕回報社揮就成篇。就這樣，把深夜裡急尋到的頭條新聞發了出去。

---

[1] 按：1937年4月1日第四集團軍奉命改為國民革命軍第五路軍，仍由李宗仁白崇禧分任總副司令。

三、白崇禧笑令覃連芳刮鬍子

李（宗仁）、白（崇禧）統治廣西時為了抗蔣，提出了一些新政策。如「三自」，即自衛、自治、自給；「三寓」，即寓兵於團、寓將於學、寓征於募。這些政策的施行，確實為抗蔣集聚了資本。李很看重號稱「小諸葛」的白崇禧的才能，日常事務悉交其處理，白對李也很尊重，每在公開場合講話，必先對李致標準軍禮。

「七七事變」後的一天，南京政府請白崇禧北上商討抗戰策略，廣西軍政要員齊集桂林西郊李家村機場為白送行，我作為《廣西日報》記者也趕到機場採訪。在等候南京方面派來的專機時，白與送行人士一一話別，時任31軍中將副軍長兼131師師長的覃連芳（後任84軍軍長）也來送行。覃的身材不高，上唇又留有鬍子，白就與他打趣道：「覃師長，你的小鬍子可是要刮掉了，不然上了前線，我們有人會把你當日本人給俘虜了。」引來一陣大笑。

四、一次可怕的失誤

戰時的桂林雖是偏居西南的小城，但由於李宗仁的地位和影響，常有軍政要人光顧，儘管報社同仁們兢兢業業，還是發生了一起重大的失誤。那是在何遂將軍來桂林巡視的當天，何遂時任立法院軍事委員會中將委員長，軍銜並不算高，但資格很老，他是李宗仁在陸軍小學讀書時的老師，與李有師生之誼。

何遂將軍來桂林的消息是我採寫的，記者為了趕稿子通常字體較潦草，問題就出在這潦草上。何遂的名字在報紙上印出來時，竟變成了何逆。抗戰時期，稱呼漢奸才冠以「某逆」，這真是一次可怕的失誤。令人不可思議的是，這樣大的失誤卻在編輯、總編、校對的層層審閱中滑了過去。按照當時的規定，每天的日報須將最先印出的100份分送五路軍總部、省政府和省黨部。李宗仁對他老師的造訪很在意，首先就發現了問題，大為冒火，立刻打電話找到時任第五路軍總政訓處長兼《廣西日報》社社長韋永成。韋急急趕到報社，未到編輯部即逕自進入印刷車間，下令停印，然後到編輯部召

集所有有關人員，包括車間領班，一起開會追查原因。所有與會人員均惶惶然，首先就找出了我寫的原稿，大家仔細察看，字寫的是草了一點，但「遂」字中的撇、捺還是可以分辨的，不能認定寫的就是「逆」字，經過一番調查，韋永成下了結論：採、編、校部門都有責任，於是決定讓改正過的報紙再次開印。

這一失誤，受驚嚇最厲害的當然是那位當班的校對了，他被停了幾天職，有人曾開玩笑用可能要挨槍斃的話來嚇他。經過這一事件從此更加小心翼翼，在文字上決不敢稍有懈怠，成為一名出色的校對專家，據說後來在商務印書館退休。

五、戰地採訪李品仙

抗戰開始後，第四集團軍改番號為第五路軍，總參謀長程潛來桂林舉行了隆重的授印儀式。《廣西日報》決定派員前往戰地採訪五路軍的作戰情況，這一任務落在了我的身上。開始給我的名義是《廣西日報》戰地記者，後來考慮到工作便利，決定以桂系在香港辦的《珠江日報》和《廣西日報》兩報戰地特派員的身份上前線。

上前線的第一站是武漢，住在漢口統一路100號五路軍辦事處，等待上前線的車船，時任《大公報》社記者的范長江當時也在辦事處內打過地鋪。

日軍經常空襲武漢，五路軍辦事處離法租界近，遇有空襲我就和其他人一起跑法租界。一日接辦事處通知，說是五路軍有一艘補充兵員的火輪要開往前線，於是我急忙雇了一艘小船去趕這艘運兵火輪，月黑風高浪急，小船艱難地趕上了火輪。經過一夜顛簸航行，火輪在湖北浠水縣南溪港靠岸。上岸後得知，原住浠水的五路軍第十一集團軍總部已轉移，只好跟著十一集團軍84軍軍部輾轉跋涉約半月餘，趕到了安徽壽縣正陽關，找到十一集團軍總部。

集團軍總司令李品仙將軍向我們簡單介紹了徐州週邊的戰況，他說龐炳勳的九軍團、孫連仲兵團在臨沂一線阻擊日軍，十一集團軍與湯恩伯兵團奉命在津浦線抗擊日軍，十一集團軍作戰區

域是安徽蚌埠至滁縣一帶。介紹完前線戰況，李將軍向我們展示了他不久前在向信陽關轉移途中寫的那首題為〈軍次信陽關〉的詩。由於當時年輕，所以至今記憶猶新。

軍次信陽關[1]

連營百里信陽關，劍戟光輝耀九寰。
八桂兒郎來嶺表，兩湖豪傑起田間。
投鞭阻斷長江水，鑿壁分開大別山。
收復兩京[2]憑此去，倭奴斬盡凱歌還。

（哈海珊根據口述整理）

❋ 上世紀二三十年代在廣西的流行歌曲

流行歌曲反映了一個時代的社會風貌以及民族和個人的精神狀態。現在的流行歌曲多歌頌愛情和風花雪月，反映了人民生活的幸福、安定和社會的進步，而五六十年前（即上世紀二三十年代），國家正經歷推翻封建帝制的鬥爭，後來又面臨日寇的入侵，國破家亡的悲慘現實直面每一個國民，那時的流行歌曲多是號召國人鼓起悲壯的激情，投入反封建帝制、反擊日寇侵略中的鬥爭去。

下面是幾首當年的流行歌曲，前面兩首在當時廣西的青少年中幾乎人人耳熟能詳，從這些歌曲中，或許能使現在的青少年對當年那不堪回首的歷史多一點瞭解。

一、少年先鋒隊歌

這是北伐時廣西小學生唱的歌：

---

[1] 按：這首詩當時在軍中流傳甚廣，軍委會駐八十四軍參謀、陸軍少將李恒蒼曾作詩唱和，題《和鶴公原韻》，詩曰：「壯麗崔嵬百二關，知公勳業滿人寰。匡時靖難紆籌策，掃穴犁庭指顧間。綬帶輕裘羊叔子，風流儒雅謝東山。此行敵愾同仇重，佇看將軍奏凱還。」

[2] 即指北平、南京。

走上前去啊,曙光在前,同志們奮鬥。

用我們的刺刀和槍炮,開自己的路。

勇敢向前,穩住腳步,要高舉少年的旗幟。

我們是工人和農民的少年先鋒隊,

我們是工人和農民的少年先鋒隊。

二、夜呼隊唱的歌

日寇入侵國破家亡,為了喚起民眾,熱血青年組織成立夜呼隊,在夜晚的大街上高唱這首歌宣傳抗日。

強權入侵,殺吾同胞,勿忘國恥。

明窗靜几,讀書何事,吾族將亡矣。

敢告青年,一起奮鬥,革命莫終止。

三、廣西省立第三中學校歌

廣西省立第三中學校在桂林的文廟,我當年曾就讀於此。三中的校訓是:智、仁、勇。以下是三中的校歌:

浩浩灕江水,巍巍獨秀峰,

三中,三中,如山般屹立,如水般流動,

敲和平鼓,打自由鐘,殺開一條平等路,

走到那真、善、美之宮,

才算得智、仁、勇。

我愛三中,我愛三中。

❖ 從「皖幹團」看新桂系內部的矛盾

(一)

1941年2月,我由新桂系部隊陸軍一八九師駐地六安來到立煌,去見安徽省民政廳長韋永成,要求轉到地方工作。韋永成卻叫我到安徽省地方行政幹部訓練團(以下簡稱「皖幹團」)去「受訓」,具體問題找二十一集團軍總部政治特派員李一塵面談。我當時在部隊裡是頗有年資的少校秘書,而「皖幹團」所調訓的則是一些縣、

區、鄉（鎮）各級幹部，所以很不想去，也就沒有去見李一塵。過了幾天，在一個私人的宴會場合，跟李一塵見了面，他告訴我：

「李品仙本來打算以邊區黨政分會的名義，辦一個中央訓練團邊區分團，專門調訓邊區黨政機關的中級幹部。這個計畫，未得到中央批准，所以才採取現在的形式，在「皖幹團」中附設一個黨政特別班（後來稱為黨政特班）。這是比「皖幹團」其他各班高一級的訓練機構，調訓對象包括邊區各縣縣長、國民黨縣黨部書記長、專署和省府的科、秘、視察及部分主任科員、中等學校校長等。第一期調訓人員中，廣西子弟不多，所以韋廳長要你到那裡去，起點骨幹作用。」李一塵還透露，他已經內定為這個班的主任政治指導員，要我多多幫忙。不久，我就到「皖幹團」報到，參加黨政特班「受訓」。

這個黨政特班的開辦，是新桂系在安徽以訓練的形式來培植親桂系的外籍中級幹部的開始。在此以前，新桂系在安徽的幹部訓練一般著重於基層，並且是草創階段。李品仙來安徽以後，面對國民黨反動派「積極反共，消極抗日」的形勢，利用蔣介石無力控制敵後廣大地區的弱點，在新桂系頭子李宗仁、白崇禧的授意下，集中全力從事於加強統治，企圖長期盤據安徽，作為鞏固個人地位和發展新桂系勢力的政治資本。因此，當時除了其他一些重大措施以外，幹部訓練工作便被提到一個新的重要的地位上來。李品仙懂得，要想加強他在安徽的統治，除了依靠新桂系幹部以外，還必須利用更多的準桂系和親桂系的外籍幹部，特別是中、上級的外籍幹部。過去以「客卿」身份在新桂系中任職和新桂系在安徽建立統治以後才「入幕」的外籍中、上級幹部雖有一些，然而如范苑聲之流，在當時已因露骨地捧李而被安徽人民罵為「皖奸」。對於這批色彩較濃的人物，雖然仍有可供利用之處，但是重要的還在於培養和扶植色彩上淡一些、姿態上中立一些的外籍中、上級幹部，以緩和安徽人民對新桂系的反感。因此，新桂系這時除了把幹部訓練工作進一步制度化和系統化之外，幹部訓練的重點也由基層轉到中級。為

了這一著，新桂系和蔣介石之間還有過一番勾心鬥角。如前所述，李品仙開始還從正統觀念出發，打算仿照中央軍校在各戰區遍設分校的辦法，在立煌辦一個中央訓練團豫、鄂、皖、蘇邊區分團，名正言順地把邊區黨政機關的中、上級幹部通過訓練，掌握在自己的手裡。不想這個打算，正好與蔣介石利用中央訓練團來籠絡和控制全國縣以上幹部的企圖相抵觸。「臥榻之側，豈容他人鼾睡？」蔣介石看穿了新桂系這一手，便以幹部分級訓練、分層管理為理由，拒絕批准李品仙的計畫。但是新桂系要在它的勢力範圍內抓一抓中、上級幹部，也是勢在必行的。據說後來還是白崇禧出的點子，叫李品仙以立煌距重慶遙遠，敵後情況特殊等等作為藉口，採取改頭換面的手法，把中央訓練團規定要調訓的一批中、上級幹部，分期集中到「皖幹團」黨政特班受訓。

新桂系對黨政特班抓得很緊。在人員配備上，新桂系的力量圍得水泄不通。這個班的班主任，由韋永成親自出馬兼任；主任政治指導員原來內定為李一塵，後因李新任黨政分會主任秘書，乃改調四十八軍政治部少將主任劉士隨充任；三個政治指導員，分別由「皖幹團」教務處上校處長王貫之、訓導處上校代處長陶若存、省府秘書處第一科科長孫某（當時已內定為「皖幹團」總務處上校處長，準備接替李品和）擔任。「皖幹團」按軍事編制，黨政特班為第一隊，隊長由軍訓大隊中校大隊長滕唯平兼任。在調訓學員中，抽調太湖縣縣長林一元、二區專署視察主任陳大鏞為訓育幹事；六安縣縣長羅培中、霍山縣縣長隆武功為分隊長。這完全是由新桂系幹部和少數親桂系分子組成的班底。為了抬高這個班的身價，班裡的教官，大都由省級大官兼任：省府民、財、教、建四個廳長分別開設「安徽民政」、「安徽財政」、「安徽教育」、「安徽建設」四門課程（實際上都是由各廳的主任秘書代講的）；國民黨安徽省黨部委員楊績蓀、書記長卓衡之，也分別擔任「總理遺教」、「總裁言行」的講授；甚至「人事管理」這門課程，也拉二十一集團軍參謀長陸蔭楫來擔任（陸過去是五路軍總部軍務處處長，據說對部隊人事工

作很有經驗。但他在講課時，開宗明義第一章，就把「人事法規」讀作「人事」、「法規」，一時傳為笑談）。這些教官，儘管所屬的派系不同，但是一來為了捧場，二來也想乘機撈一把（如卓衡之、孟民希等紛紛在班裡開門授徒，集體吸收國民黨黨員和三青團團員），所以也都樂於受聘。然而教官也僅僅是教「官」而已，班裡的實際權力完全掌握在以韋永成為首的軍政幹部手裡。從編制上看，黨政特班是「皖幹團」的一個組成部分，班主任應該接受該團教育長的領導。可是實際上，這個班的班主任是凌駕於教育長之上的，班裡的一切事情，不但CC分子的教育長劉真如不能過問，就是一向與新桂系勾結頗深的副教育長范苑聲也無法插手。

1941年3月初，黨政特班第一期開學，至四月初結業，為期一個月。結業時，全班每個學員都領到了李品仙親筆題詞贈送的一張相片作為「紀念」。在職務上，大多數學員官復原職，少數人調動，個別人提升。所謂提升，主要是指科、秘、視察等幕僚人員外放當縣長。為了用障眼法來淹沒安徽人士提出的所謂「皖人治皖」的呼聲，新桂系在黨政特班第一期的學員中，也像晨星似的挑選了幾個皖籍幹部擔任縣長，如定遠縣縣長仇天民、懷寧縣縣長石經健等。可是不久，仇天民就被新四軍淮南部隊俘虜（後釋回），石經健則公開投敵當了漢奸，成為汪偽國民黨政府的一名走卒。新桂系培養外籍骨幹力量以加強統治的企圖，被無情的現實打了一悶棍。

（二）

我在黨政特班第一期結業以後，本想乘機脫離政工系統，轉入地方，不料還是被留在「皖幹團」訓導處搞政治訓練工作。這個結果，說來也並非偶然。原來，李品仙雖然位至第五戰區副司令長官，但因他起家於湖南，在廣西又久不掌握兵權，所以沒有成套的文唱武打的班底子。新桂系頭子李、白對他又採取遙制的辦法，規定文職專員以上、武職團長以上人員的任命，事先都必須徵得他們

的同意。此外，在安徽省政府中，還安排了兩根台柱：一個是所謂老成持重，以「學者」從政的秘書長朱佛定；另一個是作為新桂系部隊政工首腦的民政廳長韋永成。朱佛定是個光杆子，只是由於做過廣西大學文法學院院長，靠著一班「西大」學生來裝點門面。韋永成則因「御外甥」的關係，上可以直接參預李、白機要，下可以指揮新桂系部隊政工系統，擁有相當廣泛的權力。新桂系在安徽的政治幹部，自專員以下，都和韋永成有著千絲萬縷的聯繫，「皖幹團」自然也是韋永成的一個據點。李品仙在「皖幹團」只擔任一個兼團主任的名義，而教育長劉真如、副教育長范苑聲又都是外人，教務、總務兩處更無足輕重，所以事實上對於幹部訓練起著決定性作用的是訓導處。這個處一直是民政廳的一個編外機構，它和以韋永成為首的新桂系政工系統有著不可分割的人事關係。訓導處第一股主任處員麥世法，本來以中校教官代理，後麥因專任教官，堅決要求辭去代理職務，倉卒之間沒有適當人選，劉士隨、范苑聲等便窺伺韋永成的意向，順水推舟地把我安排在這個位置上。

韋永成在幕後操縱「皖幹團」訓導處，使得李品仙在幹部訓練方面大權旁落，這一點，李品仙是看出來的。這個作為新桂系的上層人物、但對新桂系又是中途賣身投靠的「將軍」，經過智囊楊績蓀、蘇民等人的策劃，便也施展出一套手法來。

我就任「皖幹團」新職不久的一個星期日，第二隊主任指導員何義信到我宿舍來，約我一塊到李品和（李品仙的胞弟）家吃飯。當時我很詫異，因為我跟李品和過去並不認識，更談不上交情，只是到了「皖幹團」之後，由於李品和是當時的總務處長，才在工作上發生一些聯繫。只憑這麼平淡的關係，他是不會請我吃飯的。正在猶豫間，經不住何義信再三慫恿，我才懷著滿腹疑團同他去了。到了李品和家，已經在座的和陸續來的，都是「皖幹團」清一色的新桂系政工人員和教官，人數約有兩桌。飯後，大家隨便閒談。李品和乘機把話題引到「皖幹團」的工作上，慷慨激昂地談了一番道理，大意是：「皖幹團」的人員中，派系很複雜，有人暗中拆桂系的台，

希望桂系幹部團結起來，一致對外，大家有時間可以多來這裡談談等語。言下大有以「皖幹團」中新桂系幹部的首領自居的意味。當時，有些人對李品和的意見作了一些發揮，有些人則不置一詞，情緒慢慢地冷淡下去了。像這樣在李品和家的聚會，幾乎是每隔兩三個星期就舉行一次，約請的都是上述這些人，而這些人又常常不是全部應邀參加的。每次都參加，並且跟李品和聲氣相應的又老是那麼幾個人，情況一直熱烈不起來。個中消息，經過幾次探問，我才全部明白。

原來，「皖幹團」當時除軍事幹部以外的新桂系中、下級幹部，都是「西大」（廣西大學）出身或與「西大」有一定淵源的人，這些人又分為兩個系統：一個是以桂林師專為前身的廣西大學文法學院，一個是一向設在梧州後來經過合併改組的西大理工學院。這兩個學院雖然同屬於廣西大學，但是由於政治背景不同，這兩個學院出身的人便截然分成兩派。西大文法學院出身的人，一向是與韋永成的新桂系政工系統有聯繫的；而西大理工學院出身的人，則沒有這樣條件，在政治舞臺上遠不能與西大文法學院出身的人相比。只是在李品仙來到安徽之後，為了培植他個人的政治勢力，在「皖幹團」中才開始形成以李品和為核心的，包括蔣義民、王鎮華、張鳴等人的西大理工學院的小集團。李品和是總務處長，在公開的場合中無足輕重；其餘都是中、少校教官或指導員，並無實際權力。而在訓導處中，屬於西大文法學院系統的人，不但數量多，而且能力也較李品和小集團的人員為強，尤其重要的是掌握著幹部訓練的實際權力。為了把這個權力由韋永成的桂系政工系統手裡轉移到李品和小集團這方面來，李品和秉承李品仙的意旨，用請客吃飯的方式來拉攏屬於西大文法學院的訓導處中、下級幹部。可是，當時在訓導處的新桂系幹部中，有一種比較普遍的思想，認為自己在新桂系政工系統中有一定的資歷，有事盡可以找韋永成，看不起這個乳臭未乾的李品和，誰要是奔走於他的門下，便為同輩所不齒。因此，李品和雖然下了香餌，到底沒有釣到什麼像樣的魚。

　　李品仙和他的智囊們，看見一計不成，又生二計。乘著張宗良來「皖幹團」接替教育長，調整機構的機會，把原來屬於訓導處主管的關於「幹訓生」結業後的分配、聯絡、輔導等業務分出來，撥歸新設立的與訓導處平級的聯絡輔導處主管。這個新設立的聯絡輔導處處長，便是李品和。這一著釜底抽薪的絕棋，下得非常陰毒，它不但削弱了訓導處的職權（實質上是削弱了韋永成的職權），使訓導處的作用只限於「皖幹團」的政治訓練範圍以內，而且還建立了嫡系的組織，把控制全省「幹訓生」的實際權力，掌握在「二老闆」李品和手裡。這一刀，李品仙假手於復興係骨幹張宗良，形式上卻做得八面玲瓏，不露痕跡。

　　設立聯絡輔導處是李品仙在安徽的「傑作」，它雖然在編制上是在教育長領導下的與教務、訓導、總務等處平級的具體辦事機構，然而事實上無論是組織、職能、地位，都超過其他各處之上。首先是機構大，人員多。教務、訓導、總務等處一般只設兩三個科，而聯絡輔導處則設四個科，另外還有秘書、視察等職務。其次，教務、總務兩處沒有直轄單位，訓導處雖然領導各隊的指導員，但是範圍也只限於「皖幹團」以內；而聯絡輔導處則直接領導各縣的幹訓生聯絡輔導站，其統轄單位不但多，而且大大超越了「皖幹團」的範圍。再次，其他各處不能單獨對外行文，而聯絡輔導處不但可以用處的名義對外，而且還編輯和發行了一種刊物。此外，各處都在「皖幹團」內集體辦公，而聯絡輔導處則單獨設立，自成局面。所以這個聯絡輔導處也和黨政特班一樣，凌駕於教育長之上，而其規模和影響則更過之。聯絡輔導處的人員，絕大部分是李品和小集團的人馬，沒有一個屬於西大文法學院系統的新桂系政工幹部。從李品和開始，先後續任聯絡輔導處處長的蔣義民和張鳴，也都是李品和小集團的重要角色。在李品仙統治安徽的整個時期，這個聯絡輔導處一直牢牢地掌握在李家「二老闆」和他的「門客」手裡。如果說當初的訓導處是新桂系政工系統的據點，現在聯絡輔導處便是李家「小朝廷」的禁地；如果說當初的訓導處還打著所謂「行新政，用

新人」的招牌，企圖為新桂系培養外籍骨幹力量來鞏固它的統治，現在聯絡輔導處則更加露骨地為李品仙搜羅私人爪牙。

聯絡輔導處的設立，毫無疑問是於新桂系政工系統不利的，但因新桂系政工系統的首腦人物韋永成這時在大後方做了蔣介石的侄女婿，長期未回安徽。他手下的頭目們，誰也不敢冒著反對省主席的風險，去跟李品和較量。所以這場「兄弟鬩牆之爭」，表面上反而顯得風平浪靜，鴉雀無聲。

李品和取得聯絡輔導處這塊地盤以後，更加志得意滿，很想做出一番「政績」來炫耀自己。第一步，是在各縣普遍設立「幹訓生」聯絡輔導站，站以下設立小組，把所有受過訓的「幹訓生」都組織起來。聯絡輔導站有編制，有經費，有權力，標榜門戶，黨同伐異，成為地方上一種新興的惡勢力，與國民黨縣黨部、縣參議會鼎足而三。各地人民把這批人稱為新土豪，其影響之惡劣，可以想見。第二步，是用安徽全體「幹訓生」的名義，捐獻一所中學，用以紀念李品仙的「功德」。按照李品和等人的原議，直截了當地想把它命名為「鶴齡中學」（鶴齡，是李品仙的號）。倒是李品仙不好意思，認為這既然是「幹訓生」的一番「忠貞熱忱」，那就定名為「貞幹中學」好了。這個「貞幹中學」，名義上屬於教育廳領導，事實上也由聯絡輔導處擺佈。事有湊巧，在一個嚴冬的晚上，「貞幹中學」新建的教室，突然被一場大火焚毀。事後有人說是漢奸放火，有人說是CC主謀，究竟真相如何，一直成為疑案。

在這裡，還要加上一段插曲，那就是「皖幹團」中同屬於新桂系的軍事幹部與政治幹部之間的無窮無盡的糾紛。「皖幹團」軍訓大隊長滕唯平，是一個典型的舊式軍人，他把軍事上的統屬關係，看作是整個「皖幹團」的組織系統，連教育長都不過是高級幕僚，當然更不會把訓導處放在眼裡。在他的影響下，各隊的隊長對指導員也就另眼看待。論級別，政治幹部比軍事幹部高，論領導，軍事幹部為主，這就使得雙方在工作上經常發生磨擦。比如說，指導員要找學員談話，必須先經隊長或值星官同意；隊長和指導員一同到

課堂或飯廳，值星班長發「立正」口令，隊長答禮，而級別較隊長為高的指導員反而站在一旁立正待命；指導員對學員的獎懲，隊長要參加意見，而隊長對學員的獎懲，指導員卻不能過問。凡此種種，無日無之。在宋厚祁任訓導處長時期，由於宋也是軍校出身，與滕唯平有同學之誼，所以還能大事化小，掩蓋過去。到了全無若來任訓導處長，儘管全的官階是少將，但因他是政工出身，所以這個中校大隊長還是對他頂得很緊；而各隊的指導員又紛紛喊叫工作不好做，要求訓導處加以解決。兩面夾攻，常常弄得全無若狼狽不堪。這種糾紛，在「皖幹團」的許多矛盾當中，雖然只是一個小小的側面，但即此一端，也可以看出新桂系內部派系鬥爭的激烈了。

（三）

新桂系在安徽的幹部訓練工作，在廖磊時期，完全因襲過去在廣西所實行的辦法。李品仙來安徽以後，正值蔣介石頒行了一套幹部訓練制度，於是李品仙便把新桂系的一套與蔣介石的一套揉合起來，成為一個混血兒。蔣介石頒行的這一套幹部訓練制度，是為了配合推行反動的「新縣制」而制訂的。它脫胎於新桂系的「三自、三寓政策」和「管、教、養、衛四大建設綱領」。這套東西，新桂系的各級幹部是十分熟悉的。雖然經過蔣介石的改頭換面，但是對新桂系的幹部來說，還是「似曾相識」。有了蔣介石的這一套作為根據，新桂系在安徽的幹部訓練便取得了合法的地位，加上又是輕車熟路，因而就搞得比其他各省更為突出。

蔣介石所頒行的幹部訓練制度，完全是反動的法西斯式的，其目的是要達到「一個黨」、「一個領袖」。新桂系所實行的雖然表面上似乎開明一些，骨子裡仍然是一樣的，其目的是為了招兵買馬，別樹一幟。因此「皖幹團」的訓練內容，在「總理遺教」、「總裁言行」之外，還有「李副長官言論集」；在「黨員守則」之外，還有「幹訓生守則」；在中央規定的政治講話內容之外，還談談「如何解決租佃關係」和抽象地慨歎什麼政治不良，等等。在正統的旗幟下，披

著開明的外衣，賣弄動聽的辭句，所以一時頗能迷惑一些天真的人們。

當時在「皖幹團」中，就曾發生過所謂中央教材與地方教材之爭。原來「皖幹團」各班的課程，除業務部分的教材由各主管廳、處編訂以外，其餘一些共同的必修課程，如「地方自治」、「新縣制各級組織綱要」等，都有中央訓練委員會頒定的統一教材。一些非新桂系的教官，主張採用中央教材，而新桂系的幹部，則以因地制宜為理由，主張另行編寫，中央教材只作參考。這個問題關係重大，教育長張宗良難於決斷，便請示李品仙，結果自然是後一個意見獲勝。於是就組織以新桂系幹部占壓倒優勢的力量重新編成一套教材。此後，安徽省訓練委員會也秉承李品仙的意旨，聘請以新桂系幹部為主的一批人員，編成一套教材，分發各區聯訓班和縣訓練所應用。這些教材，除了有關法令部分不予變動外，全部滲透了新桂系的觀點。

訓導處是主管政治訓練的，在這方面，新桂系更是大有文章可做。首先是小組討論的內容，完全可以放手按照新桂系的要求來加以佈置；專題講話和個別談話，更是新桂系思想馳騁的天地。「皖幹團」還有一個由訓導處主編的刊物——《幹訓》。這個刊物的撰稿人，絕大多數是新桂系的政工幹部，刊物內容尤其明顯地體現了新桂系對幹部訓練的意向和做法。所以新桂系在安徽的幹部訓練工作，一方面是吸取了蔣介石的「莊嚴肅穆」的形式，另一方面則繼承了廣西民團幹部學校的精神和作風。

新桂系把幹部訓練看作是它的政權的生命線，特別是在安徽建立統治以後，更是積極通過這個工作來擴大力量，割據稱雄。因而這個工作的領導核心，總是牢牢地掌握在嫡系幹部手裡，絕不容許外人染指。「皖幹團」的主任一職，例由省主席兼任，不在話下；但教育長例由省府委員兼任，卻使新桂系的首腦人物大傷腦筋。因為蔣介石儘管在表面上不得不同意新桂系分子接二連三地出任安徽省政府主席，但骨子裡並不甘心新桂系勢力長期盤踞安徽，因而

在省府委員中，除了新桂系提名的人選以外，總要安排幾個其他派系的人物從中掣肘。而屬於新桂系的省府委員，主要是分占各廳，掌握大權，所以「皖幹團」教育長一職，就不得不任用「異己分子」。而且為了討好中央或緩和派系矛盾，有時還有意識地把教育長這個位置空出來，安插外人。在這種情況下，為使它的生命線不受損害，便又安排一個桂系或親桂系的骨幹作副教育長，以分散這個「異己分子」的職權。從「皖幹團」開始直到結束，劉真如與范苑聲，張宗良與劉士隨及全無若，甚至親桂系分子巫瀛洲任教育長時，也把一個桂系骨幹漆仍素擺在副教育長的位置上。其公式是一個外人加一個自己人，造成一對一的均勢，作為牽制（黃紹耿任教育長時更加便利，因為正副職都是自己人）。教育長以下的訓導、聯絡輔導和軍訓這三個部門，更是絕對掌握在嫡系幹部手裡，毫不放鬆。甚至各隊的隊長和主任指導員，也都由新桂系幹部充任。教務、總務兩處，儘管無足輕重，但一般也是由親桂系分子主持，只有在一定的條件下，才故示寬容，借重於「客卿」。這個做法，一直貫徹到各區聯訓班和縣訓練所，與新桂系在安徽的幹部訓練相始終。

李品仙在「皖幹團」曾作過多次「精神講話」，通過這些講話，提出了一套包括培養、選拔、任用、管理、考核、獎懲等內容的所謂幹部政策，大部分是由歷史上封建時代所謂聖君、賢相的有關培育人才的一些辭句拼湊而成的。這套不倫不類的「幹部政策」一經出現，便由新桂系幹部帶頭，在「皖幹團」內外大肆宣揚，奉若神明。然而，就連這麼一套東西，也是徒托空談，沒有實現。如果說新桂系在安徽還有一套所謂「幹部政策」的話，那就是表現在聯絡輔導處的廣結私黨和省府人事室的賄賂公行上面。

新桂系在安徽的幹部訓練，開始似乎還有一番「宏圖」。但是，隨著新桂系首腦人物在反共反人民的前提下，逐漸向蔣介石靠近，內部分崩離析。抗戰勝利以後，蔣、桂進一步合流，在省內外的「倒李」聲浪中，李品仙忙於維持岌岌可危的地位。夏威上臺，一代不如一代，所謂幹部訓練，也像新桂系的政治命運一樣，只剩下垂死前

的奄奄一息了。

原載1964年6月《安徽文史資料選輯》第一輯

❈ 回憶解放前夕合肥盟員的活動

1948年10月一天深夜，經中國民主同盟安徽特派員李湘若介紹，我在合肥南油坊巷（今桐城路）鄭震家中加入中國民主同盟。同時入盟者，有鄭震（原安徽師範大學美術系教授，已離休）、周蕪（原阜陽師範專科學校美術系主任，已逝世）、殷乘興（原在安徽教育學院工作，已逝世）、董光昇（合肥一中教師，已離休）等四人。當年4月，中國民主同盟拒絕參加國民黨一手操縱的國民代表大會，已被國民黨政府宣佈為要「嚴加取締」的「非法」組織。所以我們入盟是在極其秘密的狀況下進行的，除了由鄭震的家屬嚴守門戶以外，宣誓之後，各人的誓詞均在燈下焚化（當時合肥還使用煤油燈）。

入盟以後，我在合肥城內陸續認識了另一些盟員。其中有：龔兆慶（解放後任安慶市建設局副局長，已逝世）、李春舫（解放前任中央社記者，已逝世）、周景紹（原安徽大學中文系講師，已逝世）、周介如（原在安徽省新華書店工作，已離休）、夏繼誠（現任安徽省政府參事室參事）、楊亞威（原在安徽幻燈機械廠工作，已離休）等。不久，盟員童車五（原安徽省地方誌辦公室副主任，已逝世）從全椒來，此時合肥城內盟員約十餘人。

由於當時處於地下狀態，並未建立民盟組織，有事由李湘若分別聯繫。當時，中國民主同盟已參加由中國共產黨領導的民主革命。李湘若在安徽的任務，一方面是發展盟員，一方面是在地下黨的領導下，相機對國民黨軍政人員進行策反工作。他已同中國人民解放軍皖西軍區第三軍分區（以下簡稱三分區）取得聯繫，在三分區政委唐曉光同志直接領導下從事地下活動。

當時，國民黨安徽省政府和國民黨軍第八綏靖區司令部均由

桂系把持。我是廣西人，也是桂系出身，上述兩個機關中，都有我的同鄉、同學或同事，所以李湘若要我利用這種社會關係，搜集國民黨軍政情報。我便藉口要求工作，分別去見省府秘書長黃紹耿、民政廳長張威遐、第八綏靖區司令部參謀長諸葛曙。他們知道我曾任第五戰區《陣中日報》社社長，料我不肯屈就一般職位，囑我耐心等待。我也因此而名正言順地住到省民政廳秘書張惠充家中，經常在麻將桌或酒宴上，捕捉國民黨軍政情報，通過交通員夏繼誠轉送三分區設在肥西官亭的情報站。

當年12月，國民黨軍在淮海戰役中敗局已定，國民黨安徽省政府及第八綏靖區司令部決定南撤，國民黨合肥縣縣長曾憲（另說是朱廷遼）亦已獲准辭職，遺缺正在物色適當人選充任。我們獲知這一消息後，一致認為，應當乘機把國民黨政權抓過來，以便在「合法」外衣下準備起義。並認為，盟員龔兆慶是合肥的名門望族，曾任懷寧縣縣長，是國民黨當局可能接受的人選。於是，便通過各自的社會關係，遊說以龔噓雲為首的合肥縣參議會部分參議員，請他們聯名向省府推薦。省府以出於民意，未便礙難，遂批准委任龔兆慶為合肥縣縣長兼合肥縣國民自衛團長。後又通過龔兆慶把殷乘興、董光昇、龔衡軍（盟員）3人分別安排在縣政府主任秘書、民政科科長、官亭區區長兼國民自衛第三大隊大隊長這些要害職位上。這時，合肥盟員都把準備起義、迎接解放作為自己的中心任務，各自分頭進行工作，但對外仍然嚴守秘密。

不久，交通員帶來三分區唐曉光政委口信，約見合肥民盟的主要人員。當時，李湘若已赴安慶，在肥盟員推派我和周景紹（肥西焦婆店人，熟悉當地情況）前往。我們趕到官亭區署，當天深夜，唐政委到來，談話片刻，即轉移到約3里外的一個村子裡，一夜之間轉移3次，直到拂曉，唐政委才離去。他的談話，主要是分析解放戰爭的形勢，闡明中國共產黨的政策，要我們加緊準備起義，並具體佈置3項任務：一、繼續搜集國民黨軍政情報，特別要掌握附近國民黨駐軍動態；二、動員失學、失業青年到三分區的六安公學學習；

三、搞一套鉛字印刷設備。唐政委態度謙和，語言樸直，言談間情真意切，肝膽照人，對於我這樣曾在國民黨政權中工作過的人，居然坦誠接待，信任不疑，不僅使我受到了教育，更多的是發自內心的感動。這是我生平第一次見到的共產黨人，從他身上，我看到了中國共產黨領導中國人民推翻三座大山的巨大力量，從此更加堅定地接受中國共產黨的領導。此行還帶回一些傳單、標語，唐政委指示：必要時可以翻印散發。

從官亭回來，除了向在城盟員傳達唐政委指示外，繼續搜集國民黨軍政情報，同時先後動員失業青年包一痕等十餘人前往六安公學學習。只是印刷機體積笨重，不易混過城防士兵的耳目，未能辦成。在此期間，三分區聯絡部長蔣樹民曾來合肥指導工作，事前由董光昇為他準備了身份證（當時各級民政部門掌管戶籍，空白身份證和專用鋼印都由縣民政科保管）。因而順利通過城防的盤查，隱蔽在後大街（今安慶路）周介如家中，分別同在城盟員中的主要人員交談，兩天後離去。

次年1月，國民黨安徽省政府和第八綏靖區司令部撤離完畢，我藉口愛人臨產，不堪車輛顛簸而留了下來。此時，由蚌埠潰敗南逃的劉汝明殘部雖途經合肥，但屬過境客軍，不過問地方事務，所以合肥縣政府事實上已成為合肥縣境內最高行政機關，環境較前寬鬆。三分區決定將合肥縣官亭區署及所屬區大隊、合肥縣國民自衛團第三大隊擴編為合肥支隊（又稱獨立團），任命龔衡軍為支隊長，唐曉光兼政委，馬力為副政委，並在區署門前廣場舉行成立大會，我和周景紹、周蕪前往參加。根據唐政委部署，合肥支隊負責解放合肥；合肥盟員負責組織力量保護公共財物，維持社會秩序。具體日期視劉汝明殘部撤離合肥而定。

當時，駐在合肥的劉汝明殘部主要擔負掩護任務，人數不多，軍心渙散，官兵都急於擺脫孤立境地。在肥盟員瞭解他們的思想情緒後，一方面請朱幼農出面（朱係合肥人，同劉汝明是老朋友）催劉汝明迅速南撤，另一方面決定採取心理攻勢，連夜在周介如家中

翻印由三分區帶來的傳單、標語，通過郵局，分投合肥駐軍各級指揮機關，造成風聲鶴唳，草木皆兵的態勢，促其早日撤離。兩天以後，合肥駐軍果然全部撤走，但仍留一名副營長帶一個排，妄圖埋設炸藥，炸毀東門外大橋，阻滯解放軍追擊。這一消息立即引起合肥商人強烈不滿，在肥盟員利用社會關係，協助商界知名人士出面向該副營長交涉，並許以一定金錢，終於迫使該副營長放棄炸橋任務而去，東門外大橋得以保存。

這時，合肥城內已無國民黨駐軍，合肥縣政府起義行動由隱藏逐漸公開。經過商議，由龔兆慶對縣自衛團副團長張某曉以利害，爭取他不幹干擾起義行動，殷乘興、董光昇督促縣政府各科、室負責人切實保護公共財物。縣警察局內部複雜，決定不動警力，只抽調縣國民自衛團中一個中隊維持城廂秩序。同時，在肥盟員一致認為，合肥解放在即，尚未建立組織，不便與各方聯繫。而李湘若遠在安慶，難於商談，在未取得上級同意的情況下，公推龔兆慶、李春舫、童車五、殷乘興和我5人組成中國民主同盟皖北籌備處。

1月20日夜，龔兆慶接到中國人民解放軍華東野戰軍先遣縱隊前線指揮員從肥東梁園打來電話，詢問合肥情況，決定次日進城，龔兆慶表示衷心歡迎。於是，在肥盟員連夜草擬歡迎解放軍進城的傳單、標語，次日分別散發、張貼，同時加強城內巡邏。下午2時許，在肥盟員及群眾約200人，到東門外列隊歡迎。4時許，先遣縱隊先頭部隊進城。至此，合肥宣告解放。

合肥解放後，成立合肥市軍事管制委員會（以下簡稱軍管會），由先遣縱隊司令員孫仲德任主任，政治部主任宋日昌任副主任。當時，第八綏靖區司令部在合肥女中（今省博物館東側）尚設有一部聯絡電臺，兩名報務員都是廣西人。由於口音關係，軍管會要我隨同一位排長和兩位戰士前往收繳器械。我說明情況後，兩名報務員順利交出發報機、密碼本和隨身武器，由軍管會資遣回籍。隨後，殷乘興、董光昇協助龔兆慶將原合肥縣政府一切公物移交合肥市人民政府。當時，國民黨桂系軍政機關尚在江南，軍管會打算派我

過江繼續在桂系中做情報工作，已通知駐巢縣的先遣縱隊四支隊為我作好渡江準備。後據四支隊情報，我的身份已在桂系中暴露，不能再起作用，遂作罷。

合肥解放後，我和殷乘興、董光昇、李平凡（均是盟員）由宋日昌副主任介紹到華東野戰軍隨營軍政幹部學校學習，其餘民盟盟員大多留在合肥待命。

刊於合肥市政協文史資料委員會《我與合肥——紀念合肥解放45週年》（1993年12月出版 ）

處理問題，必須掌握主動，千萬不能陷於被動。

所謂主動：大而言之，就是把握社會發展規律，適應歷史潮流（不是隨大流，不是迎合時尚），選擇自己的道路。小而言之，就是根據事物的發展變化和人情的真偽虛實，揚長避短，趨利避害，使自己立於不敗之地。

晚年讀書筆記

同行者說

✻ 桂林時期

（1938年6月前）

傅善術：（時為廣西大學文法學院學生，與哈庸凡小學和中學同學，抗戰爆發後參加廣西學生軍）

1.哈庸凡讀桂林高中的時間

記得我1933年考入桂林高中時，哈庸凡至少高我兩個年級。桂林高中的前身為省立第三中學，分師範、普通兩科。我回憶該校師範科只辦到「師七班」，而我入校時已是「普十一班」了。我的印象哈是讀師範科，是「師五班」還是「師六班」就記不清了。哈家境貧寒，我記得他讀到高三上就輟學了。他輟學的時間，如他是「師五班」，大約就是我進桂林高中的時間；如是「師六班」，則為1934年秋季。

2.哈庸凡與《廣西日報》

在韋永成做《廣西日報》社長時，哈庸凡曾任該報外勤記者。他在報社的活動情況，我不瞭解。

3.哈庸凡與「風雨劇團」

「風雨劇團」是桂林一些愛好文藝的社會青年組織的文藝團體，發起人及主要成員是哈庸凡及陳邇冬等人。該劇團成立及存在的時間，我已記不清，大約為1936-37年間，演出活動不多，後因成員離散而瓦解。

當時，以哈、陳為代表的一些桂林的社會青年，大都為桂林高中畢業的學生，因為大家愛好文藝，氣味相投，受「創造社」（郭沫

若、郁達夫等作家）及「南國社」（田漢等劇作家）的影響較深，不滿現實，又感到出路的苦悶，於是有組織文藝團體的活動。他們看不起阿諛權貴的人和只想做官的人，思想傾向是進步的，但有濃厚的浪漫主義和頹廢色彩。他們的文藝思想一般說是空虛的。「風雨劇團」就是這些有著進步要求的小資產階級文藝青年的結合，可惜他們沒有得到更堅實的發展就萎折了。

哈庸凡那時思想比較進步，記得當時廣西師專陳望道教授指導下所辦的進步刊物《月牙》，曾經發表過哈的文章。

李天敏（時任第五路軍總政訓處少校處員兼《廣西日報》副刊編輯，曾任安徽省政協常委）

1936年冬，我在廣西桂林第五路軍總部工作時，由政訓處派兼《廣西日報》副刊編輯。到報社時，哈庸凡同志已先在報社當外勤記者。記得他是擔任地方新聞的採訪。採訪後，寫成新聞稿件，再交給地方新聞編輯。我擔任《廣西日報》副刊編輯時間不過三幾個月，與哈同志的直接關係不多，當時對他的印象是勤懇工作的一個純潔青年。

萬嬰年（時為桂林文藝評論者）

「風雨社」是桂林愛好文藝與戲劇的青年所集合起來的，他們用艱苦的自己的力量，不但對文藝方面努力，而且對戲劇方面也用它的名義去發展。它出版了一個《風雨月刊》，內容是專刊文藝與戲劇的文章。第一期內，陽瑞君的小說《春花》就用的一種新形式的技巧而寫出，其餘詩歌及小品，並有《風雨》戲劇一篇，經過兩次以上的演出。這個刊物，多是青年作者的作品……現在讓我來說說在廣西境內略負聲名的幾個劇社，……「風雨社」，這是桂林青年所組織的劇團，上面已經說過。他們是用很艱苦的精神去奮鬥的，他們自己編寫了兩個劇本──《風雨》、《打出象牙塔》，都還不錯。

《廣西的文藝與戲劇動向》，載《國聞週報》1937年第15期（4月19日出版）

❈ 武漢會戰與隨棗會戰時期

（1938年7月—1941年1月）

李天敏

抗日戰爭爆發後不久，我參加了部隊出發前線，以後似乎在前線曾碰見哈庸凡也參加了部隊，但記不清是在哪個單位。

張毓芳（時任陸軍84軍第189師政治部政工隊員）

1938年，我在湖北省棗陽縣參加84軍189師政治部政治工作隊，任工作隊隊員。在這裡我認識了哈庸凡同志。那時他任189師1107團團指導員，指導員下面還有三個政治工作隊隊員。當時的工作性質屬於政治方面的，宣傳軍民合作抗日為主的，我們工作隊的工作就是教士兵唱歌，或者慰問傷病兵，幫他們寫寫家信等。

因為我們不在一個團裡工作，見面的機會很少，有時候我們在師部見面了，大家也叫過他哈科長，是否他曾幹過科長我不清楚。但我記得他是少校級，也是國民黨黨員，這是肯定的。在當時一個校官不入國民黨是不可能的。工作隊在政治部是最低層的，沒有級都要入黨。

哈庸凡和賴思思兩人是指導員中比較接近於群眾的人，因此工作隊員都喜歡接近他們。他們一視同仁，因而有的隊員猜疑他們是「共產黨員」，是從他們沒有官僚架子這方面去推測的。

我在189師工作將近兩年，約在1939年年底，該部隊由襄棗一帶遷至河南商城，政訓工作隊就被解散了，我們從此離開了部隊，哈指導員何時離開189師，我不知道。

霍冠南（時任國民政府第五戰區司令長官部參謀處三科科長）

（1939年）敵以第三及十三師團為基幹的右翼縱隊，在飛機大炮毒氣援助之下，於四月廿八日開始沿隨棗公路及其北側地區向西猛進，我覃軍[1]下級幹部及士兵因不願與曾經守備半年以上的陣地

---

[1] 覃軍即陸軍第八十四軍，軍長覃連芳。轄一七三師、一七四師、一八九

頓時離開，竟忘懷整個計畫的進行，而仍然在隨縣及其以北陣地與敵作殊死戰，致使敵軍傷亡慘重（達五千餘人），而將其進攻襄樊的勇氣完全嚇退了。故敵雖攻佔隨縣及高城一帶，但終彷徨不前。

摘自1939年7月1日《廣西日報》

❀ 大別山時期

（1941年1月─1942年12月）

殷乘興（時為「皖幹團」學員，後任「皖幹團」訓導處職員）

1941年·我與哈庸凡在「皖幹團」黨政班同學，由此才和他相識。班主任是省政府民政廳長韋永成。黨政班又叫黨政特班，所以叫黨政特班，是與「皖幹團」其他班、組有所區別的。據當時「皖幹團」教官說明，黨政班類似中央訓練團，比「皖幹團」其他班、組要高一級，作為省府訓練中級幹部的一個機構，表示特別的意思。受訓期間一個月，主要課程有「總理遺教」、「總裁行誼」、「王陽明學術講座」、「時政」及業務學習。

哈庸凡當時是從桂系部隊中調來受訓的，也因為韋永成的關係（據哈說過，韋永成做《廣西日報》社長的時候，哈是該報記者），他那時在桂系部隊中做政治工作。

哈庸凡在黨政班畢業以後，即分發到「皖幹團」訓導處當科長（中校銜），兼主編「皖幹團」的團刊《幹訓》（當時也許是半月刊或月刊）。這個刊物是宣傳桂系統治安徽的幹部政策，提出所謂「行新政，用新人」的口號，以及宣傳「皖幹團」的訓練政策、訓練計畫等。哈庸凡在「皖幹團」科長當中，是比較能力最強的一個。因此，《幹訓》月刊上的社論、專論等文章都出自他的手筆。

當時，哈庸凡還從事清、明歷史的研究，記得他曾在當時大別山的大型刊物《中原》上發表過文章。

哈庸凡在1942年秋季離開「皖幹團」，到李品仙辦的貞幹中學

師。隨棗會戰前八十四軍依託戰壕與日軍隔河對峙逾半年。

教書。其所以離開「皖幹團」，是因與「皖幹團」教育長黃紹耿鬧意見。他在貞幹中學教書時間不長，就到老河口第五戰區長官部去了，在那裡辦《力行日報》。

李天敏（時任「皖幹團」主任指導員、教官）

1941年夏，我調到「皖幹團」擔任指導員，哈庸凡同志似乎也在「皖幹團」擔任工作。但記不清是擔任政訓處處員，還是隊上的指導員。因為「皖幹團」的政訓工作人員，多數是從部隊政工轉調過來的，不搞處員就是搞指導員，工作性質都是一樣的。

1943年2月，我離開大別山以後，彼此沒有見面。直至解放後，在合肥偶然碰到，那時他在榮管處工作。

李培仁（時任立煌安徽省青年劇社演員，曾任安徽省話劇團導演）

《原》劇的演出[1]，當時文藝評論界有兩種不同的反應：一些人認為演出是在追求「情節奇特，故事曲折，迎合小市民口味，脫離抗戰現實生活……」；另一種意見則相反。例如一位非文藝界人士，而是逢演必看並經常發表見解的觀眾哈庸凡（抗戰後我們才相識，現在安徽省民政廳工作），在〈我觀《原野》〉的劇評中認為：一、一個藝術作品，不可以其描寫的內容或時間今古而定論其現實生活的價值，關鍵是在抗戰進入第二階段的今天，如果承認還有劇中趙閻王這樣人物在為非作歹，還有仇虎和金子這樣純潔的愛情被摧殘的事實存在的話，《原》劇的演出就有很大的社會現實意義。二、從山城話劇舞臺藝術的發展來看，《原》劇的演出有了新的突破，這是有口皆碑的事實。

摘自李培仁《江淮話劇尋蹤》，文津出版社1995年10月出版

89

---

[1]　1942年6月，第五戰區政治大隊在立煌演出話劇《原野》。

✱ 鄂北老河口時期
（1943年1月—1945年8月）

王榮華（時任老河口郵電檢查所職員）

我在122師政治部擔任科員時，賽春英在該部當政工隊員。1943年，我在老河口郵電檢查所工作，路遇賽春英，當時她已和哈庸凡結婚。哈剛從安徽立煌到老河口，住在清真寺裡邊。我到他們住處，認識了哈庸凡。後來哈擔任光谷警備司令部秘書，當時因為工作上沒有接觸，我和他階級上也相差很遠，因而往來很少。後來（1943年8月，記不清），哈找我幾次去看京戲，有一次在茶園裡喝茶，哈介紹我認識了一個江蘇人（名字已忘掉），並對我說，警備司令部要成立一個社會情報網，搜集有關地方治安一類的情報，要我參加。當時，說由那個江蘇人負責，我當時並沒有決定。回郵檢所後，我把這個情況告訴所長，所長同意我參加。

哈又找我的時候，我答應了。他便引我去見了他們的副司令，談了一次話。以後，哈就和我經常接觸，但並沒有做什麼工作。郵檢所檢查出一封由漢口寄老河口的信一件（發信地址都忘了），內容是由敵區獲得的老河口、光化、谷城三處漢奸小組的負責人姓名。郵檢所認為這個情報軍統做不了，但又不肯給桂系做，把這個情報送到老河口組去，很長時間他們沒法下手。在當時，我認為這樣真確的材料，把它放過太可惜，不管誰做總是對國家民族有利。因而，我就把這個線索告訴了哈庸凡，警備司令部就佈置了下去。哈和我見面以後，就告訴我他們追蹤的情況。過了些時，把漢奸廖某抓獲。經過拷訊，廖供出了賴某、謝某、謝某的母親、五洲旅館的老闆娘和五戰區長官部通訊連的一個排長（名字記不清）等人。在逮捕廖某以前，哈約我到谷城去，找谷城組漢奸的線索。去住了三天，沒有結果，又回到老河口了。

後來我離開了郵檢所，到兵站總監部工作。哈兼任《陣中日報》編輯。1945年春，日寇進攻老河口，我隨總監部到白河去，就再沒有聯繫。

萬鈞（時任《陣中日報》編輯，後任《群力報》採訪主任）

1944年底，我在湖北老河口第五戰區政治部《陣中日報》任助理編輯，當時哈庸凡在該報兼任副刊《台兒莊》編輯，由於同事關係而認識了。他當時主要的職務是老河口警備司令部中校秘書。他兼任副刊編輯時，並不住在報社裡，所以，經常委託我替他看看稿子，發發稿子。這樣，我與他之間的接觸就較多了一些。

1945年春，他任《陣中日報》總編輯，我任編輯。當年3月間，日寇侵犯鄂北，報社隨軍撤退，至湖北均縣出戰地版。是年7月初，我離開該報，即與哈分手。

在老河口時，他曾利用編輯副刊《台兒莊》的職權，召開過一次鄂北文藝青年座談會，並準備組織鄂北文藝青年協會，還打算募捐出版刊物，辦學校等等。但因為日寇進犯鄂北，這個計畫因此隨之擱下了。

1944年冬，國民黨發動青年從軍。當時鄂北鄖縣第八高中學生廖全貞等人出了壁報，內容大概是，反對青年從軍，揭露學校的黑暗。結果被第八行政專員公署扣押了起來。哈聞悉後，馬上報告了馮澍，說明這幾個學生並非有思想問題，僅係年輕衝動。後來就打電話，將那幾個學生釋放了。同時，哈還在副刊上寫了一篇短文，批評第八行政專員公署（文章題目好像是談言論自由）。當時我認為哈這個人頗有正義感。

戴子騰（時任《陣中日報》編輯、《群力報》副總編輯，曾任上海人民出版社編審）

1944年河南省大部分地區淪陷，我所在的葉縣《華中日報》遷西峽口後停刊，經人介紹我到了《陣中日報》。抗戰時期，國民黨第五戰區的《陣中日報》一直在鄂北老河口出版，我和友人萬鈞一同去到時，該報社剛改組，由戰區政治部副主任馮澍兼社長。當時在編輯人員中，我與副刊主任哈庸凡比較談得來。他是廣西人，讀過不少進步書籍，文章也寫得好。他本是五戰區司令長官部軍務處長兼光谷警備司令梁家齊的秘書，是由馮澍請來報社的。他編《陣中

日報》的《台兒莊》文藝副刊時，團結了一批文藝青年，也登出一些傾向進步、反映現實的作品。記得哈庸凡曾召開一次文藝座談會，在副刊登出過座談會記錄。

1945年，李宗仁任漢中行營主任，他的五戰區司令長官一職由劉峙接任。劉峙上任未及兩月，五戰區長官部所在地和中美聯合空軍基地的老河口，就在日本侵華戰爭的最後一次攻勢中淪陷了。《陣中日報》沿江西撤至均縣，馮澍和他手下的一批人都要另尋出路，就把報社的爛攤子撂給了哈庸凡，叫他代理社長和總編輯，在均縣出版石印報。這時報社只剩下十幾人，編輯僅有我和新來的莊夢生。每日石印數百份報紙，大多發行在前方部隊，報費難收，報社經濟十分困難。5月初，哈庸凡親自到部隊收報費，由我代他負責編輯工作。當時均縣正鬧學潮，我和莊夢生在《陣中日報》刊出學生的公開信，並發表短評抨擊地方封建勢力，由此遭到反動分子的造謠攻擊，他們說《陣中日報》社裡有共產黨，並向五戰區長官部、政治部提出控告，氣氛非常緊張。幾天後哈庸凡回來了，我們為不使他為難，於當晚留下一封說明事實真相的辭職信，次日一早搭船西去了。哈庸凡當時雖不高興我們，但沒有不讓我們走。

摘自戴子騰《群力報始末》，《河南文史資料》1995年第1輯

馮放（作家，即潘啟祥，筆名姚慧子、馮放等，時為鄂北文藝青年。後任職湖南省文聯）

也就是這個時候（按：即1944年春），《台兒莊》上，因流火（劉鳴鋼）兄的一篇談文藝的「真實性」的文章，引起了一場爭論。這一場爭論，主要是發生在襄陽與鄖陽兩地的青年作者之間，與三年前圍繞俄國作家托爾斯泰的《活屍》的那場爭論相比，有兩個特點：第一，參與的人數多，但許多稿子，因為編者有意調停而未發表，例如余秋陽的長文《搖旗吶喊》；第二，題目的性質明顯左傾，因為雙方都涉及蘇聯文學，並以蘇聯作家肖洛霍夫、A.托爾斯泰等的作品為例來闡述自己的文學主張。用今天的眼光看，在反共的國民黨政權下，於第五戰區司令長官部機關報《陣中日報》副刊《台兒莊》

上，討論這樣左傾的題目，實在是「冒進」！然而，正因為左傾，才更能煽起青年人胸中的熱情。

爭論展開後，鄖陽方面人多；襄陽方面，流火兄顯得有點孤立。於是寫信邀我聲援，並將邀我之事函告了當時《台兒莊》副刊的主持人哈庸凡中校。豈料哈庸凡的夫人竟是我祖父盟兄的女兒賽春英，我喊三姑。哈庸凡得知我與襄、鄖兩地作者均熟後，便寫信邀我去老河口家中作客，希望我出面調停這一場爭論。也許是為了調停爭端的方便，《台兒莊》副刊編輯萬鈞還寫了一條消息刊出，大意是說，文藝青年姚慧子應邀訪問河口，下榻在《台兒莊》副刊主任哈庸凡家。既然我的這位三姑父是第五戰區司令長官部機關報《陣中日報》的副刊主任，中校軍銜（後升上校），又祖籍桂系軍閥統治的廣西，還和白崇禧一樣信奉伊斯蘭教，我就不能保證說他進入文化界是否擔負了什麼特殊的使命，這也是1955年肅反運動中繼審查「胡風反革命集團」問題之後，向我提出的一個問題，我不知道這個問題是如何結論的；但是，近年來我確實知道了另一個情況，哈庸凡在安徽解放時有功，建國後為定居合肥的高級民主人士。八十年代他參加全國政協召開紀念孫中山誕辰的學術研討會，我們在北京失之交臂，只聽家住北京的四姑賽春芳說，三姑父已參加中國共產黨。

從現在的記憶說，1944年春這位三姑父哈庸凡邀我赴老河口，可能是想在調停襄、鄖兩地的筆墨官司的基礎上，組織一個「台兒莊文藝習作會」，把鄂北的青年作者團結在《台兒莊》副刊這塊陣地的周圍。推想起來，如果「台兒莊文藝習作會」能夠成立，他可能會爭取重慶「全國文協」同意成立五戰區文協分會。醞釀的結果是，1944年已臨近歲末，等春節後，1945年再來進行。豈料1945年春，日寇在河南採取的軍事行動，波及到湖北，《陣中日報》在抗戰勝利前夕壽終正寢了。

摘自馮放1989年7月《四十年代鄂北文學運動瑣憶——關於〈陣中日報〉副刊〈台兒莊〉的一些往事》

93

胡國忠（時任《陣中日報》校對）

我和哈庸凡認識是在1944年9月以後，同在五戰區《陣中日報》社編輯部。那時（1944年9月），哈庸凡任五戰區《陣中日報》社編輯，我任報紙校對，一直到1945年春。

在老河口時期，他曾於1943年和鍾宇翔（第五戰區政治部校級職員）合辦一個《力行週刊》。哈庸凡負編輯責任，曾發表一篇標題為〈希望於徐主任者〉（徐指鄂北行署主任徐會之）的評論，內容對徐會之有所諷刺，該《力行週刊》不久即停刊。後轉給國民黨光化縣黨部主辦一個《光化週報》，哈庸凡又曾在該報負編輯責任，不久即脫離。

哈庸凡又充當光谷警備司令部司令梁家齊的秘書（據說當時有防諜鋤奸委員會的組織，哈庸凡是否曾在該委員會擔任職務，具體情況未明）。1944年春，梁家齊曾以光谷警備司令的名義發起一個「戲劇、體育、音樂、繪畫」四大運動，哈庸凡同陳希文（三青團光化分團股長）等發行《戲劇、體育、音樂、繪畫四大運動特刊》，內容主要是鼓吹四大運動情況。同年9月1日，哈仍充警備司令梁家齊的秘書，兼在《陣中日報》當國際版編輯（中校級），曾參加報社時事座談會。哈庸凡在《陣中日報》副刊改為綜合性版（原系分類性）後，充副刊主編。曾發起一個「台兒莊文藝座談會」，哈為該座談會的發起人。1945年初，總編輯單鳴皋辭職，哈就充任《陣中日報》總編輯。後老河口淪陷，該報遷至均縣，報社兼社長馮澍（曾充任調查室主任、政治部副主任）離職，即由哈庸凡代理社長職務。日寇投降後，報社遷至河南漯河，哈即正式充任該報社長。1946年在鄭州改為《群力報》，哈仍充社長（上校級）。後《群力報》改組，哈庸凡被取消社長職，哈庸凡頗為不滿，曾在該報發表一篇標題為〈愛人才　移風氣〉的社論，內容對報社主辦機關（鄭州綏靖公署政治部）語多諷刺。後哈又在河南新鄉，主筆編輯《生力日報》。1947年又離開，同年秋又曾在鄭州同梁伯樵合辦一個ＸＸ晚報。

✱ 鄭州時期

（1945年9月—1948年9月）

戴子騰（時任《群力報》副總編輯）

1946年初，忽得哈庸凡來信，說他在鄭州辦起了《群力報》，邀我去鄭，攜手辦一個推進和平民主事業的報紙。我當時出於勝利後國內會實現和平民主的幻想，加之對哈庸凡的良好印象，就欣然應邀，於1946年4月初到了鄭州。

我到鄭州後才瞭解：抗戰勝利後，第五戰區司令長官部和政治部均遷往河南漯河，原設在鄂北均縣草店的中央軍校第八分校結束，其印刷廠設備交給戰區政治部，也搬到了漯河。戰區政治部主任、劉峙的親信劉子清決定用這套設備恢復報紙的出版。抗戰已勝利，《陣中日報》的報名不宜再用，就改名《群力報》，由戰區政治部副主任潘國屏兼任報社社長，政治部督察蔣蘊青為總編輯，哈庸凡為副總編輯。《群力報》於1945年10月10日在漯河出版，日出對開四版，主要內容為國內國際要聞、社論、副刊、廣告等。劉子清很重視社論，每篇都要親自審閱，有時還出題目，總編輯蔣蘊青很少寫社論，偶爾寫的往往也不能用。副總編輯哈庸凡寫的社論，則得到劉子清的賞識。哈庸凡不甘居於蔣蘊青之下，就介紹吳家堯來任副總編輯，他改任總經理了。哈、吳都是廣西人，又同在廣西學生軍待過，私交較好，哈仍參與編輯部的工作。

1945年12月，第五戰區司令長官部移駐鄭州，改稱鄭州綏靖公署，劉峙任主任。……《群力報》鄭州版於1946年元旦創刊，雖未標明軍報，實際上是鄭州綏靖公署的機關報。……社長仍由潘國屏兼任，哈庸凡為副社長兼總編輯，吳家堯為副總編輯，又調來綏署經濟處一名中校軍需任總經理。1946年2月，潘國屏因隱匿漢奸張嵐峰的一批新聞紙拒交《群力報》使用，劉子清免去了他的社長職務，任哈庸凡為社長，吳家堯為總編輯。

哈庸凡任社長後，很想把《群力報》辦得有所起色，成為一家

95

像樣的報紙。他出於對我的瞭解和信任，邀我來並給予副總編輯的名義。我去後，向他提出邀請萬鈞和羅莎葦的建議。萬鈞在《陣中日報》時就受哈庸凡的賞識，相處很好。……經哈庸凡同意，我寫信相邀，他們於這年夏天都來當了編輯。

經劉子清倡議，曾設立了《群力報》社論委員會，請綏署秘書長謝仁釗（英國留學生）為主任委員，河南第一行政區專員王光臨、綏署新聞處督察戴堯天等七人為委員。……社論委員會只是徒具虛名，絕大多數社論仍由哈庸凡、吳家堯等執筆。

哈庸凡任社長期間，《群力報》的反動氣息不濃，《五月》副刊又受讀者歡迎，報紙發行量一度達到四五千份。但是，哈庸凡畢竟不是劉子清的親信，顧德祿任總經理後便想獨攬大權，而與哈庸凡發生矛盾，結果自然是導致哈庸凡的失敗。

……1946年秋，哈庸凡離開了《群力報》。當時，吳家堯負責河南全省的《和平日報》分銷業務。有一段時間，哈庸凡只得依靠老朋友吳家堯的照顧，以承擔對幾個縣發行《和平日報》為生計。後來，哈庸凡去了鄭州《華北日報》。

1948年春，姜公轸在鄭州為了營救被國民黨逮捕的進步青年祝福，曾找了幾個人在保證書（保證祝不做進步活動）上簽名，把祝福保出獄。記得哈庸凡也是簽名人之一，哈與祝則是一般認識。祝現在天津市人民委員會文教辦公室工作，現名李泥。

摘自戴子騰《群力報始末》，《河南文史資料》1995年第1輯

劉松山（時任《鄭州日報》《國民報》聯合版記者）

1946年6月間，由鄭州報業公會、記者公會、綏署新聞處、鄭州救濟委員會等組織了一個鄭州新聞界豫災訪問團，各報社通訊社都派一人參加。記得有《中央社》記者李長白，《群力報》兼和《平日報》哈庸凡，《華北日報》沙景昌，《鄭州日報》《國民報》聯合版劉松山，另外還有一個《實言報》姓于的和《中報》、《風沙晚報》、西北社、綏署新聞處和憲十七團新聞室等派的人，大約在十二個人左右，由哈庸凡任團長。出發時坐的是輜汽十一團的一輛大汽車，

訪問團先到新鄭縣，在縣府吃過中午飯，即到許昌。在許昌有三四天，除和各機關單位及報社舉行座談會外，還到潁河決口災區訪問了一天。接著，在漯河兩三天又到周家口，曾和各機關開座談會，最後到淮陽兩天我沒有去，在周口市曾到北寨黃汛區邊上的大堤一次，並由河南修防處派人陪同到離周口十幾里處看一個搶險工程。在周口時災民曾攔著路請代為呼籲。

❋ 時人交往錄
——哈庸凡與廣西文化人

哈庸凡自幼愛好文學，抗戰爆發前，他發起組織「風雨社」，辦刊物，演話劇，改編桂劇，以文化救亡者的身姿活躍於桂林文化界。其間及此後與一些文化人多有交集，由此或可窺見當年桂林青年救亡運動乃至廣西抗戰文化的若干蹤跡。

周振綱　亦師亦友文筆緣

在桂林早期抗戰文化運動中，周振綱無疑是一個頗為活躍的人物。他作為國民黨桂林縣黨務通訊處通訊員，積極發動並組織工會和民眾團體，開展各類抗戰宣傳活動。周振綱文筆甚健，常有時論見諸報章。1937年7月4日，他以「振綱」筆名在《廣西日報》發表社論《日謀搗亂平津》，剖析時勢，警告國人「日本直接武力侵華之期，當在不遠」。言猶在耳，三天之後，盧溝橋事變爆發。

1936年間，周振綱兼任《桂林日報》總編輯，並兼任「桂林軍團婦女工讀學校」教導主任。而哈庸凡自幼喜愛文學，此時正失業在家，經常為《桂林日報》寫稿。他倆初因文章結緣，繼為同事，乃至同道。

據哈庸凡回憶，當時周振綱打算在《桂林日報》開闢一個地方專欄，專門談論桂林的地方文化、風景名勝、歷史名人和風味小吃，而哈庸凡是土生土長的桂林人，文筆俊逸，遂邀哈庸凡擔任撰稿人，並聘為特約通訊員。經查1936年《桂林日報》，從當年6月下旬起

出現「本報特寫」欄目，其中8月就有8篇，均係桂林當地風土人情及各類小吃，包括《本市消暑的玩意兒》、《悠閒人們消遣的一種》、《油條與糊辣》、《特察里別饒風味》、《榕湖杉湖縮影》、《榕城古董市場蕭條特甚》、《桂林的「涼粉」與「梅水」》、《膾炙人口的桂林米粉》等。此外，8月哈庸凡還有短篇小說《他們這一夥》及時論《與愛滋君公開討論〈桂市青年之分析〉》在《桂林日報》連載。

此時正值兩廣發動「六一運動」，要求中央立即對日抗戰。廣西抗戰救亡運動風起雲湧，寧為抗戰玉碎，不為屈辱瓦全，成為廣西當局和民眾的最強音。這時正是周振綱與哈庸凡交往最為密切的時期。

1936年8月底，周振綱以「廣西各界抗日救國聯合會桂林分會」的名義，在《桂林日報》緊鑼密鼓創辦《抗日救國週刊》，哈庸凡全程參與創刊活動。查1936年8月30日《桂林日報》「抗日救國週刊」創刊號，刊出周振綱、哈庸凡、愛滋三作者以《抗日與除奸》為題的同題文章，分別從不同層面闡述抗日必先除奸、除奸為了抗日的命題，事前顯然經過周密策劃。創刊號在「歡迎投稿」啟事中寫道：「本刊園地公開，歡迎各界投稿。凡關於抗日救國的各項文字，無論寫的方式如何，只要觀點真確，分析清楚，內容充實，詞句流利，均所容納。」並註：「來稿請寄桂林榕城街桂林縣黨務通訊處周振綱收」。

值得注意的是，他們筆下的漢奸，直指南京政府，顯然是表達三個月來西南發動逼蔣抗日「六一運動」的強烈呼聲。哈庸凡在《抗日與除奸》中寫的最為直白：「自日寇進兵瀋陽以來，南京政府始則拖戈退入關內，繼則高談『親善』，『提攜』，終則黑起良心摧殘一切抗日運動，消滅一切抗日勢力。像非法逮捕北平上海各地底愛國學生和無端抽調大兵南下威脅西南等等事實，都是南京政府在漢奸賣國賊竊據之下幹出來的罪惡。」

「抗日救國週刊」出版10天後，即同年9月9日，《桂林日報》新副刊「每週文藝」創刊。創刊號刊載哈庸凡等人集體創作小說《到

祖國去》，第二期為「歷史小說專號」，連載哈庸凡的歷史小說《賣刀》。此事與周振綱的直接關係不詳，而周對此事積極支持當無置疑。此時，哈庸凡已調入周振綱兼任教導主任的「桂林軍團婦女工讀學校」任國文教員。經查《桂林日報》報導，同年10月20日，周振綱主持「桂林軍團婦女工讀學校」第三次校務會議，提到「本學期開學至今，已達兩月」。哈庸凡亦參加此次校務會議。會議通過十項決議，其中兩項與哈庸凡直接相關。其一，擬舉辦時事研究會，決議由哈庸凡指導學生及學術會辦理；其二，擬舉行各種學術比賽，即席推定蘇永華、哈庸凡等四人負責籌備辦理。哈庸凡本學期初進校任教，即獲重用，可見此時周振綱對哈庸凡的才識已很欣賞。

這期間，哈庸凡與周振綱密切合作的另兩件事，在桂林乃至廣西抗戰文化史上頗有意義。

一件是改編傳統桂劇。當時在廣西，受內地新興話劇運動影響，話劇從舞臺走上街頭，在抗日救亡運動中初顯勃勃活力。然而一般民眾喜愛的傳統桂劇，又多屬宣揚帝王將相、封建迷信甚或邪惡淫穢內容。於是由桂林縣黨部發起改良桂劇，先從改編劇本做起。為此，周振綱與哈庸凡邀集桂林各劇院男女名角座談，籌組桂林劇藝工會。緊接著，周振綱約請哈庸凡執筆改編傳統桂劇劇本《杏元和番》。不久，由哈庸凡將《杏元和番》改編為新桂劇《雁門關》，把原劇中「兒女私情和哀豔情緒」的內容改為「在外敵和漢奸雙重煎迫下之悲劇」。《桂林日報》曾以〈縣黨部籌畫改良桂劇新編《雁門關》不日在西湖公演〉為題報導此事。新編桂劇《雁門關》除交由桂林西湖酒家排演外，自同年9月11日起，逐日在《桂林日報》新聞版連載，以期引起各界關注。據周振綱當時與記者談，繼《杏元和番》之後，下一步擬改編的桂劇為《荊軻刺秦》。哈庸凡改編桂劇《杏元和番》為《雁門關》，係桂劇改良運動的第一聲，因而被寫入《中國戲曲誌・廣西卷》。

另一件則是組織文學社團「風雨社」。1936年初，哈庸凡失業

在家，有更多時間與中學時代的同學、那時正在廣西省立桂林師專讀書的陳遇冬、刁建萍、傅善術等人時常談論文學，從同學這裡獲知正在桂林師專任教的陳望道、馬哲民、鄧初民、施複亮、夏征農、楊騷等教授的文學理論和辯證唯物主義理論。七八月間，哈庸凡文學創作風頭正勁，陸續在《桂林日報》副刊發表短篇小說《他們這一夥》、《青面獸楊志》、《到祖國去》、《賣刀》及特寫、時論等。

此時，由兩廣發起的「六一運動」，因廣東退出只剩廣西獨力支撐，中央軍已對廣西形成包圍態勢，戰機也已飛臨廣西腹地轟炸，形勢極其嚴峻。1936年9月1日、4日和5日，《桂林日報》連續三天均在頭條以醒目標題突出報導此事：《各界抗日會通電反對蔣賊封鎖本省》、《廣三鐵路軍運頻繁　蔣決實行對桂用兵》、《平樂抗日救國會等通電　反對蔣機轟炸本省》。與此同時，廣西省會也已確定由南寧遷回桂林。

這時，受到大革命時期上海、北京等地文學社團「創造社」、「南國社」和「文學研究會」的啟發，哈庸凡擬發起組織以反帝反封建為旗幟的文學社團「風雨社」。這個想法得到桂林師專和桂林高中一些學生和老師的贊同和呼應。至於社團之所以取名「風雨」，正是當時波瀾起伏、瞬息萬變的緊迫形勢寫照。哈庸凡與其好友程延淵當時所作的一首歌詞，並作為《風雨月刊》代發刊詞亦已揭示：「時代在暴風雨中」。

同年9月初新學期開學時，哈庸凡受周振綱之邀進入「桂林軍團婦女工讀學校」擔任國文教員。發起組織桂林「風雨社」的想法，與同樣喜愛文學、富有宣傳組織民眾之責的周振綱一拍即合。由於當年桂林乃至整個廣西還沒有類似文學社團組織，出於有利於發起組織，以及得到更多支持的考慮，決定以時任桂林縣黨務通訊處通訊員的周振綱領銜發起。1936年9月27日《桂林日報》以《周振綱等發起組織「風雨社」》為題發表新聞，並附載由哈庸凡等人起草的《「風雨社」簡章》。這是桂林「風雨社」首次在報端亮相。實際上，此前這家以桂林師專、桂林高中學生及教員為主體的文學社

團已經開始活動，包括自編自演話劇等。就在《桂林日報》發表「發起組織風雨社」消息同日，桂林縣各界召開代表大會，討論慶祝雙十節籌備事宜。由周振綱代表縣黨部主持。會議決議之一，即為聘請「風雨社」表演話劇及燈謎。半個月後，「風雨社」以「風雨劇團」的名義參加「廣西各界慶祝雙十節國慶紀念大會」遊藝活動，演出兩部獨幕話劇，一是丁西林的喜劇《壓迫》，一是「風雨社」同人、哈庸凡朋友朱平秋創作的、反映九一八之後東北民眾抗日的話劇《風雨》。同時還演唱由哈庸凡、程延淵作詞，蘇永華作曲的《風雨前奏曲》。由於缺乏經費，演員和後臺工作人員均由「風雨社」同人擔任。周振綱在「風雨劇團」雙十節首次亮相演出當天，就曾客串「前臺總管」。目前尚無確切史料記載哈庸凡是否參加這兩部話劇和歌曲演出，而從兩月後即1937年廣西各界慶祝元旦遊藝活動中，哈庸凡在「風雨劇團」的《打出象牙塔》一劇中飾演男主角藝術家余君美的事實來看，哈庸凡作為「風雨社」發起人，應當是積極參與上述兩部話劇和歌曲演出的。

　　同年9月30日，「風雨社」在「桂林軍團婦女工讀學校」補行成立典禮。事實上，桂林縣黨務通訊處當時也設在「桂林軍團婦女工讀學校」內，周振綱既是黨務通訊處通訊員，又是工讀學校教導主任。新組織的「風雨社」社址也設在桂林縣黨務通訊處內。這樣，哈庸凡、周振綱所在的「桂林軍團婦女工讀學校」就成為「風雨社」的據點。而「風雨社」的骨幹成員，主要是以哈庸凡為首的「桂林軍團婦女工讀學校」教員及與哈庸凡過從甚密的桂林師專、桂林高中學生和教員，如蘇永華、陳邇冬、朱平秋、程延淵等人。其中也有個別是縣黨部職員，如陳祖鈺等人。成立典禮上，周振綱作為縣黨部代表出席致賀詞。據次日《桂林日報》披露，「風雨社」幹事會由七人組成，依次為周振綱、哈庸凡、陳祖鈺、程延淵、謝啟道、蘇永華、林光嵐。以周振綱為總幹事，顯然這是因周當時縣黨務通訊處主管的身份決定的，實際上只是掛名，具體工作一概不兼，後來的幹事會也不參加。「風雨社」內設三部一刊物一劇團，具體分工為：

總務部部長陳祖鈺（兼會計股長）、文化部部長程延淵（兼社會教育股長）、遊藝部部長蘇永華（兼音樂股長）。《風雨月刊》編委會主任哈庸凡，「風雨劇團」團主任陳週冬。而實際上「風雨社」的主要活動就是《風雨月刊》與「風雨劇團」，這是他們聚攏文學青年搞創作與演話劇的兩個舞臺。

這一時期，哈庸凡與周振綱既是軍團婦女工讀學校同事，又是「風雨社」同人，交往極其密切。由於周振綱同時擔任國民黨桂林縣黨務通訊處通訊員，負有指導抗戰文化宣傳與組織民眾團體的職責，工作繁忙，因此經常引薦哈庸凡參與其中，比如改良傳統桂劇等活動。而哈庸凡酷愛戲劇，筆鋒甚健，也樂於參與這些活動。當時，新興話劇運動已在桂林興起，而他們改良桂劇的主張和嘗試（改編傳統桂劇《杏元和番》為《雁門關》），也受到一些左翼人士的抨擊，認為桂劇已成腐朽僵屍，與抗戰文化格格不入。在「風雨社」初創時期的話劇公演中，他們還因此與人發生公開論戰。

那是1936年10月，「風雨社」甫告成立，周振綱主持廣西省會遷桂後首次雙十節慶祝活動安排，確定「風雨社」參加演出。於是，成立僅兩個星期的「風雨社」即在雙十節遊藝活動（10月12日晚）中演出兩個獨幕話劇，一個是丁西林的《壓迫》，一個是「風雨社」同人朱門絃（即朱平秋）臨時創作的反映東北淪陷後民眾苦難的《風雨》。當晚演出因桂林體育場舞臺不夠，改在南華戲院進行，同台演出的還有軍團婦女工讀學校的獨幕話劇《警號》。應該說，這晚演出的三個劇中都有哈庸凡和周振綱的影子。雖然還沒有發現他們兩人在上述三劇中擔任角色確切的史料，但有史實表明，哈庸凡稍後（即1937年元旦話劇公演）在「風雨劇團」的《打出象牙塔》一劇中飾演男主角余君美，尤其是他時任軍團婦工校國文教員，負責指導學生課外文娛活動。一個月後，婦工校組織「湖濱劇團」，與「風雨劇團」連袂參加1937年慶祝元旦公演。哈庸凡在離開婦工校後，仍參與婦工校集體創作獨幕話劇《新難民曲》，並擔任導演。據此可以推斷，當晚由婦工校學生演出的《警號》，擔任導演者應

是哈庸凡。而據周振綱自述,當晚演出中,他擔任「前臺總管」。

「風雨社」和婦工校雙十節公演一週後,《桂林日報》副刊「突擊」刊出司徒華的《從南華戲院歸來》,評論10月12日晚「風雨社」和婦工校演出的三個劇。對「風雨社」的兩個劇,他認為導演手法很好,只是有些演員沒演到位;而認為婦工校的導演太低能,毒害了演員,開了劇作者的玩笑。更因為作者此前不久與周振綱在改良桂劇上發生過論戰,文中直接點名周振綱。作者挖苦道:「說到這裡,就不禁想起有位提倡改良桂劇為國防戲劇的周振綱先生,九月八日那天他曾說過他對桂劇原是『門外漢』,又站在桂劇的『門外』,『覺得此路可走』的情形。」

5天後,「風雨社」以「風雨劇團導演團」署名,在《桂林日報》副刊「突擊」發表〈《壓迫》和《風雨》出演後〉,對司徒華的批評作出回應,開頭一句便是:「《壓迫》和《風雨》出演後,我們就準備著罵的到來。」對司徒華的批評不以為然,而特別提到當晚觀眾的「無字批評」,並由此而增添勇氣:「那晚觀眾的無字批評卻使我們感到溫暖,他們肅靜,他們認真看,他們的情緒隨著舞臺上的鬆緊而鬆緊,隨著舞臺上的歡愁而歡愁。」

103

正忙於各項事務的周振綱也在10月25日《桂林日報》副刊「突擊」上,以〈硬要扯到我來〉為題對司徒華的挖苦作出回應。尤其提到婦工校的話劇《警號》,周振綱寫道:「再說到司徒華君大罵軍團婦工校表演的《警號》的導演先生這一事體來。司徒華先生臭罵《警號》的導演,他的意思我很明白,《警號》表演的失敗,我也承認。因為軍團婦工校的正副校長周祖晃和陳恩元二氏不常在校,將校務交給我,自己的學生表演失敗了,難道不承認麼?導演《警號》的人雖不是我,但導演的失敗我也負責。不管它的失敗的程度是否如司徒華先生所說。我們全體的員生都認為『失敗是成功之母』,失敗一次再來第二次,第二次失敗了再來第三次,以至於……總要求其達到自己所能做到的成功為止。至司徒華對我的企圖如何,吾不欲言矣。」

這場公開論戰隨後不了了之，哈庸凡始終沒有出面（署名「風雨劇團導演團」的文章應由他執筆）。不僅如此，在稍後即11月15日出版的《風雨月刊》創刊號上，主編哈庸凡還專門發表司徒華的兩首短詩，顯示出寬容的胸懷，順應當年團結抗戰的主流。這段插曲，也是桂林早期抗戰文化和新興話劇運動的一個縮影。

1937年新年伊始，哈庸凡應時任《桂林日報》社社長胡訥生邀請，辭去「桂林軍團婦女工讀學校」教職，任《桂林日報》社外勤記者。由於這時廣西省會已遷入桂林，哈庸凡負責廣西省政府、省黨部和第四集團軍總部的新聞採訪，任務十分繁重，無暇顧及「風雨社」的社務。同年4月，廣西省政府發出《統一指導學生集會結社及社會活動辦法》，規定「學生個人欲加入校外之社團，應呈准該班政治教育指導員」，並「須專案呈報省府核備」。「風雨社」中不少在校學生因此很難繼續參加活動，再加上「風雨社」辦刊演劇全靠社員個人繳納會費和自籌，經費捉襟見肘。不久，桂林「風雨社」遂停止活動。同年5月，由哈庸凡、程延淵、陳邇冬、刁建萍等人合資在桂西路開設一家「紫金書店」，企圖以此為「風雨社」同人尋找一個棲身的場所。但是，因缺乏經驗，營業不久即告關張。這可以看作是桂林「風雨社」的絕唱。

即便這樣，哈庸凡仍與周振綱保持密切聯繫。這時，「廣西各界抗日救國聯合會桂林分會」已更名為「桂林縣抗日救國會」，仍由周振綱以縣黨務通訊處通訊員身份主管。此前，哈庸凡與周振綱參與主編該會「抗日救國週刊」出版到第5期，因經費無著，稿件來源困難而停刊。1937年4月，「桂林縣抗日救國會」決定恢復出刊，經省政府按月補助小洋15元充作出版費，將原刊改名為《抗日旬報》繼續出版。哈庸凡於《廣西日報》緊張採訪之餘，參與「桂林縣抗日救國會」活動與《抗日旬報》編輯工作。同年6月，「桂林縣抗日救國會」第二屆理事會換屆選舉，周振綱代表縣黨部當選為理事，哈庸凡代表《廣西日報》社當選為候補理事。據《廣西日報》報導，同年6月29日，在周振綱主持的抗日救國會第三屆理事宣誓就職會上，理

事會即席推定哈庸凡負責草擬本會今後工作綱要。

不久，「七七」盧溝橋事變爆發，哈庸凡隨即就盧溝橋事件對抗日戰爭的影響等民眾極為關注的問題，採訪第五路軍總司令李宗仁；而周振綱則在《廣西日報》報導盧溝橋事件後的次日，為《廣西日報》撰寫署名社論〈日軍在盧溝橋對我挑釁〉，指出「盧溝橋事件的重大意義，即在表示日本已至強弩之末。無論日本之是否有決心和我作正面的武力的周旋，我卻要趁此時機實現焦土抗戰，收復失地。」緊接著，哈庸凡代表《廣西日報》社當選「廣西各界抗敵後援會」理事，採訪報導及社會活動愈加頻繁。次年，哈庸凡即告別桂林北上抗戰前線。此後他與周振綱應仍有通訊聯繫，相關史料待查。

洪雪邨　結緣桂報成文友

洪雪邨在桂林抗戰文化運動中是一個頗為重要的人物，1936-1937年間，他曾先後擔任《南寧民國日報》副刊《銅鼓》和《桂林日報》副刊《桂林》的編輯，策劃組織桂劇改良、推廣新興話劇、國防文學等多類抗戰文化筆談。此後發起成立廣西版畫研究會，積極推廣木刻這一抗戰文化的新形式。在桂林期間，哈庸凡與洪雪邨兩人志趣相投，結為好友。

洪雪邨由南寧到桂林的時間，應是1936年10月廣西省會遷桂之後。同年9月30日，廣西省政府主席黃旭初通電省府由邕遷桂。此前負責全省新聞報導的《南寧民國日報》社社長兼廣西民眾通訊社社長胡訥生奉令率部分編輯記者及職員前往桂林，接管《桂林日報》。同年10月21日，胡訥生在《南寧民國日報》發表啟事，稱「訥因報社及通訊社遷桂事務，亟須前往料理，經於今晨首程，時間倉促，留邕諸友好處均未及走辭，尚希鑒亮是幸。」據此，洪雪邨10月下旬即隨胡訥生前往桂林，擔任《桂林日報》副刊編輯。

這時，哈庸凡等一批文學青年創辦的桂林「風雨社」剛嶄露頭角。「風雨劇團」已在同年廣西各界慶祝雙十節遊藝大會上登臺亮

相,演出兩台話劇和歌曲,《風雨月刊》正在緊張籌備之中。共同的文學愛好使哈庸凡與洪雪邨很快相識相交並成為朋友。同年11月15日,《風雨月刊》創刊號出版。11月22日,《桂林日報》及時報導《風雨月刊》創刊號出版消息。

與此同時,剛接任《桂林日報》社社長的胡訥生因為南寧來的記者在桂林採訪有語言障礙(南寧說白話,近似粵語,桂林則為廣西普通話),正在桂林當地物色外勤記者。他在《桂林日報》上發現哈庸凡寫的特寫、時論、小說等文章後,十分欣賞,於是直接給尚在「桂林軍團婦女工讀學校」任教的哈庸凡寫信,懇切邀請他到《桂林日報》當外勤記者。1937年1月,哈庸凡辭去教職,專任《桂林日報》外勤記者。這樣,他與洪雪邨又成為同事。

哈庸凡在其《我的自傳》中有兩處提及洪雪邨:

> 辦「風雨社」的時候,我在「桂林軍團婦女工讀學校」工作;辦「紫金書店」的時候,我在《廣西日報》工作。現在瞭解這一段情況的,除了前面已提到的蘇鋐、陳遁冬、傅善術等同志以外,還有解放初期在前政務院擔任過秘書處長的洪雪邨同志。
>
> 洪雪邨……1936至1937年間他在《廣西日報》(按:應為《桂林日報》)做副刊編輯,我那時常給他編的副刊寫稿,和他是朋友關係。他所瞭解的就是我組織「風雨社」,搞「風雨劇團」,以及參加《廣西日報》工作這一段情況。

這一時期,哈庸凡與洪雪邨的直接交往,尚無確切史料。而稍後發生的一場關於話劇演出的紛爭,則是在洪雪邨主編的《桂林日報》副刊「桂林」上發生並由他出面調解的。

1937年元旦,廣西各界舉行盛大的慶祝元旦集會和遊藝活動。「風雨劇團」與國防劇社、二一劇團及桂林初中劇團等四個劇團共演出十二場話劇,其中「風雨劇團」演出《打出象牙塔》、《風雨》和《朋友》等3場話劇。哈庸凡在《打出象牙塔》中飾演男主角畫家余君美,這部獨幕話劇是「風雨社」同人自己創作的。說的是畫家余君美關起門醉心於油畫創作,對窗外風起雲湧的抗日運動無動於

衷。後來日本鬼子闖進畫室，調戲女模特，他終於忍無可忍，拿起椅子砸死正準備對女模特用強的日本鬼子，走到民眾中間投身抗日運動。那晚正當這部話劇進入高潮，尚未結束時，忽然響起哨聲，當時是以哨聲作為幕落的信號，司幕聽到哨聲迅即把幕布落下。哈庸凡與其他演員站在臺上很尷尬也很氣憤，於是哈庸凡把幕布拉開一角，對臺下觀眾大聲說道：剛才是誰吹的哨子？以後不許這樣了。

一週後，即同年1月10日，《桂林日報》副刊「桂林」發表署名「魏溫」的劇評〈「二一」和「風雨」〉，評述元旦參演的二一劇團和「風雨劇團」所演話劇得失。作者對二一劇團演出的劇碼稱讚有加，而對「風雨劇團」的表演則給予嚴厲批評，雖然也肯定「風雨劇團」「諸君努力的精神，同樣也很使我們欣敬，在上演的三個劇本中，就有兩個是他們自己編的」，但還是毫不留情地說「風雨劇團」此番演出「簡直把桂林的話劇運動侮辱了」，是「閹割了話劇，強姦了觀眾」。作者首先指出《打出象牙塔》和《風雨》兩部話劇中女演員（由同一人飾演）的表演低俗和文明戲化，致使演出失敗。繼而更直接點出「《打出象牙塔》裡那位飾藝術家的男演員舉動的狂妄」，說他「幕閉後還沒有卸妝，就走到台前已夠人討厭了，不想他還大聲呵斥著觀眾，說是誰吹了哨子，使司幕者早落幕，並教訓著觀眾下次不許再這樣了。」

這一批評對於組建不過3個月的「風雨劇團」來說，自然是個很大的打擊。對於正躊躇滿志投身話劇運動的哈庸凡來說，更因為事出有因被點名批評而深感委屈。魏溫批評見報當天，哈庸凡隨即寫就一篇題為《自白——給魏溫君解釋一下》的回應文章。在承認那天的表演失敗之後，認為魏溫的批評「對我雖說是善意，卻不免過於苛責」。他寫道：

> 不怕別人笑破口，我確實是愛好話劇而且忠於話劇的。正因為這樣，所以在這次公演裡，我的奔忙是較別人為甚（這並非就講其他的團員就不愛好話劇而且不忠於話劇）。同時，我自己也願意奔忙，因為將來演出成績的佳良與乎話劇前途的光明，是可以

填補我這時心力方面的損失的。我是這樣眼巴巴地在期待著，誰知正當我們在努力收穫（無論是歉收或豐收）的時候，那位糊塗的司幕者卻老實不客氣地給我們把幕落了下來。於是大家氣憤憤地去追問「誰吹的哨子」。當時，舞臺總監出場做演員來了，自然不是他的錯過。後來問來問去，有人說是台下吹的。這麼一來，大家可暴跳了，「誰要給我們扯後腿呢？」

這篇回應文章與魏溫批評相隔僅一天，即1月12日就在《桂林日報》副刊《桂林》上刊出。這裡有個細節，這篇回應文章並未署「哈庸凡」，而署名「蓉藩」。需要說明的是，哈庸凡本名為哈榮藩，「哈庸凡」是其讀書時對外投稿用的筆名。離開學校後，他就以哈庸凡作為自己本名。署名「蓉藩」或許出自兩個考慮，一則「蓉藩」即「榮藩」，這個名字在桂林同學好友圈裡都知道，澄清事實的目的已達到；二則此時他已進入《桂林日報》，社交圈已經並且正在擴大，而且這類筆墨之爭畢竟爭不出什麼結果，此事解釋過了就算了，不想把事情弄大。

洪雪邨作為副刊主編也有意化解這一紛爭，他專門在哈庸凡這篇文章後面配發「編者按」，對此次舞臺風波引發的直率批評與被批評者坦誠解釋表示讚許。其中寫道：

「真理是從不容情的討論裡得來的，能夠離開了感情來論究事實，這種光明的態度，更是令人欽佩。魏溫君熱誠的指摘，蓉藩君樸質承認與辯解，這兩文的精神，使編者榮幸不少。願所有的作者都有此種風度，浪費的事就可以少得多了。」

此時，《桂林日報》正醞釀改名為《廣西日報》。同時，報社編輯記者及職員有所調整。3月14日，《桂林日報》報導胡訥生辭去社長消息，由第四集團軍總政訓處處長韋永成接任《桂林日報》社社長。3月21日，《桂林日報》副刊《桂林》刊出洪雪邨啟事，稱「雪邨自即日起辭卸副刊編輯職務，此後四方惠文幸勿再交私人，以免輾轉延時。」

就在洪雪邨發表辭職啟事的同一天，韋永成到任就職。由總政

訓處處員李天敏少校接替洪雪邨，兼任《桂林日報》副刊《桂林》編輯。次日即3月22日《桂林日報》刊出的報社人員名單中，已無洪雪邨的名字，李天敏作為編輯在冊，而哈庸凡則名列3名外勤記者之首。同年4月1日，《桂林日報》改名《廣西日報》。原有的3名外勤記者僅哈庸凡一人留任，另招錄4名記者試用，試用結束後取錄其中3人。

對於這一時期哈庸凡的情況，李天敏後來有一段回憶：

> 1936年冬，我在廣西桂林第五路軍總部工作時，由政訓處派兼《廣西日報》副刊編輯。到報社時，哈庸凡同志已先在報社當外勤記者。記得他是擔任地方新聞的採訪，採訪後，寫成新聞稿件，再交給地方新聞編輯。我擔任《廣西日報》副刊編輯時間不過三幾個月，與哈同志的直接關係不多，當時對他的印象是勤懇工作的一個純潔青年。

同年4月21日，洪雪邨被委任為廣西省政府科員。此時，他與鍾惠若等人發起成立「廣西版畫研究會」，推廣木刻藝術。而哈庸凡在《廣西日報》做外勤記者，「廣西版畫研究會」消息不時見諸報端，洪雪邨仍時常在《廣西日報》發表文章，兩人之間仍有交往。

陳邇冬 「風雨」攜手曾比肩

陳邇冬原名陳鍾瑤，係哈庸凡早期抗戰文化活動中最為重要的夥伴，也是桂林「風雨社」同人中後來文學成就最傑出的一位。他倆同為桂林城裡人，小學和高中同學。他倆志趣相投，家庭與個人境遇相仿。發起組織桂林「風雨社」時，陳邇冬正在桂林師專讀書（桂林師專1936年後併入廣西大學）。據哈庸凡《我的自傳》記述：

> 陳邇冬原名陳鍾瑤，和我在小學、高中同學。高中休學後，也是和我一樣長時期找不到工作，後來考入廣西省立師範專科學校，不久又休學。我們平時常在一起研究文學，和我同時在《桂林民國日報》做過校對工作，以後又同我一起發起組織「風雨社」和

創辦「紫金書店」。1938年初，他在五路軍總政訓處國防藝術社當中尉社員。我離開桂林後，沒有和他通信。1952年，從傅善術處瞭解，他在山西大學做教授，現在他是民革中央團結委員。

上面提到的傅善術，當年也是桂林師專（後併入廣西大學文法學院）學生，與陳邇冬、刁建萍等同學。傅善術曾任文法學院學生自治會幹事，參加過西大劇團話劇表演。他後來對哈庸凡和陳邇冬與「風雨社」有過這樣的回憶：

> 「風雨劇團」是桂林一些愛好文藝的社會青年組織的文藝團體，發起人及主要成員是哈庸凡及陳邇冬等人。該劇團成立及存在的時間，我已記不清，大約為1936-37年間，演出活動不多，後因成員離散而瓦解。
>
> 當時，以哈、陳為代表的一些桂林的社會青年，大都為桂林高中畢業的學生，因為大家愛好文藝，氣味相投，受「創造社」（郭沫若、郁達夫等作家）及「南國社」（田漢等劇作家）的影響較深，不滿現實，又感到出路的苦悶，於是有組織文藝團體的活動。他們看不起阿諛權貴的人和只想做官的人，思想傾向是進步的，但有濃厚的浪漫主義和頹廢色彩。他們的文藝思想一般說是空虛的。「風雨劇團」就是這些有著進步要求的小資產階級文藝青年的結合，可惜他們沒有得到更堅實的發展就萎折了。
>
> 哈庸凡那時思想比較進步，記得當時廣西師專陳望道教授指導下所辦的進步刊物《月牙》，曾經發表過哈的文章。

或許由於當時西大文法學院設在桂林良豐，距城里20公里，故陳邇冬並未擔任「風雨社」幹事會成員。而「風雨社」創辦時兩項主要活動則由兩人分擔，即《風雨月刊》由哈庸凡負責；「風雨劇團」由陳邇冬負責。即使時代久遠，還可以從當時報刊上的文章，追尋兩人交往的些許痕跡。

《風雨月刊》係桂林「風雨社」的主要陣地，也是當年廣西唯一的民辦雜誌。創刊號上精心邀約部分「風雨社」同人的文稿，如哈庸凡的〈關於國防戲劇〉、周振綱的〈中國政治對外的轉變〉及〈改進本省新聞事業的商榷〉、朱門絃的獨幕話劇《風雨》、鍾

惠若的木刻畫等。就在創刊號付排之際，魯迅先生逝世噩耗傳來（1936年10月19日）。哈庸凡素來景仰魯迅先生，感到此事重大，立即調整版面，重新組織一部分稿件，編為「追悼魯迅特輯」，安排在創刊號的最前面。打頭一篇便是陳邇冬以「沈東」筆名臨時撰寫的〈死者與未死者〉。這個臨時增設的特輯，顯然是哈庸凡與陳邇冬商量並付諸實施的。陳邇冬在文章中寫道：「從五四，到今朝，經過了一些歲月，一些波折，文化上的戰士們，一些人的骨頭已覆上黃泥和青草；一些人的膝蓋已屈跪在舊的營門。這之中，有一個永恆的『活』人，永恆的戰士：魯迅！」哈庸凡在〈關於國防戲劇〉中更是大聲疾呼：「我們底赤血，沖成了侵略者底白蘭地；我們底白骨，築成了侵略者的高樓大廈。到今日，我們一切都沒有了，我們只有鬥爭，只有從鬥爭中去求生存，從而國防就成了當前民族解放鬥爭中最迫切，最嚴重的任務。國防戲劇就是要把我們鬥爭的情緒組織起來，具體地在舞臺上表現，使這一點一滴的鬥爭情緒，都滲透到大眾的心中，使大眾勇敢地步上求生存，求解放的道上，使他們成為一員英勇的戰士。」不屈不撓，英勇鬥爭，是兩個年輕人共同的信念。

同期還刊出署名陳鍾瑄的〈「聯合戰線」與「國防文學」〉。陳鍾瑄即陳邇冬（陳鍾瑤）胞弟，當時是桂林初中學生。陳鍾瑄極有文藝天賦，能歌善舞，常在《桂林日報》副刊發表詩歌。曾參與組織桂林初中劇團，1937年5月，「桂林縣學生抗日救國聯合會」紀念五卅公演話劇《放下你的鞭子》，則由陳鍾瑄、孫蘭珍擔任導演。陳鐘瑄與「風雨社」結緣，顯然與其兄長陳邇冬相關。

1937年1月，哈庸凡離開「桂林軍團婦女工讀學校」，去《桂林日報》任外勤記者後，陳邇冬則進入「桂林軍團婦女工讀學校」任教。極有可能的是，哈庸凡辭職時，其國文教員遺缺則推薦由陳邇冬擔任。陳邇冬此時尚在西大文法學院讀書，這段時間很可能休學在家。據《桂林日報》同年3月28日報導：

> 「桂林軍團婦女工讀學校」學生自治會，以本期開學上課已有數

星期，亟應照章改選本屆幹事，以利會務進行。特於前日下午三時開會員大會，投票選舉，結果以黃慕顰、江文英、俸耀容、廖琳琅、江文玉、白以文、王瑤珍、鄧瓊瑤、蔣世英等九人得票最多，當選為幹事。甲筱筠、白崇義、張淳、張寶玉當選為候補幹事。各幹事被選後，已於昨（廿七）正午十二時，在該校大禮堂舉行宣誓就職典禮。到會者有該校全體學生及各職教員，由本屆常務幹事江文英主席，領導如儀行禮後，各幹事即恭立總理遺像前，高舉右手，宣誓就職。宣誓畢，由主席報告開會理由，繼由監誓員該校代教導主任陳邇冬訓示。末由本屆幹事代表俸耀容致答詞。詞畢，禮成散會。

茲探錄本屆幹事職別於下。常務幹事江文英、文書幹事黃慕顰、宣傳幹事俸耀容、交際幹事鄧瓊瑤、糾察幹事蔣世英、理財幹事白以文、學術幹事廖琳琅、體育幹事秦淑貞、遊藝幹事江文玉、事務幹事王瑤珍。

這時，陳邇冬已任學校代教導主任，此前這一職務係周振綱擔任。如前所述，「風雨社」即源於「桂林軍團婦女工讀學校」，而哈、周、陳三人又同時或先後在此校任教，不能不說是一種奇緣。此外還有一個細節，即上述報導中當選為「桂林軍團婦女工讀學校」學生自治會常務幹事的江文英，當時恰與哈庸凡在戀愛中。

同年春，「風雨社」辦刊演話劇兩項主要活動因經費困難停頓之後，哈庸凡與陳邇冬、程延淵、刁建萍等人集資在桂西路開了一家「紫金書店」，企圖以此維繫「風雨社」。開張不久，因刁建萍去廣州販書蝕本，呱呱墜地不過數月的「紫金書店」被迫關門歇業。此後陳邇冬、程延淵等「風雨社」同人大都去了國防藝術社，至此，歷時逾半年的「風雨社」黯然落幕。

吳家堯　鄂水皖山留足跡

吳家堯，廣西北流人，廣西大學文法學院畢業。1937年春，曾任廣西民團幹部學校劇團籌備委員會委員，參與籌備民團幹部學校劇團。後進入《廣西日報》當記者，與哈庸凡同事，關係甚篤。1937

年9月15日，鑒於抗戰形勢緊迫，戰事消息繁多，《廣西日報》每日正報出版之後，增出第二次版，由哈庸凡與吳家堯兩人負責編輯。1938年6月，哈庸凡北上鄂東前線，任陸軍第八十四軍一八九師政治部上尉科員，參加武漢會戰後轉赴隨縣駐防。吳家堯緊隨其後出發湖北前線，任陸軍八十四軍戰地記者。1940年，吳家堯到大別山安徽立煌任「皖幹團」指導員。而哈庸凡隨部隊轉進安徽六安時，於1941年1月辭職前往立煌。其後，兩人同在「皖幹團」任職。1943年初，因人事糾紛，他倆與另一「皖幹團」同事相伴離開立煌，取道豫南進入第五戰區司令長官部駐地老河口。1945年春，哈庸凡任第五戰區《陣中日報》社社長時，邀請吳家堯任總編輯，直至抗戰勝利。抗戰八年中，除去哈庸凡隨軍作戰的幾年外，兩人幾乎形影不離。

哈庸凡在《我的自傳》中提到：

> 吳家堯……在《廣西日報》當記者，同我相處很好，他向我學習文學，我向他學習社會科學，彼此都很尊重。他的個性很強，對人絕不阿諛。這種性格跟我很相似，因此我和他的關係更為親密。1938年上半年（按：應為1937年9月中旬），他和我一同編輯《廣西日報》第二次版。我離開桂林不久，他也以《廣西日報》戰地記者的名義出發到鄂北。1938年年底和1939年年初，我在襄陽和隨縣兩次見到他。

這裡述及兩人戰地見面之時，哈庸凡任八十四軍一八九師政治部上尉科員，負責民運工作。在參加武漢會戰週邊廣濟黃梅戰役後，一八九師由武勝關轉進隨縣厲山駐防。吳家堯也於1938年秋作為八十四軍戰地記者奔赴鄂北。同年底，吳家堯抵達隨縣前線，在隨縣厲山、同安、唐縣鎮、隨陽店等地，對八十四軍所轄一八九、一七三、一七四師逐個採訪，直至1939年2月之後。哈庸凡上述回憶中提到他與吳家堯在隨縣見面，即在此時。1939年3月起，《廣西日報》副刊「灕水」連續刊出吳家堯採寫的系列戰地通訊。

哈庸凡在自傳中對此時活動情況語焉不詳，只提到那時正在組織農民協會，他寫道：

113

在隨縣属山駐防時，我想發動當地農民組織農民協會，擬就組織章則，先找地主富農來商談，要他們對農民減租免役，地富們懾於我們的勢力，只得勉強依允。

而這些在吳家堯的戰地通訊《前方的農民運動》中卻有較為詳盡的描寫，也是他的戰地通訊中唯獨一篇議論風生並提出建議的。顯然係此時任職一八九師政治部，並且正在從事民運工作的同事哈庸凡提供的材料，也是哈庸凡作為前線政工人員思考的問題反映。

吳家堯的《前方的農民運動》係1939年2月28日寫於隨縣属山鎮。此時，他在隨縣前線已待了近3個月。他在通訊中寫到属山農民協會的緣起與蓬勃：

> 農民到了舊曆年關照例是最痛苦的時候，還債，送年禮，把他們急得神經顛倒，要從事農民運動，這是一個最好的時機。X軍[1]政治部把握著這點，立刻就召集農民「不送年禮」、「緩還欠債」、「不繳押金」，在這現實的號召之下，三百多農民像潮水般加入農民抗日會來了。
>
> 僅僅三四天功夫，農民抗日會的會員由三百多人擴充到八百多人。

對政治部工作的描寫，則很生動，顯然因哈庸凡的關係，吳家堯也多次到過政治部工作現場：

> 每一天晚上，不間斷的有無數農民到政治部訴苦，有的甚至哭起來。政治部變成一個沒有判官的法庭，情緒是十分激昂，為了實現統一戰線到鄉間去，大家都婉轉地壓抑下來。
>
> 根據「我們不打倒地主，只要求改善我們的生活」的原則，政治部儘量避免和大地主發生摩擦。但不主張成立以農民大地主聯合的仲裁組織，怕因此減低了農民的鬥爭性。所以決定由政治部名義請當地大地主座談，獲得他們的諒解與同情。

而在文末，吳家堯提出農民運動中兩個至關緊要的問題，應是與好友哈庸凡共同探討的結果，代表著他倆對前方農民運動現狀

---

[1] 按：戰時軍隊番號保密，這裡X軍即陸軍第八十四軍。

的看法和建議：

> 屬山的農民抗日會是成立了，並且一天天在發展中，毫無異議的，將來農民抗日會的農民是必然地成為抗日鬥爭中一股龐大的民眾武力。然而，我們無可諱言地指出，前方的農民運動雖然蓬勃地在開始，而當前懸著的困難，卻是相當的嚴重。
>
> 第一，沒有統一的計畫與行動。大家都是憑一時的高興去做的，屬山的農民抗日會雖然成立了，並且各地農民都普遍地要求同樣的組織出現，但軍隊政工人員的時間和環境，都很難為展開這種工作而努力。他們一部分是需要利用目前比較安定的時間，樹立軍隊的政治工作基礎，根本無法兼職農運；另外一部分是沒有農運的興趣和認識，對於農運工作不熱心去推動，甚至害怕起來，這使前方的農運一時難於普遍發展。
>
> 第二，缺少青年幹部。許多關於農民的工作根本找不到人去做，特別是訓練的工作，幾乎無法去推行。農民抗日會是組織成立了，然而以湖北農民知識水準如許之低，經驗如許之缺乏，很需要我們去訓練，去教育，這兩個工作不充分去做，將來農民情緒一低落下去，農會就會解體，至少農民抗日會將隨政治部的移動而失掉中心領導。

這篇戰地通訊為哈庸凡和吳家堯兩人的戰地重逢留下一段佳話。1939年秋，吳家堯再赴皖北前線，採寫系列戰地通訊《皖北紀行》。1941年初，兩人在安徽立煌再次相遇，並成為同事。兩年後，兩人結伴轉赴老河口，直至1945年春，分別擔任第五戰區《陣中日報》社社長與總編輯，三度同事。抗戰勝利後，《陣中日報》易名《群力報》。此後哈庸凡任鄭州《群力報》社社長，吳家堯任總編輯，此係後話。

麥世法　大別山中筆墨緣

哈庸凡與麥世法的交集，最早可以追述到抗戰前桂林師專時期。1936年4月下旬，麥世法由桂林師專畢業並正式委用。而此前，麥世法的生平介紹均說他是1935年2月由桂林師專畢業，此屬誤傳。據廣西省政府1936年4月有電（即4月25日）「電知核准師專第一

屆第二次畢業生姓名並規定支薪及正式委用等辦法」，其中附有麥世法等24名畢業生名單。實際上，麥世法所在的桂林師專第一屆同學分兩次考核畢業，同年4月8日，趙清心、劉敦安等66人為第一次考核畢業，十七天后，麥世法等24人第二次考核畢業。

雖然哈庸凡因為家貧未能進入桂林師專，但桂林師專中不少學生與哈庸凡是小學或中學同學。尤其是哈庸凡酷愛文學與社會科學，在與桂林師專同學日常交往中，獲取當時師專進步教授傳授的許多新理論。其中，與麥世法同屆學生中，就有趙清心、何義信等，比麥世法低一屆的有陳鍾瑤（陳邇冬）、傅善術、刁建萍等，還有師專學生當時與哈庸凡有過文字交集。比如郭英布，曾以「愛滋」筆名在《桂林日報》發表〈桂市青年之分析〉，而哈庸凡則在《桂林日報》發表〈與愛滋君公開討論「桂林青年之分析」〉，對其文觀點提出質疑。稍後，哈庸凡與周振綱、愛滋三人在《桂林日報》「抗日救國週刊」創刊號上發表同題文章〈抗日與除奸〉。這表明，當時他們之間是比較熟稔的。

哈庸凡與麥世法在桂林師專時期的交往，現在尚無確鑿史料佐證。這一時期他倆同在桂林，可能發生交集的至少有兩件事。一是1936年9月，哈庸凡在桂林發起組織文學社團「風雨社」，組織「風雨劇團」，演出國防戲劇；創辦並主編《風雨月刊》，投身文化救亡運動。而「風雨社」同人中就有不少與麥世法同在桂林師專的學生，如陳鍾瑤、刁建萍等。與此同時，麥世法也在主編中共廣西省刊物《新策略》。另一件事，1937年5月5日，在廣西省第七屆公務員資格考試合格名單中，麥世法榜上有名，歸入「合於中等學校教員資格審查標準乙項資格者」。而此前，即1936年秋冬，哈庸凡在「桂林軍團婦女工讀學校」任國文教員，也曾有過從教經歷。

1937年冬和1938年初夏，麥世法和哈庸凡先後離桂北上抗日戰場，從事部隊政工工作。與哈庸凡一起離桂北上的，就有與麥世法同屆的師專畢業生趙清心。麥世法曾任廣西部隊一七二師政治部科長，哈庸凡則任廣西部隊一八九師政治部科長。同以政工人員身

份上前線，經歷十分相似。

　　而他們之間最直接的交集，則發生在抗戰中期的大別山中。1941年4月，在安徽戰時省會立煌縣，麥世法辭去安徽省地方行政幹部訓練團（以下簡稱「皖幹團」）訓導處第一股代理主任科員，專任中校教官；接替麥世法職務的，便是哈庸凡。此前，哈庸凡辭去陸軍八十四軍一八九師司令部少校秘書職務，來到立煌，在「皖幹團」黨政班受訓一個月畢業，所分派的工作，就是接替麥世法，任「皖幹團」訓導處第一股中校主任科員，兼主編《幹訓》半月刊。亦即哈庸凡與麥世法在大別山立煌時期係前後同事。

　　關於這一經歷，哈庸凡在1964年所撰〈從「皖幹團」看新桂系內部的矛盾〉中回憶道：

> 訓導處第一股主任處員麥世法，本來以中校教官代理，後麥因專任教官，堅決要求辭去代理職務，倉卒之間沒有適當人選，劉士隨、范苑聲等便窺伺韋永成的意向，順水推舟地把我安排在這個位置上。

117

哈庸凡接替麥世法就任「皖幹團」訓導處第一股主任科員後，除主管政治訓練外，還接替麥世法負責主編「皖幹團」機關刊物《幹訓》半月刊。兩人在桂林時期都有主編刊物的經歷，均擅文筆。這一期間，他與麥世法之間有許多筆墨往來。

　　《幹訓》半月刊創刊於1940年9月18日，開始為旬刊，不久改為半月刊。此前由麥世法兼任主編，一共編了五期。哈庸凡從第六期開始接編，在當期的《編後》裡，哈庸凡寫道：

> 編者在短促的時間裡來接編本刊，當然各種情形都不熟悉，加之自己的能力經驗都不夠，雖然主觀上很想把這件工作做得好些，然而，事實上到底不能如願以償。
> 許多愛護本刊的人，都期望本刊切實負起教育幹部的任務來，對於這種寶貴的意見，我們除了感謝之外，還願意以最大的虔誠來接受。現在，本刊正在向著這個方向去努力。但，我們也希望愛護本刊的朋友，多多給予我們以指正和援助。

作為《幹訓》半月刊的主編，每期須在卷首撰寫評論。據查，此前《幹訓》半月刊上麥世法署名「法」的評論有〈新縣制之理論與實施〉（第1卷第2期評論）、〈選賢用能建立萬能政府〉（第1卷第4期評論）、〈樹立革命作風〉（第1卷第5期評論）等；哈庸凡接編後，則署名「凡」撰寫〈幹部訓練之重要性〉（第1卷第6、7期合刊評論）、〈以行動來紀念五月〉（第1卷第8期評論）、〈精誠團結　互助合作〉（第1卷第9、10期合刊評論）等。

哈庸凡來立煌不久，人脈生疏，接編《幹訓》半月刊困難重重，麥世法積極供稿予以支持。現在可以查到哈庸凡剛接手主編後，麥世法為《幹訓》半月刊撰寫的文稿即有：〈如何領導幹部〉（第1卷第8期）、〈當前基層幹部的中心任務〉（第2卷第1期）、〈我們的幹部政策是對的〉（第2卷第2期）等，幾乎每期一篇。作為編者，哈庸凡對麥世法的文稿十分欣賞，給予精心編排。

在《幹訓》第1卷第8期麥世法《如何領導幹部》一文之前，哈庸凡從文章中摘出一段精闢文字，加框予以突出：

> 目前我們的缺點，並不是沒有遠大的政治計畫和切實可行的方案，問題是：這些計畫和方案沒有辦法通過廣大的幹部而把它實現出來。所以，今天的問題，是如何使幹部走上正確的道路而不迷失方向的問題，是如何使幹部發揮其積極的自動的工作精神而不流於消極頹唐與悲觀失望的問題。

1941年7月25日，《幹訓》半月刊第2卷第2期刊出麥世法〈我們的幹部政策是對的〉一文，哈庸凡專門在文前加了一段按語：

> 自從江議長在本省臨參會第四次大會的休會詞傳到各地之後不久，本刊就紛紛接到各地同學們用集體寫作的方式，發抒他們讀完休會詞後的感想。他們的意見都是一致的，不過，在寫作技術上，似乎還有商酌的地方，本刊不便刊載。這裡，我們借用麥先生這篇文章，來代表同學們一致的意見。編者覺得很慚愧，因為事先並沒有徵求過麥先生的同意，事後，只好在這裡向麥先生道歉，並請各地來稿的同學們原諒。

同年11月13日，哈庸凡寫成〈如何健全基層幹部〉一文，談到基層幹部不能充分發揮其力量時，從六個方面剖析產生這種現象的原因。其中第三項為「幹部的領導不夠有力」，在這裡，哈庸凡特地引用麥世法在《幹訓》半月刊發表的〈如何領導幹部〉的一段論述：

> （三）幹部的領導不夠有力。關於這一點，麥世法先生在《幹訓》一卷八期〈如何領導幹部〉一文說得最為清楚。他說：「過去的領導，往往是以力服人，而不是以德服人。一般領導者的一貫作風，總是不經常接近幹部，頤指氣使，靠著簡單的命令來執行工作，把幹部看作是全靠主管官吃飯的寄生者。一切都用消極處分來約束幹部。這樣，領導者的命令與威信完全建立在消極的處分上面。而在幹部方面，也就往往抱著「不求有功，但求無過」的態度，甚至在主官面前表示服從負責，而事實上發生推諉、虛偽、蒙蔽、欺騙、投機、取巧、逢迎、諂媚等等不良的弊病，這是舊式官僚的領導，是不可能誘發幹部的自覺自動精神，不可能使主管官的命令徹底執行的。」在這種官僚的領導下，一般幹部不僅是失去了工作的信心，而且根本就打不起工作的精神，所以最後也只有走上腐化惡化的道路。這也是一個最嚴重的原因。
>
> ——哈庸凡《如何健全基層幹部》

關於哈庸凡與麥世法的筆墨交往，還有一樁疑案。上世紀五十年代初，哈庸凡在其自傳中述及抗戰中期在大別山立煌，曾寫過的文章，他寫道：

> 在這個期間，我看到抗戰空氣日益低沉，貪污腐化到處都是，心裡感到不滿，但又不敢公開反抗，於是便寫了一些轉彎抹角的、帶有諷刺性的文章，在當時的《皖報》和《中原》月刊上發表。其中主要有《從漢水到淮河》（寫後方青年的苦悶）、《明末的陞官熱》（寫明朝末年大小官僚不顧國家存亡千方百計追求升官發財的史實）、《國父論辛亥革命》（綜合孫中山先生晚年批判辛亥革命的言論，以說明中華民國是一塊空招牌）等。當時主編《中原》月刊的是姚雪垠（姚是河南鄧縣人，作家，解放後還

常有文章在報刊上發表）。〈明末的升官熱〉和〈國父論辛亥革命〉這兩篇都發表在《中原》月刊上。

——哈庸凡：《我的自傳》

經查，《中原》月刊果然刊有〈明末的陞官熱〉和〈國父論辛亥革命〉這兩篇文章，前一篇作者署名「哈庸凡」；而後一篇即〈國父論辛亥革命〉刊於《中原》月刊1941年第四卷四期，標題注明為「紀念辛亥革命三十週年代論」。此文文風筆法與哈庸凡同一時期所撰〈國父論宣傳工作〉和〈國父論組織工作〉十分相似。但署名不是哈庸凡，而是「麥世法」。這時，距哈庸凡接替麥世法「皖幹團」訓導處職務不過半年，兩人同在「皖幹團」工作，同為教官（哈庸凡此時兼任「文書處理」這門課程教官）。個中緣由，不得而知。從前述哈庸凡對〈國父論辛亥革命〉一文主題及發表刊物記得很清晰，以及同期發表過〈國父論宣傳工作〉和〈國父論組織工作〉等文章來看，此文或係哈庸凡應約為麥世法代筆，亦未可知。

1942年9月，哈庸凡被「皖幹團」免職。1943年初，他與「皖幹團」兩名指導員吳家堯、黃敬恕離開大別山，取道皖東、豫南前往湖北老河口五戰區司令長官部駐地。同年12月，麥世法在立煌遭殺害。

使當時盡用其謀，知成效必不止此

設晚節無以自見，則士論又當如何

　　——嚴復輓李鴻章聯

鑒物於肇不於成，賞士於窮不於達。

　　——唐·王勃

晚年讀書筆記

　　一個單位，無論從事什麼事業，擔負什麼任務，扮演什麼角色，首要的問題是把內部全體人員的積極性調動起來，充分發揮他們的智慧、才能和創造性，形成堅固的命運共同體，最大限度地推進事業的發展。同時，對自己的工作對象和外部的相關方面，也要盡一切可能去調動他們的積極性，最大限度地造成有利的工作環境。

　　　　　　　　　　　　　　1993年12月30日隨想

史實鉤沉・拾遺

桂林「風雨社」時期
（1936年9月—1937年7月）

發起組織桂林「風雨社」是哈庸凡在抗戰前期積極開展的重要文化救亡活動，他作為發起人和主要成員，組織並參與「風雨社」的活動，擔任「風雨社」幹事會幹事兼《風雨月刊》雜誌主編，同時參加「風雨社」演出活動。這一時期，他由《桂林日報》特約通訊員轉任桂林軍團婦女工讀學校國文教員。1937年1月，受聘擔任《桂林日報》外勤記者，同年4月1日，《桂林日報》改名《廣西日報》出版，哈庸凡為《桂林日報》三名外勤記者中唯一留任者，成為《廣西日報》初創時期首任也是唯一的外勤記者。

本節依據當年報刊及新發現的《風雨月刊》創刊號等史料，展現哈庸凡這一時期的主要活動與經歷。

✽ 從《風雨月刊》說到桂林「風雨社」

「九一八」事變以後，地處西南一隅的廣西桂林與全國各地一樣，抗戰聲浪日益高漲。以反對日本帝國主義、救亡圖存為主題的文藝創作、戲劇演出乃至文學社團，也在桂林文化界嶄露頭角，成為文化抗戰的先鋒隊。一直以來，關於抗戰前期桂林「風雨社」的活動鮮被提及。偶爾涉及「風雨劇團」，惜亦語焉不詳。哈庸凡先生作為桂林「風雨社」主要發起人和創辦人，在其自傳中提到，「風雨社」成立後曾主辦過《風雨月刊》，組建「風雨劇團」，也曾在當時的桂林桂西路開過「紫金書店」。儘管時屆風雨飄搖之際，經費

無著，人員去離，「風雨社」存續時間有限。但辦刊演戲開書店，其活動內容與當年大都市一般文學團體至少在內容上已無二致。桂林「風雨社」的活動，從一個側面勾畫出東北淪陷後桂林青年學子反帝反封建的激昂姿態。

哈庸凡先生酷愛文學，因家境貧寒，自高中時代起就開始以寫稿換取學費。他在上世紀五十年代初期的自傳中寫道：「我在高中時代，就指靠寫稿、賣稿子維持學費。因此，在當時廣西所謂文壇上，我是頗負時譽的一個。」「這一年（1936），由於廣西省立師範專科學校和桂林中學中一些進步教師的影響，桂林的話劇運動正在興起，木刻藝術正在盛行，愛好文藝的青年也日益增多。在這種形勢的推動之下，我和陳邇冬、刁劍萍、程延淵、朱平秋等發起組織一個業餘的文藝團體，叫做『風雨社』。『風雨社』有兩個活動內容：一個是出版《風雨月刊》，由我擔任主編；一個是創辦『風雨劇團』，由陳邇冬、刁劍萍二人負責。參加『風雨社』的，除了當時桂林教育界中的一部分青年外，還有廣西省立師範專科學校、桂林中學、桂林女中部分愛好文藝的學生」。

當時廣西本省雜誌極少，月刊只有《創進》和《正路》兩種，另

123

哈庸凡与桂林风雨社

新发现的《风雨》月刊创刊号

时运不济的紫金书店

风雨社存续时间及其后

《风雨》月刊创刊号封面

哈庸凡與桂林「風雨社」

有《新文字》、《新動向》和《現實》三種半月刊。而《民族戰線》則是由他處遷邕出版。類似《風雨月刊》這樣由社會青年自辦的文化期刊,可謂絕無僅有。《風雨月刊》的創辦,對於桂林乃至於廣西抗戰文化熱潮的形成,無異是個極大的推動。

一、新發現的《風雨月刊》創刊號

《風雨月刊》究竟何時創刊?哈庸凡先生在其自傳中僅提及約在1936年冬。經查,1936年11月22日《桂林日報》第六版刊有一則〈風雨社主編之《風雨月刊》出版〉的消息。消息稱「桂林風雨社月前籌備刊行之《風雨月刊》昨已出版創刊號。聞該社經託桂林啟文印務局暨省內各大書局代售云。」由此可知,「風雨社」組建成立及籌備《風雨月刊》應在1936年10月之前,恰值廣西省政府由南寧遷回桂林前夕。

近日,在廣西圖書館發現1936年11月15日出版的《風雨月刊》創刊號,為「風雨社」當年活動留下一段珍貴史料。

《風雨月刊》創刊號為黑白版,全書36頁。由桂林啟文印務局印刷與代售。與一般刊物的發刊詞不同,《風雨月刊》創刊號以一曲《風雨前奏曲》作為代發刊詞,顯示出主編者革舊圖新和獨具一格的創意。《風雨前奏曲》署名為「延淵、庸凡作曲　永華制譜」,這裡「作曲」疑為「作詞」,歌詞為:

風雨前奏曲(代發刊詞)

民族解放,呼聲怒吼,

天翻地動。

時代在暴風雨中,

我們的熱血沸湧。

拉起手拉起手,

聯合起被壓迫的民眾,

向侵略者進攻,

向侵略者進攻。

亞細亞的東面,

曙光一點，熙耀鮮紅。
轟隆轟隆，
時代在暴風雨中。

激昂著反帝反侵略的《風雨前奏曲》，彰顯了刊物的宗旨。就在《風雨月刊》創刊的當年6月1日，兩廣當局發起聲勢浩大的抗日救亡運動，敦請國民黨中央和國民政府立即對日抗戰，史稱

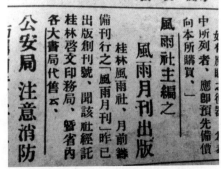

圖為1936年11月22日《桂林日報》所載《風雨月刊》創刊消息

「六一運動」。此後，在廣西獨特的政治環境與氛圍中，抗日救國聲浪日漸高漲，作為桂林文學青年的「風雨社」同人置身其中，國破家亡的仇恨填滿胸膛。在本期〈編後〉中，主編者哈庸凡先生進一步點出：「在今日，民族解放鬥爭已經由理論進於實踐的階段，客觀的現實逼迫著我們不能不獲取一種新的智識，去應付當前這動盪的、偉大的時代。在這種鬥爭的場合裡面，很顯然的，文化是一件重要的武器，從而去接受新的文化則是我們大眾目前最迫切的要求。……本刊的任務，主要的自然是反帝反漢奸。此外，我們還要切實地去體味現實，暴露現實，把一切不合理、不正當的醜惡的事實，都毫不掩飾地擺出來給大眾看，使大眾嗅到烈火的毒味，使大眾感到『冷水淋頭』的逼迫，從而揚起眉毛挺起胸脯起來跟侵略者拼個死活。」

《風雨月刊》刊載的作品體裁包括文論、詩歌、小說、戲劇等。原先的首篇文章是署名「庸凡」的《關於國防戲劇》，惟因「在本刊付排之始，恰聽到魯迅先生的噩耗。……所以我們在本期的開始，就另外收集了一部分『追悼魯迅特輯』，算是表示我們哀悼魯迅先生的至意。今後，我們當然本著魯迅先生這種反抗舊勢力的不屈不撓的精神，去盡我們未死者的責任。」（〈編後〉）「特輯」收錄三篇文章，一首短詩和兩幅魯迅木刻畫像。這與哈庸凡先生在自傳中所

述「《風雨月刊》一共出了四期,其中包括『紀念魯迅專輯』和『國防文學專輯』」,亦相吻合。

當時,上海等地文化界正在展開所謂「國防文學」與「民族革命戰爭的大眾文學」的兩個口號之爭,地處西南一隅的桂林文學青年對此亦遙相呼應。哈庸凡在〈關於國防戲劇〉中寫道:「我們底赤血,沖成了侵略者底白蘭地;我們底白骨,築成了侵略者的高樓大廈。到今日,我們一切都沒有了,我們只有鬥爭,只有從鬥爭中去求生存,從而國防就成了當前民族解放鬥爭中最迫切,最嚴重的任務。國防戲劇就是要把我們鬥爭的情緒組織起來,具體地在舞臺上表現,使這一點一滴的鬥爭情緒,都滲透到大眾的心中,使大眾勇敢地步上求生存,求解放的道上,使他們成為一員英勇的戰士。」他進一步提出:「至於國防戲劇底表演技術,則是嶄新的,適應著現代人底生活底需要的。……將現代人所能看到的也即是真實的『景』『物』,毫不抽象地排列起來,從而利用舞臺上底幾個場面,去感化,去激動所有的觀眾,用這樣接近大眾底形式,塗上反帝反法西斯的內容,其收穫之偉大,當然是意想得到的。所以國防戲劇是我們目前最應該、最需要提倡的,這是弱小民族翻身的警號,也就是民族解放鬥爭實踐的起碼。」陳鍾瑄在《聯合戰線和國防文學》中也明確說:「國防文學與聯合戰線是不可分離的,國防文學是抗日聯合戰線之一分野,是抗日救亡運動的一支生力軍」。

《風雨月刊》創刊號還刊出風吾的《辯證法淺說》一文,從「無論自然、社會、思維都不是固定不變的東西,它們天天都在變動著。研究它們『為什麼要變動』和『怎樣的變動』的學問,就是辯證法」,引出恩格斯關於辯證法的定義,即:「辯證法是研究自然、社會及思維的一般發展法則的學問」。進一步介紹恩格斯關於辯證法的三個基本法則,包括量變質與質變量法則;對立物的統一溶合法則及否定之否定法則。有趣的是,在介紹和批判某些三段論之荒謬時,作者還把主編者哈庸凡的名字順手拈來,做了這樣一個三段論假設:

> 凡人皆有死（大前提）
> 風吾同哈庸凡都是人（小前提）
> 所以風吾同哈庸凡必定會死（最後的判斷）

　　文章指出，現實中如果簡單和機械地套用這種三段論公式，就會弄出一些「出了毛病」的三段論法。這類辯證法相關常識作為一種新思潮，在當時青年學生中是頗有影響的。

　　《風雨月刊》創刊號還收錄周振綱的〈中國政治對外的轉變〉和〈改進本省新聞事業的商榷〉兩篇文章，前一篇呼籲「我們要擴大而且鞏固抗日的戰線……只有展開各黨各派各階層的聯合戰線，才能夠抗日救亡」，後一篇則提出「新聞事業的使命，自然要在適合於環境需要中，而負起推動社會、改造環境的責任」。此外，還有朱縷、葉潤、司徒華等5作者的6首詩歌組成的詩專輯；陽瑞的講述鄉下窮人典女之悲慘故事的小說《春花》和朱門絃的表現東三省淪陷後漢奸殘害鄉民與百姓奮起抗爭的獨幕劇《風雨》。適應當年木刻藝術的活躍，《風雨月刊》本期刊出四幅木刻作品，其中鍾惠若三幅。

　　由於是創刊號，雜誌還不為一般讀者所知，本期《風雨月刊》還附有「本刊稿約」一則，申明「本刊為文化雜誌，凡關於文化之各項文字，均歡迎投稿」，同時也申明「來稿經登載後，暫以本刊奉酬」，即以刊物代稿酬。由於《風雨月刊》係桂林部分青年（包括一些學生）自發創刊，辦刊費用全係發起人自討腰包，並無官方或其他經費支持。故而經費捉襟見肘，難以循例支付稿酬。另一方面，這類同人刊物發起人即是作者，稿源自籌，自寫自編，無須另付稿酬，這是刊物得以生存的基礎，也是當時大多同人刊物的類似做法。

　　《風雨月刊》創刊號在〈編後〉中還預告：「本刊在第二期，擬出「批判桂劇特輯」，請讀者諸君留意」。隨著抗戰救亡文化運動的深入，傳統桂劇所表現的內容與抗戰時代氣息和大眾需求嚴重脫節的弊端日益凸顯，八桂文化界有識之士對此深感憂慮，桂劇改良呼聲日漸高漲。《風雨月刊》推出「批判桂劇特輯」

正是順應這一潮流，可惜目前除創刊號外，《風雨月刊》其他各期均未得見。

《風雨月刊》創刊於1936年11月。同年10月，廣西省府由南寧遷回桂林，機關團體日多，各方人才薈萃，文化活動繁盛。哈庸凡先生在自傳中寫道：「那時，廣西省立師範專科學校在桂林良豐成立，這個學校聘有好幾位進步的教授，如陳望道、馬哲民、鄧初民、施複亮、夏征農、楊騷諸先生，他們在學校中經常講授馬列主義理論。而這個學校的學生大都是我在中學時代的同學，因此我有機會時常從他們那裡讀到新奧的文藝理論，並由文藝理論進而讀了不少的社會科學書籍。」「（我）在這個期間寫的東西都是暴露當時的社會黑暗的，其中主要有《冬夜》、《賭徒》、《淚與血》、《他們這一夥》、《青面獸楊志》等。此外，還有些散文、短論之類的作品，都發表在當時的《桂林民國日報》副刊上。」後被聘為《桂林民國日報》通訊員。不久，托人介紹，哈庸凡到「桂林軍團婦女工讀學校」（後名「桂林婦女工讀學校」）任教。「從1936年9月起，我就辭去了《桂林民國日報》通訊員的職務，專任這個學校的教員。擔任的課程是初中班國文、地理和植物，每月薪金桂幣四十元。這裡的工作並不重，而待遇又比較優厚，因此我有較好的條件和當時一般愛好文藝的朋友在一起搞業餘文藝活動。」（哈庸凡《我的自傳》）發起創辦「風雨社」，當是這一時期。關於發起創辦「風雨社」的動機，哈庸凡先生在其自傳中進一步寫道：「到『桂林婦女工讀學校』教書以後，生活已趨於安定。在一種事業的狂熱的衝動之下，我想以郭沫若的『創造社』和茅盾的『文學研究會』為榜樣，發起組織業餘文藝團體『風雨社』，企圖從這裡給自己的文學事業打下基礎。」

《風雨月刊》創刊號上的作者，當年都是桂林文壇上的活躍者。現在知道的有一些。周振綱，曾任《桂林日報》總編輯，當時與哈庸凡先生同在「桂林軍團婦女工讀學校」任教，周任教務主任；延淵即程延淵；陳鍾瑄，1920年生，當時在桂林初中讀書，1937年加

入桂初中劇團，登臺飾演話劇。其兄陳鍾瑤（即陳邇冬）；司徒華，原名熊紹琮，擅長寫詩，時任桂林書社編輯；鍾惠若，當時在桂林初中任教，1936年12月曾舉辦個人繪畫展。

二、「風雨劇團」嶄露頭角

1937年的廣西，隨著抗日救亡運動深入，包括聯合公演、巡迴演出、街頭話劇等各類戲劇活動精彩紛呈。1937年在當時因之被稱為廣西的「戲劇年」。關於「風雨劇團」的活動，哈庸凡先生在其自傳中也有提及：「風雨劇團先後演出了『風雨』、『壓迫』、『一個女人和一條狗』、『樑上君子』、『藝術神聖』等話劇」。這裡說的話劇「風雨」，即《風雨月刊》創刊號所載獨幕話劇《風雨》。

據《桂林文化大事記1937—1949》對抗戰時期演出團體介紹，「風雨劇團」係「桂林文學青年所組織，約成立於1936年。1937年元旦參加桂林市各劇團慶祝元旦演出活動，演出劇碼不詳。」那麼，關於「風雨劇團」的演出劇碼，除了當事人哈庸凡先生自述外，還有其他佐證嗎？

實際上，「風雨劇團」組建與《風雨月刊》籌備大致同一時間，即1936年初秋，而「風雨劇團」在桂林話劇舞臺亮相演出也隨之開始。1936年9月29日，桂林各界召開慶祝雙十節籌備委員會第一次籌備會議，決議「聘請『風雨社』表演話劇及燈謎」，演出地點在桂林體育場，「燈謎在雙十節正午十二時後舉行，話劇在下午七時舉行」（《桂林各界籌備慶祝雙十節》，《南寧民國日報》1936年10月5日第六版）。這是現有史料中關於桂林「風雨社」活動的最早記載。可見，「風雨社」至遲在1936年9月間即已亮相桂林文壇，並小有名氣。同年11月，綏遠抗戰及上海日企工人罷工事件相繼爆發，為籌款援助綏遠將士抗日及上海罷工工人，桂林各劇團組織聯合公演團，舉行聯合公演。此次聯合公演劇碼為「走私」、「中國婦人」和「樑上君子」三個。儘管「風雨社」（風雨劇團）在1936年雙十節演出劇碼不詳，但從當年的相

關報導中，也可以捕捉到些許資訊。據1936年12月11日《桂林日報》載：「隨著抗日救亡運動的開展，具含了最大的宣傳意義的話劇，在最近的桂林，是呈現了蓬勃活躍姿態。「風雨劇團」的『壓迫』、『警號』，巡演團的『父與子』與『察東之夜』，西大劇團的『東北之家』及『父子兄弟』，並先後給觀眾以很好的印象。由一次比一次多觀眾擁擠的事實，可以證明許多對話劇生疏或持著反對態度的人，都有些被說服了，被感動了。」（長戈：〈觀聯合公演團公演後〉）此文把每個劇團演出劇碼各自列舉出兩個，儘管不是「風雨劇團」演出劇碼的全部，但至少表明，1936年12月前，「風雨劇團」已活躍於桂林話劇舞臺上。

1937年元旦是廣西省政府遷至桂林後第一個新年，據《桂林日報》報導：「廣西各界慶祝二十六年元旦大會，以連日國防劇社、二一劇團、風雨劇團在總部職員宿舍大禮堂表演話劇，觀眾極為擁擠，收效良佳，足證民眾對於新劇，已極感興趣。」（1937年1月5日）至於「風雨劇團」元旦演出的劇碼，據當時報紙報導有三個，即「風雨」、「打出象牙塔」和「朋友」（係改編自「一個女人和一條狗」）。報紙曾有評價道：「『風雨劇社』諸君努力的精神，同樣也使我們欽佩，在上演的三個劇本中，就有二個是他們自己編的，而且編得很不錯」。這兩個「自己編的」，即指發表在《風雨月刊》創刊號上的獨幕話劇「風雨」及「打出象牙塔」。「風雨劇團」這類業餘戲劇團體一無經費，二無演員，需要「自拉自唱」。這裡有一個細節，據當時報紙介紹，在這次元旦公演中，哈庸凡至少參加了一個劇本的演出，即在「打出象牙塔」一劇中飾演男主角藝術家余君美。

時任五路軍總政訓處國防劇社演出部主任的白克1937年4月28日曾報導這一盛況：「一九三七年的今年，開頭第一天就以慶祝元旦的名義來了一次聯合公演，一連四天：『國防劇社』演出《女記者》、《撤退趙家莊》、《回聲》；『二一劇團』上演《金寶》、《東北之家》；『風雨劇社』上演《一個女人和一條狗》、《打出象牙之

塔》；『桂林初中劇團』上演《家》、《最後的勝利》等。」（《光明》半月刊第二卷第十二號戲劇專號（特大號），民國二十六年五月二十五日出版）同年6月15日《廣西日報》副刊《桂林》所載〈「忙」話街頭話劇二三事〉（作者淨雰）寫道：「就我記憶所及，半年來在本省各地演出的劇本如回春之曲，撤退趙家莊，回聲，別的苦女人，塞外的狂濤，荒漠笳聲，平步登天，我們的故鄉，死亡線上，我土，放下你的鞭子，風雨，打出象牙塔及金寶等，不下廿餘種。」其中，「風雨」和「打出象牙塔」即為「風雨劇團」演出劇碼。

另據陳熙禎《廣西話劇運動的歷史軌跡》記載：「在師專劇團的影響下，桂林一些愛好話劇的青年組織了「風雨劇團」，演出《壓迫》、《樑上君子》等。」這裡提及的演出劇碼，與哈庸凡先生上述自傳記載一致。

當年廣西民眾戲劇救亡的熱潮中，「風雨劇團」甫一亮相，便嶄露頭角，躋身於桂林眾多的話劇團體之列。當時有文章評述道：「桂林話劇，現在已有總政訓處的國防劇社和省公務員所組織的二一劇團，「風雨社」所組織的「風雨劇團」，西大學生的西大劇團，尚有桂女中、桂初中的劇團，每次公演均得到多數人的鑒賞與好評」（《桂劇叢談》，《桂林日報》1937年2月5日第七版）。

這裡還應補充一個插曲，1936年冬，也正是「風雨劇團」活躍於桂林話劇舞臺之際，哈庸凡應《桂林日報》社社長胡訥生之邀，辭去「桂林軍團婦女工讀學校」教職，擔任《桂林日報》外勤記者。而據當時《桂林日報》報導，「桂林軍團婦女工讀學校」亦組織成立「湖濱劇團」，加緊練習（《桂林軍團婦工校組織湖濱劇團》，1936年11月29日《桂林日報》）。報導中雖未提及哈庸凡與該校組建「湖濱劇團」的關係，但他當時作為該校國文教員及「風雨社」和「風雨劇團」發起人，至少是起到了促進作用。據目前可以查到的史料顯示，此後，由「桂林軍團婦女工讀學校」劇團集體創作、哈庸凡先生擔任導演的獨幕話劇《新難民曲》，曾參加1938年5月「廣西各界雪

耻與兵役擴大宣傳週」公演，並兩次在街頭演出（見《桂林文化大
事記》1937—1949）。而此時，「風雨劇團」已解散多時。

三、時運不濟的「紫金書店」

哈庸凡在自傳中提到「風雨社」的另一活動是開辦「紫金書
店」，他回憶道：「我和陳邇冬、刁劍萍、程延淵等集資在桂林桂西
路開了一所『紫金書店』。這個書店的特點是不賣學校用的課本和
文具，專賣社會科學書籍和寫稿用的稿紙。這種做法，雖然適合某
些青年讀者的口味，但是對於營業卻是一個損失。不到兩個月，由
於刁劍萍到廣州販書蝕本，所以『紫金書店』也只好關門。」桂林的
桂西路當年書店林立，有「書店街」之稱。

關於「紫金書店」，1937年5月23日《廣西日報》第七版本省新
聞中，曾刊有題為〈本市新張「紫金書店」專售新書書價低廉〉的
一則報導，其中寫道：「自省會遷桂後，本市文化水準驟為提高。民
眾智識，進步甚速。故書店之增設，為數頗多。惟以書籍之售價過
高，一般市民欲購書閱讀，頗感困難。近有熱心提倡文化事業之人
士，合股創設「紫金書店」於本市桂西路，專購辦滬上各種新書販
售，尤以切合大眾實際生活及抗戰救亡者為多。聞其售價較市上一
般書店為低廉。現該店業已開始營業云。」此時，哈庸凡已任《廣西
日報》社外勤記者。採訪任務繁多，已無暇他顧。根據其上述自述，
「紫金書店」關張的時間約在當年七八月間。

四、「風雨社」存續時間及其後

至於「風雨社」存續的時間，據哈庸凡先生回憶：「『風雨社』
存在的時間由1936年冬至1937年春，約五個月。……一方面是國民
黨廣西省黨部要『風雨社』停止活動，另一方面也由於『風雨社』的
經費發生困難，所以到1937年春，『風雨社』就無形的解散了。」這
裡所說的「1936年冬」顯然有誤，前文已有說明。而「風雨社」存在
「約五個月」，大致是指《風雨月刊》與「風雨劇團」的活動時間。
據哈庸凡先生回憶，《風雨月刊》一共出版了四期，以1936年11月

15日出版的創刊號計，最後一期（第四期）當在1937年3月中旬。而創辦「紫金書店」則是辦刊和演戲活動因經費捉襟見肘和政治干預而被迫中止後進行的。如果連同「紫金書店」一起，「風雨社」的「存續時間」應自1936年初秋延續至1937年夏季。

儘管存續時間有限，「風雨社」當年在桂林青年學子中還是有一定影響的。據哈庸凡先生在桂林高中同學、後入廣西大學文法學院文學系、曾任廣西大學文法學院學生自治會幹事、當年以《中國劇運向何處去》為題獲得桂林樂群社演講預賽優勝獎（見1937年5月13日《廣西日報》第六版）的傅善術，上世紀五十年代曾回憶道：「當時，以哈、陳為代表的一些桂林的社會青年，大都為桂林高中畢業的學生，因為大家愛好文藝，氣味相投，受『創造社』（郭沫若、郁達夫等作家）及『南國社』（田漢等劇作家）的影響較深，不滿現實，又感到出路的苦悶，於是有組織文藝團體的活動。他們看不起阿諛權貴的人和只想做官的人，思想傾向是進步的，但有濃厚的浪漫主義和頹廢色彩。哈庸凡那時思想比較進步，記得當時廣西師專陳望道教授指導下所辦的進步刊物《月牙》，曾經發表過哈的文章。」「風雨劇團是桂林一些愛好文藝的社會青年組織的文藝團體，發起人及主要成員是哈庸凡及陳邇冬等人。該劇團成立及存在的時間，⋯⋯大約為1936—37年間，演出活動不多，後因成員離散而瓦解。」

133

創辦「風雨社」時，哈庸凡先生不過22歲。「風雨社」的經歷，是他第一次主編雜誌，第一次登上話劇舞臺，也使他與文學戲劇結下不解之緣。此後的抗日救亡運動中，他陸續主編過數種雜誌，亦先後發表多篇文化戲劇論著。及至晚年，還寫出〈紅樓夢人物談片之一——妙玉其人〉等文論作品，並陸續創作新編歷史京劇《徽班進京》、《指鹿為馬》、《恩仇記》等劇作。

✱ 抗戰前期在桂林的文化活動

　　哈庸凡抗戰前期即積極投身文化救亡運動，在桂林抗戰文化活動中嶄露頭角，抗戰初期擔任《廣西日報》外勤記者之餘，又以廣西各界抗敵後援會理事身份主編《克敵週刊》。北上抗日前線後，仍兼任《廣西日報》特派戰地記者，其後在軍隊中主要擔任政工主管及報刊編輯工作。可以說，哈庸凡是以文化和政治工作者的身份活躍於抗日戰場的，包括敵後與前方兩個戰場，抗戰文化活動貫穿其抗戰期間全部經歷。現依據其本人自傳手稿，以及近年來陸續發現的抗戰時期相關報刊史料，梳理哈庸凡抗戰前期在桂林的文化活動經歷，為桂林和廣西抗戰文化研究提供相關史實。

（一）結緣《桂林日報》

　　哈庸凡幼年喪父，家境貧寒，隨寡母寄居外祖母家中。1926年考入廣西省立第三中學，1929年初中畢業後以成績優異免考入高中部，開始在普通科，因無力繳納學費，曾休學一個學期。期間曾報考廣西航空學校，以體格不合條件未錄取。復學後改換師範科，嗣因母病家困，1932年從桂林高中肄業回家。讀書期間，哈庸凡即開始向報刊投稿，換取學費。肄業後，即進入社會尋找工作補貼家用。曾做過汽車公司賣票員，為人謄寫過賬簿，替國文教員改過作文本，也與人合夥辦過補習班等。1935年7月，經高中同學莫京介紹，進入陽朔縣碧蓮鄉中心學校擔任國文、歷史及地理科教員。後因莫京受排擠辭職，哈庸凡只得回桂林家中待業。

　　1936年6月1日，兩廣發動逼蔣抗日的「六一運動」，廣西各界民眾抗日熱潮愈加高漲。6月4日，廣西省主席黃旭初發出支電，表示全省民眾「寧為抗戰玉碎，不為屈辱瓦全。」數日後，以李宗仁、白崇禧為總副司令的抗日救國第四集團軍總政訓處發佈《告全國民眾書》，激昂而悲壯地宣告：

> 本軍現在發動抗日了！路過貴境，北上平津，和日本帝國主義拼命了！這一次反抗日本帝國主義強暴侵略的革命戰爭，本軍認定

是十分壯烈而偉大的，因為這是為著中華民族之生存和幾千年光榮文化之存續而戰，這是為著全世界被壓迫民族爭生存，爭正義，爭人格而戰。……本軍全體將士內受良心的驅使，外受國民愛國熱情的激勵，已下絕大決心動員全廣西已經受過軍事訓練的團兵一百二十萬人，一致參加抗日救國的革命戰爭。

數月後，李宗仁白崇禧為中央接受抗日主張發佈《告全省鄉鎮村街長及退伍士兵書》，明確指出：

「我們工作的基本方針，仍然是抗日救國，因為中國國家民族已到了生死存亡的最後關頭，如果不立即抗日，國家民族的危亡根本上是無法挽救的。我們這種工作的基本方針，是始終一貫的，過去是如此，現在還是如此，就是將來也還是如此。只要日本帝國主義在中國的侵略勢力一天沒剷除，我們的工作方針是一天不變的。」

抗日救國運動自「九一八」事變興起後，經過1936年「六一運動」的全面發動，更加蓬勃地在廣西城鄉普遍展開。這一時期，哈庸凡失業在家，常與桂林師專的同學交往，讀到許多新理論，接受一些新思想。

據其自傳手稿記載：

那時，廣西省立師範專科學校在桂林良豐成立，這個學校聘有好幾位進步的教授，如陳望道、馬哲民、鄧初民、施複亮、夏征農、楊騷諸先生，他們在學校中經常講授馬列主義理論。而這個學校的學生大都是我在中學時代的同學，因此我有機會時常從他們那裡讀到新奧的文藝理論，並由文藝理論進而讀了不少的社會科學書籍。

飽嘗社會苦難之餘，加之科學理論學習，使哈庸凡對社會底層民眾的疾苦更加痛徹於心。

不久，哈庸凡經人介紹擔任《桂林日報》通訊員兼校對，並受邀開闢「本報特寫」專欄，採寫桂林風土人情。這一時期，他的文學創作活動頻繁。據其自傳手稿回憶：

這個《桂林民國日報》（按：應為《桂林日報》。下同）原來是由國民黨桂林縣黨部派來的周振綱主持，1936年下半年，廣西省立師範專科學校取得了這個報紙，由師專校長郭任吾兼任社長。當時該報有一個記者陸樹瑤跟我很好，經過他的介紹，我到《桂林民國日報》當通訊員兼校對，白天採訪新聞，晚上校對稿樣，每月桂幣十五元。當時我寫的特寫比較多，大都以桂林社會各個側面為內容。

經查當年《桂林日報》，1936年6月，《桂林日報》開闢本報特寫專欄，陸續刊出哈庸凡採寫的〈蒲節風俗談〉、〈本市消暑的玩意兒〉、〈油條與糊辣〉、〈特察里別饒風味〉、〈桂林的「涼粉」「梅水」〉、〈膾炙人口的桂林米粉〉等。同年八九兩月，在繼續採寫「本報特寫」的同時，他還在《桂林日報》先後連載反映桂劇藝人苦難人生的短篇小說《他們這一夥》、塑造對現實環境極度不滿、具有反叛意識的被壓迫者形象的《青面獸楊志》、以「九一八」以後東北淪陷生活為背景的《到祖國去》以及刻畫反抗者心態、折射現實的《賣刀》等四篇。

哈庸凡先生小說《他們這一伙》

尤其引人矚目的是，還是在1936年的八九兩月中，哈庸凡直接參與《桂林日報》兩個新副刊的策劃編輯，並為兩個新副刊創刊號著文。這也是哈庸凡參加有組織的抗戰文化活動的發端。

其一，1936年8月30日，在「六一運動」緊鑼密鼓之際，《桂林日報》第4版

哈庸凡先生小說《青面獸楊志》

推出「抗日救國週刊」創刊號，由「廣西各界抗日救國聯合會桂林分會」主編。同年6月3日（「六一運動」期間），廣西文化界救國會在南寧發起成立「廣西各界抗日救國聯合會」，馬君武、李任仁等27人為理事，此後各縣相繼成立分會。本期創刊號刊載周振綱、哈庸凡、愛滋三位作者同以《抗日與除奸》為題的文章，各自角度不同，此前顯然經過一番籌畫。在《抗日與除奸》中，哈庸凡寫道：

「自日寇進兵瀋陽以來，南京政府始則拖戈退入關內，繼則高談『親善』，『提攜』，終則黑起良心摧殘一切抗日運動，消滅一切抗日勢力。像非法逮捕北平上海各地底愛國學生和無端抽調大兵南下威脅西南等等事實，都是南京政府在漢奸賣國賊竊據之下幹出來的罪惡。在他們那一貫降日政策下，連西南這點僅存的抗日勢力，也要無情的加以消滅，暴日給予我們底痛苦，我們已經捱不住了，那堪更遭受國內底自己人底壓迫呢？」

1936年5月，中國國民黨廣西省黨部在各縣設立縣黨務通訊處，周振綱當時任桂林縣黨務通訊處通訊員，辦理黨務及民眾宣傳鼓動工作。「廣西各界抗日救國聯合會桂林分會」設在縣黨務通訊處，周主管宣傳工作。周振綱與哈庸凡早在《桂林民國日報》時期就很熟悉，此時，周振綱兼任「桂林軍團婦女工讀學校」教導主任，而哈庸凡這時經過周的介紹，剛剛進入「桂林軍團婦女工讀學校」擔任國文教員。史料顯示，他倆這一時期交往頻繁。愛滋是筆名，即郭英布，時為桂林師專學生，係當時桂林較為活躍的文藝青年，與哈、周均熟悉。此前即同年7月31日，他以「愛滋」筆名在《桂林日報》「突擊」副刊發表一篇《桂市青年之分析》，招致各方批評。8月8日，哈庸凡寫出長篇論辯文章〈與愛滋君公開討論「桂市青年之分析」〉，於8月12-14日分三次在《桂林日報》副刊連載。相隔不足半月，論爭雙方又做同題文章，可見並不陌生。

其二，10天後，即1936年9月9日，《桂林日報》推出「每週文藝」副刊，創刊號發表哈庸凡等人集體創作、反映東北淪陷後民眾遭遇的短篇小說《到祖國去》。一週後，「每週文藝」第2期為「歷史小說

專號」，開始連載哈庸凡歷史小說《賣刀》。顯然，哈庸凡直接參與了「每週文藝」副刊的創刊策劃。

同年10月，廣西省會由南寧遷往桂林，原《南寧民國日報》社長胡訥生奉令接管《桂林日報》。不久，經胡訥生邀請，哈庸凡辭去「桂林軍團婦女工讀學校」教職，進入《桂林日報》任外勤記者。

(二)「風雨社」與《風雨月刊》

在「桂林軍團婦女工讀學校」教書寫作之餘，哈庸凡熱情投入校內外社會活動。據當年《桂林日報》報導，1936年10月20日，桂林軍團婦工校由教導主任周振綱主持，舉行校務會議。在討論「舉辦時事研究會，使學生對現社會有相當認識」議題時，決議「由哈庸凡指導學生及學術會辦理。」讓剛入校任教的哈庸凡擔此重任，顯示哈庸凡此前在時事與學術研究中頗具特長與名氣。這一時期，哈庸凡與校內外文藝愛好者來往密切，其中有他的小學和中學同學、高中時與他同樣休學找工作的陳鍾瑤（即陳邇冬，時在桂林師專讀書）、陳鍾瑄（時在桂林初中讀書）兄弟，有時任國防藝術社職員的朱平秋（即朱門絃），還有校內音樂教員蘇永華、馮素霏等。同年9月間，哈庸凡等發起成立文學團體「風雨社」，獲得同伴們相應。哈庸凡在自傳手稿中寫道：

「到桂林軍團婦女工讀學校教書以後，生活已趨於安定。在一種事業的狂熱的衝動之下，我想以郭沫若的『創造社』和茅盾的『文學研究會』為榜樣，發起組織業餘文藝團體『風雨社』，企圖從這裡給自己的文學事業打下基礎。」

由於發起成員多屬在校學生，團體經費無來源，場地也不好解決。故而他們征得周振綱支持，並以周為發起人之一。「風雨社」醞釀成立時間，約在1936年9月上旬。即「桂林軍團婦女工讀學校」秋季開學之後。9月27日，《桂林日報》刊出報導〈周振綱等發起組織「風雨社」〉，並刊出哈庸凡等人擬訂的《風雨社簡章》。簡章中闡明，本社以「健全身心，聯絡感情，提高文化水準，激發民族意識，

精誠團結，共赴國難為宗旨」。9月29日，為籌備慶祝雙十節，桂林縣黨部召集第一次籌備會議，由周振綱主席。會議討論雙十節話劇及遊藝節目安排時，決議聘請「風雨社」表演話劇及燈謎。這是「風雨社」的第一次社會活動。

同年9月30日，「風雨社」補行成立典禮。再次申明「本社之成立，……純係一般熱情青年處茲非常時期，感覺自身責任之重大，乃思在文化界中盡一份救亡圖存之力量。」縣黨部黨務通訊處通訊員周振綱等來賓致辭祝賀。報導中附錄「風雨社」幹事及職員名單。幹事會由七人組成，依次為周振綱，哈庸凡，陳祖鈺，程延淵，蘇永華，林光嵐。周振綱為總幹事，事實上「風雨社」幹事會及後續活動，周並未參與，只是掛個名義。「風雨社」下設總務、文化、遊藝三部，另有《風雨月刊》雜誌編委會與「風雨劇團」。總務部部長陳祖鈺，文化部部長程延淵，遊藝部部長蘇永華，風雨月刊編輯委員會主任編輯哈庸凡，「風雨劇團」主任陳邇冬，會計股股長陳祖鈺兼，庶務股股長趙醒寰，文書股股長廖文漢，交際股股長謝啟道，社會教育股股長程延淵兼，出版股股長秦鳳英，音樂股股長蘇永華兼，體育股股長（暫缺），歌舞股股長馮素霏，技藝股股長林光嵐。

「風雨社」社址設在縣黨部通訊處內，而桂林縣黨部通訊處當時即租借文昌廟桂林軍團婦工校內辦公，可見「風雨社」與軍團婦工校的特殊關係。事實上，上述職員中，除周振綱外，哈庸凡、蘇永華、馮素霏均為該校教員。哈庸凡離開軍團婦工校後，仍與該校學生保持密切聯繫。1937年3月，「風雨劇團」主任陳邇冬還曾任軍團婦工校代理教導主任。

由哈庸凡主編的《風雨月刊》，1936年11月15日出版創刊號。《風雨月刊》創刊號為黑白版，全書36頁。由桂林啟文印務局印刷與代售。與一般刊物的發刊詞不同，《風雨月刊》創刊號以一曲《風雨前奏曲》作為代發刊詞。署名為「延淵、庸凡作曲　永華製譜」，這裡「作曲」應為「作詞」。

就在《風雨月刊》創刊當年的6月1日，兩廣當局發起聲勢浩大

的抗日救亡運動，敦請國民黨中央和國民政府立即對日抗戰，史稱「六一運動」。此後，抗日救國聲浪日漸高漲，「風雨社」同人置身其中，國破家亡的仇恨填滿胸膛。在本期《編後》中，主編者哈庸凡更進一步點出：「本刊的任務，主要的自然是反帝反漢奸。此外，我們還要切實地去體味現實，暴露現實，把一切不合理、不正當的醜惡的事實，都毫不掩飾地擺出來給大眾看，使大眾嗅到烈火的毒味，使大眾感到『冷水淋頭』的逼迫，從而揚起眉毛挺起胸脯起來跟侵略者拼個死活。」

《風雨月刊》刊載的作品體裁包括文論、詩歌、小說、戲劇等。原先的首篇文章是署名「庸凡」的文藝評論《關於國防戲劇》，惟因「在本刊付排之始，恰聽到魯迅先生的噩耗。……所以我們在本期的開始，就另外收集了一部分『追悼魯迅特輯』，算是表示我們哀悼魯迅先生的至意。」「特輯」收錄三篇文章，一首短詩和兩幅魯迅木刻畫像。這與哈庸凡在自傳中所述「《風雨月刊》一共出了四期，其中包括『紀念魯迅專輯』和『國防文學專輯』」，亦相吻合。

當時，上海等地文化界正在展開所謂國防文學與民族革命戰爭的大眾文學的兩個口號之爭，地處西南一隅的桂林文學青年對此亦遙相呼應。哈庸凡在《關於國防戲劇》中寫道：

「我們底赤血，沖成了侵略者底白蘭地；我們底白骨，築成了侵略者的高樓大廈。到今日，我們一切都沒有了，我們只有鬥爭，只有從鬥爭中去求生存，從而國防就成了當前民族解放鬥爭中最迫切，最嚴重的任務。國防戲劇就是要把我們鬥爭的情緒組織起來，具體地在舞臺上表現，使這一點一滴的鬥爭情緒，都滲透到大眾的心中，使大眾勇敢地步上求生存，求解放的道上，使他們

圖為1936年11月15日出版的《風雨月刊》創刊號封面

成為一員英勇的戰士。」

《風雨月刊》創刊號還收錄周振綱的《中國政治對外的轉變》和《改進本省新聞事業的商榷》兩文，陳鍾瑄的《聯合戰線和國防文學》以及風吾的《辯證法淺說》。此外，《風雨月刊》創刊號還有朱繆、葉潤、司徒華等5作者以6首詩歌組成的詩專輯；陽瑞的講述鄉下窮人典女之悲慘故事的小說《春花》和朱門絃的表現東三省淪陷後漢奸欺壓百姓與百姓奮起抗爭的獨幕劇《風雨》。適應當年木刻藝術的活躍，《風雨月刊》本期刊出四幅木刻作品，其中鍾惠若三幅。創刊號在「編後」中還預告：「本刊在第二期，擬出『批判桂劇特輯』，請讀者諸君留意」。當時傳統桂劇所表現的內容與抗戰時代氣息和大眾需求嚴重脫節，八桂文化界有識之士對此深感憂慮，桂劇改良呼聲日漸高漲。《風雨月刊》擬出「批判桂劇特輯」正是順應這一潮流，可惜目前除創刊號外，《風雨月刊》其他各期均未得見。

「風雨劇團」的演出活動，見諸報導的有兩次。一次是1936年雙十節，演出劇目為獨幕話劇《壓迫》和由「風雨社」同人朱門絃創作的獨幕話劇《風雨》（後經《風雨月刊》發表），以及歌曲《風雨前奏曲》（後為《風雨月刊》代發刊詞）。另一次是距上次演出約兩個多月後，即1937年廣西各界慶祝元旦聯合公演，參加演出的有第四集團軍總政訓處的國防劇社、由部分機關職員組成的「二一劇團」、「風雨社」所屬的「風雨劇團」以及桂林初中學生組成的「桂初中劇團」等四個劇團，連演四天，演出12個話劇。「風雨劇團」此次公演中演3個獨幕劇，即《打出象牙塔》、《風雨》和《朋友》（改編自《一個女人和一條狗》）。《打出象牙塔》與《風雨》係「風雨社」同人創作。據當時報紙記載，哈庸凡在《打出象牙塔》中扮演男主角畫家余君美。

哈庸凡進入《桂林日報》及《廣西日報》後，「風雨社」人員分散，活動漸次沉寂。1937年5月，哈庸凡與「風雨社」同人陳邇冬、刁建萍、程延淵等集資在桂西路創辦一家「紫金書店」，同年5月23日，

《廣西日報》刊出〈本市新張「紫金書店」〉的消息。由於刁建萍到廣州販書蝕本，致使問世不久的「紫金書店」戛然夭折，成為「風雨社」的絕唱。

（三）改編傳統桂劇《杏元和番》

在抗日浪潮洶湧之下，傳統桂劇的封建迷信與淫穢之類糟粕也招致進步人士抨擊。桂林縣黨務通訊處自1936年5月成立以來，亦把改良桂劇作為一項重要工作。

由於縣黨務通訊處通訊員周振綱同時兼「桂林軍團婦女工讀學校」教導主任，而哈庸凡此時也經周的介紹進入該校任教，因此這一時期，周與哈的交往較頻繁。與上述參與《桂林日報》策劃編輯新副刊、發起創辦「風雨社」的同時，哈庸凡還應周振綱之邀，參加桂林縣黨部主導的桂劇改良活動，改編傳統桂劇《杏元和番》為《雁門關》。

作為土生土長的桂林人，哈庸凡酷愛桂劇，許多唱詞可以脫口而出。他也熟悉桂劇藝人的生活，曾寫過反映桂劇藝人生活困窘的小說《他們這一夥》。1936年7月間，「為改良桂劇，並提高藝員生活品質起見」，桂林縣黨部舉辦各劇園藝人談話會，由周振綱主席，決定組建劇藝工會，並定於同年8月1日舉行桂林縣劇藝工會籌備會。哈庸凡參與上述活動，作為改良桂劇的第一個嘗試，即是改編傳統桂劇《杏元和番》為《雁門關》。

同年9月6日《桂林日報》對此作了報導，並對負責劇本改編者哈庸凡進行採訪，談及改編劇本的構想與

1936年9月11日起《桂林日報》連載桂劇改編劇本《雁門關》

主旨：

「聞負責改編者談，此劇最大之缺點，厥在只注重兒女私情，而置國家民族於不顧，致使觀眾只僅意識到哀艷情緒，而其悲涼偉大之意義反因之埋沒不彰。現將之改編為在外敵與漢奸雙重煎迫下之一幕悲劇，把握到其偉大性，使之與現實相似，因而使觀眾獲到深刻之認識。對於救亡圖存，未嘗不無補益。」

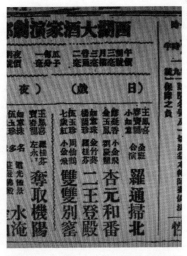

當年桂林西湖大劇院演出桂劇《杏元和番》

由於劇情明白，唱詞熟悉，哈庸凡緊鑼密鼓，很快完成劇本改編。同年9月11日起，《桂林日報》在新聞版逐日連載桂劇《雁門關》改編劇本，以示推崇。報導中說明《雁門關》「現由西湖酒家之戲班先行排演，一俟排演純熟，即行在西湖公演。」

這次桂劇改良嘗試，在桂林各界引起極大關注，《桂林日報》連續發表多篇討論文章。哈庸凡參與早期桂劇改良活動，《中國戲曲誌‧廣西卷》序言中有如下記載：

「民國二十五年九月，國民黨桂林縣黨部組建了劇藝工會以籌畫改良桂劇。當時，國防戲劇的口號已在桂林引起戲劇界的關注。當時由哈庸凡將《杏元和番》改編為《雁門關》，將『兒女私情和哀艷情緒』的內容改為『在外敵和漢奸雙重煎迫下之悲劇』，使之適應當時抗日的現實。」

據周振綱當時一篇文章透露，擬改編的下一部傳統桂劇為《荊軻刺秦》。是否完成及由誰改編，未見報導。儘管此舉在當初引發社會各界不同看法和爭鳴，但畢竟是桂劇改良的第一次嘗試，可以看作是上世紀三十年代桂劇改良運動蓬勃興起的先聲。

由於早期這段經歷，哈庸凡對桂劇改良問題始終關注。稍後在

其主編《風雨月刊》和《克敵週刊》時,分別策劃編輯出版《批判桂劇特輯》與《桂劇改良問題專號》;而在1937年4月和1938年5月先後採訪名戲劇家洪深和歐陽予倩時,哈庸凡則分別就傳統桂劇的缺陷與如何改良桂劇的問題,徵詢兩位大家的看法。

改良桂劇的同時,哈庸凡和「風雨社」同人正在組建「風雨劇團」,投入新興話劇運動。1936年秋,哈庸凡指導「桂林軍團婦工校」創辦「湖濱劇團」,排演獨幕話劇《警號》,與「風雨劇團」同時參加1937年廣西各界慶祝元旦公演。1938年5月10日,在廣西各界「雪恥與兵役擴大宣傳週」活動中,「桂林軍團婦女工讀學校」演出由哈庸凡導演的獨幕話劇《新難民曲》,創造性地採用桂林口頭語作對白。此劇「頗能激起觀眾的抗敵熱情」,連演三場,一次舞臺演出,兩次街頭演出。

❖ 「風雨劇團」1937年元旦公演風波

隨著抗戰救亡運動的深入,直觀而形象反映救亡內容的話劇受到青年學子的喜愛。1936年初秋,由哈庸凡等桂林文學青年發起的「風雨社」和「風雨劇團」甫經亮相,便在炙熱活躍的抗日救亡運動中嶄露頭角。同年桂林舉行慶祝雙十節活動,籌委會特邀「風雨社」演出話劇,這是現有史料中關於「風雨劇團」最早的演出記載。其間演出劇碼不詳,而據當時報紙報導,在同年12月之前,「風雨劇團」至少演出過《壓迫》、《警號》等話劇。「風雨社」係民間社團,既無經費支持,更無排練場地,演員、導演乃至化妝等一應演職人員,也只能在「風雨社」同人中臨時邀請。正因為如此,與那些專業話劇團體相比,排練生疏,演技粗糙等毛病自然不少。事實上,從話劇表演角度看,此類民間業餘劇團的演出,其宣傳意義遠大於演出本身。

1936年10月,廣西省政府由南寧遷回桂林。1937年元旦恰逢桂林作為省會後的頭一個元旦,各界組織盛大慶祝活動,其中包括由

四家話劇團體舉行的聯合公演。事後，有人對「風雨劇團」在此次公演中的一些差錯，尤其是對「風雨社」主要發起人同時在劇中擔任男主角的哈庸凡在舞臺上「舉動的狂妄」提出嚴厲指責，哈庸凡則在報上公開接受批評，也對指責給予一些解釋。這場風波雖然為時不長，但由此引出如何恰當開展劇評的討論，在處於萌芽之際的桂林話劇運動產生了一定的影響。

元旦公演情況

桂林1937年元旦聯合公演由當時頗有名氣的三家劇團擔任，即五路軍總政訓處的「國防劇社」，由部分機關職員組成的「二一劇團」及「風雨劇團」。據《桂林日報》報導稱：「廣西各界慶祝二十六年元旦大會，以連日國防劇社、二一劇團、風雨劇團在總部職員宿舍大禮堂表演話劇，觀眾極為擁擠，收效良佳，足證民眾對於新劇，已極感興趣。」（1937年1月5日）緊接著，1月4日，桂林初中話劇團亦在該校大禮堂演出《碼頭工人》、《死亡線上》、《最後的覺悟》、《我們勝利了》等獨幕話劇。算上桂林初中劇團的演出，此次公演延續四天，正如當時有人撰文稱：「四個劇團一連四天十二個劇本的上演，一九三七年的始日就這樣熱烈地把劇運幹起來了」（《桂林日報》1937年1月7日）。

「風雨劇團」此次公演演出了三個劇本，即《打出象牙塔》、《風雨》、《朋友》（改編自《一個女人和一條狗》）。其中《風雨》一劇係「風雨社」同人朱平秋（朱門絃）所作，發表在一個月前出版的《風雨月刊》創刊號上；《打出象牙塔》亦係「風雨社」同人所作（同年在《新導》雜誌發表時署名「蘋蘋」），而《朋友》則是他們據公開發表的劇本加以改編的。

《打出象牙塔》寫的是九一八以後，在北方某城市，藝術至上主義者、畫家余君美與女模特玲玲在畫室裡討論藝術與現實的矛盾，余君美崇尚藝術至上，而玲玲則為養家糊口擔憂。忽然門外來了幾個難民，說日本鬼打進城了，市民們正發起抵抗，余君美仍不

以為然。稍後，玲玲出門看看情況，卻被日本軍官田川盯上，尾隨至余君美家，強迫余君美交出玲玲。玲玲從余君美臥室被田川找出，拖至余君美畫室百般調戲侮辱，余君美眼見心愛的模特受辱，忍無可忍，舉起方凳擊打田川致死。至此，余君美幡然覺悟，藝術至上的夢幻被徹底打破，決心走上十字街頭，參加到民眾的抗日鬥爭中去。哈庸凡在《打出象牙塔》一劇中飾演男主角余君美，而公演當晚舞臺上發生的偶然變故，讓哈庸凡與「風雨劇團」同人懊喪不已，成為這場風波的由來。

據當時報載，事情是這樣的。「風雨劇團」擔任公演當晚，《打出象牙塔》一劇尚在進行，演員還在舞臺上精心表演著，突然間，幕布毫無徵兆地悄聲落下，飾演畫家余君美的哈庸凡與其他演員被晾在臺上。這時，哈庸凡十分惱火，到後臺追問是怎麼回事。按當時舞臺規矩，司幕人要聽到舞臺監督的哨聲才能落幕，大家都在追問「是誰吹的哨子」，問來問去，有人說是台下觀眾吹的。滿打算在此次公演中贏得稱道的哈庸凡聽聞此言，克制不住惱怒，尚未卸妝便拉開幕布一角，對台下觀眾問道：「剛才是誰吹的哨子？以後不能亂吹了！」觀眾自然沒人應聲，當晚這一插曲也就不了了之。哈庸凡與「風雨劇團」同人懷著莫名的懊喪，結束了此次公演。

魏溫的尖銳批評

公演結束不足一週，即1937年1月10日《桂林日報》副刊「桂林」刊出署名魏溫的劇評〈「二一」和「風雨」〉，對元旦聯合公演中「二一」和「風雨」兩個劇團的表演作出評論。「二一」雖然也屬於業餘劇團，但有當時廣西劇壇有名的編導萬籟天和白克兩位參加導演團（萬當時任國防劇社社長，白係演出部主任），演出效果自然與眾不同。作者對「二一劇團」當晚上演的《金寶》和《毒藥》兩劇中演員的表演作出點評，認為「金寶」較為成功，而「毒藥」裡一些演員的表演還需改進。

至於「風雨劇團」的演出，作者開門見山地寫道：「『風雨劇

團』這次的演出，不客氣地說，給予我們的印象很惡劣」。儘管作者也肯定「『風雨劇社』諸君努力的精神，同樣也使我們欽佩，在上演的三個劇本中，就有二個是他們自己編的，而且編得很不錯」，但對「風雨劇團」「沒有好好的排練和演員的缺少修養」提出尖銳批評。

作者先是從《打出象牙塔》一劇中飾演模特兒的女演員表演說起，文中寫道：「那位飾模特兒的女演員，走路故意扭擺屁股，和當著觀眾把外衣脫去摸摸胸部，露出裡面穿著的俗不可耐的綠短袴，做著肉麻姿勢時候，真使我們背脊發冷！」繼而提到這位女演員在《風雨》一劇中的表演：「在《風雨》裡，這位女演員的完全文明戲化，更把劇作者也侮辱了！《風雨》的演出，本來很可以有良好的成績，因為其他演員都在異常努力，其失敗惟一原因不能不歸到這位文明戲化的女演員身上了」。至於《朋友》一劇，作者認為「三個劇本中，這是比較接近話劇一點的」，「那位女演員也不像前面所說那樣的使人討厭」。由此可見，魏溫所批評的「風雨劇團」那位女演員在公演的三個話劇中都飾演角色，「風雨劇團」當年挑選演員之捉襟見肘可見一斑。至於哈庸凡除了在《打出象牙塔》中擔任男主角外，是否還在其他兩劇中飾演角色，因無史料確鑿記載不得而知。

接著，作者轉而批評「《打出象牙塔》那位飾藝術家的男演員舉動的狂妄」。據作者描述當晚的情況：「幕閉後，還沒有卸妝就走到台前已夠人討厭了，不想他還大聲呵斥著觀眾，

圖為魏溫在《桂林日報》副刊《桂林》發表的劇評

說是誰吹了哨子，使司幕者早落幕，並教訓著觀眾下次不許再這樣了！」作者嚴厲指責道：「這樣目無觀眾瞎出風頭的輕薄行為還不夠惡劣嗎？幸虧那天晚上沒有好事和意氣的觀眾，不然有人提出質疑不要發生衝突？」最後，作者稍作緩和地寫道：「在這裡我們雖因那天給我們壞印象而不免衝動意氣地說了上面這些話，但卻並不是對『風雨劇社』全體同志而說的。如果『風雨劇社』肯虛心地接受我的意見，把這些劣點改掉，我想一定有著光明前途的，我們敬祝他們努力吧」。

哈庸凡的回應與解釋

儘管魏溫的批評文章沒點名，但在桂林話劇圈子裡，《打出象牙塔》一劇中那個飾演藝術家的男演員是誰，盡人皆知。哈庸凡本來就受了一肚子窩囊氣，事後一方面覺得自己確實做的有些失當，另一方面也覺得魏溫文章中的指責有點過分，內心著實委屈，需要加以解釋。於是，此時已是《桂林日報》外勤記者的哈庸凡便以「蓉藩」為筆名撰文予以回應。

這裡先要說明，哈庸凡本名為哈榮藩，「庸凡」是他在讀書時給報社寫稿用的筆名。踏入社會之後，他即以「庸凡」作為本名。此文用「蓉藩」，其意或許在於，他既要讓圈子裡的人知道這是他的回應（他離校不過兩三年，哈榮藩此名同學和朋友們都熟悉），又不想讓圈外人尤其是他所採訪接觸到的更多的人知道。

魏溫的文章刊出當天，哈庸凡即寫就回應文章，題為《自白──給魏溫君解釋一下》，刊於1月12日《桂林日報》副刊「桂林」。對於魏溫的尖銳批評，哈庸凡在文章開首即有些賭氣地寫道：「我先得坦白地承認我曾經做了一次話劇界的罪人，我曾經汙穢了一九三七年的劇運」，而接下來，他也直接了當地說：「魏溫君的批評，一句也不是虛話。不過其中有一段是專談我個人的，魏溫君的看法，似乎有點錯了。所以我想在這裡解釋解釋」。

首先，他從自己對話劇的熱愛說起：「不怕別人笑破口，我

確實是愛好話劇而且忠於話劇的。正因為這樣，所以在這次公演裡，我的奔忙是較別人為甚（這並非就講其他的團員就不愛好話劇而且不忠於話劇）。同時，我自己也願意奔忙，因為將來演出成績的佳良與乎話劇前途的光明，是可以填補我這時心力方面的損失的。」

其次，他對會演當天舞臺上的事故做了描述，演出正在進行中，「那位糊塗的司幕者卻老實不客氣地給我們把幕落了下來。於是大家氣憤憤地去追問『誰吹的哨子』。當時，舞臺總監出場做演員來了，自然不是他的錯過。後來問來問去，有人說是台下吹的。這麼一來，大家可暴跳了，『誰要給我們扯後腿呢？』」「當時我忍不住氣……所以我才走到台前半掀開幕對觀眾說明」。針對魏溫指責他這是「瞎出風頭的輕薄行為」，哈庸凡進一步辯解道：「魏溫君還說我那種舉動是『瞎出風頭的輕薄行為』，這個，我知道，在魏溫君是出於善意的指謫，可是，在事實上，卻並非這樣的。就以這次的公演來講，有很多的機會，在一般人看來，都是可以不但『瞎出』而且大出風頭的，然而我們都把它放棄過去不要，那麼，我又何必爭著在觀眾說話時來出風頭呢？難道我預先就會知道劇未終場就會半途落幕嗎？」行文至此，他還意猶未盡

地表白道：「要真的是這樣，我不但是話劇界的罪人，不但汙穢了一九三七年的劇運，而且還無意地糟蹋了自己的人格。」文章最後，哈庸凡坦然表示：「我依舊誠懇地接受著魏

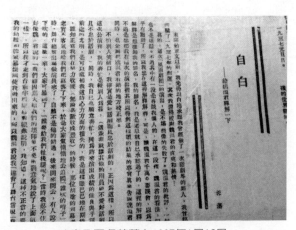

哈庸凡署名蓉藩在1937年1月12日
《桂林日報》副刊的回應文章

溫君的熱情和批判！」

「桂林」副刊編輯洪雪邨對哈庸凡很瞭解，兩人已成朋友。哈庸凡後來曾回憶道：「洪雪邨，江西人，1936至1937年間他在《廣西日報》做副刊編輯（按：應為《桂林日報》，《桂林日報》改為《廣西日報》前夕，洪已離職），我那時常給他編的副刊寫稿，和他是朋友關係。」或許為了平息這場風波，在哈庸凡這篇文章後面，洪雪邨特地加了一段編者按，對此次舞臺風波引發的直率批評與被批評者坦誠解釋表示讚許。其中寫道：「真理是從不容情的討論裡得來的，能夠離開了感情來談事實，這種光明的態度，更是令人欽佩。魏溫君熱誠的指摘，蓉藩君樸質承認與辯解，這兩文的精神，使編者榮幸不少」。

當時桂林乃至廣西的話劇救亡運動尚處在啟蒙階段，與話劇運動同樣熾熱的還有對話劇藝術的批評。對新興話劇究竟該怎樣批評，人們莫衷一是。就在魏溫對「風雨劇團」提出批評的前一週，國防劇社演出部主任白克在《桂林日報》副刊上，引用廣西大學陳望道教授的一段話，主張公開批評寬容，私下批評嚴厲：「關於每次公演，公開的批評應該儘量寬容，要著重於提倡，私下的自我批評卻絕對的嚴厲，這樣才會進步。」（《桂林日報1936年12月28日》）白克就此提出：「許多劇運工作同志正在拓荒，新茁壯的嫩苗是應該特別愛惜的」，「不但是國防劇社，以後一切劇團的公演批評，我都希望多登些捧的公開文章，嚴格的甚至求疵的批評，都私下交給公演的劇團去。」（同上）此後，有人進一步提出，「劇評水準的原則……應該由這事物本身具有的意義和它所處的客觀環境之種種關係上來決定」，並認為，「我們在廣西，在桂林，對各種社團公演的話劇的批評就不能不守這個原則。」

隨著話劇救亡運動的深入，在話劇藝術批評上逐漸取得共識，推動了群眾性話劇運動的開展，為抗戰全面爆發後蓬勃的文化救亡運動，乃至桂林文化城的形成奠定了基礎。而「風雨劇團」1937年元旦公演引出的風波，也就成為處在萌芽時期的桂林話劇救亡運

動中一個插曲。

❊ 桂林「風雨社」始末

——紀念桂林「風雨社」成立八十週年（1936-2016）

1936年9月，在廣西抗日救亡運動風起雲湧之際，桂林一些文學青年舉起抗日救亡旗幟，以「激發民族意識，精誠團結，共赴國難」為宗旨，發起組織文學團體——「風雨社」。創辦《風雨月刊》，組織「風雨劇團」，在桂林乃至廣西抗戰救亡運動中嶄露頭角。桂林「風雨社」當年出刊演劇等抗戰救亡活動，宣傳民眾，鼓動民眾，成為廣西抗戰救亡運動中的一股熱情奔湧的激流，為全面抗戰爆發後桂林文化城的形成培植了本土作家和讀者群。

一、桂林「風雨社」成立背景

桂林「風雨社」誕生於廣西風起雲湧的抗日救亡運動之中。1936年6月1日，兩廣發動「六一運動」，敦促中央政府立即展開抗日戰爭。廣西各界團體紛紛響應，表示全省民眾「寧為抗戰玉碎，不為屈辱瓦全」。李宗仁疾呼：「我們從五年國難以來，失地喪權的慘痛經驗中，早已認定中國除了武裝抵抗日本的侵略而外，絕無第二條死裡求活的出路，所以從九一八到現在，西南對於國家最主要的主張就是抗日」。

這一時期，抗日救亡成為廣西各界民眾的最強音。而南京政府則視「六一運動」為「異動」，對廣西實行軍事和經濟封鎖，劍拔弩張，激起各界民眾更為強烈的憤慨與反抗。抗日救國第四集團軍官兵刺血宣誓抗日救國，誓言「擁護抗日救國主張，打倒日本帝國主義，收復東北失地，剷除漢奸國賊，完成民族革命」。桂林高中等學校師生致電當局，請纓馳赴前線。1936年9月18日，廣西各界「九一八」五週年國恥紀念大會發表通電表示，「似此和平已瀕絕望，犧牲已到最後關頭，非立即與日抗戰實無以救亡圖存。我廣西一千三百萬民眾誓以熱血頭顱與彼倭寇一拼死活」。當時在廣西，

抗日情緒濃厚，青年思想活躍。後來的救國會七君子之一的章乃器當年在《西南事件所給予我們的教訓》一文中評價道：「對於青年的壓迫和思想的束縛，廣西可說是比國內那一處都比較的開明。」

與此同時，出於對日作戰考慮，廣西省政府確定由南寧遷往桂林，桂林成為廣西省會，省城民眾抗日救國運動高潮迭起。

當時，22歲的桂林青年哈庸凡失業在家，有更多時間與中學時代的同學、正在廣西省立桂林師專讀書的陳邇冬、刁建萍、傅善術等人時常談論文學，從同學這裡獲知陳望道、馬哲民、鄧初民、施複亮、夏征農、楊騷等教授的文學理論和辯證唯物主義理論。七八月間，哈庸凡文學創作風頭正勁，受《桂林日報》總編輯周振綱之邀擔任通訊員，開闢「本報特寫」專欄，陸續發表反映桂林地方特色與底層民眾苦難的特寫，以及《他們這一夥》、《青面獸楊志》、《到祖國去》、《賣刀》等多篇小說。同年8月30日，《桂林日報》創刊「抗日救國週刊」，刊出周振綱、哈庸凡、愛滋三人《抗日與除奸》同題文章，矛頭直指南京政府。緊接著，周振綱與哈庸凡著手改良傳統桂劇，由哈庸凡改編桂劇《杏元和番》為《雁門關》，把「只注重兒女私情」的內容改為「在外敵與漢奸雙重煎迫下的一幕悲劇」。同年9月11日起，改編劇本在《桂林日報》連載，引起社會關注。這時，哈庸凡應周振綱之邀，在「桂林軍團婦女工讀學校」擔任國文教員（周振綱兼任該校教導主任）。

二、桂林「風雨社」的建立及其活動

哈庸凡先生在《我的自傳》中憶及：「到『桂林軍團婦女工讀學校』教書以後，生活已趨於安定。在一種事業的狂熱的衝動之下，我想以郭沫若的『創造社』和茅盾的『文學研究會』為榜樣，發起組織業餘文藝團體『風雨社』，企圖從這裡給自己的文學事業打下基礎。」這時，哈庸凡擬發起組織以反帝反封建為旗幟的文學社團「風雨社」，得到桂林師專和桂林高中一些學生和老師的贊同和回應。至於社團之所以取名「風雨」，哈庸凡與其好友程延淵當時所

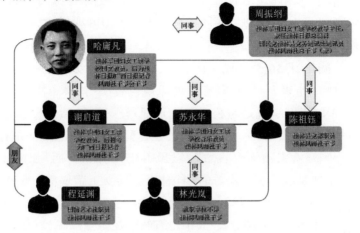

風雨社干事会及分工

周振纲
港桂草团归女工坡学校教学主任，兼任桂林日报总编辑国民党桂林县党部知识生组训员港桂风雨社总干事（兼）

哈庸凡
港桂草团归女工坡学校语文教员，后为接任日报记者兼记者风雨社干事

同事

同事

谢启道
港桂草团归女工坡学校教员，后兼编辑日报记者兼港桂风雨社干事

苏永华
桂林草团归女工坡学校音乐教员港桂风雨社干事

陈祖钰
港桂是送部职员港桂风雨社干事

朋友

同事

同事

同事

程延渊
日报记者社职员港桂风雨社干事

林光岚
读家平桓不详港桂风雨社干事

「風雨社」幹事分工圖

作的一首歌詞：（後並作為《風雨月刊》代發刊詞）已經揭示：「時 153
代在暴風雨中」。

　「風雨社」並非局限於知識階層，關起門來搞「文化沙龍」，而是把視野擴展到普通市民，企圖以文學社團的紐帶把熱衷於救亡圖存的文學青年組織起來。「風雨社簡章」中規定，凡本市市民不論男女，經原有社員三人以上介紹，並經總幹事同意，提交幹事會通過者，得為本社社員。

　由於當年桂林乃至整個廣西還沒有類似文學社團組織，出於有利於發起組織，以及得到更多支持的考慮，決定以時任桂林縣黨務通訊處通訊員的周振綱領銜發起。1936年9月27日《桂林日報》以《周振綱等發起組織「風雨社」》為題發表新聞，並附載《「風雨社」簡章》。這是桂林「風雨社」首次在報端亮相。實際上，此前這批以桂林師專、桂林高中學生及老師為主體的文學社團已經開始活動，包括自編自演話劇等。《桂林日報》發表「發起組織風雨社」消息同日，桂林縣各界召開代表大會討論慶祝雙十節籌備事宜，由周振綱代表縣黨部主持。嗣後在第一次籌備會上通過一項決議，即

是聘請「風雨社」表演話劇及燈謎。半個月後,「風雨社」即以「風雨劇團」的名義參加「廣西各界慶祝雙十節國慶紀念大會」遊藝活動。

同年9月30日,「風雨社」在「桂林軍團婦女工讀學校」補行成立典禮。事實上,桂林縣黨務通訊處也設在「桂林軍團婦女工讀學校」內,周振綱既是黨務通訊處通訊員,又是工讀學校教導主任。新組織的「風雨社」社址也設於桂林縣黨務通訊處內。這樣,「桂林軍團婦女工讀學校」就成為「風雨社」的據點。而「風雨社」的成員,主要是以哈庸凡為首的「桂林軍團婦女工讀學校」教員及與哈庸凡過從甚密的桂林師專、桂林高中學生和教員,如蘇永華、陳邇冬、朱平秋、程延淵等人。其中也有個別是縣黨部職員,如陳祖鈺等人。成立典禮上,周振綱作為縣黨部代表出席致賀詞。

據次日《桂林日報》披露,「風雨社」幹事會由七人組成,依次為周振綱、哈庸凡、陳祖鈺、程延淵、謝啟道、蘇永華、林光嵐。以周振綱為總幹事,顯然這是因周當時縣黨務通訊處主管的身份決定的,實際上只是掛名,具體工作一概不兼,後來的幹事會也不參加。「風雨社」內設三部一刊物與一劇團,具體分工為:總務部部長陳祖鈺(兼會計股長)、文化部部長程延淵(兼社會教育股長)、遊藝部部長蘇永華(兼音樂股長)。《風雨月刊》編委會主任哈庸凡,「風雨劇團」團主任陳邇冬。而實際上「風雨社」的主要活動就是《風雨月刊》與「風雨劇團」,這是他們聚攏文學青年搞創作與演話劇的兩個舞臺。

《風雨月刊》係桂林「風雨社」的主要陣地,也是當年省城桂林唯一的民辦雜誌。創刊號精心邀約部分「風雨社」同人的文稿,包括主編哈庸凡的〈關於國防戲劇〉、周振綱的〈中國政治對外的轉變〉及〈改進本省新聞事業的商榷〉、風吾的〈辯證法淺說〉、朱門絃(即朱平秋)的獨幕話劇《風雨》、鍾惠若的木刻畫等。

這裡有一個插曲。就在創刊號付排之際,魯迅先生逝世噩耗傳來(1936年10月19日)。哈庸凡素來景仰魯迅先生,感到此事重

大,立即調整稿件,重新組織一部分稿件,編為〈追悼魯迅特輯〉,安排在創刊號的最前面。打頭一篇便是陳邇冬以「沈東」筆名臨時撰寫的〈死者與未死者〉。這個臨時增設的特輯,顯然是哈庸凡與陳邇冬商量並付諸實施的。陳邇冬在文章中寫道:「從五四,到今朝,經過了一些歲月,一些波折,文化上的戰士們,一些人的骨頭已覆上黃泥和青草;一些人的膝蓋已屈跪在舊的營門。這之中,有一個永恆的『活』人,永恆的戰士:魯迅!」哈庸凡在〈關於國防戲劇〉中更是大聲疾呼:「我們底赤血,沖成了侵略者底白蘭地;我們底白骨,築成了侵略者的高樓大廈。到今日,我們一切都沒有了,我們只有鬥爭,只有從鬥爭中去求生存,從而國防就成了當前民族解放鬥爭中最迫切,最嚴重的任務。國防戲劇就是要把我們鬥爭的情緒組織起來,具體地在舞臺上表現,使這一點一滴的鬥爭情緒,都滲透到大眾的心中,使大眾勇敢地步上求生存,求解放的道上,使他們成為一員英勇的戰士。」不屈不撓,英勇鬥爭,是兩個年輕人共同的信念。

　　據當時報紙披露,「風雨劇團」至少參加過兩次公演。一次是1936年10月「廣西各界慶祝雙十節國慶遊藝大會」,演出兩部獨幕話劇,一是丁西林的喜劇《壓迫》,一是「風雨社」同人、哈庸凡摯友朱平秋創作的、反映九一八之後東北民眾抗日的話劇《風雨》。同時還演唱由哈庸凡、程延淵作詞,蘇永華作曲的《風雨前奏曲》。另一次是1937年廣西各界慶祝元旦遊藝大會,演出三部獨幕話劇,即《打出象牙塔》、《朋友》(係《一個女人和一條狗》改編)、《風雨》。此外,尚有獨幕話劇《警號》、《樑上君子》等。

　　受經費所限,當時都是自編自演,目前尚無確切史料記載哈庸凡與哪些「風雨社」同人參加話劇和歌曲演出,而哈庸凡在《打出象牙塔》一劇中飾演男主角藝術家余君美,則是見諸報章的。

　　1937年4月,廣西省政府頒發《統一指導學生集會結社及社會活動辦法》,規定「校外各機關各社團舉行各種集會或運動如須學生參加者,應先通告學校當局,由校核准後再飭學生遵照參加,學

生個人欲加入校外之社團,應呈准該班政治教育指導員」,並「須專案呈報省府核備」。「風雨社」中不少在校學生因此很難繼續參加活動,再加上「風雨社」辦刊演劇全靠社員個人繳納會費和自籌,經費捉襟見肘。而此時,哈庸凡作為主要發起和創辦人已受聘擔任《桂林日報》(同年4月1日起改名《廣西日報》)外勤記者,採訪任務繁忙,無暇顧及社務。在這種內外交困的局面下,桂林「風雨社」已無法繼續開展活動。同年5月,由哈庸凡、陳邇冬、刁建萍、程延淵等人合資在桂西路開設一家「紫金書店」,試圖為「風雨社」同人營造一個賴以依存的港灣。無奈因缺乏經驗,營業不久即告關張。這可以看作是桂林「風雨社」的絕唱。

三、桂林「風雨社」的影響及其意義

「風雨社」在文化救亡運動中嶄露頭角,立即引起關注。影響由桂林波及本省乃至內地。1936年12月11日《桂林日報》刊文指出:「隨伴著救亡運動的開展,具含了最大的宣傳意義的話劇,在最近的桂林是呈現了蓬勃活躍的姿態,「風雨劇團」的《壓迫》、《警號》,巡講團的《父與子》與《察東之夜》,西大劇團的《東北之家》及《父子兄弟》,都先後給觀眾以很好的印象。由一次比一次多觀眾擁擠的事實,可以證明許多對話劇生疏或持著反對態度的人,都有些被說服被感動了。」(長戈,〈觀聯合公演團公演後〉)

1937年4月,桂林的文藝評論者萬嬰年在上海《國聞週報》發表〈廣西的文藝與戲劇動向〉一文,文章述及廣西的文學團體和刊物時,首先提到「風雨社」和《風雨月刊》:「1、「風雨社」——「風雨社」是桂林愛好文藝與戲劇的青年所集合起來的。他們用堅定的自己的力量,不但對文藝方面努力,而且對戲劇方面也用它的名義去發展,它出版了一個《風雨月刊》,內容是專刊文藝與戲劇的文章。第一期內,陽瑞君的小說《春花》就用的一種新形式的技巧而寫出;其餘詩歌及小品,並有《風雨》戲劇一篇經過兩次以上的演出。這個刊物多是青年作者的作品,……執筆者有司徒華、陽瑞、

朱門絃等諸人。」

　　與此同時，廣西國防劇社演出部主任、戲劇家白克也在上海《光明》半月刊上撰文介紹廣西劇運和「風雨劇團」。

　　在出刊演劇活動之外，桂林「風雨社」同人還通過各自的努力，影響與活躍著桂林抗戰文化。1937年4月與1938年5月間，哈庸凡先後採訪來桂的戲劇大家洪深和歐陽予倩，就抗戰戲劇的作用、桂劇改良及街頭劇的形式等，叩詢兩位戲劇家的見解和建議，對正在興起的廣西抗戰戲劇運動的發展與進步，無疑是極大的推動。其間，哈庸凡在其任教的「桂林軍團婦女工讀學校」發動學生組織「湖濱劇團」，演出《警號》等話劇。1938年5月，更以集體創作的形式編寫獨幕劇《新難民曲》，在桂林「雪恥與兵役擴大宣傳週」上公演，還走上街頭，嘗試以桂林方言演出。哈庸凡參與並指導學生集體創作，並擔任此劇導演。

　　桂林「風雨社」誕生於廣西抗日救亡運動的疾風暴雨之中。作為抗戰早期桂林第一家民間文學社團，桂林「風雨社」活躍了省城抗戰文化，鍛煉和培養出一批抗戰文化人才，為全面抗戰爆發後桂林文化城的形成，培植和儲備了本土抗戰文化資源。

四、尾聲——融入抗日救亡洪流

　　桂林「風雨社」雖然落幕，而「風雨社」同人仍然活躍在抗日救亡運動的戰場，有的去了前線，有的留在桂林後方，成為抗戰時期桂林文化人群體中的本土作家、雜誌主編和藝術家。

　　1937年盧溝橋事變爆發後，哈庸凡代表廣西日報社當選廣西各界抗敵後援會理事。1938年7月，哈庸凡北上抗日前線，歷任陸軍八十四軍一八九師政治部上尉科員、一一○七團少校政訓員、一八九師司令部少校秘書。參加過武漢會戰、隨棗會戰、棗宜會戰及鄂北戰役等。抗戰後期，任第五戰區司令長官部上校參議兼《陣中日報》總編輯、社長。

　　初上戰場，哈庸凡一度兼任《廣西日報》和《珠江日報》（由桂

系主辦，在香港出版）特派戰地記者。曾參戰並採寫反映武漢會戰的戰地通訊《大戰雙城驛》，在桂林《克敵週刊》連載。隨棗會戰期間，採寫一八九師戰史《半年來淅河西岸之戰壕生活》，收入李品仙編著《隨棗會戰紀要》（桂林前線出版社1939年出版）。

周振綱作為桂林知名時論家，擔任桂林《抗戰時代》主編，撰寫大量反映抗戰現實的時論文章。陳邇冬在國防藝術社任宣傳部主任，撰寫多篇小說、詩歌，先後任《戰時藝術》、《拾葉》、《大千》等雜誌主編。程延淵任國防藝術社總務部主任，詩人。當年曾以獨幕話劇《風雨》博得好評的朱平秋（朱門絃），也在國防藝術社任編劇，發表獨幕話劇《善人》等作品。

屈指八十年過去，桂林「風雨社」作為廣西抗日救亡大潮的一朵浪花，折射出當年桂林文學青年愛國報國的奮勇與不屈。

❖ 「風雨社」簡章

《桂林日報》1936年9月27日

（一）總則

甲　名稱：本社定名為「風雨社」。

乙　宗旨：以健全身心，聯絡感情，提高文化水準，激發民族意識，精誠團結共赴國難為宗旨。

丙　社址：本社社址暫附設於桂林縣黨務通訊處內。

（二）組織

本社組織列表如下（表略）

（三）職員

甲　本社設幹事五人至七人，總幹事一人。各部設部長一人，各股設股長一人。必要時各股得增設幹事若干人。

乙　本社職員由全體社員大會選舉之。

丙　本社職員任期為一年，屆滿改選，但得連任之。

丁　本社職員如有事離職時，由社員大會另選之。

（四）職權

甲　本社最高權力機關是全體社員大會。

乙　社員大會閉幕後，幹事會則為最高權力機關。

丙　總幹事掌管本社一切行政事宜，並督促各部股工作。

丁　總務部掌管本社一切日常事務，及其他不屬於各部之事宜。

戊　文化部掌管推動文化事宜。

巳　遊藝部掌管本社一切遊藝事宜。

（五）會期

甲　全體社員大會定每三月召開一次，由幹事會召集之。

乙　幹事會每月召開一次，由總幹事召集之。

丙　各部聯席會議每半月召開一次，由總幹事召集之。

丁　部股會議每星期召集一次，由各部部長召集之。

戊　無論何種會議，遇有必要時得臨時召集之。

（六）會員

甲　凡本市市民不論男女，經原有社員三人以上介紹，並經總幹事同意，提交幹事會通過者，得為本社社員。

乙　本社社員按其性質分為左列兩種：

一、普通社員

二、學生社員

丙　本社社員有下列各種權利：

一、被選舉權及選舉權；

二、享受本社一切應有之利益。

丁　本社社員應有下列各種義務：

一、繳納社金；

二、為本社服務並受本社指揮。

（七）經費

甲　本社經費除向各方募集外，並由全體社員分擔之。

乙　社員入社須繳納入社金，得依其性質，分下列兩種：

一、普通社員二元；

二、學生社員一元。

丙　常月捐亦得依照社員之性質，分下列兩種：

一、普通社員四毫；

二、學生社員二毫。

丁　除上列繳納之各費外，必要時並得設臨時捐及各種樂捐。

（八）附則

甲　各部股辦事細則另訂之。

乙　本簡章經全體社會大會三讀修正通過實行。

丙　本簡章如有未善處，經社員三分之二以上之人數提出，得召集全體社員大會修正之。

❖ 風雨前奏曲（代發刊詞）

1936年11月《風雨月刊》創刊號

民族解放，呼聲怒吼，

天翻地動。

時代在暴風雨中，我們的熱血沸湧。

拉起手拉起手，

聯合起被壓迫的民眾，

向侵略者進攻，

向侵略者進攻。

亞細亞的東面，

曙光一點，熙耀鮮紅。

轟隆轟隆，

時代在暴風雨中。

❊ 《風雨月刊》創刊號目錄

風雨前奏曲（代發刊詞）　延淵　庸凡作曲[1]

　　　　　　　　　　　　永華製譜

追悼魯迅特輯

死者與未死者　沈東

魯迅像（木刻）Cheng Zhong-shyan Zuo

悼魯迅　朱克

魯迅著譯書錄及其他　蕭萍

悼魯迅　丁白

魯迅遺容（木刻）　鍾惠若作

關於國防戲劇　庸凡

國破家亡（木刻）　鍾惠若作

中國政治對外的轉變　周振綱

改進本省新聞事業的商榷　周振綱

辯證法淺說　風吾

「聯合戰線」與「國防文學」　陳鍾瑄

堡壘（木刻）　鍾惠若作

詩

給　朱纓

死亡線上　葉潤

太陽　司徒華

路遇暴風雨　司徒華

誓言　朱門絃

生命給侵蝕了　鳳麒

春花（小說）　陽瑞

風雨（獨幕劇）　朱門絃

編後　編者

［1］　原文如此，應為作詞。

✽ 《風雨月刊》創刊號編後及稿約

編　後

今天，本刊在人力單弱，財力窘迫之下，終於和讀者諸君見面了。這裡，當然要謝謝給我們幫忙的幾位友人的。

在今日，民族解放鬥爭已經由理論進於實踐的階段，客觀的現實逼迫著我們不能不獲取一種新的智識，去應付當前這動盪的、偉大的時代。在這種鬥爭的場合裡面，很顯然的，文化是一件重要的武器，從而去接受新的文化則是我們大眾目前最迫切的要求。本刊即在這種意義下面，盡著相當的作用。固然，我們也知道我們的能力是很薄弱的，我們不過是巨輪中的一個小齒輪。但，我們也得用盡我們這些薄弱的力量，我們也得像一個小齒輪對於一個巨輪的功能一樣地用盡了我們的力量。在這裡，我們企圖把一切新的、生活的智識，儘量灌輸給一般大眾，使一般大眾都能明瞭苦痛的來由與乎敵人的殘暴，從而挺腰健步地踏進民族解放鬥爭的陣營中。

本刊的任務，主要的自然是反帝反漢奸。此外，我們還要切實地去體味現實，暴露現實，把一切不合理、不正當的醜惡的事實，都毫不掩飾地擺出來給大眾看，使大眾嗅到烈火的毒味，使大眾感到「冷水淋頭」的逼迫，從而揚起眉毛挺起胸脯起來跟侵略者拼個死活。可是，我們始終站在政府的立場，本著政府的主張，去做我們實踐的標準。

在本刊付排之始，恰聽到魯迅先生的噩耗。這消息，自然是給我們這些景仰魯迅先生的人以一個難堪的悲痛的。所以我們在本期的開始，就另外收集了一部分「追悼魯迅特輯」，算是表示我們哀悼魯迅先生的至意。今後，我們當然本著魯迅先生這種反抗舊勢力的不屈不撓的精神，去盡我們未死者的責任。

在「追悼魯迅特輯」中的「魯迅著譯書錄及其他」一稿，排版後，作者蕭萍君發覺所列「關於魯迅的書目」漏列李長之著的《魯迅批判》一書。這，得請讀者諸君原諒！

本刊在第二期，擬出「批判桂劇特輯」，請讀者諸君留意！

末了，我們很虔誠地說：希望讀者諸君給我以正義的批判和指導。

本 刊 稿 約

（1）本刊為文化雜誌，凡關於文化之各項文字，均歡迎投稿。

（2）來稿請繕寫清楚，並加標點，如係譯文，並請註明原文之作者及出版處或附原文。

（3）除特別稿件外，來稿請勿超過五千字。

（4）本刊對於來稿有刪改權，不願意者請註明。

（5）不登載之稿，除附郵票外，概不退還。

（6）投稿人請在稿末署明真姓名住址，以便通訊，至登載時之署名，則聽作者自便。

（7）來稿經登載後，暫以本刊奉酬。

（8）來稿請寄桂林中北路啟文印務局轉風雨月刊編輯室收。

《廣西日報》時期
（1937年1月—1938年6月）

　　《廣西日報》是哈庸凡人生經歷的重要時期，經過這一時期的磨練，他完成了由文學青年向新聞工作者職業生涯轉換，並為此後抗戰前線中從戰地記者到軍隊政治工作者，從雜誌主編到《陣中日報》與《群力報》總編輯、社長的歷練，奠定了扎實的基礎。

　　1937年4月5日，《廣西日報》創刊（由《桂林日報》改名）第五天，哈庸凡作為《廣西日報》首任也是唯一的外勤記者，即奉派隨廣西省政府引導官遠赴衡陽，沿途採訪國民政府主席林森蒞桂訪問行程。此後陸續採訪到桂林訪問的民國軍政要員和知名人士，並擔任第五路軍總司令李宗仁演講速記。與此同時，積極參與各類抗日救亡團體活動。盧溝橋事變爆發後，哈庸凡代表《廣西日報》社當選廣西各界抗敵後援會理事，並與另一記者一道，主編《廣西日報》第二次刊（即晚報）。1937年底，首都南京淪陷，全國城鄉抗日呼聲高漲。1938年6月，哈庸凡投筆從戎的要求獲准，從此告別寡母和桂林親友，北上抗日戰場。

✼ 盧溝橋事變後採訪李宗仁

　　「七七」盧溝橋事變爆發後，舉國激憤，抗日救亡聲浪響徹神州。廣西當局及各民眾團體函電飛馳，呼籲國民政府迅即展開對日戰爭，驅逐日本侵略者。同年7月12日，哈庸凡採訪報導國民革命軍第五路軍紀念北伐誓師大會，並為時任第五路軍總司令兼廣西綏靖公署主任李宗仁演講作現場速記。7月16日，又以盧溝橋事件後的時局問題對李宗仁作專訪，次日在《廣西日報》二版頭條以《李總司令宗仁對日抗戰重要談話》為題刊出（一版係廣告），這是盧溝橋事變後李宗仁首次接受記者採訪。當時報紙上本報記者發稿，無論新聞報導還是專訪均不署名，而依據當時哈庸凡在報社的工作及

此前採訪活動，可以推定這兩次採訪係哈庸凡所作。

　　哈庸凡1936年冬至1938年6月在《廣西日報》（按：原為《桂林日報》）擔任外勤記者、採訪主任及編輯職務。1936年10月，廣西省政府由南寧遷往桂林，桂林成為廣西省會。1937年4月1日，《桂林日報》更名為《廣西日報》。《廣西日報》初創時期的四名外勤記者中，哈庸凡是唯一經歷過《桂林日報》和《廣西日報》兩個時期的外勤記者，其他三名記者均係報紙更名後招錄進社。據哈庸凡自述：「進《廣西日報》社不久，我便被任為負責採訪四集團軍總部（當時廣西軍隊統編為國民革命第四集團軍）、省府及省黨部的首席記者。」而據《廣西日報》記載，1937年4月5日即《桂林日報》更名為《廣西日報》後第五天，國民政府主席林森由廣州啟程來桂，廣西省政府派民政廳長雷殷為引導官前往衡陽候迎，而《廣西日報》社則特派外勤記者哈庸凡隨同前往衡陽，沿途採訪林森訪桂新聞。

一、盧溝橋事變前的廣西

　　盧溝橋事變前夕，廣西抗日救亡運動即已深入民眾。1936年4月間，李宗仁對廣州《國民日報》記者發表對日問題談話，首次提出「焦土抗戰」主張，稱「目前中國所最迫切需要者，為整個民族救亡問題，為爭取中華民族自由平等，保衛中華民國領土主權之完整。……尤必須發動整個民族解放戰爭，本寧願全國化為焦土，亦不屈服之決心，用大刀闊斧來答覆侵略者，表現中華民族自存自立之偉大能力與精神，然後中國始有生存可能。」同年6月1日，兩廣當局發出通電，敦促中央政府立即展開抗日戰爭，獲得各地團體和民眾的熱情支持和響應，史稱「六一運動」。廣西軍事當局為表示抗日之堅決意志，派小部分軍隊進發湖南邊境，籲請中央指定北上

1937年春桂林學生在街頭開展抗日宣傳活動

路線。同時,在廣西實行全省總動員。「六一運動」後,各地抗日情緒普遍高漲,「國破家亦亡」、「寧死不做亡國奴」等抗日救亡口號,在廣西各界民眾廣為流傳,「焦土抗戰」主張得到廣泛的認同與響應。

1936年10月南寧民國日報刊出揭露日本侵略者的漫畫

1936年11月下旬,綏遠抗戰打響,中國軍隊擊潰日偽軍,收復百靈廟。消息傳來,舉國歡騰。同年12月2日,廣西各界慰勞綏遠抗日將士代表團啟程赴綏遠前線慰勞。廣西各界抗日救國募捐委員會為支援綏遠抗戰舉行募捐,省政府各機關與第四集團軍總部分別要求所屬捐薪一日。桂林各話劇團體也為聲援綏遠抗戰和上海日廠罷工,專門舉行聯合公演。

1937年3月,為悼念綏遠陣亡將士,時任第四集團軍總司令李宗仁撰輓聯曰:

以軍民鐵血,挫醜虜凶鋒,收復百靈,秉前赴後繼精神,衛國忠誠深仰止;抱焦土主張,痛同胞先逝,昭垂萬古,欽視死如歸節概,長天淒黯動哀思。

白崇禧副總司令輓聯曰:為邦家復疆土,為民族爭生存,最憐馬革裹屍,碧血灑綏邊,浩氣長存天不夜;在國際已增榮,在吾儕慚後死,咸仰鴻名垂世,哀音來塞上,臨風一哭我尤悲。

廣西省主席黃旭初輓聯曰:東摧強寇,疆土能完,忍看楚些招魂,壯志期吞胡虜肉;北望燕雲,烽煙未已,何日長城飲馬,聞風每憶鼓鼙聲。

距盧溝橋事變爆發一個多月前,即1937年5月30日,時任國民革命軍第五路軍總司令李宗仁在廣西各界五卅紀念大會上,再次申明焦土抗戰主張,指出「我們對日本帝國主義不但是不應該讓步,而且要有犧牲抵抗的決心,抱定寧願全國化為焦土,絕不輕易放棄國家之領土與主權。」同日下午,李宗仁對桂林各校中學

生發表演講，再次強調「欲挽救國家民族之危亡，非下最大決心焦土抗戰不可。本此要求，乃有去年「六一運動」之發生。其結果對內已促進全國之團結，至今應如何加強抗日力量，如何提高抗日情緒，如何開展抗日局面，是在諸位青年之不斷努力耳。」

為紀念「六一運動」發生一週年，《廣西日報》發表李宗仁署名文章《六一運動與中國民族革命》，堅定表示，時已至此，「抗戰則存，不戰則亡，已無絲毫瞻顧徘徊之餘地。」談及「六一運動」的缺憾，他認為，「即以過去『六一運動』之影響與成就而言，亦還在吾人預期之下。吾人不但未能完成中華民族之徹底解放，而且也未能徹底阻止日本帝國主義之繼續侵略；吾人不但未能直接貫徹抗戰救亡之主張，而且也未能間接使此種主張立即實現。」

二、採訪北伐誓師紀念大會

日軍在華北頻頻異動，引起輿論極度憤激。進入1937年7月，《廣西日報》國內版頭條幾乎每天都與中日交涉相關。「七七」盧溝橋事變爆發，廣西當局及各民眾團體紛紛通電要求全面抗敵。

同年7月9日係國民革命軍北伐誓師11週年紀念日，因中央通知稍遲，廣西當局決定改為7月12日舉行。是日上午八時，第五路軍總司令部在省政府大禮堂舉行北伐誓師紀念大會，五路軍總司令李宗仁、廣西省府主席黃旭初、五路軍總參謀長李品仙等即席發表演說。哈庸凡除採寫報導外，還擔任現場速記。次日《廣西日報》刊出題為

1937年7月13日《廣西日報》發表哈庸凡速記並整理的李宗仁演說稿

李宗仁〈恢復我們的黃金時代〉的演講稿，題下署名「哈庸凡速記」。

此篇演講中，李宗仁首先談到國民革命的兩大目標，即「對外要打倒帝國主義，對內要肅清封建殘餘勢力。換言之，對外要求民族獨立，對內要

圖為1937年7月14日《廣西日報》刊出的第五路軍總部北伐誓師紀念大會報導

求實現民主政治。」認為北伐之所以成功，在於「一般將士均能為主義而犧牲」，表示革命軍北伐中展示的「那種捨己為群的精神，真令人可歌可泣，是值得我們永遠不忘，值得我們紀念的。他們雖然長眠地下，他們的精神是永遠不死的」。

李宗仁接著講述北伐歷次重要戰役，尤其講到他所率領的第七軍在德安、龍潭兩大決定性戰役中的神勇，以及第七軍「由鎮南關動員，直到山海關」，從極南達到極北，完成北伐的偉業。

談到北伐完成後國勢漸趨衰弱的原因，強調「只有重新創造革命的基礎，才能恢復北伐時的黃金時代」。最後，李宗仁勉勵國人「在今日這種危急的關頭中，必須鞏固和平統一，實現民主政治，集中國力，一致對外抗戰。……只有努力邁進，自然可以展開新的局面，自然對內可以把死而復活的封建殘餘勢力克復，對外可以驅逐日本帝國主義的勢力於國境外」。

此次紀念大會報導還全文抄錄致本軍各地陣亡將士祭文，其中有「抗戰救亡兮，效我將士之忠貞；九原可作兮，共扶民族之復興」之語，強烈表達在東北既失、華北再危的國難局勢下，廣西各界繼承北伐精神，誓死禦敵於國門之外的拳拳之心。

三、李宗仁《對日抗戰重要談話》專訪

盧溝橋事件甫經爆發，李宗仁白崇禧即分電中央及華北將領，申明抗戰決心，敦促中央立即發動抗日戰爭。7月15日，李宗仁再度

發出致蔣委員長刪（十五日）電，稱「此次日人在平津一帶之侵略舉動，其嚴重性實駕九一八事件而過之。如我再事退讓，平津一旦不守，則黃河以北，皆非我有」。主張「為應付目前重大

1937年7月17日《廣西日報》刊登哈庸凡採訪李宗仁對日抗戰重要談話

事變，應即實現全國總動員」。痛陳「若再不下全國抗戰之決心，而尚圖絕無希望之和平，前途危險，不可言喻」。刪電一經發出，即獲劉湘、劉峙、商震、宋哲元等將領相應，紛紛致電表示贊同。相關電文全文刊登在當時《廣西日報》上，受到民眾極大關注。

　　《廣西日報》則連日刊發呼籲堅決抗日的社論，指出：「盧溝橋事件的重大意義，即在表示日本已至強弩之末。無論日本之是否有決心與我作正面的武力的周旋，我卻要趁此時機實現焦土抗戰，收復失地」。「中國對日目前情勢已無所謂『緩和』或『緊張』，根本的解決辦法，乃在於實現焦土抗戰主張！」

　　此篇專訪前冠以一段解說文字，點明採訪主題。即「本報專訪：自盧溝橋事件發生，朝鮮偽滿一帶日軍已實施動員，增援平津。日本全國亦已準備總動員，作大規模之對華侵略。情勢危迫，非全國一致起來對日應戰，絕不能挽救中華民族之生存。記者昨特至廣西綏靖公署訪唔李總司令宗仁，叩以對於時局之意見。」

　　專訪採用問答形式，訪談中，記者共計提出九個問題。首先，問及對華北情勢的觀察，李宗仁明確指出：「在盧溝橋事件發生之初，有人或尚以為係中日兩軍因一時誤會而發生衝突，實則日人之本意，原欲乘我軍之不備，一舉而占宛平盧溝橋，以切斷我平漢線

之交通,以包圍北平也。」談及華北事件中係日軍有計劃的侵華行動時,李宗仁指出:「吾人對此嚴重之國難,應有兩種之基本概念。第一,此次事件為日本整個對華侵略政策之遂行,絕非中日軍隊局部之衝突,吾人故不能以地方事件視之,更不能希望以地方事件解決之也。第二,日軍之行動,既然係其政府一種有計劃的企圖,故當前之問題,不在吾人對於和平尚作如何之乞求,而是日本內閣與軍部之決心與行動,已不容許吾人對於和平與戰爭尚有徘徊之餘地也。」

當記者詢問對於時局意見時,李宗仁不假思索地回答兩個字:「戰爭」,並且再次呼籲,惟有抱定焦土抗戰決心,才能獲得最後勝利。「戰,戰,戰,用戰爭去爭取和平,用戰爭去爭取我們的生路。」

記者問及中日間軍事力量觀察時,李宗仁回應道:「我對於對日抗戰的意見,已詳見於我去年〈焦土抗戰〉的主張中。」至於中日間軍事觀察,他認為「蓋必先有應戰之決心,乃可以言戰爭之如何遂行也。」

訪談中,李宗仁提出一個重要觀點,即國民對於戰爭應有一新的認識。他從九一八事變以來中日各次戰事勝負得失分析中,提出國民應有新的認識包括兩個方面,其一,「必須矯正以往局部抵抗之謬誤而為全民族之動員戰」;其二,「必須遂行戰爭之任務,以克制敵人。易抵抗為戰爭,以攻擊代防禦」。

針對記者詢問廣西對華北戰事如何盡其援救之責的問題,李宗仁胸有成竹地回答道:「全省民眾將士,自盧溝橋事件後,異常憤慨。但吾人

1937年元旦李宗仁為《桂林日報》題字「焦土抗戰」

一切，均待中央之命令而行。蓋必如此，方能收步驟一致、舉國抗戰之效。余已電蔣委長，痛陳一切，靜待後命。總之，在整個對日抗戰上，吾人當不辭一切，以完成吾人應負之任務。」繼而表示「廣西全省經訓練之壯丁，將及百萬，隨時均可動員為此民族戰爭而效死」。

談到中央對日抗戰決心時，李宗仁坦然表示，蔣委員長曾有不再失寸土，不簽訂任何屈辱協定之聲明，而「日本今日對我之侵略行動，蓋已超越此限度矣。」

採訪結束前，記者提出最後一個問題，即李總司令和白崇禧副總司令是否會去中央主持國防大計，李宗仁不便明說，只是表示：「待中央大計決定後，如有需吾人效力之處，任何艱苦，在所不辭。」接著，李宗仁似乎覺得言猶未盡，又慨然表達個人心願道：「余個人之意，甚盼得在最前一線服務，以為國家盡職，則快慰殊甚也。總之，吾人現正準備一切，為民族生存，國民利益，滴盡最後一滴之血」。最後，李宗仁對記者強調，全國民眾應一致起來，對日應戰。只有這樣，我們才有生路。

此篇專訪次日（7月17日）以《李總司令宗仁對日抗戰重要談話》為題刊出，另精心摘出李的四句要言，即「華北事件係日人整個侵華計畫」、「絕非地方事件更不可局部解決」、「惟有發動全民族戰爭才是生路」、「願滴盡最後一滴血爭取民族自由」作為副題。

❖ 早期新聞生涯若干史實補訂

哈庸凡1936年冬至1938年6月在《廣西日報》擔任外勤記者、採訪主任及編輯職務，時值強虜入侵，國難邦困，風雨飄搖，多事之秋。哈庸凡作為《廣西日報》記者參與並見證了若干重要事件，茲據其本人自述，結合當時文字及其他史料考證，盡力還原其在《廣西日報》社工作期間的若干史實。

一、哈庸凡進入《廣西日報》時間

《廣西日報》係1937年4月1日由原《桂林日報》易名而來。當年

報社記者和編輯明確分工,記者稱為外勤記者,一般報紙只有三四名外勤記者,各管幾塊,任務很重。當年相關史料顯示,哈庸凡是《廣西日報》初創時期唯一經歷《桂林日報》和《廣西日報》兩個時期的外勤記者。

至於進入《廣西日報》(《桂林日報》)的具體時間,由於年代久遠,哈庸凡在不同時期自傳中有1936年8月及1937年初兩種說法。談及自己當年進入《廣西日報》的緣由,哈庸凡在自傳中回憶道:「廣西省政府遷回桂林,《南寧民國日報》也由南寧搬到桂林,與《桂林民國日報》合併成為《廣西日報》……這個報紙的規模相當大,每天出版對開兩大張,光省市新聞就占兩版。那時在《廣西日報》做外勤記者的是原來《南寧民國日報》的記者,他對桂林的情況不熟,很多消息採訪不到,報社亟需招聘一個熟悉桂林情況而又具有一定的寫作能力的人做記者。」(哈庸凡:《我的自傳》)

由此可見,哈庸凡進入《廣西日報》的時間,應在廣西省政府由南寧遷往桂林之後。據當時報紙記載,1936年9月30日,廣西省政府主席黃旭初通電省府遷設桂林,南寧10月3日停止收文,10月5日在桂林辦公。此後省府各機關相繼遷至桂林,而原作為廣西省當局機關報的《南寧民國日報》亦奉命遷至桂林另辦新報,在新報未發刊前,先行接管《桂林日報》。

同年10月21日,《南寧民國日報》社社長兼廣西民眾通訊社社長胡訥生率部分報社職員和廣西民眾通訊社全體人員前往桂林,接管《桂林日報》,擔任《桂林日報》社社長。而《南寧民國日報》社則由原總編輯黃楚接任社長。10月22日,《南寧民國日報》刊出《本社重要啟事》,稱10月底以前,「本社言責及一切經濟關係……其有未清手續,亦完全

1937年6月28日《廣西日報》一版

移《桂林日報》社繼續辦理」，而自11月1日起，則由接辦人員負責。同年11月12日，新版《桂林日報》出版，從採訪、編輯到出版、發行由《南寧民國日報》方面人員全面接管。

從胡訥生率隊赴桂林辦理接管，到新版《桂林日報》出版的20天裡，遇到的最大難題就是南寧方面來的記者，不僅對桂林不熟悉，而且口音差別很大。哈庸凡在另一篇自述中談到：「兩報合併後不久，胡（訥生）發現一個問題：以南寧人為主的報社採編人員由於說話口音不同，與桂林當地人交流有困難。南寧話時稱白話，與粵語相近，而桂林人說的是廣西普通話，於是胡打算物色桂林當地的採編人員，他在翻閱《桂林民國日報》時，發現了我的一些文章，給我寫了一封言辭懇切的信，我在婦女工讀學校接到胡的來信。我那時才22歲，胡已40多歲，地位相差也懸殊，他卻在信中尊我為『兄』，自謙為『弟』。儘管這是當時文人寫信的通行格式，但仍令我感動。面談以後，胡要我儘快來報社上班。從此，我辭去了教職，開始了新聞工作者的生涯」（哈庸凡：《我在抗戰前後的廣西日報》）。

1937年3月21日，胡訥生辭職，由第五路軍總政訓處處長韋永成兼任《桂林日報》社社長，即日正式就職。3月22日，《桂林日報》刊出韋氏就職消息，並附報社各部門計21人名單，除社長韋永成、總編輯蔣逸生外，外勤記者依次為哈庸凡、萬殊、黃娥英三人，編輯中有李天敏等人。而此時已確定自4月1日起更名為《廣西日報》。省報比市報報導範圍大，內容多，為儘快完成過渡，招考記者也緊鑼密鼓進行。韋永成到職次日即3月22日至3月28日，《桂林日報》連續數天刊出招考記者啟事，稱「本報現為擴充市聞招考記者三名」，要求報名者即日起試稿一週，即給報社投稿一週，擇優取錄。3月31日，試稿結束。

同年4月1日，《桂林日報》易名《廣西日報》出版。同日刊出編輯部《通告》，揭曉招考記者結果，蕭鍾琴、謝啟道、龐漢善、龍振潢、李雪坦等五人被取錄，試用期一個月。5月4日及5日，《廣西日

報》刊出《本報社啟事》稱：「本社為增強採訪力量起見，特於月前招考試用外勤記者五人，現經試用期滿，連同原有之外勤記者，重新確定哈庸凡、蕭鍾琴、謝啟道、李雪坦等四人為本社外勤記者。敬希各界查照。」由此可知，試用五人中龐漢善和龍振潢落榜；而此前在任《桂林日報》的三名外勤記者也僅留哈庸凡一人。雖然外勤記者數增加一人，但四人中卻有三人是新面孔。可見《桂林日報》改版《廣西日報》的短短十天內，其外勤記者構成變化之大。而哈庸凡則成為該報唯一經歷過《桂林日報》和《廣西日報》兩個時期的外勤記者。

前文提及其時亦在《桂林日報》任編輯的李天敏，上世紀五十年代曾寫道：「1936年冬，我在廣西桂林第五路軍總部工作時，由政訓處派兼《廣西日報》副刊編輯（按：李天敏1937年3月下旬到《桂林日報》任職，約一週後報紙改名為《廣西日報》）。到報社時，哈庸凡同志已先在報社當外勤記者。記得他是擔任地方新聞的採訪，採訪後，寫成新聞稿件，再交給地方新聞編輯。我擔任《廣西日報》副刊編輯時間不過三幾個月，與哈同志的直接關係不多，當時對他的印象是勤懇工作的一個純潔青年。」

據此可知，哈庸凡在李天敏之前即已在《桂林日報》任外勤記者。聯繫到胡訥生1936年10月間來桂接管並籌組新《桂林日報》等情況，哈庸凡進入《桂林日報》時間大致在1936年12月或1937年1月間，即胡訥生接管並改版《桂林日報》之後。

二、哈庸凡在《廣西日報》擔負的工作

哈庸凡在自傳中寫道：「那時我擔任採訪的範圍很廣，包括第四集團軍總司令部、國民黨廣西省黨部、樂群社（廣西當局接待外賓的地方）、省會警察局、桂林縣政府等處，除了寫一般的新聞稿件外，先後訪問過中央派來廣西的褚民誼、程潛、戴季陶、何遂等，也訪問過那時到桂林的進步劇作家洪深、歐陽予倩等，並曾與廣西民政廳長雷殷到湖南衡陽迎接國民政府主席林

森。」（哈庸凡：《我的自傳》）

　　《廣西日報》初創時期，外勤記者中哈庸凡係原《桂林日報》記者，而其餘幾名記者剛通過招錄，尚在試用期間，因此他在外勤記者中擔任更重要的工作亦在情理之中。晚年在自述中他進一步談道：「進《廣西日報》社不久，我便被任命為負責採訪四集團軍總部（當時廣西軍隊統編為國民革命第四集團軍）、省府及省黨部的首席記者。」（哈庸凡：《我在抗戰前後的廣西日報》）。

　　事實上，《廣西日報》易名當天，即1937年4月1日，哈庸凡就受命採訪報導第五路軍總副司令李宗仁白崇禧宣誓就職典禮，並前往樂群社採訪中央特派監誓人、參謀總長程潛。4月5日，哈庸凡隨廣西省民政廳長雷殷赴衡陽迎候來桂視察的國民政府主席林森，並沿途採訪林森蒞桂行程。同日《廣西日報》發表《林主席今日由粵啟節來桂》消息，副題分別為「引導官雷殷氏今晨赴衡州候迎」和「本報派記者同往採訪沿途新聞」，文中更直接點明：「當局並派雷民政廳長殷為引導官，率同先導官等赴衡候迎。本報社亦派外勤記者哈庸凡同往，以便沿途採訪新聞。聞雷廳長一行定本（五）日上午七時，乘坐專車出發云。」此後幾天，林森由湘抵桂沿途報導，以及抵桂後的各項活動採訪，皆出自哈庸凡筆下。

　　而對戲劇家洪深所率廣州中大教育考察團活動採訪，以及對洪深本人的專訪等，亦在同年4月上半月。由此足見作為《廣西日報》首席外勤記者，哈庸凡當時工作之繁重。

　　當時報紙刊載本報記者稿件並不署名，但有一個例外，即軍政要人的演說常常沒有講稿，需要現場記錄並加以整理，而報紙發表時通常會標註記錄者的姓名。1937年5月19日，《廣西日報》刊出此前一天褚民誼在廣西各界歡迎京滇公路週覽團（褚系團長）大會上的演說時，即署名「哈庸凡速記」。而京滇公路週覽團在桂連日來相關活動的採訪報導，自然也屬哈庸凡負責。省報涉及全省政治經濟民生諸多領域，何況只有四名外勤記者專司採訪，不可能一個活

動派出幾名記者。

三、何遂名字誤排事件始末

　　九十年代後期，哈庸凡曾有自述《我在抗戰前後的廣西日報》，其中說到他作為當事人經歷的「一次可怕的失誤」，即當時《廣西日報》一次報導中，將時任立法院軍事委員會委員長何遂名字誤排作「何逆」。據其回憶，事情是這樣的，「何遂將軍來桂林的消息是我採寫的，記者為了趕稿子通常字體較潦草，問題就出在這潦草上。何遂的名字在報紙上印出來時，竟變成了何逆。抗戰時期，稱呼漢奸才冠以『某逆』。這真是一次可怕的失誤。令人不可思議的是，這樣大的失誤卻在編輯、總編、校對的層層審閱中滑了過去，按照當時的規定，每天的日報須將最先印出的100份分送五路軍總部、省政府和省黨部。」而何遂「軍銜並不算高，但資格很老，他是李宗仁在陸軍小學讀書時的老師，與李有師生之誼。」「李宗仁對他老師的造訪很在意，首先就發現了問題，大為冒火，立刻打電話找到時任第四集團軍政訓處長兼《廣西日報》社社長韋永成。韋急急趕到報社，未到編輯部即逕自進入印刷車間下令停印，然後到編輯部召集所有有關人員，包括車間領班，一起開會追查原因。所有與會人員均惶惶然，首先就找出了我寫的原稿，大家仔細察看，字寫的是草了一點，但『遂』字中的撇、捺還是可以分辨的，不能認定寫的就是『逆』字，經過一番調查，韋永成下了結論：採、編、校部門都有責任，於是決定讓改正過的報紙再次開印。」

　　經查找當年的《廣西日報》，發現哈庸凡的回憶十分精準。此事發生在1937年5月間，時任立法院軍事委員會委員長的何遂隨褚民誼為團長的京滇公路週覽團赴西南各省考察。入桂前兵分兩路，褚民誼率領大部分團員由黔入桂，而何遂則

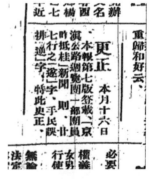

圖為《廣西日報》1937年5月18日刊出的更正

率十二人取道安南入桂，並且先於褚氏到達省會桂林。哈庸凡所說「可怕的失誤」的報導即在何遂抵桂消息中。5月15日，何遂與成濟安等十二人由柳州啟程，下午五時抵桂。李宗仁白崇禧總副司令、黃旭初省主席等一干高級長官驅車至桂林「南門外二里店舊金鼓廟處歡迎」。5月16日《廣西日報》第七版頭條刊出《京滇公路週覽團一部團員昨抵桂》消息，副題是「大部分團員昨由慶抵柳」。消息分兩塊，先說褚民誼所率大部分團員由黔入桂經過及沿途歡迎情形，後說何遂這一路情況，並全部刊出何遂所率十二人姓名職別等。

5月17日，褚民誼一路抵達桂林。5月18日《廣西日報》刊出《京滇公路週覽團南路回程全體團員昨抵桂》消息，同日第七版中下部刊出一則更正：「本月十六日本報第七版刊載《京滇公路週覽團一部團員昨抵桂》新聞一則，廿七行之『遂』字，手民誤排『逆』字，特此更正。」這則更正做的很巧妙，不能直接指出某句中「何逆」應為「何遂」，這樣無疑是對何遂的再次冒犯或傷害，也會引起更多讀者關注。而只是點出某行中的「遂」被誤排作「逆」，既起到更正作用，又蜻蜓點水般不著痕跡。筆者數了一下，5月16日這則消息中提到「何遂」名字的共有四處，而名字誤排出現在第二處，原文為「何遂等下車與李白總副司令、黃主席為禮後，旋即驅車返城。」也就是說，四次出現何遂，只錯了一處。

饒有趣味的是，經筆者查閱，國家圖書館藏《廣西日報》當日縮微膠捲版中，上述更正點出的「廿七行」中的「何遂」二字正確無誤，而在北京大學圖書館藏的報紙原版上，可以清晰地發現何遂誤排作「何逆」處，在「逆」字上加蓋一個紅色的「遂」字，以示改正。這與哈庸凡上述自述完全吻合，即經過調查，「韋永成下了結論：採、編、校部門都有責任，於是決定讓改正過的報紙再次開印。」也就是說，現在看到的報紙是重印後的，也有一部分印出後加紅字改正的，此外確實有一些報紙已經發了出去，未及收回處理，因此才會有這則更正。

177

✲ 緊張活躍的社團活動

　　抗戰前後廣西政治一個鮮明的特點，便是注重發動和組織民眾，放手讓民眾參與社會事務。許多社會事務，諸如抗日救亡、賑災、運動會、夏季大掃除等，都由各機關、學校、團體選派代表組織某項事務委員會。這些委員會並非虛名花頭，而是有職有權。一個委員會通常設有宣傳、總務、募捐（遊藝）等四五個部門，然後各部可聘用若干幹事。這類委員會為期長短，就看這項事務辦理進程，事情辦完自然結束，事情還在進行中的則可延續。在委員會中任職的人，完全是兼職，所任職務一般也都與個人所在部門和職業相關，並且是代表其所供職的機關團體參與辦理這一社會事務的。當時《廣西日報》社作為一個重要的宣傳部門，各類委員會均派代表參加。哈庸凡作為首席外勤記者，代表《廣西日報》社參加了一些社團活動。僅就目前能查到的部分報紙記載，在一年多時間裡，他先後參加了四個社團組織活動，並在其中任職。對於當時年僅二十三四歲的年輕記者來說，也是一個難得的磨練。

一、籌賑會中的入場券勸銷團

　　1937年春，連續遭遇一年水旱災荒的廣西右江果德、鎮結等縣饑荒遍及，慘狀駭人，「蕨頭草根，挖食殆盡」，「無米為炊，餓殍載道」。廣西當局急令當地開放農倉實行平糶，再命省倉碾米賑濟。4月13日，名為「廣西各界賑濟右江各縣災荒委員會」宣告成立，由五路軍總部、省政府、省黨部、《廣西日報》社、廣西大學等十三機關組成委員會。下設總務、宣傳、募捐、施賑、調查五部。當日決議，推定《廣西日報》代表為宣傳部正主任，廣西大學代表為副

1937年5月，廣西各界籌賑本省饑荒委員會組織話劇聯合公演入場券勸銷團，哈庸凡被推定為副主任

主任。宣傳部下設宣傳、編撰兩股。《廣西日報》的任務包括出版賑災專刊，逐日刊登賑災標語、組織宣傳以及接受自由捐款等。

　　三天後，即4月16日，因廣西全省饑荒區域漸次擴大，廣西各界賑濟右江各縣災荒委員會更名為「廣西各界籌賑本省饑災委員會」。宣傳部自4月19日起，舉行賑災宣傳週活動，各學校組織宣傳隊開展街頭講演等活動，由五路軍總政訓處承擔的街頭賑災漫畫也已出版。同時，募捐隊開始各項活動。4月下旬，國防劇社、二一劇團商定以募捐賑濟災區為主題舉行公演，籌賑會宣傳部即聯繫各劇團，決定以籌賑會名義舉行全市話劇團體聯合公演，賣票籌款。為盡最大限度擴大募捐效果，籌賑會議決組織聯合公演入場券勸銷團，到各機關學校團體勸銷公演入場券。5月5日，籌賑會召集桂林各話劇團體開會討論公演安排與組建入場券勸銷團事宜。公演時間確定為5月20日至23日，連演四晚。當即推定省黨部代表張維為入場券勸銷團主任，哈庸凡為副主任。並遴選各機關人員組織勸銷隊，分頭勸銷。

　　5月11日，廣西各界籌賑本省饑荒委員會話劇聯合公演入場券勸銷團召集各勸銷隊隊長開會，討論進行推銷事宜。決定增聘五路軍總參謀長李品仙為勸銷隊名譽隊長。此外，把入場券勸銷時間確定為5月11日起至5月19日正午止。採取劃片包幹的辦法，把入場券分配到各勸銷隊。針對不同觀眾群體，入場券勸銷團頗有創意地把公演戲券設計為五種，一種是名譽券，5元一張，針對各界名人；一種是特種券，每張3元，針對商戶和慈善家；第三種為普通券，每張五角，針對一般市民；最後兩種屬於可以連看四晚的通用券，一為特種通用券，每張三元；一為普通通用券，每張一元五角。同時還規定，凡是提前預

《廣西日報》1937年5月25日刊出第三屆全省運動會報導

約,均可享受八折。在社會募捐活動中引入商業運作方式,收到較好的效果。

公演期間,哈庸凡在《廣西日報》逐日採訪報導前晚演出盛況,預告當晚演出內容。5月20日為公演第一天,李宗仁夫人郭德潔、總政訓處長兼《廣西日報》社社長韋永成、桂林區民團指揮官陳恩元及夫人均到場購票觀看。

二、全省三運會籌委會新聞幹事

1937年5月,廣西當局聯合各機關、學校、團體,組織第三屆全省運動大會籌委會,積極推進三運會各項準備工作,決定於同年8月20日起在桂林舉辦全省三運會。籌委會聘請五路軍總司令李宗仁為名譽會長,聘請五路軍副總司令白崇禧、廣西省政府主席黃旭初為名譽副會長。後以籌備不及,延期至同年雙十節舉辦。籌委會下設總務部、宣傳部、糾察部、衛生部、交通部以及設計委員會和裁判委員會。宣傳部部長由五路軍總政訓處長兼《廣西日報》社社長韋永成擔任(後由省黨部委員黃同仇接任),下設編輯股、新聞股、攝影股。廣西民眾通訊社總編輯林洵和《廣西日報》首席外勤記者哈庸凡為新聞股幹事。後增設遊藝股,由總政訓處國防劇社社長萬籟天任股長。新聞股後增聘李漫濤、覃啟凡、鍾惠若等為幹事,專責擔任繪畫工作。

由於籌備事項繁多,因而籌委會工作異常繁忙。7月初的兩週內,平均每週召開兩次幹事聯席會或各部部務會。7月6日,宣傳部召開部務會議,規定各股長幹事實行輪流值班制度。地點為樂群社大會籌委會辦公廳,時間為每天上午9點半至10點半。據《廣西日報》同年7月7日刊載消息,哈庸凡值班日期定為星期四,同在《廣西日報》

《廣西日報》1937年7月1日刊出全運會
各部股長幹事,哈庸凡名列其中

的李天敏為星期一。

此時正值「七七」盧溝橋事件爆發之際，作為當時《廣西日報》首席外勤記者，採訪寫稿任務極其繁重，而又必須對擔任的社團組織職務盡責，採寫全省三運會籌委會相關活動及會議消息，其工作之繁忙由此可見。

三、參加桂林縣抗日救國會，草擬工作綱要

與全省三運會籌委會同時，1937年6月下旬，桂林縣抗日救國會二屆理事會換屆。6月22日，在桂各機關、團體、學校代表舉行桂林縣抗日救國會第三屆理事會選舉，以機關、團體或學校票數多者當選。由二屆理事會常務理事、桂林縣黨務通訊處代表周振綱主席，選舉結果，桂林初中、桂林縣總工會、省會公安局、桂林縣政府、桂林縣商會、桂林縣黨部、桂林女中等七機關、團體、學校得票最多，當選為理事。《廣西日報》社、桂林市政處得票次多，當選為候補理事。哈庸凡作為《廣西日報》代表參加選舉，並當選為候補理事。在隨後召開的三屆理事會首次理事會議上，縣黨部、桂林縣總工會和桂林初中被推定為常務理事。

七天後，即6月29日，桂林縣第三屆抗日救國會舉行理事宣誓就職會，仍由周振綱主席。就職儀式後，決定本屆抗日救國會分設總務、組織、宣傳三部，推定桂林縣總工會為總務部，桂林初中為組織部、桂林縣黨務通訊處為宣傳部，各部幹事人選，由各部自行介紹，交由理事會通過聘任。同時決定，本會「今後工作綱要，推定哈庸凡同志負責草擬，交由理事會通過，呈准高級黨政機關施行」。

據當時《廣西

桂林縣抗日救國會三屆理事會宣誓就職

日報》報導,雖沒明確哈庸凡在桂林縣抗日救國會的具體職務,但從會議決定來看,應該在宣傳部,而宣傳部則由周振綱主管的桂林縣黨務通訊處負責。

哈庸凡這一時期與周振綱有過多次交集,還曾一起共過事。先是1936年上半年,周任《桂林日報》總編輯時,哈為該報通訊員,經常在《桂林日報》撰寫稿件。此後不久,哈庸凡通過時任「桂林軍團婦女工讀學校」教務主任的周振綱進入該校當國文教員。同年9月,哈庸凡等人發起組織「風雨社」和「風雨劇團」,而當時桂林各界慶祝雙十節籌委會決定邀請「風雨社」演出話劇,主其事者也是桂林縣黨部代表周振綱。同年11月,哈庸凡主編《風雨月刊》,創刊號上即刊出周振綱的兩篇文章。可見,他倆之間的聯繫十分緊密。而此次桂林縣抗日救國會之所以安排哈庸凡草擬今後工作綱要,或許正是周振綱出於對哈庸凡文筆比較暸解和欣賞而作的提議。

四、當選廣西各界抗敵後援會理事

抗戰全面爆發後,枕戈待旦的廣西軍隊緊張準備,隨時北上參戰。民間各類宣傳、慰問、動員等活動如火如荼,1937年9月中旬,第四十八軍率先揮師北上。

為積極支援前線,1937年8月28日,廣西各界抗敵後援會在省會桂林成立。由廣西省黨部、廣西省政府、第五路軍總司令部、《廣西日報》社、桂林縣總商會、桂林縣總工會、桂林縣婦女會、廣西文化救國會、廣西省學生聯合會、廣西大學、廣西桂林高級中學、廣西桂林女子中學等15個單位的負責人或代表組成。該會共設常務理

廣西各界抗敵後援會歡送抗日將士出征大會

事5人、理事15人、候補理事5人。據當時報紙記載，常務理事為：黃同仇、蘇希洵、韋永成、黎連城、粟慰農。理事為：廣西省黨部黃同仇、廣西省政府蘇希洵、第五路軍總司令部韋永成、《廣西日報》哈庸凡、桂林縣總商會黎連城、桂林縣總工會粟慰農、桂林縣婦女會陽永芳、廣西省學生聯合會熊立明、廣西文化救國會謝舉榮、廣西大學梁構、廣西桂林高級中學蔣培英、廣西桂林女子中學劉本漢等15人。常務理事會之下，還設有宣傳、募捐、慰勞三個委員會，並設總務、組織、宣傳、募捐、檢查、偵查、救護、看護、消防、節約十個部。

廣西各界抗敵後援會成立後，積極開展各項支援前線活動。9月3日，舉行歡送第五路軍北上殺敵大會；10月4日，在依仁路公共體育場舉行歡送李（宗仁）總司令、李（品仙）總參謀長督師北上殺敵大會；10月29日，犒勞湯、杜兩團將士北上殺敵；在依仁路公共體育場舉行歡送第五路軍學生軍團（即廣西第二屆學生軍）北上殺敵大會。同時，熱情開展慰問、慰勞前方將士、傷兵及出征軍人家屬活動。1938年2月6日，派出慰勞代表團共5人，攜帶20000元銀毫慰勞品，赴湘、鄂、贛、豫、皖、蘇省前線，慰勞受傷官兵及抗戰將士。

據哈庸凡回憶：他「1936年8月至1938年5月，在桂林任《廣西日報》記者、編輯及採訪主任……抗戰以後，兼任廣西各界抗敵後援會宣傳部副總幹事，主編《克敵》半月刊，並參加慰勞前線將士（主要是廣西部隊）的工作。」

現有史料記載表明，哈庸凡在廣西各界抗敵後援會的主要任務是主編雜誌，先是小報型的《克敵》半週刊，後改為《克敵週刊》。《克敵》現已難尋，現存的《克敵週刊》顯示，哈庸凡在其中發表了多篇文章，儘管身為《廣西日報》記者，採訪任務十分繁重。直到1938年6月，哈庸凡離開桂林，北上抗日前線以後，仍不忘與廣西各界抗敵後援會和《克敵週刊》保持聯繫。同年9月，哈庸凡在武漢週邊戰廣濟戰役時採寫的戰地通訊《大戰雙城驛》，就是寄回桂林，在《克敵週刊》上連載的。

✿ 主編《克敵週刊》

「七七」盧溝橋事變爆發後，由廣西各界抗敵後援會主辦的《克敵》雜誌在桂林出版。此刊原係小報型的半週刊，1938年3月12日改為週刊，出版週刊第一期，同年11月26日出版至三十八期後宣告終刊。哈庸凡先生出桂前後，即1937年至1938年間，與《克敵週刊》存有一段淵源。

據哈庸凡回憶：他「1936年8月至1938年5月，在桂林任《廣西日報》記者、編輯及採訪主任⋯⋯抗戰以後，兼任廣西各界抗敵後援會宣傳部副總幹事，主編《克敵》半月刊。」（按：此處「半月刊」係「半週刊」及「週刊」之誤）這是繼一年前主編《風雨月刊》後，哈庸凡在桂林主編的第二份雜誌。依據現存可見的《克敵週刊》及相關報刊記載，可以探尋哈庸凡與《克敵週刊》的若干聯繫。

一、《克敵》雜誌創刊時間及改版緣由

哈庸凡主編《克敵》雜誌時間在其兼任廣西各界抗敵後援會宣傳部副總幹事之後。廣西各界抗敵後援會成立於1937年8月28日。該會由廣西省黨部、廣西省政府、第五路軍總司令部、《廣西日報》社、桂林縣總商會、桂林縣總工會、桂林縣婦女會、廣西文化救國會、廣西省學生聯合會、廣西大學、廣西桂林高級中學、廣西桂林女子中學等15個機關團體的負責人或代表組成。該會設常務理事5人、理事15人、候補理事5人。其中，常務理事為：黃同仇、蘇希洵、韋永成、黎連城、粟慰農。理事為：廣西省黨部黃同仇、廣西省政府蘇希洵、第五路軍總司令部韋永成、《廣西日報》社哈庸凡、桂林縣總商會黎連城、桂林縣總工會粟慰農、桂林縣婦女會陽永芳、廣西省學生聯合會熊立明、廣西文化救國會謝舉榮、廣西大學梁構、廣西桂林高級中學蔣培英、廣西桂林女子中學劉本漢等15人。常務理事會下，設總務、組織、宣傳、募捐、檢查、偵查、救護、看護、消防、節約十個部。哈庸凡當時作為《廣西日報》代表出任廣西各界抗敵

後援會理事，並兼任該會宣傳部副總幹事，主編《克敵》雜誌。

　　由於《克敵》小報型半週刊尚未發現，關於《克敵》雜誌創刊的具體時間難以判定。據《克敵週刊》第一期《改版的話》中透露，改版計畫早在一個月前即已決定（即1938年2月），而同文亦透露，本刊「在銷數上，三月之中自一千份已增至三千餘份」等語。據此，推斷《克敵》雜誌創刊時間應在改版之前三個月，即1937年12月前後。與哈庸凡「抗戰以後，兼任廣西各界抗敵後援委員會宣傳部副總幹事，主編《克敵》半月刊」的自述，以及廣西各界抗敵後援會1937年8月成立的記載亦相吻合。近查閱資料，據《桂林文化大事記》（1937—1949年）「1937年11月27日」條目下，特別註明「廣西各界抗敵後援會主辦之《克敵》半週刊創刊號今日出版」。這是《克敵週刊》的源頭，即《克敵》小報型半週刊創刊時間應為1937年11月27日。

　　至於小報型半週刊改為雜誌型週刊之緣由，前述《改版的話》中將此兩者做了優劣比較。小報型半週刊之優點為「出版迅速」「內容富趣味性」，缺點在於，其一，「本刊的立場並不與一般小報相同，一般小報側重以趣聞吸引大眾，甚至為博歡讀者以求銷路的

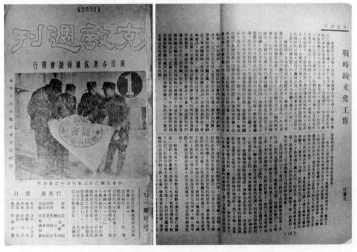

哈庸凡在《克敵週刊》第一期發表《戰時的文化工作》

擴增起見，不惜虛構新聞或以低級趣味性的趣聞小說刊載，而本刊則為莊嚴的」；其二，「本刊旨在宣傳，甚需理論文，因採小報型則較長的文章往往為篇幅所限，不能登載，況理論文過短則不暢，文不暢則宣傳之效不大」。

然而，就在雜誌決定改版之後，徵詢各界讀者意見，卻收到「勸勿改版」的建議，理由仍是半週刊「出版較速」。於是主編者決定暫緩改版。迨至一月後，終覺小報型不如雜誌為佳，「與其量的加多不如質的充實」，遂決定立即改版。

而改版時間選擇三月十二日，顯然也有深意。此日係孫中山總理逝世忌辰，《克敵週刊》第一期於卷首特別刊載主編者撰寫的短評——《今年的三·一二》，以示紀念。文章寫道：「每年此日，我們感念革命未成，而元勳邊逝，已深悲悼。而現者日寇大舉入華，同胞橫被屠殺。總理陵園亦遭敵騎蹂躪。國家生命，危如累卵。」文章呼籲：「目擊時艱，感念國家民族，如不急起改革，勵精圖治，則淪亡之禍，恐將不遠。」

儘管改版時《克敵》雜誌發行量已達三千餘份，「在本省的刊物銷數中可謂放一異彩」，但主編者仍信心滿滿地表示，發行量要由現在的三千餘份增至「萬份或者十萬份，使本省每一城鄉，以致每一家一人都有著本刊」。

1938年11月26日，《克敵週刊》第三十八期大字刊出停刊啟事稱：「本刊現因印刷紙料來源困難，特截至本期止，以後暫行停刊。所有各長期訂戶餘款，除即由發行及經售處分別退還外，如有遺漏，希於二十八年一月底以前，直接向原訂閱處所接洽領取。」至此，創辦恰一年的《克敵》雜誌宣告終刊。

二、一句桂劇臺詞引出的思考

1938年初的一天晚上，哈庸凡去桂林南華戲院看戲，演的是桂劇《比箭分別》。酷愛桂劇的哈庸凡對這齣戲很熟悉，可以大段背出所有臺詞。當劇中人馬迪與陳俊互相爭執李旦的相貌時，

旁邊坐著的胡發員外照劇本臺詞應當說：「縱然他的相貌好，到了日後，也不過發幾百銀子的財，難道你我還會保他做一個帝王不成？」可是，當晚演胡發的那個演員，為了要以新名詞來逗引觀眾，便隨口改成：「難道你我還會保他做一個帝國主義不成？」儘管當場逗得觀眾哈哈大笑，但哈庸凡卻深感憂慮，他覺得時至今日，一個演員怎麼會不瞭解何為帝國主義，而把帝王當作是帝國主義呢。

隨後，哈庸凡在《克敵週刊》第一期發表的《戰時的文化工作》一文中，以此為例，說明抗戰文化還只停留在城市和一部分智識分子口頭上，遠沒有深入到偏僻的鄉村和一般勞苦大眾中間。他進一步寫道：「在桂林，唱戲的是由一個劇藝工會的組織的，那個扮胡發的演員，本身就是劇藝工會的會員。到現在，一個工會的會員，根本上就不懂得帝國主義是個什麼東西，其危險當然要比敵人的飛機大炮還要來得嚴重。」「假如，現在每一個中國人都能懂得帝國主義的本質及與自身的利害關係，則這次民族自衛抗戰的力量，一定會比目前更大得若干倍。」

關於戰時的文化工作，哈庸凡從積極和消極兩個方面闡明他的主張。「在積極方面，應當要堅定國民抗戰到底的信念，並要盡可能使大眾認識在抗戰過程中，一切事物的本質及現象，更進而集中大眾的一切力量，在政府領導下，去爭取民族的解放鬥爭。」而「在消極方面，根絕一切封建思想及漢奸言論，並運用一切有效的方式，提高大眾文化的水準，進而使大眾接受時代的使命，能自動地運用他們自己的力量，去開闢民族國家新的道途。」他把此作為戰時文化工作的兩個綱領，認為「抱定這兩個工作綱領，把文化的領域展開，使得每一個城市，每一個鄉村，甚至每一個空間，都蕩漾著文化的氣息，每一個中國人都能自覺地起來，擔當保衛國家，拯救民族的神聖任務。」

文章末尾，哈庸凡大聲疾呼文化工作者要迅即行動起來，「敵人的刺刀和槍炮是再不容許我們久待了，如何利用這有限的時間去

做我們的工作，也是一個異常重大的問題。」

三、多瑙河的怒潮

中國抗戰與世界反法西斯戰爭緊密相連，歐洲戰局之變化受到國人格外關注。從改版第一期起，《克敵週刊》每期刊載國際時評，針對當前重大國際問題尤其是與歐戰相關問題作出時事分析。這類文章篇幅一般為三四千字，而報紙此類時評往往僅有數百字，刊載如此篇幅的國際時評，凸顯週刊雜誌之長，可以滿足更多讀者需求。第一期刊登的是《日議會與政府衝突》（作者龍振濟，係日本東京帝國大學畢業），改版伊始，稿源不足，此類文稿更是奇缺，也不易約稿，因而時任《廣西日報》外勤記者、編輯和採訪主任的哈庸凡，則自己動筆撰寫國際時評。目前所看到的《克敵週刊》第三期和第七期相繼刊出哈庸凡撰寫的兩篇歐戰時評。

這兩篇國際時評分別寫於1938年3月17日和4月1日，時為《克敵週刊》改版之初。儘管哈庸凡所擔任的《廣西日報》編輯採訪任務十分繁重，甚至此類國際時評亦非其所長，但他還是利用報社電訊快捷的優勢，忙裡偷閒趕寫出稿件，並迅即在《克敵週刊》上刊出。由此亦可見，作為《克敵週刊》主編者之苦衷，與其約稿難，何如自己動筆。

頭一篇時評寫於希特勒悍然以武力侵佔奧地利之時，題為〈多瑙河的怒潮〉，開篇便寫道：「而今，多瑙河是被掀起滔天的巨浪了！從本月十日到十三日，僅僅是短短的三天工

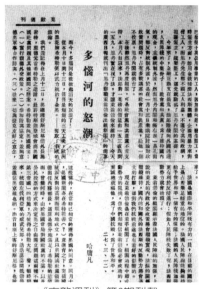

《克敵週刊》第3期刊載
哈庸凡〈多瑙河的怒潮〉

夫，歐洲的黑花臉希特勒便以武力統治了全奧。——奪取了中歐的鎖鑰。」並指出：「這次希特勒公然併奧，無論在政治上，軍事上，其影響都足以遍及歐洲而牽動世界，正在展開神聖的民族自衛鬥爭的中國人，對此尤應有一個明確的瞭解，以便從國際情勢中認清我們抗戰的任務。」

在略述希特勒併奧的過程並揭露其「第三帝國」侵佔全歐洲的企圖，以及剖析意、英、法諸國對納粹德國併奧各自採取的態度之後，哈庸凡指出：「德奧合併對遠東，特別是中日問題的關係是重大的。上月德國承認偽滿就是強盜們串同分認贓物的鐵證。這次德國併奧，日本當然是禮尚往來，同時，更因為中歐問題牽制了英、法諸國，無暇東顧，更加緊對我國的侵略，這也是意料中事。」同時一針見血地告誡讀者：「我們分開來看，在歐洲是德奧合併，在遠東是中日戰事，合起來觀察，就是中華民族所領導的弱小民族解放鬥爭最壯烈的一幕的展開。世界已臨到腥風血雨的前夜，人類歷史將啟開最偉大的一頁。」

後一篇時評《透過西亂來觀察歐洲政局》，則從西班牙內亂背後各大國的角力，分析並勾勒出歐洲各大國間存在的錯綜複雜的利益關係，更指出「這是侵略陣線企圖以暴力消滅和平陣線的鐵的事實。所以西班牙戰爭，確成為今日歐洲驚濤駭浪中的一股主要的洪流。」同時，也從國際資本主義的利益追逐本質出發，揭穿英法兩國所謂「西亂不干涉辦法」的西洋鏡。文章強調：「在歐洲，西班牙民主政府是為國際法西斯蒂暴力所擊破了。在東方，在中國，正展開著偉大的民族自衛鬥爭，一切愛好和平的民族，都是我們的朋友，我們要聯合起來結成一條鐵的戰線，消滅日本帝國主義勢力！消滅一切侵略國家的勢力！」

❋ 抗戰前期在桂林的戲劇救亡活動

哈庸凡先生酷愛戲劇，一些傳統京劇名段幾乎可以張嘴就來。

189

上世紀五十年代初在安徽懷遠縣任安徽省革命殘廢軍人第三速成中學教導主任時，曾在學校聯歡晚會演過京劇《蕭何追韓信》，他在戲中扮演蕭何，妻子賽春英帶著四個孩子在台下觀賞助興。即使在六十年代苦難時期，他在家庭生活極為困難的情況下，經過精心篩選的有限的幾份雜誌中，就有丟捨不下的《劇本》、《電影藝術》等，即使因為一時囊中羞澀趕不上預訂，雜誌出來後也會去報刊門市部購買。八十年代以後條件稍好，訂閱雜誌中除了《氣功》之類養生刊物外，更增加了新出版的《中國戲劇》、《中國京劇》等。晚年他先後創作三部新編歷史京劇《徽班進京》、《指鹿為馬》、《恩仇記》。其中《徽班進京》排演的京劇廣播劇，被中國廣播電視學會戲曲研究會評為一等獎，劇本並在《戲劇春秋》1992年第2期上刊出。

　　哈庸凡對戲劇的愛好與欣賞源自青少年時期。1936—1937年間，和著抗戰救亡的激昂吼聲，廣西的話劇運動迅速地由啟蒙走向普及，1937年被稱為廣西的「戲劇年」。當年4月，廣西當局發起組織戲劇節籌委會，提議每年5月5日為廣西戲劇節。此後，戲劇運動愈加深入。現已發現的部分史料足以證明，在抗戰前後桂林激昂沸騰的抗日救亡活動中，活躍著哈庸凡和他的同伴們年輕的身影。

一、從桂劇戲迷到桂劇改良促進者

　　作為土生土長的桂林人，哈庸凡對桂林地方戲桂劇十分著迷，閒暇時與三兩好友逛戲院看桂戲，已是常事。而身處抗戰救亡運動高漲的三十年代中期，傳統桂劇中的封建糟粕也讓他感覺與時代脫節。1936年9月，他和桂林一些愛好文學的青年發起組織「風雨社」，在其擔任主編的《風雨月刊》創刊號的預告中，即申明本刊第二期為「改良桂劇」專號。可見，改良桂劇已成為當時部分熱血青年的共識，或許正是基於此，他們才走到一起來。與發起組織「風雨社」同時，哈庸凡執筆修改傳統桂劇《杏元和番》為《雁門關》，在《桂林日報》新聞版逐日刊登，成為桂劇改良的先聲。

不久，哈庸凡進入《桂林日報》（《廣西日報》前身）做外勤記者。新聞採訪接觸面更廣，對改良桂劇的關注和推動也更加直接。1937年4月，著名戲劇家洪深率中山大學英文系教育考察團來桂林，哈庸凡連日採訪報導洪深一行的活動，包括廣西大學邀請洪深所作演講，廣西當局李宗仁、白崇禧總副司令宴請及觀賞話劇和桂劇等活動，而最讓他覺得至關重要的，是想瞭解作為國內戲劇權威的洪深教授對於桂劇改良的態度。

於是，趁著洪深從劇院觀看桂劇歸來之暇，哈庸凡到其下榻賓館做了專訪。專訪的主題即是詢問洪深對桂劇改良的具體意見，次日《廣西日報》在刊出哈庸凡對中大英文系教育考察團在桂活動報導的同時，亦以《對桂劇之意見》這一醒目標題發表對洪深的專訪。哈庸凡寫道：「記者以洪氏為中國著名戲劇專家，於戲劇理論，必有深刻之研究，並聞洪氏日來曾往觀桂劇，其觀後之意見，當為一般關心劇壇者所欲知。」需要提及的是，此篇《對桂劇之意見》係用半文言文體寫出，在當時新聞採訪中也是慣例，即記者在明瞭並體察被訪者的意思之後，以半文言形式加以概括濃縮。此篇專訪雖然僅500餘字，但哈庸凡還是根據洪深所說的，概括出桂劇三點不足和兩條改良途徑。如果沒有對包括桂劇在內的戲劇知識做深厚積累，這樣的概括濃縮顯然是難於勝任的。

一年多後，即1938年5月，歐陽予倩應邀來桂林。哈庸凡隨即前往採訪，而桂劇改良自然也是採訪中一個重要的主題。採訪以《戲劇是抗戰中的武器——歐陽予倩訪問記》為題刊於1938年5月30日《廣西日報》，同時也以〈名戲劇家歐陽予倩訪問記〉為題，刊於《克敵週刊》第12期「桂劇改良專號」。《克敵週刊》係廣西各界抗敵後援會主辦，哈庸凡作為《廣西日報》代表，被推選為廣西各界抗敵後援會15名理事之一，同時兼任該會宣傳部副總幹事。身處省報這一輿論中心，哈庸凡在為桂劇改良的「鼓與呼」方面可謂不遺餘力，衝鋒在前。

由於對桂劇的熟悉和喜愛，哈庸凡在青年時代對許多傳統桂劇臺詞可以倒背如流。很多時候去看戲，並非去看故事，追情節，而是聽唱腔，觀表演。當時，一些桂劇演員為取悅觀眾，演傳統劇唸臺詞時常會蹦出一兩句現代辭彙，引得觀眾大笑，演員自以為是。

1938年初春一天晚上，哈庸凡去桂林南華劇院看戲，當晚演出的是傳統桂劇《比箭分別》，說的是唐高宗駕崩時，皇后武氏乘機篡位，改唐為周，唐室宗親，諸多被殺。一日早朝，武氏獲知太子李旦躲藏於江夏王府內，立即派兵前往搜捕。李旦得訊逃脫，漂流四方，淪落為丐，被通州富商胡發收為家奴，取名進興。胡有侄女鳳嬌，天資聰慧，隨寡母文氏來依叔父，與進興患難相處，終為知己。胡女英嬌配與鄉宦總兵之子馬迪，新婚滿月，與其夫回通州省親。胡發擺開筵席，宴請實客。馬迪自視高才邀客於花園觀其弄武，並強要進興與之比武。孰料進興武藝精湛，相形見絀，馬迪羞愧，賭氣離園，眾實客也不歡而散。胡發夫妻竟遷怒進興，將其打得昏迷倒地，文氏母女聞訊趕到，救往柴房調治，進興始得轉危為安。後來，文氏以進興誠實忠厚，遂與鳳嬌訂下百年之約。

劇情很熟悉，問題出在臺詞上。當劇中人馬迪與陳俊相互爭執李旦的相貌的時候，旁邊坐著的另一劇中人胡發員外照劇本臺詞應當這樣說：「縱然他的相貌好，到了日後，也不過發幾百銀子的財，難道你我還會保他做一個帝王不成？」可是，當晚演胡發的那個演員，為了要以新名詞來逗引觀眾，便隨口改成：「難道你我還會保他做一個帝國主義不成？」儘管現場觀眾聽到這句臺詞哈哈大笑，但哈庸凡從中感覺問題嚴重。

從戲院出來以後，身為廣西各界抗敵後援會理事，又是省報記者，哈庸凡如鯁在喉，不吐不快。隨即他以此為例撰文，從演員不知道帝國主義為何物，居然把帝王等同於帝國主義，說明抗戰文化宣傳還遠遠沒有深入到民間，強調「現在每一個中國人都能懂得帝國

主義的本質及與自身的利害關係，則這次民族自衛抗戰的力量，一定會比目前更大得若干倍。今後如何使得大眾瞭解帝國主義以及類似帝國主義這一類的名詞，實在是當前文化界的重大任務。」隨後分別以《戰時的文化工作》與《戰時文化工作的動向》為題，先後在《克敵週刊》和《廣西日報》上刊出。

三、從演員到導演

在廣西抗戰救亡熱潮中，新興話劇運動方興未艾，哈庸凡也曾粉墨登場，飾演話劇角色。1936年初秋，哈庸凡與桂林一些愛好文學的青年發起組織「風雨社」和「風雨劇團」。當年雙十節慶祝活動籌委會特邀「風雨社」表演話劇。現有史料表明，至少在同年十月，「風雨劇團」在桂林已有演出活動並小有名氣。

1937年元旦，桂林舉行慶祝元旦話劇聯合會演，參加會演的包括國防劇社、二一劇團、「風雨劇團」和桂林初中劇團。「風雨劇團」演出三個話劇，即《打出象牙塔》、《一個女人和一條狗》和《風雨》。據當年《桂林日報》記載，哈庸凡在《打出象牙塔》一劇中飾演男主角藝術家余君美。演出當晚因為擔任「風雨劇團」舞臺監督的人也上臺充當演員，臺上無人監督而出現戲未演完幕布即被拉下的事故，哈庸凡因為氣憤而拉開幕布責問觀眾是「誰吹的哨子」（當時司幕以吹哨為號）。作為一個既無經費又無專業演員，完全依靠同人打拼的業餘劇團，出現這樣事故也屬正常，但卻因此引來嚴厲批評。哈庸凡在回應批評時曾坦然寫道：「不怕別人笑破口，我確實是愛好話劇而且忠於話劇的。正因為這樣，所以在這次公演裡，我的奔忙是較別人為甚（這並非就講其他的團員就不愛好話劇而且不忠於話劇）。同時，我自己也願意奔忙，因為將來演出成績的佳良與乎話劇前途的光明，是可以填補我這時心力方面的損失的」（蓉藩：《自白——給魏溫君解釋一下》，《桂林日報》1937年1月12日）。至於是否飾演過其他角色，因未查到相關記載，尚不能確定。這時，哈庸凡已是《桂林日報》外勤記者。《桂林日報》自1937年4月

既然組織劇團，又要當演員，因而凡是表演技巧之類培訓講座總要找時間去聽。哈庸凡曾說過，有一次歐陽予倩先生在桂林開講座，講的是舞臺監督的職責，他和「風雨劇團」同人趕去聽課。當天，歐陽予倩在黑板上寫上「舞臺監督在舞臺上最要緊的事是哪些」，然後請聽課人回答，有人說要點人數，有人說要管化妝，有人說要查服裝，有人說看道具。歐陽予倩邊聽邊把這些回答寫在黑板上，有時還要追問回答者為什麼。一個小時過去，黑板上已經寫了四十多條答案。而歐陽予倩先生還是微笑著，沒對任何回答表示完全認可。待到講座將近結束時，歐陽予倩先生出乎大家意料地發問道：舞臺監督最要緊的事是什麼呢？只見他轉過身去在黑板上寫出答案：「廁所在哪裡」。當年劇團演出大多是臨時搭台，演出時間稍長，男女演員如廁問題便很麻煩。歐陽先生揭曉答案後解釋道，其實方才大家說的都對，舞臺監督就是舞臺上的總管，大家說的事他都要管，而廁所問題沒人提到，所以我說廁所是個關鍵問題。聽者在開懷一笑的同時，豁然開朗，感受到歐陽予倩先生的演講技巧。多年之後，哈庸凡對此事仍然記憶猶新。

儘管報社外勤記者工作很忙，哈庸凡還擔任採訪主任和編輯職務，而在業餘空暇時間，他對戲劇的熱愛非但沒有減弱，反而更加強烈。1938年春，他為「桂林軍團婦女工讀學校」劇團導演過街頭劇《新難民曲》，同年5月10號，在「廣西各界雪恥和兵役宣傳週」公演。分別在街頭演出兩次，在劇場演出一次。

這裡要交代哈庸凡與這所學校的淵源關係。進入《桂林日報》之前，哈庸凡在「桂林軍團婦女工讀學校」擔任國文、地理、植物等科教員。發起組織「風雨社」和「風雨劇團」時，哈庸凡正在該校做教員，時間相對充裕。1936年11月29日，《桂林日報》刊出消息稱「桂林軍團婦女工讀學校組織湖濱劇團」，並擬參加1937年慶祝元旦聯合公演。這一時間點值得關注，其一，此時哈庸凡正在該校任教；其二，哈庸凡等人發起組織的「風雨劇團」正在加緊排練，準備

參加1937年慶祝元旦聯合公演。「桂林軍團婦女工讀學校」在此時組織劇團，並擬參加元旦公演，與正在做同樣活動的本校國文教員兼「風雨社」幹事會幹事哈庸凡不能沒有關係。換句話說，其中閃現出哈庸凡的身影，無疑起到了組織策劃作用。

《新難民曲》說的是難民岑李氏帶著女兒小娟和小芳逃難到桂林，流落街頭賣唱。因口渴討水喝，打碎了攤販老太的杯子，攤子也被碰倒，因而發生爭執。後一支宣傳隊走來，瞭解到爭執的一方是難民，另一方攤販老太的兒子已上前線，以大家都是戰爭的受害者曉之以理，號召民眾團結起來一致抗日。這個劇署名為「桂林軍團婦女工讀學校集體創作」（當時集體創作的概念剛由蘇聯移植過來），在桂林《戰時藝術》雜誌上刊載，儘管署名「集體創作」，國文教員兼導演哈庸凡在其中起的作用至關緊要。尤其是，哈庸凡在導演中別出蹊徑地要求演員以桂林方言表演，演的是桂林的事，說的是桂林的話，又是在街頭演出，效果自然非同尋常。據當時報紙報導，《新難民曲》「每次演出均能激起觀眾抗敵熱情」。

✲ 戲劇家洪深採訪記

1937年4月7日，執教於國立中山大學英文系的戲劇家洪深率文化考察團到訪桂林。此行名為教育考察，作為當時國內享有盛名的戲劇大家，洪深也曾忙裡偷閒地觀看桂劇演出，應邀講演，並就桂劇改革接受記者訪談。洪深此番訪桂雖然為時有限，但他對桂

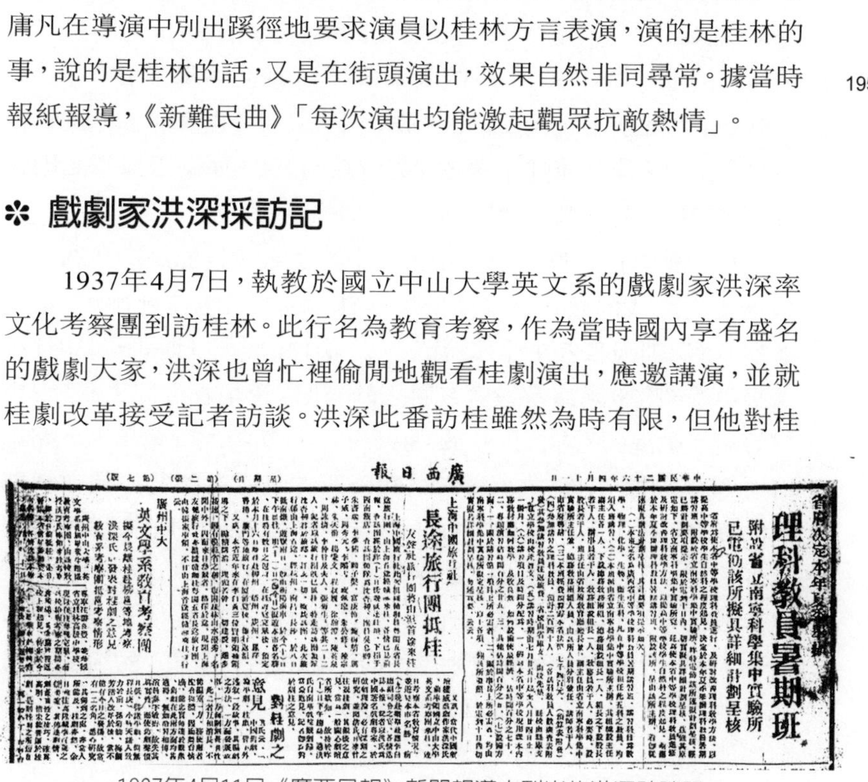
廣西日報

理科教員暑期班

附設省立南寧科學集中實驗所 已電飭該所擬具詳細計劃呈核

上海中國旅行社 長途旅行團抵桂

廣州中大 英文學系教育考察團

洪深氏發表對桂劇之意見

對桂劇之意見

1937年4月11日《廣西日報》新聞報導中刊出的洪深訪談記

劇改革的意見受到廣西當局的倚重。然而,這一經歷卻未見於洪深年譜及其他傳記著述。哈庸凡先生正是洪深當年抵桂活動的親歷者。

洪深訪桂恰在《桂林日報》改名《廣西日報》後一週。此時《廣西日報》外勤記者僅哈庸凡一人,係原《桂林日報》外勤記者留任,而新招考的外勤記者尚在試用期間。這一週,哈庸凡於報導第五路軍總副司令李宗仁白崇禧就職典禮、採訪就職典禮監誓人參謀總長程潛之餘,還隨廣西省民政廳長雷殷前往湖南衡州,沿途採訪國民政府主席林森蒞桂新聞。

據哈庸凡自述:「那時我擔任採訪的範圍很廣,包括第四集團軍(後改為國民革命軍第五路軍)總司令部、國民黨廣西省黨部、樂群社(廣西當局接待外賓的地方)、省會警察局、桂林縣政府等處」,並特別提到「除了寫一般的新聞稿件外,……也訪問過那時到桂林的進步劇作家洪深、歐陽予倩等」。採訪歐陽予倩時在1938年5月,訪問記除在《廣西日報》發表外,還刊於由廣西各界抗敵後援會主辦、哈庸凡兼任主編的《克敵週刊》上,而洪深採訪記則包含在1937年4月11日《廣西日報》的一則報導之中。

1937年4月初,時任廣州中山大學英文系教授的洪深率該校應屆畢業生組成的教育考察團抵達桂林,4月11日離桂赴柳州、南寧考察。洪深則因私事在桂林滯留一天,於12日離桂。期間,考察桂林高級中學,應邀講演及遊覽名勝之餘,洪深還忙裡偷閒去高昇、南華等著名戲院觀看桂劇,並於4月9日和11日晚兩次受邀出席五路軍總司令李宗仁、副總司令白崇禧和廣西省政府主席黃旭初在樂群社的宴請,其中後一次即4月11日晚,係廣西軍政當局李、白、黃宴請各級官佐,並宴請洪深,當晚安排桂劇演出,請洪深給予批評,提出改良意見。4月8日,應廣西大學之邀,洪深在桂林初中禮堂作題為《在今日的中國從事戲劇工作的人應該做什麼事》的講演。4月10日中午,還應邀在五路軍總政訓處國防劇社就中國戲劇應以如何姿態開展及表演藝術等問題作講演。哈庸凡對洪深的採訪在4月

10日下午，當時洪深剛由南華劇院觀劇歸來。

當時在廣西，社會各界對於傳統桂劇要不要改良、能不能改良和怎樣改良等問題，觀點迥異，論爭激烈。經過多方討論，改良傳統桂劇逐漸成為有識之士的共識。廣西當局順應這一潮流，成立廣西戲劇審查委員會，逐一審查各劇團上演的桂劇劇碼，對於宣揚封建思想和誨淫誨盜之傳統桂劇，公佈禁演劇碼。同時，戲劇審查委員會還在《廣西日報》頭版刊出啟事，「為改良桂劇，以發揚本省藝術起見」，特向社會各界徵求「能喚起民族愛國精神為主旨」的桂劇劇本，要求「聲腔詞調表情得依桂劇原來習慣」，歡迎創新。應徵劇本經戲劇審查委員會審查遴選後公演，給予稿酬。首輪桂劇劇本徵集活動截至1937年5月底（見《廣西日報》1937年4月5日第一版）。針對當時一些人對改良桂劇的反對意見，《廣西日報》曾發表題為〈改良桂劇〉的短評，肯定「省戲劇審查委員會有改良桂劇之舉，這是極切需要的事。」同時指出：「在桂劇中，其藏有封建意識和誨淫誨盜的，這當然要予以揚棄；但其中有能作為民族解放鬥爭中工具的，卻要保存了。為使其能夠更加適應環境，改良的工作更不可緩！」

採訪洪深的主題，即為當時廣西文壇及一般民眾極為關注的桂劇改良問題。哈庸凡在報導中特意點出採訪意圖：「記者以洪氏為中國著名戲劇專家，於戲劇理論，必有深刻之研究，並聞洪氏日來曾往觀桂劇，其觀後之意見，當為一般關心劇壇者所欲知。」根據訪談內容和版面字數限制，哈庸凡把訪談記濃縮至不足五百字，以「對桂劇之意見」黑體大號字為題在同條新聞中予以突出。文體及遣詞造句則沿用當時新聞報導的半文言文體，顯然記者對洪深談話做了歸納和文字加工。這與一個月後，哈庸凡對京滇公路週覽團團長褚民誼的訪談報導形式完全相同。

此篇新聞稿刊於1937年4月11日《廣西日報》第七版「本市（省）新聞版」上，新聞標題為「廣州中大英文學系教育考察團　擬今晨

離桂赴柳邕等地考察」，副題「洪深氏昨發表對桂劇之意見」。這段直接引述洪深的〈對桂劇之意見〉大致分為三個層次：

首先，談到中國戲劇敘述故事的一般規律，即一方面發展故事，一方面刻畫人物個性，彼此消長，不可偏重一方。舊劇在這方面頗有所得，惟多半演員慣於敷衍，因而喪失戲劇應有的真實性，「而使舊劇聲價日低」。

其次，以戲劇淵源說明戲劇的發展與創新，需要有一些名角悉心研究，並彰顯其獨到工夫，以推動舊劇的革新。「譬諸平劇，倘無程長庚、小叫天諸人致力於前，孫菊仙、梅蘭芳諸人改革於後，當不能有今日之發揚。」

最後，歸結到桂劇改良，洪深認為，上述舊劇這些規律，適用於桂劇改良。此外，他還點出了桂劇存在的三點不足之處。第一，桂劇一些名角的獨到工夫並未得到普及。他以日前剛在高昇戲院看過的桂劇名丑李百歲表演的《鍘美案》為例，讚揚李百歲「其傳達劇情，刻畫個性之技巧，確為高明」，更指出「惜未能普遍於桂劇，是則桂劇之所短也」。第二，桂劇一般演員在臺上為取悅觀眾，多有「故作兒戲，致使劇情歪曲，是又為一大弱點」。第三，洪深認為，從內容上看，桂劇多半宣揚封建道德，極不適宜時代要求；而從編劇技巧、表演形式、音樂腔調等來看，則有許多值得保留和繼承之處。

至於如何改良桂劇，洪深提出兩點，其一，另編劇本；其二，改編原有劇本。「使其刷新內容，琢練技巧。」如果做到這樣，則「桂劇前途當可樂觀」。

訪談結束前，作為中國新興話劇的創始人，洪深在回答記者關於傳統桂劇與當時方興未艾的新興話劇的關係問題時，明確表示，桂劇的存在，並不妨礙新興話劇的發展。回應了當時有些人認為桂劇與新興話劇此消彼長，桂劇繼續流傳阻礙新興話劇發展的擔憂。

對於戲劇家洪深的到來，正在施行「自衛、自立、自給」三自政策、以「建設廣西，復興中國」為目標的廣西當局十分看重。以洪深此番訪桂為契機，廣西當局與洪深達成指導廣西戲劇發展的合作約定。同年5月19日，五路軍副總司令白崇禧偕總司令李宗仁親赴國防劇社觀劇。在題為〈戲劇對於政治上的使命〉的即席講演中，白崇禧指出：「戲劇是一種宣傳的工具，如果好好的利用它，不難成為我們一種抗戰的新式武器」。同時許諾「我預備暑假請洪深先生他們這些戲劇權威來指導各位，你們現在應該多多準備，將來可以與洪先生共同探討」。並表示相信「廣西的革命戲劇，將來可在中國民族革命史上建樹奇勳，大放光明」。

此次洪深對桂林的考察，尤其是廣西當局對洪深的禮遇與倚重，以及廣西當年濃郁和獨特的抗戰文化氛圍，對於抗戰全面爆發之後眾多文人藝術家集聚桂林，以致促成桂林文化城的百花爭豔，或可算作前奏之一。

❋ 採寫《名戲劇家歐陽予倩訪問記》

九一八事變後，隨著抗戰聲浪日益高漲，抗戰文化走上街頭，進步人士對於傳統桂劇陳腐內容與現實脫節頗多批評，桂劇改良呼聲此起彼伏。1936年秋，哈庸凡在創辦《風雨月刊》時，即策劃將第二期作為「批判桂劇特輯」（據該刊創刊號預告，第二期原刊未見）。而一年多以後，即1938年5月28日，其主編的《克敵週刊》第十二期則為「桂劇改良問題專號」，足見其對於桂劇改良問題的熱心與關注。

此期「桂劇改良問題專號」顯然經過精心策劃，作者多是當時桂林文壇活躍的人士，其中還有哈庸凡主編《風雨月刊》時撰稿的作者。「專號」除了一篇署名記者的「戰場瞭望」外，其他七篇均係與桂劇改良相關的文章，包括〈關於桂劇的改革〉、〈桂劇的改進

問題〉、〈從「舊瓶裝新酒」說起〉、〈略論改良桂戲〉、《桂劇本身的沒落〉等。哈庸凡所撰〈名戲劇家歐陽予倩訪問記〉也收入本期內，更以歐陽予倩的照片為本期封面，凸顯專號的特色。本期「編後話」中寫道：「這一個『改良桂劇問題專號』已經匆匆出版了。因為篇幅的關係，所載的稿子雖不多，但對於桂劇改良的理論與方法，都有所貢獻。」「稿雖不多，而篇篇頗有其可貴之處。在改良桂劇這問題上，總算有點貢獻了吧。」

這年5月初，歐陽予倩應廣西大學和廣西戲劇改進會會長馬君武之邀抵達桂林，擔任廣西大學文法學院教授。5月4日，廣西省政府主席黃旭初在樂群社設宴招待歐陽予倩。桂林維新國劇社也於同日在樂群社大禮堂邀請歐陽予倩先生演講，暢談戲劇對於社會之作用與效能，以及改進舊戲劇之原因與方法。馬君武與廣西大學秘書長鄧伯科等出席。哈庸凡以《廣西日報》採訪主任和記者身份參加並報導上述活動。5月13日，歐陽予倩受聘任廣西省政府顧問。

封面為歐陽予倩照片，本期有哈庸凡撰寫的〈名戲劇家歐陽予倩訪問記〉

幾天後的一個下午，哈庸凡前往桂林中華大旅館107號房間，拜訪歐陽予倩先生並做專訪。關於此次採訪的意義，哈庸凡在訪問記中寫道：「假如我們說抗戰戲劇是抗戰中的一件武器的話，則對於這個武器的鑄煉人——歐陽予倩先生——當然是表示無限的欽仰。所以這次歐陽予倩先生到廣西來，其意義不僅限於促進廣西劇運的發展，就是在抗戰戲劇的整個部門裡，也應該是一種有力的幫助。」

在這篇三千餘字的訪問記中，針對記者的詢問，歐陽予倩先生興致勃勃地談到關於戲劇在戰時的作用、用話劇宣傳抗戰、戲劇演出所反映的思想、目的與技巧，以及抗戰戲劇的內容、街頭話劇形式等。當哈庸凡提出如何改良桂劇問題時，歐陽予倩先生認為，改良桂劇與改良京劇一樣，並提出兩個做法：第一，「要徹底澄清桂劇的內容，對於那些不好的戲，要毫不姑息地把它們拋棄，而對於那些有特殊表現的地方，也可以把它保留」。第二，「腳本完全新寫，不一定就原有的習慣，同時要把劇中的唱工、做工完全拆開，另外重新接過。這樣做法，並不是破壞桂劇，而是延續桂劇生命的一個方法。」。

尤其具有價值的是，在這次談及桂劇改良時，歐陽予倩先生進一步引申到表演形式，首次提出戲曲表演應創造「活動的浮雕」這一戲曲導演美學命題：「我也主張用佈景，但我不求寫實，只求像畫，像圖案畫。因此在臺上站的位置，也完全變更，是要利用整個舞臺成為有變化的舞臺面，每個舞臺面成為一個畫面，每一個人在畫面上動作，就好像浮雕，活動的浮雕。」

哈庸凡這篇訪問記在《克敵週刊》刊出兩日後，即同年5月30日，《廣西日報》也以〈戲劇是抗戰中的武器——歐陽予倩訪問記〉為題予以發表。

此次訪問後，歐陽予倩先生所撰〈關於舊劇改革〉一文亦在《克敵週刊》第二十三期（同年8月13日出版）刊出。

此次採訪給哈庸凡留下深刻印象，三年之後，即1941年8月25日，在安徽戰時省會立煌縣，哈庸凡還曾向一些戲劇愛好者轉述歐陽予倩的戲劇創作觀點。一位署名「杏子」的作者當年在《從晨到夜》中寫道：「他（按：指哈庸凡）還告訴我們一個新鮮的創作意見，那是歐陽予倩告訴他的，說戲劇創作，要有兩個要素：一是『戲劇化』，一是『人情化』。我頗表贊同這話是正確的。」

❉ 哈庸凡與抗日英烈何德璋

台兒莊戰役空中勇士、危急時刻駕機撞毀敵機以身殉國的中央空軍第八隊副隊長桂林人何德璋的事蹟和祭奠活動，當時的《廣西日報》未能見著，現在能查到的較為詳盡的報導，僅《南寧民國日報》1938年5月8日和9日連載的〈桂各界公祭空軍四烈士〉一文，文中附有「何信（號德璋）烈士事略」。此篇報導訊頭標明「桂林訊」，實際上轉載自《廣西日報》。採寫報導的記者，正是曾與何德璋高中同學、時任《廣西日報》首席外勤記者、採訪主任的哈庸凡。

一、哈庸凡與何德璋的同學時間及交往

上世紀五十年代，哈庸凡在《我的自傳》中曾兩次提及何德璋之兄何德潤，一次是述及1938年6月，哈庸凡等人奉派赴抗日前線時，「六月間，我接到派令，被派到八十四軍政治部做上尉科員，並受廣西日報聘為戰地特派記者。與我

圖為《南寧民國日報》1938年5月8日和9日連載桂林各界公祭空軍四烈士報導

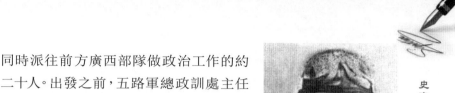

同時派往前方廣西部隊做政治工作的約二十人。出發之前，五路軍總政訓處主任秘書何德潤（參加革命後改名賀希明，現任廣東省副省長）在樂群社設宴為我們餞行。」稍後，在自傳的補充材料中進一步說明：「何德潤，現名賀希明。我和他的弟弟何德璋是同學，和他算是朋友關係。」

那麼，哈庸凡與何德璋是何時同過學的呢？

圖為台兒莊戰役時中央空軍第八隊副隊長何德璋

據記載，何德璋自桂林桂山中學肄業後，考入廣西省立第二師範學校。哈庸凡此前就讀於廣西省立第三中學初中部，此時剛入高中部。據哈庸凡《我的自傳》記述：那時「廣西省立第三中學與廣西省立第二師範合併成為廣西省立第三中學，分設初中、高中兩部，1929年我在初中畢業時，因成績較好，學校准予免考入高中部（這時校長是何福同）。當時高中部分設普通科和師範科」。此後，因家裡貧困負擔不起學費，哈庸凡由普通科轉入師範科。據史料記載，1929年合組後的廣西省立三中初中部設在崇德街老三中校舍，高中部設在王城老二師校舍。哈庸凡與何德璋同學的具體時間，應在王城二師高中部讀書時。而在此前，即何德璋在桂山中學讀書時，他們兩人或已熟識交往。據哈庸凡《我的自傳》述及，讀書時代與他交往密切的朋友中就有桂山中學的唐去非和王承祖等，何德璋或許亦在其中。

1931年「九一八」事變爆發後，何德璋考入柳州軍校無線電專科班。哈庸凡則因隨寡母寄居外祖母家，生活無著，於1932年輟學，開始掙錢養家。

因同學而與其家人成為朋友，可見哈庸凡與何德璋之關係不同尋常。至於兩人的具體交往活動，由於缺乏當事人的記述，僅依據現有史料大致梳理出以下幾點。

首先，他倆同為桂林城裡人（當年桂林城市很小，人口不過數

萬，高中僅一所），年齡相仿，何比哈長一歲。

其次，他倆家境相似。哈庸凡三歲喪父，何德璋十一歲喪父，均依賴寡母度日，家境極為艱困。哈庸凡靠著母親和祖母變賣首飾和做針線活充作學費，高中時開始給報社寫稿，用稿費買書；何德璋則依靠母親薪水為生，因母體弱多病，何德璋少年時曾趁課暇替人抄書，所獲微酬全部拿來侍奉母親。貧寒的家境，使他倆飽嘗人間冷暖，有著其他同學不曾有過的窘迫經歷，因此也有更多的共同語言。

再次，他倆讀書都很勤奮，志向遠大。前述由哈庸凡採寫報導的《桂各界公祭空軍四烈士》中「何信烈士事略」，述及何德璋讀書時「學隨年進，識並日新，識者咸目為大器。」哈庸凡高中時代即給報社投稿，高中雖因家貧未能讀完，然憑藉學識能力先後在陽朔和桂林受聘為國文教員，其間積極參加抗日救亡運動，在當時《桂林日報》發表多篇特寫、小說、評論等，改編傳統桂劇《杏元和番》，並發起組織以反帝反封建為宗旨的文學社團「風雨社」，創辦《風雨月刊》，擔任主編。廣西省會遷桂後，以其文筆俊逸被《桂林日報》選中，進入《桂林日報》（1937年4月1日易名《廣西日報》）擔任外勤記者。勤學苦讀，相互激勵，在他倆高中同學交往中應留下不少佳話。由於家境相似，脾性相投，交往密切，他倆跟雙方家人都十分熟悉，哈庸凡也坦言與何德璋之兄何德潤（比哈長不足四歲）「算是朋友關係」。

此外，還有一件兩人最可能有交集的事。即1932年間，廣西設立航空學校，隨即舉行首屆學員招考。在當時廣西民眾「寧為抗戰玉碎，不為屈辱瓦全」的救亡圖存氛圍中，何德璋與哈庸凡均投考航校。結果何德璋應試入選，而哈庸凡則因體檢不合格未能入選。對此，哈庸凡在《我的自傳》中寫道：「在這個期間，我曾報名投考廣西航空學校，因體格不夠，未被錄取。」作為相交甚篤的同學，在同時選擇報考廣西航空學校前，想必有過一番探討、交流或勉勵。

二、《桂各界公祭空軍四烈士》報導係哈庸凡採寫

由於當時《廣西日報》未見，此篇報導僅見於《南寧民國日報》。而當時報紙新聞報導不署記者姓名，因此有必要說明此篇報導係哈庸凡採寫的緣由。

其一，自1936年9月廣西省政府遷移桂林後，南寧不再是省會，《南寧民國日報》報導重點已由全省簡縮至南寧本地，對於省黨政軍機關及省會桂林的資訊，或採用桂林出版的《廣西日報》消息，在報導前冠以「桂林訊」訊頭；或採用廣西民眾通訊社（與《廣西日報》其實是一家）電訊，在報導前冠以「桂林某日電」訊頭。比如，1937年9月23日，《南寧民國日報》刊出〈國民振奮起來　一致向日反攻〉一文，係省會桂林舉辦的「九一八」六周年紀念暨國民對日抗戰宣誓大會報導。其中李宗仁總司令大會訓詞，由《廣西日報》首席外勤記者哈庸凡擔任速記，《南寧民國日報》刊出此篇報導時冠以「桂林訊」訊頭，而在「李總座訓詞」文末注「哈庸凡速記」。此篇報導顯然係《廣西日報》消息，而由《南寧民國日報》轉載。從時間看，9月18日召開的大會，《廣西日報》見報時間應為9月19日，而《南寧民國日報》見報時間則為9月23日，前後差5天。前述〈桂各界公祭空軍四烈士〉報導，桂林舉行公祭時間為1938年5月3日，《南寧民國日報》轉載見報則為5月8日（9日連載），前後相差亦為5天。

其二，哈庸凡時任《廣西日報》首席外勤記者、採訪主任，負責五路軍總部、省政府、省黨部等機關要聞採訪。「七七」盧溝橋事變後，除採訪李宗仁總

圖為1938年4月6日《南寧民國日報》報導台兒莊大捷及空軍作戰戰況

司令對日抗戰談話外，哈庸凡先後採寫第五路軍北伐誓師紀念大會、省會各界舉行「九一八」紀念大會等重要新聞，並擔任兩次大會中李宗仁總司令演講速記。1937年8月，哈庸凡代表《廣西日報》社當選為廣西各界抗敵後援會理事。

其三，當時正值台兒莊戰役重挫日寇兇焰、全國軍民揚眉吐氣、抗戰救國氣氛高漲之時，而何德璋等空軍四烈士則是在台兒莊戰役中光榮捐軀的桂軍健兒，廣西當局和社會各界隆重舉辦四烈士公祭活動。此前在桂林飯店設立何莫李梁空軍四烈士公祭委員會，由各界人士組成。待何莫李梁四烈士靈柩運回桂林後，舉行公祭典禮。李宗仁白崇禧總副司令身在前線，特派五路軍總參謀長夏威等留桂將校官佐致祭，廣西省主席黃旭初等黨政官員、團體、學校代表及各界人士等均到場公祭。這一報導當屬格外重要，身為《廣西日報》首席外勤記者、採訪主任，哈庸凡職責所繫，自然當仁不讓。據現有史料可知，哈庸凡在採訪報導空軍四烈士公祭大會（1938年5月3日）前後重要報導活動包括：5月1日採訪前線歸來的第五路軍總政訓處處長兼《廣西日報》社社長韋永成返桂消息；5月10日，由哈庸凡擔任導演、桂林軍團婦女工讀學校集體創作的獨幕劇《新難民曲》參加廣西各界「雪恥與兵役擴大宣傳周」演出活動；5月17日，前往桂林中華大旅館採訪甫抵桂林的戲劇家歐陽予倩先生，同月在《克敵週刊》和《廣西日報》分別刊發訪問記；5月22日，採訪抵桂的國民政府要員鄒魯等。

尤為重要的是，報導中附有「何信烈士事略」，哈庸凡與何德璋之兄何德潤是朋友，與何家人都很熟悉，不僅知曉何德璋的英勇戰績，而且瞭解何德璋不為人知的家庭生活，在撰寫何德璋事略時得心應手。描述其赫赫戰績之前，哈庸凡以濃筆重彩述及烈士奉命出征離家前夜片段，報導中寫道：「當臨行前一夜，置酒約家人捧觴為母壽。謂兒此去，適愜素心，誓掃倭氛，以酬壯志。立功所以報國，揚名即以顯親。母但含飴弄孫，遲聽捷音，勿為兒念。待敵寇肅清之日，即兒奉母之時，絕不作離別可憐之色。」作為曾經朝夕相處

的同學，痛惜與欽佩之情躍然紙上。

　　按說報導到此已可結束，而哈庸凡出於對何德璋的深刻瞭解（何德璋離開桂林三中後，哈何之間有過書信來往，斷定何家存有烈士遺劄），為更多搜集烈士資料，於烈士血灑疆場的英雄氣概中，發掘其兒女真情的一面，讓烈士的音容笑貌彪炳於史，公祭大會前日，哈庸凡特地分別訪問何德璋家屬，找到多封何德璋生前寄回的信函。並從中摘抄何德璋致母親、致妻子信函中若干段落，作為此篇報導結尾，殊為感人。何家人如果不是對記者十分熟悉，同時也非常信任的話，斷不會把這些私密的家信輕易示人並由其帶回摘抄。上述報導末段對此亦有記述：「查何故副隊長信於軍中曾作信致其家人，書中多慷慨激昂之詞，字裡行間，咸流露誓掃倭氛以身許國之熱情。英雄兒女，足堪千古。記者於日昨曾分訪其家屬，覓得何君遺劄甚多。」

　　至於摘抄當事人信函或相關文字以突出感染力，則是哈庸凡慣用的寫作方式。同年9月，在隨軍參加武漢保衛戰週邊戰役之克復雙城驛戰鬥後，哈庸凡於前線採訪陸軍八十四軍一八九師師長凌壓西將軍，採訪結束時，發現師部有兩封關於此役的嘉獎電文，在《大戰雙城驛》的寫作中，他同樣摘抄上述兩封電文作為這篇戰地通訊的結尾，為此役留下難得的史料。

三、《桂各界公祭空軍四烈士》主要內容

　　此篇報導全文近3000字，《南寧民國日報》於1938年5月8日和9日分兩日連載。報導主要內容包括四個部分。其一，交代時間、地點、公祭現場佈置，以及出席公祭各軍政要員名單、公祭情形等。廣西省政府主席黃旭初、第五路軍總參謀長夏威等軍政要員悉數到場致祭，在主祭人報告四烈士殉國經過及空軍第三大隊殲敵情形後，由何德璋之兄何德潤致詞答謝。其二，祭文和輓聯摘登，包括李白總副司令祭文、各界祭文及中央航校主任唁電；李白總副司令輓聯、黃主席輓聯以及何德璋母親、妻子輓聯等。其三，何信（何德

璋）烈士事略。其四，何德璋遺劄摘錄。

李白總副司令輓聯道：「凌空抗戰，效命前驅，置身於硝煙彈雨之中，秉無畏精神，競掃敵氛標偉績；視死如歸，英風宛在，浩氣與河嶽日星並永，痛多年袍澤，悵懷忠烈繫哀思」。

何德璋寡母輓聯道：「危險早在意中，差幸兒志竟成，致孝教忠，總算不負我生平願望；修短雖由數定，只恨敵氛尚熾，為民為國，惜未能留汝緩死須臾」。

何德璋妻子輓聯道：「恩愛福雖消，說什麼夫貴妻榮，三載同心成幻夢；事畜責未了，若不為姑衰子幼，九泉聚首正此時」。

其中殊為感人的是報導結尾處何德璋遺劄摘錄。記者摘錄其致母親兩函中的片段：

「……第三次敵襲西安之慘狀，較兒等在此時那兩次尤淒涼數倍，閱之令人切齒。打不下敵機，第二世變豬……但願把敵人漢奸通通殺掉，那時回家做個小百姓就高興了，就愜意了……」

「……願你老及家中諸人都莫掛牽我，我快要開始用密集的子彈向暴敵的腦海心窩中裝去了。你老人家好好地保重罷……」

而致妻子也有兩函摘錄：

「……人總是想活的，假如你底人兒命大，死遲點，甚至不死，那麼所獲的代價自然相當，這可說是如願以償了。譬如食牛柑子，先苦後甜，這才愜意呢。假如你底人兒命短，那麼，好妹妹，你不要過於傷心。你要把球兒帶大，教大，直到他知道為父報仇為國雪恥時止。同時，你好好地送了母親上天，那時你再繼余志，最後拼掉一個敵人，我們再在泉下過那快樂不知人間的生活罷……你乖乖地聽我的話麼……」

「好妹妹，趁現在有空時努力讀書吧，日後總是有收穫的。球仔一定會講嘴了，不要教他先學喊媽媽，應該教他先會說『抗日』兩字，記著，記著……」

英雄至性，兒女真情，讀罷令人淒然淚下。

受同學何德璋英勇殉國事蹟的感召，而當時不少同學已參加廣西學生軍北上抗日，《廣西日報》也有一些同事走上前線，身在桂林後方的哈庸凡滿腔激憤，積極求戰。一個月後，接獲派令，哈庸凡與其他同志一道告別桂林，奔赴抗日前線。

圖為哈庸凡自1938年6月離桂北上抗日前線後，時隔43年（1981年10月）重返故鄉桂林

北上抗戰時期
（1938年6月—1945年9月）

北上抗戰是哈庸凡一生中最為重要的時期。這一時期，他同當年無數青年一樣，由後方走上戰場，由後方的抗日救亡活動的積極參與者成為抗日前線的政治工作與宣傳工作者。這一時期，作為軍人，他先後參加武漢會戰、隨棗會戰與棗宜會戰等戰役；作為戰地記者，採寫過戰地通訊《大戰雙城驛》和《半年來淅河西岸之戰壕生活》等一八九師戰史；作為宣傳工作者，他主編過安徽省地方行政幹部訓練團《幹訓》半月刊，抗戰後期任第五戰區司令長官部《陣中日報》總編輯、社長，撰寫過《國父論宣傳工作》、《國父論組織工作》、《明末的陞官熱》等許多政論時論文稿。

自1938年6月告別寡母、離開桂林北上抗日戰場直至抗戰勝利，哈庸凡始終沒有回過桂林，再次返回桂林老家已是離家四十三年之後。1943年6月，他與在戰場上相識相戀的湖北棗陽女教師賽春英結為伴侶。

❖ 武漢會戰中的一段彪炳戰史
——《大戰雙城驛》

1938年10月，遠在後方的桂林《克敵週刊》接連兩期連載哈庸凡先生寄自湖北蘄春前線的戰地通訊《大戰雙城驛》。這是僅見的當年關於廣濟戰役的戰地報導，而雙城驛戰鬥在武漢保衛戰的相關著述中亦名不見經傳。然而，正是這場奪取雙城驛的戰鬥，「予敵後方以重大之打擊，影響戰局前途甚大」，獲得國民政府軍事委員會委員長蔣介石和中方統帥部的傳令嘉獎。此篇通訊為完整再現武漢週邊戰之廣濟戰役保存了珍貴史料。

《大戰雙城驛》記述的戰鬥是在長江北岸廣濟雙城驛打響的。戰鬥異常慘烈，陣地幾經易手。我敵反覆撕咬，寸土寸血。第五

戰區代司令長官白崇禧上將與副司令長官李品仙上將坐鎮廣濟指揮此役。同年9月5日至6日，陸軍第八十四軍一八九師奉命派出一團與友軍經過激戰，奪回被日寇佔領的戰略要地雙城驛，切斷日軍黃梅、廣濟公路聯絡線。哈庸凡隨團參戰，並在戰前和戰後分別採訪一八九師師長及擔任奪取雙城驛戰鬥的主力團長，戎馬倥傯中寫出此篇戰地通訊，真實記載了師、團官佐指揮與士兵作戰情形，再現了抗日軍人血濺沙場的衛國情懷。

《克敵週刊》連載哈庸凡寄自湖北蘄春前線的戰地通訊《大戰雙城驛》

一、大戰雙城驛的背景

雙城驛之戰，正值武漢保衛戰週邊戰役炙熱之時。南京淪陷後，國民政府軍事委員會即擬定作戰計畫，利用大別山、鄱陽湖和長江兩岸地區有利地形，組織防禦，保衛武漢。1938年6月至10月，中國軍隊在武漢地區同日本侵略軍展開大規模會戰。戰場在武漢週邊沿長江南北兩岸展開，遍及安徽、河南、江西、湖北4省廣大地區。大小戰鬥數百次，歷時4個半月，是抗戰以來戰線最長、規模最大、持續時間最長並具有重要意義的一次會戰。

廣濟作為拱衛武漢週邊的重要據點，戰前即受到中方統帥部

的極端重視。1938年2月，第五戰區關於「武漢會戰右翼兵團之作戰計畫」中即確定：「本兵團以決戰防禦擊滅當面敵人之目的。擬於黃泥湖北岸互大金鋪、雙城驛、亭前驛、二郎河鎮、西北連山地佔領數線陣地帶，拒止敵之西進，依機動轉取攻勢，將敵壓迫於長江方面捕捉而殲滅之。」（國民政府軍令部戰史會檔案）

同年7月26日，蔣介石在致白崇禧（時任國民政府軍事委員會副總參謀長、第五戰區代司令長官）李品仙（時任第五戰區副司令長官兼第四兵團總司令）的密電中即明確要求：「……廣濟陣地與田家鎮要塞相聯繫，極為重要。應置重點於該地，集結兵力，縱深配備。……廣濟以東山地，萬一發生破綻，亦無關係，惟廣濟陣地必須固守。」9月2日9時，蔣介石在致白崇禧李品仙密電中更直接部署：「應以劉汝明（按：二十八軍團軍團長）、王瓚緒（按：

桂系部隊轉戰大別山阻擊日軍

廣濟戰役中的陸軍第八十四軍

二十九集團軍總司令）、覃連芳（按：八十四軍軍長）三部死守廣濟主陣地……以期確保該地，掩護田家鎮要塞，因該地以西無良陣地也。」（同上）

哈庸凡此篇戰地通訊所述雙城驛之役打響前，敵我在雙城驛一線各陣地已反覆爭奪多日，敵我傷亡重大（據戰後統計，為時一月餘的廣濟戰役中，一八九師逾萬名參戰官兵死傷超過1200人，其中死亡656人）。8月27日，李品仙致電蔣介石報告：「著八十四軍淩師（按：即淩壓西師長所率之一八九師）由現地自西向東，側擊後山鋪、獅子岩、排子山、桃花尖、柳家大屋、油鋪街一帶之敵，協同廖師團攻擊而殲滅之，爾後進出黃梅北方地區」。9月2日，李品仙致電蔣介石續報：「綜合本日戰況……雙城驛又被敵突破。……八十四軍之一八八及一八九兩師，因連日在苦竹口、桃子山一帶與數次在普天寺、芭蕉豐一帶出擊，已受重大損失，近數日且該軍石家灣、於家灣、英山嘴一帶前線陣地，終日受敵炮之轟擊，傷亡更多，擬令撤守後湖寨、鵝公嶺亙大洋廟之線。」緊接著，9月3日，李品仙在致蔣介石密電中報稱：「世、東、冬（按：即8月31日、9月1日、2日）各日，敵分數縱隊向我八十四軍及劉軍團正面晝夜猛攻，並以優勢之空、炮轟擊。我軍在破山口、塔兒寨、惡雲寨、雙城驛、排子山、英山嘴各地與敵血戰，各陣地失而復得反覆攻擊者數次。」

在此篇戰地通訊中，作者濃墨描述了雙城驛失守對戰役之影響：「雙城驛的陷落，使廣濟突然追於

213

河南商城「陸軍第八十四軍忠烈祠」中陣亡將士名錄之一部，末附犧牲日期為1938年8月30日，即廣濟戰役期間。其中年紀最小的僅18歲，最大者亦僅27歲

危急。雖則我方大軍已在廣濟十里外的打抒口一帶截阻敵人前進。可是，假如雙城驛在我控制之下，則可以瞰據公路，威脅敵人。並且可能截斷敵人後方聯絡線，而達成確保廣濟的任務。」由此引出第五戰區長官部的命令：「因此，負著江北戰事最高指揮之責的某司令長官，便馬上下令×××師，速遣輕快部隊，收復雙城驛。」

二、八十四軍組建與哈庸凡參戰經過

八十四軍是廣濟戰役爆發前臨時組建的。據一八九師師長凌壓西回憶：「第八十四軍是抗日戰爭爆發後新組成的部隊，於1938年春夏間，將原駐廣西南寧、永淳、橫縣、貴縣等各地區的幾個獨立團，先後併編我第一八八師、一八九兩個師，每師只轄三個團。除師部是重新組織外，各團營只加上一個新的番號，官兵均未變動。」（凌壓西：《黃廣會戰中的第八十四軍》）至於抵達廣濟前線具體時間，據《八十四軍編成及參戰經過概要》記載：「軍（轄一八八、一八九兩師）6月1日奉令由廣西南寧向武漢出發，徒步行軍至長沙轉乘火車至武漢。7月上旬奉命開廣濟，乘輪船至蘄春登陸，轉廣濟待命。歸第十一集團軍指揮（按：時任第十一集團軍總司令為李品仙）。」廣濟戰役是8月27日打響的，這樣算，第八十四軍抵廣濟後，距大戰開始不過一個多月。一八九師師長凌壓西原係一七六師副師長，臨時從安徽前線調任一八九師師長。

自「九一八」事變後，廣西各界抗日聲浪日漸高漲。以李宗仁、白崇禧為首的廣西當局提出「焦土抗戰」主張，深得廣西民眾支持。1937年盧溝橋事變後，抗戰全面爆發，廣西各界民眾同仇敵愾，踴躍參軍上前線。同年10月，李宗仁在長沙答記者問時坦言：「廣西全省民眾，皆抱抗敵決心，各軍團民眾等紛紛請纓，目前可出師20萬，後備者有110餘萬人，將來可征至300萬人，與敵作殊死戰。」當時廣西總人口不過1300萬人。

此前，哈庸凡在《廣西日報》擔任外勤記者、編輯和採訪主任。據其自述：「1938年春間，廣西當局組織學生軍北上抗日，學生

軍中有不少是我的同學或朋友。接著,《廣西日報》也有少數工作人員被調往前方廣西部隊工作。」國破家亦亡,好男戰沙場。「於是,我就向總編輯蔣逸生提出了調往前方工作的要求。當時,蔣逸生也有調到八十四軍政治部做副主任的消息,所以他很快地同意了我的意見,並且幫助我向韋永成(五路軍總政訓處處長)請求。這時,韋永成兼任十一集團軍和二十一集團軍總政訓處處長,前方廣西部隊的政工人員都由五路軍總政訓處委派。六月間,我接到派令,被派到八十四軍政治部做上尉科員,並受《廣西日報》聘為戰地特派記者。與我同時派往前方廣西部隊做政治工作的約二十人。」(哈庸凡:《我的自傳》)

1938年7月,哈庸凡由桂林抵達漢口。「這時,正當軍隊政工系統改行新編制,將軍的政治部縮小,師的政訓處擴大為政治部。由於編制變動,人事也要調整,所以我和一道出發的朋友就在漢口住下來等待。」「在漢口住了約半個月,人事調整的結果,我被派到八十四軍一八九師政治部做上尉科員。七月下旬,我由漢口搭廣西一個補充團的專輪到湖北浠水,由浠水徒步到廣濟一八九師駐地到職。師長是淩壓西。」(同上)而此前,八十四軍所轄一八八和一八九師同月上旬方抵廣濟。儘管大戰在即,但直到7月下旬,相關人員配備仍在進行中。

這是哈庸凡第一次參加的戰役,在其自傳中僅提及一句:「(一九三八年)九月間,參加武漢週邊戰的廣濟、黃梅戰役」。當時,哈庸凡在一八九師政治部第一科任職,「第一科主管業務是民運,我的具體工作是和地方政府聯繫,組織擔架和民夫,其間一度被派到一八九師一一〇八團幫助搞宣傳工作。」(同上)

三、《大戰雙城驛》主要內容

《大戰雙城驛》記述了雙城驛失而復得的經過,全文五千餘字。作者親歷此役,感同身受,情景交融。尤其是,作者身在作為廣濟戰役主力部隊的一八九師,對廣濟戰役發起時間與雙城驛陷落

的準確記述為戰史提供了可靠依據:「八月二十七日,敵一部攻苦竹口,突破我後山鋪陣地。翌日,敵人以極猛烈的大炮,不斷向我轟擊,又毀壞我軍預備陣地,並沿大河鋪攻雙城驛。九月二日至三日,敵人採用錐形突擊戰術,突破雙城驛,直趨前進,佔領下彭、荊竹鋪一線,並以主力猛攻後湖寨、五峰山。」(哈庸凡:《大戰雙城驛》)

整篇通訊以三個「好一個」句式為標誌,分為三個部分。

通訊起首部分,即「好一個豐年的景象」,描述雙城驛這個即將成為血肉橫飛的戰場稻黃秋熟的田園風光,以及秋收在望,而辛苦一年的農民被迫「忍痛拋別了家鄉,走向冷凍與飢餓的悲苦中去」(同上)的悲憤情狀,為稍後爆發的大戰撕破恬靜的家園做足鋪墊。

其次,是「好一個古道的驛站」,描述雙城驛獨特的地理和軍事地位,特別是戰場上我敵雙方態勢,以及雙城驛陷落敵寇手中對整個江北戰局的威脅,引出戰區長官部收復雙城驛的命令。儘管身處炮火紛飛的前線,作者仍不忘戰地記者的特殊使命:「記者得到這個消息,即時策馬到×××師師部訪問師長凌劍南將軍。那時候,軍中新斬了放棄陣地的團長黃伯銘,並且又懲戒了一批失職的官兵。因此全師士氣大振,整個師部都籠罩著緊張與肅厲的空氣。經過一番簡單的傳達手續,我便被引向師長室去。」這裡提及的團長黃伯銘,即一八九師——一〇七團上校團長,此前因被日寇飛機和大炮輪番轟炸嚇倒,居然擅自放棄陣地,將部隊撤離。儘管黃伯銘與師長凌壓西交情深厚,曾經在「模範營、講武堂、軍校高級班」三次同學,先後又是同事,但凌壓西師長還是奉令將黃就地處決,以肅軍紀。此後,以師部參謀處長王佐民代——一〇七團團長,大戰雙城驛就是由王佐民團擔任的。

戰鬥打響前,作者也不忘採訪擔負此役的主力團長王佐民:「凌師長告訴我,這個任務已經命令XXXX團擔任,並且介紹我到團部去隨軍觀戰。朦朧的月光裡,我縱馬到了XXXX團。

XXXX團是激戰半月、憩息未定的部隊。團長王佐民是一個精明幹練的少年軍人，能吃苦耐勞，而且很勇敢。原任師部參謀處長，此次全師出戰，他參贊軍務，夙夜勤勞，很得淩師長的讚許。後來XXXX團長黃伯銘因放棄陣地獲罪，淩師長便以他出任團長。這時，該團為師的預備隊，王團長接手剛整理兩日，便奉到命令出擊。」

難能可貴的是，作者濃墨重彩描述了領受任務、隨時準備喋血沙場的士兵們的情狀：「九月五日上午七時，反攻雙城驛的命令下了。剛從火線下來的弟兄們，還沒有過足殺日本鬼子的癮，大家正在氣得發悶，如今得到反攻敵人的命令，每個人都被這過度的快樂所鼓舞得跳起來。『好的，這一次幹個痛快！』」「九月的朝陽，照在士兵們的緊張的臉上，更顯得這些八桂子弟的英勇與偉大。」

最後，是「好一個秋夜的戰場」，描述戰役經過，從戰術部署到戰前動員，從戰鬥行軍到前線廝殺。

寫戰鬥的險迫：「十六時，王團長接到第一線營蔣營長的電話，說是我第一線連已進展到西沖附近，佔領雙城驛北側高地之敵，現正向我猛烈掃射中。同時，塔兒寨的敵兵也正在向我軍陣地炮擊。形勢進於最嚴重的階段。」

寫此役的艱難：「這一帶的戰場，都是綿亙不斷的崇山峻嶺，重重疊疊的峰巒在起伏著，是易於守而難於攻的險要地帶，只有塔兒寨的東南兩面，有一塊長方的郊原，再南十餘里，則因秋雨連綿，已成氾濫的地區，這是何等艱苦的反攻？！然而，為了七年來的深冤大恨，為了保衛國家民族的生存，我們的八桂健兒終於以最大的勇氣，猛撲到敵人的身邊。」

勝利奪回雙城驛之後，作者與主力團長「併馬進到雙城驛」，再次採訪前線指揮作戰的師、團長，與戰前相呼應，總結了此役勝利的原因。饒有趣味的是，團長對此役總結集中在戰術上，所謂兩面夾攻與晚間作戰；而師長的總結則集中在獎懲公允與士氣提振

上，並以剛因臨戰後退放棄陣地被槍決的團長黃伯銘為例，前者重戰術，後者重士氣。通訊中對師團兩級指揮官刻畫栩栩如生，使人讀來如聞其聲，如見其人。

通訊中描寫別有韻味，顯示出哈庸凡清新的文筆與炙熱的情懷。

寫雙城驛的田園風光：「黃澄澄的穗實，一束又一束地壓在稻莖上，笑吟吟地，靜悄悄地，躺在溫和的陽光裡」。

寫雙城驛這個兵家必爭的關隘險地：「這些山地像鏈環，也像階級，一座緊接著一座，一座高出一座，巍巍地，俯瞰著那成為凹形的雙城驛」。「這些高地，也密切地連接著，形成一道天然的屏障，把廣、黃公路摟抱在懷中」。「雙城驛，好一個古道的驛站！知否就是黃昏時候天涯遊子銷魂的所在喲？！可惜昔日安樂的田園，而今是化作血肉橫飛的戰場了」。

寫戰前的營房：「營幕裡卷過來一陣歡笑。命令像一塊石子，在士兵的腦海裡擲起了興奮的浪潮，每一個角落都為這一塊石子所波動而激蕩起來了」。

寫戰場的激烈：「遠處的山頭，樹巔，冒出一叢一叢的黑煙。力的廝殺，力的吼，震撼了山嶽，震撼了郊原，連楓林、淺溪、小崗、沙土都在跳躍了」。「炮火來得更猛烈了，一陣又一陣，像夏雷一般的震動著。血花濺在秋天的野草上，像是民族解放之花一樣的燦爛，它將永伴著道旁那些陣亡將士們的英魂」。

寫團長前線指揮若定：「王團長振奮地喊，勇氣從喉間噴出來。」

通訊作者身歷其境地描寫戰場上殺聲如雷：「『殺！』勇士們的怒吼，吞沒了敵人。」對於戰場上的這一細節，一八九師師長淩壓西將軍後來回憶此役時寫道：「我軍激戰終夜，槍聲、手榴彈聲和肉搏的呼喊聲（因黑夜混戰分不清敵我，在短兵相接時必須大聲喊殺來識別，以免錯殺自己的戰友），不絕於耳，官兵傷亡相當大，

但拂曉前終能將敵擊退，保存陣地。」（淩壓西：《黃廣會戰中的第八十四軍》）

通訊中的師團番號被以×××替代，應係戰爭時期保密要求，當年戰地報導均隱去部隊番號。對照其自述，通訊中的×××師即哈庸凡所在的陸軍八十四軍第一八九師，××××團即為一一○七團。一八九師中將師長淩劍南即淩壓西，字劍南。一一○七團中校團長王佐民，後改名王佐文。

廣濟戰役後直至1941年初，哈庸凡隨淩壓西一八九師所部由鄂東轉戰鄂豫皖，先後參加第一第二兩次鄂北戰役（亦稱隨棗會戰與棗宜會戰）。關於淩壓西、王佐民與自己的交集情況，哈庸凡在自傳中也分別有所說明。

「淩壓西——廣西容縣人。廣西講武堂和廣西軍校高級班畢業。北伐時當過營長，抗戰前當團長兼副師長。抗戰以後，才當一八九師中將師長。後因在隨縣抗敵有功，被升為八十四軍副軍長，仍兼一八九師師長。他駐防隨縣時，曾積極組織當地的黃槍會參加抗戰。我在師部當秘書時，曾陪他到老河口五戰區長官部開過一次軍事會議。」

「王佐民——廣西貴縣人，廣西軍校三期炮科畢業。抗戰以後，先後做過一八九師中校參謀處長、一一○七團中校代團長、五六六團上校團長、一八九師少將副師長、四十八軍少將參謀長、二三六師少將師長。我開始當政訓員，就在他那一個團。那時軍隊中軍事人員和政工人員常有爭執，工作搞不好。王佐民個性倔強，又比一般軍官有學識，所以他更看不起政工人員。我在下團以前，掌握了他的情況。下團以後，遇事和他商量，尊重他的意見，不擺出對立的樣子。他看不起當時一般政工人員油頭粉面的做派，而我的生活比較樸素，也能在火線上進出不怕。因此，他比較重視我，不但和我處得很好，而且要求他的下級都和我好，讓我放手做工作。有時政訓室的經費不夠，他就從團裡拿錢來補助。」

四、雙城驛之戰史實鈎沉

或許雙城驛之戰只是慘烈血腥的廣濟戰役中的一幕,而且最終廣濟還是被日軍佔領,直至武漢失守,因此關於武漢會戰的著述史料中未見提及收復雙城驛戰鬥,即使提到雙城驛也只一筆帶過,語焉不詳。

我軍奪回雙城驛後,記者隨即採訪淩壓西師長,在一八九師師部看到兩則與此役相關的電文,出於記者的敏感,哈庸凡特地抄下這兩則電文,並作為《大戰雙城驛》的結束語,為此役保存下彌足珍貴的史料。其一:「案奉ＸＸ漕參一篠酉電節開:據覃軍長電話稱,本月六日上午,我ＸＸＸ師克復雙城驛,切斷黃梅、廣濟公路聯絡等語,查該ＸＸＸ師能乘敵攻擊廣濟之際,拊背側擊,佔領要地,予敵後方以重大之打擊,影響戰局前途甚大。應即傳令嘉獎,以激士氣。(下略)」其二:「案奉ＸＸ電開:刻奉×轉×電話諭,×××師克復雙城驛,特賞洋一萬元。(下略)」。其一為傳令嘉獎,其中提及的覃軍長即八十四軍軍長覃連芳。其二為獎賞。至於是哪裡傳令嘉獎,儘管作者當時肯定知道,但在通訊中並未提及。據筆者考證,第一則電文為中方統帥部、國民政府軍事委員會委員長蔣介石發出的,對一八九師克復雙城驛「予敵後方以重大之打擊,影響戰局前途甚大」,給予傳令嘉獎。至於獎賞一萬元,應是蔣介石傳令嘉獎後,中方統帥部論功行賞的。

關於雙城驛之戰與蔣介石對此戰的嘉獎,據《八十四軍編成及參戰經過概要》中記載:「(1938年)8月3日,奉命接替六十八軍廣濟附之李家灣、塔兒寨、葉家大屋、後山鋪、苦竹口之線,拒止西犯之敵。12日敵開始以炮轟擊我軍陣地,我不斷向敵出擊,屢挫敵鋒。敵不斷增補猛撲,與敵浴血戰鬥五十餘日,並克復雙城驛,獲委座嘉獎。」

1942年4月,時任第八十四軍軍長莫樹傑率部轉戰河南商城期間,在當地購地建造「陸軍第八十四軍忠烈祠」,第五戰區司令長官李宗仁親題「忠烈祠」匾額。莫氏所撰碑記中謹記曰:「武漢週

邊戰,本軍前一八八師及一八九師復由粵南海疆防次,北上參加黃梅、廣濟各役,與敵周旋者幾閱月。而一八九師出擊黃梅,尤建奇勳,克復雙城驛之役,且奉委座嘉獎,並頒賞金壹萬元。」上述記載與通訊中所記嘉獎電文完全吻合。

上述兩則記載均提到「克復雙城驛」,亦即發生於廣濟戰役之中的收復雙城驛戰鬥。而「獲委座傳令嘉獎」,一則顯示此役在武漢保衛戰中戰略意義之重大,二則凸顯此役已成為陸軍八十四軍的彪炳戰績,以致勒石紀之。只是「克復雙城驛」之戰未見相關史籍記述,此後哈庸凡在任一八九師師部秘書期間,曾編寫過一本《一八九師戰

河南商城陸軍第八十四軍忠烈祠碑記

221

史》,然至今遍尋無著。而寫於戰地的《大戰雙城驛》,則為陸軍第八十四軍一八九師當年這一戰史,保存了包括敵我態勢、戰鬥經過、官兵奮勇以及「委座嘉獎」電文在內的生動形象的第一手史料。

至於蔣介石委員長傳令嘉獎及賞洋一萬元的具體時間,同年9月7日白崇禧致蔣介石密電報告:「即到。武昌委員長蔣、總長何:最密。……又據魚申廖總司令報告,川軍及一八九師進佔大河鋪、雙城驛、龔岩、塔兒岩,敵以混合聯隊反攻甚烈,暫退守大河鋪北端荷葉山、五桂山,並擬即晚仍行反攻,截斷其公路。當即照發川軍獎金兩萬元,淩師一萬元。」這裡「淩師」即淩壓西所率之一八九師。據此分析,蔣介石對一八九師的傳令嘉獎及賞洋一萬元,具體時間應為我軍奪回雙城驛的當日,亦即1938年9月6日。

此役勝利四天後,即9月10日,哈庸凡隨一八九師所部轉進蘄春桐桎河時,寫就此篇戰地通訊《大戰雙城驛》。一個月後,便在桂

林出版的《克敵週刊》上分兩期連載。這裡有個問題，哈庸凡受聘為《廣西日報》戰地特派記者，何以戰地通訊在《克敵週刊》上發表呢？因時代久遠，當年《廣西日報》尚未查到，而哈庸凡曾在1937年秋即以《廣西日報》代表身份，兼任廣西各界抗敵後援會宣傳部副總幹事，並擔任《克敵週刊》主編，深知抗戰期間，刊物亟需此類稿件。他雖然去了戰場，而許多同人故舊仍在桂林後方堅守。這也顯示出哈庸凡與《克敵週刊》難以割捨的深厚關係。

❋ 大戰雙城驛（上）

克敵週刊1938年第33期

由廣濟縣循大別山脈向東行，經過荊竹鋪、下彭、小坡、大坡，便到了雙城驛。這是一帶頗為崎嶇的山地。在山叢的凹地裡，有百幾戶人家，結成一個小小的墟市。環繞在墟市外面的，是一大片水田。初秋的輕風，把田裡的稻全吹熟了。黃澄澄的穗實，一束又一束地壓在稻莖上，笑吟吟地，靜悄悄地，躺在溫和的陽光裡。好一個豐年的景象！這該是農家秋收的時節了。然而，江北的烽火，到底是無情地蔓延到這塊和平的樂土上，農民們只得忍痛拋別了家鄉，走向冷凍與飢餓的悲苦中去。這時，剩下來的，便是一片廣大的荒涼。偶爾從風裡飄起一陣牛糞的臭味，依稀喚回這座村落向日的情景，更教人發生無限的憑弔。

雙城驛介於廣濟、黃梅之間，有一條蜿蜒的古道在連接著，雙城驛便是古道舊日的驛站。大別山脈自廣濟走下，到了這裡，便向左右兩面綿延著，在左側的，有3776高地、西沖口、袁家沖、彭家坳、鵝公堖、官山寨，這些山地像鏈環，也像階級，一座緊接著一座，一座高出一座，巍巍地，俯瞰著那成為凹形的雙城驛。右前方的高地塔兒寨、龍頭砦，像衛星一般，環護著雙城驛的東南角。靠西南一面，惡雲寨、生金寨、鼓兒山這些高地，也密切地連接著，形成一道天然的屏障，把廣、黃公路摟抱在懷中。因為這許多奇突峻拔的山

地，所以雙城驛便成為軍事上最險要的地帶。

雙城驛，好一個古道的驛站！知否就是黃昏時候天涯遊子銷魂的所在喲？！可惜昔日安樂的田園，而今是化作血肉橫飛的戰場了。

敵人自從在宿松、太湖潰退之後，便以兩師團主力企圖由黃梅西犯廣濟。八月二十七日，敵一部攻苦竹口，突破我後山鋪陣地。翌日，敵人以極猛烈的大炮，不斷向我轟擊，又毀壞我軍預備陣地，並沿大河鋪攻雙城驛。九月二日至三日，敵人採用錐形突擊戰術，突破雙城驛，直趨前進，佔領下彭、荊竹鋪一線，並以主力猛攻後湖寨、五峰山。另一部約一聯隊，附有小鋼炮四門，則佔領龍頭砦、塔兒寨及雙城驛以西地區，掩護敵人的右側翼前進，並且不時向我鵝公墰、雙合尖的陣地攻擊，似乎有越過蘄春的桐梓河，圍攻廣濟的企圖。

雙城驛的陷落，使廣濟突然進於危急。雖則我方大軍已在廣濟十里外的打抒口一帶截阻敵人前進。可是，假如雙城驛在我控制之下，則可以瞰據公路，威脅敵人。並且可能截斷敵人後方聯絡線，而達成確保廣濟的任務。因此，負著江北戰事最高指揮之責的某司令長官，便馬上下令×××師，速遣輕快部隊，收復雙城驛。

記者得到這個消息，即時策馬到×××師師部訪問師長淩劍南將軍。那時候，軍中新斬了放棄陣地的團長黃伯銘，並且又懲戒了一批失職的官兵。因此全師士氣大振，整個師部都籠罩著緊張與肅厲的空氣。經過一番簡單的傳達手續，我便被引向師長室去。

淩師長是一個中年的軍人，在八桂一般將領中，以治軍森嚴、勇敢善戰著稱。身材微胖，很壯健，臉上透漏著堅毅沉著的氣色，這時，他正站在牆邊，一面看地圖，一面手持聽筒聽取前方的情報。為了指揮前線部隊作戰，這位英勇的將軍已經有好幾夜沒有睡眠了。然而，他仍然是那麼機智，那麼有精神，像一座山峰似的屹立著。

好一會，淩師長聽完了電話，才擱好聽筒，坐下談起來。

「師長太辛苦了。」懷著敬仰的心情，我這樣說。

「這是我們為國出力，為民族爭生存的時候，算不了甚麼辛苦。」淩師長爽直地回答。跟著，又把近日的戰況以及我敵雙方的動態，詳細告訴我，並且還指著牆上的地圖來幫助他的說明。我在感謝淩師長的指示之後，隨即問起收復雙城驛這回事，淩師長告訴我，這個任務已經命令ＸＸＸＸ團擔任，並且介紹我到團部去隨軍觀戰。

朦朧的月光裡，我縱馬到了ＸＸＸＸ團。

ＸＸＸＸ團是激戰半月、憩息未定的部隊。團長王佐民是一個精明幹練的少年軍人，能吃苦耐勞，而且很勇敢。原任師部參謀處長，此次全師出戰，他參贊軍務，夙夜勤勞，很得淩師長的讚許。後來ＸＸＸＸ團長黃伯銘因放棄陣地獲罪，淩師長便以他出任團長。這時，該團為師的預備隊，王團長接手剛整理兩日，便奉到命令出發。

九月五日上午七時，反攻雙城驛的命令下了。

剛從火線下來的弟兄們，還沒有過足殺日本鬼子的癮，大家正在氣得發悶，如今得到反攻敵人的命令，每個人都被這過度的快樂所鼓舞得跳起來。

「好的，這一次幹個痛快！」

營幕裡捲過來一陣歡笑。命令像一塊石子，在士兵的腦海裡擲起了興奮的浪潮，每一個角落都為這一塊石子所波動而激蕩起來了。九月的朝陽，照在士兵們的緊張的臉上，更顯得這些八桂子弟的英勇和偉大。

迅速地完成了出擊前的準備。

王團長英氣勃勃地佩上全副武裝，率部由馬黃金出發，先就攻擊準備線。一路上，塵土像一道延綿的黃煙在頭上飛，士兵們緊繃著紅的臉，把腳重重地往地上踏，緊張的寂靜統治了廣大的空間。九月的風，輕輕地，把這些勇士們的壯氣，飄在萬里長空上。

（未完）

❋ 大戰雙城驛（下）

克敵週刊1938年第34期

嚴肅的戰鬥行軍。前進——

到達了團部的指揮所，王團長把各營的任務分派下來：第二營為右第一線營，即向惡雲寨以西地區攻擊前進；第三營為左第一線營，即向惡雲寨以東、塔兒寨以西地區攻擊前進。第一營為預備隊，隨左第一線營後跟進。步炮連則先在官山寨附近佔領陣地，制壓塔兒寨方面的敵人，協左第一線營攻擊雙城驛。

十一時，全部就攻擊準備線完畢。王團長一面派員與左右翼友軍聯絡，協定攻擊開始時間，一面又派人向敵方搜索敵情，隨後即打開軍用地圖來計畫著攻擊的步驟。時間在最緊張的空氣裡度過去。

正午過後，據聯絡員回報，已與友軍協定於是日十五時開始攻擊前進。一會，又據探報，有敵步兵三百餘人正在雙城驛北端高地一帶構築工事。王團長得到了敵情的虛實和友軍的協助，馬上便用電話召集各營長到官山寨團部指示敵情，並且面授攻擊機宜。

「這是本團最重大的使命，也是整個江北戰局上最重要的一著，所以我們要絕對保證勝利。不然，我們對不起國家，對不起長官，更對不起全國老百姓。這一次，我們要有決心用血肉來爭取勝利，用血肉來換回我們的雙城驛！」

王團長興奮地說。隨後即用電話把分派的各項情形報告親臨前線指揮的李寶璉副師長。

十五時到了，攻擊開始！

炮聲密集地響起來，「轟，轟，轟……」，「撲撲撲撲撲……」，「拍——爆，拍——爆，」一切都融合在一片震動的大聲浪裡。遠處的山頭，樹巔，冒出一叢一叢的黑煙。力的廝殺，力的吼，震撼了山嶽，震撼了郊原，連楓林、淺溪、小崗、沙土都在跳躍了。

「殺！」

勇士們的怒吼，吞沒了敵人。

攻擊前進——

十六時，王團長接到第一線營蔣營長的電話，說是我第一線連已進展到西沖附近，佔領雙城驛北側高地之敵，現正向我猛烈掃射中。同時，塔兒寨的敵兵也正在向我軍陣地炮擊。形勢進於最嚴重的階段，王團長這智勇雙全的健將，他當時料定如果我軍專取正面攻擊，被敵人居高瞰射，一時甚難得手。所以馬上命令蔣營長以預備隊向左延伸，包圍敵人的右翼，來一個兩面夾攻，使敵人不能兼顧。同時，又命令步炮連向塔兒寨之敵制壓，掩護步兵前進。他自己也就奮不顧身地上陣督率。

這一帶的戰場，都是綿互不斷的崇山峻嶺，重重疊疊的峰巒在起伏著，是易於守而難於攻的險要地帶，只有塔兒寨的東南兩面，有一塊長方的郊原，再南十餘里，則因秋雨連綿，已成氾濫的地區，這是何等艱苦的反攻？！然而，為了七年來的深冤大恨，為了保衛國家民族的生存，我們的八桂健兒終於以最大的勇氣，猛撲到敵人的身邊。

炮火來得更猛烈了，一陣又一陣，像夏雷一般的震動著。血花濺在秋天的野草上，像是民族解放之花一樣的燦爛，它將永伴著道旁那些陣亡將士們的英魂。

王團長用望遠鏡看出敵人的陣腳有些支援不住，馬上便揮動大兵奮勇上前，到十六時三十分，到底把頑強的敵人擊破，克復了雙城驛北側一帶高地。這時，王團長一面用電話報告李副師長，一面又乘敵人潰亂的時候，鼓勵各營長率部乘勝追擊。

「是時候了，馬上奪回雙城驛呀！」

王團長振奮地喊，勇氣從喉間噴出來。

熱血在勇士們的胸中奔流著。

追擊前進——

敵人在慘敗之餘，立足未穩，又被我大軍猛衝，已無回擊的力量。經過一番激戰以後，雷樣的呼聲便響起在我們的陣營中。

「雙城驛是我們的了！」

瑰異庸凡——抗戰時期的一位民國報人

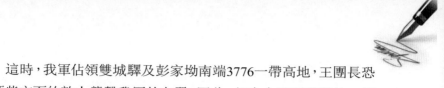

這時，我軍佔領雙城驛及彭家坳南端3776一帶高地，王團長恐龍頭岩方面的敵人襲擊我軍的左翼，因此，便命令以預備隊的一部佔領袁家沖口，以保左翼的安全。

敵人經我軍擊潰之後，即退守塔兒寨及其以西一帶既設陣地，用猛烈的炮火向我還擊。同時，並以百餘騎兵抄襲袁家沖，敵機也起飛在高空協助陸上部隊作戰。

雙方在對峙中。

師部的電話來了。淩師長命令王團長繼續攻擊前進，收復塔兒寨。再將敵人壓迫於公路以外，截為兩段，以阻止敵人由黃梅方向增援。不過，在當時，因為左右翼的友軍不能進展，王團已形成突出，如果再繼續前進，兩翼的顧慮甚大，一團的兵力實在不足以應付。之後，又奉到命令，增援××××團的第一營和××××團的第一營歸王團長指揮，擔任出擊的任務。

是晚上了，九月的夜，充滿了幽涼的秋意，朦朧的下弦月掛在天邊。大地上的一切，都是輕的，稀薄的黑影，晚風從樹梢頭飄過來，吹開了戰士們日間的勞倦。好一個秋夜的戰場，興奮在每個人的心上活起來了。

王團長把部屬重新部署，因為原來的各營對於地形和敵情都比較熟悉，所以仍舊擔任第一線營攻擊的任務。新撥歸指揮的兩營則為預備隊，並分任左右兩側翼的警戒。二十二時，開始第二次攻擊。

炮聲又密集地響起來，夜幕上冒出陣陣的紅光。一霎時很明顯地照出了四周的景物。有時，一道一道成弧形的火線，劃過天，向廣大的山叢裡飛去。戰地夜景，是分外覺得壯麗呵！

冒著敵人的炮火，衝鋒！夜奪塔兒寨！

激烈的搏鬥，在雙城驛以南一帶地區進行著。戰至黎明，我軍已先後佔領生金寨、鼓兒山、大坡一帶重地，敵人偃旗息鼓地退出了塔兒寨。

我和王團長並馬進到雙城驛。路上橫倒著許多敵兵的屍體，

我軍正在點集戰利品,晨風裡送過來歡悅的呼聲:

「我們勝利了!」

談起這次的戰事,王團長說:

「雙城驛是一片凹地,不經一擊。主要的還是要制服雙城驛附近高地的敵人,所以我們採用兩面夾攻的戰術,把敵人包圍起來。並且逐次佔領高地,制壓敵人。這麼一來,敵人自然要為我們擊破了。」

歇了一會,王團長又談到關於敵人方面的情形。他說:

「敵人的步兵非常脆弱,如果沒有炮兵和空軍協同作戰,以及利用堅強的工事,那麼,一經我軍衝擊,馬上就要潰退。所以敵人的襲擊多在日間。如果在晚上陸空步炮協同困難的時候,就不敢攻擊了。所以晚間出擊,對於我是絕對有利。」

辭別了王團長,我便跨馬回到師部。

凌師長仍舊是徹夜未眠地在指揮著前線的戰事。案頭批閱文牘的墨蹟未乾,又要去聽電話。全師的活動,集中在他一個人的身上。然而,他依然是很沉著、很堅定的在工作著。在百忙中,他抽出一些時間來給我談話。關於這次克復雙城驛,他以為:

「這並不是甚麼大的勝利,也不能說是立下怎樣大的功勞。不過,這次的勝利也不是偶然的。一方面固然是各級官長平日對於士兵訓練很認真,軍風紀也很森嚴,另一方面,也是此次獎懲了一大批官兵,振奮了不少的士氣。」

凌師長很侃切地繼續說下去:

「我對於部下官兵,從來不肯苟且,有功必賞,有罪必罰,絕對不講一點情面。譬如黃伯銘,他和我在模範營、講武堂、軍校高級班,一共三次同學,先後又是同事,交情不可謂不厚。但是,此次他犯的是規避作戰、放棄陣地的大罪,所以奉令將他槍決時,不能在友情上面來開脫他。我寧可犧牲個人的友情,絕不能毀壞國家的法紀。至於受賞的,如王參謀處長擘劃軍務,夙夜勤勞,所以升他作團長。李營長克盡職責,固守陣地,所以便請升他做團長。其餘

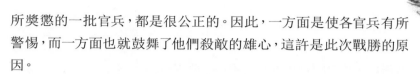

所獎懲的一批官兵，都是很公正的。因此，一方面是使各官兵有所警惕，而一方面也就鼓舞了他們殺敵的雄心，這許是此次戰勝的原因。

「這次獲得勝利，我們不敢過分居功，所以對於過大的讚揚，我們也不敢接受。能夠值得敘述的，僅僅是這麼一點小的意見。」

淩師長這種公忠體國的襟懷和光明磊落的態度，真有名將之風，教人聽了，不由得肅然起敬。從這些情形裡，更教我們堅定了抗戰必勝的信念。

電話鈴響了，是王團長來請示關於雙城驛防守的事。淩師長毅然地命令：

「固守克復各地！不得有失！」

等電話講完，我便告辭淩師長，步出師部來。

之後，我在師部，又看見如下的兩個電文：

「案奉ＸＸ漕參一篠酉電節開：據覃軍長電話稱，本月六日上午，我ＸＸＸ師克復雙城驛，切斷黃梅、廣濟公路聯絡等語，查該ＸＸＸ師能乘敵攻擊廣濟之際，拊背側擊，佔領要地，予敵後方以重大之打擊，影響戰局前途甚大。應即傳令嘉獎，以激士氣。（下略）」

「案奉ＸＸＸ電開：刻奉Ｘ轉Ｘ電話諭，ＸＸＸ師克復雙城驛，特賞洋一萬元。（下略）」

九、一〇，寫於桐柸河

❈ 隨棗會戰與一八九師戰史

1938年9月，武漢會戰炙熱之際，哈庸凡作為《廣西日報》特派戰地記者甫上前線，即隨軍參加武漢會戰，採寫戰地通訊《大戰雙城驛》。經查閱當年史籍發現，此後在隨棗會戰中，哈庸凡不僅撰寫過戰地通訊，而且在同團戰友採寫的戰地通訊中，還記述了哈庸凡率部開展戰地民眾和政治工作的情形。

日寇侵佔武漢後，為鞏固和擴大週邊，掃除平漢路及武漢威脅，遂遣重兵西進，企圖掠侵隨縣、棗陽，進窺鄂北門戶襄樊，一舉圍殲第五戰區主力部隊。1939年5月，中方統帥部以第五戰區為主，組織指揮隨棗會戰，集合數十萬兵力阻擊日軍。隨棗會戰成為繼台兒莊戰役後，中國軍隊正面阻擊日軍的又一場重大戰役。此役粉碎了日本侵略者「速戰速決」的幻夢，抗戰由此進入敵我相持階段，日軍陷入中國人民全面抗戰的泥淖。

《隨棗會戰紀要》，1939年10月桂林前線出版社出版，1940年4月再版

武漢失守前夕，一八九師經武勝關轉進隨縣馬坪港、淅河一帶，哈庸凡隨師政治部留守後方，由廣水南下至花園，向安陸、應城、京山一帶轉進，最後在鐘祥渡過漢水，經荊門、宜城、襄陽，輾轉回到前線。這時馬坪港、淅河已經失守，一八九師撤至隨縣城郊設防。

1939年2月，哈庸凡奉派任一八九師一一〇七團（團長王佐民）代理政訓員。3月，第五戰區長官部政治部任命哈庸凡為一一〇七團少校政訓員，後轉任一八九師司令部少校秘書，隨一八九師參加隨棗會戰與棗宜會戰。

一、隨棗會戰爆發前的淅河對峙

《隨棗會戰紀要》係隨棗會戰中第五戰區左翼集團軍（第五戰區副司令長官李品仙兼總司令）的作戰經歷彙編，更準確的說，只包括擔負正面阻擊日寇西進的第十一集團軍（轄三十九軍和八十四軍，李品仙兼總司令）的戰鬥狀況，李品仙編著。關於會戰之初態勢，李品仙在《編後》中寫道：

「這次隨棗會戰，敵人處心積慮，集中力量，很毒辣的想將

他所認為的當前勁敵——第五戰區左翼集團軍（殲滅），還配上了其他部隊騎兵旅團、飛機毒氣等等，應有盡有，大舉包圍，三路並進。」

書中除《第五戰區左翼集團軍隨棗會戰簡略說明》、兩位軍事專家對隨棗會戰戰略戰術運用與重要性的品評以及李品仙的《編後》之外，分別收錄了三十九軍和八十四軍轄一七三師、一七四師、一八九師的四篇戰史文稿。

隨棗會戰爆發時間為1939年4月末，而此前由於我軍依託大洪山桐柏山脈，沿淅河蔣家河西岸構築了堅固的戰壕，不斷襲擾日軍，雙方對峙逾半年之久。這也是日軍不堪其擾，遣其重兵欲對第五戰區主力部隊予以殲滅，以解除武漢及平漢路威脅之動因。故《隨棗會戰紀要》一書中不僅記載隨棗會戰戰況，同時也記敘隨棗會戰前階段敵我對峙中我軍艱苦頑強的鬥爭經歷。這四篇戰史文稿包括：三十九軍記敘大洪山遊擊戰鬥的《大洪山遊擊粉碎敵西進企圖》；八十四軍一七三師記敘隨棗會戰開始後蔣家河阻擊戰的《蔣家河沿岸之血戰》（此役一八九師一團參與）；八十四軍

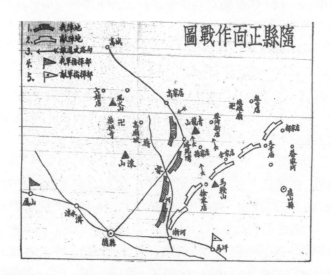

隨棗會戰中八十四軍阻滯日寇西進作戰示意圖（摘自《鄂北會戰》）

一七四師記敘1939年三四月間突襲郝家店關帝廟戰鬥的《郝家店關帝廟之殲滅戰》；八十四軍一八九師記敘淅河對峙半載的《半年來淅河西岸之戰壕生活》。

二、《一八九師戰史》出自哈庸凡筆下

據哈庸凡自述及文稿內容分析，一八九師的這篇戰史文稿應為哈庸凡所撰，亦即為繼武漢會戰後他所採寫的又一篇戰地通訊。

首先，自1938年7月於鄂東進入一八九師政治部任職，至1941年1月於皖西離開一八九師，哈庸凡隨一八九師在鄂東、鄂北、豫南、皖西等地轉戰兩年半時間，其間由上尉科員到少校團政訓員，再到師部少校秘書。其自傳手稿中述及隨一八九師抗戰經歷時曾提及，在一八九師期間，他「編寫了一本《一八九師戰史》。」由於八十四軍和一八九師均係1938年春夏間由廣西民團部隊新組建而成，甫經組建完畢即派赴武漢會戰前線。因此他所編寫的《一八九師戰史》，只能是自1938年參加武漢週邊戰之廣濟、黃梅戰役開始，直到1941年1月他離開時這一段戰史。《一八九師戰史》目前尚未發現，而隨棗會戰這一段，無疑應是其中重要部分（隨棗會戰前一八九師駐防隨縣淅河西岸長達半年之久）。更或許他所述及的《一八九師戰史》即是此篇與記述廣濟戰役的《大戰雙城驛》（1938年10月在桂林《克敵週刊》上連載）兩篇文稿。

其次，四篇戰史文稿唯獨一八九師這篇《半年來淅河西岸之戰壕生活》與眾不同。從文稿篇幅看，一八九師在四篇戰史文稿中篇幅最長，計17頁萬餘字；其他各篇則遠不及此，如三十九軍4頁，一七三師7頁，一七四師5頁。從內容形式上看，其他各篇均記敘戰鬥經過，穿插若干官兵作戰實例。而一八九師這篇則為一篇戰地通訊，有描寫，有抒情，有故事，有情節。文稿分成七個章節，既是七個主題，也是七個故事。這是因為，作者哈庸凡戰前係《廣西日報》外勤記者、採訪主任，此時仍兼任《廣西日報》特派戰地記者。專業記者採寫的戰史文稿，自然獨具一格。

　　再次，此篇文稿描述的「六個月零四天」（即1938年11月5日至1939年5月8日）期間，哈庸凡先後任一八九師政治部上尉科員與一一〇七團少校政訓員，係師、團兩級政工人員（在團裡則係政工主官）。而此篇文稿描述的題材，恰恰是作者最熟悉感觸也最深刻的部隊政工方面的故事。例如，第一章「挖戰壕的一群」中，描寫連隊士兵挖戰壕時，政工隊員們過來幫忙，與士兵們齊唱自編的「挖戰壕」歌，文稿中並全文記錄下士兵們唱的這首「挖戰壕」歌詞；又如，文稿第六章「炮火中長成的新力量」是全篇重點，記述半年來依照「且戰且教」的目標，一八九師在各團建立軍士教導隊，集中培訓一線指揮員即各班班長，這批人被稱為「炮火中長成的新力量」。文稿全部七章中，唯獨這一章特地分為一二兩個部分，前一部分寫軍士教導隊的組織，訓練場地以及政治與軍事訓練課程的特色；後一部分則寫學員們課餘集體討論及文娛生活。前一部分中特別描述了一一〇七團課堂裡的軍事掛圖：

　　「最值得提起的，就是一一〇七團軍士教導隊的課堂：還有各種軍事掛圖，譬如：『一線疏開之一例』、『成散兵半群之一例』、『成散兵行之一例』等。圖上的士兵，跪下的跪下，臥倒的臥倒，立定的立定。機槍、步槍，色色俱全。這種製造的圖例，是非常值得稱譽的，後來才知道是李劍秋隊副的創作。原來他是用紅薯雕成人物，然後再印到紙上去的。這就大大的幫助了學兵們於操典的瞭解。」

　　如此纖細的描述，顯然與作者其時任職一一〇七團政訓員有關。甚至還有對指導員（即

《隨棗會戰紀要》中署名一八九師的《半年來淅河西岸之戰壕生活》

「你別瞧他們都是兵大哥，他們寫起稿來可真踴躍。不會寫的，自己講，讓別人代寫。不然，便是三五個人來集體創作。指導員向他們提出的口號是：『有意見都要發表。』」

而後一部分有一段「我」與士兵的對話，更是直接標明作者的身份：

「在空閒的時候，時常可以見到一兩個學兵圍著老百姓很高興的在談話，親切得就像家人父子一般的。有一次，我曾經詢問一個學兵為什麼跟老百姓這樣要好，他毫不遲疑的回答我：

『指導員不是告訴我們，向生活學習，向一切的人學習嗎？』

「呵！這句話，是多麼有力的回答啊！」

這一經歷，哈庸凡在《我的自傳》中也有述及：

「這時，一八九師在隨縣的任務是一面防禦，一面整訓。一一〇七團辦了一個學兵隊，輪訓全團班幹。我和政治部派來的一個科員，就在學兵隊裡負責政治訓練——上政治課和參加小組討論。」

三、外有深溝固壘，內有鐵血兒郎

《半年來淅河西岸之戰壕生活》以「外有深溝固壘，內有鐵血兒郎」為主題，描繪出隨棗會戰前夕將士們浴血奮戰，一面防禦，一面整訓，創造出「五十米距離的對峙」[1]、阻滯日寇長達六個月零四天的輝煌戰績，以及隨棗會戰爆發後，官兵們頑強抵禦日寇重兵圍攻，終因引敵深入、實施反包圍的戰略目標而放棄陣地時的留戀與不捨。

全文逾萬言，分為七章，即（一）挖戰壕的一群；（二）一面工作，一面抵抗；（三）雪夜偷營；（四）夜襲淅河；（五）毒氣嚇不退的一群；（六）炮火中長成的新力量（兩節）；（七）新「八陣圖」。

淅河戰壕成為我軍抵禦日軍西進的堅強堡壘，抗日戰爭剛進

[1]　引自《鄂北會戰》，桂林前線出版社1939年9月出版。

入第三個年頭，中日兩國軍隊在隨縣隔河對峙長逾半載，這是絕無僅有的，也是中國反法西斯戰場的一個卓越戰例，當時前線記者們對此多有報導[1]。1939年2月，襄樊各界勞軍團到隨縣前線慰勞將士，曾對淅河戰壕生活有過一段描述：

「自武漢轉進四個月來，前線士兵掘洞而臥，冷飯果腹，水深過膝，狂風暴雨中，猶執槍防守，不稍鬆懈，忠勇奮發之精神，令人泣下。」[2]

然而，這些描寫遠不如作者置身其間寫的那麼壯觀和動容：

「（我們）構築了如鐵一般的強固陣地——以隨縣為核心，南北延長百餘里，縱深三十里，外有深溝固壘，內有鐵血兒郎。」「那真是美麗呵！三道工事蜿蜒地躺在陣地上，內中一叢叢的就好像魚鱗的排列，梅花的重疊一樣。廚房寢室廁所，都在戰壕裡建築起來，多麼美術。我們就是這樣地在戰壕裡生活起來，精神的舒適，勝過上海的洋房。」

與敵軍隔河對峙，戰鬥一日數起，我軍將士臨危不懼，作者寫得輕鬆愉快，形象生動。

寫戰地三月：

「戰地裡的春天，是美麗而且安詳的。一切都是靜悄悄地躺著，偶而由敵方送過來幾點稀疏的槍聲，立刻就驚起了林中的黃鶯。不一會，槍聲消失了，黃鶯兒仍然在枝頭上歌唱著。」

寫士兵挖戰壕：

「無數的粗壯的手，舉著十字鎬，在挖掘著第二線陣地的交通壕。春天的泥土，是非常鬆軟的；手落到地面上，一塊黃土，便跟著十字鎬浮上地面來。另外一排一排粗壯的手，舉著圓鍬，把泥堆在壕外的地面上，構成了掩護上體的護牆。似這樣一次又一次的勞

235

---

[1] 1939年2月4日重慶大公報刊出《在淅河戰壕裡》報導，臧克家1939年4月寫的《在隨縣前方》等均有我軍淅河戰壕生活的描述。

[2] 《廣西日報》1939年3月14日第二版《襄樊勞軍團談前方將士忠勇精神》。

動著，交通壕漸漸地像一條蜿蜒的長蛇似的橫盤在碧油油的草地上。春陽緩緩地發散著燥熱，這些粗壯的手，都給掛上了一串串的汗珠。」

寫政工隊員參加挖戰壕：

「這群年輕的政工隊員不由分說，就從士兵們手裡搶下圓鍬，捲起衣袖，馬上動手挖起來。那些沒有搶到圓鍬的隊員，也就不甘示弱地用兩手捧著泥塊堆起來。一位性急的小姑娘，想橫跨過交通壕，哪曉得腳恰落在對面的鬆土上，不提防，一個翻身跌進壕裡，全場騰起了一陣哄笑。

『好了，你們還是教他們弟兄唱歌吧！』連長笑著說。

『好，你們唱《挖戰壕》，我打拍子。』剛由壕裡爬起來的小姑娘，一面拭去衣上的泥痕，一面這樣喊。」

寫敵我對峙的情景：

「十一月，十二月，一月，差不多一百天了。回龍寺上的敵人，儘管在伸長頸子望，但是，隨縣依然是躺在和暖的陽光下微笑著，被敵人作為洩氣的大炮，還非常應時地點綴了這座古城裡的新年景象。」

寫軍士教導隊的日常生活：

「每天在吃飯之前，他們須把頭天指導員所規定應該認識的字，一個個認識清楚。飯後，大家拿著自備木筆在沙盤裡學寫。有一部分不識字的學兵，都照常熱心地在學習。

「上課時候，他們真有幾分大學生的風味。大多數人都用筆記簿來記錄教官的講解。他們對於他們自己的筆記，是看得非常金貴的。閒暇的時候，便打開了閱看，看完了，又藏到袋裡。有一次，一個士兵曾經發過一次最大的脾氣，就是他用鉛筆記下來的日文口號，給磨擦得模糊不清了。

「老百姓的打麥場，成為他們運動的地方。每當夕陽西下，大夥兒便在這裡跳高、翻槓，或者是大家圍著指導員，要求指導員教他們唱歌。」

　　隨棗會戰爆發後，八十四軍各師最先遭遇日軍正面攻擊，傷亡慘重。1939年5月8日黃昏，獲知另一路日軍已進入棗陽附近，一八九師奉令由守衛半年之久的淅河戰壕撤離。作者濃墨重彩地描述了士兵們對陣地的依依不捨，令人動容：

　　「如果不是命令的話，我想，那是沒有一個人願意由沈家灣前線撤下來的。六個月的前線生活，對於這些士兵們應該是多麼親切、多麼依戀的一個記憶：這裡有敵屍橫陳的沙灘；有血汗構築成的陣地；有曾經為他們擋住炮彈破片的掩蔽部；有曾經為他們用來避寒的草蓋；更有在火線上售賣食物的老鄉，洗衣的婦女。所有陣地裡的一木一草，他們都是非常熟悉的。然而，到如今，他們是要離別了。人類到底是富於情感的動物，最後一分鐘，有些老百姓簡直要淌下淚來。黑暗中，指導員用溫語安慰他們：『趕走了日本鬼子，我們再來。』懶洋洋的腳步，在黃昏的月色下移動著。」

　　文稿在描述士兵挖戰壕與政工隊員互動及合唱這一場景中，完整地保留了當年戰地歌曲「挖戰壕」歌詞，如同作者在戰地通訊《大戰雙城驛》中抄錄中方統帥部對一八九師傳令嘉獎的兩封電文一樣，彌足珍貴：

挖戰壕

> 挖戰壕，挖戰壕，
> 大家都來挖戰壕，
> 挖好戰壕打敵人，
> 別讓鬼子活著跑！
> 你一鍬呀哼喲，
> 我一鋤呀嗨喲，
> 打退了敵人，
> 大家有功勞。

　　文稿最後記述我軍撤離隨縣後，日軍依舊遲遲不敢近前的奇特情景：

　　「我軍退出隨縣已經三天，然而隨縣正面的敵人，依然阻滯

在淅河的北岸。這因為敵人在隨縣是飽受了打擊的。六個月的經驗告訴了他們，這裡有著鐵一般的堅固陣地，更有鐵一般的英勇戰士。」

直至七天之後，日軍才摸索進佔已成空城的隨縣。作者將此喻為孔明在魚腹浦擺的「八陣圖」，作者以一段話作為全篇結束語：

「看過三國誌的人們，一定會記得孔明在魚腹浦擺過八陣圖，把孫吳的兵嚇得不敢前進。想不到這一座空空的陣地，也可以阻止了敵人至七日七夜之久。追溯起來，還是固守六月的弟兄們，從血汗裡所獲得的代價。」

隨棗會戰取得繼台兒莊大捷之後正面戰場抗擊日本帝國主義侵略者的輝煌勝利，極大地鼓舞了全國人民抗戰必勝的勇氣，狠狠打擊了日本軍部戰爭狂人囂張的氣焰。據當時軍事專家分析，淅河對峙戰例，包含著隨棗會戰四大成功戰術的兩個，即「強韌的拖」和「彈性的守」，而會戰爆發後的撤離，引敵深入，以及運用運動戰、遊擊戰實施反包圍，則是「靈活的轉」和「機動的攻」[1]。從而使敵進退維谷，不斷消耗。關於這場會戰的史料，尤其是作為隨棗會戰重要起因及組成的淅河對峙戰鬥相關史料，尚待進一步發掘。而一八九師的這篇戰史文稿，無疑為真實再現這一歷史事件保留了珍貴史料。

✳ 半年來淅河西岸之戰壕生活

桂林前線出版社1939年10月出版[2]

我軍奉命守備鄂東，鞏固武漢週邊，賴我將士們數月的浴血奮鬥，已經給予了敵人莫大的打擊。以後，我們因為完成了自己的任務，乃於十一月三日，全部由平漢南段，轉進到洛陽店、府君山、浪

---

[1]　四大成功戰術引自《隨棗會戰紀要》中辰光《談談隨棗會戰》一文。

[2]　收入李品仙編著《隨棗會戰紀要》，1940年再版。

河店附近的地區。但正當我們從事整理補充的時候，而敵人因為要攻略隨棗，進窺襄樊，接著就派遣步炮騎兵二千餘，沿著襄花公路前進，而向我隨縣東邊的友軍六十八軍猛烈攻擊，淅河便告失守。於是敵人就漸漸迫近到了隨縣城東飛機場附近，這時形勢的嚴重，是不必說的了。

我軍大戰之後，部隊雖然蒙受了相當的損失，然而我們的士氣，仍然是與以前一樣的旺盛。所以當我們奉令去接替六十八軍隨縣的防地時，沒有一個不是興奮的毅然的整裝起來。便在十一月五日的早晨，煙雲彈雨之中，接受了這個重大底任務。接防不久，我們掃蕩了蔣家河右岸的敵人，佔領了望城崗回龍寺迄一七五二高地的一線。可是敵人乘我們接防部署未妥、立腳未穩的時候，大舉增援。不斷地用優勢的炮火和兵力，向我陣地轟擊和衝殺，企圖壓倒我們，奪取我們的隨棗。但我們在嚴肅命令之下，堅決地守住陣地，抵禦敵人。自十一月五日至十五日，我們與敵人整整的血戰了十天，往來衝殺，不下三四十次之多，終於將敵人的主力，逐回淅河東岸。同時也粉碎了他們西進的企圖，以後便成了對峙的形勢。

在這半年的長期對峙中，也時常發生過猛烈的鬥爭，但結果總是我們的勝利。這是因為我們一方面利用時間的餘裕，以極大的努力，在守備地區構築了如鐵一般的強固陣地——以隨縣為核心，南北延長百餘里，縱深三十里，外有深溝固壘，內有鐵血兒郎。——一方面本著且戰且教的意旨，積極的訓練部隊，和發動軍民配合著廣大的遊擊戰鬥的成功。這麼一來，不但遲滯了敵人西進的行動，同時也加強了第二期抗戰的準備，鞏固了第二期抗戰的礎石。至本年五月八日，為著遂行我軍原定的計畫，引敵深入，施行反包圍殲滅戰，遂將隨縣的陣地自動放棄了。在這六個月又四天的中間，確實有許多值得記述的事實，而為外人見所未見聞所未聞者，特為介紹，以饗國人。

（一）挖戰壕的一瞥

　　淡薄的陽光，柔和地撫慰著大地，道旁的野蘋，漸漸的碧綠了。春風，軟軟地拂在人臉上，鮮紅的活力，在空氣中蕩漾著，這是多麼燦爛的三月天氣呵！

　　戰地裡的春天，是美麗而且安詳的。一切都是靜悄悄地躺著，偶而由敵方送過來幾點稀疏的槍聲，立刻就驚起了林中的黃鶯。不一會，槍聲消失了，黃鶯兒仍然在枝頭上歌唱著。

　　無數的粗壯的手，舉著十字鎬，在挖掘著第二線陣地的交通壕。春天的泥土，是非常鬆軟的；手落到地面上，一塊黃土，便跟著十字鎬浮上地面來。另外一排一排粗壯的手，舉著圓鍬，把泥堆在壕外的地面上，構成了掩護上體的護牆。似這樣一次又一次的勞動著，交通壕漸漸地像一條蜿蜒的長蛇似的橫盤在碧油油的草地上。春陽緩緩地發散著燥熱，這些粗壯的手，都給掛上了一串串的汗珠。

　　工作場指揮官手中，玩弄著一支柳條。從機槍掩體那邊跑了過來，他把交通壕前後審視一遍，皺起眉頭喊著：

　　「唉，你們又是這樣的，你看，後面這一段挖得太直了，還要挖彎曲一點。」無數粗壯的手，又舉起十字鎬來，依著指揮官所指的那地段去挖。

　　忽地，溪畔柳蔭下，掀起一陣宏亮的歡笑。一群政治工作隊的男女隊員，從那邊跑過來，他們嚷著。

　　「弟兄們，我來給你們幫忙。」

　　「讓我來替你們挖幾下。」

　　「交通壕，我會挖，你們休息一下。」

　　於是，這群年輕的政工隊員不由分說，就從士兵們手裡搶下圓鍬，卷起衣袖，馬上動手挖起來。那些沒有搶到圓鍬的隊員，也就不甘示弱地用兩手捧著泥塊堆起來。一位性急的小姑娘，想橫跨過交通壕，哪曉得腳恰落在對面的鬆土上，不提防，一個翻身跌進壕

裡，全場騰起了一陣哄笑。

「好了，你們還是教他們弟兄唱歌吧！」連長笑著說。

「好，你們唱《挖戰壕》，我打拍子。」剛由壕裡爬起來的小姑娘，一面拭去衣上的泥痕，一面這樣喊。

「你們唱，我們還不熟。」一個士兵說。

「你們唱，我們都還不熟。」一群士兵都是這樣說。

「好，大家唱。」工作隊的林組長放下圓鍬說：「來了，一……二……三……挖……」

「挖戰壕，

挖戰壕，」

擔任構築重機槍掩體的士兵也跟著唱：

「大家都來挖戰壕，

挖好戰壕打敵人，

別讓鬼子活著跑！」

嶺上，步炮連的弟兄也唱起來了：

「你一鍬呀哼喲，

我一鋤呀嗨喲，

打退了敵人，

大家有功勞。」

小姑娘的嗓子畢竟壓倒了全場的喉音。

(二)一面工作　一面抵抗

黃昏時分，一鉤新月，掛在天邊。

士兵們扛著枝葉交叉的樹幹，走向前線來。向晚的春風，輕輕地撫慰著他們結實的軀幹，疲勞從他們身上消失了。每個人都抖起精神，抬起沉重的腿，在崎嶇的道上奔走。

蔣家河的水，緩緩地由塔兒灣流下來，像一條白帶纏在氈帽寨

241

的腰上。兩岸的沙灘，寂寞地躺在灰黑的黃昏裡。對岸的蕭家灣，漸漸由昏暗的輪廓而變為一叢叢的黑影了。

樹幹搬到了火線，在掩蔽部警戒的弟兄們首先就表示了他們的興奮：

「有鹿砦來了，你看！」

「有了鹿砦，哪怕他摸過來。」

「鹿砦也抵得他們的鐵絲網。」

連長跨過那些橫陳在地上的樹幹，走上來叮囑他的弟兄：「留心聽著！將這些鹿砦，沿著金龍寨第四連陣地的小路，抬向沙灘那面去，不准隨便擺在沙灘上。一定要種下去，最好種一二尺深。」

於是，弟兄們又負起樹幹，非常謹慎地越過了金龍寨的凹地。一會兒，樹幹全擺在沙灘上了。大家動手，從前方的重機槍掩蔽部起，一株一株的種在沙灘上。沙灘上挖土是不費力的，樹幹很快的就在陣地前站立起來，可是他們都是汗珠由額角流到腮邊，又由腮邊滴到晶瑩的白沙上。

忽地，沈家灣那邊響了一陣槍聲。連長輕輕地對他們說：「不要緊，是在沈家灣那邊，我們繼續我們的工作。」

大家沒有聲息，樹幹被他們種進沙灘裡去，一株又一株的排列著，就像一條綠色的圍裙，繫在金龍寨的腳下。

工作完成了，大家袒開衣服，讓晚風驅去身上的悶熱。連長檢查完了種下的鹿砦，才帶著他們由原路爬上金龍寨的凹地。大家呼口氣，回頭望望敵方馬鞍山頂，似乎有一點微光在晃著。

沈家灣那邊的槍聲越來越密，連長很熟悉地辨別出這是我軍的還擊。走到朱家陟坡，恰遇著陳副官剛由沈家灣前哨連回來。連長便問起沈家灣那邊的情形，陳副官邊走邊說：

「今晚真是值得，我一到前線，就看見這樣一場好戲。黃昏時候，有約莫一班光景的敵人，從小沈家灣前面那個獨立屋旁邊方向摸過來。二機連的弟兄首先發現，他報告了他們的連長。『莫作聲，

等他來。』連長說。

　　果然，敵人又前進了一百多公尺。這時候七五二高地又用小鋼炮來轟擊我們的陣地，我們的工事老早做完了的，一小鋼炮打過來，大家躺進掩蔽部裡，一點也沒有損傷。」

　　陳副官歇口氣，拿出火柴來，發火燃著香煙，抽了一口，然後又繼續說：「小鋼炮打通之後，敵人又前進了。他們以為我們陣地前面是空的，只要衝過了警戒陣地就行了。哪曉得前天晚上，那邊剛把鹿砦種好，敵人摸到鹿砦前面，就被阻住了。這時前哨連警戒的弟兄，將他們的手榴彈對準敵人投過去，一陣轟炸之後，一個鬼子也沒有走掉。」

　　跟行在連長後面的弟兄們的臉上，都堆上了歡笑。後面一個碰碰前面一個的膀子笑著說：

　　「你看日本鬼子，到底也會吃我們的虧。」

　　「這樣，我們的汗也沒有白流呀！」前面一個回答。

　　一陣歡笑之後，弟兄們回到了自己的宿營地安寢了。

　　這樣的一面工作，一面抵抗。不到三十天，淅河西岸的陣地，就完全構築成功了。——南北長約百餘里，縱深二三十里。——那真是美麗呵！三道工事蜿蜒地躺在陣地上，內中一叢叢的就好像魚鱗的排列，梅花的重疊一樣。廚房寢室廁所，都在戰壕裡建築起來，多麼美術。我們就是這樣地在壕裡生活起來，精神的舒適，勝過上海的洋房。雖然敵人的飛機和輕氣球，常常飛到我們的陣地上來偵察，但無論如何，總沒有被它——飛機輕氣球——發現過。反之，我們倒藉此牽制了敵人，同時又時常繞道襲擊他們，使他們感受著莫大的痛苦，而近於進退維谷的艱境。

（三）雪夜偷營

　　下午三點多鐘的時候，我們奉到了命令，要我們這連趁這冰冷的雪夜，去襲擊回龍寺的敵人。這消息被傳到了我們的班內，老馬直喜歡得跳起來說：

「刁他馬，幾個月了，總沒得打個痛快，真使老子大不耐煩。今夜可要殺他個落花流水啦！老韋，你說是不是？」

「話可不要說多，老馬，多做事少說話，趕快準備自己的東西吧！」說完了話，老韋就坐在他床鋪上，開始檢查自己的東西：槍枝、子彈、服裝、草鞋……最後他抽出那把雪白的刺刀來，向空中刺了一刺，「這麼一下，就要使他們這一班倭鬼，一個個永遠臥倒。」他自言自語地說著。

其他的弟兄也都在準備各自的東西。

天色漸漸地灰暗了下來，已經是四點多鐘了。吃罷晚飯之後，雪花一朵朵地還在天空中飛舞著，風越吹越緊，空氣是更冷了。排長吩咐我們提早睡覺，養養精神。可是我們大家都不願意，不，我們實在是不能睡下去，我們太興奮了。

是的，今夜的確太興奮了。為的是我們已經幾個月的長時間，不曾嘗到那割倭鬼頭的爽快滋味。自從到隨縣來了以後，起初幾天在一七五二高地打了幾天，殺他個流水落花，過了一下癮。以後我們構築了許多強固的工事，倭奴再也不敢來惹我們了，我們就安安然然的在守著。日子過久了，心裡倒有些不自在起來，總想爬出去殺一個痛快。但是沒有命令，誰敢動作呢？所以今天一得到了這個消息，我們都興奮得跳起來了。

天色已經完全黑了下來，但地上的積雪白茫茫地在放著茫茫的光。風在怒吼著，虎虎的滾過我們的頭上。是十一點多鐘的時候，我們在一塊空地上集合了。冷在人間施著殘暴的威力，摧毀了許多的自然物，但卻激起了我們每一個弟兄奮鬥的雄心！我們站著隊，靜靜地筆直地聽著連長的訓話和班長的檢查。

子彈裝進槍膛，刺刀也插上了槍口。悄悄地，我們一個跟著一個，小心地踏著雪地向回龍寺前進。

大地是寂靜的，除了那虎虎的雪風和我們腳底下壓出的破碎聲，冷──給我們內心熱熾的烈火驅走了，我們在靜肅地走著。

一座龐大的古廟不很清楚地呈現在我們面前，光景距離約有數十公尺。我們都知道，那就是回龍寺。

「臥倒！」陳福新回頭來，輕輕地對我說。

我把話傳了下去，於是我們都臥倒在雪地上了。

不久，班長來告訴我們，他說我們這班人從回龍寺的左邊殺進去，第一班就從右邊進去，叫我們準備著。

雪片，像棉花一樣地在地面上越堆越多了，風也刮得更加緊。我們可不理這些，只是眼睛盡向前望著。

「來呀！」一會間，陳福新又回頭來叫我，他已爬起來向前走了。我又傳下話去，一面也趕快爬起跟著他前進。

「劈啪！劈啪……」

「殺呀！刁他馬……」

「嚓！嚓！嚓……」

步槍聲，人聲，刺刀聲，腳步聲，呼叫聲……雜亂地混成一片，震動了整個的回龍寺。

我們一窩蜂似的沖進了回龍寺，直向屋子裡闖。那倭鬼們正橫三直四地裹著禾草和軍氈在做他娘的春秋大夢，我們闖了進去，有一兩個醒了，剛睜開惺忪的眼睛，卻給我們白刀子進去，紅刀子出來，倒在一邊，回老家去了。殺呀！殺呀！一屋子三十多個人，不到五分鐘都給我們把他收拾清楚了！

「呼」的一聲，排長的哨子響了。我們知道任務已經達成，於是趕快退出去，趕到排長預先告訴我們的集合的地方去集合。

雪花飄舞得更大了。我們一群在白茫茫的大路上行走著，歡喜填滿了我們的心胸，輕微地唱著凱旋的曲子。是一點多鐘的時候，我們就回到了宿營地——胡家崗。

(四)夜襲淅河

敵人自佔領了武漢，它為要確保武漢的安全，右翼方面，便

企圖沿襄花公路，以優勢的兵力乘勝西進，攻略大武漢的西北門戶——襄樊。

當時，我們這一師由應山轉進至隨縣才住下腳的時候，敵人已由安隨馬路急速地推進，佔馬坪，陷淅河，計畫奪取隨縣，以為西進的據點。當時他們的先頭部隊已到達望城崗。據探報：敵軍係第三師團第五旅團第三聯隊，與騎炮兵之一部並劉桂堂的偽匪軍、朝鮮軍等，配屬有機械化部隊的優越主力，約共四千人。我們打開地圖，隨縣之去淅河是二十里，而距望城崗則只有數里了。因此隨縣當時情況的緊急是可以想見的。

我師奉命接替三十六師的防線，在馬路的正面及右側沿蔣家河西岸一帶，制止敵人西進。而這任務能否達到，全看當時能否固守陣地。因此我們的壯士都一致發誓，我們要在隨縣以東地區，殲滅敵人的主力。

淅河是隨縣東方的一個重要據點。當時在淅河防守的敵人約有一千餘名，這樣雙方便在望城崗一帶接觸了。戰鬥的激烈是罕見的，敵人的大炮簡直代替了機關槍，整個陣地都給打得粉碎，跟著毒氣也來了，我們大部分的官兵都中毒了，鼻子焦辣辣的流著鼻涕。這時防毒面具的缺乏，是最妨礙作戰的一件事，可惜我們除官長發有防毒面具之外，士兵們都用手巾臨時按住鼻孔，繼續作戰。而敵人則乘勢猛攻，我方的陣地失而復得者幾次。那種拉鋸式的反覆爭奪，足足三晝夜。敵人的火器是凶烈的，我們如果單憑陣地，死硬對打，那末犧牲太不合算了。因此我們想到運動戰的配合運用，以完成當前的攻勢防禦。

淅河是當時敵人的立腳點——是它火線上數千人的行李輜重及補給的所在。然而它的主力似專注在正面，它的右翼並未顧及，倘若我們以奇兵迂迴襲淅河，使敵人的後線搖動，這實是釜底抽薪的戰法。此舉若能夠成功，則我們正面的陣地戰，就可以減少一半的困難，使大家得歇下來喘一口氣。

於是，在這縝密的計畫後，我們的襲擊部隊挾帶多數破壞或燃

引物偷渡過蔣家河去了。

黑夜間伸手不見掌。淅河城內外，住居在民房的一千餘鬼子，給我們團團圍在核心了，一場大殲滅戰就這樣開始。

我們勇敢的戰士們，快手快腳的摸進敵人的住處，鬼子們一個個豬一樣的睡得呼呼響，一點沒有防備，因為它們正在驕傲地做夢，等待著前線的捷報，哪裡想到我們天降的神兵來臨。

戰士一齊動手了，說時遲來時快，劈劈啪啪的手榴彈夾雜著密密的步槍聲、機槍聲、手槍聲，到處響得天崩地裂，四面八方都燃起熊熊的火光。烈焰照紅了半個天空，鬼子們倉惶奔突，哪知圍困重重插翼也飛不去。結果還是被我們消滅了一大半，那些狗命稍稍長一點的，就乘間逃脫了。

火線上一部分敵人回兵搶救，同時馬坪港敵軍也聞警赴援。偏偏又被我們預埋的伏兵大殺一陣。

敵人全部的糧食、汽車、汽油、馬匹、行李及子彈炮彈，都替他燒得乾乾淨淨了。

這一燒，淅河的老百姓失去了甚麼？老百姓早於一星期前搬走得精光了，他們所失掉的是舊房子，國家所贏得的卻是消滅一千名敵人及牽制三千敵人的戰果，這代價是如何偉大啊！

兩團戰士任務既達，於是奏著凱旋的歌，歸還我們原守的陣地上了。

（五）毒氣嚇不退的一群

十一月八日的早上，正值微雨初晴、晨光曦微的時候。凜然的寒氣，夾著疏密的步槍聲，鳴遍了隨淅間之望城崗一帶。就是遠在城裡，也清晰可聞。這是我右翼友軍的一部，以疏散的戰鬥群，利用那河邊的蘆葦，在側擊由淅河前進的敵人。

那時本師的一部，已佔領了回龍寺，互望城崗到大小沈家灣以西的陣地。那比我優勢的敵人步騎炮聯合約千人，八號那早晨，就集中火力向我陣地猛攻，我也以步炮猛烈的還擊。又有一部分敵

人,在沈家灣與我守備的部隊發生了猛烈的戰鬥。經過兩小時的時間,雙方都蒙受了很重大的損傷。特別是一七五二高地那個要點,敵我都很吃力的爭奪,戰鬥的狀態,顯著混亂的樣子。

這時我們的官兵,尚能奮勇地固守那原有的陣地,集結在沈家灣西邊的預備隊也來參加戰鬥,便給了敵人一個潰滅的打擊。這時又探得有步騎炮兵聯合的五六百敵人,正由公路竄踞了回龍寺、望城崗、高家灣及那東北一線的高地。又探得溳河方面,八號的早晨,新到了三千多敵人,是由馬坪港、徐家水寨開來的。再看隨縣溳河中間的地勢,是很平坦的,有彌望無涯的田疇,有綿遠不斷的河灘,敵人機械化的部隊真是暢行無阻。由於地形的有利,他的增援部隊不斷的開來,這是無疑地要沿襄花公路進取隨棗襄樊了。但是公路以北的大小沈家灣的陣地,如鐵一般始終在我軍的手裡,便使敵人感到很大的苦悶,不得不全力的猛攻了。

這天黃昏時分,東邊全線的炮聲又起了。落在我們陣地前後左右的炮彈,起了如雲霧一般的煙塵,籠罩了全線的陣地。跟著他的步兵向我右翼施行包圍的攻擊,俱被我英勇的將士擊退了。苦戰了竟日,沒法摧毀我們的陣地。他便老羞成怒,大量的施放毒氣來了。連續兩次:第一次為噴嚏性,第二次為催淚性。我守備沈家灣附近的官兵,多數中毒昏倒在陣地裡。其尚未中毒的官兵,馬上都戴著了防毒口罩,在森嚴的紀律下,本著堅守不拔、犧牲到底的精神,依然保守著完整的陣地,一點也沒有動搖。可是敵人以為我們潰亂了,便如潮的向我攻擊前進。我沉著的官兵,見那大群的敵兵進了我有效射擊距離的位置,便以齊發的急襲射擊,給了一個殲滅的打擊。使它陳屍遍野,血滿沙場,且遺棄了不少的武器與軍用品。這時已不早了,巫雲四合,咫尺莫辨,槍聲也漸漸稀疏了。

(六)炮火中長成的新力量

一

十一月，十二月，一月，差不多一百天了。回龍寺上的敵人，儘管在伸長頸子望，但是，隨縣依然是躺在和暖的陽光下微笑著，被敵人作為洩氣的大炮，還非常應時地點綴了這座古城裡的新年景象。

隨縣依舊恢復了向日的繁榮，不論是早上或是下午，當你從市街裡走了一遍之後，在任何一個角落裡，你都可以發現熙攘的人群。城外，仍然是一片碧油油的麥秧。而且，你常常可以看見一個個堆滿笑容的農家，非常安詳地在對我們兵大哥訴說著他今年的希望。你會相信嗎？由這裡再向前走不到五里路，就是最接近敵人的火線了。

然而，我們新的力量就是在這當中生長起來的，因為在炮火中完成的訓練，更加非常正確地說明了抗戰前途的光明和進步。

這個新的偉大的力量是這樣開始的：

當隨縣在敵我對峙中穩定下來之後，淩師長估計到以後的抗戰，必須要培養一種新的力量，所以本著領袖所訓示的「且教且戰」的意旨，把全師的班長分別抽調來受訓。一月底，各團的軍士教導隊都先後成立了。

他們的宿舍就借用老百姓的屋子，非常適合的，每一間房子住一班人。自然對於老百姓的生活，是多少有點不方便的。然而，這也是無可奈何的事情哩。也許你會擔心他們的內務問題，可是我告訴你，他們一點也沒有忽略了內務的整理。而且，他們學習了更多的新的整理內務的技術：雜囊水壺一樣可以很均勻地掛在牆上；床鋪是他們自己發明的，用一條竹破開兩片，鋪在兩端，當中用禾草搓成繩，兩邊交叉編起來，做成了又整齊又有棱角而且還帶有幾分原始性的地鋪。

課堂是設在老百姓的大廳裡，勉強可以坐得下。黑板向鄉間小

學校借來的，墊起燒磚當作座位，這樣，就成了一間教室。裡面貼上很切要的標語，像「一面守住陣地，一面加緊訓練」，「充實力量，準備反攻」，「在炮火中完成我們的訓練」，還有領袖和各級長官所訓示的摘錄。最值得提起的，就是一一〇七團軍士教導隊的課堂：還有各種軍事掛圖，譬如：「一線疏開之一例」、「成散兵半群之一例」、「成散兵行之一例」等。圖上的士兵，跪下的跪下，臥倒的臥倒，立定的立定。機槍、步槍，色色俱全。這種製造的圖例，是非常值得稱譽的，後來才知道是李劍秋隊副的創作。原來他是用紅薯雕成人物，然後再印到紙上去。這就大大的幫助了學兵們於操典的瞭解。此外，還有一個小小的書報室，政治指導員幫助他們搜集了一些報紙和讀物，陳列在裡面。空的時間，很多的人就在裡面閱讀書刊。這裡，還有一份壁報，是由他們自己的生活委員會辦的。你別瞧他們都是兵大哥，他們寫起稿來可真踴躍。不會寫的，自己講，讓別人代寫。不然，便是三五個人來集體創作。指導員向他們提出的口號是：「有意見都要發表。」

二

　　他們每天的工作很忙，但是他們卻非常熱忱地在接受著一切的訓練。

　　如果你肯冒著晨風在早上五點鐘以前，走到他們隊部的後面的嶺上，那「一！二！三！四！」的雷一般的吼聲，會震得你的耳麻。如果你再耐心等天色大明之後，你會看見他們很輕捷的，很熟練的在操習著各種動作。就是在鋪滿著雪花的草地上，他們也會很迅速的跟著「臥倒」或是「就射擊位置」的口令睡下去，絲毫也沒有縮畏和遲疑。

　　每天在吃飯之前，他們須把頭天指導員所規定應該認識的字，一個個認識清楚。飯後，大家拿著自備木筆在沙盤裡學寫。有一部分不識字的學兵，都照常熱心地在學習。

　　上課時候，他們真有幾分大學生的風味。大多數人都用筆記

簿來記錄教官的講解。他們對於他們自己的筆記，是看得非常金貴的。閒暇的時候，便打開了閱看，看完了，又藏到袋裡。有一次，一個士兵曾經發過一次最大的脾氣，就是他用鉛筆記下來的日文口號，給磨擦得模糊不清了。

老百姓的打麥場，成為他們運動的地方。每當夕陽西下，大夥兒便在這裡跳高、翻杠，或者是大家圍著指導員，要求指導員教他們唱歌。

於是歌聲、鼓掌聲，彌漫了整個的運動場。跟著國技、幻術，甚麼都是人搬演出來，大家都是儘量的用愉快來滿足自己。

集體討論，是他們學習的方式，不僅政治訓練是這樣，而且還常運用到軍事的學術科。比方，他們就時常討論，怎樣使臂力和腕力平均運用，才能使手榴彈投得遠；當發現一點有利之目標時，應該怎樣迅速測定最準確的距離的方法。他們常常從討論當中，綜合大家的戰場經驗，得出最適用的見解和技能來。

在空閒的時候，時常可以見到一兩個學兵圍著老百姓很高興的在談話，親切得就像家人父子一般的。有一次，我曾經詢問一個學兵為什麼跟老百姓這樣要好，他毫不遲疑的回答我：

「指導員不是告訴我們，向生活學習，向一切的人學習嗎？」

呵！這句話，是多麼有力的回答啊！

他們兩期的訓練，就在這最前線和飛機炮火之下，都如期完成了。你說，這不是炮火中長成的新力量嗎？

（七）新「八陣圖」

隨縣已經固守了六個月了，六個月是一百八十多天，這是多麼悠長的時日。在這些日子裡，敵兵一直都是被阻滯在淅河北岸，不敢越雷池一步。這就是我們半年來用血汗築成延長百餘里的一道鴻溝的功用。

敵人站在回龍寺的寶塔上，眼睜睜看著可望而不可到的隨縣，由荒涼的深秋，度到了嚴冬的寒天，而今，隨縣又是一片明媚的暮

春了。暮春，好一個落花時節！每當月白風清之夜，敵人望著隨縣的嬌容，想起了他獸國的櫻花，這些富有「武士道」精神的強盜，不由得不暴跳起來！

於是他就想在正面突破我隨縣的陣地，在側面由流水溝、茅茨畈施行戰略的包圍，來完成他大殲滅戰的陰毒計畫。

果然，隨縣的東南漸漸騰起了騷動。血的腥味在空氣裡蕩漾著，各種大小火力爆炸的聲響，沒有一刻停止。整天十五榴彈炮集中轟擊獨山二五九六高地、大小沈家灣等全線的陣地，火光照紅了半邊天角。像豬肚一樣的輕氣球，整天昇在東邊，不住地在偵察我軍的行動。而且是一天一天的向西北推進，隨縣漸漸地陷入孤立的境地了。

消息一天比一天的不同，特別是八日黃昏，聞敵已深入到棗陽附近了。更使隨縣這座大城池起了暗淡的氣色。是時，淩劍南將軍正奉命向西沿安居、環潭經萬福居向吳山鎮轉進。

如果不是命令的話，我想，那是沒有一個人願意由沈家灣前線撤下來的。六個月的前線生活，對於這些士兵們應該是多麼親切、多麼依戀的一個記憶：這裡有敵屍橫陳的沙灘；有血汗構築成的陣地；有曾經為他們擋住炮彈破片的掩蔽部；有曾經為他們用來避寒的草蓋；更有在火線上售賣食物的老鄉，洗衣的婦女。所有陣地裡的一木一草，他們都是非常熟悉的。然而，到如今，他們是要離別了。人類到底是富於情感的動物，最後一分鐘，有些老百姓簡直要淌下淚來。黑暗中，指導員用溫語安慰他們：「趕走了日本鬼子，我們再來。」懶洋洋的腳步，在黃昏的月色下移動著。

隨縣是一座寂靜的死城。城廓像老僧入定一樣地躺在陽光下，市街是異常地荒涼，沒有人影，沒有聲息，只有一兩隻餓倦的黃狗靜悄悄地臥在屋角下休息。出至城郊外，原是依然一片淺碧。然而，昔日那些茅舍上裊裊縷縷的炊煙，而今再也不見了！

我軍退出隨縣已經三天，然而隨縣正面的敵人，依然阻滯在淅河的北岸。這因為敵人在隨縣是飽受了打擊的。六個月的經驗告訴

了他們，這裡有著鐵一般的堅固陣地，更有鐵一般的英勇戰士。在過去，往往在他們摸到陣地之前，就捱了精確的機關槍，或是猛烈的手榴彈，他們為了那些恐怖的事實，不得不忍著氣停滯在淅河北岸。

第四天又過去了。正面的敵人還沒有一點動靜，入夜他們才偷偷地放了一陣稀疏的槍聲，我們的陣地裡自然是沉靜的。然而他們還以為是我軍那套「不近不打」的老法，所以他們又馬上偃旗息鼓的歸去，不來鑽進我們的圈套。

這樣一天一天的過去，敵人再也忍耐不住了。第七天的晚上，在大炮機關槍密熾之下，向我軍陣地攻擊前進，一步摸索一步，一步站穩一步，半夜才撲到我們的鹿砦旁邊。打開鹿砦進來，在縱深配備錯綜複雜的陣地裡迷亂跑了一頓，甚麼也沒有找到，後來才知道是一座空城。

看過三國誌的人們，一定會記得孔明在魚腹浦擺過八陣圖，把孫吳的兵嚇得不敢前進。想不到這一座空空的陣地，也可以阻止了敵人至七日七夜之久。追溯起來，還是固守六月的弟兄們，從血汗裡所獲得的代價。

❈ 《再上鄂中戰場》與哈庸凡戰地政治工作片斷

《廣西日報》1939年9月4日刊出吳全君撰寫的戰地通訊《再上鄂中戰場》，描述了隨棗會戰中，哈庸凡任政訓員（指導員）的一八九師一一〇七團戰地政治工作情形。作者吳全君係一八九師政治部科員，此前奉派到一一〇七團協助工作。他以親歷者的視角，再現了隨棗會戰中哈庸凡率團政訓室在大戰前夕開展民眾和政治工作的情景。雖然通訊中記述的只是一次戰鬥行軍及戰前動員，由此已可窺見哈庸凡與抗日軍民在隨棗會戰乃至稍後的棗宜會戰中奮勇向前與忘我犧牲的大無畏精神。

《再上鄂中戰場》記述的戰鬥發生在1939年8月初。這時，隨棗

會戰中敵我大的陣地爭奪戰已告結束，日寇倉皇退守戰前位置，但小規模的作戰始終未停歇。

從內容看，這篇戰地通訊分為四個部分。首先，簡略說明一八九師隨棗會戰中作戰轉進路線與任務。

「我們這一團———一一〇七團，在五六七三個月內，便由鄂東的隨縣，隨師轉進豫南的方城、鎮平、鄧縣，再到鄂北的老河口。又由老河口開拔到棗陽，至隨陽店唐王店一帶警戒。最近才調回棗陽整編。」

哈庸凡上世紀五十年代在自傳手稿中述及隨棗會戰時寫道：

「（1939年）五月，日寇突破七姑廟一七四師陣地，我跟著部隊由隨棗公路突圍北進，經河南鄧縣繞回湖北老河口，然後開赴棗陽整訓。」

這裡回憶的一八九師作戰轉進路線與《再上鄂中戰場》一致，只是沒有當時的記載那麼清晰。

接著，文中記述哈政訓員（哈庸凡）在與團長王佐民商定本團轉進任務後，向作者轉述一八九師剛剛接到的緊急作戰任務。

「吃過晚飯，正和政訓員哈君[1]商量今後本團新工作計畫的時候，一個勤務兵進來報告：『團長請政訓員講話。』二十分鐘之後，哈便回來，他頭一句就說，我們這一團又開去前方作戰了。說著用鉛筆在一張紙上畫圖，將從王團長（佐民）[2]那裡帶來的消息，詳細告我：『敵人現在以三四千的兵力，步騎炮聯合，由淮河店萬家店猛攻高城。在那裡被我們的友軍強烈抗戰之後，現在又將主力移到江家河以西地區，和我們某友軍激戰當中。同時，七姑廟涼水溝各處，均發現敵步騎兵坦克車及便衣隊活動。連帶隨縣淅河、馬坪，敵人在這方面大約有一萬兵力左右。照情況的判斷，這一路的敵人，是想沿隨棗公路西犯棗陽。現在公路正面，有XX師全部完備，

---

[1] 即哈庸凡，時任一八九師一一〇七團少校政訓員。
[2] 即王佐民，時任一八九師一一〇七團中校團長。

本師就奉命開到公路以北協助那友軍側擊敵人，並且暫歸XX集團軍指揮，限明日五時飯罷開拔。』」

這是一八九師在隨棗會戰整訓後首次作戰任務，這裡的XX集團軍係指二十二集團軍，總司令孫震上將。據文中記述，一八九師所屬四團中除野戰補充團留原防地訓練外，其餘三團均參加此次轉進作戰任務。一一○七團為師的右縱隊，一一○五團為左縱隊，一一○六團為師預備隊。

其次，作者從團政訓室幹事的視野，描寫了行軍的艱險。一則團政訓室公物尤其是書籍較多，按規定只配一名運輸兵，倘雇傭民夫，須政訓室自己花錢；二則時值酷暑，江漢流域天氣奇熱，太陽高照，全團行軍掉隊達二十人；三則整編後團的醫務人員減少，擔架床每連配置一副，十分緊張。行軍中本團一名士兵在擔架床上半路死去，據說因為喝冷水引發「螞蝗痧」。

第三，是這篇戰地通訊的重點，詳細描寫一一○七團戰前各項政治工作情形。當天一八九師急行軍九十餘里，晚六時抵達目的地隨縣唐王店。十分蹊蹺的是，當地的老鄉都跑光了。作者描述宿營

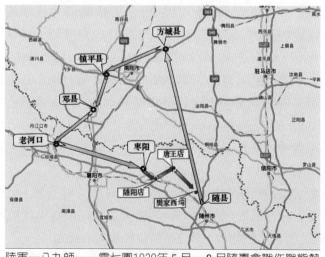

陸軍一八九師一一零七團1939年5月—8月隨棗會戰作戰態勢圖。圖中深色箭頭所示即為一八九師8月初由棗陽經隨陽店至隨縣唐王店、樊家西灣的行軍路線

地的情景：

> 「團部住在唐王店東南六里的廟灣。最使我們吃驚的是老百姓都跑光了，門拍了蠻久，也沒有人答應。顯然的，我們知道並不是此地的老鄉特別例外來向我們作對，事情一定是早一些時給什麼弄壞了。」

軍隊作戰需要給養，需要民力幫助運輸擔架，而民力如此空虛，將直接影響前線作戰。剛住下，哈政訓員就與政訓室人員商討對策，決定次日政訓室全體出動：

> 「一方面找民眾談話，一方面切實訪問聯絡當地負責政事的聯保主任保長甲長們，以及附近遊擊隊各部分。」

同時擬定先後兩個目標：第一步，先恢復市面商貿交易，解決軍隊急需的糧食供應難題；第一步解決之後，第二步則是組織民眾運輸隊和擔架隊。

緊接著，作者描述了次日隨哈政訓員到唐王店鎮上工作的情形。

這天他們先聯絡了遊擊部隊的一支政治工作隊，瞭解當地敵情等情況，建立聯繫。隨後，拜訪唐王店鎮聯保主任蔡孟平，探詢民眾逃亡的原因。原來，昨日友軍移防，民眾憑過去經驗，以為軍隊撤退後，敵人必來，故紛紛逃往山上。同時鎮上遊擊隊長也率眾進入山裡，更是直接影響人心。經過溝通，聯保主任表示，一八九師原先駐紮過這裡，老鄉們都熟悉，只要這個消息傳到山上，明天的「熱集」（即墟日）保管八成老鄉會回來。臨了，蔡主任還答應兩件事：派人帶政訓室人員去山上宣傳；明日代辦部隊軍糧。

下午三點，在回團部的路上，哈政訓員與大夥商議，配合當前軍民情況出宣傳壁報，擬定標語，同時計畫請回中心學校校長和教員，讓戰地的孩子們復課，努力使前線民眾人心穩定。

最後，寫戰時形勢瞬息萬變，部隊當晚奉令開拔，向前推進的情形。作者隨哈政訓員回到團部，方得知本師當晚行動計畫，由

北向南對西進之敵側擊，與公路南側友軍配合行動。一一〇七團與一一〇五團作為一八九師主力戰隊要以機動的戰術尋找敵人打擊，務必把敵人壓回隨縣城裡。

接近敵人的戰備行軍與之前不同，先派出便衣偵察找老鄉打聽消息，以此作為行軍路線的依據和參考。當部隊推進至林家河，又到樊家西灣時，隨團的無線電臺傳來消息，厲山已經克復，敵人主力已向南經環潭、安居退守隨縣縣城，明淨鋪、尚市店已無敵蹤。

文末，作者還寫了一個小插曲。據團部偵察員探報，日寇退出厲山時，曾在鎮東南九里墩紮結許多草人和偽裝大炮，企圖借疑兵迷惑我軍民耳目，害怕我軍追擊。此時距抗戰爆發剛屆兩年，日寇長驅直入、咄咄逼人的兇焰已不復存在。

這是現在能看到的哈庸凡在隨棗會戰中政治工作的唯一記載。由此可見他工作的縝密細緻及機智靈活，在保證軍事行動（組織民工擔架隊）和後勤保障（軍糧）的前提下，出宣傳壁報、讓戰地學校復課等措施，起到穩定人心、支援作戰的作用。

對於此後部隊在隨縣的工作情形，哈庸凡在自傳中寫道：

「在棗陽整訓結束，我隨部隊開赴隨縣，接防唐王店一帶陣地。這時，當地有些商人經常到武漢淪陷區去販賣貨物，團長王佐民認為可以通過他們瞭解日寇的情況，於是便叫我從這些商人當中挑選幾個精幹的充當諜報員，利用到淪陷區販賣貨物的機會，搜集日寇的情報。此外，由於當時戰地物價高漲，我和團政訓室的工作人員也在部隊駐地附近的集鎮上做些平抑物價的工作。」

一八九師在隨縣的駐防，隨著1940年5月第二次隨棗會戰（即棗宜會戰）爆發而結束，此時哈庸凡已轉任一八九師司令部少校秘書。1941年1月，一八九師轉戰皖西六安時，經第五戰區長官部政治部主任、時任安徽省民政廳長韋永成介紹，哈庸凡離開一八九師前往安徽立煌。不久，主編《幹訓》半月刊。1943年轉赴老河口，曾兼任第五戰區《陣中日報》「台兒莊」副刊主任，後任《陣中日報》總

編輯、社長，直至抗戰勝利。完成了以後方新聞工作者身份從軍參戰，接受血與火的洗禮，再回歸戰地新聞工作者的轉變，而抗戰文化活動無疑是其轉變過程中的一條主線。在桂林後方，哈庸凡被列入〈抗戰時期桂林文化人名單〉[1]；在第五戰區司令長官部駐地老河口前線，哈庸凡亦名列〈老河口抗戰文化名人〉[2]。從桂林到老河口，抗戰八年中，哈庸凡作為新聞和文化工作者，留下一行清晰可見的足跡。

✳ 再上鄂中戰場　　　　　　　吳全君[3]

廣西日報1939年9月4日

在前線殺敵的壯士，那種戎馬奔勞、席不遑暖的情形，遠非後方的同胞所能想像得到。

比如吧，我們這一團———一一零七團，在五六七三個月內，便由鄂東的隨縣，隨師轉進豫南的方城、鎮平、鄧縣，再到鄂北的老河口。又由老河口開拔到棗陽，至隨陽店唐王店一帶警戒。最近才調回棗陽整編。未及半月，本師又以作戰的任務，要迅開隨棗公路以北地區棗林店唐王店一帶，阻止敵軍的西進。

本來，自五月鄂中會戰，敵人被我們來一個反包圍，死傷一萬多之後，不但棗陽、厲山，我們已先後克復過來，連公路南北一二百里內所有殘敵（都）一一肅清了。此後，敵人僅以二千餘的兵力，踦處隨縣。環潭、安居、均川暨大洪山，都有我們的強力部隊遊擊隊，對敵作優勢的控制。然而我們也常常想到，敵人這種潰敗後的暫時沉寂，決不是它已經放開攻略襄樊這個鄂北重鎮的企圖。因此我們都以百度的警覺性，去監視此一方面敵人的一舉一動。

---

[1]　見廣西社會科學院、廣西師範大學主編《桂林文化城概況》，廣西人民出版社1986年。

[2]　見《抗戰文化名人在老河口》，老河口文史資料50輯。

[3]　吳全君，廣西龍州人。戰前曾任《龍州日報》助理編輯。寫此文時為一一〇七團政訓室科員。

果然，一個重大的任務又落到我們身上來了。

事情是這樣的。剛剛是我由〇五團（即一一零五團）調到〇七團的第二天，我們著手把政訓室的內務弄了一天。吃過晚飯，正和政訓員哈君[1]商量今後本團新工作計畫的時候，一個勤務兵進來報告：「團長請政訓員講話。」二十分鐘之後，哈便回來，他頭一句就說，我們這一團又開去前

《廣西日報》1939年9月4日刊出吳全君撰寫的《再上鄂中戰場》

方作戰了。說著用鉛筆在一張紙上畫圖，將從王團長（佐民）[2]那裡帶來的消息，詳細告我：「敵人現在以三四千的兵力，步騎炮聯合，由淮河店萬家店猛攻高城。在那裡被我們的友軍強烈抗戰之後，現在又將主力移到江家河以西地區，和我們某友軍激戰當中。同時，七姑廟涼水溝各處，均發現敵步騎兵坦克車及便衣隊活動。連帶隨縣淅河、馬坪，敵人在這方面大約有一萬兵力左右。

「照現在的判斷，這一路的敵人，是想沿隨棗公路西犯棗陽。現在公路正面，有XX師全部完備，本師就奉命開到公路以北協助那友軍側擊敵人，並且暫歸XX集團軍指揮，限明日五時飯罷開拔。」

消息聽罷，問題來了。問題雖然不在本團能否出發，而在我們這一個政訓室隨軍行動的運輸方面。我們縱目看看室內的行李及大堆的公物，眉頭便皺緊來了。說起此項運輸問題，政治部經常規定幾個校官尉官共一挑行李，配給一名輸兵，公物則另外有伕腳。

259

[1]　即哈庸凡，1939年3月由第五戰區長官部政治部委任為少校政訓員。時任一八九師一一〇七團政訓員。

[2]　即王佐民，時任一八九師一一〇七團中校團長。

這在往時我們隨部出發，從來沒有甚麼異議，可是現在不同了。我們已派到團來，私人的行李與公家的物品，都一齊壓在一個挑伕的身上。公物裡以書為最多，而書又是比任何行李都笨重些。何況新近又加派來了四個男女政工隊的同志，他們都各有一小部分東西注望到這唯一的輸兵的身上呢？於是我們就動手撿東西，努力去想把它能夠丟去一部分，一面決定多請一個民伕，雖然明知道繼續的請下去，不是政訓室廿元公費所許可的。

一夕無話的過去了。

第二天早上，天還未亮，號音把我催起床來，官兵伕都忙極了。他們忙著捲行李，上門板，搬桌凳家俬，還給老百姓。欠賬的趕緊找零錢去結清了。老鄉們被我們鬧醒來，他們都圍著看我們的熱鬧。

飯後，我們分派同志們跟團部去打前站兼做一部分口頭宣傳工作，或在後押行李，有兩個年輕的工作隊同志表示了意見，他們說：「我們的工作不是打前站」，「我們的工作也不是押行李」。在他們的意思，好像一個政工隊員應作的事，僅僅限於唱唱歌喊口號貼標語之類，至於團部以一個副官去打前站，一個校官充大行李長，在他們看來，都是下等有傷體面的。唉！年輕的小夥子，真使我們常常從他們那裡碰到許多不應有的難題，一天為他們麻煩。因為大家初初相處，並且形色匆匆，使我們把說服的勇氣暫時按住。

隊伍開始移動了。全師除野戰補充團留原防地訓練外，尚有三團開動。本團為師的右縱隊，周團[1]為師的左縱隊，白團[2]則為師的預備隊。大家按照行軍序列向唐王店推進，我們這一天，足足趕了九十多里路。

太陽太大，天氣太熱，途中士兵們因病掉隊讓後隊收容的二十人。新編後團內醫務人員比前減少，以及目下醫藥材料的缺乏，便

[1] 周團即一一〇五團，團長周天柱。
[2] 白團即一一〇六團，團長白勉初。

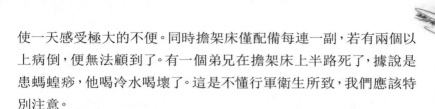

使一天感受極大的不便。同時擔架床僅配備每連一副，若有兩個以上病倒，便無法顧到了。有一個弟兄在擔架床上半路死了，據說是患螞蝗痧，他喝冷水喝壞了。這是不懂行軍衛生所致，我們應該特別注意。

經過隨陽店的時候，我們停止休息，老百姓好多給預備了茶水出作招待。

隨陽鎮，這個百來家的小圩場，是隨縣和棗陽的交界。街的下一段是隨縣的領土，上一段就屬棗陽的地皮，中間石碑為劃界。這種奇怪的劃法，便是「隨陽店」名稱的由來。恰恰因為天雨，我們到一個人家去躲避，看見屋裡規規矩矩的貼著一張全鎮軍民聯合清潔運動的辦法。下款註「佐團政訓室制」等字，我知道這是前回本團駐此，同志們一部分工作的痕跡。兩個老鄉跑進了，他們同聲告訴哈同志，「前次的王團長又來了。」臉上現著很親熱的樣子。我們就告訴他，我們又開到前面去打鬼子的，請他們要繼續合作，不要驚慌逃跑。

夜晚六時，到達目的地。團長去偵察陣地，把各營的位置安排好了。團部住在唐王店東南六里的廟灣。最使我們吃驚的是老百姓都跑光了，門拍了蠻久，也沒有人答應。顯然的，我們知道並不是此地的老鄉特別例外來向我們作對，事情一定是早一些時給什麼弄壞了。然而照這樣空虛的後方，我們一定無法作戰。因為作戰需要足夠的給養，需要貼近火線後方許多民力，幫助運輸擔架。因此，商量一番之後，我們決定所有政訓處的同志明天全部出動，一方面找民眾談話，一方面切實訪問聯絡當地負責政事的聯保主任保長甲長們，以及附近遊擊隊各部分。我們的工作程序，第一先恢復市面，以謀解決急切的軍食問題。這一著順利之後，才能談到進一步組織民眾運輸隊、擔架隊。

這一天，因為大家都走得累了，晚餐不做飯菜，只弄稀飯來草草吃過就休息了。

部隊暫時沒有移動的消息，我們要分頭出動了。分配工作的結

果，又是昨天那兩位小夥子抗議了。他們說不高興去找老鄉談話，他們要跟政訓員去向各方面訪問。我想，他們這樣講價，不是特別喜歡負大責任，便是專門想湊熱鬧，不明白人力的經濟使用。不過，有一個結論，他們都還不算是推脫怠工。經過幾度解釋之後，他們終於接受了原派的工作。我們於此更深信於一個同志的說服工作，是領導工作最重要的一面。

我跟哈政訓員及另外一位同志到了唐王店的鎮上。唐王鎮在上回鄂中會戰日本鬼經過燒了很多房子，老百姓至今驚魂未定。這兩天都搬到山上，只剩下幾個小店老闆留戀這蕭條的市場，街上清冷得很。這一天，我們訪問曹遊擊司令第一縱隊第一支隊的政治工作隊，他們同屬本戰區長官部的統轄。政工隊長方堃君，年輕人，是潢川的青年軍團畢業。他現帶有數十名工作同志，我們就在草地上談笑。他告訴我們，昨天有八百敵人由江家河南下，給他們的遊擊隊包圍打了一仗，死傷近百，馬也死了幾匹，槍械被奪獲十餘，而遊擊隊方面僅傷十餘人的樣子。這八百餘敵人火器優越，如果在陣地上對打，也許可敵我軍二千，但竟在遊擊隊手下吃虧了。這種打擊，目前正在廣大敵人後方到處開展著，便是日本軍閥頭痛的重大所在。我們把工作跟他商取密切的聯絡後，再走聯保辦公處去。

聯保主任蔡孟平也是年輕人，相當誠懇，肯負責任。探詢之後，才知道此間民眾是逃到山上去的。至於逃避的原因，是因為昨X部友軍向後移防，民眾誤會，憑過去的經驗，以為軍隊撤退後，敵人必來；同時鎮上遊擊隊長黃聚奎突率眾入山也甚影響人心，謠言就從這上面奏效。當敵機轟炸唐縣鎮的彈聲送到這邊的時候，老鄉們就倉皇搬家，拔腳開跑了。這裡得一個教訓，軍隊與民眾應有密切的聯繫，有很多地方應該當眾解釋的，而故意秘密的結果，必招致後來無謂的慌亂。其次，凡地方上負責人為民眾萬目所視，須在任何危急的時機，都以鎮定處之，應該決心做到「最後跑」的模範。聯保主任最後告訴我們：「請放心，貴軍從前駐過此地，只要消息傳到山上，明日的熱集（即墟日）包管回復八成。」最後他還答應我們

兩件事：一件是派人引我們同到山上宣傳，一件是明日代辦本團軍米。

　　下午三點鐘，我們回來路上，計畫出點配合當前軍民情況所需要的壁報和標語，及邀回中心校校長教員，打算給戰地的孩子們復課，用意暫時重在正視聽定人心。

　　回到團部，我們得到部隊於本晚向前推進的消息。因為當前的情況，公路正面的敵軍主力已經追進山，而與我X師在唐縣鎮東端地區接觸。因此，本師當前的任務，是自北向南對西進之敵側擊，並切實與公路南側北上之我XX軍協同動作。本團與周團現為師主力戰隊，專門以機動的戰術去找敵打他一仗，務必的把它壓回隨縣那方面去。

　　於接近敵人的現在，我們的戰備行軍就要十二分小心了。派出便衣偵探由老百姓引去打聽各方消息，常常是我們決定行動的根據與參考。

　　但，當我們的部隊推進到林家河又到樊城西灣（隨縣敖家棚的西北六里）的時候，隨團的無線電站送來了一個勝利的消息，厲山又經我們克復了。敵人的主力已向南經環潭、安居退守隨縣縣城去了，明淨鋪、尚市店已無敵蹤。

　　後來，團部又據探報，敵人退出厲山的時候，曾在鎮東南九里墩紮結許多草人和偽裝大炮，想借疑兵來迷惑我軍民的耳目，這分明是怕我們跟蹤追擊的做法。

　　前後一個禮拜之間，進攻的敵人敗退去了。鄂中這一線的戰局就已趨於穩定，於是我們的部隊就停止前進。

　　　　　　　　　　二八，八，十寫於隨縣屬之樊家西灣

大別山一日

自1938年6月奔赴抗日戰場，到1945年9月抗戰勝利，在長達七年多的抗戰生涯中，哈庸凡的經歷大致可以分作三段：先是1938年7月至1941年1月，隨八十四軍一八九師由鄂東轉戰鄂北，並在鄂豫皖邊境地區作戰，為時兩年半；繼而於1941年1月至1943年1月，在大別山安徽戰時省會立煌，任職安徽省地方行政幹部訓練團訓導處，主編《幹訓》半月刊，後任貞幹中學教員，為時兩年；終於1943年2月至1945年9月，在湖北老河口第五戰區司令長官部駐地，先後任職於光谷警備司令部和《陣中日報》社，為時兩年半。

惟無論在前方作戰時期，還是在敵後堅持時期，由於條件艱苦，史料殘缺，能夠反映他抗戰經歷的文獻，除了數篇戰地通訊（戰史文稿）外，僅有在大別山那兩年所寫的若干文稿。近期，從當年《幹訓》半月刊中發現兩篇文稿，分別記述了哈庸凡在1942年8月25日這一天從清晨到夜晚的活動，彌屬珍貴。這一年，他剛二十八歲。

❋ 幹訓生的一日

《幹訓》半月刊為安徽省地方行政幹部訓練團（簡稱「皖幹團」）團刊，1941年4月，哈庸凡自該團黨政班受訓結業後，留任「皖幹團」訓導處中校科長，主管政治訓練，兼任《幹訓》半月刊主編。由於四五年前在桂林曾有主編《風雨月刊》和《克敵週刊》，以及擔任《廣西日報》記者和採訪主任的經歷，此時在敵後環境裡主編《幹訓》半月刊對他來說輕車熟路，特別盡心。同年5月21日，接手主編《幹訓》不久，他即撰寫《本刊今後的新動向》一文（載《幹

訓》半月刊第一卷九十期合刊，1941年6月10日出版），詳細介紹雜誌革新充實內容，調整改進版面的打算。提出革新後雜誌內容將涵蓋十二個方面，而「選載本團富有積極意義的生活片段」即屬於其中一個方面內容，文章還呼籲全省一萬七千名幹訓生踴躍寫稿。一年後，出於反映各地幹訓生的活動與活躍雜誌內容的考慮，哈庸凡為《幹訓》半月刊設計題為「幹訓生的一日」的徵稿活動，並把這「一日」確定為1942年8月25日。

同年6月20日出版的《幹訓》半月刊三卷六期刊出「〈幹訓生的一日〉本刊特別徵稿」，略謂：「本刊為反映各地幹訓生活動，擬於三卷九期編輯〈幹訓生的一日〉。這一日訂為「八月廿五日」，由各地同學把個人在這一天裡工作和生活的情況，真實而生動的寫出，投寄本刊彙編。」並特別強調：「這是很有價值，而且饒有趣味的集體製作，希望大家來共同完成。」

同時，還訂出五條「徵稿簡約」，包括體裁仿照日記作法；題目自訂；字數以五百為限；截稿日期為九月十日；來稿登載後，除酬稿費外，並贈當期本刊一冊等。

三個月後，《幹訓》半月刊四卷二三期合刊刊出「幹訓生的一日徵文特輯」，收入各地幹訓生徵文十七篇。計有：1.黎明不是我的嗎（任俠英）；2.新生的一日（宴瓊）；3.道儂依舊是書生（汪與哲）；4.從晨到夜（杏子）；5.夜晚的來客（重重）；6.輕輕地過去了的一日（梁任叔）；7.平凡的一日（華滄）；8.硬玩一天（丁超）；9.與A閒話（吳泰斗）；10.我的生活（梁傑）；11.一日間雜感（幼鵬）；12.猜不透的謎（方言）；13.我的「八月廿五日」（漫平）；14.自慰自勉篇（陳波）；15.如此一日（先禮）；16.新生的青年群（季和）；17.「刮地皮」（阮仁久）。

這些徵文真實地記載了抗戰當年各地幹訓生的生活，十分生動。而其中汪與哲的《道儂依舊是書生》與杏子的《從晨到夜》，則記述了當日與哈庸凡交往的情形。徵文的組織者被應徵者寫進徵文中，並且入選，這在當年自是一段佳話。

✳ 清晨到中午：與汪與哲等拜會老友

汪與哲的《道儂依舊是書生》開篇就言明：「庸凡兄以〈幹訓生的一日〉向余徵稿」，這是所有入選徵文中唯一提到徵文組織者的。而文中則完整記述了8月25日從清晨到午間與哈庸凡等人的交往活動。

哈庸凡與汪與哲同為「皖幹團」黨政班第一期同學（1941年2月至3月），交往甚密。哈庸凡在《我的自傳》中曾提及，當時他在「皖幹團」訓導處工作，「跟各隊主任指導員和指導員的關係多，因而我和他們之間的矛盾也更加尖銳。平時，由於訓導處長全無若在工作上很支持我，他們奈何我不得。」而「1942年7月，全無若調重慶中央訓練團受訓。於是，訓導處系統下的工作人員便乘機對我發起攻擊」，結果發起攻擊的人和哈庸凡均被免職。經查當年《幹訓》半月刊所載「團訊」，全無若1942年9月上旬啟程前往重慶受訓，因此，哈庸凡被「皖幹團」免職應在同年9月中下旬，即全無若赴渝之後。亦即是說，徵文所寫的「1942年8月25日」，哈庸凡仍在「皖幹團」訓導處任上。

這時，「皖幹團」正在籌辦頌揚安徽省主席兼「皖幹團」主任李品仙的「鶴齡中學」（李品仙字鶴齡）。哈庸凡在《我的自傳》中寫道：

「在我未被免職以前，『皖幹團』聯絡指導處正在用全省幹訓生的名義創辦『貞幹中學』（按：即「鶴齡中學」，之後改名為「貞幹中學」），紀念兼團主任李品仙。『貞幹中學』的校長是『皖幹團』黨政班第二期學員李壽林，教導主任王樹聲和訓育組長汪與哲，都在『皖幹團』黨政班第一期和我同學。由於這種關係，他們便請我幫助搞招考工作。」據《皖報》報導，同年8月3日，「鶴齡中學」發佈招生告示，即日起報名，8月11日截止，8月14日上午6時開始，先後進行筆試與口試。報導指，招生報名空前踴躍，計有七百多人報名，創省城中學招生記錄。到徵文所記之8月25日，正是招考開學工作緊

鑼密鼓之際。汪與哲時任《皖報》編輯,參與籌備「鶴齡中學」,故而與哈庸凡過從甚密。

汪與哲的《道儂依舊是書生》從8月25日清晨寫起,剛盥洗畢,便有中央社記者李春舫夾著果戈里的小說集來訪,稍頃,哈庸凡亦來,約汪與哲和李春舫同去《中原》(當時大別山出版的大型刊物)編輯部。廿多天前即同年8月1日,《中原》雜誌剛發表哈庸凡的長篇史論《明末的陞官熱》。這時汪與哲提出李壽林校長冀望聘請「鶴齡中學」教員的事,需要共同商量。

稍後,汪哈李三人同去「廣利」飯店早餐。飯後,李春舫去宣傳委員會辦事,汪與哲隨同哈庸凡去《中原》編輯部,在李湘若處談了許久,主題是生活經驗如何應用於實際等。李湘若是河南商城人,北京輔仁大學畢業,同年9月,與哈庸凡、汪與哲同為「鶴齡中學」教員,因而他們這次談話應與「鶴齡中學」籌備活動及聘請教員有關。

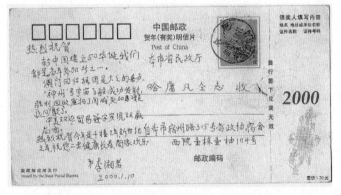

圖為2000年1月10日李湘若致哈庸凡之賀年片

正午時分,哈汪兩人始與李湘若告辭,哈庸凡回「皖幹團」辦公,汪與哲則去民生路一個叫純修的人家中,動員他到「鶴齡中學」教生物學,純修當時在驛管處工作,以不便驟然辭職婉拒。

隨後,汪與哲記述當晚擬就「鶴齡中學」訓育要旨實施綱領,

分為思想、品性、生活、體格諸方面，文中並披露：「余於半月後實驗中將再為人師」，由是可知，「鶴齡中學」將於9月中旬開學。「鶴齡中學」任教是哈庸凡大別山經歷的一個轉折，同年9月被「皖幹團」免職後，哈庸凡即受邀去「鶴齡中學」。他在《我的自傳》中亦有提及：

> 「不久，我在『皖幹團』被免職，他們（按：指李壽林、汪與哲、王樹聲等）便要我到貞幹中學（按：此時應為「鶴齡中學」）教書，擔任高中一個班的國文，初中三個班的歷史、地理，每月薪金約法幣一百元。」

這篇徵文結尾處，汪與哲還提及入夜上床時分，他臥讀明末夏允彝的《幸存錄》，謂「《幸存錄》言東林復社之事亟詳，南北都事變時，諸慷慨赴死者亦言之逼真，皆烈烈千古。」而當時哈庸凡剛發表的《明末的陞官熱》則縱論明末痛史，兩人趣味相投，可見一斑。

汪與哲當年發表的這篇徵文，不僅記述了1942年8月25日哈庸凡當天的活動，也為哈庸凡由「皖幹團」轉入「鶴齡中學」這一經歷提供了佐證。

❊ 黃昏到深夜：與杏子等談歐陽予倩

杏子的《從晨到夜》，亦是8月25日這天的完整記錄，有記述，有感慨，有人物對話，更像是篇日記。杏子係筆名，省城文學愛好者，寫過小說，真實姓名不詳。從文章口氣看，像是一名女性，當時在安徽省防空委員會工作，屬於已離團的幹訓生。杏子與哈庸凡有何關係不得而知，從文中看，雙方往來頻繁，情趣相仿。或許杏子在「皖幹團」受訓時，哈庸凡當過她的教官，因「皖幹團」而結緣。

在一番對時光流逝的感歎之後，杏子由8月25日當天清晨寫起，「清晨，輕霧像一杯淡淡的乳汁，流溢進山谷與原野，林叢都披上了素美的輕紗。」文筆清新，恬適怡人。接著寫她到了機關辦公廳，

一上午辦了兩件公文，整理了上年防空節紀念匯刊，寫了篇編後記，並編排了目錄。中午休息時，她擔任值班，在電話機旁隨時接聽日寇飛機空襲的情報。閒暇中修改整理她的一篇創作。下午沒做工作，翻看《經濟學》和《抗戰文藝》、《文藝陣地》、《現實評論》等十多種雜誌，從張天翼的《談人物形象的描寫》，想到魯迅對中國圖書的評價。

至於當天與哈庸凡的交往，則是從晚飯後開始的。

杏子寫道：「太陽還沒有下山，我到汀橋家去。吃過晚飯，踏著黃昏的暮靄，往皖XXX哥處。」這裡提到的「汀橋」，名董光昇，安徽合肥人，木刻畫愛好者，曾為《幹訓》半月刊作過木刻封面畫。「皖XXX哥」一句中的三個X，從後文來看，這句話應是「皖幹團凡哥」，亦即「皖幹團」哈庸凡。至於何以用X代指，或係編者所為，意在避嫌，畢竟徵文範圍遍及全省各地。杏子和汀橋「往皖幹團凡哥處」，亦是哈庸凡此時仍在「皖幹團」任職的直接佐證。

接著，杏子詳細記述與哈庸凡交談的內容：「我與凡哥除了談到某種問題以後，那又扯到我們嗜好上去了。創作，還是創作。」表明他們共同的「嗜好」除了創作，還是創作。由此可知，杏子與哈庸凡類似關於創作的交談還有多次，杏子在前文也提到，當天中午她還修改整理一篇創作，此次往訪或許與這篇創作有關。由於8月25日這天是星期二，彼此都要上班，故而往訪時間選擇在晚飯後。

接下來，杏子記述了哈庸凡跟她們談的兩個重要內容，首先，「他（按：指哈庸凡）還告訴我們一個新鮮的創作意見，那是歐陽予倩告訴他的，說戲劇創作，要有兩個要素：一是『戲劇化』，一是『人情化』。」四年之前，即1938年5月，哈庸凡任《廣西日報》外勤記者和採訪主任時，曾當面採訪過歐陽予倩。經查哈庸凡採寫的〈名戲劇家歐陽予倩訪問記〉，其中寫道：「歐陽先生並且更進一步地告訴我們：『無論寫什麼戲劇，第一，要故事完整。第二，要人情味豐富，不要神話。……』」。可見，哈庸凡對歐陽予倩當年這一論述深以為然，始終銘記在心。

其次，杏子寫道：「最後，他說早年在桂林曾寫過一獨幕劇，叫《人》，等他把這悲劇的情景告訴我以後，我簡直有些顫慄起來……」這裡說的「早年」，即四五年前（1936－1937），哈庸凡在桂林致力於文化救亡活動，曾發起成立文學社團「風雨社」，組織「風雨劇團」，創辦並主編《風雨月刊》。經查，這一時期他創作或改編的劇本只有兩個，一是1936年曾改編傳統桂劇《杏元和番》為《雁門關》，這是五場桂劇；另一個是獨幕劇《新難民曲》，1938年5月參加桂林「雪恥與兵役擴大宣傳週」公演，由哈庸凡擔任導演。當時在《戰時藝術》月刊發表時署名為「桂林軍團婦女工讀學校集體創作」。除此之外，未見他寫有名為《人》的獨幕劇。據對《新難民曲》劇本分析，杏子文中記述哈庸凡所說早年在桂林寫的獨幕劇《人》，或許即是《新難民曲》。

　　《新難民曲》塑造出兩組深受戰爭傷害的底層民眾形象，一個是由戰區逃難來的岑李氏帶著兩個小女兒饑餓難耐，在街頭乞討，向圍觀民眾講述她家慘遭日寇屠戮，一家八口竟有五人倒在鬼子刀下，兩個女兒——15歲的小娟和13歲的小芳險被糟蹋的經歷；另一個則是兒子當兵去打日本鬼子，窮困無助依靠街邊擺花生攤糊口的趙伯娘。一組是淪陷區民眾慘狀，一組是大後方民眾奮勇抗戰後的軍屬生活困境，同為日本帝國主義侵略者鐵蹄下受壓迫受欺凌的「人」，理應團結起來，大家同心抗戰才能恢復家園，而不應為瑣事紛爭不休。劇中小娟和小芳應圍觀民眾要求唱罷《流亡曲》（一名《松花江上》）之後，岑李氏讓小芳去討杯水來喝，小芳在趙伯娘花生攤前討水，不慎失手把趙伯娘的杯子跌落摔碎，小芳又驚又怕，起身躲開時又把攤子碰倒，趙伯娘見狀大怒，連聲咆哮：「我是要靠這攤子吃飯的，現在本錢給你們倒完了！我要和你們拼命！拼命！」這時一宣傳隊走來，瞭解情況後拿些錢給趙伯娘作為補償，對著雙方也對著圍觀民眾說，岑李氏一家三口從戰區逃難而來，是因為受日本鬼的壓迫；趙伯娘的兒子上前線打鬼子，也是因為看不過日本鬼來壓迫，大家都是一家人，應該攜手團結，一致抗日。

　　由此可見，哈庸凡跟杏子所說的獨幕劇《人》，或許即是《新難民曲》的改名。這個劇本當年5月在街頭演過兩次，舞臺演過一次，均由哈庸凡導演。為便於當地觀眾聽得清楚，看得明白，哈庸凡別出心裁，採用桂林話作為對白，演出效果「頗能激發觀眾的抗敵熱情」。1938年5月，《戰時藝術》月刊發表《新難民曲》劇本時，結尾處有「作者附白」，其中提及這個劇本屬於急就章，還需要修改完善：「我們為了要趕上雪恥與兵役擴大宣傳週的公演，就來了這次冒險的嘗試。自然，在結構上、技巧上都不免留下很多的缺點……」「這個劇本，我們把來獻給一切救亡劇團，我們歡迎別的劇團上演，而且希望把演出後的效果和麻煩告訴我們，我們更期待著熱心劇運的先生們給我們以批評和指正，因為我們還在學習。」哈庸凡對這個劇本傾盡心血，情有獨鐘，極有可能在當年5月的公演結束後，重新修改了劇本，把劇名改作《人》，以戲劇衝突的焦點為劇名，以引發觀眾的想像。

　　至於這個劇本的署名「桂林軍團婦女工讀學校集體創作」，除因「集體創作」這種署名形式在當年比較時髦外，哈庸凡在應聘進入《桂林日報》（後改名《廣西日報》）之前，曾在此校擔任國文教員，由於他熟諳桂劇，也喜愛新興話劇，這一時期，在發起組織「風雨社」及「風雨劇團」的同時，也在此校發起組織了一個「湖濱劇團」，並擔任導演。即使後來離開學校到了報社，他仍與「桂林軍團婦女工讀學校」關係密切。一個明確的例證就是，據哈庸凡《我的自傳》述及，「桂林軍團婦女工讀學校」的學生自治會常務理事（即會長）江文英，當時正與哈庸凡處在戀愛中。據此可以推測，在1938年5月會演之前，哈庸凡替「桂林軍團婦女工讀學校」學生自治會趕寫了獨幕話劇《新難民曲》，並擔任此劇導演。只不過在劇本發表時出於鼓勵學生或其他考慮，把編劇名字署為「集體創作」而已。而杏子文中轉述哈庸凡當年的說法，則為上述推測提供了切實的依據。

　　杏子在文章末尾寫道：「外面月亮雖明，烏雲卻海潮般地湧上

來，寒意侵到我底身上。隨即是一陣激雨，夜已深了，我與汀橋才辭凡哥而回。街上是一派寂寞！」談至深夜，足見雙方話題之豐富。及至在返回的路上，杏子仍動情地描繪她的心情：「路上，凡哥的溫情，在我身上燃燒，奔流！」

從清晨到深夜，上午訪客，晚上待客，大別山中這個隨意圈定極為普通的日子，從一個側面反映出哈庸凡熱情高亢的工作和生活狀態，以及對於文學戲劇近乎癡迷的濃厚興趣。儘管身處敵後，當年發起成立「風雨社」，組織「風雨劇團」，創辦《風雨月刊》的熱情與進取精神，不僅絲毫不見衰減，而且仍在持續高漲。

❋ 道儂依舊是書生　　　　　　　汪與哲[1]

《幹訓》半月刊 1942 年 9 月第四卷二三期合刊

三十一年夏，以疲憊心情三入大別山，百戰歸來，心意沖淡，乃復檢點破書笈，重摸三年前舊業。前庸凡[2]兄以「幹訓生的一日」向余徵稿，余檢裁此頁以奉。此因書蠹生活之反應，惟對「幹」字殊少表現耳。

晨，尚擁衾晏起，朝陽入窗耀眼，知又為晴朗日子。因自思距開學尚早，鎮日無事，應先準備從事於此吃不飽餓不死之生活，蓋亦生前註定。不然何兩年後又跳進像編輯教員這樣圈子耶？

盥漱畢，春舫[3]兄來，袖哥戈里密爾蓋拉特[4]以示，謂此在德純藥房祇售二十五元，在ＸＸ則售六十元，何圖利之厚。書中插畫細膩生動，亦出名家手。插畫在蘇聯出版小說上見之最多。頃庸凡亦

---

[1] 汪與哲，時任《皖報》編輯，1941 年 2 月至 3 月與哈庸凡在安徽省地方行政幹部訓練團黨政特班第一期同學。1942 年 9 月後兩人同在安徽鶴齡中學（後更名貞幹中學）任教，汪為訓育組長，哈為國文教員。

[2] 即哈庸凡，時任「皖幹團」訓導處中校科長兼教官。

[3] 李春舫，時任中央社記者。

[4] 係指蘇聯作家果戈里的短篇小說集《密爾格拉得》。

來，約同往中原編輯部坐坐，趁春舫在大家同往。壽林[1]校長提出聘請教員問題，商共同解決，渠亟盼純修能來專授生物學，推余再度專訪一次。

與春舫庸凡同在廣利早餐，飯後，春舫自走宣委會，余與庸凡往中原訪湘若[2]。在彼處坐頗久，閒談生活經驗如何以應用於實際諸問題。計已正午，與庸凡辭湘若，余獨走民生路純修寓。

純修剛午餐畢，爐煙尚嫋，余入座後即以李校長意致之，渠素言規謹矩，表觀於態，則安詳細微，再三推從不好驟離驛管處，余以當時不能決，辭行，渠送至綠蔭映衣之牽牛架下。歸來告壽林，壽林極痛快，謂俟當自顧茅廬。

晚上燈下擬就鶴齡中學[3]訓育要旨實施綱領，計分思想，品性，生活，體格各方面，從中以建立三民主義之中心信仰，完成若輩將來救國家救民族救人類之各種準備。余半月後實驗中將再為人師，吾亦師道尊嚴乎？自己尚好嬉戲，不覺失笑。

273

九時著床，臥讀夏允彝《幸存錄》，此余臨睡前之壞習慣也。《幸存錄》言東林復社之事亟詳，南北都事變時，諸慷慨赴死者亦言之逼真，皆烈烈千古。不悉何時入睡，深夜偶聞空堦雨聲，涼侵簟枕，夢境模糊。

❋ 從晨到夜 　　　　　　　　杏子

《幹訓》半月刊１９４２年９月第四卷二三期合刊

我對於時日的奔馳步伐，總是怪它太無情地溜得那樣快，諦聽著它的步子輕渺的聲息，也注視它步子邁開以後的虛茫足跡，往往

---

[1]　壽林即李壽林，同年９月任安徽「鶴齡中學」校長。

[2]　湘若即李湘若，河南商城人，北京輔仁大學畢業。同年９月任安徽「鶴齡中學」教員。

[3]　「鶴齡中學」係籌辦時擬名，原為頌揚時任安徽省主席李品仙（字鶴齡），後更名「貞幹中學」。

撩起我無限的遐想！

一天過去，又緊接著一天，有如奔忙的雲影在浩曠底藍空飄忽著。

這天是八月二十五日，初秋底雨的前夕，我不禁默默地禱祝著：秋又來了！

清晨，輕霧像一杯淡淡的乳汁，流溢進山谷與原野，林叢都披上了素美底輕紗。我踐踏著露水，面向初紅的朝陽，越過一道山崗與一灣金色的稻田，走向工作的崗位。曉風拂去我不少憂鬱，雖然對於這工作的行徑已經有些厭倦了。

進到偌大的辦公廳，欣喜與厭惡的心情，便在我底內心裡湧起：為著苦難的祖國，我獻出這渺小的個人是榮幸而喜悅的。由於不是我幹的工作而長久地負在我底身上，卻也使我喘不過氣來。

工作與學習，這是我迎接光陰與生命底途上的兩把火炬，今天如此，明天還是如此，直到生命的火焰熄滅也才收斂它的光輝。

今天，我有些對不起時光，在工作上並沒有種下很好的籽粒，除了兩件「等因奉此」以外，那就整理還沒辦完的一件重要工作——上年防空節的紀念彙刊，寫了一篇編後記，又擬了編排的目錄，上午如此過去了。雖然這是初秋的季節，正午的太陽是那樣灼熱，還像火炎的殘暑。

因為我負著值星的任務，中午休息的時間，我依然在電話機的旁邊，傾聽著寇機活動的情報，因我是省防空機關的工作一員。聽筒雖然不重，拿久了也有些不舒適。放下了它，又開始我的業餘工作——整理剛完成的一篇創作，說不定下月的生活費還要仰賴它一部分：「唉！我怎麼幹這賣文字勾當」！寫了一段噓一口氣。

下午沒做工作，精神異樣的累倦，心裡卻又那樣不寧靜，只得鎮定下來，看我的《經濟學》，看不下去，又看《抗戰文藝》，以後又看《文藝陣地》，以後又看《現實評論》……案頭的十多種雜誌都被我翻遍了，心境還是一派空虛與渾濁，我對自己說：不能這樣生

活下去！

　　所看的東西，在我腦筋中有點印象的是：張天翼的《談人物的描寫》，「那類講得出的好故事——是寫人物的，講得出的次等貨，是為寫故事而寫故事的……」我附和著這是：「對的」。另外的東西，一些摸不到邊際的什麼論述，我真看了頭痛。曾記得魯迅說過：「中國書裡面往往有鬼氣的」！我也體會到這句話當中有真諦。……

　　快下辦公廳了，友人把那本近期的《學生界》還我，我偶爾翻到自己寫的《小小犧牲者》，我幾乎又要流下兩顆淚，我實在可憐小扣子這個天真的孩子了！

　　太陽還沒有下山，我到汀橋[1]家去。吃過晚飯，踏著黃昏的暮靄，往皖ＸＸＸ哥[2]處。路上，攀談著一些工作上的問題，與寫作上的一些問題，友人見到面，總是那一套。

　　我與凡哥[3]除了談到某種問題以後，那又扯到我們嗜好上去了。創作，還是創作。他還告訴我們一個新鮮的創作意見，那是歐陽予倩告訴他的[4]，說戲劇創作，要有兩個要素：一是「戲劇化」，一是「人情化」。我頗表贊同這話是正確的。最後，他說早年在桂林曾寫過一獨幕劇，叫《人》，等他把這悲劇的情景告訴我以後，我簡直有些顫慄起來……

　　外面月亮雖明，烏雲卻海潮般地湧上來，寒意侵到我底身上。隨即是一陣激雨，夜已深了，我與汀橋才辭凡哥而回。街上是一派寂寞！

---

[1]　汀橋，原名董光昇，安徽合肥人。擅篆刻，其木刻畫曾被《幹訓》半月刊選作封面。

[2]　原文如此。應為「皖幹團凡哥」。

[3]　凡哥，即哈庸凡，28歲，時任「皖幹團」（安徽省地方行政幹部訓練團之簡稱）訓導處中校科長，兼任《幹訓》半月刊主編。

[4]　1938年5月，哈庸凡任《廣西日報》外勤記者和採訪主任時，曾採訪到訪桂林的戲劇家歐陽予倩，其後多次參加歐陽予倩舉辦的戲劇講座。

路上，凡哥的溫情，在我身上燃燒，奔流！

雨夜，我讀完了屠格涅夫的《貴族之家》。那就盼著天之黎明。

✽ 第五路軍軍歌及其他

——紀念第五路軍出征抗日八十週年（1937－2017）

八十年前，在抗戰形勢危迫之際，廣西部隊毅然北上抗日前線，以嘹亮的軍歌鼓舞士氣，以鐵血和頭顱書寫著廣西健兒的抗日史篇。軍歌是軍隊的號角和旗幟，更是一支軍隊的戰魂。現有史料關於廣西部隊軍歌的記載頗多謬誤，茲依據當年報刊史料記載和相關回憶，對第五路軍軍歌等相關史料作一考證與補遺，以此紀念第五路軍出征抗日八十週年。

一、七七事變前後的第五路軍

抗戰前夕，廣西部隊番號由國民革命抗日救國軍第四集團軍改為國民革命軍第五路軍。應當說，第五路軍的番號因抗戰而生，沒有抗戰，就沒有第五路軍。

1937年2月23日，國民黨五屆三中全會甫告結束，國民政府軍事委員會為統一全國軍隊番號，即派任李宗仁、白崇禧為國民革命軍第五路軍總副司令。同年3月16日，委任狀由出席五屆三中全會的廣西省主席黃旭初攜回桂林，第五路軍關防官章也委派廣西綏靖公署駐京辦事處參謀劉維章專程送回桂林。3月18日，李宗仁致電軍事委員會委員長蔣介石，稱「改換番號一節，現經準備完妥，擬俟關防送到，即行就職」。3月24日，《桂林日報》刊發消息，稱第四集團軍將于同年4月1日改換番號為第五路軍，李宗仁白崇禧亦定於當日就職。消息並指「此次本集團軍改換番號，乃為促進全國團結，一致對外，以期早日實現抗日救國之主張」。3月27日，《桂林日報》刊發消息，稱「第五路軍總副司令就職期近」，「中央派程潛來桂監誓」。3月29日，桂林各界舉行黃花崗烈士紀念會，李宗仁、黃旭初等

出席，會上，總參謀長李品仙介紹
第四集團軍改換番號經過。

為加強全省抗戰宣傳，1937年
4月1日，亦即李白宣誓就任第五路
軍總副司令同一天，《桂林日報》
改名《廣西日報》。哈庸凡（1914-
2003）當年係《桂林日報》外勤記
者，改名《廣西日報》後，原《桂林
日報》三名外勤記者僅留哈庸凡一
人，而新的外勤記者尚在招考試
用中，因而哈庸凡便成為《廣西日
報》初創時期首任也是唯一的外勤

圖為《廣西日報》1937年4月1日
（創刊當日）報導

記者。據其1950年代《我的自傳》回憶：「那時我擔任採訪的範圍很
廣，包括第四集團軍總司令部、國民黨廣西省黨部、樂群社（廣西
當局接待外賓的地方）、省會警察局、桂林縣政府等處，除了寫一
般的新聞稿件外，先後訪問過中央派來廣西的褚民誼、程潛、戴季
陶、何遂等。」這裡說的程潛，時任國民政府軍事委員會參謀總長，
當時作為中央特派監誓員出席李白宣誓就職典禮。

程潛於同年3月31日中午抵達桂林，哈庸凡作為《廣西日報》外
勤記者，全程報導第五路軍總副司令就職典禮。4月1日，《廣西日
報》創刊當日，以《第五路軍總副司令今舉行就職禮》為題，報導廣
西部隊改換番號的意義，稱「李白總副司令為促進全國團結，充實
對日抗戰力量起見，經定於四月一日在桂宣誓就職，並經中央派定
參謀本部程參謀總長潛來桂監誓」，同時報導當日典禮議程，並詳
細報導程潛抵桂後的盛大歡迎儀式與記者採訪等。

4月2日，《廣西日報》追述就職典禮盛況，題《五路軍總副司令
昨就職情形》，報導宣誓受印、程潛致詞及李宗仁答詞等，同時刊
發李白總副司令就職通電二劄，分致南京國民政府軍事委員會及
全國各省市黨部、各省市政府、各總司令、各總指揮、各綏靖主任、

各軍師長、各民眾團體及各報社。報導並附第五路軍各軍師番號及長官姓名，包括第七軍軍長廖磊、副軍長周祖晃，第四十八軍軍長夏威、副軍長韋雲淞及所屬各師師長副師長等。

程潛參加就職典禮後，於4月4日晨離桂。期間，《廣西日報》對其活動每日均有報導，包括4月3日《廣西各界民眾昨開會歡迎程中委》、4月4日《白副總司令昨晚歡宴程潛氏》、4月5日《參謀本部參謀總長程潛昨晨離桂返京》等。這些報導均屬外勤記者哈庸凡採寫。

同年5月30日，李宗仁在廣西各界五卅紀念大會上，再度申明焦土抗戰主張，指出「我們對日本帝國主義不但是不應該讓步，而且要有犧牲抵抗的決心，抱定寧願全國化為焦土，絕不輕易放棄國家之領土與主權。」

同年7月7日，盧溝橋事件爆發，李宗仁白崇禧即分電中央及華北將領，申明抗戰決心，敦促中央立即發動抗日戰爭。

7月12日，第五路軍總司令部在省政府大禮堂舉行北伐誓師紀念大會，李宗仁、黃旭初、李品仙等即席發表演說。哈庸凡除採寫報導外，還擔任現場速記。次日《廣西日報》刊出李宗仁題為《恢復我們的黃金時代》的演講稿，回憶北伐征戰尤其是廣西第七軍由鎮南關打到山海關的輝煌戰史，呼籲「驅逐日帝國主義於我們的國境外」，題下注明「哈庸凡速記」。

7月16日，哈庸凡就對日抗戰等問題採訪李宗仁總司令，李宗仁表示「吾人現正準備一切，為民族生存，國民利益，滴盡最後一滴之血」。

8月28日，哈庸凡代表廣西日報社當選廣西各界抗敵後援會理事，主編《克敵週刊》。

9月1日，廣西各界歡送第五路軍出發殺敵大會在桂林南門外舊飛機場舉行，逾五萬人到會。省主席黃旭初致歡送詞，李宗仁總司令對全體將士及各界訓話，第七軍廖磊軍長致答詞。後由各界代表獻旗獻物，會後列隊巡行，所到之處，鞭炮齊鳴，歡呼祝捷，盛況

空前。

第五路軍此後北上抗日前線，具體日期尚無確切史料，同年9月7日，李濟深、陳銘樞、蔣光鼐等由粵飛抵桂林，李宗仁、黃旭初當晚在舊藩署設宴招待，特邀廖磊、夏威等作陪。十天後，即9月18日，廣西各界抗敵後援會在桂林召開各界民眾紀念「九一八」暨國民對日抗戰宣誓大會，逾四萬民眾到會，李宗仁發表演說，哈庸凡速記，而此時，已不見廖磊軍長身影。

由率軍出征的廖磊軍長行蹤推測，第五路軍將士北上抗日前線的時間應在1937年9月7日之後。

二、第五路軍軍歌正誤考辨

據百度百科（互動百科、360百科亦同）「國民革命軍第五路軍」詞條，其後所附「第五路軍軍歌」為：

◈ **第五路軍軍歌**

> 五路軍，五路軍，
> 我們是廣西子弟兵。
> 我們是鐵打的隊伍，
> 維護中華民族，
> 不做奴隸人。
> 五路軍，五路軍，
> 不把損失一寸土地，
> 誓把鬼子趕出國境。

此歌詞出處不詳，但從「不把損失一寸土地」句欠通順看，似乎源自五路軍將士後來的追憶。

那麼，有無當年關於第五路軍軍歌的文字史料呢？經查，《廣西日報》1939年11月22日刊出隨軍記者吳家堯從皖北發回的「戰地隨筆之一」——《五路軍歌飄蕩淮上》，文中完整記錄下五路軍軍歌兩段歌詞：

◇ 五路軍軍歌

挺進！挺進！我們是抗日的五路軍；
昨天我們還是老百姓，
今天要拿起槍炮向前進！
我們用戰爭來消滅戰爭，
用血肉來爭取生存。
五路軍，不動人民一根針線，
五路軍，不失國家一寸土地。
五路軍，決把鬼子趕出國境！

挺進！挺進！我們是民眾的五路軍，
滿山遍野都是遊擊隊，
一切友軍都是一家人。
我們用民眾來幫助作戰，
用友軍來夾擊敵人。
五路軍，不動人民一根針線，
五路軍，不失國家一寸土地。
五路軍，決把鬼子趕出國境！

圖為第五路軍八十四軍一零三九團在武漢會戰週邊戰役中

　　吳家堯，廣西北流人，廣西大學文法學院畢業。喜愛文學，1937年春，曾任廣西民團幹部學校劇團籌備委員會委員，參與籌備民團幹部學校劇團。後進入《廣西日報》任記者，與哈庸凡（時任《廣西日報》採訪主任）同事，並成為好友。1937年9月15日，《廣西日報》

出版《晚刊》，由哈庸凡和吳家堯負責編輯。對此，哈庸凡在《我的自傳》中寫道：「抗戰以後，桂林人口增多，一份報紙不能滿足需要。於是，廣西日報又出版一份四開的第二次版（晚刊），由我和另一記者吳家堯共同負責編輯。」

1938年6月，經第五路軍總政訓處處長兼廣西日報社社長韋永成批准，哈庸凡離桂北上抗日前線，被派往第五路軍八十四軍一八九師政治部任上尉科員，參加武漢會戰週邊戰役。武漢失守後，隨軍轉進隨縣駐防，任一八九師一一零七團少校政訓員。同年底，吳家堯作為廣西日報戰地記者前往鄂北戰場，此後在戰場與哈庸凡兩度見面。據哈庸凡《我的自傳》記述：「1938年底和1939年初，我在襄陽和隨縣兩次見到他（吳家堯）。」在鄂北期間，吳家堯先後在《廣西日報》發表戰地隨筆多篇，包括《雙溝一宿》、《在唐縣鎮》、《往隨陽店途中》、《李副師長在同安鄉》（按：李副師長即時任一八九師副師長李寶璉，隨棗會戰中投敵）以及記述一八九師在隨縣開展農民運動的《前方的農民運動》等。1939年8月，吳家堯前往第五路軍安徽戰場採訪，陸續發表戰地隨筆《挺進中的霍邱》、《蒙城血花》等，《五路軍歌飄蕩淮上》即是其中一篇。

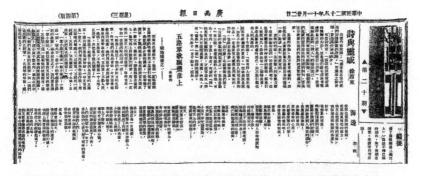

《廣西日報》1939年11月22日刊出吳家堯戰地隨筆〈五路軍歌飄蕩淮上〉

之所以要在戰地隨筆中寫五路軍軍歌，是因為吳家堯在戰地採訪所見中受到觸動和「驚詫」。他寫道：「我這次出發皖北，每過

一地都聽到五路軍歌的唱聲，但並不怎樣引起我的留意，我當做是少數的現象，一直等到了蒙城，才驚詫起來。我住的旅館外面就是一條大街，縣政府、縣黨部都在這街上，每天晚上將睡覺的時候，街上一定湧出一個巨大的響亮歌聲，整齊雄壯，有如一支鐵的隊伍開來一般。」唱歌的並不是五路軍將士，而是一群小孩子。可見五路軍與民眾已經親如家人，孩子們連五路軍軍歌也喜歡傳唱。吳家堯描繪這一情景：「一群小孩子集成一條小隊伍，一個跟一個，張大口，從小小的喉嚨拼出銳利的歌聲。在中秋月之下，我們看見過一群小隊伍，就仿佛看到五路軍的雄姿，五路軍，這一支堅強的抗戰隊伍，現在已經獲得千百萬民眾的愛戴與擁護，每個人，連小孩子都在內，都在心坎中喊出『我們是抗日的五路軍』和『我們是民眾的五路軍』。五路軍的軍歌，飄蕩在淮上了。」

吳家堯於抗戰初期（1938至1939年間）奔走于五路軍湖北和安徽戰場，長達數月之久，他在這篇戰地隨筆中記錄的五路軍軍歌應是確鑿無疑的。歌詞昂揚激憤，氣勢逼人。兩節歌詞完整，前後呼應，上半段內容遞進，下半段反覆詠唱，強調「不動人民一根針線」，這是軍紀；「不失國家一寸土地」，這是軍令；「決把鬼子趕出國境」，這是軍威。

對照上述百度百科所附「第五路軍軍歌」，其中「五路軍，五路軍」的反覆詠唱，以及「不把損失一寸土地」、「誓把鬼子趕出國境」二句，與吳家堯1939年所記極為相似，吳家堯所記為「不失國家一寸土地」與「決把鬼子趕出國境」，由此可見，百度百科所附五路軍軍歌或係後來追憶，只記得一兩句歌詞和曲調。

至於五路軍軍歌歌詞和樂譜出自何人，尚待考證。

三、桂軍中其他軍歌

北伐時期廣西部隊編為國民革命軍第七軍，因戰果赫赫，被譽為「鋼軍」。網上載有第七軍軍歌為：

◇ 國民革命軍第七軍軍歌

男兒膽大可包天，參加敢死隊！
沙場血戰拼頭顱，視死也如歸！
寧玉碎，勿瓦全！革命將士大無畏！
殲滅敵寇，建立勳功，
看我們無敵的鋼軍敢死隊！

這首軍歌實際上是1936年間，由第四集團軍副總司令白崇禧選定的十首抗戰歌曲（包括《軍訓歌》、《訓練民團歌》、《抗日歌》、《抗日勝利歌》等）之一，名為《抗日敢死隊》，歌詞也有些微區別：

◇ 抗日敢死隊

少年膽量可包天，參加敢死隊。
沙場血戰拼頭顱，視死也如歸。
勿瓦全，寧玉碎，抗日精神輝。
打倒日本，責任在我，抗日敢死隊。

後來是否據這首《抗日敢死隊》歌詞改編為第七軍軍歌，不得而知。而1938年間由第五路軍總政訓處主編的《全面戰》第17期，刊載一首《鋼軍歌》，共五節。歌詞如次：

◇ 鋼軍歌

一
鋼軍第一不怕死，
號令一出齊奮起。
沒有退後只向前，
不殺敵人誓不止！

二
鋼軍第一不擾民，
兵民都是自家人。
當兵原為老百姓，
擾民即成強盜兵！

三
鋼軍第一明大義，
抗戰原為保國起。
禦敵頭顱寧可擲，
私鬥軍人所不恥！

四
鋼軍第一能吃苦，
苦幹硬幹習之素。
排除萬難便無難，
革命精神耀千古！

五

革命精神耀千古，

舊日七軍今五路。

偉哉廣西子弟兵，

長保鋼軍無上之榮名！

這首《鋼軍歌》由李文釗作詞，陸華柏作曲，此歌經第五路軍總政訓處主編的《全面戰》週刊刊發，當是為在軍中傳唱所作。

1938年11月至1939年5月隨棗會戰爆發，第五路軍主力八十四軍在隨縣淅河西岸以百餘里戰壕阻滯日寇西犯鄂北，長達半年之久。哈庸凡（時任八十四軍一八九師一一零七團少校政訓員）在《半年來淅河西岸之戰壕生活》一文中記述了戰場上傳唱的歌曲《挖戰壕》：

◈ 挖戰壕

挖戰壕，挖戰壕，

大家都來挖戰壕。

挖好戰壕打敵人，

別讓鬼子活著跑！

你一鍬呀哼喲，

我一鋤呀嗨喲，

打退了敵人，

大家有功勞。

除軍歌外，當年還有這樣一些戰歌流傳，如《廣西戰士》，麥克作詞，逸心作曲。

◈ 廣西戰士

我們是廣西的弟兄！

我們是抗日的先鋒！

軍紀嚴，意志堅，

圖為《良友畫報》1937年報導

為國家，最盡忠；

個個奮勇上火線，

心細膽大打衝鋒！

打死鬼子無沙數，

不愧為廣西戰士好英雄！

向前走！努力衝！

繼承鋼軍的傳統，

再接再厲挺戰進攻！

不得中華民族自由解放不放鬆！

另一首由蒂加作詞、逸心作曲的《去當兵》也由《全面戰》週刊推出：

◈ **去當兵**

乓乓乓，刀槍乓乓乓乓乓，

自己的國家裡，來了日本兵。

任他占我們地，搶我們財，

屠殺青年，擄少女，

血流成河真痛心！

刀槍乓乓乓乓乓，

政府徵兵有命令！

「好鐵打好釘，好才才當兵」！

我在中國生，

要為中國死！

穿起武裝，奔向前方去當兵！

刀槍乓乓乓乓乓，

去當兵，去當兵！

一筆血賬向鬼子要算清！

《廣西日報》1940年1月21日刊出雷石榆詞、丁鐺曲的《再上戰場》：

◈ **再上戰場**

我們是民族的戰士，
為救國殺敵在戰場。
從屍山血海裡，
帶了光榮的創傷。
國家把我們的創痛醫好，
又送我們榮譽的獎章。
看哪！我們又穿起武裝，
握緊槍刀再上戰場。
用兩重的仇恨，
用加倍的膽量。
要奪回一切失地，
把強盜趕出邊疆。

第五路軍軍歌和所屬部隊軍歌，以及其他戰歌，鼓舞士氣，振奮精神，伴隨著抗日將士南征北戰，衝鋒陷陣。這些史料殊為珍貴，屬於廣西部隊抗戰歷史的重要史籍，也是留給後代的精神財富。應當妥為搜集，詳加甄別，以期真實可信。

仁者不以安危易節

義者不以禍福易心

勇者不以死亡易志

——《奉天靖難記》卷一

晚年讀書筆記

戲劇春秋・小說

　　哈庸凡先生畢生鍾愛戲劇。早在青年時代，他熟諳桂劇，並以桂劇與文學愛好者的身姿活躍於桂劇改革的前哨，曾率先將傳統桂劇《杏元和番》改編為具有抗戰意義的《雁門關》。與其同時，他發起組織桂林「風雨社」，投身戲劇救亡運動。期間，曾導演話劇乃至參加戲劇演出、飾演男主角等。晚年，他接連創作出多部歷史京劇。

　　哈庸凡對戲劇的愛好與欣賞源自青少年時期。1936至1937年間，和著抗戰救亡的激昂吼聲，廣西的話劇運動迅速地由啟蒙走向普及，1937年被稱為廣西的「戲劇年」。當年4月，廣西當局發起組織戲劇節籌委會，提議每年5月5日為廣西戲劇節。此後，戲劇運動愈加深入。現已發現的部分史料足以證明，在抗戰前後桂林激昂沸騰的抗日救亡活動中，活躍著哈庸凡和他的同伴們年輕的身影。

　　本章輯錄哈庸凡先生抗戰前後改編和參與創作並導演的兩部戲劇，抗戰前期在《桂林日報》發表的四篇小說，以及晚年創作的三部歷史京劇等。

❀ 桂劇叢談

《桂林日報》1937年2月4日、5日連載

　　（民眾社特訊）廣西文化因地理關係可分劃為南北兩部，北部以桂林為中心，具中原文化之典型；南部以南寧為中心，因珠江流域交通之便，遂帶有歐化之色彩。桂林所流行的桂劇，追溯本源，亦由中原流入，幾經蛻嬗，遂成本地風光。茲分述其來源與現狀

於。

開章明義　閒話來源　桂劇來源，據司徒華君在《桂劇縱談》中有一段如下敘述：「桂劇發生的地方在桂林，它發生的時候，因為缺乏文獻可考，所以不能詳明的知道，但依我們推測，則大概在清初乾嘉前後。這推測不是憑空的，我們有兩個根據，第一，桂劇是二黃劇，考二黃的興起，就在清初乾嘉前後。乾嘉以前，二黃劇還未發達，那時候桂林自然也有戲劇，但當然不是現在的所謂「桂劇」，我們是可以斷言的。第二，滿清入關時，中國大亂，李自成的農民革命軍遍佈全國，直到乾嘉時，亂事平定，軍事的、政治的爭鬥告一段落，清朝的統治階層才有餘力顧到文化的鬥爭上來。就在這時，桂劇的發生是很有可能的。乾嘉以前，桂林自然也有戲劇，那時候流行的，大概是弋陽腔和梆子腔。弋陽腔是明時南曲的一種，徐文長在他的《南詞敘錄》裡說：『今唱稱弋陽腔者，則出江西、兩京、湖南、閩、廣用之……』這究竟是怎樣的一種腔調呢，我們晚生百多年，已不及見，只從湯顯祖所說裡知道其節以鼓，其調誼和《嘯亭雜錄》裡所說『其鐃鈸喧闐，唱口囂雜』的情形而已。直到現在，它的影響還遺留在桂劇裡。如《尉遲耕田》、《皮正祭棒》……等齣，就是用高腔唱的。梆子腔大概是南梆子，起源已不可考。歐陽予倩在《談二黃戲》裡，說梆子腔屬於弋陽腔的囉吟調，又稱吹腔。他在《自我演戲以來》裡又說：「廣西戲和湖南戲一樣，不過用的是桂林話，腔也變了不少。桂林叫平板二黃為安慶調，因此可以知道安慶梆子單獨在兩湖盛行過，以後才成功二黃的。」

因此，桂劇源流可以表解於左：

弋陽腔（江西）

二黃（湖北）　　桂劇（桂林）

梆子腔（江南）

名士大夫　為編劇本　桂劇源流既如上述，因此桂劇的劇本，也多數由於中原劇本的轉變。如《世隆搶傘》、《雙拜月》就出於昆曲的《拜月亭》、《雄黃陣》，至於《斷橋會》、《田氏劈棺》，就出

於昆曲的《雷峰塔》、《蝴蝶夢》等。至於大部分劇本,均由二黃嬗變而成。但本地的名士大夫,於青衫檀板消遣之餘,興之所至,也有特殊劇本的編撰。如前清做過臺灣總督的唐景崧氏兄弟所撰的《打櫻桃》、《翠花頂桌》、《可中亭》等,流傳至今,其文詞綺麗,尚膾炙人口。

花樣翻新　坤角繼起　五色旗代替了黃龍旗以後,代表封建意識的桂劇,再經了五四新文化運動高潮激盪和社會不安定影響,就呈了衰頹現象。善於蠅營的劇業主人,就仿效平滬劇的坤角撐場,也訓練女伶,以迎合觀眾心理。第一「女班」出現桂林的戲院,便是所謂「甲班」。由純坤角的甲班,而轉到男女合演,花樣翻新,營業頗為一振。但那時抓住觀眾,倒不是劇裡的情節,而在唱戲的女人新奇趣味。隨著女人的新奇趣味,而長成了捧坤伶的風氣。

一經品題　身價百倍　從來名士,必悅傾城,況乎紅氍毹上,檀板輕敲,管弦細奏,豆蔻年華之妙女郎,輕歌曼舞,笑生百媚,響遏行雲,寧無名人賞識。現代畫家徐悲鴻先生於丹青之餘,曾作周郎之顧。本市同樂戲院之女伶東渡蘭,以苗條之嬌態,作繞梁之新聲。經徐先生題贈「藝術神聖」之後,其每日工資突由三元二角增至六元。名畫家之妙筆,與名坤伶之姿首,不但從此並駕馳驅於藝術神聖壇場,而桂劇經徐先生之品題,大有枯木逢春之況。然而藝海昇沉,笑者自笑、哭者自哭之現象,亦不時顯現於人前。

伶人工價　女勝於男　伶人生活亦參差不齊,年老色衰,誰肯做憐香護鈴之主。至於伶人工價大抵女伶較男伶為多,成名者較未成名者為多。女伶工價,最高者每日可獲十元,最低者每日可獲八角。男伶工價最高者每日可獲三四元,最低者每日可獲四角。惟因營業冷淡,園主對於伶人工價,多打折扣,故伶人之收入,表面雖高,實則微微無幾。惟伶人出身低微,多習於下流,其染不良嗜好者尤多,內以男伶為甚。

靚裝侑酒　相習成風　至於女伶,除技藝優良外,尚須有恃於姿色,以博觀眾之歡心。在遜清時,一般達官顯宦者招宴,即男伶

中之飾花旦者，亦須到場侑酒。歐陽予倩先生在他的《自我演戲以來》裡說：「我到過一次桂林的後台，看見有好幾桌酒席擺著，聽說是紳士們在那裡請客，這是我在別處沒有見過的。在後臺請客大約是一樁時髦的事，花旦下臺之後，可以不卸妝，就去斟杯酒應酬一下。」但近來此種惡習，已漸改除。

師傅權威　高高在上　桂劇班規極嚴，對於名分尊卑極其注重。晚輩之於長輩，無論是否出於同系，均須尊稱之為「師父」或「老前輩」（近來多半改成某先生）。初次見面，且須伏地叩頭，以示尊敬。對於劇中之主要角色，多謙讓長輩飾演，必待長輩有命，方敢扮飾。近來扮演劇中人之演員，改由管班或園主圈定。故上述繁難，稍已免除。班內人員則可分為演員及職員兩種，演員又可分為生、旦、淨、丑、小生、老旦六行。大約生為四人，旦為五人，小生二人，淨三人，丑二人，老旦一人。職員則場面八人，大衣箱一人，盔頭箱一人，刀槍箱一人，打雜二人。此外又有手下七八人。此種手下多為學徒，其代價則每日僅可獲生活費二角。學藝期間，規定三年。此三年中，該學徒所得之生活費，悉數為乃師收用。學藝期滿，又須幫師一年。此一年中所得代價，亦須與乃師平分。幫師期滿，學徒方可自謀生活。學藝期間，一身自由完全為乃師支配。師傅對於學徒，指揮驅使，一如己意，稍一不遜，即鞭撻隨之，其痛苦莫可言狀。

梨園何處　為指酒家　桂林的戲院和其他地方不同之點，是酒館兼而有之。一般享樂的紳商們巍樓高宴，手把醇醪，眼矖粉黛，耳聽笙歌，樂也陶陶，誠有南面王未可與易之雅致。計本市戲院兼酒家的，有西湖酒家、同樂園酒店、南華酒家，尚有高昇大酒店正在建築中，不日即可開幕。

西湖酒家　為本市歷史最悠久的戲院，在本市學院街，開設至今已達八年。著名角色為男角楊蘭珍（生）、坤角如意珠（旦）、露凝香（小生）、小飛燕（旦）等。戲班人數連及手下共約四十餘人，但主要營業，尚在酒筵，桂劇反為附設。

同樂酒店　亦在學院街，為戲院中後起之秀。著名坤角為東波

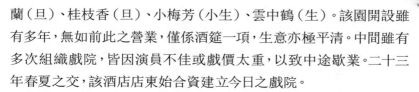

蘭（旦）、桂枝香（旦）、小梅芳（小生）、雲中鶴（生）。該園開設雖有多年，無如前此之營業，僅係酒筵一項，生意亦極平清。中間雖有多次組織戲院，皆因演員不佳或戲價太重，以致中途歇業。二十三年春夏之交，該酒店店東始合資建立今日之戲院。

南華酒家　在本市王輔坪，成立於去年十月。主要角色有男角劉少南（小生）、賀牧邨（生）、坤角金小梅（旦）、金玉鳳（旦），營業狀況稍遜西湖及同樂。

高昇大酒店　在西湖酒家對面，主人即西湖股東之別開生面者。因省會遷桂，人口激增，百業繁興，遂有較前大規模建設。營業仍為酒筵兼桂劇，本月廿一日（即廢曆元旦）可開幕。

此外尚有特察里的三都戲院及清平戲院。

三都戲院　開設於民國二十二年十一月，班中人數約二三十人。原為賭館所聘，嗣因營業冷淡，賭商為維持血本計，曾一度將全權交付戲班。演員每日之代價，概由戲班將收得座金自行分派，故演員收入實微微無幾。且因該戲院位於特察里內，地位較高之人物，進入諸多不便，故觀者多屬下層份子，此亦促成營業冷淡原因之一也。

清平戲院　則係去年冬間開設，其前身本為定桂門賭館之戲場，嗣因定桂門城外一段劃歸特察里，乃成今日之形狀。該戲院純係附屬於賭館，院中演員及其他工作人員約卅餘人。每日戲價約三十元，由賭館派人收集座金，按演員身價之多少照數分派。

話劇新興　桂劇式微　桂劇到了現在，它在藝壇上的地位，已經有話劇「取而代之」之勢。桂林話劇現在已有總政處的國防劇社和省府公務員所組織的「二一劇團」、「風雨社」所組織的「風雨劇團」、西大學生的「西大劇團」，尚有桂女中、桂初中的劇團，在每次公演均得著多數人鑒賞與好評。具有輿論權威的《桂林日報》社，他們在「桂林」副刊中正極力提倡話劇，給舊桂劇以重大的打擊。司徒華君在副刊中對桂劇更作如下述評：

　　早兩年，廣西的政治漸上軌道，民眾的生活較前安定，話劇運動

又剛在萌芽，桂劇便趁機再次掙紮。到今日，似乎又有點繁榮之勢了。然而，這其實不過還是迴光返照。因為清亡以來，經過二十幾年的動亂，封建勢力既經崩潰，幫閒幫兇的士大夫又或者死亡或者成為縮頭的遺老，晚出的小市民，已稍接觸了較新的教養，所以桂劇恃以迎合及抓住觀眾的，不過是「趣味」罷了。我們相信再過下去的桂劇，將更著重低級趣味。

今日桂劇的真正觀眾已經很少，所以凡青年坤角，又長於交際的，送彩區去讚美她的人便一定很多。這倒並非因為她的戲唱得怎樣好，這些很紅的旦角，以戲言戲，其實是並不怎樣行的。……許多並非為「戲」的觀眾，不過因為消遣的地方太少，在禁賭的此刻，大家到戲院坐坐，如打麻將，把無聊的一晚消磨去了罷了。

因此，話劇一發揚，桂劇便自會滅亡了，而且這日子怕也不遠了罷。

有傷風化　劇本禁演　桂劇劇本，最近經省戲劇審查委員會審查結果，分為准演、改良、禁演三種。禁演劇本，由本月起施行禁演各本如下：

金蓮調叔（誨淫）、胡迪罵閻（迷信）、賈氏扇墳（神怪）、田氏劈棺（神怪）、三霄破陣（迷信）、活捉三郎（迷信）、程香打洞（迷信）、子牙斬妖（迷信）、八仙上壽（迷信）、孫賓追魂（迷信）王祥弔孝（迷信）、大補磁缸（神怪）、藥王得道（迷信）、賊婆追魂（迷信）、開索金鎖（講嫖經）、梨花送枕（誨淫）、飲酒盜章（神怪）、水淹金山（神怪）、活捉子都（迷信）、陰陽兩錯（迷信）、白狗成親（神怪）、三官堂打碗（迷信）、三思斬狐（淫怪）、文進降妖（迷信）、五花洞口（迷信）、石秀算賬（淫邪）、錯殺姦夫（淫穢）、翠花頂桌（淫穢）、借茶回院（淫穢）、打青龍嶺（神怪）、盜刀擡床（神怪）、二差拿風（神怪）、海氏上吊（迷信）、沙河門室（神怪）、打燕失路（神怪）、少保調情（淫穢）、遊觀地府（迷信）、國珍打鐵（神怪）、香山了願（迷信）、大鬧天宮（神怪）、人面桃花（迷信）、鬼鬧飯店（迷信）、黃金鬧室（神怪）、酒毒楊勇（亂倫）、三進碧遊（神怪）、洞賓度丹（淫怪）、曹安殺子（慘無人道）、雙包計（神

怪)、金山寺（神怪）、五雷匣（神怪）、陰五雷（神怪）、金光陣（神怪）、殺子報（慘無人道）、鬧東京（神怪）、誅仙陣（神怪）、萬仙陣（神怪）、清宮判（神怪）、七劍書（神怪）、五嶽圖（神怪）、鴛鴦墳（神怪）。

✱ 雁門關[1]（國防戲劇）

（即《杏元和番》，又名《重台分別》）

《桂林日報》1936年9月11日——15日連載[2]

第一場

（四番臣上）（排子）（各白一句）雞鳴紫陌曙光寒，鶯囀皇州春色闌。金闕曉鐘開萬戶，玉階仙杖擁千官。咱家邪子滕，律刀，亞里金，亞里銀。請了，狼主昇殿，排班伺候。香煙渺渺，聖駕臨朝。

（番王上，內監引）（白）絳幘雞人報曉籌，尚衣方進翠雲裘。九天閶闔開宮殿，萬國衣冠拜冕旒。孤，突厥國王，自登基以來，深

---

[1] 哈庸凡改編桂劇《杏元和番》為《雁門關》，事見《中國戲曲誌・廣西卷》：「同年（1936年）九月，國民黨桂林縣黨部組建了劇藝工會以籌畫改良桂劇。當時，國防戲劇的口號已在桂林引起戲劇界的關注。當時由哈庸凡將《杏元和番》改編為《雁門關》，將『兒女私情和哀豔情緒』的內容改為『在外敵和漢奸雙重煎迫下之悲劇』。」

[2] 《桂林日報》1936年9月11日起在新聞版連載哈庸凡改編的傳統桂劇《雁門關》（原名《杏元和番》），以示推崇。同日連載該劇前，報紙並以〈縣黨部計畫改良桂劇新編《雁門關》經脫稿將定期在西湖公演〉為題，刊出新聞稿，全文錄後備查。該報此後各期皆以此為題連載。——查桂劇頗盛行於桂柳一帶，其吸引觀眾之力量亦復不小。惟桂劇本身陳腐不堪，倘不極加整頓，則為害民間，頗非淺鮮。如能善加利用，則於喚醒民眾方面不無補益。桂林縣黨部通訊處有見及此，特擬將之加以整頓，各情經誌本報。惟限於人力財力，僅能局部更換。現悉該處所改編之《杏元和番》，業於日昨編就，現由西湖酒家之戲班先行排演，一俟排演純熟，即行在西湖公演。茲探錄其改編劇本於後。

感地瘠民貧，難以立國。經滿朝文武商議，決竟向外開疆拓土，墾地發民。也曾命得烏蘇烏大元帥帶兵前去攻打中原，昨接前方捷報，我方節節勝利，現已進佔河北邯鄲縣一帶。這也不在言表。今當早朝，內侍臣，閃放龍門。

（內白）：龍門閃放。

（四番臣同白）：臣等朝拜。

（王白）：眾卿平身，金殿賜坐。

（同白）：謝坐。

（王白）：眾卿上殿，有何本奏？

（邪白）：臣啟奏狼主，現有唐朝使臣，奉唐王旨意，持表到此講和，請旨定奪。

（王白）：現在哪里？

（邪白）：現在午門，無旨不敢上殿。

（王白）：傳孤口詔，宣唐朝使臣上殿。

（內監白）：狼主有旨，宣唐朝使臣上殿。

（生內白）：來也。

（生唱北路起板）在午門等得我口焦舌皺，（二流）上殿來不由人面帶慚羞。我本是大唐國二品誥授，今日裡到北番變作馬牛。唐主爺這幾載貪戀色酒，盧杞賊逞奸謀挺身出頭，朝綱內軍政權握在他手，親小人遠君子嫉賢若仇。只顧他獨一人安然享受，全不管眾黎民衣食不周。突厥國他那裡興兵為寇，擄錢財殺人民侵佔北州。盧杞賊擁大兵不去相救，堅持著不抵抗賣國通仇。眼看著中原地非我所有，他那裡才命我身揹皇表押解珠寶來到漠北低聲下氣把和求。來只在銀殿停緩緩走，睜開了昏花眼細看根由，殿角下衛士們全身甲冑，兩班中文共武歡笑無愁。突厥王在寶座微開笑口，莫不是笑中華地大物博資源廣有，臨到了強敵壓境無人出頭。罷罷罷，船到江心難補漏，沒奈何上前來屈膝叩頭。

（王唱）：坐只在寶座上微微冷笑，笑只笑唐天子志氣不高。是硬漢分一個強弱歹好，爭江山全憑著一槍一刀。為什麼命使臣求和進表，難道是叫孤王罷兵不交。看起來唐朝中兵微將少，奪中原掃南朝不費心勞。（白）下跪唐朝使臣。

（生白）：正是。

（王白）：到此則甚？

（生白）：領奉吾主旨意，押解珠寶幣帛到此，獻與大王，望大王早日罷兵，以免兩國人民塗炭。現有表章在此，請大王龍目一覽。（呈表介）

（王白）：押在案頭。想你國君主昏庸，奸黨弄權，盜賊蠭起，民不聊生。孤王興仁義之師，替天行道，怎麼不獻地投降，反來請和罷兵。

（生白）：想貴國與敝邦向來和睦，只因宵小之徒到處煽惑，致使干戈不休，生靈受苦。還望大王體上天好生之德，罷卻兵戎。我主願修兄弟之好，現解有百般珠寶幣帛到來，獻上大王。還有……

（王白）：還有什麼？

（生白）：還有一美女，名叫陳杏元。生得婀娜千般，風流萬種，特地獻與大王，以充媵妾。尚乞罷兵和好。

（王白）：住了。膽大的唐朝使臣，敢用美色前來迷惑孤王。想你堂堂大邦的中華，到了臨危之時，為什麼不用大將統兵前來，拼一個你死我活。反這樣不顧羞恥，用女子出來解危。你中華帝臣人民的臉面何存。孤王生平不愛酒色，將解來珠寶一概帶回，孤王即日統帥大兵，掃蕩中原。

（邪白）：大王暫且息怒，此事須從長計較。

（王白）：既然如此，唐朝使臣且退殿後，少刻另有計較。

（生白）：叩謝了。（唱）在殿前跪得我腰酸腿痛，一陣陣羞得我滿面通紅。突厥辱中華高聲怒吼，今日裡怎能夠重回江東。恨盧杞賣國家開門揖寇，錦江山斷送在漢奸手中。眼望著大中華淚滴衫透，有何人為民族爭取光榮。沒奈何咬牙關忍住心痛，一陣陣止不住淚灑西風。

（王唱）：見唐使下殿角揮淚掩袖，中華人慣會做奴隸馬牛。看將來唐江山握在王手，大兵到何愁他不肯低頭。（白）邪子丞相，方才為何阻擋孤王。

（邪白）：狼主哪曾知道，倘不准唐使講和，我國徒耗兵馬錢糧，日夜攻打，勒逼甚緊，難免中華不有一二愛國之士出面抵抗，那時

極費周折。且盧杞乃是自私自利之輩，只知保全自己富貴，全不顧民族利益。現在幸與我國勾結，才能進取中華，勢如破竹。倘使我國進攻甚急，分明使盧杞絕望，那時反而失了內應，不如暫允其講和，得了他的珠寶幣帛，充作我國的錢糧，得了他的子女人民，充作我國的士卒。而且使盧杞和平未至絕望，必然苟且偷安。等待時機一到，那時驅使他國的人民上前作戰，何愁唐朝江山不得。

（王白）：好便雖好，惟恐中華人民覺悟起來抵抗，那時我國就難以支持了。

（邪白）：狼主放心，前次為臣也曾派得麗旦將軍來到盧杞衙中，名為幫助他辦要政，實為監視。昨日麗旦將軍有書信到來，說道盧杞在朝，禍國殃民，殘害忠良。前番梅魁因領兵與我國對敵，被盧杞設計斬首。目下又謫貶了力主抗敵的陳東初。就是今番進來的美女陳杏元，麗旦將軍信內也曾說起，她就是陳東初之女。只因與梅良玉、陳春生時常非議朝政，譭謗盧杞，故而將她下嫁以到我國。如今待為臣再修書一封與麗旦將軍，叫他極力督促盧杞，鎮壓人民，消滅主戰之輩，何愁大好中華不歸我國版圖，還望狼主參詳。

（王白）：准卿所奏，如此二次宣唐朝使臣上殿。

（內監白）：二次宣唐朝使臣上殿。

（生白上）：悵望祖國不得救，教人滿面帶慚羞。跪見大王。

（王白）：唐朝使臣聽著，孤王本待不准你國講和，怎奈不忍見兩國生靈遭此塗炭之苦，故而姑准所請。將解來珠寶幣帛點交御庫收存，回稟你主，將河北邯鄲縣以北之地，割讓我國。至於進來美女，著由你國派員護送至雁門關，孤王派人前來迎接。謹記所言，拜辭下殿去罷。

（生白）：叩謝了。（唱）銀鑾殿前三叩首，背過身來暗撫胸。虎口求生中何用，子女財帛一概空。燕北之地俱斷送，到後來必然禍無窮。這都是漢奸罪惡重，何日裡再恢復往日光榮。（下）

（王白）：亞里銀晉位。

（亞白）：臣在。

（王白）：孤王命你帶領五百名將士兵，前往雁門關迎接新貴人。

（亞白）：領旨。

（王白）：擺駕。

（同白）：請駕。（排子）

第二場

（引老生上，四手下）（排子）

（老生白）：突厥國興兵入禍，盧杞賊求榮賣國。唐主爺不敢抵抗，陳杏元去把番和。老夫黨進，領奉唐主旨意，護送杏元小姐出關。人來，起道長亭。

（手白）：來此長亭。

（生白）：二位公子到了，報爺知道。

（手白）：是。

（梅陳同下）（下馬介）

（手白）：二位公子到。

（梅陳同白）：伯父請上，小侄參拜。

（老生白）：不敢。

（梅陳同白）：禮當。

（老生白）：但不知小姐大轎可到。

（梅陳同白）：隨後就到。

（老生白）：少候。

（手白）：小姐到。

（老生白）：打轎上來。

（旦上白）：梅兄有禮。

（梅白）：小姐有禮。

（旦白）：請問梅兄，但不知何人護送。

（梅白）：黨進伯父護送。

（旦白）：請伯父上前。

（梅白）：候著，小姐請伯父上前。

（旦白）：侄女見伯父萬福。

（老生白）：小姐免禮。

（旦白）：侄女前去和番，多蒙伯父護送，一路之上，飽受風霜，為杏元受累不淺。

（老生白）：好說了。想目下強敵壓境，國難日深。而朝廷之中，

文不能安邦，武不能定國，苟延殘喘，忍恥偷生。說來老夫自覺慚愧。

（旦白）：這都是漢奸把持政權，並非伯父之過。請問伯父，鸞車可曾齊備？

（老生白）：早已齊備。

（旦白）：叫他們打車上來。

（老生白）：打車上來。

（旦白）：杏元上鸞車，心中如刀絞。中華紅顏女，嫁作胡人妾。

（起板）陳杏元上鸞車心如刀絞心如刀絞，（慢皮）思想起不由人珠淚雙拋。我國中這幾載漢奸當道，因此上惹下了這場槍刀。我父親因主戰被賊貶了，又要我二八女去和番朝。此一番到漠北生死未保，思故國想家鄉大放哀嚎。捨不得高堂上父母年老，捨不得姐弟們一旦相拋。捨不得梅良玉英才佼佼，捨不得錦江山地博物饒。推紗窗見梅兄低聲喊叫，陳杏元有一言細聽根苗。今生世不能夠同偕到老，但願得來生世，在天比翼，在地連理，如漆如膠。

（梅白）：唉！不能夠了。（唱）梅良玉坐馬上把話來表，尊一聲陳小姐細聽根苗。盧杞賊奸一似虎狼當道，壓人民通外寇罪惡滔滔。我父親因抗敵被他斬了，到今日又要你去和番朝。但願得民眾們大家覺曉，那時間抗強敵撲殺此獠。

（陳白）：姐姐，（唱）陳春生坐雕鞍心中焦躁，尊一聲賢姐姐細聽根苗。但願得日開雲散時一到，拿住了賣國賊萬割千刀。

（旦白）：梅兄前去問過黨伯父，前面甚麼所在，那高聳聳的又是甚麼地方。

（梅白）：候著。馬上請問伯父，前面甚麼所在。

（老生白）：前面不遠乃是河北邯鄲縣。

（梅白）：那高高的又是甚麼地方？

（老生白）：那是重台。

（梅白）：何謂重台？

（老生白）：昔年漢光武閱邊散餉而歸，行至此地，卻被蘇獻圍困，水泄不通。三軍鼓噪，故漢光武命人起造一台，名為雲台，以為三軍瞭望救兵之地。後來姚期馬武殺潰重圍，救駕有功，雲台改為重台。後朝人到此，正好探望家鄉。

（梅白）：領教了。小姐哪曾知道，前面乃是河北邯鄲縣，那高聳聳的，乃是重台。

（旦白）：何謂重台？

（梅白）（同上白）

（旦白）：哦，你看那重台四周，旗幟鮮明，隊伍整齊，帳幕連綿不斷，但不知是何人統帥的人馬。

（梅白）：待我再去問過黨伯父。請問伯父，重台四周，但不知是何人的人馬。

（老生白）：唉，賢侄哪曾知道，那不是我國的人馬。

（梅白）：哪國的人馬。

（老生白）：乃是突厥國的人馬，他如今是進佔河北內地了。

（梅白）：唉，外侮日逼，漢奸當權。國家民族真正是危險萬分。小姐，那裡不是我國的人馬。

（旦白）：又是哪國的人馬？

（梅白）：那乃是突厥國的人馬。

（旦白）：唉，眼看著大好神州，不久就要淪入胡人之手了。梅兄，前去對黨伯父說，杏元此去和番，永無重返故國之日，請伯父將人馬暫駐河北邯鄲縣，來日姊妹們到重台憑弔家鄉一番。

（梅白）（同上白）

（老生白）：可以使得，眾將今晚暫駐河北邯鄲縣，後日起程。

第三場

（亞里銀帶領番兵到雁門關迎接新貴人，過場）

第四場

（旦唱起板）：斷腸人對秋宵何曾安睡。（梅陳引旦上）

（旦唱）：思想起，強敵壓境，河山破碎。紅顏女嫁胡人，遺下了老親幼弟未婚夫君珠淚雙垂。突厥國逞威武，兵入關內，不抵抗都是那漢奸國賊。到如今舉國中不能安枕，將杏元送關口解卻重圍。為什麼不與他交鋒對壘，看將來滿朝中做事全非。出館驛不由人中心痛醉，猛抬頭又只見北雁南飛。叫一聲鴻雁兒且等一會，可能夠與我帶一封書歸。一霎間西風緊輕搖環佩，瓊林上繫住了一抹斜暉。

（梅白）：小姐，此地就是重台。（上臺介）

（旦唱）：上重台禁不住掩袖揮淚，見白霜和黃葉斷垣殘碑。

（白）：梅兄，但不知我們的家鄉又在何方。

（梅白）：朝南一望，煙樹迷朦之處便是。

（旦白）：哎呀，（唱）望家鄉不由人心中裂碎，思前想後更傷悲。此番去到突厥內，但不知今生可能轉回歸。回頭來見梅兄難忍珠淚，咽喉哽哽萬念灰。

（春白）：姐姐。

（旦白）：哦，賢弟你到下面，叫得眾民女上樓前來憑弔家鄉。

（春白）：小弟遵命。

（旦白）：梅兄，事到如今，生離死別在即，你難道連話都沒有一句嗎。

（梅白）：千頭萬緒，不知從何說起。歸根到底，都是漢奸盧杞的罪惡。想突厥興兵侵犯我國，他那裡擁兵自衛，不去抵抗，反而與外寇勾結，弄到今日喪失了半壁山河。在朝之中，殘害忠良，屠殺無辜，我父親因曾與突厥作戰，被他設計陷害。後來陳伯父因為主戰，又被他謫貶。

（旦白）：如今我又要銜命出關和番了。

（梅白）：唉，我梅良玉枉為男子，在公不能保國家，在私不能護妻子。罷罷，今日我權且咬緊牙關，忍恥偷生，但願喚醒一般國人，那時候我必然要抗敵除奸。

（旦白）：梅兄既有此決心，杏元縱死漠北，也心甘瞑目了。這裡有鳳頭金釵一支，相贈梅兄，留在身旁。早晚之間，見了這支金釵，猶如得見杏元一般。還有口占一絕相贈：恩愛夫妻隔世遙，決將赤血染胡貂。除奸抗敵君且記，為訂來生渡鵲橋。

（旦唱）：陳杏元拭淚痕低聲相告，尊一聲良玉兄細聽根苗。此一番到突厥性命不要，絕不肯失身體玷辱南朝。我去後但願你身體自保，莫把我薄命人掛在心梢。但願你早把這漢奸除掉，但願你與人馬掃蕩虜巢。陳杏元死九泉也含歡笑，不辜負我與你締結鸞交。雁門關到漠北紆曲古道，魂靈兒定隨你轉回南朝。

（梅白）：小姐休萌死念，小生這裡有玉佩鴛鴦一對，贈與小姐，

留在身旁。早晚之間，見了這玉佩鴛鴦，猶如得見良玉一般。還有口占一絕相贈：淚濕黃沙路途遙，欣聞赤血染胡貂。除奸抗敵生平志，來世偕卿渡鵲橋。

（梅唱）：梅良玉坐重台把話來表，尊一聲陳小姐細聽根苗。實指望做夫妻同偕到老，又誰知今日裡半途相拋。這幾載我國中漢奸當道，忠與奸賢與愚早已混淆。我不願身榮貴龍門高跳，又不願食君祿身掛紫袍。願只願與黎民拿著了盧杞賊萬割千刀。陳小姐到漢北珍重自好，休得要思家鄉掩面哀號。梅良玉是男兒志向達到，那時間外抗敵內除奸捍衛國家復興民族重振天朝。

（陳上白）：眾民女樓下伺候。啟稟姐姐，眾民女到了。

（旦白）：叫她們上樓。

（陳白）：眾民女上樓。

（眾白）：參見小姐。

（旦白）：南方就是我們的家鄉，爾等憑弔去吧。

（眾白）：唉，爹娘呀。

（陳白）：啟稟姐姐，黨伯父方才說道，人役早已齊備，少刻就要登程。

（旦白）：梅兄，如此姊妹一同下樓。

（老生上，白）：小姐，突厥備有宮服在此，請小姐下面穿戴，少刻登程。

（旦白）：（咬牙慘笑介）如此待侄女下面改換。

（老生白）：二位賢侄，且到下面休息一會，少刻跨馬登程。

（旦白）：告退。

（老生白）：旗牌過來，命你跨馬前行，沿途對突厥兵將說明老夫護送新貴人，以免誤會。

（旗白）：小人遵命。

第五場

（馬夫備馬介）（老生梅陳旦同上）（視衣介）

（旦白）：梅兄，賢弟，我現在是異國的人了嗎。（慘笑介）（哽咽介）（撕衣介）（梅陳同拉住介）

（老生白）：馬來。

（梅白）：盧杞奸賊做事差，賣國求榮獻嬌娃。

（陳白）：玉石雕鞍坐不穩，悵望祖國淚如麻。

（旦白）：杏元今朝離故土，淚痕滴透馬蹄沙。（起板）陳杏元坐馬上胸騰怒火胸騰怒火，（慢板）頃刻間別故土心如刀割，都只為盧杞賊開門惹禍，因此上紅顏女去把番和。上陽關見黃葉隨風颭墮，駐馬看又只見滿天霜落。一路上沙漠地馬蹄難過，塵土兒掩蔽了黑山白河。遠觀看雁門關城池一座，慘淒淒悲切切拋別故國。

（亞上白）：哪一個是唐家官兒。

（老生白）：老夫便是。

（旦白）：你這老頭兒，怎麼這樣不懂事。你來看，這裡是兩國交界之地，為甚麼還不將新貴人送過來。

（老生白）：將軍息怒，老夫去叫他們分別起程就是。

（亞白）：快些去，中華人總是這麼怕疼怕癢的。小韃子，備馬等著。

（韃白）：是。

（老生白）：小姐來此兩國交界，生離死別就在此地。

（旦白）：哎呀。（唱）聽說罷來此是兩國交界，顆顆珠淚灑胸懷。梅兄請上受妹拜，杏元言來說明白。今生不能同歡愛，來世與你配合偕。抗敵除奸責任在，莫把杏元掛心懷。春生賢弟受姊拜，為姐言來聽明白。堂上雙親你奉待，抗敵除奸志莫衰。來來來，三人同把伯父拜，侄女有言稟上來。二位侄男望伯父看待，謹防那漢奸二計來。辭別伯父春生我那梅兄把馬踩。（哭白）伯父，春生，哎呀我那梅兄呀，（唱）越思越想丟不開，捨不得父母年高邁，捨不得骨肉兩分開。捨不得中華花花世界，捨不得梅兄是英才。含悲忍淚把馬踩。（哭白）伯父，春生，我那梅郎呀，（唱）要相逢除非是夢回陽臺。（旦自下回望介）

（梅唱）：見小姐登了陽關道，

（陳唱）：開弓放了箭一條。

（旗上白）：大令到。

（老生白）：大令到來何事。

（旗白）：只因陳家二位公子譭謗朝政，煽惑人民，有謀反之意，奉盧相鈞旨，捉拿他二人回朝問罪。

（老生白）：若是這個嗎，哦，不在此地了。

（旗白）：哪里去了。

（老生白）：揚州去了。

（旗白）：大人原何落後。

（老生白）：老夫有恙在身，故而暫在此。

（旗白）：如此揚州追趕。

（同白）：請問伯父，大令到來何事。

（老生白）：盧杞奸賊道你二人譏謗朝政，煽亂人民，有謀反之意，差人到此捉拿你二人到京問罪。

（同白）：還望伯父救命。

（老生白）：老夫已巧言打發他去了，此地也是安身不得。這裡有銀子五十兩，你二人逃命去吧。

（同白）：伯父請上，受我弟兄一拜。

（老生白）：轉來。

（同白）：轉來何事。

（老生白）：此番去到外面切記著，外抗強敵，內除漢奸，好生去罷。

（同白）：記下了。（下）

（老生白）：正是：滴水簷前絲蘿，結來結去幾丈波。有朝風雨來打破，盧杞賊漢奸，看你開花怎結。打道回朝。（下）

❖ 新難民曲

（獨幕話劇　桂林軍團婦女工讀學校集體創作）

《戰時藝術》1938年第2卷第6期

時：夏季裡一個晴爽的傍晚。

地：一個寬敞的市區街頭。

人：趙伯娘——擺攤子的老婦。

岑李氏——從戰區逃難出來的中年婦人。

岑小娟——岑李氏的長女。

岑小芳——岑李氏的次女。

觀眾　甲乙丙（男）

觀眾　ABC（女）

宣傳隊長

宣傳隊員若干人

應徵士兵一隊

表演開始：

傍晚，太陽還未落盡的時候，街頭上正奔騰著黃昏的人潮。那些扮演觀眾的男女，也就三三兩兩地在閒逛著。遠遠地，趙伯娘一手扶著攤子和板凳，一手提著一隻籃子，蹣跚地走來，在街旁一塊寬敞的空地上把攤子架起，又把籃子裡裝的花生、甘蔗、紙菸和一個茶盅等物擺好，又拿起盆子向附近人家要了一盆清水。這樣，她便坐到凳子上，拿起刀來削馬蹄[1]。觀眾甲、乙慢慢地向攤子邊走過來。

觀眾甲：（問乙）天氣熱得很，我們買馬蹄吃好嗎？

觀眾乙：（點頭）好的。

觀眾甲：（對趙伯娘）馬蹄幾多錢一串？

觀眾乙：菸仔怎麼賣？零口的。

趙伯娘：三個銅板一串，煙，一百錢兩口。

觀眾乙：怎麼這麼貴？

趙伯娘：唉！先生，你們哪里曉得做小生意的苦處，擺一天的花生攤子，還得不到一天的伙食。昨天街長叫我去開街民大會，大家都說是日本鬼害了我們，真的，現在的世界都變壞了。

（觀眾甲、乙不和她嘮叨，各自出錢買他們自己要買的東西，樣子是異常悠閒。這時岑李氏帶著她的兩個女兒，揹著包袱，一步一拖地走到攤子邊來。）

岑李氏：（疲倦地，飢餓地，又傷心地）妹妹，我實在走困了，就在這裡坐坐吧。

小娟：好，我們就在這裡求點周濟吧。（放下包袱墊著，扶著媽媽

---

[1] 即荸薺。桂林人俗稱馬蹄。桂林馬蹄顆粒大、皮薄、肉厚、色鮮、味甜、清脆，通常當水果生食或煮食，馳名中外。

坐下來。）

小芳：（又嬌又有點傷心）媽，我的腳也走痛了，肚子又餓，怎麼辦呢？

岑李氏：小芳，耐耐煩吧（邊說邊把苦狀擺好）。

（這時街上的閒人都圍攏來，觀眾甲、乙、丙、A、B、C等也從附近的地方挨近身來，大家都先用好奇的眼光打量著這母子三個狼狽的情形。然後，那些認得字的，便都彎下腰來看苦狀。）

觀眾甲：（似乎看完了苦狀，要懂不懂地）喂，你們是從××逃難來的嗎？

岑李氏：（望著陌生的人，心裡有些惶恐）是的，先生。

觀眾甲：坐車來的還是搭船來的？

岑李氏：先生，我們這些難民還想搭船坐車？就連走路也還是告化來的。

觀眾乙：（有點慨歎）這麼遠，虧你們走哪！

岑李氏：有什麼辦法呢？這都是那些砍頭的日本強盜給我們受的罪孽……

觀眾甲：（歎息）可憐！可憐！

觀眾A：（觸起自己的感慨，半自覺地）我們也是同樣的命運。

岑李氏：小姐，你也是逃難來的嗎？

觀眾A：是的，告訴你，我也是逃難出來的。我是從北平逃出來的，不過我們比他們好些……是坐車來的。

小娟：小姐，你們都好喲，你們有錢可以坐車，我們沒錢只好走路，告化。

小芳：我們受了許多痛苦才來到這裡喲。

觀眾B：你家裡有多少人？

岑李氏：有八個人。

觀眾甲：那麼你們為什麼只來了三個呢？

岑李氏：呀，先生，莫提，提出來真教人傷心喲。

觀眾甲：（好奇地）怎麼？你講，你講，到底是怎麼一回事，我們來聽聽這段新聞。

岑李氏：（悲苦地）還有怎樣，他們……他們都給那些日本禽獸殺

死了哪！（掩面拭淚）

觀眾丙：（失聲）啊！！

觀眾乙：莫傷心，莫傷心，慢慢地講嘛。

觀眾A：講吧，我也想知道一點日本鬼子殘殺我們同胞的事實。老實說，我們都是逃難的，都是可憐人，或者我可以幫助你，別哭了。

觀眾丙：對呀！講了，我們大家幫襯你，什麼話！

岑李氏：（忍住傷心，拭去眼淚）我告訴各位，我家裡原是安分守己好好的人家，那時，她爸爸在一家洋貨店裡做掌櫃，我還有一個大兒子，就是她們的哥哥，也在一家店裡幫工。家裡除了他們的爺爺奶奶之外，還有我們母女四個，她們還有一個小弟弟。這姊妹兩個日間去上學，放學回來就幫我洗漿縫補，所以我們一家的收入雖然不多，大家勤勤儉儉，倒也可以勉強度日。實指望辛辛苦苦掙出一個出頭的日子來，那曉得……（喉嚨哽咽起來）天啊……（掩面痛泣）

小娟：（看著媽媽哭，也忍不住伏在媽媽懷裡哭起來）媽媽……

小娟：（一邊拭淚）媽，別哭了，你看太陽快落下山了，我們也要早點找地方住。妹妹有一天半沒吃飯了。

岑李氏：（勉強忍住悲痛）那時，好好的，那些砍頭的，殺千刀的日本強盜拼命要從海岸登陸，整天把兵船排在海口，架起炮，等著打仗，市面上的風聲一天緊過一天，有不少人都往租界裡搬走了，只剩我們這些窮鬼，整天在日本飛機下東奔西跑。那一天，情形越發不對了，我把她們姊妹兩個打發到店裡去叫她爸爸回來商量，我自己又揹著一個未滿兩歲的孩子去找他哥哥。回來的時候，一路上聽見人說，西區都給鬼子的飛機炸了，西區，那正是我們住的地方。你想，那時我們急得怎麼樣？三步當作一步，走回家來一看，什麼都完了，房屋家私都被炸得稀糟，兩個老人家也不見了。後來在牆底下才扒見他們奶奶的屍首，一身壓得血淋淋的，他們爺爺也只剩得兩條腿，其他都是一堆模糊的血肉。（聲調轉為悲切）那些鬼子的飛機還在天空上揚揚得意的飛哪！他爸爸傷心地把二老殮埋了，便把一家搬到鄉下去住。

觀眾甲：在鄉里應該安靖些？

岑李氏：安靖？日本鬼子還肯好好地放饒我們？過了兩天，日本強盜便佔領了西區，那些禽獸軍隊便到處殺人放火，跟著就殺到鄉下來。那天，她爸爸想出去看看風色，才出村口，就遇到一夥日本兵拉住他，問他哪家有錢，哪家有漂亮的姑娘，又說他穿著長衫，像個讀書人，一定是反動分子，又說他出街沒有拿日本的國旗，不尊敬皇軍，硬要東拉西扯，加上許多罪名，把來活活地砍死。（又哭）隔壁李阿毛從鬼子刀下掙脫出來告訴我，我顧不得幼子嬌兒，跑到村口來看，（悲痛極了）我的天哪，連腸子都拉出來了。我一步一跌地跑回家裡，大兒子正攔著房門，正和一個滿臉橫肉的日本強盜爭鬥，我曉得又出事了。走上去問，原來那個禽獸正要來糟蹋我的女兒。你們各位看，她們兩姊妹，一個十五歲，一個才十三歲，那些無天理的強盜都放不過呀！我，我那時氣極了，什麼都不顧，一頭向那強盜撞去，（咬緊牙關）我要報仇！

觀眾丙：怎麼樣？後來。

岑李氏：（還是咬緊牙關，握著雙手）我要報仇！我要報她奶奶一身血淋淋的仇！我要報她爺爺只剩得兩條腿的仇！我要報她爸爸拉出腸子來的仇！

觀眾B：撞得怎麼樣？撞死了那傢夥沒有？

觀眾C：講下去哪！後來怎麼樣？

小芳：（攀過一隻手來握著媽媽的手，悲切切地）那個強盜被我媽撞在地上，登時大怒，趴起來抓住我媽的頭髮，拿起皮鞭亂抽。我哥哥忍不住，上前搶了那個強盜的皮鞭，那個強盜不由分說，就是當胸一刀，（痛哭）把我哥哥搠死倒在我媽身上。

觀眾丙：又殺死一個？！

觀眾乙：那些日本鬼子真下得手哪。

觀眾A：你們兩個呢？

小芳：那時，我媽暈倒了，不省人事，那個強盜洋洋得意，便進房來搜我們兩姊妹。我們兩個，也顧不得媽和哥哥，趕快就躲到廚下的灰堆裡，那強盜找我們不到，大概又是動怒，把睡在床上的弟弟，又是一刀砍死。我們在灰堆裡聽見弟弟慘叫一聲，連心都痛了，恨不得出來咬下那強盜幾塊肉來才甘心。（說到這裡，岑李氏

放聲痛哭，小芳也倚著媽媽流淚）

觀眾甲：你們又是怎樣逃出來的呢？

小芳：那天快夜了，料想那強盜走了，我們才敢偷偷地出來，熬起開水把媽灌醒，媽狠命的痛哭了一頓，我們剛才好勸住，忽然看見東邊火燒紅了一大角天……

觀眾乙：怎麼吶？

小芳：原來日本鬼子在村裡姦淫擄掠鬧了大半天，全村都被搶光了，他們心滿意足地回去，臨走的時候又放一把火，把全村燒起來。

觀眾甲：（搖頭歎氣）真果是「福無雙至，禍不單行」了。

觀眾C：這些強盜的心才狠毒呀！

小娟：我和妹妹，見事不好，扶著媽，冒著火，跟村子裡的人連夜逃出來。第二天，聽見人說，全村都成了一堆灰燼，什麼都完了。從此我們便沒有家，從此我們便到處流亡。（流淚）

（觀眾都黯然嘆息）

岑李氏：（慘痛地）我們，人給日本強盜殺了，家給日本強盜燒了，什麼也沒有了，只有我們母女三條命，到處求乞，到處告化，你們各位發點善心，可憐我們這些難民，請隨便周濟點吧！

觀眾A：（掏出錢來）我們同樣遭著日本強盜的毒害，唉，你們也是可憐的，我就幫你們一點吧。（遞錢）

觀眾C：我也幫你一點。（給錢）

岑李氏：（強為歡笑）多謝！多謝！

觀眾丙：（一面無錢給她們，一面憐惜似地說）你們這樣坐著討錢，也不是好的辦法。

觀眾甲：聽說××來的姑娘，都會唱歌。你們也何妨唱唱來聽呢？

岑李氏：先生，我們已經餓了一天半了，還有什麼力氣唱歌呢。請你們做點好事，不要我們唱了，多把幾個錢給我們吧。

觀眾乙：要唱要唱，唱了我們給錢。

觀眾A：她們餓了一天半了，大家多湊些錢給她們吧。

觀眾B：你們唱吧，唱了他們好把錢給你們。

岑李氏：好吧，可是，我們餓了是唱得不好的。

觀眾甲：不要緊，你們唱吧。

趙伯娘：（自言自語）好吧，唱吧，我，也得聽聽。

岑李氏：小娟，唱個歌給他們聽吧。我們也好得些錢來買碗飯吃。

小娟：我不唱，多不好意思的，肚子又餓了。

岑李氏：唉，我們餓了幾天了，得不到錢，恐怕要餓死了，你就唱吧。小芳，你也幫你的姊姊唱唱。

小芳：唔。

小娟：我們唱什麼呢？

小芳：唱《永別了我的弟弟》。

小娟小芳：（合唱《永別了弟弟》）我親愛的小弟弟，天真爛漫，活潑美麗。那時候，你小小年紀，不會胡鬧，不會淘氣，一天到晚笑眯眯，爸爸媽媽都很歡喜。誰知你，睡在搖籃裡，一病不起，害得媽媽心裡慌，爸爸著急，姐姐去贖藥，哥哥去請醫，弟弟妹妹伺候你，一天到晚沒有安息。誰知道，雄雞啼，永別了我的弟弟，永別了我的弟弟。

觀眾乙：（拍手）好！再來一個。

岑李氏：得了，她們沒有氣力了。

觀眾甲：再唱一個，我們再多給些錢。

岑李氏：妹妹，你們就再唱一個吧，我們為了要吃飯，有什麼辦法呢？

小芳：（有點賭氣了）我實在唱不來了。

小娟：（聽了母親的話，只好哄著妹妹）唉！妹妹，我們在學校唱的《流亡曲》，是完全講日本鬼壓迫我們的情形的，我們就唱一個給他們聽吧。

小娟小芳：（合唱《流亡曲》）我的家在東北松花江上，那裡有森林煤礦，還有那滿山遍野的大豆高粱。我的家在東北松花江上，那裡有我的同胞，還有那衰老的爹娘。九一八，九一八，從那個悲慘的時候，九一八，九一八，從那個悲慘的時候，脫離了我的家鄉，拋棄那無盡的寶藏，流浪，流浪，整日價在關內流浪。哪年，哪月，才能夠回到我那可愛的故鄉。哪年，哪月，才能夠收回我那無盡的寶藏。爹娘啊，爹娘啊，什麼時候，才能歡聚在一堂？！

（唱完了，兩姊妹紅著臉，掩著口不做聲，觀眾紛紛丟錢過來。）

岑李氏：小芳，我口乾了，你去討些水來吃吧。

小芳：到哪里去討？

觀眾丙：就到旁邊花生攤子去。

（小芳站起來，走到花生攤子邊）

觀眾C：伯娘，請你給點茶給這位姑娘。

趙伯娘：茶就沒有，這裡有點水，乾淨的，你拿去喫吧。留心點哪。

小芳：（接過杯子）謝謝。（手顫，杯跌落地，杯碎）

趙伯娘：（怒）你看，叫你留心點，就把我的杯子跌壞了。（小芳心頭一急，想趕快躲到媽媽那邊去，一動腳又把攤子碰倒了。）

趙伯娘：（更加大怒，指著小芳）你這死女娃子，我好心給水給你們喫，你倒把杯子也打破，攤子也碰倒了。我是要靠這攤子喫飯的，現在本錢給你們倒完了！我要和你們拼命！拼命！（想過去拉岑李氏）

（觀眾很稀奇地望著，岑李氏站起來，小娟趕忙過來和趙伯娘拾起地上的殘物，小芳心中害怕，跑過去挨緊母親）

岑李氏：伯娘，對不起，請你原諒我。這女孩子年紀小，不懂事，伯娘，我們和你撿起吧。

趙伯娘：那不得！那不得！我是要靠這攤子喫飯的，你們不賠，我這老命也不要了！

觀眾丙：算了！伯娘！她也不是故意的，她們是逃難來的，哪有錢賠給你。

趙伯娘：你們各位也曉得的，不是我故意這麼撒賴，我是一個孤單人，就靠這個攤子喫飯。去年我的兒子，他說是什麼日本鬼來壓迫我們哪，就跑去當兵去了，好久沒有信回。家裡就只有我一個人，做點小生意過日子。我還要看著我的兒子打勝日本鬼回來的，現在連我這養命的攤子都給他們倒完了，我還喫什麼？我還有得活命？這真是……

觀眾C：算了，算了，她們逃難也是苦的。

岑李氏：求你老人家做點好事，原諒我們吧！

趙伯娘：做好事！哪個又和我做好事呢？

（正在鬧得不可開交的時候，一群宣傳隊擠了進來）

隊長：請你們讓讓（站到中間）為什麼事呀？

觀眾甲：我告訴你，這三母女是從××逃難來的，她們在這裡討飯，唱歌，這小姑娘向這位伯娘借杯水喫，失手打壞了杯子，又碰倒了攤子，所以這位伯娘在要她們賠。

趙伯娘：先生，我的兒子去當兵打日本鬼去了，家裡只剩有我一個人，做小生意過日子。現在連本錢都完了，叫我怎麼活下去？我還要看我的兒子打勝日本鬼回來的。

隊長：哦，原來這樣。伯娘，你莫生氣，人家逃難來也是沒有法的。好，我這裡的五毫子，就算替她賠給你。你要曉得，她們逃難出來，是為的受了日本鬼的壓迫，逼著她們失了家鄉。據你老人家講，你的兒子也是因為看不過日本鬼來壓迫我們，就去當兵打日本鬼去了。這樣看來，你們兩下不但不應該爭鬥，倒反要和和氣氣地攜起手來才對。你想，你兒子去當兵打日本鬼，就為的是要保衛她們，也保衛我們，我們都是一家人呀！

趙伯娘：（轉笑臉，向岑李氏）呵，大嫂子，我們是一家人啊！得罪了你，莫怪。

岑李氏：哪里的話。我們都是受著日本強盜的痛苦呀！

隊長：對了，各位，你們看見沒有？這三位辛辛苦苦逃難出來，是為著受日本鬼的壓迫；這位伯娘，沒有兒子奉養，要自己做小生意來度日，也為著受了日本鬼的壓迫。就連你們各位，有的生意冷淡，有的衣食不周，有的沒有事做，有的拋妻別子，都是受了日本鬼的壓迫。就是我們，放下書本不讀，到街頭來做宣傳工作，也是為著受了日本鬼的壓迫。從今以後，我們要曉得日本是我們的死對頭，我們的痛苦都是日本鬼給我們的，只有大家齊心協力打倒日本鬼，我們做生意才會繁盛，才會有喫有穿，才會有事做，才會父母妻兄團聚在一起。現在我們高呼：打倒日本帝國主義！

全劇中人：（一起舉起手來）打倒日本帝國主義！

隊長：好了，現在我們來唱一個「義勇軍進行曲」，希望各位都能一員最英勇的戰士。現在我們唱：一，二，三，唱《義勇軍進行曲》。

全劇中人：（合唱）「起來，不願做奴隸的人們，把我們的血肉，

鑄成我們新的長城，中華民族到了最危險的時候，每一個人被迫著發出最後的吼聲：起來，起來，起來，我們萬眾一心，冒著敵人的炮火，前進！冒著敵人的炮火，前進！前進！進！」

（在唱到第三個「前進」的時候，一隊應徵的兵士唱著激昂的歌曲走過來）

隊長：（看著那些兵）你們看，這些勇士都是去跟日本鬼拼命，給你們報仇，給我們保衛的。我們來歡送他們。（說著，便領頭走了出來。全體隊員和岑李氏母女，趙伯娘，觀眾等都跟在後面。隊長唱起《民團歌》來歡送那些出征的壯士。）

「走上去，走上去，這偉大的人群，偉大的歌聲，流蕩在熱鬧的街頭。」

（全劇完）

作者附白：

我們為了要趕上「雪恥與兵役擴大宣傳週」的公演，就來了這次冒險的嘗試。自然，這劇在結構上、技巧上都不免留下很多的缺點，我們自己的能力不夠，這是不可否認的事實。不過在鬧著劇本荒的今天，對於這個雖然粗劣的收穫，我們也頗足引為安慰。但，我們仍得繼續努力去多多學習。

因為要便於當地觀眾的看和聽，在題材上我們是偏重於桂林地方的實際生活，特別在說白方面，純粹採用桂林的口頭話。不過，假如在另一個地方演出，要改成當地的方言或是國語，也還很便當。

在桂林，我們一共演出了三次——兩次街頭，一次舞臺，都是由哈庸凡先生擔任導演，在效果上是頗能激發觀眾的抗敵熱情的。不過這劇在舞臺的效力就比較在街頭差些，但在街頭演出也有困難，主要的是觀眾的秩序太亂，太難維持，我們希望有更好的方法來克服這種困難。

這個劇本，我們把來獻給一切救亡劇團，我們歡迎別的劇團

上演，而且希望把演出後的效果和麻煩告訴我們，我們更期待著熱心劇運的先生們給我們以批評和指正。因為我們還在學習。

一九三八，五月

❋ 徽班進京

（新編歷史京劇　1990年）

戲劇春秋雙月刊1992年3月

第一場　抗辱　第二場　出走　第三場　巧遇
第四場　別姑　第五場　鬧場　第六場　瞞上
第七場　應召　第八場　破奸　第九場　義舉
尾聲

第一場　抗　辱

時間：清乾隆45年（1780年）初夏
地點：安徽省某縣朱寶訓宅第
上場人物：
余朗亭　　同慶班名旦
周荷生　　同慶班小生演員
錢萬福　　同慶班班主
同慶班各行當演員及場面若干人
朱寶訓　　致仕禮部郎中
齊國瑞　　宇明道，本縣縣令
桑承祖　　字松濤，奔喪回籍的翰林院侍講
章慕義　　字爽齋，路經本地的候補道
朱家家丁甲、乙，齊、桑、章家家丁丙、丁、戊
　佈景：舞臺右側為朱家廳堂。朱寶訓今日納妾宴賓，廳內筵席十餘桌，觀眾看到的只是朱、齊、桑、章坐的一桌。舞臺左側為庭院，院中搭起一座約3尺高的戲臺，臺上張掛一依徽班舊式。

（幕啟。臺上演崑腔《奇雙會》中的《寫狀》，余、周分別扮演李桂枝，趙寵，朱、齊、桑、章擊節觀賞，眾家丁垂手侍立。

（乙捧盒上菜。）

（朱寶訓舉杯勸酒，桑承祖注視臺上演李桂枝的余朗亭。）

（《奇雙會》演完，堂會收場，燃放鞭炮。）

朱：（笑）哈……哈……

（唱）清歌曼舞添酒興

齊：（接唱）祝賀大人納小星

章：觥籌交錯三日飲

桑：酒不醉人色醉人

朱：（白）朱昇！

甲：喳！

朱：喚同慶班前來領賞。

甲：是。（站立階前）同慶班領賞！

錢：（內白）是！

（錢率各行當演員按當天戲碼扮演角色打扮上。

（錢立於階中，眾演員分兩排站後）

錢：（白）給眾位大人請安！

眾：給眾位大人請安！

朱：（拱手向齊、桑、章）請！

齊、桑、章：（互相謙讓）請！

桑：爽翁請先，我等隨後。

章：（抱拳）有僭了。（向戊）來！看賞！

戊：是！（取出紅封）欽賜四品頂戴、幫辦兩淮鹽務、即用候補道章大人賞銀三十兩。

錢：（打千）謝章大人賞！

眾：（男裝抱拳，女裝抱懷）謝章大人賞！

朱：（向桑）老弟台請！

桑：（向朱、齊）妄自僭越，恕罪！恕罪！（向丁）看賞！

丁：是！（取出紅封）欽點進士及第、擢用翰林院侍講、六品頂戴桑大人賞銀二十兩。

錢、眾：謝桑大人賞！

桑：（向丁）專賞余朗亭五十兩。

（朱，章一怔，齊微笑。）

丁：桑大人專賞余朗亭五十兩。

（余微怔，跨前一步，躬身謝賞。）

余、錢：謝桑大人賞。

章：松濤兄眼力不凡，這余朗亭果然人品出眾，色藝雙絕，該賞！該賞！

齊：伯樂識馬，千金買笑，桑大人深得古人流風遺韻。

桑：小弟不過借此結識風塵知己而已。

朱：明道兄，這回該你放賞了。

齊：老大人在前，晚生不敢。

朱：哎，哪有主占客先之理，況且你是本縣父母官，老朽不過一個致仕郎中，算將起來，老朽還是你的子民哪。

齊：老大人言重了，晚生遵命就是。（向丙）取賞。

丙：欽賜同進士出身、實授本縣正堂、七品頂戴齊大人賞銀十五兩。

錢、眾：謝齊大人賞。

朱：（向甲）取賞。

甲：本家大老爺，前任禮部典制司郎中、三品頂戴朱大人賞銀五十兩，外折飯食銀三十兩。

錢、眾：謝朱大人賞。（朱揮手）

甲：同慶班退下。

（錢率眾下，桑注視余，饞涎欲滴。）

朱：（舉杯）請！

（齊、章舉杯，桑沉思不語。）

朱：（向桑）老弟台素稱豪飲，今日為何留量？莫非責怪老朽酒菜不豐麼？

桑：哪裡！哪裡！老前輩的酒是美酒，菜是佳餚，只是缺少一件。

朱：哪一件？

桑：這紅妝侑酒，綠鬢操琴。

朱：這有何難。（向甲）來！速到憩春園叫幾名歌妓前來侑酒。

桑：慢著！縣城歌妓粗俗不堪。晚生我只重風韻，不重形質。又道

是：（吟誦）「每到春心無著處，杭州卻也當蘇州」。

齊：（一直在察言觀色）晚生倒有個主意。

朱：有何高見？

齊：桑大人久居京都，想必有男色之好，就叫同慶班小旦余朗亭女妝侑酒以助雅興如何？

桑：（求之不得）哎呀呀，生我者父母，知我者明道兄也。

朱：（向甲）喚同慶班主來見。

甲：老太爺傳同慶班主。

（錢上）

錢：叩見老太爺並列位大人。

朱：命你喚余朗亭女妝侑酒。

錢：回稟老太爺，那余朗亭一向行為端正，只恐不肯前來。

齊：胡說！他在臺上賣笑，難道就不能在台下賣笑麼？快去傳話。

錢：（勉強）是。（下）

章：（向桑）少刻余朗亭前來，老弟台可要憐香惜玉呀。

齊：桑大人生性多情，章大人儘管放心。

（錢上）

錢：回老太爺的話，那余朗亭執意不肯侑酒。

朱：住口！想是你這狗才傳話不清。快去叫余朗亭前來！

錢：是。（下，內白）我的余老闆吶，你就自個兒走一趟吧。（余疾步上。他剛卸妝，臉上脂粉猶存，但嫵媚換為英俊，柔情化作激情，陽剛之氣溢於言表。）

余：（唱）無端風波難測度　女妝侑酒有邪圖
　　　　拿定主意穩住步　不卑不亢不屈服

余：（白）給列位大人請安。

朱：（白）余朗亭，命你女妝侑酒，為何卸妝前來？

余：（白）敢問列位大人，為何定要女妝侑酒？

桑：（白）聲色之樂，人皆好之。

余：（白）大人此言差矣！列位大人飽讀詩書，官居顯要，理應為國分憂，為民表率才是。縱然有所愛好，室內有琴棋書畫，園中有花鳥魚蟲，盡可賞心悅目，怡情冶性。為何將男作女，以假當真。

定要我余朗亭女妝侑酒？想我梨園子弟，雖然出身貧寒，一個個俱都是清白人家，善良兒女，在臺上演的是勸善懲惡，在臺下行的是光明正大。宣教化，正風俗；獻技藝，養身家。謹言慎行，循規蹈矩，豈能做這下流無恥，傷風敗俗之事哪！

（唱）　自幼登臺獻歌舞　　不以色笑媚世俗

　　　　　優伶從來非奴孥　　堂堂男兒不受辱

章：（唱）你風流俊俏人人愛慕

余：豈能供人作玩物

桑：賞銀五十你心中有數

余：銅臭熏天顯汙濁

齊：為人處事你要留後路

余：德行無虧百禍除

朱：蚍蜉焉能撼大樹

余：余某一身是傲骨

朱：（白）與我拿下！

齊：老大人息怒。（對余申斥）還不下去！

（余悻悻下）

朱：這等欺官傲上之人，為何不加懲治？

齊：老大人金屋藏嬌，賓客滿座，仕女如雲，倘若驚動他們，豈不有損老大人金面？

桑：難道說就罷了不成？

齊：晚生自有發落。（對丙）來！傳我的話，同慶班賞銀追回，衣箱扣留，限令余朗亭女妝打扮，明日到朱府賠罪侑酒，不得有誤。

丙：是。（下）

桑：他若不來呢？

齊：他若再不從命，就說這戲中盡都是淫詞浪調，有傷風化，佈告禁演，斷了他衣食之路，那時節何愁余朗亭不來就範？

朱：高見！高見！

桑：佩服！佩服！

章：人說明道兄辦事幹練，今日看來，果然是位能員。

齊：（一揖到地）望三位大人栽培。

（幕落）

第二場　出　走

時間：前場後第四天

地點：同慶班宿舍裡一間堂屋

上場人物：

余朗亭

高洪奎　同慶班淨行演員，余朗亭的師兄

琴師

演員甲、乙、丙、丁

佈景：舞臺前方一桌一椅。牆上貼幾張戲目，大小新舊不一，桌後衣架上掛幾件排戲用的褶子和髯口。台中有窗，窗外是練功的庭院。

（幕啟。琴師操琴，余朗亭在吊嗓，唱安慶二簧《金殿裝瘋》趙豔蓉的一段。幾個武打演員在窗外院子裡練功。

（余吊嗓剛歇，錢上）

錢：（唱）看起來朱門中無有善類　討衣箱與戲價空手而回

余：錢大哥回來了，衣箱可曾討回？

（在院中練功的演員圍上來。）

錢：唉！再三懇求，朱家不肯退還。

甲：咱們三天沒開鑼了，如今衣箱不還，這上下幾十口人，怎麼混下去？

余：這都是受小弟連累。

乙：這哪能怪你！那份窩囊氣擱在誰身上也受不了。

丙：你替大夥兒出了一口氣，把咱們憋在心裡的話都說出來了。

琴：朱家要余老闆第二天前去賠罪，如今限期已過，並無動靜，料來沒什麼大事，衣箱慢慢催討就是了。

（高匆匆上，進門後，從懷中掏出一張牆上撕下來的、蓋有大印、塗上朱筆的告示扔在桌上，余拿起觀看，在場諸人圍觀。）

高：（唱）多年的戲曲有什麼罪　無故禁演逞淫威

　　　　我將他告示來撕碎　衙門之內無是非

（白）狗官假公報私，禁演徽班二簧，我將他的告示撕下來了。

錢：這明擺著是沖余老闆來的，依我看，余老闆還是到外地暫避一時為好。

丁：余老闆在縣城唱戲多年，衙門裡的人誰不認識他？如何走出城去？

琴：我倒有個主意。

高：快快講來！

琴：余老闆是唱旦角的，不如扮作村姑模樣，混出城去，再作道理。

余：（躊躇一下）雖然混出城去，只是無處更換男裝，路上多有不便。

高：不妨。我將你的男裝帶在身旁，去到東門外五十里處靈官殿等候，你到那裡換裝就是。

余：煩勞師兄。

高：快去改扮。

（余下）

錢：（唱）這幾日為衣箱心力交瘁　到如今又禁演更難挽回

　　　　　眼看著眾同人愁眉相對　為生計急得我輾轉徘徊

（白）余老闆是走了，可咱們大夥兒怎麼辦呢？

高：這也沒什麼了不起！它這裡禁演，別處不禁演，它管得了本縣，管不了別縣，管得了縣城，管不了鄉村，咱們就到別處演去。

甲：衣箱、行頭都沒了，怎麼演呢？

高：這也不難，咱們就下鄉搭鬼火班去。

琴：對！這一帶農家農忙種田，農閒唱戲，北到廬州府，南到廣德州，到處鄉村俱有鬼火班，倒是咱們安身之處。

錢：事不宜遲，大夥兒分散搭班，各自打點去吧。

（琴師及甲、乙、丙、丁下）

（余扮村姑上）

錢：果然扮得好，乍一看還真分不出來。

余：小弟有紋銀百兩，存在裕記錢莊（遞存摺給高）。煩勞師兄取出，交與錢大哥，以作班裡弟兄盤纏。

錢：這怎麼行！你路上也要錢花呀。

余：我這裡還有幾兩銀子，足夠途中費用，錢大哥儘管放心。

錢：那我就替大夥兒道謝啦。咱們後會有期。你路上留神些！

（下）

高：賢弟哪！你一向未曾遠出，此番走避他鄉，路上要多加小心哪！（唱）

想當初進科班師門聚會　十年來如手足形影相隨
恨狗官禁演唱無故加罪　逼得你離縣城遠走高飛
一路上須當心跋山涉水　一路上須當心冷暖安危
一路上須提防強徒惡棍　一路上須謹慎莫惹是非
必須要似蒼松　如翠柏　傲然挺立
一身正氣　哪怕它雨打風吹

余：（唱）師兄良言出腑肺　急難之中見細微
　　　　手挽知交心欲碎　行人怕聽啼子規

高：（唱）大丈夫受挫不掉淚　能屈能伸才有作為
（幕落）

第三場　巧　遇

時間：前場次日下午

上場人物：

余朗亭

姚春花　農家姑娘

姚春山　農民，同時是鬼火班生行演員，姚春花的哥哥。

佈景：本場空間多變，景物可以虛擬。

（幕啟）

余：（內唱）心淒淒　意惶惶　無限惆悵
（上，接唱）拒權貴　走他鄉
　　　　　　掩耳目　改紅妝
　　　　　　千般悲憤填胸膛
　　　　　　欲告無門問上蒼
　　　　　　難道是軟弱怕強
　　　　　　狗官毒計禁演唱
　　　　　　全班分散走四方
　　　　　　寧願落魄與流浪

> 寧受雨雪與風霜
> 茫茫人海天地廣
> 身經百煉才成鋼
> 路上行人不敢望
> 又恐識破是喬裝
> 匆匆來在山坡上
> 靈官殿內換衣裳

（男聲白）來到靈官殿。待我尋師兄，改換男裝。（進門四下張望）天已過午，師兄早該到此，為何尋他不見？

（花內唱彈腔《和番》中的一段。）

余：荒郊曠野，何人歌唱彈腔？

（花身揹竹簍，手拿蓑衣，邊唱邊走出來，看見生人，感到害羞，立刻住口）

余：（背白）原來是位小姑娘。

花：（背白）幸好碰到個女的，若是被男人聽見，那才難為情哩。（打招呼）你這位大姐，別見笑！咱們莊戶人家，幹活累了，就愛這麼沒腔沒調的唱幾句。

余：（只得用女聲回答）你方才那段滾板唱得不錯。

花：（一怔）咦！你也懂戲？（放下竹簍，蓑衣）

余：稍微懂一些。

花：（快活起來）這就好了！我家住在山坳裡，單門獨戶，別說找個懂戲的，就連個女伴也沒有。如今你懂戲，我愛唱，咱們有緣份，準合得來，來！到我家玩去。

余：我還要等人。

花：等什麼人？

余：（不便實說）等我的姑母。

花：這會太陽都快下山了，一位老奶奶，老天拔地的，還能爬上坡來？別等了，跟我回家去吧。

余：我不去。

花：瞧！你生分了不是？我一見到你就喜歡上了，你還這麼怯生！我給你說，這兒前不巴村，後不巴店，這個靈官殿是破廟，沒人

住，你一個女孩家，就不怕？還是跟我歇一宿吧。

余：（十分為難）實實不好打擾。

花：越說你越客套了。（猛得想起）你幾歲了？

余：我今年十七歲。

花：（更高興了）比我大一歲，我該叫你姐姐，這一來咱們更親熱了！（拉住余的袖子）我的好姐姐！你就陪妹妹我玩幾天吧。

余：（輕輕擺脫花的手）你家還有何人？

花：我有個哥哥，叫姚春山，他農忙種田，農閒唱戲，在鬼火班唱老生，我這幾出戲就是跟他學的。

余：如此我去就是。

花：（背白）這是怎麼回事！我說了大半天，她就是不肯去，這會提起我哥哥，她倒是答應了。（想了一想）敢情她是個不規矩的女人？（點點頭，以為想對了）可人家想的也不錯呀！這荒山野嶺，有個男人在家，也能壯壯膽。到底大一歲，比我想的周到。（又看看余）看模樣她還挺本份，不像是不規矩的人。（這下放心了，走近余前）姐姐，咱們走吧。

（拿起竹簍，蓑衣）

（唱）下山來無心放聲唱　知音相遇情誼長

余：（唱）我這裡喬妝不便講　男女同行太荒唐

花：（熱情洋溢地看余腳下）姐姐何來新花樣

余：（掩飾）姑母相贈鞋一雙

花：（看余頭上）看姐姐青絲黑又亮

余：（敷衍）桂花油內有清香

花：（感到悶熱）叫姐姐你把衣襟敞

余：（閃躲）山風陣陣怕著涼

花：（摘野花）與姐姐將花插鬢上

余：（心慌意亂）又羞又怕心著慌

花：（白）你怎麼老離著我，靠近些不親熱嗎？（看天色）雲彩過來了，馬上要下雨，（看四周）真不巧，這兒連棵樹也沒有。（雨來了）這不，說下就下。姐姐，快把手帕遮上。（余用手帕，花用圍布遮頭。雨點打過來）呀，衣服都淋濕了。（拿起蓑衣）姐姐，

快！一件蓑衣，咱兩人披吧！（一把將余拉到身邊，余身不由己，神情畏縮）

余、花：（同唱）身相依　眼相望　意切切　神蕩蕩
　　　　　　　　一張蓑衣　一重屏障　兩顆潔心　兩般意向

余：（唱）陌生男女須自防

花：（唱）雨過天晴霞光放

花：（白）這雨過去了。（取下蓑衣抖水，揹起竹簍）咱們走吧。姐姐，這山路不好走，才下過雨，路滑，我攙你走吧。（用手扶余，余擺脫）看你，盡逞能！別慌！穩著些！（走到門口）到家了，進去吧。（進門，放下蓑衣，竹簍）哥哥！哥哥！

（山自內出）

花：哥哥！這是我在路上結識的姐姐，她懂戲，我愛唱，咱們情投意合，我特意邀她到家歇一宿。（一把拉住余）走！到我房裡去。

（余心慌意亂，不敢挪步）

花：（又急又熱情）嗨！你這是怎麼啦！扭扭捏捏的，不像好姐妹。（摟住余的肩膀）我的好姐姐！一身都淋濕了，到我房裡換衣服去。

余：（急了，只得用男聲說）我是男子！（同時將假髮拿下）

（花、山大驚，花明白過來，大為羞愧，以手掩面，閃在一旁）

山：既是男子，為何女妝打扮？

余：（白）大哥哪！
（唱）梨園子弟不媚上　避辱出走改紅妝
　　余朗亭到此實勉強　非敢冒犯小姑娘

山：原來你就是名旦余朗亭，我在鬼火班唱老生，算來也是同行，不知今後意欲何往？

余：我師父郝天秀現在揚州徽商江鶴亭家科班教戲，我有意與我師兄同往揚州投奔師父，不想師兄至今不見。

山：不妨，就在此小住一時，等風聲一過，我與你同往揚州就是。

余：多謝大哥。

山：妹妹！

花：（羞愧未褪，手弄辮稍，不應）

山：妹妹！

花：（不得已）人家不是在這兒嗎？

山：過來見過余大哥！

花：（嬌態可掬）我不嘛！

山：長成大人，還不知禮，快來！

花：（勉強走過去，見余，掩面退回）我實在叫不出口呀！

山：方才不是你把他引到家裡來的嗎？

花：（又羞又急又惱）你……你……你……（又轉身掩面）

（山、余相視而笑，同下）

花：（窺視兩側，四下無人）噢，我是鬼迷心竅了！怎麼把個男人當作女的引到家裡來，還叫他姐姐！（越想越害羞）想起來真難為情哪。

（唱）在林中采桑葉無心歌唱　偏遇著少年人男扮女妝

　　　也是我寂寞中熱情奔放　言語間不檢點羞愧難當

　　　我觀他正青春風流倜儻　我觀他心誠正行為端莊

　　　女兒家有心事無人可講　懶洋洋出門去料理蠶桑（下）

（幕落）

第四場　別　姑

時間：前場後月餘

地點：姚春山家

上場人物：

姚春花　姚春山　余朗亭

姑母　農家老婦

佈景：竹籬茅舍　農家風光

（幕啟）

（姚春花洗完衣服，正在晾曬。）

（姚春山、余朗亭同上）

山：妹妹，你看守門戶，我與余大哥出去再邀幾個人上揚州搭班。

花：（高興得蹦起來）這麼說，到揚州是去定了？

山：去定了。

花：何時動身？

山：等大夥兒商定就走。

花：我的單褂子還未做好，我得趕快縫去。

山：（有意逗她）你不走了。

花：怎麼啦？

山：姑母說了，大姑娘不能出遠門，你就跟姑母一起過吧。

花：不是說好我改扮男妝嗎？

山：我都照實說了，可姑母不答應。

花：（急了）說好的事又翻悔，不行！我找姑媽說去！（欲走）

余：姚大哥跟你鬧著玩的。那天我與他同到姑母家中，還是他再三說明，姑母才答應讓你去。

花：（挑逗）好不害臊！左一個姑母，右一個姑母，誰是你的姑母？

余：我與你兄妹情同手足，你們的姑母就是我的姑母。

花：你的姑母不在那兒。

余：在哪兒？

花：在靈官殿等你吶！

余：取笑了。（與山同下）

花：我得趕緊縫單褂子去。（進屋關門）

（姑母手提包裹上）

姑：（唱）遭荒年我兄嫂先後命喪　撇下了兒和女受盡淒涼

　　　　聽說是他兄妹離家北上　不由得年邁人牽肚掛腸

（白）春花！開門來！

（花上，開門，姑進門）

花：哎喲！姑媽！這麼大熱天，您怎麼來了！

姑：聽說你兄妹二人要往揚州，姑媽我放心不下，特來看望。

花：姑媽！您坐下歇著，我給您端水去。

（花轉身端碗遞上，姑接碗飲水）

姑：你哥哥哪里去了？

花：他與余大哥一起找人商量去揚州的事。

姑：你兄妹父母雙亡，姑媽我含辛茹苦，將你們撫養成人，如今遠離家鄉，我放心不下，有幾句言語，你要記在心上哪！

（唱）你兄妹自幼兒相依相傍　姑媽我待你們猶如親娘

　　　實指望男婚女嫁我老有所養　不料想今日裡要遠離家鄉

　　　年輕人有志氣我不阻擋　但願得行正道心存善良

　　　女兒家還須要勤習織紡　切不可　圖虛榮　慕浮光

　　　情性嬌柔　行為乖張　你本是農家的姑娘

花：（唱）姑媽金言寄厚望　農家根本不敢忘

　　　　撫育之恩當奉養　他年定然回家鄉

（春山上，進門）

山：姑媽來了。

姑：你們去揚州之事怎麼樣了？

山：大夥商定，下月初二動身。

姑：行期緊迫，姑媽我做了兩雙鞋子，你們帶在路上穿用。（打開包裹取鞋）

花：（拿起自己的一雙）姑媽！您弄錯了。我在路上是男妝打扮，這雙鞋紅面料，還繡花，我怎麼穿得出去？

姑：（笑）倒是姑媽忘了，也罷，你先收著，就算姑媽給你的嫁妝吧。

花：（嬌羞）我還小哩。

姑：十六歲的姑娘，不算小了。（向山）春山，你妹妹的親事你要放在心上才是。

山：我已相中一人，正要與姑媽說明。

（花又驚又喜，凝神傾聽）

姑：但不知是哪一個？

（山望望花，對姑耳語）

姑：哎，姑媽我年老耳聾，聽不清楚，你大聲些。

山：（支開她）春花，給姑媽端水去。

花：姑媽剛才喝過水了。

山：大熱天，再去端一碗。

（花無可奈何下）

山：就是住在我家的余朗亭。

姑：這後生倒也老成穩重，你做兄長的做主就是。

（花端水上）

姑：（邊接水邊問）春花，我看那余朗亭倒也忠厚老實，你看如何？

花：（心裡明白，但又嬌情）他呀，才不老實呢！明明是男人，偏裝作女人騙我。

山：（有意將她一軍）這麼說，你是不願意了？

花：（急得脫口而出）誰說不願意了！

山：（故意嘔她）你這丫頭！剛才還說人家不害臊，這會你也不害臊了！

花：（羞得去推搡姑媽）姑媽！你瞧，他盡欺負我！

姑：好了。此事暫不說明，日後見到他家尊長，再作道理。

（余上）

余：哦，姑媽來了。

（花暗中用食指在臉上羞他）

山：（問余）大夥如何計議？

余：大夥商定，動身前一天到此會齊。

山：行期緊迫，我們就此拜別姑媽。

（三人一起跪拜。山起，余、花將起）

山：慢著！你二人再給姑媽磕一個頭。

余：（忸怩）為何要我二人單給姑媽磕頭？

山：（不便點明）你二人年小，要多磕一個頭。

花：（已經會意）磕頭就磕頭！剛才你還親親熱熱叫姑媽，這會又扭扭捏捏。快！跪下！（拉余跪拜）

姑：（笑）呵……呵……

（唱）今日裡話別心花放　姑侄歡笑在一堂

　　　既然有志江湖闖　切莫要　朝思暮想

　　　寢食不安　叨念家鄉

　　　姑媽我雖然年事長　下水田　上山崗

　　　能耕能紡　能挑能扛

　　　只要是同心協力把業創　定能夠平安順遂遇難成祥

　　　（幕落）

第五場　鬧　場

時間：前場同年秋

地點：揚州廣和樓戲園

上場人物：

余朗亭

姚春花（著男妝）

姚春山

高洪奎

前臺管事（簡稱前）

後臺管事（簡稱後）

三慶班各行當演員若干人

徽商甲，乙，丙，丁

觀眾子，丑，寅，卯

王阿三　當地大流氓

小流氓A，B

茶房C，D，E

佈景：舞臺左側為戲臺，臺上陳設較縣城考究。台邊左右有木梯上下。舞臺右側為觀眾席。當晚觀眾爆滿，氣氛極為熱烈。但台下只能看到前一二排，其餘觀眾俱在幕內，只聞其聲，不見其人。

（頭道幕拉開，二道幕外為街道，幕上貼著三慶班的戲報，上面碗口大的「三慶班」、「余朗亭」、《打金枝》幾個字分外醒目。

（徽商甲、乙、丙邊走邊談上）

甲：我在外經商多年，這回可看到家鄉戲了。

乙：如今徽班二簧腔調優美，武功驚奇，比以前大不相同。

丙：揚州本來有崑山腔、梆子腔，不知徽班二簧可能站住碼頭。

甲：昨兒三慶班余朗亭到徽州會館拜訪，我給他說，咱們徽商在揚州人多，錢多，交情多，咱們一幫襯，準能在揚州站住腳。

（丁氣息喘喘上）

丙：（問丁）五爺，您不是到鎮江收賬去了？

丁：聽說徽班到揚州，我連夜雇船趕回來了。

甲：五爺，（指牆上戲報）您瞧！今兒的戲碼多整齊，生旦淨丑一應俱全，您趕這一趟值得。

丁：咱們快走。

（眾徽商下）

（王阿三和A、B上）

王：（打嗝）弟兄們！可吃飽了？

A：吃飽了。

王：喝足了？

B：喝足了。

王：跟三爺我走一趟。

A、B：到哪兒去？

王：到廣和樓戲園子抖抖咱爺兒們的威風。

A、B：怎麼個抖法？

王：今兒徽班在廣和樓開台，班裡有個小旦余朗亭，他一出場，咱們就喝倒彩，往臺上扔破草鞋扔西瓜皮，把他轟下臺去，讓他在揚州站不住腳。

A：人家唱戲的，跟咱們無冤無仇，幹嘛做這種缺德事？

王：這有個緣故。

B：什麼緣故？

王：余朗亭這小子得罪了翰林院桑大人，如今桑大人回京，路過揚州，聞聽余朗亭帶領三慶班在此唱戲，甚是怒惱。他的管家打聽到我在揚州是個有頭有臉的人，叫我治治余朗亭那小子。

A：（對B擠眉弄眼）姓桑的事咱們管不著。

B：跟咱們沒關係。

王：你們去不去？

A、B：不去。

王：（從懷裡取出一包銀子，撿出兩塊遞給A、B）給你們每人一兩銀子。

A、B：誰稀罕你一兩銀子！

王：（二次取銀）好，每人加一兩。

Ａ：（瞪眼）你實說，姓桑的給你多少銀子？

王：（心虛）五……兩。

Ｂ：（揭穿他）姓桑的給你五兩，你給我們每人二兩，你只要一兩嗎？

Ａ：八成是五十兩，對唄？

王：（尷尬）嘿……嘿。

Ａ：好，咱們弟兄多年，乾脆，你是頭家，你拿二十兩，下餘三十兩，我二人平分。

王：這未免難為我吧。

Ｂ：少廢話！答應就去，不答應就不去。

王：得！常言道低頭不見抬頭見，過了今朝有明朝，就依你們。

Ａ：只是到哪里去找西瓜皮，破草鞋？

王：（拍拍腰上掛的袋子）我早備下了。

Ａ、Ｂ：（翹起拇指）你高招！

王：你們聽我的！

（唱）白花花銀子來得快　吃喝嫖賭好快哉

　　　桑大人　來交代

　　　他要我　今日裡　假裝看戲　大鬧一場　去拆余朗亭的台

　　　瓜皮破鞋隨身帶　歪戴帽子敞開懷

　　　甩開了膀子我把大步邁

　　　哥兒們快點跟上來（同下）

（二道幕拉開，臺上正演彈腔《打金枝》郭子儀《上壽》一場）

（Ｃ提壺給觀眾倒水）

（Ｄ、Ｅ正在客座兩邊傳遞毛巾）

（《上壽》下場）

（四宮女引余朗亭扮金枝公主上，剛出馬門，未到龍口……）

王：（怪聲亂叫）哎……嗨……

（Ａ、Ｂ把瓜皮、破鞋扔上臺）

（余停止演唱）

（戲場秩序大亂，觀眾紛紛站起，後臺已化妝、未化妝和正在卸妝的演員都擁到前臺觀看，姚家兄妹也在其中）

（臺上臺下人聲鼎沸）

（子上前拉住A，被B一拳推倒）

（前上來勸王，王打他一耳光，同時把桌上的蓋碗打碎）

（後排觀眾有人喊「揍這夥狗娘養的！」。接著，人群紛紛喊「打！」）

（子、丑、寅、卯與A、B交手）

王：（跳上臺）老子今天是沖余朗亭來的，你們哪個有種的上來！

（山、後和幾個演員與王交手，最後將王反剪雙手，強制他跪在臺口，同時子、丑、寅、卯也將A，B押上臺來）

（甲、乙、丙、丁相繼上臺）

（後排部分觀眾擁到臺前）

山：為何跟余老闆過下去？

王：我是奉命而來。

山：奉何人之命？

王：奉桑大人之命。

乙：哪個桑大人？

王：翰林院侍講桑大人。

余：（白）哦！

（唱）惡徒提起桑侍講　頓時怒火燃胸膛

　　　　女妝侑酒成空想　因此尋釁鬧戲場

乙：（唱）狗官背地施伎倆

丁：（唱）厚顏無恥酒色狂

山：（唱）今日之事多仰仗

子、丑、寅、卯：（唱）路見不平眾人幫

余：（白）念他受人指使，並非有意為難，放他們去吧。

前：余老闆不計小人之過，日後你們可要安份守己，痛改前非。

王：這一趟咱們是光棍做夢娶媳婦。

A，B：此話怎講？

王：想得美，做不成。走吧。

（王及A、B下）

後：今日已晚，戲唱不成了。

（台前觀眾及臺上子、丑、寅、卯散去）

（臺上各行當演員下，僅余、姚家兄妹、後臺管事及甲、乙、丙、丁仍在場）

丙：余老闆心存忠厚，令人可敬。

丁：（向余）那狗官想拆你的臺，我們偏要給你搭臺；他要坍你的場，我們偏要給你捧場。

乙：我們徽商在揚州人多勢眾，一個過往官員，諒他不敢加害於你。

甲：徽州會館上可疏通官府，下可聯絡鄉親，定能齊心協力，維護徽班。

余：全仗列位扶持。

後：今天抱歉得很！趕明兒余老闆唱雙出，歡迎眾位光臨。

甲：我們一定要來的哪！

（唱）多年不聽鄉音唱

乙：（唱）這般好戲未終場

丙：（唱）相約明日來觀賞

丁：（唱）徽班流傳有徽商

（甲、乙、丙、丁及後相繼下）

（余等正要走進後臺）

（高匆匆穿過池座，奔上戲臺，拉著余的手）

高：我可找到你了！

余：（驚喜）師兄從何而來？

高：一言難盡吶！

（唱）同慶班分散走他鄉　我與賢弟送衣裳

　　　氣恨交加走在大街上

　　　只聽得　衙門公差　惡言惡語　說短道長

　　　也是我一時性起出言頂撞

　　　被他們　搶去包袱　繩捆索綁　押赴牢房

　　　出獄後我把賢弟訪　走了一方又一方

　　　打聽得你在揚州開班演唱　因此上不顧勞累趕到戲場

余：師兄一路辛苦，小弟感激不盡。來，（走近山）我與你引見引見。這位是我師兄高洪奎，有名的架子花臉。這位是班裡靠把老

生，姚春山姚大哥。

山：常聽余賢弟談起，高大哥秉性耿直，為人仗義，還望多多指教。

高：哎，您別聽他說，我哪有那份德行！咱們吃開口飯的嗎，到哪兒都是一家人，您別客氣！（瞧花）呵，這小子長得真俊，是塊唱花旦的料。（對花）喂，小傢夥，跟我學戲好不好？

花：學了戲也上不了台。

高：別說洩氣話！跟我學戲，你準能成角兒。今天我跑了一身汗，（拉花）陪我到澡堂洗澡去。

花：（急了）我不！

高：洗完澡咱們一塊睡覺聊聊。

花：（更急了，掙脫高的手）我不嘛！

余：小弟一時忘了，她是姚大哥的胞妹姚春花。

高：（驚異）哦！原來是位小妞兒！我看走了眼啦。（對花）你別怪！（稍停）可幹嘛要男妝打扮？

山：班裡老規矩不許婦女上臺，我出外搭班，她一人在家不便，故而男妝打扮。

花：我看吶，這老規矩就得改！幹嘛不許我們女的唱戲？（指余）連女角都讓男人扮，難道讓他唱到長鬍子嗎？

山：（拉高到一邊）高大哥，小弟有一事相托。

高：有話直說。

山：我兄妹與余賢弟相處數月，見他少年老成，學藝勤奮，有意將小妹許配與他，望高大哥玉成。

高：這大媒我做定了。（向余）我說，你單身一人，也沒個照應，就把這小妞訂下來，日後完婚，你看怎麼著？

余：小弟與他兄妹住在一處，瓜田李下，又恐旁人議論。

高：哎，大丈夫做事問心無愧，別那麼婆婆媽媽的，就這樣定了。

（幕落）

第六場　瞞　上

時間：十年以後，即乾隆55年（1790年）8月初

地點：內廷南書房

上場人物：

愛新覺羅·弘曆　乾隆皇帝，時年八旬。（簡稱帝）

愛新覺羅·弘暉　弘曆庶弟，時封端親王。（簡稱王）

齊國瑞　時升任和聲署署正

太監

（幕啟，帝，王二人正在觀賞各藩屬、各疆臣進來的貢品。太監侍立）

王：（指點）這是安南國王進來的珊瑚，樹高三尺，堪稱珍品。

帝：倒也難得。

王：川陝總督進來一對金麒麟，製作精細，光輝奪目。

帝：粗俗不堪。

王：今日八月初三，離萬壽之期還有十天，各方貢品當可陸續到達。

帝：（唱）巍巍一統撫華夏

王：皇恩浩蕩遍遐邇

帝：八旬天子傳佳話

王：人間富貴帝王家

帝：（白）貢品倒也罷了，不知各地戲班已否到京？

王：（向監）傳和聲署正。

監：和聲署正到南書房進見！

（齊上）

齊：奴才參見皇上，王爺。

王：各地戲班都到京了嗎？

齊：稟王爺，各省慶賀萬壽，進獻戲班甚多。現已到京的，有陝西的秦腔、直隸的高腔、江南的崑曲、湖北的漢調、山東的柳子、四川的梆子、江西的弋陽腔。其餘戲班，至遲在本月初八到齊。（有意不提徽班）

王：徽班安慶二簧不是已經到京了嗎？

齊：（隱瞞不住，只得實說）奴才一時忘記，求王爺恕罪！

王：皇上八十壽辰，不比往常，和聲署主管奏樂演戲，務必小心伺候！

齊：是！

王：下去。

齊：是！（下）

帝：剛才提起徽班，朕倒想起一事來了。

王：皇上想起何事？

帝：朕當年三下江南，曾在南京行宮觀看徽班二簧。此戲唱做念打，均有獨到之處，當時班中有一旦角，名叫郝天秀，堪稱江南一絕。

王：這次來京的三慶班，曾在臣家演唱堂會，班中有一旦角，名叫余朗亭，聲容並茂，備受讚賞。皇上既然喜愛徽戲，何不命三慶班進宮先行演唱。

帝：此事甚好，替朕傳旨。

王：（向監）傳和聲署正。

監：和聲署正進見！

（齊上）

王：皇上有旨，命你傳喚三慶班明日午時到圓明園伺候，皇上駕到，即行開鑼，不得延誤。

齊：（一驚）遵旨。

（二道幕閉上）

齊：（焦急）這可怎麼好！（自語）當年余朗亭在縣城唱戲，自鳴清高，抗命潛逃，使我在三位大人跟前不好交代。此番三慶班進京，余朗亭也在其中，我本想隱瞞不報，偏偏被端親王揭破。如今皇上又要三慶班進宮演唱，余朗亭倘若得到皇上賞識，豈不助長他的氣焰！（想了一想）有了，待我差人傳話，明日只許三慶班演唱，不准余朗亭進宮。皇上不知道三慶班角色，自然不去查問，余朗亭不能進宮唱戲，本事再大，也不過是個跑江湖的戲子，成不了氣候。（又一想）唔，就是這個主意。（自以為得意）余朗亭哪，余朗亭，我治不了你，算不得辦事幹練的齊國瑞！

（幕落）

第七場　應　召

時間：前場後一日清晨
地點：北京安徽會館一間帶庭院的小廳

上場人物：

余朗亭

高洪奎

姚春山

佈景：廳內窗明几淨，廳側有門通內室。廳外石階下為庭院，院中花木扶疏，一派仲秋景象。

（幕啟）

山：（內唱）疏星幾點伴殘月（上）

（接唱）燕山迷離籠輕煙

天邊一行南飛雁　黃葉片片落階前

三慶班進京償夙願　為的是歌壇百花鮮

連日來全班勤排練　歌聲舞影伴管弦

待等到萬壽期宮廷會演　定然是滿台生輝鬥豔爭妍

（高上）

高：哇……

（唱）和聲署傳話有偏見　越思越想怒火燃

余賢弟從來最檢點　為甚麼不准到圓明園

分明是　挾私怨　乘機報復　一手遮天

怒氣不息到庭院　進京的報應在眼前

山：師兄何出此言？

高：當初兩江總督推薦咱們三慶班進京，給皇上八十生日祝壽，那時我曾言講，官府的窩囊氣咱們受不了，管他八十不八十，祝壽不祝壽，乾脆一推了事，不當這份差。可你們說，咱們上北京不單給皇上祝壽，是借此機會結交天下戲班，給咱們二簧班添些佐料。聽這麼一說，我就依從你們。如今剛到北京，就碰上當頭一棒，這不是眼前報應嗎？

山：何為當頭一棒？

高：和聲署差人傳話，要咱們全班今日午時到圓明園演唱，就是一個人不准去。

山：哪一個？

高：余賢弟余朗亭。

山：余賢弟是全班台柱，不准他去，如何使得？

高：這分明是有人從中搗鬼！

山：我們一同找余賢弟商議。

（高，山進廳）

山：賢弟快來！

（余上）

余：二位兄長喚我何事？

山：和聲署傳喚全班今日午時到圓明園演唱，只是不准賢弟前去。

余：（沉思一會）二位對此事有何高見？

山：（唱）三慶班本是你為首　　南北馳名第一流

　　　　　　如今不能顯身手　　全班不演不乞求

高：和聲署傳話有隙漏　　其中定然藏奸謀

　　官府欺凌早受夠　　　不如全班回揚州

余：三慶班進京為祝壽　　官命在身不自由

　　徽班前程似錦繡　　　不計個人去與留

高：管甚麼祝壽不祝壽　　他有責問我有理由

山：這一趟差遣難屈就　　你不上場誰出頭

余：個人為小全班重　　　不把名聲付東流

山：縱然進園去承奉　　　一口怨氣在心頭

高：和聲署用心要追究　　不查明白不甘休

余：今日進園且忍受　　　見機行事破奸謀

（幕落）

第八場　破　奸

時間：前場同日午後

地點：圓明園枕霞閣

上場人物：

余朗亭　高洪奎　姚春山

弘曆　　弘暉　　齊國瑞

太監甲、乙

337

佈景：今天是臨時上演，而且不演大戲，能看戲的人又極少，所以不用戲臺，僅將閣中陳設撤去，以左半部為演戲用的戲場，場上擺設一如戲臺，但較戲臺精緻，右半部置炕床、茶几、屏風各一，披有淡黃團龍椅帔的靠椅二。閣後一排欄杆，憑欄遠眺，但見波光樹影，秋色宜人。

（幕啟。場上吹腔《打櫻桃》剛剛演完，帝、王二人正在品評）

王：皇上點的《打櫻桃》，曲調清新，舉動傳神，果然值得一看。

帝：當年朕看郝天秀演的《打櫻桃》，載歌載舞，滿台生輝，比剛才演的強過十倍。原來三慶班的余朗亭，不過如此。

王：三慶班在臣家唱過堂會，余朗亭臣也見過。剛才演《打櫻桃》的，好像不是余朗亭。

帝：《打櫻桃》是朕親點，余朗亭既是三慶班名旦，為何不演？

王：容臣查明。（向甲）喚三慶班管事的來見。

甲：喳！

（走出閣外，引山、高上）

山：師兄，此番去見皇上，不比尋常．您可不能使性子。

高：好，就依你的，咱忍著點。

山、高：草民叩見皇上、王爺。

王：我來問你，剛才唱《打櫻桃》的小旦，叫什麼名字？

山：他叫張玉舫。

王：你們班裡當家的旦角是誰？

山：余朗亭。

王：《打櫻桃》是皇上親點，為何不叫余朗亭唱？

山：余朗亭沒來。

王：為何不來？

高：（忍不住了）你倒問起咱們來了？

山：（急忙）和聲署差人傳話，說是皇上不准余朗亭進宮唱戲。

帝：可惱！

（唱）和聲署大膽改旨意　其中定然有隱情

（白）傳和聲署正齊國瑞！

王：且慢。昨日臣問起戲班之事，齊國瑞回奏不提徽班，臣當時已有疑心。如今他又假傳聖命，看來他早有謀劃，倘若傳他查問，定然被他蒙混過去。

帝：依你之見？

王：不如先將余朗亭找來查問，他一個平民百姓，在天威之前，諒他不敢隱瞞，待查問確實，齊國瑞縱有預謀，也難狡辯。

帝：所奏甚妥，速去辦理。

王：（向山、高）皇上並無不准余朗亭進宮唱戲之意，你二人回去好生說明，將他帶來。

山：是。

王：（向甲）你去吩咐兩個小太監，將他二人帶回去把余朗亭找來。

甲：喳！（欲走）

王：回來！叮囑小太監從便門出去，不可叫和聲署的人知道。

甲：喳！

（甲領山、高下）

王：（向乙）你設法將齊國瑞絆住，不可讓他走脫。

乙：喳！（走出閣外）

（齊走上閣來，正與乙相遇）

齊：小官正要向公公打聽，不知皇上看戲之後，有何諭示？

乙：（故意恭維）咱家給您道喜啦！

齊：喜從何來？

乙：皇上今日看戲，十分歡喜，連聲誇獎和聲署會辦事。皇上這一高興，您的水晶頂不就要換成藍寶石頂了嗎？

齊：（十分得意）全仗扶持！公公連日辛勞，閣下備有薄酒，望公公賞光！

乙：（乘機絆住）好，咱家就叨擾您一杯。（與齊同下）

（甲引余上）

余：草民余朗亭叩見皇上、王爺。

王：（審視）皇兄，這就是在臣家唱過堂會的余朗亭。

帝：仔細問來。

王：余朗亭，和聲署正齊國瑞不准你進宮唱戲，其中原由你定然明

白。當著皇上，你要從實說來。

余：王爺呀

（唱）當年獻藝同慶班　齊國瑞在任為縣官

王：（白）原來你還是他治下的子民呐。

余：（接唱）那日裡酒酣堂會散　他要我女妝侑酒去陪歡

帝：（白）有玷官聲！敗壞風俗！

王：（白）你可答應了？

余：（接唱）我本鬚眉男兒漢　豈能夠奴顏婢膝任摧殘

帝：（白）有志氣！有操守！

王：（白）難道他就罷休了？

余：（接唱）齊國瑞屢次逼我就範　扣衣箱禁徽戲刻意刁難

帝：（白）欺壓良民，無法無天！

王：（白）後來怎麼樣了？

余：（接唱）因此上改妝（轉流水）脫羈絆　寧受磨難絕不把腰彎
　　　　　　到如今陰謀又施展　分明是壓制草民把皇上欺瞞

王：（白）事已查明，請皇上聖裁。

帝：齊國瑞欺君殘民，理應嚴懲。

王：遵旨。（向余）你暫且藏在屏風後面，少時喚你出來。

（余走入屏風）

王：（向甲）傳齊國瑞！

甲：齊國瑞進見！

（乙隨齊上）

乙：皇上傳見，準是您的造化到了。

齊：（拱手）多謝公公美言。（走進閣來）奴才參見皇上、王爺！

王：（單刀直入）齊國瑞！三慶班名旦余朗亭，為何不進園當差？

齊：（驚惶之餘，信口編造）三慶班是有個余朗亭。此人進京之後，嫖娼宿妓，身染梅毒，不治而死。

（帝，王交換眼色）

王：這麼說，余朗亭不在人世了！

齊：靈柩還厝在報恩寺哩！

王：可是實情？

齊：奴才不敢謊奏。

王：倘有不實？

齊：甘當重罪！

王：（向甲、乙）來！撤去屏風！

（甲、乙搬開屏風，余走出）

齊：（抬頭見余，驚恐萬狀）奴才該死！奴才該死！

王：摘去冠戴！

（甲摘帽，乙摘朝珠）

王：（向甲）吩咐御前侍衛，將他押到刑部大牢，從重治罪。（甲欲走）回來！你關照刑部尚書塔大人，此乃欺君要犯，不許私通關節，若有人私通關節，定與該犯同罪。

甲：喳！

（甲押齊走出，乙隨後）

齊：唉！我齊國瑞素稱幹練，想不到也有今天。

乙：咱家不是早就給你道喜了嗎？

（齊、甲下）

王：余朗亭，皇上餘怒未息，你去唱出《打櫻桃》，給皇上消消氣。

余：是。（下）

王：（向乙）申時已過，將點心擺上。

（乙捧盒上點心。帝、王入座品茗）

王：萬壽之期將至，和聲署署正之缺不可久懸。

帝：可令署丞先行理事。

（場上樂起，余演《打櫻桃》[可用替身——作者]，演完下場）

帝：這出《打櫻桃》演得十分出色，比當年郝天秀演的更有風韻，快喚余朗亭前來。

（乙入戲場帷幕後引余上）

余：草民給皇上，王爺請安！

帝：你這出《打櫻桃》，頗有郝天秀當年的路數。

余：郝天秀是草民的師父。

帝：（笑）哈……哈……

（唱）梨園新秀非凡響　名師高徒競芬芳

（幕落）

第九場　義　舉

時間：前場同年深秋

地點：北京安徽會館

上場人物：

余朗亭

姚春花

姚春山

劉采林　徽戲四喜班班主

蔣添徽　徽戲和春班班主

何聲名　徽戲春台班班主

魏長生　秦腔人和班名旦

胡采玉　昆曲昇平班名旦

趙進才　梆子長樂班名旦

三慶班學徒

宋老頭　安徽會館管事

桑承祖

佈景：安徽會館內一間客廳，陳設典雅，氣象幽靜。廳後左右有門，廳前為抄手回廊。

（幕啟，宋自廳外上）

宋：（數板）

不是捷報　勝似捷報　安徽會館好熱鬧

秋八月　聖誕到　各省紛紛獻曲調

四大徽班上北京　各顯神通有門道

天兵舞　天宮跳　八大紅袍　十蟒十靠

生旦淨丑　逗樂取笑

看罷《金水橋》　又看《奇冤報》

還有那猴子騰雲把天宮鬧　看得我眼花繚亂直發笑

真果是活到老學到老　到如今才算開了竅　開了竅

（白）前兒八月十三，是當今萬歲爺八十大壽，各省來的戲班，在

宮裡唱了三天三夜，我跟三慶班余老闆去看過一回。呵！甭說皇宮那排場，光那戲臺上，扒龍船，打秋千，滾飛叉，鑽火圈，十大行當，八大蟒袍，三十六網巾，七十二短靠，就把我給看慒了。我在安徽會館管事幾十年，活了一大把年紀，這回算是開了眼了。（一想）這三慶班自到北京，就住在安徽會館，班裡的余老闆，又和氣，又老實，上上下下百十口人，都跟我混熟了，怎麼這會倒鬧著搬家呢？

（花提衣籃從廳後右側門上）

花：（唱）清晨起推窗望風清日朗　曬被褥洗衣褲收拾行囊

宋：（白）呵，余嫂子，看你忙的！

花：這沒什麼，趁今兒天氣好，洗洗衣服，曬曬被子，收拾收拾，趕明兒好搬家。

宋：你們真的要搬？

花：可不是，我們當家的早幾天就在西直門外看好了一所房子，只等在宮裡唱戲的行頭運回來就搬。

宋：聽說這回宮裡唱戲，就數三慶班得的彩頭最多。和聲署的老爺兩次傳旨，誇獎得不得了，連端親王也派人送匾來。如今這京城內外，誰不知道三慶班余老闆是紅角兒！住在這兒，咱們安徽會館也沾點光。再說，會館裡到底排場些，幹嘛要搬到西直門外老遠的地方？

花：是這麼回事，如今咱們安徽的四喜班、春臺班、和春班都到北京來了。人家住在客棧裡，又擠又亂，又沒個練功的地方。我們當家的說了，北京這地方，咱們先來，人家後到，咱們搬出去，讓人家住進來。這兒有庭院，有花廳，有戲臺，又清靜，又寬敞，早晚還能練功。趕明兒四大徽班一齊開臺，那才熱鬧哩。

宋：（想了一想）理倒是一條正理，可除了余老闆，誰也辦不到，要擱在別人身上，爭還爭不過來呢，哪有自個兒吃虧倒讓別人佔便宜？（有點氣憤）這安徽會館，來來往往的，我見得多哩，趕考的，候差的，補缺的，有幾個不是你算計我，我算計你？倒是你們唱戲的，還有這份德行。

花：嗨！這算什麼，咱們都是唱戲的，在臺上比藝可以，在臺下可

不能使絆子呀。

（幕後傳來人聲）

花：敢是有客來了，我晾衣服去。（下）

（劉、蔣、何上）

劉：（唱）余大爺存忠厚十分謙讓

蔣、何：為遷居還須要再四商量

宋：（白）敢是來看余老闆的？

劉：正是。

宋：（向右側門喊）余老闆！有客人來啦！（下）

（余上。四人相互作揖，讓座。徒捧茶上，獻茶，下）

余：三位到此，定有見教。

劉：（唱）三慶班在北京早有名望

蔣：住會館才能夠應酬各方

何：到如今為我等遷居推讓

劉：眾同人細思量愧不敢當

余：（接唱）說甚麼三慶班早有名望　說甚麼眾同人愧不敢當

　　這會館並非是一家獨享　安徽人到外地都是同鄉

　　遇艱難還須要為人著想　利歸己害歸人（轉流水）勢久難長

　　江湖尚且重禮讓　何況我等是同行

　　一花不如百花放　一人有事眾人幫

　　台下交情深有廣　爭奇鬥妍在戲場

（徒引魏、胡、趙上，相互作揖、讓座。徒獻茶畢，下）

魏：余老弟，你未免忒謙了！我唱秦腔，你唱二簧，咱們都是旦行，你怎麼給我送門生帖子來了？

胡：我在崑曲旦行裡，只是湊個數兒，哪能承受你這個門生！

趙：咱們梆子的旦行還要向您討教哩！

余：小弟技藝不精，專誠拜在門下，望求三位老師賜教。

胡：余老弟虛心好學，真是咱們梨園中後起之秀。

魏：後起之秀，來日方長，就算是咱們的梨園領袖吧。

趙：咱們公推余老弟為精忠廟首如何？

余：小弟年少德薄，不能擔此重任。

劉等：此事正合我等之意，余大爺不必推辭。

余：（向劉等）遷居之事，就此一言為定。

劉：余大爺有此美意，恭敬不如從命。我等回去收拾，來日遷移就是。告辭。

（劉等下）

魏：方才余老弟談起旦行，咱們倒可以切磋切磋。

余：請到後室指教。（同下）

（桑上，心懷畏怯，向廳內張望。）

（宋從廳後左側門出，發覺廳外有人，桑聞聲正欲走避）

宋：誰！

桑：（無奈站住）是我。

宋：又是你這小子！又來偷東西不是？

桑：不，不。

宋：還不哩！上回我一不留神，你把廳裡的銅香爐偷走了。還有一回，偷走兩支水煙袋，真不是東西！

桑：我是出於無奈，不管怎麼說，我們還是鄉親。

宋：咱安徽會館沒見過你這號鄉親！虧你還有臉說得出口。

桑：別看我如今落難，先前我也曾戴過水晶頂子。

宋：甭擺你那份闊氣！你當我不清楚你的底細！你在翰林院想方設法巴結丁中堂，才外放江西主考。你小子升了官，得意忘形，一到任就收受賄賂，科場舞弊。後來被御史參奏，朝廷降旨將你革職拿問，家產充公，在刑部大牢裡關了三年才放出來。起初我念你流落異鄉，讓你到會館來，管吃管住，誰想你盡幹偷扒拐騙混帳事。這會三慶班在這兒住，你快走！別找麻煩！

桑：三慶班的余朗亭我認得。

宋：少費話！余老闆那樣正派的人，會認得你這下流東西？快走！快走！

（山聞聲自外入）

山：大伯與何人吵嚷？

宋：我在轟這姓桑的小子。

山：哪個姓桑的？

桑：（企圖嚇唬生人）做官的桑大人。

宋：還「喪」大人吶，這會你是他媽的「亡」大人了。

山：哦，你就是在翰林院做官的桑大人？

桑：（一股熱乎勁）就是！就是！咱們是鄉親，少見！少見！

山：（嚴厲地）在朱家堂會要余老闆女妝侑酒可是你？

（桑驚……）

山：勾結縣衙禁演徽戲可是你？

（桑慌……）

山：在揚州收買流氓大鬧戲場可是你？

（桑懼……）

山：樁樁件件，俱是你所作所為！桑承祖哪，桑承祖，我罵你這無恥的小人！

（唱）未開言不由我牙關咬定

　　　　罵一聲桑承祖你無恥小人

　　　　你既然遭母喪回家來守制

　　　　理應該　摒絕聲色　閉門思親　表一表孝心

　　　　誰知你　不遵禮法　紈綺成性

　　　　每日裡　花天酒地　紙醉金迷　敗壞了人倫

　　　　那日裡　朱家堂會有同慶

　　　　你要甚麼　紅妝侑酒　綠鬢操琴　侮辱余朗亭

　　　　二次裡勾結衙門把戲禁

　　　　逼得那　余朗亭　男扮女妝　風塵僕僕　拋別了縣城

　　　　在揚州你又施詭計

　　　　買流氓　砸戲場　惡言汙語　拳打腳踢

　　　　攪亂了看客　激怒了眾人

　　　　只說你追歡逐樂永無盡

　　　　誰料想　今日裡削官罷職　抄沒家產　流落街頭　乞討無門

　　　　你玷辱了斯文

　　　　這都是官場敗類眼前報應　看今朝　想當年好不驚心

宋：（白）你這麼一說，我全明白了，這小子從來就沒幹好事，這真是天理昭彰，善惡必報。（稍停）得了，你別生氣！下去歇著

吧，這兒有我哩，我沒好果子給這小子吃。

（山下）

宋：小子呐，你還呆在這兒幹嗎？要讓余老闆知道，有你的好嗎？

（花自右側門出）

花：（拉宋到一邊）你們剛才講的，我在屋裡都聽見了。提起這個姓桑的，我也挺生氣。我把這件事給我們當家的說了，您猜怎麼著？他說，從前的事就算了，如今他流浪街頭，也不是長法，就給他三十兩銀子做盤纏回家吧。（取銀子）這不。我討厭這號人，還是你給他吧。（遞過銀子下）

宋：小子呐，你的造化到了。碰到余老闆這樣的人，算你祖先積了德。光憑這件事，你小子也該省悟。我尋思一下，有兩件事害了你，第一是做官，第二是有錢。如今官也丟了，家也抄了，兩害消除一身輕。這三十兩銀子你拿著，你要執迷不悟，拿去吃喝嫖賭，我管不著。你要有點良心，就拿去做盤纏回家，改邪歸正吧。

桑：（接過銀子，面帶慚色，低頭不語）

（幕落）

尾　聲

時間：前場同年初冬

地點：北京暢樂樓戲園

上場人物：

余朗亭

姚春花

高洪奎

姚春山

周荷生

各行當演員若干人

場面數人

撿場一人

觀眾甲、乙、丙、丁（著清代服裝，預先雜坐在觀眾席上）

佈景：舞臺就是暢樂樓的戲臺，臺上一切按舊式徽班陳設。台後壁掛一幅紅色錦匾，上有「安徽三慶班」五個大字。

（幕啟：臺上正演《戰洪州》最後一場，余、周、山、高分別扮演穆桂英、楊宗保、楊延昭、孟良。）

（演畢，甲、乙、丙、丁分別手捧上書「徽班著宿」、「藝冠群英」、「一枝獨秀」、「譽滿京華」四塊錦匾從觀眾席中走上台來。）

（下場演員重新上場，後臺其他演員和姚春花也出來圍觀。）

甲：（唱）北京城數徽班人人誇三慶

行頭好角色齊曲調更翻新（將錦匾遞給余，余傳遞身後演員。以下乙、丙、丁分別遞給高、山、周，傳遞同。）

余：（接唱）進京來蒙列位內外多照應
　　　　　　三慶班走南北到處有知音

乙：（唱）四大班惟有你常演整本戲

丙：（唱）情節緊故事奇叫人喜又驚

高：（唱）演興亡說成敗戲文似明鏡

山：（唱）宣教化正風俗善惡係人心

花：（唱）我雖然不唱戲可也懂道理
　　　　　　修德行倡義舉從古傳到今

丁：（唱）連日來幾出戲看得真過癮

高：瞧！還是我師兄有面子。（對花）大妹子，師兄我就等著喝你倆口子的喜酒啦！

花：（一直在偷聽他們說話，此刻轉向山）我說，你這是怎麼啦？婚姻大事你也不揀個地方，就在這臺上給端出來了。

山：（一本正經）為兄早有此意，如今他師兄到此，正該當面說明，日後也好相處。

花：（再次暗示）我們也不換件衣服？

山：（不解其意）莊戶人家不講究這些。

花：我的媽呀！我說了老半天，你還不明白呀。我問你，到底是我嫁給他，還是他嫁給我；是他娶我，還是我娶他。

山：（莫明其妙）你越說我越糊塗了。

花：哎喲！我的傻兄長！你瞧，（指她和余的服裝）他是那副扮相，我是這副扮相，他是女的，我才是男的呀！

（眾恍然省悟，大笑。）

（幕落）

❊ 指鹿為馬

（新編歷史京劇　1994年）

第一場　反　秦

時間：秦二世三年（西元前207年）

地點：今河北巨鹿郊野

人物：

楚大將軍項羽

齊王市

趙王歇

韓王成

魏王豹

燕王廣

馬童　楚、齊、趙、韓、魏、燕各諸侯兵卒（以旌旗相區別）

秦將　章邯、王離

秦兵卒

秦國使臣

（幕啟　靜場）

（後幕上映出幾點星火，星火逐漸增多、擴大，瞬間匯成熊熊烈焰。）

（鼓角齊鳴，旌旗招展，人馬喧騰。）

（各諸侯兵卒及各君王上）

（馬童引項羽上　趟馬）

項：（白）眾君侯！破釜沉舟，大戰章邯！

眾：（白）破釜沉舟，大戰章邯！

（眾兵卒呼聲雷動，繞場。）

（章邯、王離引秦兵卒自左上）

（王離迎戰項羽）

項：（白）來將通名。

王：（白）大將王離。

項：（白）二世昏庸，趙高專權，大軍至此，何不歸降？

王：（白）一派胡言，放馬過來！

（項、王接戰，王離被俘。）

（項羽正欲揮兵追殺，章邯橫馬上前。）

章：（白）章邯在此，誰敢衝陣！

項：（白）爾屢戰屢敗，豈是某家對手！

（項、章對戰，章敗走。）

（諸侯兵與秦兵戰，秦兵敗逃。）

項：（歌）不堪暴政與酷刑

眾：（歌）不堪暴政與酷刑　與酷刑

項：（歌）小民揭竿起義兵

眾：（歌）小民揭竿起義兵　起義兵

項：（歌）獨夫豈能垂萬世

眾：（歌）獨夫豈能垂萬世　垂萬世

項：（歌）楚雖三戶必亡秦

眾：（歌）楚雖三戶必亡秦　必亡秦

（眾下）

（後幕火焰漸遠）

（秦國使臣上）

使：（白）諸侯大軍擊破章邯，不免趕回咸陽，奏聞朝廷。（揮馬下

（幕落）

第二場　設　謀

時間：同前場

地點：咸陽城內趙高府邸

人物：

丞相趙高

中書令　趙成　趙高之弟

咸陽令　閻樂　趙高之婿

朝臣甲、丙、丁、乙

四校尉

家院

秦國使臣

（幕啟　四朝臣依次上）

甲：（念）運籌出廟堂

乙：決勝在疆場

丙：只求身富貴

丁：哪管國興亡

甲：（白）列公請了。

乙、丙、丁：（白）請了。

甲：（白）丞相召喚議事，我等在朝房久等，未見丞相到來，不免去到相府問個明白。

乙、丙、丁：（白）一同前往。

甲：（白）來此已是相府。門上哪位應差？

（家院上）

家：（白）列位大人到此何事？

甲：（白）丞相召喚議事，我等在朝房久等，未見丞相到來，故而過府探問。

家：（白）列位請進廳堂，待我前去稟報。

（四朝臣進門入廳。家院下。）

（趙成、閻樂上）

成：（念）家有高官定興旺

樂：背靠大樹好乘涼

甲、乙、丙、丁：（白）參見中書令。

樂：（白）你們眼裡瞧見中書令，難道就沒瞧見我這個咸陽令嗎？

我給你們說，我這個咸陽令，乃是天子腳下的命官，上管宮院，下轄百官。我的老丈人，就是當朝趙高丞相。你們瞧不起我，不就是瞧不起我的老丈人丞相爺嗎？

丙、丁：（搶步上前）參見咸陽令！

甲、乙：（勉強）咸陽令請了。

樂：（得意洋洋）罷了。

成：（白）丞相召喚議事，為何此刻才來？

甲：（白）我等在朝房等候多時。

成：（白）為何去到朝房？

甲：（白）李斯丞相議事，一向均在朝房。

樂：（白）嗨！李斯是李斯，咱們老爺子是咱們老爺子，這是兩碼子事。再說李斯大逆不道，已經腰斬，幹麼還守他的規矩？

成：（對樂）你到後堂稟告。

（樂應聲下）

成：（白）丞相新掌相印，爾等要小心伺候。

丙、丁：（諾諾連聲）是！是！

（校尉內白「丞相駕到」）

（全場肅然）

趙：（內唱）沙丘晏駕秦始皇

（四校尉前導，趙高登場，閻樂在趙身後拂扇送風。）

趙：（唱）李斯隱秘不發喪　乘機我把計謀想
　　假傳聖命偷柱換梁　胡亥玩弄掌股上
　　腰斬李斯在咸陽　如今相印我執掌
　　赫赫威嚴立朝堂（落座）

成：（白）參見兄長。

樂：（問白）參見老爺子。

甲、乙、丙、丁：（白）參見丞相。

趙：（白）罷了。

甲：（白）丞相召喚，不知議論何事？

趙：（白）小民刁頑，拖欠賦稅，如何催取，爾等從速議來。

樂：（白）老百姓是賤骨頭，不給點顏色看，他能乖乖完糧嗎？依我說，挨村挨戶，見一個抓一個，見兩個抓一雙，把人都抓起來，

還怕他不完糧！

丙、丁：（附和）咸陽令所言甚是。

甲：（白）不可哇！

（唱）百萬兵卒戍塞上　又興勞役造阿房

　　　老弱婦孺無生望　田園荒蕪哪來的稻粱

乙：（唱）自古民心有背向　暴虐荒淫取滅亡

　　　如今關東烽火旺　切莫添柴揚沸湯

趙：（唱）他二人說的話心存反抗　分明是不服我自作主張

　　　咬牙關且吞聲謹記心上　待時機除異己獨攬朝綱

（白）催糧之事，日後再議，爾等出府去罷。

（秦國使臣上）

使：（白）啟稟丞相，章邯大軍已被……

（成帶使臣下）

甲、乙：（白）使臣自關東趕回，定有緊急軍情，何不查問清楚？

趙：（白）軍國大事，自有老夫作主，爾等不必多問。

甲、乙：（白）食君之祿，分君之憂，軍國大事，焉能不問？

趙：（怒斥）放肆！

樂：（白）還不下去！

（甲、乙下　成復上）

趙：（白）可惱呀！可惱！

成：（白）兄長為何作惱？

趙：（白）文武中有人與老夫不合，難以獨斷專行，故而作惱。

樂：（白）我有一計，包管滿朝文武服服帖帖、乖乖巧巧聽老爺子您一個人使喚。

趙：（白）有何妙計？

樂：（白）指鹿為馬。

趙：（白）何為指鹿為馬？

樂：（白）明兒早朝，命人將一頭梅花鹿牽上殿來，當作駿馬，請皇上觀賞。

趙：（白）分明是鹿，焉能說馬？

樂：（白）妙就妙在這裡！咱們把假的說成真的，把壞的說成好

的，只要文武百官信服了，從今往後，老爺子您說往東，他們不敢往西；您說打狗，他們不敢打雞。

成：（白）皇上豈能不辨鹿馬？

樂：（白）皇上一向聽老爺子的，老爺子說是馬，皇上豈能不信？

成：（白）難道文武百官也無人識破？

樂：（白）文武百官專門溜鬚拍馬，他們看見皇上點頭，自然格外巴結，誰肯出來說實話？倘若有人當場點破，定是與老爺子過不去，就乘此機會免除後患（以手示殺）。

成：（白）果然是條妙計。

趙：（白）如此說來，料得準？

樂：（白）料得準！

成：（白）料得準！

趙：（白）辦得到？

樂：（白）辦得到！

成：（白）辦得到！

趙：（白）這……

樂：（白）喏……

成：（白）噢……

（三人同笑）

趙：（唱）胡亥昏庸我為相　指鹿為馬把威揚

樂：（唱）從此一言萬民仰　再無旁人說短長

成：（唱）縱然明知不敢講　順者生來逆者亡

（幕落）

第三場　樹　威

時間：同前場

地點：咸陽秦宮殿

人物：

秦二世胡亥

趙高

趙成

閻樂

朝臣　甲、乙、丙、丁

八羽翎軍

四校尉

二太監

二宮女

四武士

御者

梅花鹿（道具）

（幕啟）

（八羽翎軍上）

（朝臣甲、乙、丙、丁上）

（成、樂上）

（校尉內白「丞相駕到」）

（四校尉前導，趙高乘轎上，落轎）

（四校尉下）

四朝臣、成、樂：（白）參見丞相。

趙：（白）罷了。

甲：（白）皇上久不臨朝，今日昇殿，還望丞相率領我等奏報軍國大事。

趙：（白）老夫啟請皇上臨朝，不為軍國大事。

甲：（白）所為何事？

趙：（白）朝賀皇上。

甲：（白）為何朝賀？

趙：（白）不必多言，少時自然明白。

（二太監上）

監：（白）皇上臨朝，百官肅靜！

（胡亥及二宮女上）

眾：（白）臣等參拜，願皇上萬歲，萬歲，萬萬歲！

胡：（白）平身。

眾：（白）叩謝皇上。

胡：（白）丞相，今日臨朝，為了何事？

趙：（白）特來朝賀。

胡：（白）為何朝賀？

趙：（白）臣新得一匹黃驃駿馬，請皇上一觀。

胡：（白）牽上殿來。

監：（白）牽上殿來。

（御者牽梅花鹿上）

胡：（白）這是梅花鹿，不是黃驃馬，丞相莫非是一句戲言？

趙：（白）啟奏皇上，這實實是馬，不是鹿。

胡：（白）是馬？

趙：（白）是馬。

成、樂：（白）是馬。

胡：（白）想必朕兩眼昏花，看不清楚，牽近階前。

監：（白）牽近階前。

（御者牽鹿近前。）

（胡仔細觀看，狐疑不決。）

胡：（問太監）你們看，是鹿還是馬？

趙：（威脅）是馬就說是馬，不得亂說！

監：（違心地）是馬。

胡：（問宮女）是鹿還是馬？

（二太監手示宮女）

宮：（會意）是馬。

胡：（問朝臣）是鹿還是馬？

成、樂、丙、丁：（齊聲回答）是馬。

胡：（相信了）丞相說是馬，果然是馬。

趙：（白）牽了下去。

（御者牽鹿下）

甲：（白）臣不敢欺蒙皇上，此乃馴鹿，並非駿馬，望皇上詳察。

趙：（大怒）哇！膽大老狗！舉朝內外，俱說是馬，爾獨持異見，混淆視聽，這還了得，殿前武士何在？

（四武士上）

趙：（白）推出斬了！

乙：（白）慢著！辨明是非，何罪之有？

趙：（白）住口！爾阻攔老夫施刑，定是老狗同黨，來！一起斬首！

甲：（白）慢著！我等俱是朝廷大臣，無有皇上詔命，你斬我不得！

趙：（白）啟奏皇上，這等欺君罔上之人，理當問斬。

胡：（白）丞相說斬便斬。

趙：（喝令）推了下去！

（四武士押甲、乙下）

胡：（白）朕兩眼昏花，須回宮調養。

趙：（白）請駕回宮。

（胡、太監、宮女及羽翎軍下）

趙：（唱）今日裡在朝中指鹿為馬

樂：（白）連皇上也給糊住了。

趙：（唱）樹黨羽除異己怒放心花

成：（白）舉朝歸附，可喜可賀。

趙：（唱）到此時方顯得官高勢大

樂：（白）誰能比得上老爺子您呢！

趙：（唱）順我存逆我亡決斷生殺

成：（白）大權在手，誰敢不服。

趙：（唱）我本是萬人之上一人下

樂：（白）那一人怎麼樣？

趙：（唱）那一人不過是泥塑菩薩（下）

成：（唱）丞相爺掌朝政權傾天下

丙、丁：（白）官高勢大，萬民景仰。

成：（唱）從今後大小事順從於他

丙、丁：（白）赴湯蹈火，惟命是從。

樂：（唱）方才間殺二人你怕也不怕

丙、丁：（白）人頭落地，觸目驚心。

樂：（唱）看誰人膽包天敢揭瘡疤

丙、丁：（白）我等不敢！我等不敢！

（成、樂下）（丙、丁左右張望）

丙：（湊近丁的耳旁唱）分明是頭鹿　他硬說是馬

丁：（湊近丙的耳旁唱）官大權大　嘴巴大　誰也說不過他

丙：（唱）滿朝中文武臣裝聾作啞

丁：（唱）一個個心裡明白嘴上打哈哈

丙：（唱）老頭兒說了一句真情話

丁：（唱）頃刻間押赴刑場呀嚓一刀把頭殺

丙：（唱）從今後我只好睜著眼睛說瞎話

丁：（唱）你騙我　我騙他　誰說實話誰就是頭號大傻瓜

丙：（唱）怕的是謊言拆穿天下百姓來痛罵

丁：噯！

（唱）回家去　擁嬌娃　飲美酒　聽琵琶　國家大事

　　　　你管——他——媽

（幕落）

�֎ 恩仇記（選載）

（新編歷史京劇　1994年）

第一場　迎　降

時間：明崇禎17年（1644年）3月8日午後

地點：北京彰義門外

登場人物：（以出場先後為序。以下各場同。）

范隆標

小太監甲、乙

曹化淳

大順眾兵卒

大順眾將相（其中有劉宗敏、李岩、高一功、李過、

田見秀、劉本純、谷可成、左光先，牛金星、宋獻策等）

李自成

場景：李自成軍圍攻北京，彰義門城牆大部頹毀，僅有一面被灼燒過的大明軍旗尚在飄搖。

明神機營千總范隆標頭部負傷，蜷臥道旁（其位置要讓觀眾看得見），不時發出呻吟。

天色陰晦，四野空寂。殘壕廢壘，斷瓦頹垣，一派荒涼景象。

（幕啟）（城門打開，小太監甲、乙引曹化淳出城。）

曹：（唱）大明江山亂了套　滿朝文武躲的躲來逃的逃

　　到手的榮華富貴我不能丟掉　識時務見風使舵降順新朝

甲：（白）曹公公，咱們出得城來，怎麼沒見闖賊的人馬？

曹：（斥責）你小子說話留神些！別給我招禍。（口氣轉緩）如今不能叫闖賊，要稱闖王。（拱手示敬）

甲：這宮內宮外，軍民人等，一向都叫闖賊，怎麼這會兒又改了稱呼呢？

乙：前兒您在萬歲爺跟前，不也是叫闖賊嗎？

曹：這叫做「此一時也，彼一時也」。先前人家到處流竄，故而叫他流寇、闖賊，如今人家已在西安登基，國號大順，這會就要進北京城坐金鑾寶殿了。

乙：他坐金鑾殿，那咱們的萬歲爺呢？

曹：還萬歲爺哩，我看朱由檢那小子一天也活不成。昨兒宮裡鬧了一宿，今兒一早，我見他青衣素帶，披頭散髮，帶著王承恩上了煤山，八成是殉他的社稷去了。這會已經過了奈何橋，快到望鄉台了。

乙：咱們萬歲爺的下場怪可憐的。

曹：你小子鹹吃蘿蔔淡操心，管他下場不下場。這江山姓朱也好，姓李也罷，反正少不了咱們爺兒們那一份！（環顧四周）這兒城牆倒坍，房屋焚毀，也不是個接駕的地方。

甲：（指范）那兒還躺著一具屍體吶。

乙：（近前察看）他頭上受了傷，還沒死。你聽，他還在哼哩。

曹：兵荒馬亂，就是這般光景。也罷，闖王久經疆場，見得多了，想必不來怪罪咱們。（轉身望見城上的軍旗）這不成！這面旗得換下來！

甲：旗都破了，隨它去吧。

曹：這旗乃是大明軍旗，大明軍專跟闖王作對，倘若被他老人家看見，準得生氣，一定要換！

甲：換什麼呢？

曹：換白旗。

乙：幹嗎換白旗？

曹：兩軍相爭，誰掛白旗誰投降。

乙：咱們把白旗掛起來，要是有人不願意呢？

曹：我是欽差京師三大營監軍太監，我說投降，誰敢不投降！別蹭蹭了，換旗去！

（甲，乙正待轉身上城……）

范：（掙起半身，厲聲制止）換不得！

（曹等三人一怔）

曹：（鎮靜一下）你是何人？

范：神機營千總范隆標！

曹：芝麻大的千總，說話連放屁都不如，你憑什麼阻攔我？

范：認賊作父，賣主求榮，天理不許，國法不容！

曹：這一套大道理誰都會講，可誰都聽膩了！你瞧，京師三大營垮了，統領三大營的襄城伯李國楨溜了，連成國公朱純臣、兵部尚書張縉彥也要投降了，真是兵敗如山倒啊！你一個千總，頂屁用！再說，我這個監軍太監，乃是你的上司，你敢違抗我的軍令嗎？

范：呸！

（唱）說甚麼兵敗如山倒　說甚麼軍令不寬饒

　　你本閹宦居權要　奴顏婢膝媚當朝

　　到如今國破又把靠山找　分明是搖尾乞憐吠嗷嗷

　　文恬武嬉酒肉飽　遺臭萬年是爾曹

　　疾風驟雨知勁草　寧死不屈范隆標

曹：（背白）呵，別看這小子受了傷，唱兩句還挺帶勁吶。（對范）你這個死腦袋瓜子，跟你沒說的。（對甲，乙）給我換旗去！

范：（掙著站起來）不能換！

曹：你都快咽氣了，還能怎麼著！（吆喝）快！換旗去！

（范決心以死相拚，拔出腰間短刀向曹刺去，曹奪刀刺向范的胸部，范睜目怒視，傷重身亡。）

乙：（近前察看）這回他真的死了。

曹：以下犯上，死有餘辜。

甲：這下沒人阻攔咱們換白旗了。

（甲，乙上城換上白旗）

曹：（望著白旗，怡然自得。回頭遠眺）遠處煙塵飛揚，人馬喧騰，想必闖王來也。（整肅衣冠，虔誠跪下，甲，乙隨跪）

李：（內唱）立馬燕山意氣豪

（眾兵卒、眾將相引李自成上）

李：（接唱）天翻地覆在今朝　弔民伐罪除殘暴

　　　　　斬關奪寨搗敵巢　帝王將相非天造

　　　　　匹夫揭竿登雲宵　揚鞭躍馬奔大道

（眾兵卒、眾將相繞場）

（接唱）城門洞開白旗飄

曹：（誠惶誠恐）奴婢接駕來遲，罪該萬死。

李：（勒馬向前）你是何人？

曹：欽差京師三大營監軍太監曹化淳。

李：為何開城迎降？

曹：大明氣數已盡，大順洪福齊天。

李：城內軍情如何？

曹：三大營俱已潰散，紫禁城無人防守。

李：滿朝文武？

曹：一個個貪生怕死，閉門不出。

李：崇禎皇帝？

曹：縊死煤山。

李：周皇后？

曹：已經自盡。

李：太子與定、永二王？

曹：太子朱慈烺，一十六歲，定王朱慈炯，十歲，永王朱慈昭，五歲，俱於昨日分遣太監護送出宮。

牛：啟奏陛下，明太子與定、永二王乃崇禎嫡親骨肉，如今逃出在外，倘若被奸人利用，於我朝不利，望大王聖裁。

宋：太子至關重要，萬不能落入他人之手。

李：（胸有成竹）曹化淳！

曹：奴婢在。

李：你是真降還是假降？

曹：（惶恐萬狀）奴婢一片忠心伺候陛下，倘有二意，天誅地滅。

李：既是真心歸順，就命你跟隨權將軍搜索太子及定、永二王。

曹：奴婢在宮中看著他三人長大，身材相貌一清二楚，諒他們逃不出奴婢的眼睛。

李：權將軍！

劉：末將在。

李：命你帶領三百名親兵，用曹化淳為眼線，搜索明太子兄弟三人。

劉：遵旨。

李：回來。

劉：何事？

李：千萬不可傷害他們。

劉：記下了。

李：（鞭梢一指）那是何人？

曹：神機營一名千總。他膽敢抗拒大軍，罪該萬死。（對甲，乙）把他扔到護城河去。

李：慢著！兩軍相爭，各為其主，戰死沙場，堪稱義士。高一功！

高：末將在。

李：吩咐老營弟兄，好生安葬。

高：遵旨。

李：李過！

過：孩兒在。

李：傳孤旨意，滿營將士弓上弦，刀出鞘，振旗擂鼓，明盔亮甲，整隊進城。

過：遵旨。（轉身）滿營將士聽著！陛下有旨：滿營將士弓上弦，刀出鞘，振旗擂鼓，明盔亮甲，整隊進城。

（眾兵卒、將相及李依次進城）

（曹等三人匍伏在地，不敢仰視）

（幕落）

第二場　夜　投

時間：前場同日傍晚

出場人物：

朱慈烺　徐高　周福　周奎　二家丁　曹化淳

眾親兵（其中一人為頭目）

劉宗敏　丫環　周妻

（幕啟）

朱：（內唱）別父王辭母后無限悲痛

（徐上，四下窺視。朱上，跌倒，徐扶起，二人疾走。）

朱：（接唱）出宮來辨不出南北西東　自幼兒在深宮百般嬌寵

　　怎經得黑夜裡跋涉匆匆　心焦急顧不得路滑霜重（閃倒）

徐：（接唱）這才是國破家亡孤臣孽子日暮途窮

朱：（白）徐高，你來看，那邊大路燈火通明，你不帶本宮走大路，為何專走這又黑又滑的小路？

徐：啟稟殿下，大街之上人多眼雜，倘若被人看出皇家形跡，多有不便，故而專走小路。

朱：本宮從未外出，誰能認得？

徐：太監宮女，哪個不認得殿下？

朱：太監宮女乃是我家家奴，盡可放心。

徐：人心難測，不得不防。

朱：可這小路實在難走呀。

徐：如今逃難在外，比不得皇宮內院，殿下還要忍耐一二。

朱：（耍孩子脾氣）你走你的小路，本宮一個人走大路，（轉身要走）

徐：（阻攔）出宮之時，皇爺、皇后再三囑咐：此番逃難，只求保存朱家一點骨血，一路之上，務必小心，千萬不可露出皇家形跡。殿下縱然不聽奴婢之言，難道忘了皇爺、皇后的教諭麼？

朱：喂呀！（掩面而泣）

徐：殿下不必如此，還是趁天黑趕出城外要緊。

（一陣寒風襲來，朱感到身冷難耐。）

朱：又冷又累，還是歇息一會兒再走罷。

徐：也罷，前面有一破廟，且到破廟歇息。

朱：（放不下太子的架子）破廟豈是本宮歇息的地方！（猛然想起）嘉定伯周奎乃是本宮的外祖父，到他府中去，慢說歇息，就是住上三年五載，料也無妨。

徐：（沉思一會）不去也罷。

朱：為何不去？

徐：當初京師缺餉，皇爺傳旨，命皇親國戚捐銀助餉。嘉定伯家財萬貫，分文不出，後來還是皇后親筆書信，他才勉強拿些銀子應付。照此看來，還是不去為好。

朱：你這是多心了。嘉定伯是母后的親生父親，本宮是他的嫡親外孫，常言道「虎毒不食兒」，虎狼尚且不傷骨肉，為人豈能不顧至親？況且他的官職乃是父王封贈，他的家業乃父王賞賜，難道他就不感戴皇恩麼？

徐：殿下執意要去，奴婢不敢不從，只求殿下依奴婢一件。

朱：哪一件？

徐：倘有不如意之事，千萬不可動怒。

朱：知道了，走吧。（欲行又止）

徐：殿下為何不走？

朱：（黯然神傷）本宮去到外祖父家中，倒有安身之處，只是不知兩個兄弟的下落，好不惦念。

徐：殿下且放寬心，二位小殿下有得力之人護衛，定然無恙。到了嘉定伯府中，再差人四下打聽。

朱：唉，事到如今，只好如此。徐高，前面帶路。

（唱）一剎那狂飆起天昏地暗

徐：（唱）家國破骨肉散觸目辛酸

朱：滿朝中文武臣不念憂患

徐：一個個爭權位苟且偷安

朱：實可歎祖宗業毀於一旦

徐：在江南還有那半壁江山

朱：此一番投外祖定得溫暖

徐：（背唱）怕只怕勢利人白眼相看

（白）來此已是嘉定府，殿下稍待，奴婢前去通報。

朱：去罷。

徐：殿下，如今不比從前，少刻見了嘉定伯，只可行祖孫之禮，不可行君臣之禮。

朱：你忒恁的囉嗦了！

徐：（叩門）門上哪位在？

福：（上念）富貴不知愁　歌舞幾時休

（開門）原來是徐公公，周福給您請安了。

徐：管家少禮，請問嘉定伯可在家中？

福：唉，說起來我們做下人的也看不下去。如今京城已破，國難當頭，國丈爺還在西花廳與眾姬妾飲酒作樂哩。

徐：（憤激）哦，飲酒作樂！（立刻忍住）煩勞稟報，就說太子殿下到了。

福：（驚喜）哦，太子到了，在哪里？（走近前來）奴才周福叩見殿下。

朱：起來，外祖父現在何處？

福：夜黑風大，請到廂房炕上暖和暖和，待奴才稟告。

朱：（喜形於色）徐高，你看，他家下人尚且這般恭敬，外祖父定然更加殷勤。

徐：但願如此。

（朱、徐同下）

福：（轉身進門）有請國丈爺。（高聲）有請國丈爺！

（周奎醉眼惺忪上）

周：（唱）笙歌滿堂　粉黛成行

　　　　左擁右抱入夢鄉　勝似那神仙帝王

　　　　說甚麼道德文章　說甚麼名教綱常

（白）國家事管他娘！

（接唱）只圖個　朝歡暮樂　地久天長

（白）哦你這奴才！老夫正在西花廳飲酒作樂，你為何高聲喧嚷？

福：啟稟國丈爺，太子殿下到了。奴才料定國丈爺要更衣迎接，故而高聲催請。

周：（酒醒了）哦，太子到了。他帶了多少侍衛？

福：未帶侍衛，只有公公一人陪伴。

周：怎樣打扮？

福：青衣小帽。

周：神情如何？

福：十分勞累。

周：（背白）且住。闖王攻破京城，帝后俱已自盡，太子夤夜來此，定然投靠老夫。（警覺起來）闖王已得天下，定然捉拿明朝後代，倘若將他收留，豈不是窩藏罪犯？（越想越害怕）唔，老夫的身家性命要緊，還是打發他走罷。（轉身）你去回復來人，就說老夫早已安歇，叫他走罷。

福：太子前來投奔，公誼私情，均應接待，豈能拒而不見？

周：公誼私情是小，老夫的身家性命是大。

福：國丈爺哪！

（唱）伍子胥昭關臨險境　東皋公仗義助賢能
　　　萍水相逢伸援手　何況太子是親人

周：（唱）唐宋元明輪流混　一朝天子一朝臣
　　　　聰明人做事要把穩　窩藏罪犯大禍臨門

福：（唱）縱然賊兵來搜捕　掩護太子我擔承

周：（唱）老夫之言你不聽　家奴欺主有嚴刑

福：（唱）國丈不念君臣義　周福哪有主僕情

周：（怒斥）放肆！（高喊）來人哪！

（周貴率二家丁上）

貴：國太爺有何吩咐？

周：將這刁奴捆綁起來。

貴：誰呀？（近前一看）原來是你這小子。你平日管我、訓我，老揭我的瘡疤，今天也犯在老子手裡。（打福，被福推倒）你還敢耍賴！（吆喝）夥計們！動手！

（二家丁將福捆綁）

周：將他吊在馬房，明日發落。

（二家丁帶福下）

貴：國丈爺，您別生氣，我給您鬆鬆腰。（給周捶背）

周：周貴，周福犯了家法，老夫升你為管家。

貴：國丈爺，您這麼重用我，我一定耗子舔貓的屁股——拼命巴結。

周：眼下有一件事，你可能辦？

貴：什麼事？

周：附耳上來。

（貴近前俯首，周耳語。）

貴：得！您放心！這事交給我，沒錯。今天我是王八爬到水面上——要露一鼻子。（出門吆喝）

（朱、徐上）

貴：（裝腔作勢）你就是姓朱的小子？

徐：休得無禮。

貴：聽著！我家老爺早已安歇，你們走吧。

朱：（責問）兵荒馬亂，地凍天寒，你叫我往哪裡走？

貴：這我管不著，反正你不能進這府門。

徐：我們走吧。

朱：（動怒）休得阻攔，我定要與周奎辯理。

貴：你要上前一步，我就打斷你的狗腿。

朱：（憤激）周奎呀，老賊！你不念君臣，不顧骨肉，不分恩仇，不講仁義，趨炎附勢，落井下石，苟且偷生，寡廉鮮恥，你有何面目在世為人，你……你……你……

（徐強拉朱下）

貴：算你小子走運，少挨一頓揍。（進門對周作手勢稟報）

（曹化淳引劉宗敏及眾親兵上）

曹：啟稟總爺，這兒就是周奎家。太子小小年紀，能跑到哪裡去？準是投奔他外祖父來了。

劉：進去查明。

（眾進門）

（周、貴見狀驚恐，伏地叩頭。）

周：大王饒命！大王饒命！

曹：這是咱們總爺。

劉：起來說話。

周：（起立）是。

劉：我來問你，太子可在你家？

周：回稟總爺，小老兒未見到太子。

劉：你若將太子獻出，定有重賞。

周：太子實實未來。

劉：你若窩藏，重懲不貸。

曹：你這老雜毛，還不實說。

周：曹公公，你我同在明朝為臣，你要替我美言幾句。

曹：少廢話！如今我是闖王駕前的紅人，你是崇禎的老丈人，咱們是啞巴告狀——沒得說的。

劉：還不快講！

周：小老兒實說，太子方才來過，小老兒惟恐窩藏罪犯，連累自己，就把他攆走了。

劉：可是實情？

周：不敢謊報。

貴：這是我親自辦的，沒錯。

劉：來！四下搜查！

（眾親兵入內搜查，復上）

頭：回稟總爺，四處並無太子，只有一人吊在馬房。

劉：那是何人？

周：此人原是管家，只因他苦勸小老兒留下太子，故而將他吊打。

劉：如此看來，你說的倒是實話。

周：闖王恩威昭著，小老兒焉敢欺瞞。

劉：聽我吩咐，倘若太子再來，務必將他留下，然後密報大營，定有重賞。

周：遵命。

（劉、曹及眾親兵出門）

曹：總爺，護送太子的太監名叫徐高，此人肚裡有點墨水，做事鬼得很，想必他不敢帶太子走大路，咱們把北京城裡的小胡同跑個

遍，不愁抓不到太子。

劉：往小路追趕。

（劉、曹及眾親兵下）

周：哎呀呀！嚇了老夫一身大汗。

貴：我連尿都憋出來了，我換褲子去。（欲下）

周：來，來，商量一件事。

（丫環暗上，竊聽。）

貴：什麼事？

周：方才總爺吩咐，太子若是再來，將他留下，密報大營，重重有賞。

貴：只怕他不會再來。

周：老夫與他乃是至親，他走投無路，定然再來，那時節你看老夫眼色，將他拿下，送往大營，豈不是一件大大的功勞！

（丫環下）

貴：（翹起拇指）高招！到

是做官的，點子多。得！這件事我包了，說不定這回我也撈個官當當。

（丫環引周妻上）

丫：（白）夫人出堂。

妻：（怒指周奎）你做的好事哪！

（唱）老殺才喪天良六親不認　只恐怕你周門斷子絕孫

　　　咬牙關扭袍帶把命來拼　從此後再不見你人面獸心

（幕落）

第三場　陷　身

時間：前場同日深夜

遠處幾處燈光

出場人物：

曹化淳　眾親兵　劉宗敏　徐高　朱慈烺

中軍二侍衛　李自成　高一功

（幕啟）

（曹化淳帶路，劉宗敏押隊，眾親兵手執火把追上，下。）

（徐高、朱慈烺倉惶奔走上，下。）

（曹等上）

曹：總爺，前面二人行走慌張，十分可疑，要加緊追趕。

劉：追！

（曹等上）

（徐、朱奔上）

（曹等追上）

（眾親兵圍住朱、徐，徐身將朱擋住）

曹：拿火把來！

（二親兵舉火把上前）

曹：（推開徐，拉朱近前端詳）圓臉、高鼻、細眉，大眼，還有兩顆虎牙，沒錯！就是他！（轉身對徐）徐高！老爺子我是你肚裡的蛔蟲，我早就料定你準走小路，這不，逃不出我的手心吧！

徐：（鄙視）呸！

劉：既已拿獲，好生看守。

曹：何必費那麼大的勁，（從親兵手中拿過大刀）乾脆把這小兔崽子宰了。（欲殺朱）

（徐以身護朱）

劉：慢著！闖王有旨，不准傷害太子。

曹：（尷尬）嘿，嘿，不敢……不敢。（還刀）

劉：帶回大營。

（眾轉場）

劉：留下二人看守，爾等下去。（曹及二親兵下）

劉：（進帳）中軍何在？

（中軍上）

中：權將軍深夜到此何事？

劉：太子拿獲，特來覆旨。

中：請稍待。（轉身）有請闖王。

（二侍衛引李自成上）

李：（念）揮鞭撬宇宙　拔劍斷山河

（白）所請何事？

中：權將軍前來復旨。

李：宣召進帳。

中：（出帳）闖王宣召。

劉：（進帳）啟稟陛下，明太子朱慈烺及護送太監徐高俱已拿獲。

李：帶進帳來。

（劉帶朱、徐進帳。二親兵下）

李：你就是明太子朱慈烺？

（朱怒視不應）

李：見了孤王如此傲慢，念你年幼無知，不來降罪，你可拜在孤王膝下以為義子。

朱：呀呀呸！本宮自有父母，豈能認賊作父！

劉：（拔劍）休得胡言！

李：（阻劉）你父母俱已自盡。

朱：怎麼講？

李：俱已自盡。

朱：（驚呼）哎呀！（昏倒）

徐：（上前扶起）殿下醒來！殿下醒來！

朱：（唱）晴天霹靂驚噩耗　父王，母后，喂呀呀！

　　　　搶天呼地痛嚎啕　遙望宮闕憑空……悼

　　　　父王，母后呀　孑然一身任飄搖

李：徐高，攙扶太子，後帳安息。

（徐扶朱出帳）

朱：（悲泣）

徐：殿下且忍悲傷，如今失陷賊營，身不由己，只可隨機應變，待等機會逃出虎口，前往江南，還是你朱家的天下。

朱：父王，母后呀！

（朱、徐下）

劉：陛下為何如此寬容？

李：如今初進北京，人心浮動，倘若將他殺害，明朝軍民定然生變，不如羈留在此，收攬人心。

劉：陛下高見。

（高一功上）

高：參見大王。

李：何事進帳？

高：吳襄招降吳三桂的書信已經寫就，請陛下過目。

李：（接信流覽後遞還）速差人帶信前往山海關，招降吳三桂。

高：遵旨。

（幕落）

第四場　脫　身

前場後月餘

登場人物：

劉宗敏　高一功　李過　田見秀　大順軍侍衛

大順軍兵卒　李自成　大順軍探子　眾明兵

楊坤（吳三桂部參將）　郭雲龍（吳三桂部參將）

吳三桂　吳軍探子　眾清兵　多爾袞　多鐸

阿濟格　耿仲明　尚可喜　中軍　多爾袞

朱慈烺　徐高　小太監甲、乙　曹化淳

（幕啟）

（劉宗敏、高一功雙起霸）

（李過、田見秀左右上）

劉：（白）列位將軍請了。

眾：請了。

劉：大王昇殿，兩廂伺候。

眾：請。（分由左右下）

（眾侍衛引李自成上

李：（引）逐鹿中原　天從人願　操勝券
　　　　虎踞幽燕　江山任裝點（入座）

　　（念）暴政驅民入深淵　振臂一呼起田間
　　　　縱橫天下風雲變　大順基業開新篇

眾：參見大王！

李：分列兩廂。高一功！

高：末將在！

李：招降吳三桂一事如何？

高：吳三桂回書投降。已派兵前去接防，吳三桂不日來京朝見。

（探子上）

探：報！吳三桂驅殺我軍，緊閉關門。

劉：再探！

（探子下）

李：可惱呀！

（唱）吳三桂膽敢抗天命　反覆無常是小人

　　　山海關不過彈丸地　大軍壓境化灰塵

（白）吳三桂既降復叛，罪不容誅，孤王決意發兵二十萬，御駕親征。

高：山海關與東夷接界，倘若激變吳三桂，他定然走投東夷，反成我朝大患。不如釋放他的家屬，發還他的家產，吳三桂感恩戴德，定然俯首稱臣。

李：孤王攻破京師，威震天下，何懼吳三桂一介武夫。孤心已定，不必多言。權將軍聽旨——

劉：末將在！

李：命你帶領本部人馬以為前鋒。

劉：遵旨。馬來！（乘馬下）

李：眾將官！隨定孤王，御駕東征。

（李及眾將上馬，下）

（眾兵卒、楊坤、郭雲龍引吳三桂上）

吳：眾將官！

眾：有！

吳：我等薙髮降清，已有聲援，如今闖賊來犯，爾等必須齊心協力，奮勇向前！

（眾繞場分列左右）

（吳軍探子上）

探：報！闖賊人馬逼近山海關。

吳：再探！

（探子下）

吳：列開旗門！

（眾兵卒引劉宗敏上）

劉：來將通名！

吳：山海關總兵、平西伯吳三桂！

劉：吳三桂！爾既降復叛，反覆無常，今日總爺在此，快快下馬受縛，免爾一死。

吳：休得胡言，放馬過來！

（劉、吳對戰下）

（高、過、田與楊、郭對戰下）

多：（內唱）太祖爺龍興在建州

（眾清兵引多爾袞、多鐸、阿濟格、耿仲明、尚可喜上）

（接唱）八旗子弟盡貔貅

那明朝君昏臣庸失戰守　我大清開疆拓土展宏猷

破錦州招降祖大壽　松山一戰又獲洪承疇

聞聽得燕京陷流寇　大明國運到盡頭

吳三桂力單勢孤來求救　乘機會進軍關內統一華夏

大清帝業垂千秋　我這裡坐山觀虎鬥

鷸蚌相爭好把漁利收　下得馬來我就登高阜

（眾下馬上坡）

（接唱）刀光劍影鬼神愁

（高、過、田與楊、郭對戰，楊、郭敗走，高等追下。）

（劉、吳對戰，吳敗走，劉追下。）

（大順軍追殺吳軍）

多：且住。吳三桂節節敗退，正是我軍出擊之時。豫親王多鐸！

鐸：奴才在！

多：智順王尚可喜！

尚：臣在！

多：命爾等帶領三千弓弩手，埋伏關前，賊兵一到，萬箭齊發。

鐸、尚：遵旨！

多：武英郡王阿濟格！

阿：奴才在！

多：懷順王耿仲明！

耿：臣在！

多：命爾等帶領一萬人馬，繞過一片石，截斷闖賊後路。

阿、耿：遵旨！

多：中軍過來！

中：聽候詔諭。

多：傳令吳三桂，人馬不可休息，務必星夜兼程，追殺闖賊。

中：遵旨！

多：戈什哈！

眾：有！

多：轉回大營！（乘馬率眾下）

（大順軍追殺吳三桂軍）

（鐸、尚率弓弩手在關前埋伏）

（弓弩手閃開，放吳部進關）

（大順軍追上，清軍放箭，大順軍退）

（吳三桂軍復出關追擊）

（阿、耿率清兵堵擊，大順軍敗走）

（吳三桂率部追上）

（李自成率敗兵奔逃，吳三桂追上，分別與高、過、田對戰，高等敗走，吳追下）

（李率餘部上）

李：（白）我軍正要攻佔山海關，生擒吳三桂，不料滿州韃子前來助戰，如今人馬傷亡大半，不知列位將軍有何良策？

劉：啟奏陛下，吳三桂追兵已過昌平，滿州韃子在後接應。我軍銳氣受挫，難以禦敵。不如撤退北京，進兵陝西，以圖再起。

李：言之有理。西行之時，須將明太子朱慈烺帶在身旁，以免落入奸人之手。

劉：遵旨。眾將官！闖王有旨：撤出京城，兵進陝西。

（眾同下）

（李部從北京德化門出）

（李自成、朱慈烺、徐高乘馬跑圓場，朱馬驚墜地，徐下馬扶起。亂軍之中，徐拉朱避入叢林，李倉皇遠去。）

（靜場片刻）

（小太監甲、乙引曹化淳出城）

甲：闖王的人馬一夜全跑光了。

曹：你小子又在胡說！如今不能稱闖王，要叫闖賊。

乙：前兒你還說，不能稱闖賊，要叫闖王，怎麼沒過幾天，又要改稱呼呢？

甲：我都給鬧糊塗了。

曹：我不是跟你們講過嗎，這叫作「此一時也，彼一時也」。先前他攻破京城，建號登基，故而稱他闖王。如今他打了敗仗，夾起尾巴跑了，所以還叫他闖賊。

甲：一會兒闖賊，一會兒闖王；一會兒闖王，一會兒又是闖賊，到底有沒有個準兒？

曹：有哪。

甲、乙：甚麼準兒？

曹：常言道「有奶便是娘」，誰給咱們奶吃，咱們就管誰叫娘。

乙：（想了一想，若有所悟）那麼，這回該輪到誰給咱們奶吃呢？

曹：大清。

甲：那不是滿州韃子嗎？

曹：韃子也好，蠻子也罷，只要有奶吃就成。

乙：對！誰給咱們奶吃，咱們就當誰的兒子；要是有人給咱們人參吃，咱們就給他當孫子。

曹：別挨罵了！（三人閃過一邊）

（吳三桂、楊坤率部上）

吳：楊參將！

楊：末將在！

吳：傳令下去，在此宿營。

楊：得令！

（楊正欲傳令，多爾袞、多鐸、阿濟格率部上）

吳：臣吳三桂甲胄在身，不能下馬行禮，願攝政王千歲，千千歲！

多：（嚴詞詰責）吳三桂！闖賊潰逃陝西，你為何逗留在此？

吳：啟稟王爺，臣部連日追殺闖賊，人困馬乏，意欲在此歇息一夜，明早便行。

多：（厲聲）軍法無情，違令者斬！

吳：臣遵旨。（率部下）

多：阿濟格！

阿：奴才在！

多：命你帶領本部人馬以作後應，一路之上，監視吳三桂，一切動靜隨時稟報。

阿：遵旨。（率部下）

（多撥轉馬頭，正欲進城，曹等三人匐伏在地。）

曹：奴婢接駕來遲，罪該萬死！

多：你是何人？

曹：大明欽差京師三大營監軍太監曹化淳。

多：為何投降？

曹：闖賊乃是草寇，大清洪福齊天。

多：闖賊進京多日，你可曾為他效力？

曹：回王爺的話，城破之後，奴婢潔身自愛，閉門不出，與闖賊並無半點沾連。

多：可是實情？

曹：倘有虛假，天誅地滅。

多：隨在馬後。（對眾）戈什哈！

眾：有！

多：出示安民，整隊進城！（率眾下）

曹：（沾沾自喜）咱們又過了一關。

甲：老爺子，您真行！還是那個老套套。

曹：老套套要加點新詞兒。

甲、乙：對！這叫作「此一時也，彼一時也」。

曹：你小子這會兒算開竅了。（同下）

（靜場片刻）

（徐從叢林中走出探視，見四下無人）

徐：殿下出來。

（朱自叢林出）

朱：好險呀！好險！

徐：托賴皇爺、皇后在天之靈，逃離虎口，大明中興有望了。

朱：如今我們往何處安身？

徐：南京乃是我朝留都，去到南京，文武大臣定然擁立殿下。

朱：如此就走。

徐：這樣去不得。

朱：怎樣去不得？

徐：如今黃河以北，不是清兵，便是闖賊，一路之上，盤查嚴緊，必須改名換姓，扮作平民百姓，方可去得。

朱：這改名換姓麼。（想了一想）本宮乃是帝王後代，就改姓「王」。本宮名叫朱慈烺，這「慈」的字形與「恩」的字形相似，「烺」字去掉火字旁乃是「良」字，就改名王恩良。

徐：奴隨主姓，老奴改名王昇。

朱：使得。

徐：一路之上，與人交談，要切合身份。

朱：知道了。

徐：當面試過。你是落難秀才，老奴扮作一位老者。（雙方拉開距離）哦，這位相公，往哪里而去？

朱：老頭兒，本宮要往南京去。

徐：錯了，錯了。

朱：怎麼錯了？

徐：落難秀才豈能自稱本宮？

朱：自稱什麼？

徐：自稱學生。對年長之人要稱老伯。

朱：這回明白了。

徐：再來試過。（又拉開距離）哦，這位相公，往哪里而去？

朱：老伯，學生要往南京去。

徐：這就對了。

朱：走吧。

（唱）連年內憂兼外患　錦繡山河半凋殘

　　　今日幸得脫危難　隱名埋姓走津關

　　　但願得春風又綠江南岸（下）

徐：（接唱）整朝綱　除弊政　齊心協力　挽狂瀾（下）

（幕落）

第五場　露　跡

時間：前場次年夏

地點：淮安

登場人物：

曹化淳　店家　朱慈烺　徐高

（幕啟）

曹：（上唱）實指望投大清永保榮耀　又誰知　多爾衮明察秋毫

　　　　　到如今　只落得兩頭無靠

　　　　　難道說　從此後　富貴榮華一旦拋

曹：（白）唉！這一回我把賭注押錯了！當初投降大清，本想混水摸魚，東山再起。不料多爾衮密令內務府查訪，到底查出我曾為闖王效力，幸虧有人通風報信，我連忙請客送禮，上下打點，才留下一條性命。如今官也丟了，權也沒了，威風也倒了，越想越不是滋味！（略停）後來聽說福王在南京登基，我本來是明朝的監軍太監，幹嘛要受韃子的窩囊氣，因此上我悄悄溜出北京，一路行來，已到淮安地界，過了揚州，就到南京，那時節我曹化淳又要抖起來了！（一想）哎呀呀，去不得呀去不得！闖賊與大清乃是明朝的對頭，我先降闖賊，後降大清，從賊附逆，罪不容誅，此一去豈不是自投羅網？（又一想）聞聽人說，馬士英乃是福王駕前的首相，此人一向結黨營私，貪贓枉法，只要打通馬士英的關節，這從賊附逆的罪名，也就一筆勾銷了！（躊躇）馬士英愛財如命，此番前去，少不得要一份進見之禮，只是一時之間，哪里去找這份厚禮呀？（沉思）有了，待等到了南京，察顏觀色，見機行事便了。

（唱）官場中全憑著甜言媚笑　觀風色鑽門路我有絕招

　　　此一番到南京再押一寶　撈不到榮華富貴我不姓曹（下）

（店家上）

店：（數板）兵荒馬亂　兵荒馬亂　黎民百姓遭劫難

　　　　　前年鬧水災　去年逢大旱　今年兵匪來回轉

　　　　　兵來催錢糧　匪來要盤纏

　　　　　只鬧得　百業蕭條市井空　只鬧得　田園荒蕪骨肉散

說一千道一萬　為人在世　怕離亂　怕離亂

（白）俺們淮安府，是水旱碼頭，南北要道，一向百業興旺，客商雲集。這幾年鬧水災，今年又碰上打仗，天天過隊伍，一會官兵，一會闖賊，一會鄉丁，一會團勇，簡直鬧不清楚，不管誰，一來就要錢要糧，拉伕拉丁，鬧得雞飛狗走，神鬼不安。後來過往客商少了，生意清淡了，連我這間小小的客店也關了門。前兒王太守辦了幾個搶劫商店的兵丁，市面才安定一些。老關門也不是個辦法，趁眼下平靜，還是打開店門，多少做點生意，也好糊口度日。（忽然想起）去年衙門傳話，說是崇禎皇帝在北京晏駕，要家家戶戶擺設靈位祭奠。前兒衙門又來傳話，說是弘光皇帝已在南京登基，要家家戶戶撤去崇禎皇帝靈位，供奉弘光皇帝。今天開門，說不定衙門有人來查，待我去舊換新，收拾收拾。（撤除靈位，供奉新君，打掃店堂，掛起「悅來客棧」招牌。）

（朱、徐上）

朱：（唱）一路上盡都是殘破景象

徐：（唱）走荒村宿野店飽受風霜

朱：（唱）進城來又只見市招在望

徐：（唱）投旅店還須要小心提防

朱：（白）行走半日，十分勞累，此處有一客店，就此投宿如何？

徐：此處乃是淮安府，衙門人役甚多，務必格外當心，千萬不可露出破綻。

朱：曉得了。

徐：待老奴上前。（走近店門）店家哪里？

店：客官敢是投宿的？

徐：正是。還有我家相公。

店：二位請進。小店今天才開門，被褥鋪蓋，俱都乾淨。只是市面冷淡，魚肉難買，二位多包涵。

徐：我們是逃難之人，粗茶淡飯也就知足了，店主東不必費心。

朱：（瞥見香案上的牌位）弘光皇帝？

店：相公不知，前兒衙門來人傳話，說是弘光皇帝已在南京登基，要各家各戶擺設香案供奉。

朱：這弘光皇帝是誰？

店：聽人家說，弘光皇帝從前封為福王。

朱：（脫口而出）福王乃是皇伯。

徐：（急忙遮掩）相公，新主登基，牌位自然要用黃（皇）紙，哪有用白（伯）紙之理。

（朱自知失言，默不作聲。）

店：不錯，不錯，這位客官說得在理。我請隔壁胡秀才寫牌位，他就叮囑我，要買黃紙，不能像上回那樣買白紙。

徐：上回買白紙何用？

店：上回也是衙門來人傳話，說是崇禎皇帝崩駕，要各家各戶設靈祭奠，故而買白紙寫靈位。

朱：靈位現在何處？

店：這不，今天剛撤下來，扔在門角，還沒掃出去呢。

朱：（捧起靈牌，情不自禁）哎呀，

（唱）手捧靈牌忙跪下　撕肝裂膽咬碎牙

　　　骨肉真情姓名假　皇室不如百姓家（昏倒）

店：這位相公也真是！怎麼捧著靈牌就哭昏過去了？

徐：（掩飾）我家相公乃讀書之人，最講究忠孝二字，見了靈牌，思念先帝，故而哭昏過去。

店：難得，難得。這麼著，你在這裡看守，我到廚下燒碗薑湯給他喝。（下）

（徐出門張望，見四下無人，放心轉回，俯身取下朱手中的靈牌。）

（店捧湯上）

店：趁熱給他喝下去，少時便會醒來。

（徐接碗扶朱飲）

店：我在這裡看著，你到客房把鋪蓋打開，一會兒攙他進房歇息。

（徐下）

（曹上）

曹：（唱）進城來只覺得眼皮直跳

　　　　我不免歇旅店且度今宵（進門）

店：客官敢是宿店？

曹：正是。正是。

店：請進客房。

曹：（見朱大驚，急忙退出）不是，不是！（出門回頭一望）悅來客棧！（下）

店：真是神經病！

（徐上，與店同扶朱下）

（曹上）

曹：好險呀好險！适才店內臥地之人，分明是太子朱慈烺，幸喜未被他看見，倘若被他看見，豈不是一場是非！（一想）不好！太子路過淮安，定然前往南京，當今皇上乃是他的伯父，我若去到南京，他就是我降順闖賊的活證，那時節縱有馬士英庇護，我也難逃一死，這……這……這……（又一想）有了。常言道：天無二日，民無二主。弘光皇帝既已登基，自然容不得太子繼承王位。我正好乘機把水攪混，從中取利。我正愁找不到進見之禮，恰好碰上這椿送上門的買賣！又道是有奶便是娘，先下手為強。我要搶先一步呀。

（唱）連日來踏破鐵鞋無處找　　偶然間不費功夫吊金鰲

　　　我這裡晝夜兼程緊奔跑　　到南京十拿九穩立功勞（下）

（幕落）

❋ 他們這一夥（小說）

《桂林日報》1936年8月1日、4─6日連載

◇ 一

剛打罷開台，那幾位鑼鼓朋友又鑽進後臺或溜到下面談板路[1]去了。場面上就只剩得打小鑔的癩子，伏在椅子背上打瞌睡。

內臺裡，三個兩個一堆，坐著，蹲著，躺著，含著煙，搖著扇，在交談著一些吵雜的話語。幾個當手下的小孩子，穿上了紅背心，在

---

[1] 桂林方言，又稱扯板路，即指聊天。板路一詞係由桂劇演繹而來。板指板眼、節拍；路則指段該唱腔係北路抑或南路（京劇稱西皮或二簧）。桂林人酷愛桂劇，人們常在一塊探討桂劇的「板路」。久而久之，談板路便成為桂林人聊天講故事的代名詞。

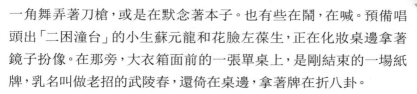

一角舞弄著刀槍，或是在默念著本子。也有些在鬧，在喊。預備唱頭出「二困潼台」的小生蘇元龍和花臉左葆生，正在化妝桌邊拿著鏡子扮像。在那旁，大衣箱面前的一張單桌上，是剛結束的一場紙牌，乳名叫做老招的武陵春，還倚在桌邊，拿著牌在折八卦。

　　忽地，靠在馬門口扯著門簾向外張望的臨江仙，扭轉面來，尖著嗓子叫：

　　「老招，來看。」

　　武陵春歇了手，瞪著眼睛問：

　　「看什麼？」

　　「老周，捧你的。」臨江仙來了一個比較低聲而近於戲謔的回答。

　　「嚼你的舌根！」武陵春笑著罵。順手把牌丟在桌上，跑過來攀在臨江仙的肩上，掀起門簾，眼珠滴溜溜地在台前第二排對號位內一個頭髮很光的青年身上轉。

　　「放開我，人家望你了，免得我做電燈膽[1]。」臨江仙嘻嘻的笑，正要掙脫武陵春的手。

　　「我撕爛你的嘴！」武陵春咬著上唇罵了一聲。伸手來打臨江仙，臨江仙趁著鬆弛的這一會，一轉身便溜開了。武陵春不服氣，放下門簾跟著追上去，嘴裡喊著：

　　「我看你跑到哪裡去？」

　　兩個人邊跑邊笑，一下子不留神，武陵春一腳就踩在坐在地上和扮好像的生角楊仲芳談著味道的小丑余世珍的腳上。

　　「嗨，好生些，怎麼只顧上面就不顧下面，你這麼樣子來，我不是喫了虧？！」余世珍故作正經的仰起臉說，煞尾一句聲調來得特別沉重，而且還咳了一聲乾嗽，正好像一般小丑登場時發的叫口一樣。

----

[1]　市井上通行的用語，意思即是見著有和自己不相干的事，偏偏不走開，而要在場阻礙著別人——因為電燈膽是不通氣的。作者原註。

見了這慣會逗人作惱同時又使人喜笑的「癩蛤蟆」余世珍，武陵春便丟下臨江仙不追了。現在聽了這幾句話裡有話的言詞，更勾引起她自己的那種得天獨厚的風騷性，所以她馬上便故意沉下臉，鼓起兩片紅腮，用手撐著腰，迎著面嬌聲地問：

「你喫什麼虧？」

「你盡在下面用工夫，我怎麼不喫虧？！」

余世珍把眉頭皺起，用下巴向左右擺動了兩下，手指中夾著喫剩的一小截煙也丟掉了。

「放你狗屁！你的嘴巴放乾淨點，我講你聽！」武陵春翹起嘴巴，把胸脯更挺起些。

「我為什麼不乾淨？我不乾淨你來找我？」余世珍微張著一張嘴，用食指指著自己的鼻尖，那樣子居然把旁邊坐著的楊仲芳逗笑了。

「操你媽！」

武陵春領略到了余世珍話中的含意，馬上半羞半怒同時又半笑地罵了一聲，順手在壁上拿起一綮馬鞭，在余世珍身上亂抽。

「哎喲，哎喲，莫亂來。」余世珍一面笑，一面側身躲避。

「操你的娘，你喫老子的空子？！」武陵春又是幾傢夥。

余世珍身上著實挨了幾下，他看見沒有法子再躲，只好站起路來，兩步一跳，走出外台。

武陵春趕到馬門邊，不便走出去，隻身掀開半邊門簾，指著余世珍罵：

「我看你一世莫進來。」

「老子夜晚才進來。」余世珍依然不肯示弱地笑著投下一句輕薄的話。

武陵春沒有答，放下門簾，退了進去。

這裡，場面上的人又陸續來了。余世珍順便到左場後面靠板壁的一張長凳上，拿起月琴來彈。扯二弦的胖子胡老八很自然地拿起

嗩吶來吹了兩下，表示離開戲的時間不久了。歇了一會，余世珍停下手，向打上手的老陳問：

「四麻子這時還沒有來？」

老陳停止了手中的煙捲，微睜開一對枯澀的小眼睛，慢條斯理地回答：

「四麻子今天請假，他兒子死了。」

◇ 二

聽了這話，余世珍就陡地一驚。四麻子，那爽直的傢夥，余世珍就只和他談得來。往天下了台，到黃桂記店中喫狗肉，這兩個就常在一起。他的兒子火保，余世珍也常常看見，那是一個靈活聽話的孩子，前天還只聽說是病了，現在居然會死去！裁下了這麼一個可驚可怖而又令人可憐的消息在余世珍的腦上，方才間和武陵春開心的那一股勁便立刻消失了。不可名狀的煩惱逼著他，又向老陳問：

「怎麼死的呢？」

「還不是為著錢。」

老陳又閉上眼睛了，嘴裡含著煙，答話似乎有點不清楚。可是常在煙榻上聽慣了他的話的余世珍，也很容易地從那幾個含混的聲音中去瞭解他的意思。

錢，這簡單的字眼，馬上喚起了余世珍一些過去的悲哀。他自己的妻子，就是這樣簡截了當地被錢的巨手攫去，一幅產婦臨蓐而絕糧餓死的慘景，驀地湧上心頭。他默了一會，抬起頭來，正想向老陳詳細詢問四麻子的兒子怎麼為錢死去，可是恰在這時，打小鑔的癩子從後臺走上來說：

「扮好像了，起戲。」

余世珍又沉入默思中，雖然那嘹亮的鑼鼓，盡著在他耳邊蕩動，但終不能阻斷他胸中的不安。他想了又想，總覺得自己似乎正走在一條相當危險的路上，可怖的結局，頃刻即來，他不敢想像將

來的窘狀。睜開眼來，只看見潼台馬頭軍劉高和梁王駕前的八虎大將郭崇周在面前對戰，那宏大的吶喊和飛舞的刀槍，使他感到有幾分不自在。便掛上月琴，站起身來，蹀進後臺。坐在皮箱上正和臨江仙在唧唧私語著的武陵春，一眼瞥見了他，便站了起來，用手在他背上打了一槌。

「莫來！莫來！空了再調，好不好？」余世珍如果不是有事在心，一定又會來一番調笑。不過此刻他正是憂在心頭，只好邊說邊讓開。

「今天你也怕老子了」，武陵春帶著勝利的笑容望著他。

余世珍沒有答，走過來化妝桌邊，拿起一個茶杯，在桶內舀起茶來喝了一口。又向盔頭箱六爺要了點熟煙，裁了一條紙，捲起一支煙吸著，走過來，倒在箱上躺起。

一閉上眼睛，王昌順的棺材三十二塊，小洞天的煙錢四十七塊三，黃桂記七塊六，泰隆九塊五，羅伯娘十二塊……這一串為數不小的債務，便猛地兜上心來。對於這些債務的不能償清，他第一就恨他自己，他自幼拋別父母，跟師父跑江湖受盡辛苦，才掙得今天唱頭場拿一塊五錢一天的身價，誰知園裡生意冷淡，老闆要把身價打八折，一塊五打八折，也還有一塊二。要不是有這兩口煙，這些賬不早就還清了麼？想到這裡，悔恨是緊緊地刺著他。丟掉了吸剩的煙尾，捏起拳頭，幾乎要在自己身上打兩下以示薄懲。可是這時他又突然想起師父或是班中老前輩們常說的一句：

「我們這種人的錢是不能積蓄著的，我們的錢是江湖錢，江湖錢，江湖用，有錢積蓄沒有後。」

◈ 三

他正在體味著這句前輩遺留下來給不長進的後輩聊以自慰的名言，忽然聽得內臺裡有孩子在哭。他睜眼一看，只見剛下場的蘇元龍拿著竹板，死命地在手下小狗的身上打。

「你來學什麼的？操你媽！下場也不懂，朝哪邊轉？」

「哎……喲，哎喲……喲……」小狗邊躲邊哭。

扮岳崇信的二場小生一枝梅站在馬門口，高聲喊：

「元龍師父！登場了。」

「操你媽！老子轉來收拾你。」蘇元龍趕著要上場，罵了一聲，提起槍便走了。

余世珍感到有點燥熱，便伸手向正要去解手的桃豔芳要了一把蒲扇，袒開衣服在扇。

忽然，一陣急促的腳步走上台來，衝著余世珍便喊了一聲：

「今天又挨了，癩蛤蟆！」說話的就是本班的當紅須生楊瑞卿。

「怎麼樣？」余世珍坐起來問。

「在定桂門牌九上又挨了七十多吊，後尾追一莊，我講你聽，起對寶殺不到錢，操他的娘！你講背不背？這兩天接連去了兩百錢，操！」楊瑞卿一面說，一面用手揮著額上的汗珠，青起一張臉，瞪起一對眼球，那副神情就好像他唱空城計時站在城樓上望著司馬懿的那時候的孔明。

「這個東西我是不敢沾場了，出年來是每賭必輸。」余世珍也表示同樣的感概。

「操他媽！如果不是要趕著來唱這出打井，老子一定要在那裡喫兩注。」楊瑞卿說著，把衣服脫下來掛在壁上。

余世珍沒有講話，只伸手到楊瑞卿的手中接過那吸剩的半截煙來。

楊瑞卿運用他那純熟的技能，很快的便把一位柳剛員外扮好了。回頭看見余世珍還在坐著，他便喊了一聲，余世珍像是想起什麼事一樣，馬上丟掉煙尾，也走過來，拿起鏡子在開臉。扮好像，穿上衣服，一眼看見演老旦的唐桂松蹲在地上吃賣（酸）蘿葡，余世珍立刻又想起四麻子，便走上前來問：

「喂，老唐！四麻子的兒子怎樣死的？」

唐桂松仰起臉來望了一望，丟下筷子，站起來，抹一抹嘴巴，用不純粹的湖南聲腔說：

「講起來又慘，我和他同房住，這事情我最清楚。四麻子早上要出去賣牛肉，下午和夜晚才過這邊來彈月琴，火保天天也要出去賣油炸粽子……」

「這些我曉得，你祇講他怎樣死的？」余世珍不耐煩去聽那些瑣碎空話，所以從半中腰插進來阻止。

唐桂松見余世珍在打岔，就停住了嘴。現在余世珍不說了，他才咳了一聲嗽，吐了一口痰，繼續說下去：

「你就是這個毛包脾氣，少不了我要講哪。火保天天去賣油炸粽子，那天因給人家結婚的汽車撞跌了，雖然沒有傷，但是粽子都被碾爛了，他怕挨打不敢回家，在菜廠睡了一夜。」

◈ 四

「第二天，四麻子找著了，帶了回來。那曉得在外面餓了一天，那晚夜又挨了一場雨，受了風寒，回來就病了。發燒發熱，又講胡話，請醫生是沒有錢，後來到醫院去診，喫了兩包藥，病倒反加重些。有人講要去給那個大醫院診才行，但是四麻子沒有錢。一直到今天早起就死了，喫夜飯那時才湊起錢去買火板。唉，真真可憐，那娃仔病著想要喫魚都沒有錢買哪！」

「唉……」余世珍深深地歎了一口氣，正要想講兩句什麼可憐的話，猛聽得前臺楊瑞卿唱了一句「一步來在莊門外，叫聲小子快走來」，他便趕緊咳了一下，喊聲「來了！」打著哈哈，走出台去。

這裡，桃豔芳和蘇元龍伏在桌上，一面笑著，一面在喫米粉。化妝桌旁，正在開著紅搬兵裡孟良的臉的艾高奎，看見他們放蕩的舉動，便回過頭來笑著說：

「莫太親熱了，怎麼盡纏著小生？」

「放你媽的屁！爛你的牙巴！」桃豔芳笑著罵，用腳踢了艾高奎一下。

武陵春換了裝，穿著貼肉的紅色汗衣和一條滾狗牙邊的短褲，忽忽地走過來，把倚在化妝桌邊的左葆生推了一掌，嬌滴滴地喊：

「走開！老子要扮像。」

「好驕！」左葆生答了一句，便悶悶地走開了。

余世珍今夜總是提不起神，馬馬虎虎地隨便呱了兩句便進來了。下了臉，打起個赤膊，拿把蒲扇，睡在地上的席子上扇著。

第三出剛開始，楊仲芳跑上臺來，蹬著腳喊道：

「這怎麼得了！」

「什麼事？」余世珍爬起來問。

「齊老闆又要減身價了，又是一個八折。」楊仲芳急促地說。

大家都呆住了，焦急的顏色浮上了個個的臉，八折上又打個八折，這怎麼活下去？

「我操他的娘，老子的賭賬又還不成。」正在下臉的楊瑞卿暴躁地罵。

「我八毫子一天，現在只有六毫四了。」楊仲芳的聲音淒涼得像是在哭。

一會，癩子進來採得信，場面上的鑼鼓也頓時變得慘澹了一些。

大家散開了。余世珍和楊仲芳退坐到盔頭箱，四隻眼睛對望著。

「現在的班子更難做了。」余世珍歎了口氣。

「這樣一來，我們大家都苦了，快活的就只有她們坤角。」楊仲芳憤慨地說。

「自然是她們快活哪，她們除了這裡的身價，還有一筆小身價[1]。」余世珍用手拍著大腿，表示同情。

突然，台下一陣大聲喊「好」，跟著掌聲便嘩喇喇地響起來。楊仲芳走到馬門口望了一下，仍舊過來坐著。余世珍仰起臉問：

「什麼？」

---

[1] 桂班中流行的俗語，意思是指女伶暗營副業所獲的報酬。作者原註。

「老招的眼角擺得好，台口那幾個，身都是酥透了。」楊仲芳匾著嘴巴，帶幾分諷刺的意味。

「老實講，老招不靠她的頭臉，她也紅不起。」

「老招靠她的頭臉，看戲的人也只是看她的頭臉。」

「對。」余世珍點了點頭。

暫時的沉默。楊仲芳站起身來，踱出外台去代替老陳打上手去了。

余世珍打了一個呵欠，伸了伸腰，便走過去換了靴子，披上衣服，對站在馬門口準備登場的艾高奎說：

「高奎，我在小洞天煙館裡等你。」

艾高奎答應了一聲，余世珍便拖著緩慢的腳步，向著黯淡的黑路走下臺去。

❈ 青面獸楊志（小說）

《桂林日報》1936年9月4─6日連載

青面獸楊志懷著一肚皮底悶氣，迎著禁軍們底輕蔑的眼光，蹣跚地步出殿帥府來。走了幾步，他下意識地回頭一看，只見那聲勢赫耀的龐大的府門，兀自像一匹巨獸似的張牙舞爪地蹲在一角，張著口要吞噬人。他緊咬著牙關，哼了一聲，沉著頭，又向前走去。

他，這耿直的漢子，自從聽到朝廷赦免了他們底罪過以後，就懷著一顆熱烈的、鮮紅的希望，專誠到來京師。數日來在樞密院殿帥府這些地方奔走鑽營，上下打點，把在江湖上向朋友們辛辛苦苦借來的財物使盡，原指望復起殿前制使這個差役，將來在邊廷上「一槍一刀」，博得個「封妻蔭子」，也不辜負「楊門」底聲名和自己生平底熬練。爭奈高俅那廝只一味把正直的好人當作眼中釘，一見了楊志，並不容他分辯，便把文書一筆抹倒！而且還氣衝衝地把他斥責了一頓，趕出殿帥府來。如今，他那孕育著無限美滿的幸福底

前程，是被那無情的殘暴和統治者底鐵腕擊斷了。

想起高俅，更撩撥起楊志胸中底怒火，幾多端的了得的樸誠的好漢，為著不肯依附權貴，為著要揚起眉毛挺起胸脯來做人，就毫不如意地壞在他底手裡。聞說那廝也只是市井中底潑皮，無非是諂媚的功夫高明，巴結上了主子。另一方面又施展出卑污的手段，欺騙著人民，才掙到一個太尉的高位。見今掌握著兵權，便把一切朝綱國政，緊握在手裡，一任己意地獨斷獨行。一些賢明的人，都給排擠得毫無立足之地；多有做下彌天大罪的，卻把來位置在朝廷裡，讓他們高高地坐在那黃金底寶座上，吮吸著老百姓底汗血。什麼堂堂廊廟之才，什麼鐘鳴鼎食之家，剝下了尊嚴的外衣，須還不是一夥喫人害人的強盜！

暴躁在他底心揉著，緊揉著，他深悔剛才自己是太懦弱了。不，簡直是太柔順了，柔順得幾乎使他不相信自己曾是一條沖州撞府憑本領跑江湖的漢子。剛才在殿帥府，站在階下，望著高俅那廝底厲色，聽著高俅那廝底惡聲，為什麼往日那種嫉惡如仇的殺心總提不起，否則，順手搶了侍衛們手中底樸刀，跳上公案，只一刀，便把那廝搠翻，可不替天下底勞苦大眾除掉一個禍害？！

街頭上流蕩著的寒風，像尖利的快刀似的迎著他底臉盡力刺，他猛可裡感到嚴寒底可怖。趕著縮緊了一下身上的征衫，搓搓手，鼓起胸前未被寒風澆熄的熱力，又向前邁進。忽地，前面嘩嘩地跑來兩騎配著錦鞍的駿馬，馬上坐的是兩個肥白的綠衣公子，馬前馬後簇擁著十來個閒漢。有的牽著幾隻鷹犬，有的負著弓箭袋，有的揹著一串野味，公子們有說有笑地揮動絲鞭向前奔馳，閒漢們則跟在後面跑。

看著那些有閒階級稱心的玩意，楊志心中是感到了像一個飢餓的俘虜，眼睜睜望著他底勝利者在痛飲著豐盛的得勝酒時一樣的憤恨。但他並不怎的發作，只略一停步，回轉頭來，圓睜著一對血紅的怒眼，對著他們那些快要消失在馬蹄掀起的塵土中底背影，投下一瞥敵視的眼光，又默默地匆匆地往前走去。

踏進店門，店主家頓時堆滿一臉笑容，站起身來迎接他。一面招呼小二安排茶水，一面笑吟吟地跟進房來問：

「今天見了高太尉，制使一定是復職了。小人特來恭賀。但不知制使多早晚榮升？小人也好叫他們預備。」

聽了這話，楊志底胸間又驀地湧上一陣怒氣來。當自己的抱負已瀕於絕望，而又聽到別人對這泡影般的希望瞎加恭維時所引起的那種羞恥，也穿插在怒氣中浮動著。初聽時他還以為是店主故意的揶揄，及至意識到那是一番虔誠的好意後，才慢慢地仰起臉來，放開嘶啞的喉嚨，深深地歎了一口氣，這，用以替代那難以啟齒的回答。

楊志這副尷尬的神情，已給這飽歷世故的店主說明了他方才說的話和事實不相符合。但他卻並未設想到楊志底希望已是整個底潰滅，所以馬上又對這頹喪的漢子來一套暫解眼前苦悶的安慰：

「哦，制使今天敢是見不著高太尉，且休煩惱——明天再去一番。不瞞制使說，小人幼年在江湖上得一位仙長指撥，兩眼頗能識別吉凶，觀看制使面上氣色旺盛，官星主座，明日到殿帥府去，不但復職，而且還要高升。那時制使須看覷小人則個。」

「店家，你這話直如此辱沒煞人，今兒洒家便到了殿帥府，高俅那廝只嗔怪洒家失陷了花石綱，不來稟告，如今不能委用，把文書一筆抹倒了。你幾曾見復職，又幾曾見升官，須不是來打趣洒家！」店主底諂媚的言詞，直使得這坦白正直的青面漢子由羞愧而進於憤怒，按捺不住，站起身，虎起臉，毫不客氣地把真正的事實拿出來給予店主一個無情的駁斥。

很快地，店主底臉上便浮起了嚴肅的、輕蔑的顏色，雖然在這顏色尚未正式出現以前的一段短時間內，曾有幾分被人戳穿了狂妄的拍馬的面孔時所引起的那樣的羞愧在心裡蠢動，可是那只是一個極其短促的一剎那，馬上他已經認清他此刻應取的態度了。羞愧並不能使他減少內心的歎仄！——實在也已是不需要減少這種歎

仄了——而冀求對方給予饒恕，依然可以捉到預期的幸福。他只是這麼一想，那種天然的、純潔的羞愧便收斂起，代替來的便是一切勢利的市儈們對付久賒不還的顧客時底那副冷冰冰的而又看不起對方的嘴臉，暫且忍著口，愣著眼睛，盯著這位「面皮上老大一搭青記，腮邊微露些少赤鬚」的精壯的漢子，似乎想憑著自己那一雙「能識吉凶」的眼來觀察這倒楣的人究竟有甚麼應為高太尉斥責和永不錄用的不妥之處。好一會，才昂起頭，用手輕撫著下巴下的微髭，默默無聲地踱出房去。

店主家底勢利的行為，更使楊志增加無限的憤怒，他拿出自己前番進店來的威勢，和方才間店家的規勸，來和此刻底淡漠比較一下，他覺得這世界上沒有愛，沒有同情，所有的只是一片無情的冷酷。當別人對他想要攫取某種利益時，他便暫時被安置在溫暖的手心中，一等到他自身消失了別人對他的企圖時，他便馬上像嚼盡了甜汁底甘蔗渣一樣，被丟擲在黑暗的角落裡，讓他自己腐爛，消滅。想到這裡，他禁不住圓睜著眼睛，握著拳頭，牙癢癢地恨。

倒在床上，離開梁山泊底前夜，豹子頭林沖對他說的話又驀地兜上心頭：

「見今的世界，是這般壓迫國內的民眾而去向外人獻媚的奸賊當道，上他們做一路的，都汲引和了，好人卻安身不得。不是小可糾合制使，此番制使上京，高俅那廝如何肯容納你？不如權在小寨下馬，將來聚集起我們這些受苦的老百姓，再去圖謀我們底世界！」

在當時，這番話是簡直不能在楊志心中引起一點兒同情，甚至他還暗地罵林沖是蔑法罔上的叛逆。如今他親嘗到了呻吟於殘暴的統治底鐵蹄下底滋味，那番話才像一個破家的浪子在窮途末路時，想起當日嚴父底教誨來一樣的浮上腦海來。他微閉著眼睛，把林沖那幾句話深深地、反覆地體味著，體味著。他覺得那番話對於他實在是一個光明的啟示，他深悔當日自己不該過於執拗，以致落到今天來受那些狗男女的醃臢氣。

教坊裡的笙歌，融合在冷峭的寒風裡，若斷若續地流到街頭，

流到屋背，流進窗櫺，流進每一個附近居民底耳中。雖然這一有閒階級們用來粉飾太平的樂聲，依然是像往日那麼熟悉，那麼平淡，可是在此刻卻能夠輕微地有規律地敲擊著楊志的心弦，使他暫時抖開現實底煩躁，而依稀地浮現出模糊的故鄉底舊影來。──是一切落魄的征夫，蜷伏在寂寥的旅邸中，聽到異在底情調時所引起的故鄉底回憶。──那是一片燦爛的樂園，上面有陽光溫和的青天，下面有水草肥沃的土地，環抱在四周底是峻拔的山峰和蒼翠的茂林，但也有幾條澄清的流水貫穿其間，緊吻著水波的是兩岸底垂楊，三兩個漁夫便在這下面支起了漁網，也有些俊俏的村姑在岸邊底石砧上蹲著擣衣。山前底小徑上，便有那些挑著禿枝枯葉的樵夫走來，幾個活潑的牧童正橫跨在牛背上吹著短笛。走過木橋那邊去，一望無際的田野裡，全都是些皮膚黝黑的農夫，在拼著血汗為人們製造糧食。那些潑皮的小孩，全撸起褲腳，走到淺溪裡摸蚌殼，或是伏在草地上捉蟋蟀。幾個剛留鬖髮或垂著雙辮的女孩，則靜靜地坐在門前用柳條編花籃，或是互相撕扯算命草。每當夕陽西下，和著鄰村幾個子弟，在打麥場上練習拳棒，或是騎著一匹雄駿的青驄，在碧綠的平原上奔馳。──這兒，這兒就是山東磁郡的火塘寨呵！那時候，生長在這自給自足的農村裡，除了望著眼前這杯注滿青春底美酒而憧憬著美妙的將來以外，是一點也沒有想到人世尚有任何險難的。不料自從祖若父相繼下世以後，這廣大的田莊，是在天災、兵燹和官家底征伐三條鐵鞭底痛擊下荒蕪了。不事稼穡生產作業又年少大志的他，便一股腦地丟下產業，流寓在關西一帶。幾年來的風塵僕僕的生活，是使他日益踏進鬥爭的道途上去。於是，那雍熙的田園，是漸漸地在記憶中黯淡了，如今臨到異鄉落魄時，卻又不期而然地把那褪了色的舊夢喚了回來。一向沒有被他想念的故鄉，此刻是使他覺得分外的親熱。那兒有悠閒的歲月，那兒有率直的村民，還有青的山，綠的水，蔥蘢的樹林……呵，呵，兒時嬉遊的芳草池塘，知否是伴著荒蕪的田園一樣的殘缺了喲？！

他，青面獸楊志，秉承著世代相傳的壯健的體質，富有農民的

堅強的耐性和樸直的心情，他抱著嚴肅的態度，來對付現實的生活，不肯怠慢一分兒力氣。當日習武的初志，原是想把辛苦打熬得來的一身本事賣予國家，博得個「封妻蔭子」，也不玷辱「五侯楊令公」的門楣。果然在棄家後底第二年，他便中了武舉，直做到殿前制使的職位。他自己做事的殷勤小心，更使他獲得將來在邊廷上做一番轟轟烈烈的勳業底預約券。誰料到道君皇帝要蓋萬壽山，廣集天下底古玩珍寶，便差了楊志等十個制使到太湖去搬運花石綱，船行到黃河，不想那般治河的官員平日拿了錢不做事，以致黃河突然決口，打破了船，失陷了花石綱，壞了官職，落到今日這般田地。想來想去，這半生底努力，卻為著誰來。

想起運花石綱底時候，他們這一夥率領著一眾莽漢和篙工舵師，毫無顧忌地闖進一般人民底家裡，見著一些石木便用黃封標識起來。到了搬運的時候，卻又兇神惡煞般的橫衝直撞，有打壞別人底器具的，有拆毀別人底房屋的，甚至還有乘機攫取人民家底貴重什物，中飽私囊的。結果，惹得一般小民叫苦連天，因此而陷於傾家破產的，則更不在少數。他幫助他底主子壓迫了人民，他幹下了罪惡的勾當。然而他畢竟得到什麼好處呢？到頭來還不是給蔡京朱勔那般醃臢賊多發掘一條加官晉爵的門路，自己這一片耿耿的孤忠，還不是被那些惡魔騙去了；自己的官身、飯碗還不是被那些惡魔榨取去了。

想到這裡，他簡直搥著床板跳了起來。剛坐穩，手碰著衣袋，猛可裡又觸起他的憤恨。他躁急的伸手進去，掏出一件東西來——那就是殿帥府張虞侯遞給他底高太尉底批示，上面是幾行黑字混著點點滴滴的硃紅。這紅色，是那麼鮮明的，耀眼的，簡直就好像他自己身上底被統治者所吮吸去的一樣，如今統治者卻把來用作剝削他的工具。他不自主地吼了一聲，咬緊牙關，把批示用力扯得粉碎，丟在地下。

胸間冒著火，喉管裡乾燥得要命，他走到桌前，拿起茶壺來喝了一口，但茶是冷冰冰的，一進口，便啞得他底牙齒發脹。他沒有

咽進肚裡，馬上又一口噴了出來。放下茶壺，朝著門外喊：

「泡壺熱茶來，小二。」

「……」

門外靜悄悄地沒有回答，楊志暴躁起來，又高聲喊：

「拿熱茶來！」

「還不曾燒呢。」

是店小二懶懶的回答。

✻ 到祖國去（小說）[1]

《桂林日報》1936年9月9日

飽嘗了鐵窗風味的孟華，今天開始重在光天化日之下長長地吁了一口氣。四年來的囚犯生涯，把他那有如初昇的朝陽一樣的大好青春折磨殆盡，只剩有生平的壯志，猶自健存著。他如今畢竟是出獄了，懷著一顆怔忡的心，拖著遲重的步履，茫無頭緒地向熱鬧的市街踱來。

他的頭腦此刻很有些模糊，他一面對目前的一切景況微微地感到驚訝，一面向記憶中拼命去追溯幾年前的往事。

牢獄裡的日子過得有若夏天的池水，平靜得沒有一點波瀾。那種刻板的、單調的，而且死寂的生活，銷蝕去了他生命中的四個寒暑。在這種環境所習成和培養之下，他幾乎忘記了外面還有這麼一個世界。雖然在他初入獄時，尚懷著一顆活跳跳的心，還有一腔熱喇喇的赤血，激憤與怒火交織在他的胸中，苦痛常在他身上鞭打

---

[1] 此篇小說刊於《桂林日報》當日新增副刊「每週文藝」第1期，題前註為「集體創作」，署名為「庸凡 丁白 茜菲女士，丁白執筆」。集體創作這一創作範式來源於上世紀二十年代的蘇聯，由高爾基等作家率先宣導。三十年代初傳入中國，1936年間集體創作在各大都市較為激進的文學刊物中開始宣導和流行。此篇小說當是桂林文學青年對集體創作的嘗試。

著。那時，他是多麼的憎恨和焦急呵！如果有可能的話，他早就想把這所監獄衝破而出，拿炸彈去炸毀那舉國同仇的敵人。然而，時間終究是殘酷的，日子一過去，這念頭也給慢慢地沖刷得淡泊了。在獄中，他曾經虔誠地祈禱著，他把這個除奸抗敵的願望寄託在國內一般青年的身上，滿望國人能夠大家都像獅子，一齊沖到侵略者的面前怒吼起來，所以他此時便用一種謹慎地半驚半疑的態度，開始向四周仔細凝神。

塞外的秋天，西風吹得人已有些寒意。他那瘦弱貧血的身子，走在馬路上，似乎就來得有點晃搖不定。雖然這裡仍是幾年前的關外第一大都市的瀋陽，而且是自己的家鄉，但是就如今看來，終覺有些感到生疏。很久已不給大聲浪刺激的耳朵，聽見市街上這一片噪咶嘈雜的聲音，腦部便好像給什麼重東西捶打得一點也不安。目前是一座巍峨壯麗的建築物，望過去也令他眼花繚亂，腿部有些發軟。

驀地，他瞥見這一排房屋頂上，各都聳立著一枝旗幟，那不是「青天白日滿地紅」的莊嚴的國旗，那是一張四分之三是黃布，四分之一是紅藍白黑四色的異樣的旗幟。它是喧赫地、傲然地站在西風裡飄揚飛舞。

「呵！這不是我們的國旗！不是的呀！」

他喫驚不小。嘴裡唧噥著，瞪著兩隻眼睛癡望著這異樣的旗子發呆。

他要瞭解眼前這使他驚異的事件，他要把一肚皮的懷疑都給弄明白。於是，四年前的往事，那滿給猙獰的侵略者的利劍刻劃過的往事，一刹那間，便陡地掠過心頭，一齊湧了上來。

他永遠記得，他同故鄉一切的人們在巨變之下所得到的遭遇。

那是多麼安靜的生活呵！除了在學校裡研究功課以外，他有時便回到家裡，陶醉在天倫的樂趣中。父親生前是個強悍有勇氣的男子，十年前為了看不慣同胞們在一間東洋人經營的工廠中所受到的

苦楚，因此就毅然決然地起來領導那一般飢寒的工人，使他們有了階級的自覺，使他們意識到自身痛苦，使他們知道為了大多數的利益而參與鬥爭。這英勇的、可敬佩的行為，居然能給予那沉湎於紙醉金迷的享樂的廠主以極大的脅迫。於是，在廠主與地方官的勾結中，在「危害地方，蓄意暴動」的罪名下，便被判處死刑，而只好將那未完成的事業交給了孟華，自己便做了偉大的殉道者。母親是一個善良的女人，一個妹妹才十三歲，活潑潑地，嬌滴滴地，宛如是含苞欲放的芍藥。他，就這樣地在母愛的洗滌下，過著他的安靜的生活。

那是帝國主義者向弱小民族宰割的前夜。祖國正當多事之秋，莽莽中原，到處都充滿了烽火的烈焰。那時候，東鄰虎視眈眈的倭國，時常就覬覦著他那所在的地方。一些討厭的東洋人，卻又時常在那地方作威作福，耀武揚威，而許多生活困痛的東三省的老百姓，便在這雙重壓迫之下掙扎和呻吟。他當時見到這種情景，嘗到這種滋味，心兒內是抖起了不可遏止的憤激，他一面紀念著死去的父親遺留給他的工作，一面便咬緊牙關埋著頭暗地聯絡一些愛國志士。他希望能抓住一個機會，便糾合起一般被壓迫的人們去爭取那不可退讓的人權。

四年前的秋天，九月中旬裡，野心侵略者的炮聲終於在瀋陽無情地爆響了。貪婪無厭的掠奪與殺戮，向他和他的同類進迫而來。

從那夜起，他失掉了母親和妹妹。從那夜起，他便開始了囹圄生涯——他當晚在學校暴跳到天亮，次日便給加上一個嫌疑分子的罪名，被一些異國的兵士押解到獄中去——遭受到同樣命運的，還有他的一大批同學和無辜的百姓。他們。有些是即刻犧牲掉了生命，有些是給丟進暗無天日的牢中。

在獄中，他懷著一腔的希望，默禱他母親、妹妹仍是平安地活著，默禱他家鄉不會落到異族人的手中。但是，如今呵，當他瞥見這生疏的旗幟，不禁感到有些悵惘不安，忍不住一團怒火，昇上來

一直在胸中燃燒著。

「呵，家鄉已是破滅了。」

他歎息著，拖著沉重的腳，下意識地朝前走。他滿腹疑雲還未全消釋，他想找一個人探問下。

正走著，迎面來了個警官模樣的人，他上去拍那個人的肩頭，柔聲問：

「喂，請問如今到底是個什麼世界？這裡仍舊是我們中國的國土嗎？」

「放屁！你簡直在講夢話！什麼中國外國，這是大滿洲國，知道嗎？」

那警官惡狠狠地瞪了他一眼，用種鄙夷而帶謾罵的口吻回答他。但他卻更加懵懂，他幾乎不相信他的耳朵是不是聽錯了，他筆直地立著，直到望不見那警官的背影，他才又垂著頭，依舊向前茫無目的地踱去。

馬路上的熱鬧並不減於以前，可是，行人中卻多添了許多大和族的武士裝束的人，他們一個個都是威風凜凜地走著。還有，從前在當地那些很下流很鄙賤的東西，如今都很闊綽了，他們一個個也是揚眉吐氣地在街頭搖擺著。看著那些驕傲輕狂的樣子，簡直要把他氣死。再向前去，一間官衙模樣的建築，門額上刺目地寫著「大日本關東司令部」，屋頂上插著一面光彩奪目的太陽旗，這枝旗，驕傲地，悠閒地隨著秋風的吹動，在半空裡搖來擺去，好不威武。

他簡直瘋狂了。他需要來一個大爆炸，毀滅了現實的一切。他胸中腦中有無數條毒蛇纏繞著，鑽動著，他猛然感到一陣暈眩，只好閉了眼睛，沉痛地吐出一口氣來。

他此刻需要一個地方，休息下這疲乏無力的身子。因而隨即想到他四年前的家，想到母親和妹妹。

在馬路左側拐了一個角，他還分得出舊日的路徑，轉進一條小巷，走到自家的門前。

「家呢，怎麼變了一片瓦礫場？」

他對著那片遍生著荒草的空地，驚呼起來。他馬上聯想到四年前的秋天晚上，那殘酷的、慘無人道的轟炸來。家，已是給殘暴者的鐵蹄蹂躪殆盡，如今，除了這枯藤蔓草殘牆頹垣以外，還有什麼呢？

這時，他完全墮入到苦痛的深淵中去了。他不明白，祖國的人們，為什麼就這樣容易甘休，當自己的領土已經給強盜佔據去了。

「難道已經沒有中國的國民了！」

想到這裡，孟華不禁對國人有些怨憤，失望和憤恨一齊侵擾著他，他的心要爆裂了。

結果，依然是茫無目的地踱出巷口，走向十字街頭。

街頭依舊是那麼喧嚷，繁囂。來往的老百姓們大都苦著一副嘴臉，擺出一副不勝其苦的樣子。只有那些異國軍人和以前跟他是同類而如今卻甘願作順民走狗的人們，還是耀武揚威地不時在逡巡著，他們那態度是討人厭的、咄咄逼人的難受。

他耐不住城裡那種苦悶的空氣，便信步踱出城來。一片黃色的郊原，像產後的婦人般的靜靜地躺在秋陽裡。他毫無目的地在走著，胸中像有一萬隻手在捶打。

忽然，一陣馬嘶聲把他驚住了。他睜眼仔細一看，這兒就是狗頭屯，這是一片瀋陽居民的墳場，就是孟華的祖塋也在其中。可是，現在呈現在孟華眼中的，並不是隆起的土堆的墳墓，卻是一片龐大的槽房。他陡地陷於疑惑中，想了又想，到底還是弄不明白。馬房前有許多豎著的短窄的石碑，他想坐下來仔細思索一會，剛彎下腰，驀然就看見石碑上許多字跡。雖然字跡有些模糊了，但是還依稀認得出這是「故顯考……」

「祖先的塋墓所在，如今變了日寇的牧馬場了！」

他痛苦地說著，他更加看不慣了，他不願再在這裡逗留下去，他雖然飢餓，雖然疲乏，但都不能遏止他此刻的另一種需要。他需

要他的祖國，他要到祖國去。他想，在那邊必有光明的一角，有自由的空氣，他非投入那環境中，再也生存不下去了。於是，他便下勁放快腳步，向著北寧路火車站跑去。

到祖國去！

二五，九，一

❋ 賣刀[1]（小說）

《桂林日報》1936年9月17日、23日、30日連載

雖然天氣還在十月小陽春後，可是汴梁城裡，已經飄落著很厚的雪花了。清晨，屋背上，樹枝上，和那廣漠的地上，全是一片白。不知從哪兒起，忽地捲起一陣北風，緊緊地，虎虎地，活像是酷虐的暴君在怒吼，風過處，那些根基不牢的屋宇，便軋呀軋的震搖著，地面上底灰沙，也隨著風勢，織成一面黃沉沉的幕幔，罩在地面，人間，天邊。那天上面，像舊棉絮一樣的鉛色的雲塊，是密叢叢地堆著，沒有陽光，一絲亮兒也沒有，陰森森地，好不教人感到愁悶，悽惶。偶爾風勢稍殺，有一兩隻寒鴉，飛過簷前，啞啞地叫了兩聲，鬆鬆身上底羽毛，又撲地一展翅縮回巢裡去了。

夜來的失眠與晨早涼意底濃重，使楊志一直睡到將近巳牌時分才醒。剛揉開惺忪的睡眼，望著窗外這一天寒意的東京，心兒內兀自又是一陣恨煞。停了一會，才沒奈何，冒著嚴寒，爬起身來。

為了避免店家底聒噪，楊志只得自己拿了盆子，到廚下去討點水，胡亂把臉來洗了。

把身上結束停當，斜倚在床欄上，楊志又沉入默思中。

---

[1] 1936年9月9日，《桂林日報》新副刊「每週文藝」創刊，第1期刊載哈庸凡等人集體創作小說《到祖國去》，9月17日「每週文藝」第2期為歷史小說專號，開始刊載哈庸凡所撰歷史小說《賣刀》，一週後，「每週文藝」第3期續載《賣刀》。據此推算，9月30日應出版「每週文藝」第4期，惜廣西自治區圖書館藏缺當日《桂林日報》，故小說《賣刀》後面情節不詳。

「如今官身是復不起了，盤纏又已使盡，究竟上哪裡去呢？將來底日子怎樣活下去呢。」

近幾日來，他已由積極的憤恨降而為消極的煩悶了——這之間，生活底鐵腕，是逼迫他轉變的一大樞紐——無論清晨旁午，或是燈熄人靜，甚至在酒醒後，夢回時，只要是他獨個兒坐在房裡，他便用心地、謹慎地在划算著，反覆思量著，想要在這荊棘底重圍中探出一條平坦的道途。然而一任他是如何嘔盡心血地尋思，終於是無法衝破眼前底難關。因此，他胸中底愁思，也越積越多，竟分不出哪兒是新的，哪兒是舊的了。

「究竟上哪里去呢？將來底日子怎麼活下去呢？」

這難題，像一塊放多了糯米底糍粑一樣，老是黏在心頭。他思量復思量——田園是荒蕪了，依然流落在江湖上嗎？衣食豈不成了問題？雖說自己有個族叔，見在延安府老種經相公處做提轄，然而如今自己底官身壞了，跑去找他，免不了要受一頓嚴厲的訓斥。就算能夠收容，在白眼橫加下討口慪氣飯喫，究竟不是自己底情性所容忍得住。當年雖曾結識下幾個似乎「肝膽照人」的朋友，然而見今多在天涯海角奔走，也沒個尋處。就算有一兩個飛黃騰達的，他們如何肯來招致這落魄的、沒出息的、被高太尉永不錄用的苦朋友。他想來想去，竟不能找出一條光明的康莊大道。所能湧現在他腦海裡的，只是這幾條崎嶇的小徑。不過他幾度估量的結果，這幾條小徑，只是像一些毒蛇，條條都會咬人。思量復思量，到頭來四周依然是一片沉沉的黑暗。

他站起身來，叉著手，在房間裡來回地踱著。想起自己辛辛苦苦借來的一擔財物，為了想達到「官復原職」的希望，都把來塞進那般貪汙的小吏們底荷包裡去了，如今只剩得孑然一身，還欠下店家底伙錢。沒有錢，這些勢利的傢夥，將會施展出那難堪的手段來。而且，以後底生活呢？無疑的，前途是潛伏著很多的危機了。他像翻閱一本連環圖畫似的在展看著他底將來。由於數年來在江湖上嘗受到的人情世故底啟示，他敢於直截地斷定，一幕以他為主角

的淒慘的悲劇，在不久的將來，一定會在人間底大舞臺上開演著，開演著。剎那間，一種沉重的恐怖佔有著他，使他不敢再去推想這幕悲劇的結果。他用力地頓了一頓腳，回身坐在椅上，沉著頭，緊繃著腰，痛苦底鐵針，將這位無家可歸的漢子底心頭毫不容情地刺！刺！

「究竟上哪兒去呢？將來底日子怎麼活下去呢？」

猛可裡，豹子頭林沖又走進他底腦箱裡去了。那漢子，一副魁偉的身材，包藏著一顆樸野粗直的心。離開梁山泊的前夜，兩人在燈前促膝談心，那番話是說得多麼懇切，多麼動聽。雖是素不相識的人，然而端的是一個同生死共患難的朋友。跟他在一起，卻強似替那般把持朝綱禍國殃民的奸賊出力。無如他當日苦苦挽留，自己卻又執意不從。如今窮途末路，又去投奔那裡，真所謂「撈起不看討來瞧」，林沖縱不說，也須喫那裡底一眾好漢底笑話哪。

林沖底那番話，如今想來，句句都是金石名言。都只為自己當時懷著另一種希望——堅持著自己是「清白家聲」，不肯屈尊與平民們為伍，所以才落到今日這般田地。事到如今，仔細想來，這「清白家聲」也並不含有什麼偉大的意義，更不能給予生活以有力的保障。「清白家聲」，在平常的、庸俗的說起來，似乎是清高的、矜傲的、尊嚴的口號，然而這到底有什麼用處呢？冷了，當不得衣穿；餓了，當不得飯喫。為什麼還要緊緊抱著這四個字不放手呢？「清白家聲」，只好給那般假仁假義的偽君子們在幹卑污的勾當時做掩護物，如今是要生存，要飯喫，如何還用得著來戴上這副尊嚴的假面具。

梁山泊底輪廓，漸漸地爬上他底腦幕來閃動著。方圓八百里，港汊環抱，四面高山，中間是宛子城，蓼兒窪，這是多麼雄偉的去處呀，這是天下無數被壓迫的老百姓們底避難所呀。那兒沒有強弱，沒有貧富，那兒真是一片光明的樂土。如果自己當初不執拗，毅然決然地撕毀了「清白家聲」這件外衣，投到被壓迫大眾底隊伍中，

便可以去創造一個合理的世界，免得今日輾轉哀號於統治者底鐵蹄之下了。

飢餓隱隱地走上他底心頭，他拋開了一切思緒，奇怪著今天恁地還不曾喫飯。歇了一會，看到將到午時時分，他耐不住了，便向門外喊道：

「小二！小二！」

外面沒有回答，楊志正要再喊，忽地只見門角邊塞進一張滿塗著油味的瘦臉來，沖著楊志，便萬分不耐煩地問：

「你喊恁地？」

「多早晚了，恁地還不拿飯來？」楊志給了一個反問。

「店主家吩咐過，店中本錢短少，如今不賣飯了，客人要喫，只好到外面館子裡喫去。」店小二擠眉弄眼地回答，一手摸弄著那塊滿沾著油漬與污垢的抹桌布。

這一來，楊志可給難住了。店中不賣飯，出外去喫又無錢，如何餓得住？正在委決不下，只見店小二回身要走出房去，楊志只得硬起頭皮，又喊道：

「小二哥！相央你好歹與洒家拿些來，將來一併算還錢與你。」

「既怎的，你卻把錢還我。」店小二伸過手來。

「洒家今日沒有，待過幾日還你。」楊志給逼窘了。

「嚇嚇！看你還自好口，你沒錢，我須沒討處。」店小二扁扁嘴，冷笑兩聲，把手中的油布搭在肩上，昂揚地走出房去。

看著店小二那副奚落的神情，楊志胸中像要爆裂開來似的憤怒，他想馬上走上前去讓店小二喫幾皮拳，也好洩一洩自己底氣。然而，立刻另一個意念又阻止著他。擺在眼前底事實，是自己理虧，店小二受了主人底豢養，必然地要欺凌那些弱小的、可憐的人，以效忠於主人。自己從前做殿前制使奉旨去搬運花石綱時，不是也幹過和店小二這種行為底同樣的勾當嗎？想到頭來，他既不怨天，復不

怨人，只是恨著那無情的金錢，恨著那不良的社會。

鄰室裡送過來一陣陣酒肉底香味，這香甜的味道，一方面是逗引著他底食欲，另一方面卻又增加了他底恨意。他想：這世界是太不平等了，為什麼有錢的人可以大酒大肉地喫，為什麼窮人都要勒起肚子捱餓？這一切，都是不合理不正當的，幾時能夠匯下滔天的洪水，都給這些來一個全部毀滅！

飢餓依然毫不容情地啃著他，眼前惟一的解決，就是有典賣什物，搪塞這麼幾天再說。他垂下眼來，仔細打量著自己這一身：白緞子底征衫，青白間道行纏，抓著褲子口，獐皮襪，帶毛牛膀靴，還有掛在壁上的一頂范陽氈笠。這些就是自己僅存的衣履。在這樣寒冷的天氣，是一樣也不能賣掉的。然而，不賣這些，眼前卻拿甚麼來喫？

他霍地站起身來，焦急地在房裡走了兩步。忽地，一眼落在靠在床後底那口祖遺的寶刀上。見著這口刀，「清白家聲」陡地又浮上心頭來。當年祖若父南征北剿血戰疆場時，都是仗著這把寶刀，因此，才給掙下了「貴族底門第」。「貴族門第」是一代一代地繼續著，這把寶刀也就一代一代遺留下去。這寶刀，在他楊家各輩底人看起來，都有一種「了不起」的意義在。因為它給他們創立了勳功偉業，奠定了「清白家聲」底基礎。又給他們以優越淫佚的生活，與乎欺凌一般弱小平民的保障。歷代楊家兒郎底每一個人，為了這「了不起」的意義，都會去刻苦地去打熬氣力，準備一旦國家有事，便可拼著這把寶刀上陣殺賊。貴族底後裔底楊志，就是憧憬這種幻境底一個。可是，到如今，現實底巨掌是把這幻境擊得粉碎了，從實際的生活裡，他獲得了偉大的、新的教訓，所有「勳功偉業」，「清白家聲」，以及優越淫佚的生活，都是建立在人剝削人的不良的制度上。這一切，終有一天，要為飢寒交迫的奴隸們底胸中底怒火所燒毀。時至今日，再也不能貪戀著一己底利益而倒行逆施地去違背歷史進化的鐵則了。只有堅決地、勇敢地步入勞苦大眾底群中，去創造一個更高級的、更合理的社會。然而，這口刀，就是給他奠定「清

白家聲」底基礎的，也就是一向引誘著他走向歧途的。如今，他是根本覺悟了，因而這口刀於他也是沒有什麼作用了。而且眼前又逼到絕食之際，不如將這口刀賣掉罷！雖然這口刀是寶刀，而且又是祖遺的，可是把喫飯和保存「清白家聲」這兩件事拿來相比，已經對於現實有了幾分認識的楊志，自然是覺得前者重於後者了。

　　想到這裡，楊志底精神上已有幾分暢快，他搶步走到床後，把刀提在手中，用袖口將刀面上底積塵拂去。在這一剎那間，一種欲捨不捨的念頭，又不十分確地掠過他底腦海去。可是那只是短促的，飛快的，快到不容他有所想像，有所估計。他臉上透出異常堅決的神氣，靠了寶刀，走到床前，掀起草簾，拔了一根禾草，結成一根草標，回身拿起刀，正要走出房門，忽地又想到恐怕讓店家看見他臨急出賣寶刀，更惹起難堪的輕視，只好把草標揣在懷裡，揹起刀走出房來，帶上大門，踱出店去。

　　（未完）

掬水月在手，　弄花香滿衣。

　　——唐・于史良《春山夜月》

晚年讀書筆記

書信輯存

　　自1959年起，哈庸凡先生因所謂「歷史問題」蒙冤後，被貶至工廠從事體力勞動。1965年，年逾五旬時，更由合肥被外遷至安徽銅陵礦山，與正處在讀書學習年齡階段的子女分處兩地。自此時起，夫妻、父子兩地分離長逾十四年，直至1978年底獲平反，始得遷回合肥團聚。期間，憑藉書信與妻子和兒女維繫親情。每週少則一兩封，多則四五封，六十年代後期，三個子女下放，長子工作在外地，往往是一天數封書信，動輒數千言，分別寫給幾個孩子。十四年間，寫有家書估算逾二千封，數十萬言。

　　這些家書，除家事囑託外，更多的是對子女的教育與輔導。不能朝夕相處，則以書信的形式聊盡撫育之責。孤身「發配」在外，遠離妻子和子女，家書伴隨他度過多少難捱的日字，撫慰他多少屈辱的歲月。一封封家書，成為他在遭受政治迫害時期唯一的精神食糧，也是他忍辱負重、堅韌不拔品格背後唯一的情感支撐。他常常為接不到家信心急如焚，「由於前一個時期你們不來信，我精神上受的折磨比腳上負傷的痛苦還要重大，目前還在服安神補心丸之類的藥品」（哈庸凡先生與四子曉斯書中語，1976年9月28日）；常常為某個子女的學習或工作等事徹夜不眠，連發數封書信詢問。遠隔兩地，思念分外濃烈；身陷逆境，親情聊以慰藉。「烽火連三月，家書抵萬金」。這批飽含夫妻、父子之愛的家書，閃爍著濃郁醇厚的人性光輝，也是哈庸凡先生留給後人的珍貴紀念。

　　由於時代久遠疏於保管，這批家書絕大部分已經失傳。近期，陸續整理和發現一些，其中包括與妻春英書一封，與四子曉斯書六封，與女曉君書五封。大多寫於文革期間，儘管是家書，當年三呼萬

歲之類「紅八股」痕跡仍觸目驚心，也有不少極左的說教。這些固屬當年不得已而為之的自我保護法，也真實記載了極左路線在思想上對民眾尤其是身上烙有「賤民」印記的人們的奴化與摧殘。

謹照原信輯錄於此，傳諸後世。

❋ 與妻春英書

一九六九年十一月二十日

春英：

首先，我們共同敬祝世界革命人民的偉大導師，我們最敬愛的偉大領袖，我們心中最紅最紅的紅太陽毛主席萬壽無疆！萬壽無疆！

本月15日寄回一信，同時寄回40元，想已收到。

上次你托人帶來的一雙皮鞋，花了兩角錢釘好，穿了幾天，太小太緊，特別不宜於勞動。我原來打算冬天買一雙力士鞋穿，現在想來，冬天穿力士鞋上班，也是不夠暖。同時，最近兩個月還抽不出錢來買鞋。所以力士鞋現在是不打算買了，等明年夏天再說吧。為了冬天上班腳能稍微暖和一點，我除了盡可能地穿那雙舊皮鞋以外，還想要爾宜或海珊找熟人搞一雙軍用的、舊的、像回力球鞋那樣的、靴式的膠鞋。據說那樣的鞋子裡面有海綿，可以保暖，未知確否？如能搞到，希望洗乾淨、補好後寄來。如果搞不到，也不必勉強，我不過想到順便說一下，並不是非搞不可。

要穿你帶來的那雙皮鞋上班，現有的襪子都不適合，因為現有的襪子補得太厚，鞋小襪厚，穿起來更緊。因此我想找小五代我打兩雙線襪子。家裡如果沒有線，我買線寄回去，不知兩雙襪子要多少支線？望來信告知。這次打襪子，不要像去年打的那樣，又大又稀，要打緊密一些，打厚實一些，合腳一些。襪筒子可以稍微長一些，以便有時可以把褲腳裹上。小五如果沒有時間，能不能讓本珍打？

這裡魚每斤4角左右，太貴，想醃一點不容易。你可寫信叫爾宜和小四多醃一點，元旦或春節帶回去。

自從收到你本月5日來信之後，將近半月，未得家信。你回去已將一個月了，家中情況如何，非常掛念。接信後望速回信，家裡情況和孩子們情況，望詳告。前信囑生火取暖，不知已照辦否？

我一切均好，勿念。祝你健康！祝孩子們好！

庸凡 （1969年）11月20日

✽ 與子曉斯書（一）

一九七六年九月二十八日

小四：

你們9月23日寫的信，昨天（27日）才收到。包裹單也是昨天收到的，今天才取回。綜合你先後來信，答覆如下：

一、我認為你一直沒有把正業與副業的位置擺正確。也就是說，沒有把本職工作與業餘寫作的關係處理好。往往是偏重副業，甚至以副業壓倒正業，這是很不對的，也是十分有害的。工人作者貴在「工人」二字，正如赤腳醫生貴在「赤腳」二字一樣。要搞好業餘寫作，必須首先搞好本職工作。反過來說，本職工作搞不好，業餘寫作至多也不過徒有虛名，自欺欺人而已。這些道理過去跟你講過很多，我希望你言行一致，講到做到，不要走得太遠了。

二、從1974年起，你每年至少要休假一個月。我長期不在家，不知有無必要。如果真的有病，經過正當手續，應該休假治療。如果以此為藉口，用上班的時間來搞寫作，那就連起碼的做人道德，起碼的革命責任感也不要了，這是無論如何不能允許的。這次來信不提你病休情況，也不講你已否上班，似乎你是經過特許，脫離工作的。看來，你的心目中根本就沒有本職工作，我為你這樣下去感到十分擔憂，不知你自己認為如何？你要求調動工作都快一年了，報告也批了，你就利用這個不戰不和的局面，逍遙自在地搞寫作。這種算盤，自以為聰明，其實最後總要吃虧的。這樣的例證並不少。我們應當從別人身敗名裂的悲劇中吸取教訓，如果等身敗名裂輪到自己頭上，後悔就來不及了。所以我要求你當機立斷，痛下決心，認真把本職工作做好。要是絲綢廠還能幹下去，那就用實際行

動表明自己棄舊圖新的決心；要是在絲綢廠一定蹲不下去，那就趕快選定新廠，「重打鑼鼓另開張」，踏踏實實地從頭做起。無論如何，這種不戰不和的局面再不能繼續下去了。

三、你也許有這樣的打算，憑著這樣寫寫搞搞，擴大社會聯繫，引起各方重視，總有一天會調到文藝單位去。這種打算是很不現實的。姑不論文藝單位是否比企業單位好，就算某個文藝單位真的看中你，它也不能擅自吸收，必須按組織原則辦事。按照組織原則，就必須由原單位黨委推薦，黨委的推薦，不光是看你的寫作能力，更重要的是看你的政治表現和工作表現。因此，即許你有到文藝單位工作的願望，首先的和主要的也還是從搞好本職工作開始。你年齡並不大，精力很充沛，還沒走完你的黃金時代。只要你正確處理正業與副業的關係，在做一個名副其實的工人的同時，做一個名副其實的工人作者，那是完全有可能取得比現在更大、更好的成就的。如果你依然沉迷在幻想裡，照現在這樣胡搞下去，那就必然虛度歲月，浪費青春，到頭來只能是「竹籃打水一場空」，落得個「東不成，西不就」的狼狽相。

四、寄來的歌詞還好，我提幾點意見供你參考：1、提示歌詞感情的一句，應改為「頌贊地、懷念地」。2、第一首第一句：「中華民族」習慣上只當作漢族理解，毛主席是中國各族人民的偉大領袖，只說中華民族是不夠的，最好改為「中國人民」。3、第一首第四句，「人民」前面加「各族」二字。4、第一首第五句，「高高飄揚」四字刪去，改為「天安門上空」，原句成為「天安門上空的紅旗呵」。5、第一首第六句，「嫣美如畫」改為「分外光彩」，原句成為「為什麼分外光彩？」順便說一下，「嫣美」這個詞是你自己硬造的，不合於漢語的習慣用法。「嫣」，有紅的意思（指花卉而言）。成語有所謂「姹紫嫣紅」，就是描寫百花燦嫣的景象。你有時愛用連自己也不完全明白的字詞，這是寫作上最忌的毛病，要堅決改正。6、第一首第八句全部刪去，改為「開闢了通向共產主義的世界」。詩歌重在抒發感情，引起想像，而不要就事論事，光在旗幟的顏色上做文章。7、第一首最後一句，可改成「我們永遠向前，永遠豪邁！」第二首最後一句也照這樣改。這不但表現了化

悲痛為力量，繼承毛主席遺志的工人階級的雄偉氣魄，而且糾正了用單音詞「邁」字收尾的缺點。我們知道，現代漢語中絕大多數是雙音詞，單音詞很少用，尤其不宜用在詩歌中。原句的「邁」，作「邁開」解，指步伐而言。改句的「邁」，作「豪邁」解，指氣勢而言。這在意境上、力量上都迥然不同，應細心體會。8、為了概括全篇，結尾可加「毛主席的豐功偉績，永垂千秋萬代」兩句。第二首同。9、第二首第二句，習慣上都是說「春光常在」，沒見過說春景常在的，「景」字以改「光」字為好。10、第二首第四句，本來沒有毛病，不需要改，但因為「開」字是第一聲，而你的歌詞全部都是用懷來轍的第三聲押韻，這句的「開「字必須唱成「凱」字音才行。從全篇來看，這是很不協調的，所以我想把這句改為「催動了百花大放異彩」，這當然不及「盛開」那麼簡練，為人們熟悉，但解決了押韻不協調的問題，而且也跟第一首第四句字數相等。附帶講一下，在懷來轍中，可用的詞，尤其是雙音詞是不多的，今後盡可能不用，以免束縛自己。

五、「按既定方針辦」，這是毛主席的囑咐，原話不能有任何更動。你打算再寫一首歌詞，題目是〈按毛主席的既定方針辦〉，這樣把毛主席囑咐的原話拆開來是不能允許的，最好是題作〈堅決「按既定方針辦」〉。關於《山村放映員》那篇相聲，我看不必帶到創作會議上去。一來不合當前形勢，二來修改也很費力。好在時間還有將近一個月，你完全來得及另寫一篇。是否以歌頌在深入批鄧、反擊右傾翻案風的鬥爭中的英雄人物為題材，望加考慮。

由於前一個時期你們不來信，我精神上受的折磨比腳上負傷的痛苦還要重大，目前還在服安神補心丸之類的藥品。所以不能在上述兩個作品中對你有所幫助，希望你獨立思考，獨立工作，充分發揮主觀能動作用。在這個基礎上，我提些意見倒是可以的。

六、作為終身伴侶，女方比男方小個十歲八歲，倒也不算什麼。問題是一定要堅持不強人所難這個原則。如果小趙估計到將來有所礙難，特別是來自家庭的阻撓，我們當然不好勉強人家；如果小趙下定決心，我們當然也不能辜負人家的好意。在她堅定信心以後，要幫助她加強學習，認真讀書，幫助她通過藝術實踐掌握專業

知識，不斷提高政治思想水準和文化、藝術水準。經濟方面，也要盡可能給以支援，同時也要做好成家的物質準備。

七、聽大哥說，他將把你買的自行車帶回去。對新車子要注意保養和管理，要嚴格執行「非親不借，非哈不騎」的規定。東西來之不易，要多加愛惜。

八、聽說你們弟兄間關係有點緊張，不知真相如何，我對此很關心。希望你們務必以大局為重，不要在感情上留下裂痕。一般的問題，要採取互相讓步的態度；發生爭執，則可擺事實，講道理，用各自多作自我批評的方法求得解決，不能把事態擴大，不能把話悶在心裡而成為成見。這一點，由你負責轉告二、三哥和小七。

九、這封信開頭講的三條，對你現在和將來都有重大的意義。要求你多看幾遍，多想幾遍，並且用實際行動來表明你的認識和決心。

十、附信一件，立轉三哥，不得延誤（把家裡那本《農村醫生手冊》帶去）。

致節日的祝賀並問小趙好！

父字（1976年）9月28日

*今年第十期的《學習與批判》，望務必設法買到。

*恐怕媽媽忘記，你可記住，老馬來時，可將1、修好的手錶；2、舊的床單（但要補好）；3、茶葉等件帶來。

❖ 與子曉斯書（二）

一九七六年十月一日

曉斯：

9月28日信想已收到。

二哥學習忙，媽媽事情多，今後寫信給我，由你負主要責任。信要來得及時，談的問題盡可能詳細些。對我問到的事情，一定要明確答覆，尤其要注意不能把寫好的信壓下十多天才發。

9月28日給媽媽的信中談到上訪的問題，不知你們研究了沒有？我急於聽聽你們的意見，同時也希望聽聽一些老首長、老熟人的意

見，最好能在十月上半月內，把你們的和別人的看法告訴我。

9月28日給你的信上開頭講的三條，務望深入考慮，積極行動起來，不要使我老是為你擔心。你們弟兄間的關係，也應該趨向緩和才好。

小五、小七和小九的情況，也是我所關心的，來信望能談到。

附去給三哥的信，不知轉給他沒有？這關係到小達吉的健康，要抓緊轉去。

大哥如來家，你告訴他，9月28日我有一封信給他。

寫了一首歌詞寄來，可酌。

《進軍》的字數再壓縮一下，最好不超過八千字。

國慶日你們過得如何？小趙常來否？

祝好！

父字國慶下午（1976年10月1日）

附：

1、問問媽媽，我的睡帽可打好？打好即交老馬帶來。

2、我現有的長褲都是補過的，不能穿到外面去。你們如有沒補過的舊長褲，不論黑、灰、藍色，望帶一條來。如沒有就算了。不必另做。

3、前信講的那首歌詞，第二段第四句仍用「哺育著滿園百花盛開」。

✳ 與子曉斯書（三）

一九七六年十月十九日

小四：

10月16日和18日的兩封信以及附去的《食堂紀聞》初稿想已收到。

現附來訂正一份，希照此修改，抓緊謄寫出來，能打印幾份更好。這個劇本能配合形勢，有一定教育意義，可以帶去參加創作會議，聽取有關方面的意見。如果不去參加創作會議，則可寄給《人民文學》或《人民戲劇》，寄出前最好再經我看一遍。

10月13日來信，雖然寥寥幾句，但文字上的復辟倒退的表現不少。關於「該人」「該編輯」這樣的詞語，我已講過了，現在再舉幾個例子：

1、「二哥偕小謝昨自常州回肥」。這裡的「偕」字並不是簡單地當作「和」「同」「與」解，這點我過去跟你講過。用「偕」字，不但有長對幼的意思，而且有主動對被動的意思。如果小謝沒有任務，僅僅和二哥一道回來，那麼，用個「偕」字也還說得過去。但是，小謝是去學習，二哥是出差，兩人都有任務，說不上誰是主動，誰是被動。現在你用「偕」字，似乎小謝本身沒有目的，完全是聽二哥的。

2、「上次馬氏帶去的東西」。明明是老馬，為什麼要說成「馬氏」呢？並不是張三李四王二麻子都可以說成「張氏」「李氏」「王氏」。凡是在姓下面加一「氏」，必然是知名人士，社會上都知道的。一個普通人誰也不會把他說成「某氏」。

3、「能否代為杜撰幾句」。什麼叫「杜撰」？毫無根據編造出來叫做「杜撰」。我替你寫幾句詩，能說「杜撰」嗎？寫詩，寫小說，寫文章，都是現實生活在作者頭腦中的反映，都是有根源的，都不能說成是「杜撰」。

生為現代人，專用古字眼，一也；自己不懂，假充內行，二也；學到一點皮毛，就拿出來賣弄，三也。這三點，我認為是很可恥的。所以我一見到你信上的「偕」「該」「氏」「系」「杜撰」等等，我就感到肉麻，渾身起雞皮疙瘩，恨不得劈臉打你兩個耳光。自稱愛好文藝，有志寫作的人，居然連日常應用文也大出洋相，假如你給別人寫個便條，寫個留言，也是這樣文乎文乎，一定要鬧大笑話。

現代語文表情達意並不比文言差，甚至還超過文言。「五四」運動就是從反對文言，提倡白話開始的。這個鬥爭在你身上還在繼續著，你應該嚴肅地看待這個問題，這不是小事！你是很愛名，很爭面子的人，要是連個便條，連封信也寫不好，人們將怎樣評論你，這點你該知道。你在這方面受了不倫不類的影響，而且影響很深，由來已久，不下決心，狠心，是改不掉的。

何時去淮南，望給我來信。

祝好

父字（1976年）10月19日

*寄回50元收到否？

《食堂紀聞》要訂正幾處：

一、「王：我是說你自己應該講一講。」改為「王：我是說你應該早講出來。」

二、「丁：那麼，依王科長的意思……」改為「丁：（偵察對方）那麼，依王科長的意思……」

三、丁有一段台詞，應按以下更正：

丁：（嚴正譴責）什麼理想？乾淨，清閒，不幹活，就是理想嗎？當作幹部使用，高踞工人之上，就是理想嗎？食堂的炊事員不少，你不「關心」別人，為什麼偏偏「關心」我？你安的什麼心？你打的什麼主意？（稍停）你以為我貪名、圖利、向上爬，只要給我一點甜頭，我就會上你的鉤。告訴你，你看錯了形勢，打錯了算盤。毛主席的紅衛兵，經過文化大革命，用馬列主義、毛澤東思想武裝頭腦，是不吃你這一套的。（稍停）王科長，你掛著共產黨員的牌子，打著社會主義的旗號，利用職權，顛倒是非，你對上，捧！捧！捧！對下，你壓！壓！壓！你想的，說的，做的，都是些什麼？你是為無產階級服務，還是給資產階級效勞？你到底算是哪一家的幹部？

（小丁邊說邊逼近老王，老王狼狽萬狀，完全處於被審判的地位。）

丁：（轉向大家）同志們，王科長要調我到倉庫去，是因為工作需要嗎？是根據組織決定嗎？不是的！大家都看到，為了買不到糖醋燒魚，王科長大發雷霆，要我作檢查。可是，一轉身，又要調我到倉庫當幹部。他一會兒唱黑臉，一會兒唱紅臉；一會兒疾言厲色，一會兒甜言蜜語；一會兒把你踩在腳下，一會兒把你捧上天。他為什麼變得這麼快，這個一百八十度的彎子是怎樣轉過來的？（一頓）說穿了，就因為我是老書記的內侄女，他想把我捧起來，在老書記面前討好，從我身上撈到他所希望的東西。這種人不講原

則，不擇手段，用人民給他的權力，來謀取個人的利益。同志們看一看，這是什麼貨色？發出來的是什麼氣味？

《食》劇中小丁有幾處台詞，望照以下更正：

1、丁：不，還是我去。（向張）班長，我考慮不光是把兩份糖醋燒魚送去，還應該代表炊事班向他們作檢討，表明我們打破老規矩，限制資產階級法權的決心。（向小李）你去寫篇稿子，公開檢討我們在工作中對幹部和工人有兩樣看法的錯誤，同時把剛才大家講的那些意見整理出來，表示我們改正錯誤的決心。稿子給班長看過以後，馬上寫成大字報貼出來。

2、丁：（嚴正譴責）什麼理想？乾淨，清閒，不幹活，就是理想嗎？當作幹部使用，高踞工人之上，就是理想嗎？食堂的炊事員不少，你不「關心」別人，為什麼單單「關心」我？你安的什麼心？你打的什麼主意？（稍停）在你的眼裡，炊事員是卑賤的，只有當官做老爺，騎在人民頭上，才有出息，有威風，才算是人上之人，所以你才想盡辦法來「關心」我。你以為我貪名、圖利、向上爬，只要舔到一點甜頭，就會上你的鉤。告訴你！毛主席的紅衛兵，經過無產階級文化大革命，用馬列主義、毛澤東思想武裝頭腦，是不吃你這一套的！（稍停）王科長，你掛著共產黨員的牌子，打著社會主義的旗號，利用職權，顛倒是非，你對上，捧！捧！捧！對下，你壓！壓！壓！你是為無產階級服務，還是給資產階級效勞？你到底算是哪一家的幹部？

（小丁邊說邊逼近老王，老王面紅耳赤，狼狽萬狀。）

丁：（轉向大家）同志們，王科長要調我到倉庫去，是因為工作需要嗎？是根據組織決定嗎？不是的！大家都看到，因為我們執行制度，補給幹部開後門，王科長大發雷霆，要我作檢查。可是，一轉身，他又要調我到倉庫當幹部。他一會兒唱黑臉，一會兒唱紅臉；一會兒疾言厲色，一會兒甜言蜜語；一會兒把你踩在腳下，一會兒把你捧上天。他為什麼變得這麼快，這個一百八十度的彎子是怎樣轉過來的？說穿了，就因為我是老書記的內侄女，他想把我捧起來，在老書記面前討好，從我身上撈到他所希望的東西。這種人，不講原則，不擇手段，削尖腦袋，有縫就鑽。大家看一看，他

的思想是什麼貨色？那裡面發出的是什麼氣味？

3、丁：（激情昂揚）同志們，今天食堂發生兩件事：一件是賣不賣糖醋燒魚，一件是調我到倉庫，兩件事都是在資產階級法權這個問題上做文章。廣大革命群眾要限制資產階級法權，奔共產主義，可是，有些人卻拼命抱住資產階級法權，捨不得丟掉這個命根子。為什麼對幹部和工人有兩樣看法？為什麼有的人可以特殊化？為什麼炊事員比人低一等？為什麼首長的親屬就要另眼看待？這些問題都是值得我們深思的。劉少奇、林彪、鄧小平都鼓吹「階級鬥爭熄滅論」，鄧小平還胡說什麼「階級鬥爭哪能天天講」，今天發生的兩件事，就徹底粉碎了他們的謬論。可見在我們食堂裡，兩個階級、兩條路線的鬥爭從來沒停止過。今天的一場鬥爭，僅僅是把問題暴露出來，以後我們還要長期作戰。所以我們必須更加努力學習馬克思主義、列寧主義、毛澤東思想，在上層建築和經濟基礎兩個方面深入持久地進行社會主義革命，把批鄧、反擊右傾翻案風的偉大鬥爭進行到底。

《食》劇尚有幾處訂正：

1、萬：（掩飾）是這樣，是這樣，她是那會看見的，這會確實賣完了。

這裡的「萬：」後加「（掩飾）」。

2、王：（望著小李的背影）真是莫名其妙！

這裡在「王：」後加「（望著小李的背影）」。

3、王：（打量小丁）你是二食堂的炊事員嗎？

這裡在「王：」後加「（打量小丁）」。

4、丁：（泰然自若）是的。

這裡在「丁：」後加「（泰然自若）」。

5、丁：……你以為我會貪名、圖利、往上爬，只要舔到一點甜頭，……

這裡把「投下一點食餌」改為「舔到一點甜頭」。

6、丁：……胡說什麼「階級鬥爭哪能天天講」。

這裡把原稿中的「說」字改為「胡說什麼」。

*注意：

1、張班長與王科長爭論後，王說到倉庫看看房子，張說資產階級法權思想嚴重這兩段可刪去，緊接張不滿意地走進炊事房，王打電話。

2、凡是銜接處，都要照應上下文，不能留下修補的痕跡。

❋ 與子曉斯書（四）

小四：

10月21、22日信閱悉。

《食》劇所反映的生活有相當普遍的意義，不可等閒視之。你雖然把它（照你的說法，又是「該劇」了）整理了一遍，但從你的來信看，你並未完全理解它的意義，也沒充分領略其中的滋味。你讀書、看作品比較粗糙，往往是走馬觀花，一瞥而過，或者只欣賞其中某一個饒有風趣的情節，因而流於庸俗化和趣味化，這是你在寫作方面進步不大的一個原因。今後閱讀文藝作品，應當從政治標準和藝術標準兩個方面深入分析，結合自己的認識和體驗，通過想像加以評定，從中吸取自己所需要的營養。這樣閱讀，才有進益。

至於《食》劇的發表問題，完全用不著顧慮。我覺得，這個劇本（在你可能又要用該劇）符合以階級鬥爭為綱的精神，符合黨的基本路線，符合無產階級專政下繼續革命的方向。雖然文藝界在人事方面可能有某些變動，但文藝作品中描寫無產階級英雄人物與新老資產階級分子及黨內走資派的鬥爭，還是必要的。某些人有這樣那樣的擔心，那是由於他們對政治形勢認識不清，不久可能就會明確起來。我們不應當跟著別人胡猜亂想，而應當堅持把這個劇本修改好。

關於劇名，我預先就想到，根據你的水準可能有不同看法，所以在前信中即加以說明。果然不錯，你這次來信提出了改名《窗

口》的主張。你的意見究竟對不對呢？我們來研究一下。提到「窗口」，人們馬上想到的是「窗戶口」，「窗子口」，絕不會有人想到這是指的食堂賣飯的「窗口」。即使有人想到這是指賣飯的「窗口」，但「窗口」一名並不能概括此劇的內容。說它是開門見山，不像；說它是含蓄不露，也不像，只能是非驢非馬，不倫不類，真的拿出去是一定要鬧笑話的。你可能是根據眾炊事員從窗口伸出頭來，阻止王科長買魚這個戲劇性的動作而想出來的劇名。其實，這個動作在全劇中並無關鍵性的意義，以這作劇名，是完全不適當的。如果用出去，只能表明作者的低能。我在上面說過，你閱讀作品流於庸俗化和趣味化，這就是一個證明。你不同意用《食堂紀聞》作劇名，理由是題目像通訊。古往今來，從沒有人規定過什麼樣的文章一定要用什麼樣的題目，《平原作戰》《紅色娘子軍》完全不是京劇習慣上用的劇名，但並不妨礙它的存在。且不說《食堂紀聞》不一定是通訊的專用題目，縱然是通訊的專用題目，借用於戲劇，更顯得別開生面，饒有風趣。為什麼一定要跟在別人的屁股後面，依樣畫葫蘆呢？這個劇本的劇名，我想了好幾個，開始想用《這是小事嗎？》《食堂裡的硝煙》，後來覺得這樣的劇名太露，又想改為《風華正茂》（這是毛主席《沁園春·長沙》中的一句），最後才決定用《食堂紀聞》。這個劇名妙就妙在「紀聞」二字。「紀聞」者，記所見所聞也。究竟何所見所聞呢？讀者和觀眾只好懷著滿腹狐疑，耐心看下去。內容分明是嚴肅的事件，卻偏用一個平淡的劇名，正是作者賣關子處。劇中分明有所褒貶，卻偏用一個旁觀的題目，這也是作者故弄玄虛。這些地方，都要細心領略，才能識得其中滋味。當然，你保存和整理了原稿，不能埋沒你的一份功勞。為了尊重你的意見，可由你在《食堂紀聞》《風華正茂》《食堂裡的硝煙》三者中選定一個作為劇名，但千萬不能用《窗口》。

你們弟兄既已和好，我很欣慰，望繼續鞏固和加強你們的團結。今後遇到矛盾，一般問題可採取讓步和諒解的態度，重大問題可以擺到桌面上，分清是非，各自多作自我批評，在新的基礎上取得新的團結，不能重複過去的做法。

家裡有條西褲，如無人穿，可交人帶來。其他不需。

我日夜盼望小五的消息，如已定奪，速告。

我於九月底給大哥一信，至今未見覆，不知他近來有信到家否？

你可介紹你熟悉的老中醫給小謝看看病，她的病不治不行，不能拖延。

明年訂閱哪些刊物，有打算否？

給我向媽媽問好。

祝好

父字（1976年）10月27日

❋ 與子曉斯書（五）

一九八六年四月十四日

曉斯：

四月九日信悉、簡覆於下：

一、你的工作問題，可按既定計劃去做，北京如無吸引人的地方，自以回肥為宜。

二、海珊正恢復中，惟江山易改，本性難移耳。

三、莎莎要我打電話（她的玩具）叫你回來，已囑阿姨悉心照管，可勿念。

四、書以帶回為好，寄得太慢。如能搞到《新星》更好。《電大學刊》如何？

五、已給時紅軍寫了三篇，其一被爾宜截留了。

六、本月十八日起，省政協開會，會期預定九天。

七、你媽腰痛未癒，北京有良方否？

八、我的稿子尚未見到。

九、有暇望到朱林甫處，為我致意。

十、記得湖南或四川曾出版《四書》，即《中庸》《論語》《上孟》《下孟》，不知有無出售，望能搞到一部。

十一、莎莎與我約定，今天由她媽帶回來。此刻時近下午，仍未見到。

其餘一切正常，不贅。仍望有信來。

即詢近佳

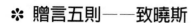

父字（1986年）4月14日

❀ 贈言五則——致曉斯

1·面臨人生歷程的轉折關頭，必須首先分析和適應即將到來的生活環境、工作環境、社會環境和人事環境，並善於處理在這些環境中可能出現的矛盾。

2·「利令智昏」，名也令智昏，一切滿足主觀欲望的東西，都足以令人喪失理智，而一旦失去理智，必然會幹出蠢事、錯事、壞事來。因此，凡是自己認為得意的地方和得意的時候，特別要保持頭腦清醒，不賣弄，不張揚，不飄飄然。古人說：「實至名歸」，只要實際上做出成績，名望自然會歸到自己身上。切記自我標榜，貽笑大方。

3·做人做事，要留有餘地。話不可說過頭，事不可個人獨攬，盡最大可能不使自己陷於被動。即使在不利情況下，也要設法擺脫被動，爭取主動。所謂「凡事預則立」，這個「預」，不僅指行動上的計畫，同時也指思想上的準備。有了這個準備，為人處世，就會得心應手，措置裕如。這就是掌握主動。

4·鋒芒要收斂，謀慮要深遠，目標要明晰，步伐要穩妥，反省要及時。這是一個人成熟的標誌。望好自為之。

5·時時處處注意安全和健康，尤須戒除英雄好漢式的奢談和豪飲。

（寫於哈曉斯調京前夕1996年7月）

❀ 與子曉斯書（六）

二〇〇〇年八月二十八日

曉斯：

你離社調部的想法，我已在電話中告誡，放心不下，特再申說如次：

……目前談調走，實在是有百害而無一利，一念之差，可不慎哉！當然，有時心血來潮，思緒浮躁，也可以關起門來，在家裡發發牢騷，講些偏激話，但絕不能為外人道。人心險惡，世道詭譎，口舌取快，後果難測。古人教導後人：「慎言慎行」，「禍從口入」，「逢人只說三分話，未可全拋一片心」。這些處世箴言，在今天仍不失其借鑒作用。

你想調動的原因是報社工作太忙。的確，辦報是苦差事（同時它能使人獲得在其他行業所不能獲得的知識和能力，乃至養成異乎常人的感覺、思維和氣質），但既幹這一行，就得適應這一行的特點。職責所在，不得不忙。忙不可怕，怕的是又忙又亂，無章可循。只要按照工作規律，合理分工，照章辦事，完全可以做到忙而不亂，舉重若輕。

你所講的忙，可能來自兩個方面：其一是分工不明細，職責不明確，形成互相交叉，互相推諉，忙的忙死，閒的閒死的混亂局面。這要從體制上去解決。其二是個人大包大攬，把不屬於自己職責範圍的工作都承擔起來，自己忙得要命，別人嘖有怨言，吃力不討好，裡外劃不來。在一個單位裡，代替上級職權叫越權（上級授權除外），代替同級職責叫擅權，代替下級職責叫攬權，三者都不算是優良的領導。特別是對下級，應該在自己精心指導下讓他們挑擔子，既鍛煉了他們，又減少了自己的辛勞。作為集體的負責人，能把自己的部屬培養成為可用之材，也是一件了不起的功績。

今後處世治事，望更加成熟，更加明智，更加幹練。

為你們一家祝福！

父親　2000年8月28日

✻ 與女曉君書

一九七四年至一九七五年

◈ 函調與招工

小五：

今天到鐘鳴郵局寄錢回家，同時把11月12日寫的信寄給你。回

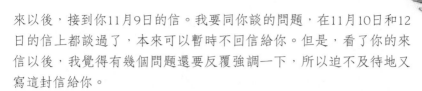

來以後，接到你11月9日的信。我要同你談的問題，在11月10日和12日的信上都談過了，本來可以暫時不回信給你。但是，看了你的來信以後，我覺得有幾個問題還要反覆強調一下，所以迫不及待地又寫這封信給你。

第一，要特別抓緊函調，一定要千方百計催促你們那邊的組織儘快寫信來，把我的問題瞭解清楚，記在你的檔案上。這是一個很重要很重要的政治條件，無論招工或者上學，都要通過政審，抓住了這個政治條件，你的問題就等於解決了一半。所以你一定要高度重視這個問題，積極行動起來，不能有一點拖延和耽誤。我為什麼對這個問題這麼急呢？第一，招工很快要開始，第二，「五七」小組12月要換人，所以一定要趕在招工以前，趕在老趙、老薛回去以前，把這個問題搞好。否則，以後又要費一番周折。關於1948年冬至1949年春我在合肥的一段歷史，過去我已向組織交代，這次寫的那份材料，我又送給黨支部，黨支部表示沒有意見，可以由我寄來，並且提出要你們那邊組織來函調。從種種跡象來看，組織上對我的問題是瞭解的，也會按照黨的政策正確對待的，所以這次函調對你的問題只能有利，不會有害，希望你完全放心，不必有任何顧慮。目前的問題就是如何催促他們儘快來函調。這一點，就要看你的了。

第二、在社會主義制度下，我們的一切問題都只能依靠組織來解決，而不能把希望完全寄託在某個人的身上，這是一個組織原則。你年紀輕，經驗少，對這些道理可能還不大懂，但是一定要慢慢學會，要加強組織觀念。比如說，老趙、老薛對你比較瞭解，也能從各方面幫助你，這當然是好的。但是他們到底是個人，個人不能代替組織，而且他們是市里調來蹲點的，在公社有一定的期限。到了期限，他們就要調回去。如果你完全依靠他們，他們調走，以後怎麼辦呢？用你的話來講，就是「能不能碰到這樣的好心人呢？」所以我們的一切問題不能依靠個人，必須依靠組織。組織就是黨的領導，個人可以調走，組織不會調走。從你現在的情況說，依靠組織就是依靠大隊黨支部，依靠公社黨委，依靠縣、市委，只有緊緊依靠組織，才能很好的解決自己的問題。我所以一再要你催促你們那邊組織儘快來函調，把我的問題搞清楚，記在你的檔案

423

上，也就是為了依靠組織而採取的一種做法。根據你每次來信看，你同老趙、老薛的關係是處得很好的，但是你同大隊黨支部以及公社黨委的關係可能很不夠，這不能不說是你的一個薄弱環節。如果你不依靠當地黨組織，將來老趙、老薛他們調走了，新換來的人又對你不熟悉，那時你又依靠誰呢？所以講來講去，我要提醒你，一定要加強組織觀念，一定要依靠組織。現在趁著老趙、老薛他們還沒走，你應該抓緊時間，通過他們把你同大隊黨支部以及公社黨委的關係搞好。這一點很重要，不能忽視。這次招工，可能是12月或1月，那時老趙、老薛已經調走，新來的人對你還不瞭解，插不上手，幫不上忙，那時你的去留問題，就只能由組織來安排，所以一定要在這個時間把你同各級黨組織的關係搞好。

第三，入團問題也應該引起重視，因為這也是一個政治條件。當然，入團是為了政治上的進步，為了更好地把自己培養成為無產階級革命事業的接班人，並不是為了招工。但是不管將來怎麼樣，這個政治條件是必須積極爭取的。我的意見，通過函調把我的問題搞清以後，你可以再一次向組織上提出這個要求。那時，如果老趙、老薛還沒走，可以請他們把你的要求反映給組織，並請他們給你以幫助。如果他們調走了，你也可以直接向組織提出，不要愛面子，不要有這樣那樣的顧慮，不要患得患失，應該老老實實地提出自己的要求和願望。以前，團組織說你的家庭問題不清楚，可是他們又不去調查，這是他們的責任。在談的時候，可以提出這一點。但是說話要婉轉，要誠懇，要有自我批評的精神，要站在維護組織的立場說話，切不可發牢騷，鬧脾氣，說怪話。

第四，這次招工，我同意你站出來讓祖國挑選。來信說，有不少人伸出熱情的手，願意幫助你，這當然很好。但是要好好計畫一下，這些力量如何組織起來，如何運用得當。哪些是有利條件，哪些是不利因素。如何消除阻力，爭取成功，這些問題都要事前打算好。打仗不能打無準備之仗，做事也是這樣，越計畫得細緻越好。我們現在不要激動，而是要冷靜下來，好好用心想一想。我不在家，不瞭解情況，你可與二、三、四哥多多研究，寧可把困難估計得多一些，把阻力估計得大一些，不要盲目樂觀，不要自信太過，

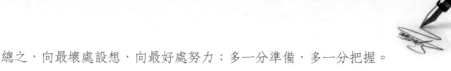

總之，向最壞處設想，向最好處努力；多一分準備，多一分把握。

第五、目前你應當像往常一樣安心生產勞動，不能分散精力，造成不好的影響。即使今年招工不成，只要政治條件具備了，明年還可以爭取上大學，所以要有兩套準備，不要洩勁，不要悲觀，努力總是有收穫的。

祝好

父字（1974年）11月15日

附：

你們組織上是否決定函調，何時函調，望告訴我。

轉告老薛，我感謝他對我的好意。我要回家一定去看他。

我看你寫字筆劃比較粗，是不是鋼筆用得太久了？要不要另換一支？要換，叫家裡給你買。

冬天到了，要格外保重身體！

我一切尚好，不必掛念。

425

◇ 我的政治歷史情況

小五：

昨天下午接到你9月10日的來信，我又難過又激動，整個晚上，思前想後，翻來覆去，一直到天明。我難過的是，由於我的問題，影響了你的成長，妨礙了你的進步，我感到很對不起你。我激動的是，公社「五七」小組負責人對你十分關心，甚至要通過外調搞清我的問題。由此可見，在毛主席無產階級革命路線指引下，你們青年一代的前途是非常廣闊的，雖然在前進的道路上，會碰到這樣那樣的挫折，但這只是暫時的、個別的現象，只要我們緊跟毛主席幹一輩子革命，我們就必然能夠獲得一個美好的將來。對於這一點，我們一定要有堅定的信心。

下面，我先講講我的政治歷史情況：

我生下來不久，你曾祖父死了。我三歲時，你祖父又死了。我們是城市人口，沒有財產，沒有職業，全靠你曾祖母和你祖母做針線維持家庭生活。到我十二歲時，你曾祖母又死了。你祖母帶著我搬到我外祖父家住，依靠我外祖父生活。那時我家很貧窮，所以解

書信輯存

放以後，我的家庭成分定為城市貧民。

　　我六歲開始上私塾讀書，八歲考入廣西省立第二師範附屬小學三年級。十二歲小學畢業，考入廣西省立第三初級中學。初中畢業後，以成績優秀免考送進廣西省立第三高級中學。上小學的時候，學費很少，家裡還出得起。上初中以後，學費就完全靠變賣你祖母陪嫁的首飾和衣服來解決。我在高中念了一年半，你祖母陪嫁的首飾和衣服都賣光了，再也無法交學費，所以我只得休學回家。好多人都以為我上過大學，其實我念高中還沒畢業。我現有的文化水準，完全是在工作中鍛煉得來的。

　　我休學以後，很想找工作做。可是在舊社會，沒有關係是找不到工作的。你曾祖父和祖父都死得早，親戚中又都是小商小販，他們都無法給我介紹工作。在這個期間，我幫學校抄寫講義，也辦過補習班，還當了兩個月的文書。反正做的時間不長，失業的時候多。直到1933年我十九歲的時候，才得到一個高中同學的介紹，到陽朔縣（離桂林90里）蓮花鄉中心學校當教員，幹了半年，那個同學調走，我又失業了。我在初中時，就喜歡寫文章，常常向報社投稿。失業的時候，寫的文章更多，因此引起了《桂林日報》總編輯周振綱的注意，後來他約我當報社的通訊員，沒有工資，只拿稿費，這樣過了一年多。1935年秋天，周振綱不當總編輯，到桂林婦女工讀學校當教導主任，他要我到這個學校的初中部當教員。1935年冬天，廣西省會由南寧遷到桂林[1]。《南寧民國日報》和《桂林日報》合併成一個大報，很需要新聞記者。報社的人瞭解我過去經常寫稿，就要我去當新聞記者。所以我就辭掉了桂林婦女工讀學校的教員，專幹《廣西日報》的新聞記者。

　　1937年7月，抗日戰爭爆發。那時，一般青年的抗日熱情很高，紛紛要求到前線去。我也提出了要求，但因找不到適當的人來接替我的工作，所以沒能批准。直到1938年7月，才同意我以《廣西日報》特派記者的名義到前線去。到了武漢，國民黨軍隊改設政治部，我被派到陸軍189師政治部第一科（主辦民運）當上尉科員，同時兼《廣西日報》特派記者。1939年2月，我被提升為陸軍189師

[1]　此處記憶有誤，廣西省會由南寧遷至桂林時間為1936年10月。

566團少校政治指導員。1939年10月，在湖北棗陽集體參加國民黨。1940年5月，調陸軍189師師部少校秘書。1941年2月，到安徽省地方行政幹部訓練團黨政班受訓。從1941年3月到1942年8月，在安徽省地方行政幹部訓練團訓導處第一科（主辦政治教育）當中校科長。1942年9月至12月，在安徽省貞幹中學高中部當教員。1943年3月至1944年8月，在湖北老河口光谷警備司令部當中校秘書。1944年8月至1945年3月，在第五戰區《陣中日報》當編輯。1945年3月至1945年10月，任第五戰區司令長官部上校參議兼《陣中日報》總編輯、代理社長。1945年10月至1945年12月，任第五戰區司令長官部上校參議兼《群力報》總經理。1946年1月至10月，任鄭州綏靖公署上校參議兼《群力報》副社長、社長、主筆。1946年11月至12月，任整編41師政治部上校秘書。1947年2月至4月，任《生力日報》總編輯。1947年5月至1948年2月，在河南鄭州失業，靠寫稿及推銷報紙為生。1948年3月至9月，任《華北日報晚刊》社長。自此以後，又沒有工作。1948年10月來到合肥，參加中國民主同盟地下組織。通過民盟介紹與皖西軍區三分區政委唐曉光聯繫，在合肥幫助共產黨做地下工作，直到1949年1月合肥解放。合肥解放後，由合肥市軍管會供給我們一家的生活，後來又介紹我到華東野戰軍隨營軍政幹部學校學習。1949年11月，分配到皖北行署榮軍管理局工作，以後在安徽省民政廳系統工作直到1959年5月。我最後的級別是行政17級。1959年5月，審幹結束，經省民政廳研究，把我定為歷史反革命，撤銷職務，參加體力勞動，每月發給生活費80元。以後就一直在工交系統勞動。1969年2月起，順風山鐵礦每月只給45元。經過要求，從1969年10月起，每月改發60元，過去少發的未補發。

　　以上就是我的政治歷史的大略情況。有一個問題要說明的，就是我在國民黨已幹到上校的地位，為什麼一下子過來幫共產黨做地下工作呢？我上小學時，正是第一次國內革命戰爭。那時國共合作，我們學校裡有些老師就是共產黨員，他們介紹我看關於十月革命的書和馬列主義的書，在我頭腦裡留下深刻的印象。後來我上中學時，由於廣西軍閥和蔣介石鬧對立，許多進步的書可以公開看，這對我也有影響。抗日戰爭期間，國共第二次合作，共產黨的報紙

和書籍我也能看到，同時也認識不少進步的青年。抗日戰爭後期，我對蔣介石的反動統治也很不滿，只是由於小資產階級的軟弱性，不能丟掉現有的名位走向革命。抗日戰爭勝利後，我又受到國民黨的排擠和打擊，所以常常想另找出路。在這種情況下，經過民盟的介紹，我才決心脫離國民黨，投入革命隊伍。這是有思想根源和社會根源的。

我在歷史上幹過反革命的職務，這一點不假。但是根據黨的政策，凡是解放前對革命有過貢獻的，可以不定為反革命分子。因此，我參加工作以後，就把自己的歷史全部交代清楚，而組織上也很信任。十年之間，從幹事提到秘書、科長、主任。1959年，正當反右傾，曾希聖在安徽推行形左實右的路線，當時在民政廳的老首長都受了處分下放勞動去了，新來的劉青峰副廳長不瞭解情況，所以最後才給我作出那樣的結論。1962年甄別時，我曾向民政廳要求對我的問題重新審查，當時連民政廳黨委書記閻魁元也說：「你的處分是重了。」後來由於甄別停止，所以我的問題也未解決。現在我的問題有兩個關鍵：一個是根據黨的政策，分清兩類不同性質的矛盾。我幹反革命職務是歷史上的問題，解放前我在合肥對革命有過貢獻，可見我並不是反動到底。同時，我參加工作十年沒犯過錯誤，為什麼在參加革命十年之後又拉回來定為反革命呢？為什麼只看我歷史上壞的一面而不看我歷史上好的一面呢？這不是把革命隊伍裡的人推到反革命一邊嗎？要按這樣講，我的問題完全可以改變過來。另一個是民政廳對我的處分決定，那個處分決定是這樣寫的：「現確定哈庸凡為歷史反革命分子，行政撤職，參加體力勞動，每月發給生活費80元。」從文字上看，這個處分決定是將敵我矛盾作為人民內部矛盾處理的。因為這裡只說「參加體力勞動」，沒說「管制勞動」或「監督勞動」，而且每月發的生活費還不少。如果是作為敵我矛盾處理，就……（以下原信缺失）

附：二哥有何意見，望來信告知。

1975年9月17日

◇ 獨子不下放獨女怎麼辦

小五：

9月17日給你的信，想來已經收到。關於你上次來信提到的問題，我又反覆考慮了一下，我覺得「五·七」小組主動提出去搞外調，把我的問題徹底搞清楚，這是非常難得的機會，我們應當盡一切努力促使他們早日行動起來。我的問題搞清楚了，就可以從根本上改變別人對你的看法，從而使你能夠昂首闊步地前進。

我在歷史上雖然擔任過若干反動職務，但是，第一，我不是國民黨的當權派，我雖然幹到上校職務，仍然免不了受人排擠，甚至1947年我還失業。如果那時我有錢有勢，我就不會拋棄國民黨而另找出路了。那時很多人跑臺灣、跑香港，我為什麼不跑，就因為我對國民黨已經不抱任何希望了。第二，解放前夕，我在合肥秘密參加中國民主同盟（當時中國民主同盟是支持和擁護中國共產黨的，所以被國民黨認為是非法組織，通令禁止），這是我同國民黨決裂的一個具體行動。以後，通過中國民主同盟的關係，與皖西軍區三分區唐曉光政委聯繫，接受中國共產黨的領導，冒著生命危險，在合肥做地下工作，並協助中國人民解放軍解放合肥。這個事實，又是我同國民黨決裂的一個具體行動。雖然我對革命的貢獻不大，但至少可以說對人民做過一些有益的工作。第三，我參加工作以後，向組織上交代了全部歷史，並未對黨隱瞞。第四，我參加革命以後，在省民政廳系統下工作了十年，在政治上和工作上都沒有犯過錯誤。「三反」運動和反右派鬥爭中，我還是積極分子。第五，我受處分以後，認真看書學習，加強思想改造，廿多年來沒有發現新的問題。以上五條，有事實，有根據，有人證，有物證。因此，只要根據毛主席的無產階級政策，對我的歷史作實事求是的分析，就可以對我作出恰如其分的結論，這是可以肯定的。

以上講的五條，你也可以同「五·七」小組負責人談談。不過，在談的時候，要儘量客觀一些。你可以這樣說：「那時候，我還沒出世，我父親做了些什麼事，我完全不清楚。上面講的五條，都是根據他自己說的，是不是真實，請領導調查瞭解。」這

樣講，你就不是站在我這一邊，就不會讓別人說你劃不清界限。

　　爭取他們外調，重新審查我的問題，這是很必要的。但是，你在長豐縣，屬合肥市，我在順風山，屬銅陵市，這是兩個地區領導。同時，我的問題過去是由民政廳處理的，現在民政廳已經撤銷，民政廳遺留下來的問題，聽說是歸省直機關黨委處理。這樣，要搞外調，就要合肥市委、銅陵市委和省直黨委三方面聯繫起來搞，所以手續是比較麻煩的。這一點，你也可以跟他們商量，聽取他們的意見。你是下放的知識青年，他們有責任幫助你解決問題，而且外調又是他們自己提出來的，所以你正好緊緊地追下去，請他們務必搞個水落石出。

　　你上次給我的信，我已轉給二哥，我要他親自到你那裡跑一趟，一方面進一步瞭解情況，一方面找老薛談談，把情況徹底瞭解清楚，然後再計畫進行的辦法。不知二哥到你處去了沒有？如果他抽不出時間去，你可在國慶日請假回家同他詳細商量。

　　聽說現在有這樣的規定：獨子不下放。已經下放的獨子可以收回來安排工作。要是這個規定是確實的，那麼，獨女怎麼辦呢？我們現在正在批林批孔，要徹底砸爛幾千年傳留來的「重男輕女」的孔孟之道，那麼，在每一個問題上，男孩子同女孩子都要一樣看待。既然獨生的男孩子可以不下放，已經下放了的還可以收回去，那麼獨生的女孩子為什麼不可以照樣辦理呢？這個問題你可以向「五・七」小組提出來，請他們反映上去。我想，這是一個全國性的問題，可能要由中央統籌研究解決。但是，如果不提出來，就不會引起上級的注意。不過，在提的時候，不能把你自己擺進去，這不是為了你自己，而是為了一切獨生的女知識青年，也就是為了打破「重男輕女」的孔孟之道。至於你自己，你可以表示：一切聽從黨安排。

　　你在農村這幾年，收穫是很大的。但是，不能光聽別人的表揚，不能滿足現有的成就，除了踏踏實實地參加生產勞動，促進隊裡農業生產的發展以外，還要刻苦學習馬、列著作和毛主席著作，積極參加批林批孔，認真改造世界觀，不斷提高階級鬥爭、路線鬥爭和無產階級專政下繼續革命的覺悟。對破壞革命和生產

的階級敵人，要堅決打擊；對資本主義傾向，要堅決鬥爭；對傳播孔孟之道的舊思想、舊風俗，要徹底批判；對不符合毛主席革命路線的東西，要堅決抵制；對革命的新生事物，要熱情支持，對三大革命運動要積極參加；對毛主席、黨中央的號令，要熱烈響應；對貧下中農，要全心全意為他們服務；對集體的事情，要十分關心。總而言之，不計較個人得失，把一切力量都用到革命和生產上，時時處處嚴格要求自己。

我一切還好，不必掛念。

祝你進步

父字（1975年）9月22日

附：四哥出院後，到北京檢查身體去了。

◇ 大道理與小道理

小五：

你春節回家給我的信早已收到。由於我近來傷風感冒，生產又忙，所以也沒給你覆信。你近來的工作想必很忙吧？

你在信中談到，能招工就招工上來，不能招工就堅持在衛生院幹下去。這個打算是切合實際的，我很同意。無論做什麼事，都不能空想，也不能瞎著急。必須從實際出發，作可靠的打算。你現在對製藥工作已摸到一點頭緒，在領導支持和醫生幫助之下，只要自己努力鑽研，從實踐中積累經驗，是完全可以把這個工作學會做好的。在普及大寨縣的運動中，衛生革命也是一個重要的部分，所以你的工作也同普及大寨縣有緊密的聯繫。你的工作做好了，也就是為普及大寨縣作出了一分貢獻。對你自己來說，也是很好的鍛煉和提高。我希望你下定決心，樹立信心，拿出革命的志氣，在現有的工作崗位上踏踏實實地幹下去，不要胡思亂想，分散精力，以致到後來一事無成。

你說我愛講大道理，不講具體問題。其實，大道理不講不行，只有把大道理講清楚，具體問題才能正確的解決。大道理不清楚，光考慮具體問題，結果就會越想越沒志氣。人類的理想，祖國的命運，革命的利益，這些都是大道理，一切具體問題都是小道理。大

道理要管小道理，小道理要服從大道理。有些問題在小道理看來，似乎講得通，但在大道理上就不行。比如，你年齡大了，長期蹲在農村怎麼辦呢？這是個具體問題。但這是小道理，如果老在小道理上考慮，就會胡思亂想，就會灰心喪氣，就會搞得一事無成。如果從大道理上考慮，就會以革命利益為重，以上山下鄉為榮，一切交給黨安排，黨把你放在哪里，就在哪里生根發芽，開花結果。只要把大道理搞清楚了，就會有雄心壯志，就會有無窮的勇氣和力量，就會扎扎實實地做好工作。這樣，無論是前途問題或婚姻問題，都是不難解決的。所以講大道理就能站得高，看得遠，想得寬，做得成事業。不講大道理只講小道理，就會站得低，看得近，想得窄，做不成什麼事業。講大道理和不講大道理是有很大的區別的。你對大道理雖然懂一點，但是還不大清楚，也不夠堅強，所以一碰到具體問題，往往光從小道理去想，不能首先在大道理上認識問題。這就表現為忽高忽低、忽冷忽熱、患得患失、瞻前顧後的毛病。希望你今後要加強政治學習，提高對大道理的認識，要把學到的大道理用來解決自己的具體問題。學是為了用，不是為了講得好聽。

你說要努力創造條件，我也同意。但是怎麼去創造條件呢？你想過沒有？我在去年給你的一封信中，建議你積極靠近組織，提出入黨申請。可是你來信發了一頓牢騷，還勸我不要癡心妄想。可見你對創造條件是沒有具體打算的，不過是嘴上講講而已。其實，我提出要你寫入黨申請，正是為了給你創造前進的條件。你現在是共青團員，共青團員是有年齡限制的。超過廿八歲就得退團，退團以後在政治上就跟一般群眾一樣了。你現在離廿八歲並不太遠，過了廿八歲怎麼辦呢？難道就當個群眾嗎？人總是要有點志氣的，為什麼不能爭取在政治上提高一步。

你對入黨的最大思想障礙是怕家庭情況不好，甚至連寫申請也怕「碰一鼻子灰」。你這種思想障礙，主要是由兩個原因造成的：第一，你對黨的發展方針和黨的政策還不完全瞭解，有時還產生懷疑。其實，發展黨員是採取積極而慎重的方針。這就是說，黨的大門是打開的，對發展黨員是積極的，但是在發展中又要慎重，防止壞人混入。你本身並不是壞人，至於家庭問題，黨的政策是「有

成分論，不唯成分論，重在政治表現。」這就是說，看本人表現是主要的，看家庭問題是次要的。有的家庭出身不好的子女，經過本人的努力，後來也入了黨。這種事實，報上也介紹過。就拿你入團來說吧。在一般人看來，你是不夠條件入團的，你自己當時也有些悲觀。但是按照黨的政策辦事，最後你還是入了團。可見黨的政策是說話算數的，要堅定地相信這一點。即使個別領導人暫時還不能落實黨的政策，也不要產生懷疑，要相信在黨的教育下，他的思想認識是會提高的，黨的政策也是始終要落實的。第二，你過於愛面子，這也拖了你前進的後腿。當然，誰也不願自己丟面子，但是看是什麼面子。叛黨叛團，貪汙盜竊，投機倒把，腐化墮落，這些事萬萬不能做，做了一點就是丟面子。我們愛面子，就是要愛這樣的面子。至於爭取政治上的進步，這是好事，只能給自己臉上增光，絕不會給自己臉上抹黑。而且申請入黨，只是個人向組織的要求，又不廣播，又不登報，大家不會知道。即使大家知道了，懂道理的人絕對不會嘲笑你，不懂道理的人雖然可能諷刺挖苦，但是誰是誰非，群眾看得很清楚，根本不會丟面子。縱然有人說你不衡量自己，「癩蛤蟆想吃天鵝肉」，這也是他個人的認識，並不影響你的面子。而且一個人在一生中，總免不了要丟幾次面子，今天丟了小面子，明天掙得大面子。今天顧全小面子，明天就可能丟大面子。我在榮校工作期間，完全有條件爭取入黨，但當時我很愛面子，不提出入黨申請，以致錯過了這個機會，造成現在這樣的後果。我希望你從我走過的道路中吸取教訓。

我們這裡有個青年工人，年齡比你還小，高中學生，又經過上山下鄉的鍛煉，父親是礦裡的科長，老黨員，老幹部，從條件來說是很好的。但是這個青年工人死愛面子，在學校不寫申請，在農村也不申請，到礦上當工人後還是不申請，到現在還不是共青團員。可見愛面子是很妨礙進步的。俗語說：「廁所裡的石頭，又臭又硬。」有一種人，把自己的面子看得高於一切，表面上架子很大，實際上虛弱得很，半點勇氣都沒有，這不是「又臭又硬」嗎！希望你不要學這種習氣，而要正確地對待面子問題。

照我看來，你申請入黨的有利條件是不少的：第一，黨組織

要在青年和婦女中發展黨員。你是青年，又是女孩子，正好合於需要。第二，你現在已是共青團員，比一般青年在政治上前進了一步。共青團員是可以作為新鮮血液輸送到黨內來的。第三，你是上山下鄉知識青年，在三大革命運動中經受了一定的鍛煉，在群眾中有一定的好評。第四，你在衛生院工作時間雖不長，但基本上是努力的，願意上進的。第五，你現在在衛生院黨支部之下，同過去在大隊不同，這是個新環境，這裡領導的政策水準可能要高一些，各方面的關係也可能更好一些。當然，你也有不利的條件。首先是家庭問題，但這個問題不是永遠不變的，我相信不久會有變化。即使問題不變，按照黨的政策，你還是可以爭取，不過要經受更多、更長的考驗而已。其次，你的政治覺悟還不高，對入黨的認識還很模糊。解決這個問題，一方面要自己認真學習馬列和毛主席著作，刻苦改造世界觀，不斷提高階級鬥爭、路線鬥爭和無產階級專政條件下繼續革命的覺悟，不斷提高貫徹執行毛主席革命路線的自覺性。另一方面要積極靠近黨組織，主動爭取黨組織的教育和培養，在實踐中經受鍛煉和考驗。希望你充分利用你的有利條件，大力克服不利條件，把自己的思想認識提高到一個新的水準。

當然，我上面所講的並不是要你馬上就寫申請，我的目的只在幫助你消除爭取入黨的思想障礙，對入黨問題有一個比較正確的看法。希望你認真地、充分地、反覆地考慮我的意見，得出你自己的結論。不要耍小孩子脾氣，不要怕難為情，這是關係你前途的大事，要自己拿定主意。你考慮了以後，馬上寫信告訴我。如果你認為還有其他的問題，也可在信上提出來，我願意盡我的力量來幫助你。

你們最近是怎樣學習的？跟以前有不同嗎？

祝你進步

父字 (1975年) 2月20日

附：這次來信把「手術」錯寫成「手續」。醫院開刀叫做動手術，按照一定的程式辦事，叫做辦手續。例如，「這個病要到外科動手術。」「你到掛號處辦理住院手續吧。」兩個字讀音相同，用法不同，以後要留意。

◈ 政治表現與工作表現

小五：

媽媽昨天來信說，你每次到合肥出差，除了報銷路費以外，補助的五毛錢都不要。你這種做法，做得對！做得好！好得很！

本來，按照制度規定，到城市出差，每天有五毛錢補助，你接受這個補助並不違反規定，別人也不會說閒話。可是，你沒有這樣做，你認識到，家就住在合肥，到合肥出差可以回家吃飯，不能再要補助。這個認識說明你已經有了毫不利己、一心為公的思想，是非常可貴的。我們常說重在政治表現，這就是一個政治表現。五毛錢是小事，但是要與不要就大有區別。從這裡可以看出一個人的思想覺悟和道德品質。一般來講，不應該要的錢不要，這是比較容易做到的，而應該要的錢不要，這就很不容易了。你現在是把應該得的錢推出去，這種精神是使人十分感動的，我應該向你學習！

這麼說，難道制度規定不對嗎？不是這個意思。制度是按照普遍情況規定的，它不可能包括各種具體情況。所以具體情況要具體對待。比如，制度規定到城市出差，每天補助五毛錢，這是按照普遍情況規定的。你的具體情況是家在合肥，可以回家吃飯。根據你的具體情況，就不應該要這五毛錢的補助，這才是老老實實的態度。我希望你永遠保持這種態度。

435

從葉山到順風山，只有廿多里路，來往都有礦裡的汽車。同時，葉山歸順風山領導，葉山食堂的飯票可以到順風山食堂吃，實際上就是一個單位。但是，葉山在銅陵縣，順風山在繁昌縣。按照規定，從這個縣到那個縣出差，每天補助三毛錢。因此，從葉山到順風山開會的，學習的，領材料的，送檔的，哪怕只有三四個小時，也要補助三毛錢，沒有一個人認為這樣做法不合理，更沒有一個人不要這三毛錢。對比之下，你的思想水準不是比這些人高得多嗎？

由於社會主義社會是從舊社會脫胎而來，所以社會主義社會還存在著資產階級法權，這種資產階級法權是產生資本主義的土壤和條件，必須在無產階級專政下加以限制。資產階級法權的核心就是私有觀念，不管什麼事，總是先打個人的小算盤，對於錢，更是越多越好。應該要的當然不用說，就是不應該要的，也千方百計打主

意去撈一把。所以愛錢、想錢、貪錢的思想在一些人中還很嚴重。你現在把應該得的錢推出去不要，這就是用實際行動來限制資產階級法權，用實際行動來批判愛錢、想錢、貪錢的思想，用實際行動同舊的傳統觀念實行最徹底的決裂。從這個意義來看，你的思想裡已經開始有了共產主義的因素，這種因素擴大起來，你就可以成為一個純粹的人，一個高尚的人，一個脫離了低級趣味的人，一個有益於人民的人。不過，這僅僅是開始。應當看到，形形色色的資產階級思想還在你的身邊，時時刻刻都在引誘你，所以你還要提高警惕，認真看書學習，自覺改造世界觀，防止和抵制資產階級思想對你的侵襲。這就是在意識形態領域中抓住階級鬥爭這個綱，堅持社會主義革命。

當然，社會主義社會還實行按勞分配、商品制度和貨幣交換，所以還不能說連自己的工資也不要。不過對於錢，一定要有正確態度。我以前跟你講過，錢有兩重性，一方面能滿足人們的生活需-要，另一方面也能腐蝕人們的靈魂。投機倒把、貪汙盜竊，以至於賣國投敵，都是被錢腐蝕的結果。我一貫要求你們不要被錢迷住了眼睛，而應當把精力用在革命事業上，就是這個道理。有人說：「老實人吃虧。」這是資產階級損人利己、損公利私的偏見，我們不聽這一套。我認為老實人決不會吃虧，因為老實正是按照毛主席的革命路線辦事，正義在老實人一邊，真理在老實人一邊。相反，不老實的人儘管暫時可能占點便宜，但是最後不會有好下場，至少他心裡有鬼，見不得人。

本來14號剛寄一封信給你，用不著隔兩天又寫這封信。但是我看到媽媽在信上講到你出差不要補助的事，心裡非常高興，也非常感動，所以顧不得病後的衰弱，又寫這封信來。希望你進一步認識你那種做法的意義，並且把你那種精神擴大起來，堅持下去。

你現在不要想別的，主要是把現有工作做好。第一步要站住腳，第二步要爭取轉正。要達到這個目的，只能用你自己的政治表現和工作表現去爭取。關於這兩個方面，我在前一封信上已講過了，現在再講一遍。

政治表現方面要做到：

一、認真學習馬列和毛主席著作，學習無產階級專政理論，在當前，要積極投入反擊右傾翻案風的鬥爭，站在鬥爭的最前列，帶頭發言，帶頭寫批判文章，帶頭參加各項政治運動。

二、在學習的基礎上，刻苦改造世界觀，堅決抵制資產階級思想的侵襲，不斷提高階級鬥爭、路線鬥爭的覺悟，牢牢抓住階級鬥爭這個綱，堅持黨的基本路線，堅持無產階級專政下繼續革命。

三、積極靠近黨組織，經常向黨組織彙報請示，主動找黨組織交心談心，把一切交給黨。積極回應黨的號召，自覺維護黨的利益，同危害黨、危害人民的現象作鬥爭，千方百計完成黨交給的各項任務。

四、關心群眾，幫助群眾，團結群眾，密切同群眾的聯繫。

五、嚴格要求自己，對自己的缺點和錯誤要勇於自我批評，同時要虛心徵求別人的意見，接受別人的批評。

工作表現方面要做到：

一、努力學習和掌握製藥知識和操作，對現在製造的藥品，要精益求精，好上加好，不能有半點馬虎。

二、根據需要和可能，進一步鑽研藥物學以及與製藥有關的化學物理知識，盡可能設法增加藥物的新品種，滿足醫療上的需要。

三、如果有條件，還可以學點生理衛生學，學點簡易的醫療知識和護理知識，能夠診斷和治療一般的常見病、多發病。

四、如果時間允許，在做好本職工作以外，應當幫助做護理工作、預防工作和衛生工作。總之，凡是對集體有益的事，都要主動去做。

在工作上，最重要的是虛心向醫護人員學校，從實踐中學習。二哥的朋友小胡的父親，在你們公社當巡迴醫療隊隊長，他是個老醫師，有豐富的經驗，你應該多方面爭取他的幫助。

政治表現和工作表現是不能分開的，兩者互相促進。不過，政治表現是根本的，起決定作用的，所以應該把政治表現放在第一位，用政治統帥業務，不能搞「業務掛帥」、「技術第一」。

你說我愛講大道理，不談實際問題。其實，你的實際問題沒有

一天不放在我的心上。我為這個問題考慮了很多很多，且等你在工作上站穩腳步以後，我再把一肚子的話告訴你。

生活上不要過於刻苦，能吃多少就吃多少，能吃什麼就吃什麼，不要光圖省錢。只有身體好，才能學習好，工作好。

我的信不一定每一封都要答覆，你工作忙，一個月寫兩次信就可以了。來信主要談你在政治表現和工作表現方面是怎樣做的，問題也提出來。

祝你進步

爸爸（1975年）3月18日

哈庸凡夫婦與女曉君

相逢狹路宜回身，

野渡寬平好問津。

底事排擠同躓撲，

往來俱是暫時人。

——明・顧起元

晚年讀書筆記

哈庸凡賽春英夫婦2001年春攝於合肥

哈庸凡先生年譜

1914年

◎5月19日　誕生於桂林伏波門內哈氏宅院。

1917年　3歲

◎父哈康璋（號君達），廣西法政學堂畢業，任南寧審判廳法官。本年因病返桂林休養，後不治。母白綺霞（小名林姑）時年24歲。

1920年　6歲

◎家裡請人啟蒙，老師為其起名「哈榮光」。長輩以「光」字犯前輩名諱，始改為「哈榮藩」，此名一直用到高中。

1921年　7歲

◎進入私塾念書。

1922年　8歲

◎轉入私立聖彼得小學讀書，嗣因搬家先後入桂林西門外清真寺辦的私塾和另一家私塾就讀。

1923年　9歲

◎考入廣西桂林省立第二師範學校附屬小學三年級「國八班」，後為「勇級」。

1926年　12歲

◎由二師附小畢業，考入廣西省立第三中學「初八班」。

◎本年祖母因病不治。

1929年　15歲

◎9月　奉省教育廳令，廣西省立第三中學校與省立第二師範校

合組，以桂林崇德街三中校舍為初級部，王城二師校舍為高級
部。

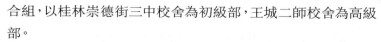

◎初中畢業，因成績優秀，學校准予免試進入高中部「普五
班」。

1931年　17歲

◎春　因家境貧寒，難以支付學費，請求休學一學期。休學期間
在廣西省立圖書館讀書。

◎秋　復學，改讀學費較少的師範科「師七班」。

1932年　18歲

◎在師範科讀了一年後，因母親病弱，寄居外祖母家常受冷遇，
生活窘迫，決定找工作做，由此結束高中學習生活。此前曾報
考廣西航空學校，因體格檢查未達標落榜。

◎高中讀書時投稿以「庸凡」作筆名，離校後遂名哈庸凡。

1933年　19歲

441

◎4月　報考廣西省立桂林中學軍訓大隊文書上士，被錄取。後
被派往第一中隊任文書上士。

◎7月　因受排擠，辭職失業在家。

◎秋　經朋友介紹，替桂林中醫研究所繕寫石印講義。

1934年　20歲

◎2月　經朋友介紹，去廣西省昭平縣樟木林謀教職，結果因教
員名額已定未成。在鄉下閒住三月後返回桂林。

◎失業在家，臨時幫汽車公司賣票、替人謄寫帳本、代國文教員
批改作業、辦補習班等，春節期間也賣過春聯和年畫，藉以掙
錢養家。其間經常給《桂林民國日報》副刊投稿，主要有短篇
小說《冬夜》、《賭徒》、《淚與血》等。

1935年　21歲

◎7月　經高中同學介紹，去陽朔縣蓮花鄉中心小學任教，負責
教六年級的國文、歷史、地理兼六年級級任教員。一學期後辭
職。

◎6月　　受聘《桂林日報》特約通訊員兼校對。

◎8月　　在《桂林日報》發表特寫、時論、小說多篇。自本年5月起參與桂林縣黨部組織的桂劇改良活動與劇藝公會組織活動，本月發表反映桂劇藝員生活現狀的小說《他們這一夥》。

◎9月　　經人介紹，辭去《桂林日報》通訊員職務，去桂林軍團婦女工讀學校任教。擔任初中班國文、地理和植物等課程教授。

◎9月11——15日《桂林日報》新聞版逐日連載新編傳統桂劇《雁門關》（原名《杏元和番》）。由哈庸凡改編。

◎9月　　與陳邇冬、刁劍萍、程延淵、朱平秋等桂林文學青年發起組織文藝團體「風雨社」。《桂林日報》9月27日刊出「風雨社」成立消息，並附載「風雨社」章程。

◎9月29日　桂林各界舉辦慶祝雙十節籌備會議，桂林縣黨部代表周振綱主持，決定聘請「風雨社」表演話劇及燈謎。

◎9月30日　「風雨社」於本日補行成立典禮，社員廿餘人出席，哈庸凡作為社員代表發表演說。《桂林日報》10月1日刊載成立典禮消息，並附「風雨社」幹事會，以及《風雨月刊》、「風雨劇團」和各部負責人名單。哈庸凡當選「風雨社」幹事及《風雨月刊》編輯委員會主任編輯。

◎10月4日　主持召開「風雨社」第二次幹事會，研究「風雨劇團」、《風雨月刊》編委會及各部股工作事宜。

◎10月12日　本日廣西各界慶祝雙十節遊藝活動進入第三天，「風雨劇團」演出獨幕話劇《壓迫》和《風雨》，演唱由哈庸凡和程延淵作詞的《風雨前奏曲》。同日，桂林軍團婦女工讀學校劇團演出由國文教員哈庸凡導演的獨幕話劇《警號》。

◎11月15日　主編之《風雨月刊》創刊號在桂林出版，以哈庸

凡、程延淵作詞的《風雨前奏曲》為代發刊詞，並收有哈庸
凡撰寫的〈關於國防戲劇〉。文中寫道：「我們底赤血，沖成了
侵略者底白蘭地；我們底白骨，築成了侵略者的高樓大廈。到
今日，我們一切都沒有了，我們只有鬥爭，只有從鬥爭中去求
生存，從而國防就成了當前民族解放鬥爭中最迫切，最嚴重
的任務。國防戲劇就是要把我們鬥爭的情緒組織起來，具體
地在舞臺上表現，使這一點一滴的鬥爭情緒，都滲透到大眾
的心中，使大眾勇敢地步上求生存，求解放的道上，使他們
成為一員英勇的戰士。」

◎12月30日　代表桂林軍團婦女工讀學校出席廣西各中等學校
及學聯會縣婦女會代表談話會，討論廣西各界慶祝廿六年元
旦大會宣傳事宜，確定宣傳時間及各校宣傳地點。

1937年　23歲

◎1月　此前接《桂林日報》社長胡訥生函邀，辭去桂林軍團婦
女工讀學校教職，受聘《桂林日報》外勤記者。

◎1月1日　桂林各界五萬餘人參加廣西各界慶祝元旦大會及各
種遊藝活動。「風雨劇團」與國防劇社、二一劇團等在國民革
命軍第五路軍總司令部職員宿舍禮堂演出話劇。哈庸凡在話劇
《打出象牙塔》中飾演男主角畫家余君美。

◎1月10日　作〈自白——給魏溫君解釋一下〉，署名蓉藩。刊於1
月12日《桂林日報》《桂林》副刊。

◎1月14日　《桂林日報》本日報導，廣西省會遷桂後，先後出版
的雜誌期刊包括《創進半月刊》、《風雨月刊》、《抗日旬報》
等。

◎3月21日　《桂林日報》新任社長、第五路軍總政訓處處長韋永
成到職。

◎3月22日　《桂林日報》刊出韋永成到職消息，同時刊出報社各
部門計21人名單。外勤記者為哈庸凡、萬殊、黃娥英三人，編輯
有李天敏等人。

◎3月31日　上午十一時，在桂林北門外12公里處之花崗街，出席並採訪歡迎式，歡迎來桂參加第五路軍總副司令就職禮的參謀總長程潛一行。

◎4月1日　《桂林日報》本日起易名《廣西日報》。上午九時在總部大禮堂，出席並採訪第五路軍總副司令就職禮。後至樂群社，採訪中央特派監誓員、參謀總長程潛，並採訪總部高級參謀劉為章。

◎4月5日　《廣西日報》本日刊出消息，本報社特派外勤記者哈庸凡今晨隨廣西省政府引導官、民政廳長雷殷乘專車前往湖南衡陽，迎接國民政府主席林森一行，並沿途採訪新聞。

◎4月7日　隨國民政府主席林森一行經衡陽、祁陽、永州抵桂，採訪廣西各界民眾郊迎儀式。

◎4月8日　採訪廣西各界歡迎林主席大會暨閱兵典禮。

◎4月9日　晚至樂群社，採訪李白總副司令宴請戲劇家洪深活動，並一起觀看國防劇社演出話劇《回春之曲》。

◎4月10日　採訪廣州中山大學英文系本屆畢業生教育考察團活動。午後就桂劇改良等問題對該團領隊、戲劇家洪深作專訪。新聞稿及洪深訪問記刊於《廣西日報》4月11日第七版。

◎4月13日　出席廣西各界賑濟右江各縣災荒委員會籌備會議，推定五路軍總部、省黨部、省政府及《廣西日報》社等15單位代表為委員會委員人選。

◎4月14日　出席廣西各界賑濟右江各縣災荒委員會第一次會議，決定委員會下設總務、宣傳、募捐、施賑、調查五部，《廣西日報》社代表被推定為宣傳部主任，廣西大學代表為宣傳部副主任。宣傳部下屬宣傳股由廣西省學生聯合會代表擔任，編撰股由省黨部宣傳科主任趙誠之擔任。決定下週起舉行賑災宣傳週，《廣西日報》負責出版賑災專刊，並逐日刊登賑災標語。

◎4月15日　廣西各界賑濟右江各縣災荒委員會宣傳部決定聘請

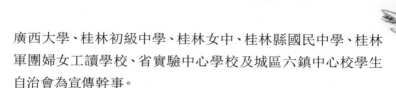

廣西大學、桂林初級中學、桂林女中、桂林縣國民中學、桂林軍團婦女工讀學校、省實驗中心學校及城區六鎮中心校學生自治會為宣傳幹事。

◎4月16日　出席廣西各界賑濟右江各縣災荒委員會宣傳部會議，決定賑災專刊內容及稿件撰寫任務，決定由各校組成34個宣傳隊，每隊20人，分別劃定各宣傳隊行進街路。

◎4月19日　廣西各界賑濟右江各縣災荒委員會宣傳週啟動，五路軍總政訓處出版的街頭賑災漫畫也同時展出。

◎5月4—5日　《廣西日報》連續兩天刊出〈本報社啟事〉——「本社為增強採訪力量起見，特於月前招考試用外勤記者五人。現經試用期滿，連同原有之外勤記者，重新確定哈庸凡、蕭鍾琴、謝啟道、李雪坦等四人為本社外勤記者，敬希各界查照。」其中蕭、謝、李三人係新招考錄用，原《桂林日報》外勤記者僅留哈庸凡一人。

◎5月5日　出席廣西各界籌賑本省饑荒委員會會議，商討省城桂林市各話劇團體舉行聯合公演募款賑災事宜。決定聯合公演時間為本月20日至23日。並決定組織入場券勸銷團，推選哈庸凡為入場券勸銷團副主任。

◎5月10日　出席廣西各界籌賑本省饑荒委員會話劇聯合公演入場券勸銷團會議，各機關、團體、學校勸銷隊隊長參加，決定推銷時間自本月11日起至19日正午12時止。聘請五路軍李品仙總參謀長任名譽隊長，並決定各隊勸銷範圍，酌情分配各勸銷隊入場券數量。

◎5月17日　採訪廣西各界歡迎京滇公路周覽團抵桂郊迎活動，並對團長褚民誼進行專訪。新聞稿及褚民誼訪談刊於5月18日《廣西日報》第六版頭條。

◎5月18日　採訪當日在桂林南門外舊飛機場舉行的廣西各界歡迎京滇公路周覽團大會，與會各界民眾三萬餘人。擔任褚民誼即席講演速記，新聞稿刊《廣西日報》5月19日第六版頭條，

褚民誼講演（署名哈庸凡速記）全文刊《廣西日報》同日第七版。

◎5月23日　《廣西日報》第七版刊出〈本市新張紫金書店〉報導，「紫金書店」係哈庸凡與「風雨社」同人在桂林市桂西路合資開辦的書店。

◎6月22日　桂林縣抗日救國二屆理事會任期屆滿改選，以《廣西日報》代表身份當選候補理事。

◎6月28日　經廣西第三屆全省運動會籌委會第四次會議通過，被聘為宣傳部新聞股幹事。

◎6月29日　出席桂林縣抗日救國會三屆理事會宣誓就職儀式。當日召開第三屆二次理事會議，推定哈庸凡負責草擬該會今後工作綱要。會後攝影留念。

◎7月6日　出席韋永成主持的廣西第三屆全省運動會籌委會宣傳部部務會議，議決事項包括輪流值班等十二項，被安排在每週四值班。

◎7月9日　至樂群社圖書室出席廣西第三屆全省運動會籌委會幹事聯會。

◎7月12日　本日《廣西日報》以〈日軍在盧溝橋演習前夜突向我軍挑釁〉為題，首次報導盧溝橋事件。採訪第五路軍紀念北伐誓師大會，擔任李宗仁總司令演講速記。

◎7月13日　《廣西日報》刊出署名哈庸凡速記的李宗仁北伐誓師紀念大會演講稿。

◎7月16日　就盧溝橋事件後時局走向及抗戰方略等問題專訪五路軍總司令李宗仁。

◎7月17日　《廣西日報》刊出專訪〈李總司令宗仁對日重要談話〉。

◎8月28日　廣西各界抗敵後援委員會在桂林成立，各機關團體學校十五名代表組成理事會，哈庸凡代表《廣西日報》社當選理事。後被推定為該會宣傳部副總幹事。

◎9月15日　《廣西日報》本日起增出晚刊，哈庸凡、吳家堯負責編輯。

◎9月18日　出席並採訪廣西各界紀念「九一八」六週年暨國民對日抗戰宣誓大會，擔任五路軍總司令李宗仁訓詞現場速記。李宗仁訓詞速記稿全文在《廣西日報》、《南寧民國日報》等報刊載，署名「哈庸凡速記」。

◎11月27日　廣西各界抗敵後援會主辦的《抗敵》半週刊創刊號本日出版，哈庸凡負責主編。

◎11月30日　採訪經桂轉渝的國民政府考試院院長戴季陶。

1938年　24歲

◎3月12日　《克敵》雜誌由小報型半週刊改為雜誌型週刊。《克敵週刊》第1期出版，同期刊有哈庸凡撰寫的時論〈戰時的文化工作〉。

◎3月17日　作時論〈多瑙河的怒潮〉，分析納粹德國併占奧地利引發的歐洲局勢變化，以及對世界侵略陣營與和平陣營的影響。刊於《克敵週刊》第3期。

◎4月1日　作時論〈透過西亂來觀察歐洲政局〉，從西班牙內亂背後各大國的角力，分析並勾勒出歐洲各大國間存在的錯綜複雜的利益關係。刊於《克敵週刊》第7期。

◎4月17日　在《廣西日報》「血花」副刊發表〈戰時文化的動向〉。

◎春　廣西當局組織學生軍北上抗日，其中不少人是其同學或同事。受此影響，向報社總編輯提出要求去抗戰前線的申請。

◎5月10日　參加廣西各界雪恥與兵役擴大宣傳週，由「桂林軍團婦女工讀學校」集體創作、哈庸凡擔任導演的獨幕劇《新難民曲》參加演出。該劇題材偏重桂林戰時生活，採用桂林口語，先後在街頭演出兩次，舞臺演出一次。據《廣西日報》報導，《新難民曲》「每次演出均能激起觀眾抗敵熱情」。

◎5月17日　前往中華大旅館採訪甫抵桂林的戲劇家歐陽予倩先

生，就戲劇在戰時的作用、用話劇宣傳抗戰、戲劇演出技巧、抗戰戲劇的內容、街頭話劇形式以及改良桂劇等問題做了訪談。

◎5月28日　《克敵週刊》第12期出版，本期週刊為「桂劇改良問題專號」，刊有哈庸凡〈名戲劇家歐陽予倩訪問記〉。

◎5月30日　在《廣西日報》發表〈戲劇是抗戰中的武器——歐陽予倩訪問記〉。

◎6月　接獲派令，派往陸軍八十四軍政治部任上尉科員，並受聘為《廣西日報》及香港《珠江日報》戰地特派記者。

◎7月　離桂抵達漢口待命。半個月後，乘小火輪至湖北浠水，徒步到廣濟陸軍八十四軍第一八九師駐地報到，改任陸軍八十四軍第一八九師政治部第一科（民運）上尉科員。

◎8月　隨陸軍一八九師參加武漢週邊廣濟戰役。

◎9月5日—6日　隨團參加收復雙城驛戰鬥，前線採訪參戰師、團長官。此役「予敵後方以重大之打擊，影響戰局前途甚大」，獲國民政府軍事委員會委員長蔣介石和中方統帥部傳令嘉獎。

◎9月10日　在湖北蘄春桐梓河前線作戰地通訊《大戰雙城驛》，詳細記敘1938年9月武漢週邊廣濟戰役與日寇泣血戰鬥景象，係迄今可見的反映這一戰役的惟一戰地通訊。全文逾五千字，後寄回桂林，在《克敵週刊》第33期、34期連載。

1939年　25歲

◎2月　任陸軍第一八九師一一○七團少校政訓員。此時，一八九師移駐湖北隨縣。其間，先後接待朝鮮義勇隊、廣西學生軍、鄂北各界前線慰問團等，幫助團部駐地附近的群眾恢復學校和組織抗敵後援會。

◎2月8日　本日起，由廣西各界抗敵後援會主辦「桂劇藝員籌款救濟難胞公演」在桂林南華戲院開鑼。首演當日桂劇《杏元和番》，由哈庸凡於1936年9月改編為「國防戲劇」。

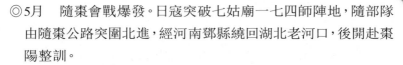

◎5月　隨棗會戰爆發。日寇突破七姑廟一七四師陣地，隨部隊由隨棗公路突圍北進，經河南鄧縣繞回湖北老河口，後開赴棗陽整訓。

◎6月　作一八九師戰史〈半年來淅河西岸之戰壕生活〉，署名「一八九師」，收入李品仙編著《隨棗會戰紀要》，桂林前線出版社1939年10月出版。

◎在棗陽整訓結束，隨部隊開赴隨縣，接防唐王店一帶陣地。這時，當地有些商人經常到武漢淪陷區去販賣貨物，團長王佐民認為可以通過他們瞭解日寇的情況，於是便從這些商人當中挑選幾個精幹的充當諜報員，利用到淪陷區販賣貨物的機會，搜集日寇的情報。

◎9月4日　《廣西日報》刊出一八九師一一〇七團政訓室幹事吳全君撰寫的戰地通訊〈再上鄂中戰場〉，記述哈政訓員率政訓室開展戰地政治工作情形。文中「哈政訓員」即哈庸凡。這是現在發現的唯一一篇記述哈庸凡隨棗會戰經歷的戰地通訊。

◎冬　八十四軍改行新編制，一八九師由四個團編成三個團，另配屬一個野戰補充團，其所在的一一〇七團，改番號為五六六團。

1940年　26歲

◎4月　軍政工系統改組，被派任八十四軍政治部少校科員。因本人不願就職，後經團長王佐民推薦，改任一八九師司令部少校秘書。

◎5月　棗宜會戰爆發。隨縣前線的日寇發動夏季攻勢，隨部隊再次突圍北進，由河南泌陽繞回老河口，到師部就職。此時，襄陽已失，日寇迫近老河口，一八九師擔任野戰任務。

◎期間，在隨縣和棗陽組織農民協會、婦女識字班、青年抗日救亡團，組織並參與演戲、寫標語、上三民主義政治課以及主辦軍中油印刊物。

◎秋　十一集團軍總司令李品仙繼任安徽省主席，將十一集團軍八十四軍所屬的一七三師、一七四師、一八九師帶去。10月間，隨師部由襄陽東津灣出發，經鄂北、豫南，由駐馬店越過京漢路到達固始，後移駐六安。在一八九師師部任秘書期間，編寫《一八九師戰史》一冊。

1941年　27歲

◎1月　在一八九師安徽六安駐地向師長提出辭職，由此脫離廣西軍隊。

◎1月底　由六安抵達戰時安徽省會立煌。

◎2月初　經安徽省民政廳廳長韋永成保送入安徽省地方行政幹部訓練團黨政特班受訓，韋永成兼任黨政特班班主任。

◎2月24日　參加「皖幹團」黨政特班暨社會、民政、財政、統計四組開學典禮。安徽省主席兼「皖幹團」團主任李品仙作訓詞〈黨政特班訓練之意義與目的及其要務〉。

◎4月1日　參加「皖幹團」黨政特班畢業典禮。

◎4月初　任安徽省地方行政幹部訓練團訓導處一科中校科長，主管政治訓練，主編《幹訓》半月刊。其間兼任「文書處理」課程教官，編寫《文書處理》講義。被選為幹訓生「皖幹團」團本部小組組長。

◎4月16日　作《訓練幹部的幾個中心問題》，提出訓練幹部必須建立堅定的政治信念和工作信念、建立夠力的政治領導和工作領導、提高旺盛的學習精神以及加強思想和能力的訓練等中心問題。刊於《幹訓》半月刊第六七期合刊。

◎4月21日　下午四時出席安徽省黨部宣傳工作座談會，即席發表加強和改善革命紀念節宣傳工作的意見。

◎5月上旬　作〈以行動來紀念五月〉，指出「五月所教訓我們的，只是兩件事：第一是反帝，第二是反封建，這是國民革命的中心任務，也是中國社會的自發要求。」作為其主編的《幹訓》半月刊第一卷第八期卷首語。為同期《幹訓》作〈編者的呼

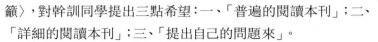

籲〉，對幹訓同學提出三點希望：一、「普遍的閱讀本刊」；二、「詳細的閱讀本刊」；三、「提出自己的問題來」。

◎5月10日　作〈幹訓生離團以後〉，刊於同日出版的《幹訓》半月刊第一卷第八期。

◎5月21日　作《本刊今後的新動向》，詳細介紹《幹訓》半月刊改革內容。刊於《幹訓》半月刊第九十期合刊。

◎5月31日　作〈禮物——給全省幹訓同學的第一封信〉，刊於《幹訓》第二卷第一期。

◎7月1日　出席安徽省幹訓同學通訊處成立週年紀念會。安徽省主席兼「皖幹團」團主任李品仙致詞，常恒芳、韋永成訓話。晚演出京劇《黃金台》、《定軍山》、《貴妃醉酒》、《塔子溝》等。

◎8月25日　作〈做人做事的基本態度——給幹訓同學的第二封信〉，刊於本日出版的《幹訓》半月刊第二卷第三四期合刊。

◎8月21日　在本日和9月3日《皖報》副刊連載〈我的工作經驗〉，感歎「我從事工作算來前後將及十年。由文書而教員而記者，而軍人，而秘書，而「幹訓生」，這其中的每一次轉換，都曾灑下我自己奮鬥的血汗。而今，回想當年的履險犯難，猶恍若壯士橫戈上戰場。」並總結道：「據我看來，做工作與寫文章頗為相似。因為它們都是沒有成法，沒有秘訣，沒有捷徑的。記得前人有一句話，說是「文章本天成，妙手偶得之。」做工作也是一樣，能夠靈活機動，因時制宜，則無往而不應心得手。所以，我的工作經驗，一言以蔽之，在乎相機運用而已。」

◎9月6日　出席全國回教救國協會安徽省分會立煌縣支會換屆選舉會議，當選為立煌縣支會第二屆幹事。隨後參加首次幹事會議。

◎9月25日　作〈集體生活與集體教育〉、〈論人情世故——給幹訓同學的第三封信〉，刊於《幹訓》半月刊第二卷第五期。

◎10月17日　《皖報》刊出〈哈庸凡啟事〉——「本人遺失「皖幹

團」五〇八號職員證章一枚，特此聲明作廢。」

◎11月13日　作〈如何健全基層幹部〉，從幹部的訓練、幹部的任用、幹部的領導、幹部的工作保障與幹部的生活保障等五個方面，提出自己的主張。此文刊於《抗戰》半月刊第四五號合刊。

◎12月25日　作〈一年來的本團〉，對「皖幹團」一年來的訓練工作作分析總結。刊於《幹訓》月刊第三卷第一期新年特大號。為本期《幹訓》策劃多篇綜述性年終專稿，包括〈一年的國際〉、〈一年來的抗戰〉、〈一年來的政治建設〉、〈一年來的經濟〉、〈一年來的安徽〉等。

1942年　28歲

◎1月15日　作〈國父論宣傳工作〉，連載於《抗戰》半月刊第七號和第八號。《抗戰》半月刊第7號「編者的話」指出：「在這期裡應向諸君介紹的，『宣傳重於作戰』，為第二期抗戰的警語，其意義之重大，為眾所周知。哈庸凡先生〈國父論宣傳工作〉一文，係根據總理遺教，列舉總理對宣傳之寶貴昭示，證論精闢，文字老練，可供從事宣傳工作者之寶箋與參考。」

◎1月20日　《幹訓》月刊第三卷第一期新年特大號出版。在〈編者的話〉中寫道：「本期是新年特大號。所以文章比較多，特別偏重於一年來各方面的結算。因為我們企圖幫助讀者對過去一年來的動態有一個系統的認識，雖則這個工作尚未做得十分完滿，但，最少是做了一部分整理材料的工夫，對於讀者的參考，未始不有裨益。」

◎2月1日　在立煌主持「皖幹團」黨政班第一期同學慰問茶會，慰問定遠縣長仇天民同學。

◎2月20日　本日出版的《幹訓》月刊第三卷第二期刊出編輯部啟事，謂「本刊原由訓導處哈科長庸凡負責編輯，自第三卷第二期起，奉命交由梁主任指導員秀群主編。」

◎5月20日　在《幹訓》月刊第三卷第五期發表〈關於領導上的

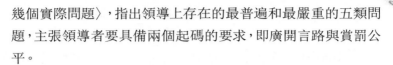

幾個實際問題〉，指出領導上存在的最普遍和最嚴重的五類問題，主張領導者要具備兩個起碼的要求，即廣開言路與賞罰公平。

◎6月29日　在《皖報》副刊發表劇評〈我觀「原野」〉（連載），肯定「原野」一劇對戰時戲劇的貢獻，同時對「原野」劇中人物表演提出批評。

◎7月10日　在《抗戰》半月刊第十七、十八號上連載〈國父論組織工作〉一文。在概括孫中山先生關於組織工作的論述後指出：「今天的抗戰是全民族生死存亡的總決鬥，要保證這一鬥爭的必然勝利，就必須要動員廣大的民眾來參加。目前，各種民眾團體在數量上雖然有了許多，可是，無論在廣度上或深度上，都還顯得不夠，都還不能適應抗戰的要求。在這裡，我們看到，國父關於組織工作的教言，心中真不禁發出無限的警惕。所以，我們認為，最後的問題，不是別的，而是實踐——切切實實地照著國父所指示的去力行。」

◎7月20日　在《幹訓》半月刊第四卷第一期和第二期連載〈行政三聯制的運用〉一文。第四卷第一期「編後」指出：「庸凡先生的〈行政三聯制的運用〉一文，替大家費了一番分析和闡發的工夫，同時也有精闢獨到的地方，足供參考。」

◎8月1日　在《中原》月刊發表〈明末的陞官熱〉一文，由明末官場熱衷升官鬧劇，譏諷當時官場不顧國喪家亡，惟官為大的醜惡現象，指出「吏治的清濁，是政權隆替的最準確的寒暑表。吏治清，則其所代表的政權便是進步的、有前途的。反之，吏治濁，則其所代表的政權便是腐化的、走向沒落的。歷史上朝代的興亡，雖然在表面上不過是君主易姓而已，實則其中是包含著進步的吏治戰勝腐化的吏治的那種鬥爭過程的。」

◎8月25日　當日清晨至午間，與汪與哲等拜訪《中原》月刊編輯部李湘若，談生活經驗如何與實際工作結合及鶴齡中學徵聘教員事。傍晚在「皖幹團」住處接待杏子與汀橋，談文學與戲

劇創作問題，介紹歐陽予倩的戲劇主張，並述及早年在桂林創作話劇《人》的梗概。嗣後，汪與哲和杏子分別撰文記述當日活動情形。刊於《幹訓》月刊第四卷二三期合刊「幹訓生的一日」徵文專輯。

◎9月　任安徽立煌縣鶴齡中學高中部教員。期間，兼任安徽文化工作委員會編輯。

◎11月9日　鶴齡中學晚7時發生火災，燒毀房屋七間。夜裡去宿舍看望學生，送去衣物。

◎12月初　與吳家堯、黃敬恕一道離開金寨，向皖北出發。後輾轉界首、漯河，於1943年1月抵達湖北老河口第五戰區司令長官部駐地。

1943年　29歲

◎3月　任湖北老河口光谷警備司令部中校秘書。期間，參與衛生委員會、鋤奸委員會、冬防委員會及緝查毒品與清查戶口等工作，並編寫《三年來的光谷警備工作》。

◎3月　與原一八九師政治部日文幹事、時任長官部上校參議鍾宇翔在老河口共同創辦八開小報《力行週刊》，由鍾宇翔出資。

◎6月　請假回棗陽與賽春英結婚，婚後偕賽春英回老河口，一度借住老河口清真寺。

◎7月　接桂林同學王承祖函告，母親白綺霞思子成疾，已告不治，享年五十歲。

1944年　30歲

◎8月　兼任第五戰區《陣中日報》編輯、《台兒莊》副刊主任。

◎9月21日　在《陣中日報》副刊《台兒莊》上發表時論〈集體生活與集體教育——在「皖幹團」訓育講話講稿之一〉。

1945年　31歲

◎2月　任第五戰區司令長官部上校參議兼《陣中日報》社總編輯，代理社長，後兼任《陣中日報》社長。

◎8月　隨第五戰區司令長官部進駐河南漯河，採訪日軍受降式。陪同第五戰區司令長官部政治部主任劉子清對駐漯河投降日軍藤田進師團訓話，並擔任記錄及文稿整理。後《陣中日報》易名《群力報》出版，任《群力報》總經理。

1946年　32歲

◎1月　任鄭州綏靖公署軍簡三階（上校）參議兼《群力報》社副社長、總編輯。

◎2月　兼任《群力報》社社長。

◎4月21日　應河南救濟分署邀請，與妻賽春英及《中報》總編輯劉毅質等一行採訪花園口堵口復堤工程。

◎4月28日　隨白崇禧副總參謀長視察花園口堵口復堤工程。

◎6月15日　出席第一戰區指揮所參謀處趙甯國主任代表裴副長官舉辦的招待會，聽取第一戰區為陣亡將士遺族募集教育基金介紹。

◎6月20日　午後二時，陪同上海記者訪問團參觀花園口堵口復堤工程。

◎7月18日　上午在晴川里鄭州綏署政治部中山室主持鄭州市新聞界會報，提出調整並劃一各報社員工待遇；報紙分銷及廣告價格折扣問題及記者公會如何充實，展開社會活動等三案。會議決定三項：（一）各報社工人分等級增加工資，按公議規定，劃一支給不得擅自增減；（二）加強並重新組織記者公會，推定哈庸凡等五人負責籌備；（三）為切實明瞭災情，組織鄭州新聞界豫災訪問團，分期前赴被災較重之縣區訪問。

◎7月19日　下午在鄭州綏靖公署政治部中山室出席鄭縣新聞記者公會二屆會員大會及理監事改選事宜籌備委員會，討論重新辦理會員登記及改選理監事辦法等，推定哈庸凡為籌備委員會主任委員。決定本月26日召開第二次籌委會，並確定新聞記者公會第二屆會員大會於8月1日召開。

◎7月21日　本日起鄭州各報連日刊出〈鄭縣新聞記者公會第

二屆會員大會通告〉，要求「凡現在鄭州執行新聞業務之人員
（包括經理及營業人員），均請於即日起至本月25日止，開列
姓名、年齡、籍貫、現任職務、住址各項徑送《群力報》社哈社
長匯收。事關切身利益，幸勿觀望為荷。」

◎本日與鄭州新聞記者多人前往花園口參觀堵口工程。

◎7月25日　下午出席鄭州綏靖公署政務處招待本市記者茶話
會。

◎8月1日　上午出席在勝利舞臺召開的鄭州新聞記者公會第二
屆會員大會，以籌備委員會主任委員名義報告籌備經過，經會
員大會投票選舉，當選為本屆理事會理事。

◎8月4日　鄭州新聞記者公會召開理監事聯合會議，決議組織
「鄭州新聞界豫災訪問團」。

◎8月7日　「鄭州新聞界豫災訪問團」籌備會在鄭州綏靖公署
政治部召開，決定參加豫災訪問團的成員包括綏署政治部、政
務處、救災會及本市報社通訊社各指定一人，預定本月15日訪
問黃泛區，並決定推定領隊一人。

◎8月12日　下午出席「鄭州新聞界豫災訪問團」團員大會，推定
哈庸凡擔任「鄭州新聞界豫災訪問團」領隊，李斌為總務，于
映江為交際，預定8月15日啟程。

◎8月14日　出席鄭州救災委員會歡送「鄭州新聞界豫災訪問
團」茶會，鄭州救災委員會主任劉家康致詞，謂「諸位記者先
生們，在此種炎熱之天氣，不辭勞苦，來為河南老百姓奔走呼
籲，實令人欽仰。」領隊哈庸凡致答詞稱：「我們記者們因無有
力量救濟災民，實覺抱愧至極。不過我們得絕對盡我們的熱誠
精神，前往災區搜集最嚴重之災情資料，來為社會報導。還望
救災委員會切實指導，並示採訪方針。」後與會記者前往鄭州
第二防疫醫院參觀。

◎晚七時　出席「鄭州新聞界豫災訪問團」在《實言報》社召開
的團務會議，定於16日晨六時在關中里集合出發。

◎8月16日　率「鄭州新聞界豫災訪問團」一行乘輜重十一團汽車由鄭州啟程,途經新鄭,順道採訪新鄭縣長翟景卓,瞭解新鄭災情。在新鄭縣府午餐後繼續出發。下午3時抵達許昌,下榻車站大同路社會服務處旅行社。當晚即分別走訪許昌新聞界及各機關,瞭解災況。許昌《新民日報》、《建國日報》等刊發「鄭州新聞界豫災訪問團」抵許昌相關新聞及社論。

◎中央社本日播發電訊:「鄭州新聞界豫災訪問團十六日出發赴黃泛區」。

◎8月17日　上午十時應邀至許昌西大街豫東飯店,出席許昌新聞界招待午宴,介紹此行目的,與此間新聞同行交流災情情況,並攝影留念。下午四時出席許昌各界座談會,許昌縣長宋瑤及縣參會、黨部、青年團、商會及許昌新聞界等各方代表到會,報告災情及救災意見。哈庸凡代表訪問團表示感謝,並即席提出十二個迫切需要瞭解的許昌黃泛區災情相關問題,到會各機關單位一一解答。據《新民日報》報導:「座談會承哈庸凡氏詢問本縣種種災情等,由本縣各首長作詳盡答問。一問一答,如泣如訴。」

◎許昌《新民日報》本日發表短評〈歡迎鄭州記者豫災訪問團〉,表示「鄭州新聞界豫災訪問團」「風塵僕僕,溽暑長征,此種不辭勞苦的服務精神,實令吾人欽佩」。並報導「鄭州新聞界豫災訪問團」抵許情況:「鄭州新聞記者豫災訪問團已於昨日下午三時由鄭專車抵許,下榻南關社會服務處。本市新聞界當即前往訪唔」,「鄭州記者豫災訪問團哈庸凡氏等冒暑蒞許,將勘察潁災狀況……旅行社門前,停了一輛紅紙黑字的「鄭州新聞界豫災訪問團」的大卡車,給予許昌民眾一種良好印象,歡欣心情」。《新民日報》、《建國日報》、《許都日報》等媒體本日相繼刊發訪問團活動消息,並刊載「鄭州新聞界豫災訪問團」成員及代表新聞單位與機關名單:團長(領隊)哈庸凡(和平日報、群力報)、李斌(中央社)、劉雲峰(鄭州

日報國民報聯合版）、沙景昌（華北日報、大中通訊社）、吳定一（中報、風沙晚報）、于映江（實言報）、范贊勳（西北通訊社）、喬炳琛（鄭州綏靖公署政治部）、李聘臣（鄭州各界救災會）計九人。

◎本日作通訊〈忘記了勝利的許昌〉，刊於8月22日《群力報》。

◎8月18日　前往許昌黃泛區嚴重被災鄉鎮和潁河決口處採訪，訪問團各報社通訊社記者發回報導。

◎許昌《建國日報》繼續刊發「鄭州新聞界豫災訪問團」在許昌活動消息，全文刊載許昌縣各機關單位座談會上，「鄭州新聞界豫災訪問團」團長哈庸凡所提出的十二個問題及相關解答。該報同日刊發社論〈獻給豫災訪問團——社論之二〉，詞懇意切：「讓我們代表許昌三十萬災胞向諸位請求，把我們災難的生活圖景，用你們有力的筆觸刻劃出來給全省的人，全國的人看；把我們求救的聲音，用你們正義的喉嚨播送給全省的人，全國的人聽。」

◎許昌《新民日報》本日要聞版發表國光通訊社主任曹立民文章〈歡迎鄭州新聞記者豫災訪問團〉，對「鄭州新聞界豫災訪問團」到黃泛區採訪給予極高評價與關注，表示「此次他們到了許昌，是許昌被災民眾的播音器，是許昌被災民眾的電影機，是許昌被災民眾求救的啦啦隊……我想許昌三十萬民眾們，當不期而然的一致對該團致無上的敬意。」

◎本日　作《瀕於破產的許昌煙業》寄回鄭州，連載於8月25、26日《群力報》。

◎8月19日　原定本日晨離許昌繼續東行，後因雨後道途泥濘，「汽車為水所阻未能成行」（當地報紙消息）。

◎《新民日報》本日刊出〈鄭州新聞界豫災訪問團啟事〉：「本團此次來許，承地方各機關法團首長暨同業先生優渥接待，多方協助，盛誼隆情，至深感念。茲以趕赴黃泛區一帶訪問災情，定今（十九）日早晨首途，行色匆促，未及一一走辭，請乞鑒

諒。今後望不棄在遠，時賜教言為幸。八，十九」。

◎本日　作通訊〈潁災及其救濟工作〉，寄回鄭州，連載於8月23、24日《群力報》。

◎8月20日　由許昌改乘火車至郾城。郾城縣各界人士到站歡迎，下榻中心國民學校。

◎8月21日　出席郾城、漯河各機關座談會，詳細瞭解當地災情。

◎8月22日　率團離開漯河前往周口黃泛區訪問，周口各界代表到城外歡迎。

◎8月23日　上午率「鄭州新聞界豫災訪問團」赴李埠口、袁砦等，查勘黃河險工。下午參觀南北兩寨各小手工業。

◎8月24日　上午渡河李雛口，訪問黃泛區。下午向黃委會、專員公署徵詢意見。

◎8月25日　由周口渡河去淮陽訪問災情。

◎8月26日　出席周口黃泛區各機關座談會。

◎8月27日　結束周口黃泛區訪問，由周口抵達漯河，詳細瞭解災情。

◎8月29日　「鄭州新聞界豫災訪問團」結束豫南黃泛區訪問，由漯河返抵鄭州，鄭州各報社、通訊社均派員到站歡迎。領隊哈庸凡對記者稱：「此次出發，經許昌，漯河，周口，淮陽等地訪問災情，所獲成績極佳，並攝得災情照片甚多，俟稍事休息後，再轉他處訪問云。」

◎9月1日　鄭州新聞界在勝利舞臺舉行茶話會，紀念九一記者節，並慰勞豫災訪問團一行，領隊哈庸凡報告此次黃泛區訪問經過。

◎9月5日　《和平日報》漢口版刊出通訊〈淡漠的小城許昌〉，署名「庸凡寄自許昌」。

◎9月12日　鄭州新聞界記者公會召開理監事會議，決定事項包括：「記者公會理事哈庸凡他任，請辭照準，遺缺由候補理事

穆醒夫遞補。」

◎9月16日　任陸軍整編41師（四川部隊）政治部上校秘書，本日離鄭赴任。《華北日報》本日「本市零訊」報導稱：「鄭綏署政治部《群力報》前社長哈庸凡氏，現奉命調任國軍某部政治部上校秘書。聞定今日離鄭履新云。」

◎11月　因不安軍旅生活，辭職回鄭州賦閒。在陸軍整編41師期間，於該師駐地河南考城縣編寫《士兵手冊》一本。

1947年　33歲

◎2月21日　據鄭州《春秋日報》本日消息稱：「前《群力報》社長哈庸凡於去年十月籌備創行之《知由民報》，經呈奉內政部核准，並領得京警豫字第四十一號登記證。該報原定本年三月一日創刊。想因物價高漲，印刷材料困難，已決定暫行延期。目前正致力於籌備工作。另據消息靈通人氏談，該報或可於四月發刊云。」

◎3月27日　與范測夫、吳家堯等發起籌辦燕京速記專修班，班址暫設鄭縣中學，每日晚六時至八時上課。第一期招收速成班及基本班學生一百名。修業期限，速成班為四個月，基本班為五個月。本日鄭州各報刊出〈本市新聞界籌組速記學校〉消息。

◎4月26日　據本日《春秋日報》「新聞界新聞」載：「哈庸凡先生主辦之《知由民報》，將於下月第一週出版。」

◎9月18日　據本日《春秋日報》鄭州報業史話載，「《知由民報》，社長哈庸凡，刻在籌備中。」後因經費籌措不足，此報終未出版。

1948年　34歲

◎3月　自辦《華北日報》晚刊在鄭州出版，任社長。

◎5月2日　在《華北日報》晚刊發表社評〈為萬世開太平〉。

◎7月29日　在《華北日報》晚刊發表社評〈平均商民負擔〉。

◎10月　由鄭州經徐州、蚌埠輾轉到合肥。在合肥加入民盟。受

中共皖西軍分區領導，在合肥做地下工作。

1949年 35歲

◎1月 在合肥等待分配。

◎4月 入華野隨營軍政幹校（後改名華東軍政大學）學習，任區隊副。

◎10月 由華東軍政大學畢業。

◎11月 任皖北榮軍管理局組教科編輯、教育幹事。

1950年 36歲

◎9月 先後任皖北榮校及優撫局助理秘書、秘書。

◎9月30日 本日出版的《皖北文教》第二卷第二三期合刊特大號刊載〈我在機關學校教授國文的幾點體會〉，署名庸凡。

1952年 38歲

◎8月 任安徽榮軍學校校教育科副科長。

1953年 39歲

◎5月 任安徽榮軍三校教導主任。

1956年 42歲

◎本年 在安徽榮軍三校被評為社會主義建設積極分子。

1958年 44歲

◎1月 調回安徽省民政廳等待分配。

1959年 45歲

◎4月27日 在審幹中受到行政撤職、搞體力勞動處分。至此脫離機關工作，定為歷史反革命，從事體力勞動長達廿十年。每月發給生活費八十元，先後在安徽省委鋼廠、冶金窯廠、冶金機械廠、安徽銅陵順風山、葉山鐵礦勞動。

1962年 48歲

◎4月 去安醫二院看望剛甄別平反的老領導劉秀山。劉秀山以禁閉期間所作《鐵窗詩草》相示，哈庸凡隨後亦作二詩以和。

1964年 50歲

◎春　作〈從「皖幹團」看新桂系內部的矛盾〉，載同年《安徽文史資料選輯》第一輯。

◎5月　去醫院看望老領導劉秀山，劉秀山以新創作的長篇小說《在大別山上》修改稿交其帶回抄寫，並提出意見。

◎7月　提出對長篇小說《在大別山上》十條修改意見。此後，根據劉秀山囑託，新寫全書第五章，約一萬餘字。

1966年　52歲

◎7月14日　作〈劉秀山《在大別山上》一書的形成〉。

1969年　55歲

◎2月　安徽順風山鐵礦自行決定自本月起將其生活費降至每月四十五元。

◎10月　經要求，順風山鐵礦自本月起將生活費改為每月六十元，原先扣發的不予補發。

1978年　64歲

◎春節回到合肥。

◎12月18日　接到安徽省革命委員會民政局黨組平反決定擬稿，本人簽字同意復查結論。

1979年　65歲

◎1月15日　安徽省革命委員會民政局發出〈關於哈庸凡同志歷史問題的復查結論〉，決定撤銷安徽省委政法委1959年4月作出行政撤職，定為歷史反革命，搞體力勞動的處理決定，恢復名譽，恢復原工資待遇。

◎8月　辦理離職休養手續。

◎9月　在安徽省民政廳幫助編輯《江淮英烈傳》。

◎11月　《安徽文史資料》第一輯本月由安徽人民出版社出版，收入哈庸凡1964年所撰〈從「皖幹團」看新桂系內部的矛盾〉一文。本書1983年4月再版。

1981年　67歲

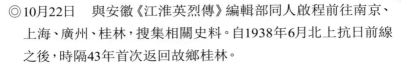

◎10月22日　與安徽《江淮英烈傳》編輯部同人啟程前往南京、上海、廣州、桂林，搜集相關史料。自1938年6月北上抗日前線之後，時隔43年首次返回故鄉桂林。

◎11月21日　由桂林取道漢口、蕪湖，晚7時返回合肥。

1982年　68歲

◎1月30日　致上海市原副市長宋日昌掛號信。

◎3月17日　妻賽春英今晨乘小車去蕪湖，經武漢回棗陽省親。

◎11月2日　偕妻賽春英離肥去黃山、九華山遊覽。

◎11月10日　清晨偕妻賽春英由九華山返回合肥。

1983年　69歲

◎3月　經安徽省民政廳提名，省委統戰部批准，哈庸凡擔任安徽省第五屆政協委員。

◎4月16日　本日出席政協安徽省第五屆委員會第一次會議。《安徽日報》刊出政協安徽省五屆委員會委員名單，哈庸凡名列省民革團組。

◎6月　作〈妙玉其人——《紅樓夢》人物談片之一〉，載本月出版的安徽《社聯通訊》第13期，後刊《阜陽師範學院學報》1988年第4期。

◎10月11日　偕妻賽春英取道蕪湖乘大輪赴漢口。13日中午抵漢口。

◎10月16日　偕妻賽春英、妻妹賽春芳、表妹白先慧等一行赴桂林省親。

◎11月初　由桂林返抵武漢，轉赴襄陽、棗陽省親。

◎11月19日　自漢口乘大輪抵蕪湖，轉乘快車返抵合肥家中。

◎12月16日　主持召開《江淮英烈傳》編輯部會議，確定自下週起每週召開碰頭會、通知第一第二兩集作者修訂稿件、編制《江淮英烈傳》第一至第四集目錄等事項。

1984年　70歲

◎3月5日　任安徽《江淮英烈傳》主編。

◎3月6日　主持安徽省民政廳《江淮英烈傳》第一次主編會議暨作者座談會並發表講話，通過工作職責和一九八四年度工作計劃。

◎4月1日-8日，應邀赴武漢出席新四軍和華中抗日根據地研究會年會。

◎5月6日　在淮北市主持召開《江淮英烈傳》作者座談會。

◎5-7月　入住安徽省軍區招待所，編審《江淮英烈傳》稿件。

◎9月　《江淮英烈傳》第一卷第一分冊由安徽省民政廳內部刊印出版。

1985年　71歲

◎4月　作〈試論統一戰線與社會主義現代化建設〉，載同月出版的安徽《社聯通訊》第4期。

◎8月　《江淮英烈傳》第二卷第一分冊由安徽省民政廳內部刊印。同月，《江淮英烈傳》第一卷第一分冊由安徽人民出版社出版。

1986年　72歲

◎4月18日至27日，出席政協安徽省五屆委員會第四次會議。

◎7月　廣西戲劇研究所與廣西社會科學院主編的《歐陽予倩與戲劇改革》一書由廣西人民出版社出版，收入其1938年5月所撰〈名戲劇家歐陽予倩訪問記〉。

1987年　73歲

◎4月9日　民革第六屆中央委員會舉行第十八次（擴大）會議，通過民革中央孫中山研究學會增補理事建議，增補哈庸凡為理事。

◎6月　率《安徽民政誌》編輯室同人赴金寨縣，主持召開《金寨縣民政誌》初稿評議會。

◎11月　《江淮英烈傳》第一卷第二分冊由安徽人民出版社出版。

1988年　74歲

◎1月　《中國現代文學史資料彙編‧乙種》之《歐陽予倩研究資料》一書本月由中國戲劇出版社出版，收入其1938年5月所撰〈名戲劇家歐陽予倩訪問記〉。

◎11月9日　由合肥乘飛機赴北京，出席民革中央首屆孫中山研究學術討論會。

◎11月11日　上午出席民革中央孫中山研究學術討論會開幕式，中央統戰部、全國政協、各民主黨派領導人到會。研討會正式代表廿四人，列席三人。下午學術交流。提交學術論文《孫中山經濟思想研究》。

◎11月12日　上午參加孫中山誕辰一百二十週年紀念會，與會代表與國家領導人合影留念。下午一時至二時三十分參觀展覽，三時參加孫中山銅像揭幕儀式。

◎11月13日　上午學術交流，下午出席招待會。

◎11月14日　上午學術交流。

1989年　75歲

◎1月　《中國現代文學史資料彙編》之《歐陽予倩研究資料》一書本月由中國戲劇出版社出版，收入其1938年5月所撰〈名戲劇家歐陽予倩訪問記〉。

◎4月5日　安徽省民政廳黨組決定聘任哈庸凡為《安徽民政誌》編審。

◎5月　安徽省民革政協支部全體同志敬獻祝辭一章，詞曰：

欣逢哈公庸凡七秩晉五壽辰，敬獻祝辭誌慶

哈公庸凡	天資非常	風流倜儻	八桂兒郎
抗日軍興	投身戎行	激勵軍民	奮起救亡
繼主報政	畢露鋒芒	為民請命	正氣昂揚
倭寇既敗	獨裁猖狂	合肥起義	寧懼虎狼
洎乎晚年	愈見堅強	參議省政	謀慮周詳
江淮英烈	史跡弘揚	讀書明志	不諂不盲
肝膽照心	古道熱腸	妙語聯珠	佳作琳琅

◎9月　《安徽民政誌》評議稿完成，約三十萬言。

1990年　76歲

◎3月30日　安徽省民政廳聘任哈庸凡為《安徽民政誌》主編。

◎3月　主持召開《安徽民政誌》終稿評議會議，為期三天。

◎11月14日　作《安徽民政誌・編纂始末》。

1991年　77歲

◎3月　新編九場歷史京劇《徽班進京》劇本完稿。

◎5月　完成《安徽民政誌》全書定稿，送審出版。

◎7月1日　由哈庸凡編劇的京劇廣播劇《徽班進京》，被中國廣播電視學會戲曲研究會評為一等獎。

1992年　78歲

◎4月　新編九場歷史京劇《徽班進京》於《戲劇春秋》雙月刊1992年第2期刊出。

1993年　79歲

◎主編《安徽省誌・民政誌》一書出版。此書上起清光緒三十二年（1906年），下迄1989年，真實地記載了安徽省民政機構沿革、行政區劃與地名管理、基層政權建設、優待撫恤、安置、社會救濟、社會福利、婚喪管理等。

◎12月　作〈回憶解放前夕合肥盟員的活動〉，刊於本月出版的《合肥市文史資料》第九輯。

◎12月30日　歲末於筆記本寫隨想一則：「一個單位，無論從事什麼事業，擔負什麼任務，扮演什麼角色，首要的問題是把內部全體人員的積極性調動起來，充分發揮他們的智慧、才能和創造力，形成堅固的命運共同體，最大限度地推進事業的發展。同時，對自己的工作對象和外部的相關方面，也要盡一切可能去調動他們的積極性，最大限度地造成有利的工作環境。」

◎12月31日　於昨日隨想之後追記道：「處理問題，必須掌握主

動，千萬不能陷於被動。所謂主動，大而言之，就是把握社會發展規律，適應歷史潮流（不是隨大流，不是迎合時尚），選擇自己的道路。小而言之，就是根據事物的發展變化和人情的真偽虛實，揚長避短，趨利避害，使自己立於不敗之地。」

1994年　80歲

春　新編歷史京劇《指鹿為馬》劇本完稿。

秋　新編歷史京劇《恩仇記》前五場劇本完稿。

1995年　81歲

◎1月　《中國戲曲誌‧廣西卷》由中國ISBN中心出版。本書〈序言〉中寫道：「民國二十五年九月，國民黨桂林縣黨部組建了劇藝公會以策劃改良桂劇。當時，國防戲劇的口號已在桂林引起戲劇界的關注。當時由哈庸凡將《杏元和番》改編為《雁門關》，將『兒女私情和哀豔情緒』的內容，改為『在外敵和漢奸雙重煎迫下之悲劇』，使之適應當時抗日的現實。」

◎8月　作〈兩種致富觀〉，載《安徽老年報》1995年8月14日。

1997年　83歲

◎6月下旬　偕妻賽春英赴京，遊覽抗戰紀念地宛平盧溝橋，遊賞香港回歸焰火晚會。

◎12月　作〈誰該看老年報〉，載《安徽老年報》1997年12月3日。

1998年　84歲

◎10月　與妻賽春英赴京遊玩。期間，與妻賽春英、妻妹賽春芳等同游香山，瞻仰香山碧雲寺孫中山衣冠冢；遊覽頤和園、北海、景山、大觀園、世界公園及懷柔慕田峪長城等地。

1999年　85歲

◎12月　作〈澳門回歸與新世紀展望〉，載安徽《工商導報》1999年12月17日。

2003年　89歲

◎6月　與妻賽春英金婚紀念（1943—2003）。自題金婚紀念詩聯兩幅：「民康物阜太平世，心平體健鑽石婚」；「晚霞不減朝霞美，金婚更比新婚親」。

◎11月22日　因病醫治無效，於當日17時45分在合肥溘然仙逝。

2005年

◎5月　《廣西抗日戰爭史料選編》第三卷《廣西軍隊和駐桂軍隊的對日作戰》一書本月由廣西人民出版社出版，收入哈庸凡1938年9月所撰戰地通訊《大戰雙城驛》。

2009年

◎10月　《中國文學史資料全編·現代卷》第11輯《歐陽予倩研究資料》本月由中國戲劇出版社出版，收入其1938年5月所撰〈名戲劇家歐陽予倩訪問記〉。

哈庸凡先生重遊桂林灕江

哈庸凡先生1963年借書證（內面）

469

哈庸凡先生1963年借書證（封面）

國家圖書館出版品預行編目資料

瑰異庸凡——抗戰時期的一位民國報人/ 哈庸凡著‧哈曉斯輯
-- 初版-- 臺北市：博客思出版事業網：2019. 12
面； 公分
ISBN： 978-986-96385-3-1(全套：平裝)

848.6   107008090

現代文學 60

瑰異庸凡——抗戰時期的一位民國報人(上)

作　　者：哈庸凡著‧哈曉斯輯
編　　輯：楊容容
美　　編：塗宇樵
封面設計：塗宇樵
出 版 者：博客思出版事業網
發　　行：博客思出版事業網
地　　址：台北市中正區重慶南路1段121號8樓之14
電　　話：(02)2331-1675或(02)2331-1691
傳　　真：(02)2382-6225
E－MAIL：books5w@gmail.comc或books5w@yahoo.com.tw
網路書店：http://bookstv.com.tw/
　　　　　https://www.pcstore.com.tw/yesbooks/
　　　　　博客來網路書店、博客思網路書店
　　　　　三民書局、金石堂書店
總 經 銷：聯合發行股份有限公司
電　　話：(02) 2917-8022　　傳　真：(02) 2915-7212
劃撥戶名：蘭臺出版社　帳號：18995335
香港代理：香港聯合零售有限公司
地　　址：香港新界大蒲汀麗路36號中華商務印刷大樓
　　　　　C&C Building, 36,Ting, Lai, Road, Tai,Po, New,Territories
電　　話：(852)2150-2100　　傳　真：(852)2356-0735
出版日期：2019年12月初版
定　　價：新臺幣 720 元整（平裝套書不零售）
ISBN： 978-986-96385-3-1

版權所有‧翻印必究